KB113315

붉은 물빛의 레이디

붉은 물빛의 레이디 1

초판 1쇄 펴낸 날 | 2016년 6월 23일

지은이 | 서이나
펴낸이 | 서경석

편집책임 | 조윤희 편집 | 이은주, 주은영 디자인 | 신현아
마케팅 | 서기원 경영지원 | 서지혜, 이문영

임프린트 | (MUSE)
주소 | 경기도 부천시 원미구 부일로 483번길 40 서경B/D 3F (우) 14640
전화 | 032-656-4452 팩스 | 032-656-4453
이메일 | roramce@naver.com 블로그 | bolg.naver.com/roramce
홈페이지 | http://www.chungeoram.com

발 행 처 | 도서출판 청어람
출판등록 | 1999년 5월 31일 제387-1999-000006호
어람번호 | 제11-0033호

ⓒ 서이나, 2016

ISBN 979-11-04-90830-9 04810
ISBN 979-11-04-90829-3 (SET)

도서출판 청어람은 언제나 여러분의 소중한 작품 투고와 도서 출간 기획 등 다양한 제안을 기다리고 있습니다. chungeorambook@daum.net

붉은 물빛의 레이디

1

서이나 장편소설

MUSE

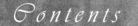

Contents

제 1 화
시로벨 아가렛토 아르반

시리도록 푸른 하늘 아래, 녹음을 머금은 바람 사이로 시린 검날이 잔인하게 부서지며 날카로운 울림이 흩어지고 있었다. 제법 따가운 햇살이 남자의 머리 위로 쏟아졌지만, 휘두르는 검의 끝은 전혀 흔들림이 보이지 않았다. 오직 자신이 잡고 있는 검에만 시선을 집중하는 그의 시린 눈동자는 깊이를 알 수 없을 만큼 까만빛으로 서슬 퍼런 기운을 띠고 있었다.

그리고 다시금 허공으로 맹렬한 소리를 터뜨리며 검날이 움직였다. 무척이나 깔끔하고 날렵한 움직임이었다.

그때, 그러한 남자를 멀리서 지켜보던 또 다른 남자가 살짝 긴장된 표정을 띠고서 천천히 걸음을 옮겼다. 이미 인기척을 느낀 그는 천천히 검을 내려놓으며 어느새 제 옆으로 다가온 남자를 향해 무심한 어조로 입을 열었다.

"무슨 일이냐, 제라드."

"정녕 몰라서 물으시는 것입니까? 카헤시온 황자 전하."

제라드라고 불린 남자는 어느새 눈동자를 부드럽게 늘어뜨리며 애써 긴장감을 누른 채 카헤시온을 향해 말했고, 카헤시온은 알고 있으면서 일부러 모른 척하며 다시 한 번 검을 향해 시선을 돌렸다.

"모른다."

"그렇다면 지금 알려 드려야겠군요."

"……."

"알고 계신 거죠?"

끈질기게 물어오는 통에 카헤시온의 미간이 살짝 일그러졌지만, 제라드는 결코 물러서지 않고서 마지막 말을 이었다.

"오늘은 시로벨 비전하의 탄신 연회가 있는 날입니다. 아르반 왕자저하의 사후 더더욱 마음이 편치 않으실 텐데, 오늘만큼은 전하께서 신경을 써주셔야 합니다."

카헤시온은 시로벨이라는 이름에 더욱 미간을 찡그리며, 들고 있던 검을 허리춤에 찬 검집에 거칠게 집어넣었다.

"정말이지 귀찮게 하는군."

"듣는 귀가 많습니다."

"이미 대부분 알고 있지 않던가? 마티디안 제3황자와 아르반 왕녀의 부부 사이가 차갑기 그지없다. 하여, 로제궁의 눈물이 마를 날이 없다."

이내 제라드가 입을 다물어 버리자 카헤시온은 더한 말이 나올까, 자제하고서는 별로 내키지 않은 걸음으로 성큼성큼 룬궁으로 돌아갔다.

제라드는 주인의 뒷모습을 바라보며 못내 씁쓸한 미소를 지어야만 했다.

제3황자비가 지내고 있는 로제궁의 지하실 아래로 한 여인이 겁도 없이 작은 불빛 하나만을 밝힌 채 걸음을 옮기고 있었다. 흔들리는 불빛 사이로 얼핏 스치는 여인의 실루엣은 너무나도 아름다웠다. 마치 타는 듯한 불꽃을 연상시키듯 붉게 흩날리는 머리칼이 허리까지 부드럽게 쏟아져 흘렀고, 새하얀 얼굴에 시리도록 푸른 눈동자와 단호하게 다물어진 붉은 입술이 어딘지 모르게 묘한 분위기를 자아냈다.

그야말로 경국의 자태를 그대로 띠고 있는 신비한 여인. 그녀가 바로 마티디안 제국의 제3황자비이자, 마티디안의 속국인 아르반의 왕녀 시로벨 아가렛토 아르반이었다.

그녀는 동맹이란 이름 아래 마티디안에 보내졌고, '빙안의 귀공자'로 불릴 만큼 냉혹한 성품으로 유명한 제3황자의 아내가 되어야만 했다. 여리고 가냘픈 성품으로 제3황자의 차가움을 견디지 못하고 점점 지쳐 가고 있다는 소문과는 달리, 지하실로 내려가는 그녀의 분위기는 너무나도 진지하고 단호해 보였다.

그렇게 얼마쯤 걸었을까? 캄캄한 지하실 바닥이 보일 쯤, 시로벨은 떨리는 손으로 꼭 쥐고 있던 드래곤 형상의 구슬을 바닥으로 던졌다. 그러자 바닥으로 거대한 호수가 펼쳐지기 시작했다. 시로벨은 긴 숨을 내쉬며 품 안에 숨겨두었던 단검을 꺼내 있는 힘껏 추켜올렸다. 그러자 단검의 손잡이에 박혀 있던 루비가 호수와 공명하기 시작하더니 이내 드래곤의 형상으로 소용돌이가 만

들어지기 시작했다.

"건국일부터 지금까지 아르반을 수호하는 드래곤이시여, 아르반의 마지막 왕녀 시로벨 아가렛토 아르반이 청합니다. 부디, 제 목소리에 응답하여 주소서!"

이내 그녀는 들고 있던 단검으로 과감히 자신의 심장을 향해 찔렀다. 지독한 통증과 더불어 입과 가슴에서 핏물이 쏟아져 나오기 시작했다. 하지만 그녀의 표정엔 고통이 스며 있지 않았다. 그리고 그녀가 토해낸 피가 바닥으로 떨어지며 소용돌이 쪽으로 뻗어 나가자 그곳에서 서서히 빛이 나기 시작했다.

점점 희미해지는 의식 속에서도 시로벨은 엷은 미소를 지었다. 그토록 참았던 눈물이 한 방울 흘러내렸다.

서서히 빛이 잦아들며, 소용돌이는 사라지고 어느새 그 자리엔 한 사내가 나타나 싸늘해져 가는 시로벨을 바라보고 있었다. 황금빛과 흑빛이 뒤섞인 긴 머리칼에 서늘한 눈동자. 검은 로브를 뒤집어쓴 사내는 생명의 빛이 꺼져 가는 그녀를 바라보았다.

"나를 부르다니. 이번 아르반의 왕녀는 미쳐도 단단히 미쳤군. 그대는 곧 죽을 것이다. 그것을 알고도 날 부른 것이냐?"

"……알고, 있습니다, 반홀님."

시로벨에게서 미약한 목소리가 새어 나왔다. 대대로 아르반을 수호하였던 드래곤 반홀은 이렇게 제 목숨을 걸고서 자신을 소환한 왕족은 없었기에 기가 막히다는 표정으로 죽어가는 그녀를 바라보았다. 하지만 일단 소환을 당했으니, 그녀의 소원을 들어주어야만 했다.

그는 한 손을 들어 시로벨의 상처에서 피를 멎게 하였다. 하지만 그녀는 죽을 것이다. 자신을 부른 대가는 반드시 목숨이어야 했기에.

"그래. 이런 미친 짓을 해서까지 날 부른 이유를 말하라."

그녀는 점점 흐릿해지는 시선을 억지로 붙잡으며 반홀의 옷깃을 움켜쥐었다. 목숨을 바치면서까지 그를 부른 이유. 어쩌면 이 때문에 큰 파란이 불어 닥칠지도 모르지만, 반드시 이렇게 해야만 하는 이유!

"서와 깊은 영혼을 지닌, 다른 세계의 저를 이곳으로 보내주십시오."

"……뭐?"

"반드시, 반드시 그리해 주십시오. 그리해 주셔야 합니다. 아르반을 수호하는 드래곤이시여, 아르반을 위해서 반드시, 으윽!"

잠시 멈췄던 피가 다시 흐르기 시작했다. 반홀은 도대체 이 왕녀가 무슨 말을 하는지 알 수가 없었다. 게다가 다른 세계에 같은 영혼을 지닌 자라니. 그걸 어찌 이 왕녀가 알고 있는 거지?

"부디, 부디!"

하지만 그걸 어찌 알았든, 그 이유는 상관치 않았다. 목숨을 걸고 자신을 소환했으니 자신도 그 목숨을 받고 그녀가 원하는 소원을 반드시 들어주어야만 했다. 그로 인해 운명이 뒤바뀌고, 세상이 어긋나며, 자신이 도망자가 된다 할지라도.

"……알았다. 그대가 원하는 대로 이루어주지."

시로벨은 그제야 엷은 미소를 띠며 마지막 숨을 삼키고선 잠이 들듯 눈을 감았다. 점점 흐릿해지는 의식 속에 그녀는 저도 모르게 누군가를 떠올렸다. 그것은 정말 뜻밖에도, 자신의 남편이지만 단 한 번도 살갑게 대해본 적이 없는 남자, 카헤시온이었다. 정략결혼으로 만나 사는 동안 다정한 부부는 아니었으나 그가 깊은 상처를 지니고 있고, 그 상처로 인해 그가 서서히 메말라 가고 있다는 것도 알고 있었다. 하지만 지금의 자신은 그의 상처까지 보듬어줄 만큼 여유가 있지도, 또한 강하지도 못했다. 그래서 운명을 뒤로 미룬 채, 이렇게 도망치고 있는 것이다. 하지만 또 다른 나라면. 또 다른 시로벨이라면…….

'어쩌면…… 그녀는 당신을 변하게 할지도 모르겠네요, 카헤시온.'

오늘은 자신이 태어난 날이었다. 이 세상에 태어난 날, 이 세상을 떠나게 되었다. 하지만 또 다른 내가 이곳에서 또다시 시로벨이라는 이름으로 살게 되겠지. 부디, 제발 부디, 자신이 차마 따르지 못했던 운명을 제대로 이루어주길 바라며…….

⚜   ⚜   ⚜

좁디좁은 골목을 소휘는 미친 듯이 뛰었다. 땀이 비 오듯 흘러내리고, 숨이 턱까지 차서 죽을 것 같았지만 한시도 쉴 수는 없었다. 바로 제 눈앞에서 달려가는 저 새끼를 잡기 위해서! 저 새끼 때문에 금쪽같은 시간을 얼마나 투자했던가! 제대로 잠도 자지 못한 채, 무슨 사랑하는 애인도 아닌데 무려 24시간을 쉬지도 않고 저 새끼 생각만 하고, 저 새끼 사진만 들여다보고!

그리고 드디어 오늘, 꼬리를 잡았다. 사건 현장에서 죽치고 기다리고 있던 찰나에 놈이 눈치를 채고서 토끼고 있었지만, 도망가 봤자 손바닥 안이다. 오늘 기필코 저 녀석을 잡고 이 지긋지긋한 야근 생활을 정리하고 만다! 소휘는 그렇게 다짐하며 다리에 더 힘을 주었다.

[한 형사님, 지금 어디십니까!]

"썅, 말 시키지 마. 말할 힘도 없어!"

[위치 확인했습니다. 그대로 쭉 달려오십시오!]

뒷골목이란 뒷골목은 다 돌아다니며 도망치는 탓에 놈을 쫓느라 온몸이 부서질 것 같았다. 아무리 닐고뛰는 것이 형사의 숙명이라지만, 벌써 두 시간째 이게 뭔 짓거리냐고!

"미친 새끼, 잡히면 아주 죽었어!"

정말 숨이 안 쉬어질 정도로 달리고 또 달렸다. 그렇게 달린 끝에, 저 날다람쥐 같은 놈과 버려진 폐주차장까지 추격전을 벌이고 말았다. 그나마 다행인 건, 더 이상 도망칠 곳이 없다는 것! 혹시나 몰라 이 주변으로 경찰을 쫙 풀어둔 것이 이렇게 빛을 발하는 순간이었다.

"하아, 하아, 미친 새끼. 이제야 멈추냐? 아까 전에 멈췄으면 서로 힘 안 빠지고 좋잖아, 이 새끼야!"

어둠 속에서 결국 막다른 길에 걸음을 멈춰 선 놈은 소휘를 가만히 노려보았다. 폭행 및 연쇄살인죄로 도주 중인 백곰. 드디어 저 녀석을 이 손으로 체포하는 순간이었다. 그 누구도 아닌 이 한소휘가!

"또 힘 빼지 말고 알아서 와서 수갑 차. 이제 곧 다른 경찰들도 몰려올 거거든?"

소휘는 준비해 둔 수갑을 그에게 흔들었지만, 놈은 미동조차 보이지 않았다. 대체 뭔 표정을 짓고 있는지 알 수 있었으면 좋겠지만 사방이 어두운지라 제대로 보이지가 않았다. 그렇다고 다른 경찰들이 오기 전에 접근할 수는 없는지라 소휘는 입술만 깨물었다. 저 혼자 덤볐다가 놈이 무슨 짓을 할지 모르는 일이었다. 뭐, 그래도 또 잽싸게 도망치는 것을 눈 뜨고 놓아줄 수는 없으니 제압은 해야 했다. 여기서 또 놓치면 또다시 그 지옥 같은 야근 생활과 잠복 수사를 해야만 한다.

게다가 다 잡은 놈을 이렇게 놓쳤다간 두고두고 망신살이지. 그렇게는 안 돼. 절대로 그럴 수는 없어!

"뭐, 자존심 때문에 먼저는 못 오겠냐? 그래, 그럼 내가 가지. 내가 이번만큼은 널 좀 잡아야겠거든? 언제까지 내가 네 뒤꽁무니만 죽어라 쫓아다닐 수는 없잖아? 나도 꽃피는 청춘인데. 내 생활도 좀 찾고 연애도 해봐야 하지 않냐?"

그렇게 괜스레 실없는 소리를 하면서 천천히 앞으로 다가가던 순간, 녀석이 드디어 입을 벌렸다.

"너야말로 쫄지 말고 와서 체포해."

"하? 뭐?"

"나 지금 아무것도 없으니까, 와서 체포하라고. 네 말대로 아주 지긋지긋하게 내 뒤만 쫓아다녔는데. 자꾸 그렇게 꾸물거리면 도망가고 싶어지잖아. 그럼 또 내 뒤를 쫓아와야 하는 거 아니야? 당신 별로 내 스타일도 아닌데. 서로 연애하는 사이도 아니면서 이게 뭐 하는 짓이야?"

"이 새끼가 뭐라는 거야?"

"네가 내 사진 매일 보는 거, 밤낮 할 거 없이 보는 거, 나도 기분 나쁘다고. 아주 소름이 돋아. 그러니까, 자. 어서!"

아예 대놓고 손모가지를 내미는 모습에 소휘는 아주 기가 막히다 못해 어이가 없었다. 누구는 보고 싶어서 보냐? 엉? 그것도 연쇄살인마 얼굴을!

"하, 미친놈. 그래, 좋다. 잡아준다, 잡아줘!"

그렇게 말하고서도 소휘는 녀석의 움직임을 세밀하게 살폈다. 언제 돌변할지 모르니 방심은 절대 금물이다. 멀리서 경찰차의 사이렌 소리도 들리는 듯했다. 길게 잡아봐야 몇 초. 몇 초 안이면 도착이다. 그렇게 소휘가 성큼성큼 앞으로 다가갔고, 백곰 역시 손을 내민 채 그녀 쪽으로 걸어 나왔다. 드디어 놈의 얼굴이 보였다. 사진보다 훨씬 말끔하게 생긴 모습이었다.

"꼴에 꾸미냐?"

"또 언제 사진 찍힐지 모르는데. 내가 TV에 제법 많이 나오더라고."

백곰은 비릿하게 미소를 지었고, 소휘는 왠지 그 미소에 소름이 돋았다. 드디어 사이렌 소리가 크게 울리더니 곧 흩어져 있던 경찰차들이 전부 모습을 드러냈다. 소휘는 그제야 조금 안심하고는 수갑을 들고서 녀석의 손을 덥석 잡았다.

"네 말대로 우리 이 되먹지도 않은 인연, 좋내자."

"그래. 제대로 좋내자고."

백곰의 목소리가 기분 나쁘게 울렸고, 소휘는 뭔가 꺼림칙한 느낌에 고개를 들었다. 소름 끼치는 눈빛이 정확히 자신을 향하고 있자 저도 모르게 몸이 살짝 굳어버렸다.

"왜, 쫄았어?"

그 순간, 백곰이 손목을 비틀고선 숨겨두었던 칼을 그녀를 향해 휘둘렀다. 칼을 보자마자 몸을 뒤로 빼 급소는 비켜갔지만, 꽤 깊이 손목을 베이고 말았다.

미친. 실수다. 잠깐 녀석한테 틈을 보였어.

"빌어먹을 새끼."

"후후후, 후훗, 왜. 제대로 좆내보자며. 누구 한 명이 죽어야 제대로 좆나는 거 아닌가?"

"한 형사님!"

어느새 경찰들이 주위를 포위하기 시작했다. 이미 놈이 칼을 휘두르는 것을 다들 보았기에 신중하면서도 민첩한 움직임이었다.

제법 깊이 베인 듯 손목에서 피가 철철 쏟아졌다. 멀리서 누군가 뭐라고 외치는 소리가 들렸지만 지금 소휘는 그게 무슨 말인지 귀를 기울일 여력이 없었다. 머릿속이 차갑게 가라앉았다. 찰나의 빈틈을 허락한 것이 아주 뼈아픈 실수였다.

"새끼, 넌 내 손으로 잡는다. 내 손으로 잡는다고!"

소휘는 과감하게 백곰을 향해 달려들었다. 녀석이 다시금 칼을 휘둘렀지만, 정식으로 배운 솜씨가 아닌 만큼 빈틈이 많았다. 그녀는 정확히 녀석의 손목을 내려쳐 칼을 떨어뜨렸다. 그리고 그것을 발로 멀리 차버리고선 이번엔 제대로 녀석의 정강이를 걷어차. 허리를 숙이게 만들고, 다시 어깨를 찍어내려 움직이지 못하게 단단히 붙잡았다. 결국 백곰은 소휘의 아래에 제압당하고 말았다.

이렇게 쉽게 끝날 건데. 제기랄.

"하아, 하아, 서로 힘 빼지 말라고 했지? 개새끼. 괜히 아까운 피만 봤잖아."

"한 형사님, 괜찮으십니까?"

경찰들이 재빨리 백곰을 붙잡아 끌고 갔고, 소휘는 걱정스런 기색이 역력한 정석의 말에 거친 숨을 몰아쉬며 피식 웃었다.

"내가 잡았다. 뭐, 좀 다치긴 했지만."

"이게 조금 다친 겁니까? 피가 계속 나잖아요. 얼른 병원 가보십시오."

"내가 잡은 거야. 저 새끼, 내가 잡은 거라고."

"알겠습니다. 누가 뭐라고 합니까?"

"하아. 수갑을 내가 채웠어야 했는데."

칼을 맞으면서 수갑을 떨어뜨리고 말았다. 녀석의 손모가지에 딱 채웠어야 했는데. 그 짜릿함을 느끼지 못하다니……

"아무튼 얼른 병원 가보십시오."

"알았어, 인마. 백곰 잘 감시해. 어디로 튈지 모르는 새끼야."

"예, 걱정 마십시오."

소휘는 정석의 어깨를 가볍게 툭 쳤다. 그리고 병원으로 가기 위해 경찰차에 오르려는 순간이었다.

탕!

총소리가 단말마처럼 잔인하게 흩어졌다. 순간, 숨도 쉬지 못할 정적 속에 소휘가 고개를 돌렸고, 다시금 '탕탕탕!' 연달아 총소리가 울렸다.

"설마."

그리고 저 멀리 경찰들이 우르르 몰려가기 시작했다. 그리고 그 틈으로 백곰의 모습이 보였다. 어느새 총을 들고서 상황을 난 장판으로 만들고 있는 녀석의 모습이.

"저 개새끼가!"

"잠깐만요. 선배, 잠깐만!"

소휘는 앞뒤 재지 않고 현장으로 뛰어갔다. 동료들이 저 미친 놈의 손에 무참하게 쓰러지고 있었다. 거의 한 가족처럼 밤을 새고, 웃고, 싸우고, 울고 했던 녀석들이!

"그만하라고!"

그때, 백곰의 시선이 정확히 소휘를 향했다. 소휘는 주먹을 움켜쥐고서 녀석을 노려보았다. 백곰의 얼굴 위로 잔인한 미소가 그려지더니 그가 천천히 입을 열었다.

"끝까지 방심하지 말았어야지. 기분 나쁘게 말이야."

"미친! 너희들 일단 물러……!"

타당!

녀석의 총이 망설임 없이 소휘를 향해 시퍼런 불꽃을 뿜었다. 순간 주변의 소리가 완전히 사라지면서 뭔가가 쾅 하고 심장을 찍어 눌렀다.

"선배님!"

정확히 소휘의 심장을 꿰뚫은 백곰은 이제 다 됐다는 듯 총을 떨어뜨리고서 정말로 미친놈처럼 웃어대기 시작했고, 그 틈을 타 다른 경찰들이 녀석의 무릎에 총을 두 방 쏴서 놈을 제압했다. 백곰은 이번엔 순순히 경찰들에게 잡히면서 큰 소리로 외쳤다.

"내가 말했잖아, 둘 중 한 명은 죽어야 좋나는 거라고!"

다른 이들이 서둘러 소휘에게 달려갔다. 하지만 소휘는 이미 의식을 서서히 잃어가고 있었다.

"선배, 선배, 선배! 당장 구급차 불러. 지금 당장!"

아수라장이었다. 백곰이 난사한 총에 맞은 경찰들은 많았지만 다행히 목숨을 잃을 정도는 아니었다. 하지만 소휘의 상태는 달랐다. 아주 제대로 심장을 노리고 쏜 탓에 그녀는 이미 숨이 끊어진 상태였다. 그리고 그 모습을 멀리서, 소휘가 바라보고 있었다.

"하아? 이게 뭔 개 같은 상황이지?"

이제 죽었구나 생각했는데 눈 깜박하는 사이에 내가 하늘에서 누워 있는 나를 보고 있었다. 이게 바로 황천길로 간다는 신가? 정말 죽었나? 내가 정말, 저 미친놈의 총에 죽은 거야? 이렇게 허무하게?

"이런 썅!"

"입이 거칠군."

그때, 갑자기 들려온 목소리에 소휘는 깜짝 놀라 고개를 돌렸고, 한 번도 본 적이 없는 남자를 발견했다. 무척이나 묘한 분위기의 남자였다. 황금빛과 흑빛이 뒤섞인 머리칼은 어떻게 저런 색이 있을까 싶을 정도로 아름다웠고 서늘하게 뻗은 눈매에서는 기묘한 단단함이 느껴졌다.

"그렇게 뚫어지게 보지 마라. 닳는다."

그, 그래. 이러고 있을 때가 아니지! 저놈은 또 뭐야. 설마, 저승사자?

"너, 너 넌. 누구. 아니. 당신은 누구…… 세요?"

왠지 존댓말을 써야만 할 것 같은 느낌이었다. 이 세상 사람은 아닌 것 같으니까. 정말로 저승사자, 그런 걸지도. 그럼, 혹시라도. 아주 혹시라도 한 번만 봐달라고 빌면 살려주지 않을까? 내가 착한 짓 엄청 많이 했잖아. 지금 죽은 것도 저 나쁜 새끼 잡으려다 이렇게 된 거니까. 게다가 아직은 이대로 죽을 수 없었다. 이렇게 죽을 수 없다고!

"이름 한소휘. 형사로서 제법 성실하게 살았군."

오오! 역시 어쩌면 정말 통할지도?

"그렇죠? 대한민국의 공무원으로서 정말 성실하게, 국민들의 치안을 위해 이 한 몸 다 바쳤죠. 오늘도 그러다가 이렇게……. 흑."

소휘는 없는 눈물도 쥐어짜며 간절하게 저승사자일지도 모를 남자에게 매달리기 시작했다. 다시 살지도 모르는데, 비는 게 아니라 기어서라도 할 수 있는 건 다 해봐야지!

"그러니까, 저 좀 살려주세요. 네? 저승사자님 맞죠? 그렇죠? 제가 이렇게 죽을 운명이 아니거든요. 제가 아직 할 일이 많은데. 대한민국의 안전도 책임져야 하고, 연애도 해봐야 하고, 결혼도 해봐야 하고, 노후엔 공무원 연금도 받아봐야 하는데. 이렇게 죽기엔 너무너무 억울한데."

아, 연금 소리는 뺄 걸 그랬나?

"난 그런 존재가 아니다."

"예?"

"하지만 널 살려줄 수는 있다."

"정말요?"

살려줄 수도 있다는 소리에 소휘는 다시금 간절하게 그를 붙잡았다. 그래, 다 필요 없고 살려주겠다는 저 말이 중요한 거지!

"그래, 한소휘. 내가 널 살려주겠다. 네가 새로운 삶을, 또 다른 너의 운명을 살 수 있도록."

"감사합니다! 감사합니다! 절대로 이 은혜 평생 안 잊고 살겠습니다!"

남자가 소휘의 머리를 천천히 쓸어내렸고, 그 손길에 따라 그녀의 눈꺼풀이 무겁게 아래로 내려오기 시작했다. 몸이 무거워지고 정신이 희미해진다.

소휘는 몽롱한 의식 속에 다시금 그를 바라보았다. 자신을 향해 뭐라 말을 하는 것 같은데 잘 들리지 않았다. 뭐, 그게 뭐가 중요해. 다시 살 수 있다는 게 중요한 거지. 역시 세상 착하게 살고 볼 일이라니까. 그리고 아직은 내가 해야 할 일도, 제대로 다하지 못했으니까.

그렇게 소휘의 영혼이 그의 손길에 완전히 잠들어 버렸다. 하지만 그는 그 영혼을 눈앞에 보이는 소휘의 육체에 넣어주지 않았다. 분명 살려는 줄 것이다. 그러겠다고 약속을 했으니. 또한 그렇게 하기 위해 일부러 그녀의 죽음을 앞당긴 것이니까.

그녀는 전혀 다른 곳에서 전혀 다른 몸으로 새로운 운명을 살게 될 것이다. 하지만 어찌 보면 그것은 같다고 할 수도 있다. 한소휘, 그녀는 시로벨 아가렛토 아르반과 서로 다른 세계에서 살지만 같은 영혼을 지닌 존재니까.

"하지만 신기하군. 죽음을 앞당기긴 했지만, 이 여자의 생도 그리 오래 남진 않았어. 오히려 이세계로 오면서 생이 연장되었군."

서로 다른 세계에 살면서, 서로가 서로를 구원하게 되었다라.

반홀은 여전히 시로벨 그녀가 어떻게 또 다른 세계의 자신의 존재를 아는지, 또 왜 이러한 소원을 목숨을 걸면서까지 빌었는지 알 수가 없었다. 하지만 이게 완전히 잘못된 일이 아닌 것 같다는 묘한 생각이 들었다. 분명 운명을 바꾸고 어긋나게 하는, 이 모든 것이 금지되어 있는 일인데도. 그로 인해 이제부터 자신은 씻을 수 없는 죄를 행한 죄인이 되었어도.

"처음부터 이렇게 흘러갈 운명이었을지도. 그러니 이왕 벌어진 일, 왕녀가 원하는 대로 이루어지길 바란다."

그렇게 반홀은 천천히 모습을 감추었다.

❧　　❧　　❧

제3황자비의 탄신을 맞이하여 황궁에선 제법 근사한 연회가 진행되고 있었지만, 정작 이 연회의 주인공인 황자비가 도착하지 않아 연회장에는 작은 웅성임이 일고 있었다. 한낱 속국의 왕녀에 불과한 황자비의 탄신 연회에 참석한 것도 자존심 상하는 일인데, 그것도 모자라 이렇게 기다리게 만들다니. 귀족들의 불만은 그렇게 커져 갈 뿐이었다.

그리고 그들 너머로 그녀의 남편이자 마티디안 제국의 제3황자인 카헤시온의 표정도 점점 차갑게 일그러지고 있었다. 생각 같아서는 당장에라도 이 자리에서 뛰쳐나가고 싶건만 일단은 형식적으로나마 그는 그녀의 남편이기에 그녀가 자리에 있든 없든, 아니, 자리에 없기에 더더욱 이곳을 지키고 있어야만 했다.

그때, 연회장의 문이 거칠게 열리면서 근위병이 그의 이름을 다급하게 불렀다.

"카, 카헤시온 황자 전하!"

뛰어오는 이의 표정을 보아하니 꽤나 심각한 일인 듯했다. 뭐, 사실 심각하지 않아도 여길 벗어날 수 있는 일이라면 아무거나 상관없었지만. 하지만 카헤시온은 그런 속내를 내비치지 않고서 달려온 근위병에게 입을 열었다.

"무슨 일이냐?"

"그, 그것이!"

"어서 말해보라."

그때, 잠시 자리를 비웠던 제라느가 심각한 표정으로 디기의 카헤시온의 귀에 대고 나지막이 속삭였다.

"비전하께서 지금 행방불명이십니다."

로제궁의 지하실로 반홀이 다시금 모습을 드러냈다. 그의 얼굴엔 지친 기색이 역력했다. 그는 이공간에 넣었던 시로벨의 육체를 꺼내 들었다. 이미 차갑게 식어버린 그녀의 몸. 모든 게 그녀가 원하는 대로 이루어진다면, 그녀는 구원받을 수 있을까.

반홀은 쓸데없는 생각을 털어내고 따뜻하게 꿈틀대고 있는 한소휘의 영혼을 텅 비어버린 시로벨의 육체에 스며들게 했다. 그러자 마치 처음부터 이 육체의 주인이었던 것처럼 영혼은 빠른 속도로 자리를 잡았고, 멈췄던 심장이 뛰기 시작했다. 싸늘했던 기운이 사라지며 전보다 더 뜨겁고 강렬한 빛을 띠기 시작했다.

"역시, 딱 맞는군."

하지만 그저 육체와 영혼이 맞아떨어졌을 뿐, 다른 건 하나도 똑같지 않았다. 이미 사는 곳 자체가 다른 영혼이었다. 그러니 성격도, 특성도, 모습까지, 전혀 닮은 구석이 없었다. 한소휘가 이 세계에 적응하는 데에도 시간이 걸릴 뿐더러, 이 세계도 그녀에게 적응해야만 하겠지. 그렇다면. 조금은, 조금은 도와줘도 되지 않을까?

반홀은 그녀의 심장 가까운 곳에 손가락을 대고서 무언가를 중얼거렸다. 그러자 그의 손끝에서부터 빠져나온 푸른빛이 출렁이며 그녀의 몸 안으로 천천히 스며들었다. 그것은 굉장히 차갑고도 맑은 기운이었다.

"이것이 조금은 도움이 되겠지. 하지만 이걸 깨닫는 것은 너의 몫이다, 한소휘."

분명, 이것은 원래 한소휘가 살아갈 운명은 아니었다. 하지만 이미 주사위는 굴러 버렸다. 자의든 타의든 이젠 이것이 그녀의 새로운 운명이 된 것이다. 그러니 앞으론 그녀가 선택하고 나아가야 한다. 앞날을 예언하는 언사의 드래곤조차 인간들의 운명은 정확히 볼 수 없으니.

그나저나 이제 죄인이 되었으니 한동안은 몸을 숨겨야겠군. 어쩌면 카산드라가 직접 움직일지도 모르고…….

반홀은 순간 카산드라의 매서운 얼굴을 떠올리며, 저도 모르게 몸을 흠칫하고선 서둘러 그곳에서 자신의 흔적을 지워 버렸다.

그렇게 반홀과 함께 로제궁의 지하에 있던 호수 역시 흔적조차 없이 사라졌다. 그리고 원래의 모습으로 돌아가 차갑고 텁텁한 먼지 속에 아직 이 상황을 제대로 알지 못하는 소휘, 아니, 시로벨이 정신을 잃은 채 아직까지는 평화롭게 눈을 감고 있었다. 그래, 아직까지는.

카헤시온은 시로벨이 행방불명되었다는 소식에도 흔들리지 않았다. 오히려 평소 모습 그대로 그녀에 대한 일은 함구한 채, 연회를 취소시키고 귀족들을 돌려보내는 등 상황을 깔끔하게 정리하고서야 초조하게 서 있는 제라드를 향해 짧게 입을 열었다.

"최소한의 인원으로 황자비를 찾는다."

"하지만 외부에서 잘못되신 거라면!"

"그렇기에 더더욱 이 문제가 밖으로 새어 나가선 안 돼. 괜한 틈을 줄 필요는 없지 않나?"

"그렇지만 비전하께서 위험하실지도 모릅니다."

"그건 그때 가서 할 일이고, 지금은 아주 은밀하게 찾아야 해."

자신의 아내가 행방불명되었음에도 불구하고 카헤시온은 여러 가지 수를 생각하며 움직였다. 그리고 그 여러 가지 수 중에서 단 하나도 온전히 시로벨을 위한 수는 없었다.

처음부터 기대한 적도 없었기에 제라드는 한숨을 내쉬고서 그의 명을 받들었다.

차분히 명령을 내린 뒤, 카헤시온은 어쩐지 상황이 골치 아프게 흘러갈 것 같아 괜스레 짜증스런 감정이 밀려들었다. 아르반에서 동맹을 빌미로 왕녀를 보낼 줄은 몰랐다. 처음엔 당연히 제1황자인 카인 황자의 반려가 될 거라 생각하고 신경 쓰지 않았는데, 갑자기 왕녀를 아내로 맞으라는 황제 폐하의 명이 떨어진 것이다. 하지만 당시엔 그것을 거절할 명분이 없었다. 제국의 황자로 태어난 이상, 제국을 위하여 혼인하는 것이 당연했다. 오히려 지금까지 혼인하지 않은 것이 이상할 정도로.

카헤시온은 혹시나 로제궁에 단서가 있지 않을까 하는 생각에 그쪽으로 걸음을 옮겼다.

먼 옛날 초대 황제의 사랑을 독차지했던 여인, 세잔느 황후가 태자비 시절 거처했던 로제궁은 장미를 좋아했던 그녀를 위해 정원 가득 각양각색의 장미로 꾸며졌고, 이후로 지금껏 사시사철 아름다운 장미꽃을 피우는 궁으로 이름 높았다.

그는 장미정원에서 흘러나오는 독한 장미향에 미간을 찡그리며 서둘러 궁 안으로 걸음을 옮겼다.

로제궁 안으로 카헤시온이 직접 모습을 드러내자, 시녀들은 떨리는 숨을 숨기며 고개를 숙였다.

"카헤시온 황자 전하를 뵙습니다."

"황자 전하를 뵙습니다."

카헤시온은 무심한 시선으로 주위를 살피며 그들에게 짧게 입을 열었다.

"황자비를 마지막으로 본 곳이 어디냐."

"그, 그것이…… 이곳에서 가장 마지막으로 보았사온데."

"송구합니다! 비전하를 끝까지 모셨어야 했는데!"

"죽, 죽여주십시오, 전하!"

시녀들은 무릎을 꿇고서 용서를 빌기 시작했고, 카헤시온은 쓸데없는 행동에 더더욱 싸늘한 한숨을 내쉬며 이젠 아예 시선조차 돌리지 않았다.

"이미 벌어진 상황에 그대들의 목숨을 앗아가면 무엇이 달라지는가? 그렇게 해서 찾을 수 있을 것 같았으면 당장에 그 목숨을 취했을 테지."

냉정하기 그지없는 목소리가 그대로 시녀들에게 떨어졌고, 그녀들은 이젠 아예 숨조차 제대로 쉬지 못한 채 온몸을 부들부들 떨며 바닥을 기었다. 하지만 카헤시온은 더 이상 그들에게 신경조차 쓰지 않았다.

마지막으로 이곳에서 보았다, 라. 그는 천천히 걸음을 옮겼다. 단서를 찾을 수 있을 것 같지는 않았지만 그래도 알 수 없는 일이니. 차근차근 1층부터 쭉 늘어진 방을 살피던 찰나, 복도 가장 끝에 이곳과는 어울리지 않는 허름한 문 하나가 눈에 띄었다.

"저 문은 뭐지?"

하지만 그 누구도 카헤시온의 물음에 대답하지 못했다. 왜냐하면 시녀들 중 누구도 용감하게 고개를 들지 못했으니. 하지만 그러한 행동이 카헤시온을 더욱 짜증나게 만들었다.

"말을 두 번 하게 할 셈인가!"

"그, 그 문은 지하실로 향하는 문입니다!"

더욱 서슬 퍼런 목소리가 떨어지자 시녀 중 하나가 황급히 고개를 들곤 입을 열었고, 카헤시온은 지하실이라는 말에 뭔가에 이끌리듯 그쪽으로 걸음을 옮겼다. 그 여자가 지하실로 갈 일은 없었을 테지만, 그래도 왠지 모르게 느낌이 묘했다. 그렇게 그 낡은 문 앞에 선 카헤시온은 천천히 문고리를 잡아당겼다.

잠겨 있을 거란 생각과는 달리, 문은 너무나도 쉽게 열렸다.

"이 문이 항상 열려 있는가?"

이번엔 그의 질문에 대답이 곧장 날아왔다.

"아닙니다. 그곳은 사실상 한 번도 쓰인 적이 없기에, 항상 잠가두고 있습니다. 그런데 어째서……."

시녀들도 조금 당혹한 표정으로 서로를 바라보았지만, 어째서 이 문이 열려 있는지 그 누구도 알지 못하는 표정이었다.

카헤시온은 문을 조금 더 열어보았다. 어두운 곳에서 습한 공기가 느껴졌다. 로제궁에 어째서 이런 곳이 있는지 의문일 정도로.

그는 복도 벽에서 횃불을 빼 들고서 아래로 쭉 뻗은 계단을 통해 천천히 걸음을 옮겼다. 계단은 생각보다 그리 길지 않았다. 하지만 한 줌의 빛도 허락지 않는 곳이라 그런지 횃불만으론 안을 완전히 파악하기가 어려웠다. 이럴 때 제라드라도 있었으면 좋았을 텐데. 명색이 제국의 마법사니.

결국 그는 지하실 계단 끝까지 당도했다. 거의 사용한 적이 없다는 시녀의 말처럼, 곰팡이 냄새와 함께 뿌연 먼지가 사방에 가득했다. 이런 곳에 그녀가 있을 리가 없지.

카헤시온은 괜한 생각을 했다고 여기며 다시금 걸음을 옮기려는 찰나, 횃불이 휘익 스치면서 무언가가 그의 시선에 들어왔다.

"……"

카헤시온은 횃불을 그쪽으로 밝혔다. 정확히 무언지는 모르겠지만, 분명 뭔가가 있었다. 그는 그쪽으로 걸음을 옮겼다. 한 발, 한 발 다가갈수록 형태가 점점 선명해지자 까만 눈동자가 미세하게 흔들리기 시작했다. 마침내 어둠 속에 숨어 있던 그림자가 완전히 사라지면서 쓰러진 시로벨이 모습을 드러내었다.

이토록 사방에 먼지가 뿌옇게 앉아 있음에도 불구하고, 그녀의 주변으론 먼지 하나 없이 깔끔하기만 했다. 그녀는 마치 자는 것처럼 그 자리에 누워 있었다.

"하아. 대체 뭐야?"

지금 이 상황이 너무나도 기가 막히고 어이가 없었다. 도대체 그녀는 왜 자신의 탄신일에 이곳에서 이런 식으로 쓰러져 있는 건지. 혹, 누군가에게 당한 건가?

카헤시온은 혹시나 하는 마음에 천천히 손을 뻗어 그녀의 코끝에 살며시 갖다 대었다. 그러자 따스한 숨결이 그의 손끝을 휘어 감았다. 죽진 않았군. 우려했던 것처럼 큰일이 생기지도 않았고. 왜 이렇게 됐는지는 나중에 물어보면 될 일.

카헤시온은 횃불을 내려놓고서 천천히 그녀를 안아 들었다. 생각보다 굉장히 가벼웠고, 또한 부드럽고 따뜻했다. 그는 자신도 모르게 살짝 시선을 아래로 내렸다. 자신의 품속에서 아무것도 모른 채 자고 있는 그녀. 사실, 혼인을 하기는 했지만 이렇게 가까이에서 보는 건 이번이 두 번째였다. 첫 번째는 별로 기억하고 싶지 않았다. 어쩌면 그날 이후 이 여자와 완전히 멀어지게 됐으니까.

그는 쓸데없는 기억을 떠올린 머릿속을 차갑게 식히고서 다시 계단 위로 올랐다. 횃불을 들 손이 없었기 때문에 어둠 속에서 거의 감으로만 걸음을 옮겨야 했지만 전혀 문제될 것은 없었다. 하지만 계단을 오를 때마다 가슴에 와 닿는 그녀의 따뜻한 체온이 영 신경에 거슬렸다. 당장에라도 내려놓고 싶을 정도로 아주, 매우 거슬렸다. 그래서 조금 빠른 걸음으로 마지막 계단을 밟으려는 순간.

"백곰……."

칭얼대는 듯한 목소리로 그녀의 입에서 알 수 없는 단어가 튀어나왔다.

"백곰?"

"……이런 썅…….'

백곰, 이런 뭐? 하지만 그녀의 입은 더 이상 열리지 않았고, 잠꼬대인 듯한 이상한 말에 카헤시온은 허탈한 표정을 지으며 지하실을 빠져나왔다.

황자비를 지하실에서 데리고 나온 이후, 치료사가 그녀를 살폈지만 시로벨은 아직도 의식을 되찾지 못하고 있었다. 겉으로는 그저 자고 있는 듯한 모습이라 왜 쓰러진 건지 이유도 알 수 없었다.

"원인을 알 수가 없습니다. 기운이 많이 쇠약해지셨기에, 원래의 기를 되찾으실 수 있도록 약간의 처방을 하기는 했지만……."

"죽지는 않겠지?"

"그리 위험하지는 않으실 것입니다."

"알았다."

카헤시온은 침대 위 시로벨에게 아까와는 달리 눈길 한 번 주지 않은 채 로제궁을 빠져나갔다. 그리고 궁 앞에선 제라드가 그를 기다리고 있었다.

"비전하께서는……?"

"그것보다 지하실은 알아보았나?"

"아, 특별히 이상한 점은 찾지 못했습니다."

"외부의 침입 흔적은?"

"없었습니다."

단서를 찾을 수 있을 거라 생각했는데, 제라드조차도 아무것도 찾지 못했다고 하자 카헤시안은 눈을 가늘게 떴다. 이렇게 된 이상 그녀가 직접 눈을 떠서 말해주기 전까지는 일의 전말을 알아내기 힘들 듯싶었다. 이것도 그녀가 제대로 기억하고 있을 때의 일이겠지만.

"그나저나 비전하께서는 의식을 찾으셨습니까?"

"아직."

"그런데도 나오신 것입니까? 옆을 지켜 드려야……."

카헤시온은 제라드의 말에 냉소를 지었다.

"내가 그렇게 한가한 사람으로 보이나? 일단 찾았으니 되었고, 혹시나 놓치고 있는 단서가 있을지 모르니, 더 살피고 확인해 봐. 만약 외부 소행이라면 단순히 황자비 하나 어떻게 하려고 일을 벌이진 않았을 테니까. 그냥 기우라면 다행이지만."

"예."

그러곤 그는 망설임 없이 로제궁에서 최대한 빠르게 멀어져 갔다.

그의 뒷모습을 보던 제라드는 시로벨 비전하를 떠올리며 고개를 가로저었다.

아무리 생각해 봐도 두 사람의 골이 메워질 것 같지 않아 보였다. 결코 먼저 다가갈 리 없는 황자 전하. 그렇다고 비전하께서도 먼저 다가가실 붙임성 있는 성품도 아니시니.

"뭐, 아무리 내가 마법사라도 사람의 감정까지는 어떻게 할 수 없지."

제라드는 부드럽게 흘러내리는 진보랏빛 머리칼을 차분히 쓸어 올리면서 카헤시온의 뒤를 쫓아갔다.

❧   ❧   ❧

대륙에서 가장 눈부신 문명을 꽃피우고 있는 마티디안 제국의 보바톤 황제는 현재 카헤시온을 태양궁으로 불러들여 얘기를 나누고 있었다. 갑자기 행방불명되었다가 의식을 잃은 채로 발견돼 여태 정신을 차리지 못한 황자비의 안부도 묻기 위해서지만, 또 다른 이유도 한 가지 걸려 있었다.

"그래, 비는 좀 어떠하더냐?"

"죽지는 않을 것 같다 합니다."

마치 남의 얘기를 하는 듯, 차갑기 그지없는 카헤시온의 말에 보바톤은 속으로 한숨을 내쉬며 그를 이곳으로 불러들인 가장 큰 이유를 조심스럽게 꺼내 들었다.

"제로비안 제국 황녀의 생일이 며칠 뒤더구나. 초대장이 왔다. 정확히 널 지목하여 초청하더구나. 비트니안 제국의 움직임이 심상치 않은 지금, 제로비안 제국과 서로 등을 돌려서 좋을 게 없다."

보바톤의 목소리가 서늘하게 울리자 카헤시온은 가만히 고개를 끄덕였다.

현재 비트니안 제국은 황위 다툼이 치열하게 벌어지고 있었다. 사로비아 황태후를 중심으로 가장 어린 황자인 하디스 쉬체 비트니안을 황제로 추대하려는 움직임이 일고 있었다. 만약 그렇게 된다면 사로비아 황태후의 섭정으로 발카 대륙은 다시금 큰 격동을 맞이하게 될지도 몰랐다.

만일을 대비하여 주변국과의 동맹이 매우 중요할 터. 더군다나 제로비안 제국의 황녀라면 그 황제가 가장 아끼고 총애하는 이라는 소문이 자자했다 외모에 대한 이런저런 소문도 있기는 했지만, 카헤시온에겐 별 쓸모없는 소문에 불과했다.

"아무튼 네가 수고를 좀 해다오. 제로비안에서 널 지목한 이유는, 네가 그쪽 황태자와 안면이 있어서겠지."

"그저 조금 알고 있을 뿐입니다."

"뭐, 어쨌든 간에. 그나저나 황자비가 이런 상황에서 너를 다른 제국으로 보내는 것이 조금 마음에 걸리는구나."

"그러실 필요 없습니다. 어차피 깨어났다는 소식만 들으면 될 테니까."

"하지만."

"그럼 시간이 없으니, 지금 당장 제로비안 제국으로 출발하겠습니다."

그는 별다른 말 없이 보바톤에게 고개를 숙이고서 걸음을 뒤로 돌렸다.

보바톤은 영 불안한 기색으로 카헤시온의 빈자리를 살폈지만, 어쩔 도리가 없었다.

궁을 빠져나온 카헤시온은 무거운 한숨을 내쉬며 제라드에게 말했다.

"지금 당장 제로비안 제국으로 떠날 준비를 해라."

제라드는 갑작스런 명령에 당혹감을 감추지 못했다. 제로비안 제국이라니. 게다가 지금은 황자비께서 아직 의식을…….

"하지만 전하, 아직 비전하께서 깨어나지 않으셨는데……."

"제국 간의 일이다. 고작 그런 일로 초대를 거절할 수는 없지. 나중에 비가 의식을 되찾으면 그 보고만 하도록."

"알겠습니다."

그렇게 카헤시온은 일정을 맞추기 위해 곧장 궁을 떠났다. 시로벨이 깨어날 때까지 같이 있어주지는 못하더라도, 잠깐 로제궁에 들를 시간 정도는 낼 수 있었을 텐데. 카헤시온은 일말의 망설임도 없었다.

머릿속이 아득했다. 누군가 자꾸 자신을 부르는 것 같기는 한데, 입을 열 수가 없었다. 대답은커녕 숨조차 제대로 쉬기가 어려웠다. 마치 온몸이 갈기갈기 찢어졌다가 다시 붙은 것처럼. 머리부터 발끝까지 미묘한 감각이 곤두서고, 전혀 알 수 없는 기운이 휘몰아치는 듯, 아무튼 기분이 너무나도 이상했다.

그러다 문득, 까만 무언가가 일렁이면서 그 사이로 낯이 익은 그림자가 아른거렸다. 누군지 제대로 보이진 않았다. 굉장한 미인인 것 같았다.

저런 사람을 내가 알 리가 없는데. 대체 왜 이렇게 낯이 익은 느낌이 드는 걸까? 너무 친숙한 기분에 오히려 낯선 기분이 들었다.

그때, 위에서 내려다보는 것 같은 그 눈동자가 살포시 휘어지면서 청아한 목소리가 울렸다.

'미안하고, 고마워요.'

그 목소리가 순식간에 커다란 울림이 되어 숨이 막힐 정도로 온몸을 눌러왔다. 동시에 그토록 떨어지지 않던 눈꺼풀이 스르르 열리면서 그 모든 잔상들이 삽시간에 사라져 버렸다.

"으윽!"

참고 있던 숨을 한꺼번에 토해내며 그녀는 벌떡 일어났다. 이처럼 생생한 꿈은 처음이었다. 아니, 정말 꿈이 맞긴 한 거야? 대체 무슨 그런 거지같은 꿈이 다 있어. 하긴, 죽다 살아나는 거니까 당연한 건가? 아니, 내가 정말 살긴 산 건가?

그녀는 그제야 제대로 숨통이 트인 걸 확인하며 가쁜 숨을 마저 내쉬었다. 속이 울렁거리고 머리가 지끈거렸다. 이런 뭣 같은 기분은 정말 처음이었다.

"백곰, 그 개자식만 아니었어도."

소휘는 관자놀이를 꾹꾹 누르면서 두통을 좀 진정시키려다 자꾸만 손가락에 걸려드는 머리카락에 미간을 찡그렸다. 머리카락이 언제 이렇게 길어졌지? 형사 노릇 하면서 거추장스러운 건 딱 질색이라 항상 숏커트의 스타일만 고집해서 이렇게 머리가 길 리가 없는데.

자꾸만 손가락에 걸리는 머리카락을 한 움큼 움켜쥐고서 아래로 내린 순간, 소휘는 비명을 질렀다.

"······하? 하? 악!"

내, 내 머리가 왜 이래. 왜 이렇게 길고 시뻘건 색깔로 변해 있는 거냐고!

그녀는 절로 튀어나올 것 같은 욕을 억지로 삼키고서 일단 침착하게 자리에서 일어나 천천히 거울 앞으로 다가갔다. 그러다 문득, 자신이 있는 곳이 굉장히 화려하고 사치스러운 방이라는 것을 깨달았다.

대체 여기가 어디야? 요즘 이런 병원도 다 있나? 정석이, 이 자식은 대체 날 어디로 데려온 거야! 내 월급이 쥐꼬리인 건 저도 다 알면서!

소휘는 이유를 알 수 없이 불안한 마음에 괜한 곳에 분풀이를 하면서 거울을 바라보았다. 거울 역시 얼굴 한 번 보는 것치고는 지나치게 화려했다. 하지만 어느새 그런 생각은 말끔히 사라져 버렸다. 거울에 비친 제 모습을 확인한 순간, 소휘는 숨을 쉴 수가 없었다. 아니, 완전히 굳어버렸다. 거울 속에 전혀 모르는 여자가 자신을 바라보고 있었다. 전혀, 전혀 모르는 여자가!

결코 자신의 것일 리 없는 붉고 탐스러운 머리카락이 허리 아래로 치렁치렁 쏟아져 내렸다. 밥 먹듯 하는 야근에 상할 대로 상하고 다크서클까지 진한 피부는 어디로 가고 어디 화장품 광고 CG에서나 볼 법한 투명하고도 새하얀 피부가 화사하게 빛나고 있었다. 대한민국 사람들 대부분이 갖고 있는 암갈색 눈동자 대신 맑은 물빛 눈동자가 이 어이없는 상황에서 연신 빠르게 깜빡였다. 게다가 온갖 운동으로 다져진 단단한 몸이 아닌, 한 대 치면 툭 부러질 것 같은 팔다리까지.

대체 저 여자는 누구야. 저게 나야? 말이 돼? 이게 말이 되냐고!

"꿈이야. 꿈이 아니면 이걸 도대체 뭐라고 설명할 건데? 응? 꿈이니까, 깨야 해. 이런 말도 안 되는…… 이런 황당한 꿈은 깨야 한다고!"

소휘는 두 눈을 질끈 감고서 거추장스럽게 긴 머리카락을 마구 쥐어뜯었지만, 소용이 없었다. 오히려 머리카락을 쥐어뜯을수록 두통이 심해졌다.

요즘은 꿈에서도 아픔이 느껴지나? 아니잖아. 그럼 이게 현실이라는 건데. 그건 더 말이 안 되잖아!

"……그러고 보니, 그 저승사자."

분명 뭐라고 속삭였었다. 눈이 감기고 정신이 멍해져서 제대로 듣지 못했지만, 분명 뭐라고 말을 했었다. 설마 이 거지 같은 상황에 대해서 말한 거였어? 이렇게 될 줄 알고 있었다는 거야? 대체 왜? 왜? 아무리 세상사 공짜는 없다지만, 저승사자가 이러면 안 되잖아!

"아오, 그 빌어먹을 자식!"

소휘는 도저히 제정신으로는 이 상황이 이해되질 않았다. 그러다 문득, 자신이 얼마나 말도 안 되는 옷을 입고 있는지 보고서는 허탈한 웃음이 절로 나왔다. 매번 티셔츠에 청바지만 입고 다닌다고 여자가 아니라는 소리만 골백번도 더 들었는데, 지금 입은 옷은…… 아예 치렁치렁한 레이스가 잔뜩 달린 새하얀 드레스였다.

"하, 정말 미치고 환장하겠네."

소휘는 자꾸만 앞으로 흘러내리는 머리카락을 신경질적으로 쓸어 올리며 연신 그 뭐 같은 저승사자를 향한 살벌한 말을 곱씹었다. 그러던 와중, 문밖에서 경쾌한 목소리가 들려왔다.

"비전하, 약을 드실 시각이십니다."

그 순간, 소휘의 얼굴이 더욱 제대로 일그러졌다. 대체 이 상황에서 어떻게 대처해야 하는 거지? 소휘는 그녀답지 않게 잔뜩 긴장한 표정을 하고선 침을 꿀꺽 삼켰다.

로제궁의 시녀 메이는 비전하의 약을 가지고 방으로 가는 중이었다. 그녀의 표정은 굉장히 우울했다. 이곳으로 오기 전, 본궁의 시녀들이 하는 말을 들은 탓이었다. 카헤시온 황자 전하께서 제로비안 제국 황녀의 생일 연회에 참석하기 위해 마티디안을 비웠다는 소식이었다.

아무리 두 분께서 아무런 마음 없이 하신 정략혼이라지만, 비전하께서 저리 의식을 잃고 계시는 상황에서 다른 제국의 황녀를 만나러 떠나시다니! 비전하의 탄신 연회는 이리 허망하게 끝나고 말았는데……. 메이는 괜히 서글퍼졌다.

그나마 다행인 건 황자 전하께서 비전하에게만 냉담하신 게 아니라 다른 여인들에게도 찬바람이 쌩쌩 분다는 점이었다. 아무리 제로비안 제국의 황녀가 '청초의 레이디'라 불릴 정도로 그 외모가 아름답다고 하나 메이는 조금도 걱정하지 않았다. 우리 비전하께서도 '물빛의 레이디'라 불리며 그에 못지않게 아름다우시지만 황자 전하께서는 그런 비전하께도 싸늘하지 않으신가. 아무튼 황자 전하께서 다른 여인에게 눈 돌리는 일은 없을 것이다.

어느새 방 앞에 도착한 메이는 안에서 대답이 없을 걸 뻔히 알면서도 예를 갖춰 입을 열었다.

"비전하, 약을 드실 시각이십니다."

그리고 잠시 대답을 기다리는 척하다가 방문을 연 순간, 메이는 멀쩡하게 서서 자신을 바라보는 시로벨의 모습에 저도 모르게 약그릇을 떨어뜨렸다.

쨍그랑!

"비, 비전하! 비전하께서 깨어나셨다!"

레이스와 프릴이 가득한 이상한 옷을 입븐 여자가 들어오더니, 혼자 쌩쇼를 하면서 소리를 지르다 이내 눈물까지 떨구기 시작하자 소휘는 기가 막혀 말이 나오질 않았다. 대체 여기는 어떻게 생겨 먹은 곳이야? 왜 이런 일이 계속 생기는 거냐고! 대체 왜!

"비전하, 어찌 몸을 일으키셨습니까. 아식은 무리하시면 아니 되십니다."

"……비전하?"

잠깐. 지금 나를 뭐라고 부른 거야?

소휘는 혼란스런 와중에도 여자가 저를 부른 호칭에 집중했다. 거기에 굉장한 극존칭. 그래, 일단 차분하게 상황을 알아보자. 사건을 수사하는 데 있어 제일은 일단 정보 수집이다!

"거기."

"예, 비전하."

"비전하라는 거, 날 말하는 거야?"

"무슨 말씀이신지?"

"그러니까 날 부르는 거냐고!"

워낙 험하기로 유명한 강력반에서, 그것도 여자의 몸으로 흉악범들을 상대하려면 어쩔 수 없이 여자이길 포기하고 왈왈 개가되어야만 했다. 특히나 소휘는 남자보다 더한 근성으로 악바리, 미친개로 유명했다. 무슨 일이 있어도 약한 모습이나 기죽은 모습을 보이지 않으려 노력했다. 남자들의 세계에서 약하다는 건

바로 끝을 의미했으니까. 한소휘의 사나움은 특히 취조실에서 빛을 발했다.

그러니 지금도 초장에 강하게 밀어붙여야 해. 쫄지 말고, 겁먹지 말고!

"나를 비전하라고 부른 거 맞아?"

"예? 아, 예."

비전하라니. 설마 내가 생각하는 그게 맞는 건가? 왕이나 왕자의 아내를 비전하라고 하잖아. 에이, 설마, 말도 안 돼.

그래도 혹시나 하는 생각에 소휘는 이젠 거의 넋을 잃어버린 여자를 향해 조심스럽게 입을 열었다.

"혹시나 하는 말인데. 그냥 혹시나. 왕이나 왕자의 아내. 뭐, 그런 건 아니지?"

"……."

역시. 그럴 리가 없지. 지금 아무리 주변이 미쳐서 돌아가고 있다 해도, 정신까지 놓아버리면 안 돼. 그래, 한소휘. 정신줄을 꽉 붙잡고 있자. 꽉!

그때, 여자의 눈망울에서 다시금 눈물이 뚝뚝 떨어지더니 아까보다 더욱더 큰 소리로 통곡하기 시작하는 것에 소휘는 질겁했다.

저 여자, 미친 거야?

"그게 무슨 말씀이십니까, 비전하! 비전하께선 마티디안 제국의 제3황자 전하이신 카헤시온 전하의 정비이십니다! 하나뿐인 정비시란 말입니다!"

메이의 간절한 통곡에도 불구하고, 소휘는 정신을 차릴 수가 없었다. 마티디안 제국? 제3황자? 그리고 뭐? 정비? 그럼 아내? 그럼 뭐야. 내가 지금 결혼을 한 유부녀란 말이야!

"망할! 그 미친 저승사자. 아직 연애도 못 해본 꽃답디꽃다운 처녀를 유부녀로 만들어? 아오, 제기랄!"

"비, 비전하! 비전하!"

메이는 제정신을 차릴 수가 없었다. 지금 제 눈앞에 있는 여인은 자신이 알던 비전하가 아니다. 제가 아는 비전하는 지금처럼 소리 한 번 지르신 적이 없고, 저렇게 알아듣지 못하는 말을 막 하시는 그런 분이 절대로 아닌데! 착하고 다정하시던 분이 어찌……. 분명, 뭔가가 잘못되었다. 비전하께서 분명 어딘가 잘못되신 것이 틀림없다!

"저승사자, 이 망할 잡것!"

그때, 웅성거리는 소리가 들리는가 싶더니 로제궁의 시녀장 조세핀과 치료사가 방 안으로 들어섰다. 두 사람은 멀쩡하게 서 있는 시로벨을 발견하곤 역시나 눈물을 글썽이기 시작했다. 그 모습에 소휘는 이젠 완전히 질린 표정으로 고개를 돌려 버렸다. 대체 이 여자가 얼마나 대단하기에 다들 얼굴만 보면 감격에 벅차 눈물부터 글썽이냐고!

"비전하, 몸은 어떠하십니까? 괜찮으신 것입니까?"

억지로 그녀를 침대에 눕힌 치료사는 싫다는 소휘를 억지로 진맥하였고, 조세핀은 그 옆에서 정말 다행이라며 눈물을 찍어내고 있었으나 메이는 너무나 변해 버린 그녀의 모습에 어찌할 바를 모른 채 서 있었다.

"정말 많이 좋아지신 듯합니다. 하지만 아직까지는 조금 불안하오니 좀 더 궁에서 휴식을 취하시는 것이 좋을 듯합니다."

치료사는 이렇게 말한 후 자리에서 일어섰고, 조세핀은 잠시 후 돌아오겠다며 치료사를 따라나섰다. 메이 역시 미묘한 표정을 지으며 여전히 툴툴대고 있는 소휘를 힐끔 쳐다보고선 서둘러 방을 빠져나갔다.

그렇게 다시 홀로 남게 된 소휘는 쉬라는 치료사의 말에도 불구하고 침대에서 일어나서는 거울에 비친 제 모습을 한 번 더 바라보았다. 말도 안 된다고, 이건 꿈일 거라고 믿었는데, 점점 시간이 지날수록 이 말도 안 되는 상황이 현실이라는 걸 깨달았다.

그래, 죽기 전 저승사자도 봤는데 그자가 꾸민 짓이라면 이런 일이 벌어질 수도 있지. 문제는 왜 그랬냐 하는 건데. 혹시 실수인가? 하지만 몸이 바로 코앞에 있었는데. 아니지, 한 번 죽은 사람을 살려내는 건 저승사자도 힘든 일일 거야. 그럼 실수할 수 있지. 암, 실수할 수 있어. 그렇다면 다시 한 번 저승사자를 만나서 원래 몸으로 되돌려 달라고 해야 해. 보아하니 이 여자도 자신과 비슷한 시기에 변을 당한 것 같은데, 그래서 영혼이 엇갈려 버린 거야. 그래, 그런 거야!

"오호, 역시 한소휘. 이 말도 안 되는 상황에서 드디어 머리가 제대로 돌기 시작했구나."

그녀는 다시 한 번 거울에 비친 자신의 모습을 바라보며 씨익 미소를 지었다.

"그렇다면 일단 저승사자를 만날 방법을 생각해야겠군. 그때까지는 이 몸을 잠시 빌려야겠어."

어떻게든 난 다시 한소휘로 돌아가야 하니까!

❖   ❖   ❖

보바톤 황제는 카헤시온 황자가 마법진을 통해 무사히 제로비안 제국에 당도하였다는 소식과 더불어 잠시 외부에 있었던 제2황자와 제2황녀가 귀환하고 있다는 소식에 흡족한 미소를 지었다. 그때, 황제 앞으로 시종이 로제궁에서 보낸 소식을 전하였다.

"황제 폐하, 시도벨 비션하께서 의식을 되찾으셨다는 소식입니다."

"오호? 그래? 비의 상태는 어떠하다더냐?"

"더는 걱정하지 않으셔도 된다고 치료사가 전하였습니다."

황제는 시종의 말에 고개를 끄덕이다가 이내 카헤시온이 현재 이곳에 없다는 것을 깨닫고는 다소 난감한 표정을 지을 수밖에 없었다.

"흐음, 이거 난감하군. 다른 제국 황녀의 생일 연회에 참석하러 간 참이니……."

"폐하?"

"짐이 지금 로제궁으로 향할 것이니 그리 알리고 준비를 하라."

"예, 폐하."

시녀들의 분주한 보살핌 속에 소휘는 한 가지 생각을 하고 있었다. 지금까지의 정황으로 보아선 이 여자는 정말로 높은 신분임이 분명했다. 거기에 이미 황자라는 남자와 결혼한 유부녀이기도 했다.

하지만 요즘 세상에 황자가 어디 있어? 게다가 마티디안 제국 이니 하는 나라 이름은 들어본 적이 없단 말이지. 저승사자가 도 대체 날 어디로 떨어뜨린 거지? 요즘 영화에서나 드라마에서 유 행하는 타임 슬립이나 차원이동 뭐, 그런 건가?

"비, 비, 비전하. 어디 불편한 곳은 없으신지요?"

"없어."

메이는 단숨에 제 말을 끊어버린 시로벨을 여전히 의심스런 눈 빛으로 바라보았다. 일단 비전하가 이상하다는 말을 조세핀 시녀 장님께만 알렸는데, 시녀장님께선 일단은 지켜보라는 말씀만 하 셨다. 하기야 이런 일이 소문으로 번지면 이쪽만 난감할 뿐이었 다. 게다가 조금만 기다리다 보면 다시 원래의 모습으로 돌아가실 지도 모르고.

"나 정말 괜찮으니까 좀 나가줄래? 생각을 좀 해야겠는데, 네 가 자꾸 말을 걸어서 도저히 집중이 안 돼, 집중이! 난 원래 생각 할 때는 주변이 조용해야 하거든."

"예, 비전하. 하면 필요할 때 불러주십시오."

그렇게 메이가 밖으로 사라지자, 소휘는 다시금 이 상황을 제 대로 정리하기 위해 집중하려고 했다. 하지만 그때.

"비전하!"

망할. 왜 또 왔어!

멀리 나간 줄 알았던 메이라는 여자가 또다시 들이닥치자 소휘 의 미간에 험한 주름이 잡혔다. 하지만 곧이어 그 여자의 입에서 나온 말에 망치로 머리를 한 대 맞은 것처럼 멍해지고 말았다.

"비전하, 지금 황제 폐하께서 로제궁을 방문하신다는 전갈이 왔습니다!"

"황, 황제 폐하?"

잠깐! 황제 폐하라면. 이 나라의 우두머리…… 우두머리?

소휘의 머릿속은 그야말로 카오스 상태가 되었다. 정말 이 세계엔 황제가 있는 거야? 그렇다면 잘못 밉보였다간 그대로 능지처참 같은 거 당하는 거 아니야?

소휘는 예전에 보았던 드라마를 떠올렸다. 황제 앞에서 건방지게 얼굴을 든다든가 발칙 소금 살롯해도 바로 목숨이 왔다 갔다 하던데 만약, 여기서 죽게 되면 저승사자고 나발이고 다 끝장날지도 모르잖아!

그래, 일단 살고 보자. 그리고 언제까지 이 상태로 있어야 할지 모르는데, 황제한테 밉보일 필요는 없잖아? 이 몸이 황자의 아내라면 황제에겐 며느리 되는데, 시아버지를 내 편으로 끌어들이면 웰컴 투 시월드에서 든든한 방패막이 생기는 거라고 예전에 들은 적이 있었지. 소휘는 결심을 다졌다. 이렇게 갑자기 시아버지가 생길 줄은 몰랐지만, 연습이라고 생각하고 눈 딱 감고 애교 비슷한 아부라도 떨어보자!

애교라는 닭살스런 단어를 떠올리자마자 온몸으로 소름이 쫙 돋았지만, 소휘는 애써 고개를 가로저었다. 그렇게 마음의 준비를 하고 있을 때, 드디어 메이가 황제의 방문을 알렸다. 올 것이 온 것이다!

"비전하, 황제 폐하께서 오셨습니다!"

몇 초 후, 백장미가 섬세하게 수놓아진 하얀 문이 천천히 열리면서 드디어 황제가 그 모습을 드러냈다. 소휘는 침대에서 몸을 일으켜 세우려 했지만, 보바톤 황제가 손을 가로저으며 그것을 저지했다.

"아니다. 그리 신경 쓰지 않아도 된다. 몸도 좋지 못한데……."

"아닙니다. 황제; 폐하."

소휘는 더듬더듬 입을 열어 대꾸했다. 이렇게 말하면 되나? 하지만 영 어색해서 죽을 맛이다!

그런데 소휘는 일단 다른 것에 놀랐다. 생각보다 황제는 조금, 조금 귀여웠다. 원래 영화나 드라마에서 보던 황제들은 카리스마를 풍기며 위엄 있는 모습을 하고 있었는데, 눈앞에 있는 황제는 그와는 거리가 멀어 보였다.

동글동글한 얼굴 속 서글서글한 눈매엔 카리스마라고는 눈 씻고 찾아봐도 없었고, 풍성하고도 짧은 새하얀 수염과 종종거리며 걷는 모습이 역시 귀여웠다. 역시 영화는 믿을 게 못 되는 건가?

"역시 건강이 완전히 회복된 것이 아니구나. 얼굴색이 많이 상하였다."

"괜, 괜찮습니다."

"그리 딱딱하게 대할 것 없다. 아무리 내가 황제라지만, 넌 나의 며느리가 아니더냐."

그렇다고 정말 편하게 말하면 능지처참이겠지? 그래도 이 여자가 시월드에서 그렇게 힘들지는 않은 모양이군. 저 정도면 며느리한테 다정한 편이잖아? 아니면 다른 시누이들이나 궁극의 보스, 시어머니가 악독하고 악랄한가?

그렇게 그녀가 별 시답지 않은 생각에 잠겨 있을 무렵, 황제는 시로벨을 천천히 살펴보고 있었다. 의식을 되찾은 지 얼마 되지 않아 많이 야윈 모습이긴 했지만, 그래도 이만한 것이 다행이었다. 게다가 예전보다 표정이 굉장히 다채로워 보였다. 예전엔 내내 무표정에 그나마도 가끔씩 짓는 작은 미소가 전부였다. 그래서 혹시나 이곳에서 제대로 적응을 하지 못하는 건지 걱정을 하기도 했었다. 특히나 카헤시온이 살갑게 다독여 주는 성격도 아니라 걱정은 더 컸다. 그런데 오늘은 짧은 새에 벌써 여러 표정을 보았다.

'지금이 훨씬 좋아 보이는군.'

"그나저나 비, 황자가 오지 않아 서운하겠구나. 미안하다. 제국 간의 일이라 내가 어쩔 수 없이 카헤시온을 보내고 말았구나."

"예? 아, 예. 예."

맞다. 남편이 있었지! 소휘는 새삼 깨닫는 사실에 다시 얼떨떨해졌다. 익숙하지 않아 그 존재에 대해 자꾸만 깜빡깜빡하고 있었다. 그런데 남편은 어디 멀리 있는 건가? 오히려 오예다, 오예!

"너무 섭섭하게 생각하지 말거라. 비가 의식을 찾았다는 소식이 카헤시온에게도 전해졌을 것이다. 그러니 어쩌면 일정보다 조금 더 빨리 돌아올지도 모르겠구나."

물론 이건 거짓말이었다. 카헤시온의 성격상, 소식을 접해도 '그렇구나' 하고 말 녀석이었으니.

"괜찮습니다. 신경 쓰지 마십시오. 자고로 공과 사는 확실해야 한다 하지 않습니까. 제가 그리 속 좁은 여자는 아니랍니다. 전 나중에 결혼을 해도 남편과 제 생활은 확실하게 구분을……."

"결혼?"

"아, 아닙니다. 잠시 헛말이. 하하하하."

그때, 밖에서 황제를 찾는 목소리가 울렸고 그는 다시 한 번 그녀에게 몸조리를 잘하라는 말을 남기고서 방을 나섰다.

"하, 끝났다!"

이제야 긴장이 풀린 소휘는 그대로 침대로 쓰러졌고, 그 모습에 놀란 메이가 달려왔지만 그녀는 이미 풀릴 대로 풀려 버린 어조로 손을 가로저으며 메이를 저지했다.

"됐다, 됐어. 피곤하니 나가봐."

"예, 그럼 저녁 때 찾아뵙겠습니다."

"그래, 그래, 어여 나가서 일 봐."

그렇게 사방이 고요해지자 소휘는 정신적인 스트레스에 미간을 찡그렸다. 고작 이 정도에도 이렇게 힘든데, 나중에 진짜 결혼하고 나면 정말 어쩌지? 응? 차라리 밤새 야근하고 도둑놈 때려잡으며 다니는 게 낫지.

"……나중에 남편이라는 남자도 봐야 하잖아. 아오, 진짜!"

일단은 다른 곳에 가 있어 여기에 없다고 하니, 가능하면 그가 돌아오기 전에 최대한 빨리 저승사자 놈을 다시 만나야겠다고 다짐하며 소휘는 주먹을 불끈 쥐었다.

아침부터 자신을 귀찮게 하는 메이를 방에서 쫓아낸 소휘는 옷장 문을 열어보았다. 아니나 다를까, 옷장 안은 사방팔방 레이스 천지로, 레이스가 안 달린 옷이 없었다. 자신이 입고 있는 게 그나마 좀 덜한 옷이라는 게 기가 막힐 뿐이었다. 아무리 비전하인지 뭔지라지만, 무슨 옷이 이렇게 죄다 공주풍이야! 이런 걸 입고 걸어 다닐 수 있긴 한 거야?

아침부터 짜증이 확 치솟기 시작했다. 이젠 몸도 거의 다 나은 것 같고, 슬슬 움직이면서 정보를 모으고 조사를 좀 해봐야겠는데 사사건건 방해하며 잔소리하는 시녀장 조세핀과 그녀의 오른팔 메이 때문에 귀가 다 따가웠다. 하지만 더 이상 이렇게 참고 갇혀 있을 수만은 없었다.

소휘는 그나마 제일 수수해 보이는 드레스를 꺼내 들었다. 그런데도 거추장스러운 장식들이 한가득이었다. 소휘는 하는 수 없이 이침에 식사를 하다가 몰래 숨긴 빵 자르는 나이프를 꺼내 솜씨 좋게 그것들을 전부 잘라냈다. 이런 거 하려고 배운 건 아니지만 그래도 제법 쓸 만했다. 생각 같아서는 너무 긴 이 치맛자락도 좀 자르고 싶었지만, 그렇게 되면 맨다리가 드러날 테니 이 정도로 참기로 했다.

옷을 정리한 김에 긴 머리카락도 잘라 버리고 싶었지만 소휘는 그 생각은 곧 지워 버렸다. 나중에 다시 몸을 바꿔야 하니, 털끝 하나라도 다치지 않고 소중히 돌려줘야겠다는 생각이 든 것이다. 일단 임시로 거추장스럽지 않게 대충 머리를 틀어 올리고선 이제 여기를 어떻게 빠져나갈까 고민을 했다. 문밖은 시녀들이 번갈아 가면서 지키고 있으니 그곳으로 나가는 건 절대 무리였다. 하지만 그녀는 그리 오래 고민하지 않았다. 문으로 나가지 못하면 다른 뚫린 곳으로 나가면 그만이지.

소휘는 침대 위 이불의 탄력과 질김을 확인하고는 나이프로 그것을 찢어 길게 이어 묶었다. 한쪽 끝을 침대 모서리에 잘 고정시키고선 다른 한쪽을 창문 밖으로 휙 던졌다. 길이가 살짝 모자라기는 하지만 이 정돈 낙법으로 떨어지면 그만이었다.

그렇게 이불을 붙잡고서 마치 소방 훈련하듯 벽을 타고 내려가는 것까지는 성공했지만, 워낙 이 몸이 운동과는 거리가 멀어서인지 착지를 하면서 살짝 휘청하며 발목을 삐끗하고 말았다.

"아오, 아파. 천하의 한소휘가 이런 높이에서 발목을 삐다니. 드럽게 아프네."

그래도 일단 탈출 성공! 소휘는 뿌듯한 얼굴로 주위를 둘러보았다. 이제 저들이 눈치채기 전에 무조건 이곳에서 멀리 도망가야 했다. 지난 수년간 밤낮없이 잠복했던 실력을 제대로 보여주겠다고 다짐하며 소휘는 걸음을 옮겼다.

빛의 황궁의 세 번째 건물이자, 황실 여인들이 지내고 있는 백합궁의 정원에서 한 여자가 포근히 스며드는 햇살을 즐기고 있었다. 푸르게 출렁이는 머리카락 사이로 연한 에메랄드빛의 눈동자가 반짝거렸고, 그리 크지 않은 키와 조그맣게 다물어져 있는 연분홍빛 입술이 사랑스러운 여인이었다.

손에 커다란 가방 하나를 쥐고서 종종걸음을 옮기던 메모리는 잠시 걸음을 멈추고서 우거진 녹음 사이로 파고드는 바람에 살짝 눈을 깜빡였다. 실로 오랜만에 빛의 황궁을 찾았다. 어쩐지 이곳은 시간이 비껴간 듯 변한 것이 아무것도 없었다. 하지만 그렇기에 어쩐지 메모리의 표정이 조금 어두워지는 듯했다.

그렇게 얼마쯤 걸었을까? 그림자 여럿이 그녀의 앞길을 막아섰다. 바람결에 밀려드는 지독한 향수 냄새와 날카롭게 울리는 목소리. 메모리는 속으로 엷은 한숨을 내쉬고선 두 손으로 가방을 더욱 꽉 쥐고서 천천히 고개를 들었다. 마주치고 싶지 않은 이들과 마주치게 되었다.

마티디안 제국의 제법 이름 있다 하는 귀부인들과 황실 여인들의 사교 모임인 백합원의 귀부인들이었다. 원래는 황후나 후궁, 즉 황제의 여인들이 백합원의 장으로서 모임을 이끌었지만, 현 황제의 여인들은 사정상 모두 황궁에 없었기에 현재 백합원은 제1황녀가 이끌고 있었다.

메모리는 온갖 화려한 드레스로 치장을 하고 그보다 더 화려해 보이는 부채로 입을 가린 채, 가증스러운 눈웃음을 그리고 있는 여인들을 바라봐야만 했다.

"어머, 메모리 비전하 아니십니까? 이렇게 황궁에 계실 줄은 몰랐습니다."

"오랜만에 걸음 하신다는 소식은 들었지만, 이리 직접 얼굴을 보게 될 줄이야."

그녀들의 서늘한 말 속에 스며 있는 차가운 의미를 너무나도 잘 알고 있었지만, 그녀는 한마디도 하지 못한 채 조그만 입술을 살짝 깨물었다. 무슨 말이든 하고 싶었지만 그럴 수가 없었다. 그녀는, 말을 하지 못하니까.

⚜　　⚜　　⚜

제로비안 제국에 도착하자마자 카헤시온은 제라드의 닦달에 하는 수 없이 옷을 갈아입고 황녀의 성대한 생일 연회에 참석하였다. 그가 걸음을 옮길 때마다 주변의 시선들이 전부 그에게 쏠렸다. 특히나 영애들의 시선이 무척이나 뜨거웠다.

마티디안 제국의 제3황자. 그보단 '빙안의 귀공자'로 더 잘 알려진 그는 주변의 소란에도 아랑곳하지 않고 차갑게 가라앉은 시선으로 오직 한 곳만을 응시하고 있었다.

잠시 후, 화려한 샹들리에의 영롱한 불빛 아래로 제로비안 제국의 황제와 더불어 코델리아 아무르 제로비안 황녀가 그 모습을 드러냈다. '청초의 레이디'로 더 잘 알려진 그녀는 분홍색 머리칼을 곱게 틀어 올리고, 아이리스 꽃을 연상하게 하는 연보랏빛 드레스를 입고서 그 누구보다 아름답게 빛나고 있었다. 한 제국의 황녀답게 움직임 하나하나가 우아했으며, 서 있는 그 모습만으로도 고귀함이 흘러 넘쳤다.

모두들 그녀에게 찬사를 보냈지만, 오직 카헤시온만이 별 흥미가 없는 담담한 얼굴이었다. 그리고 그러한 주군의 모습에 제라드는 고개를 살짝 흔들며 한숨을 내쉬었다. 이런 모습을 보고 좋아해야 할지 말아야 할지.

어느새 흐르던 음악이 왈츠의 부드러운 선율로 바뀌어 있었다. 제국의 전통상 생일을 맞이한 이가 먼저 춤을 추어야 다른 귀족들도 춤을 출 수가 있었다. 다들 과연 누가 먼저 청초의 레이디의 아름다운 꽃의 향을 품을 수 있을지 무척이나 궁금해했다.

그리고 잠시 후, 코델리아 황녀가 누군가를 찾는 듯 주위를 두리번거리더니 이내 엷은 미소를 지으며 천천히 걸음을 옮기기 시작했다. 그리고 마침내 그녀의 발길이 닿은 곳에 카헤시온이 서 있었다. 코델리아는 애써 차오르는 기대감을 한껏 억누르며 부드럽고 고운 목소리로 그를 향해 입을 열었다.

"카헤시온 황자님, 부디 저의 첫 상대가 되어주시겠어요?"

그녀는 수줍게 자신의 손을 그에게 내밀었다. 그러자 카헤시온은 천천히 그 손을 잡고선 이내 정중히 아래로 내렸다.

"미안하지만, 그렇게 할 수는 없소, 코델리아 황녀."

명백한 거절에 어느새 왈츠마저 멎고, 사람들은 숨소리도 내지 않은 채 그 두 사람을 바라보았다. 여기서 가장 미칠 것 같은 것은 제라드였다. 아무리 그래도 생일을 맞이한 황녀를 위해 오신 거면서, 이렇게 단호하게 거절을 하시면 어쩌는가!

갈 곳을 잃은 황녀의 손은 자신의 드레스를 사납게 움켜쉬었다. 겉으로 보기엔 괜찮아 보였다. 겉으로 보기에는.

"어째서인가요?"

"내겐 이미 아내가 있소."

제국의 전통으로 특별한 경우가 아닌 이상, 혼인한 남자는 반드시 자신의 아내와 먼저 춤을 추고 난 후에 다른 이성과 춤을 출 수 있었다. 하지만 코델리아는 지금의 상황이 특별한 경우라고 생각했다. 하지만 그의 눈빛을 읽은 그녀는 단념할 수밖에 없었다. 초대하기는 했지만, 정말로 와줄 거라는 생각은 하지 못했었다. 그런데 정말로 이렇게 눈앞에 그가 나타났고, 그래서 조금 더 욕심을 내고 말았다. 그러니 이 욕심은 여기서 그만 접어야만 한다. 아직은 때가 아니니까. 너무 성급하게 생각하지 말자, 코델리아. 기회는 언제든지 있으니까.

"연회는 5일 동안 열릴 거랍니다. 괜찮으시다면 마지막 날까지 제국에 머물러 주세요. 오라버니께서도 황자님을 기다리고 계시답니다."

"그리하도록 하겠소."

코델리아는 그를 향해 잔잔한 미소를 지으며 물러섰다. 카헤시온은 그런 그녀를 잠시 바라보다, 이내 몸을 돌려 버렸다.

"전하, 아직 연회가 끝나지 않았습니다."

제라드가 재빨리 다가와 그를 말렸지만, 그는 피곤한 기색을 띠며 대충 둘러댔다.

"일정이 고단하여 먼저 자리를 옮겼다고, 물어보거든 네가 그렇게 정중히 대답해라. 그러려고 데려온 거니까."

"전하!"

하지만 그는 더 이상 대꾸도 하지 않고서 연회장을 빠져나갔다.

⚜   ⚜   ⚜

로제궁을 탈출한 것까지는 괜찮았는데, 문제는 지금부터였다. 당최 어디로 가야 할지 감이 오질 않았다. 주변으로 보이는 거라고는 온통 나무와 풀뿐이었고, 가끔씩 외국영화에서나 봤을 듯한 복장의 기사들이 눈에 띄었다. 그리고 결국 눈으로 확인하고야 만 거대한 황궁.

소휘는 인정하지 않으려야 인정하지 않을 수가 없었다. 자신이 정말로 알 수 없는 곳, 그것도 엉뚱한 사람의 몸에 빙의되었다는 사실을. 어떻게든 저승사자를 찾아 제자리로 돌아가야 한다고 생각하면서도 소휘는 혹시나 하는 가정을 멈추지 않았다. 가장 큰 문제는 이 여자가 여기에서 어떻게 살아왔는지 모른다는 것이었다. 기왕 이 여자인 척을 시작했으니 괜히 눈에 띄는 행동을 했다가는 대번에 의심을 받을 터였다. 그렇게 되면 저승사자를 만나기도 전에 일이 틀어지게 될지도 모른다. 게다가 어떻게 될지도 모르는 상황이니 이 여자의 몸을 최대한 곱게 쓰고 곱게 돌려줘야 하지 않겠는가.

"일단 최대한 조신하게 살자. 그래, 조신하게."

하지만 이미 성격 면에서 그른 것 같아 소휘는 고개를 절레절레 저었다. 다른 건 몰라도 이 몸에서 깨어나고 난 후 가장 가까이에서 자주 본 시녀 네이가 주시하며 내빈 당황한 기색을 숨기지 못하던 것을 소휘도 알고 있는 것이다. 아마도 소휘가 빙의하기 전 시로벨이라는 여자는 절대로 한소휘 같은 성격은 아니었던 듯했다. 하긴, 한 나라 황자의 아내인데 얼마나 참하고 정숙했겠어. 게다가 툭 치면 쓰러질 듯한 몸을 봐도 움직임은 거의 없는 인형 같은 사람이었을 것이다. 밤낮 없이 뛰어다니며 구르는 게 직업인 형사와는 천지 차이겠지. 이참에 여성스러움을 배워볼까?

소휘는 절대로 이루어질 리 만무한 생각을 하면서 일단 발이 닿는 대로 걸었다. 어디 도서관 같은 데라도 찾을 수 있기를 바랐다. 일단 이 나라에 대한 정보를 얻어야 뭐든 해볼 것이 아닌가. 여기를 벗어나 제일 처음 만나는 사람을 붙잡고 물어봐야겠다 생각하며 발걸음을 돌리려는 순간, 소휘는 어디선가 들리는 여인들의 날카로운 목소리에 신경을 곤두세웠다.

카랑카랑한 목소리에 딱 들어도 보통 일은 아닌 것 같아서 그냥 지나쳐 갈까 했지만 이놈의 직업 정신이 무엇인지. 결국 소휘는 소리가 들리는 곳으로 조심스럽게 발걸음을 옮겼다. 소리가 점점 더 가까워지고, 한참 더 걸어가니 이 우거진 숲과는 굉장히 안 어울리는 여자들이 서 있었다.

'뭐 하는 거야?'

소휘는 한 걸음 더 가까이 다가섰다. 그러자 그 여자들 틈에 가려 보이지 않는 다른 여자가 눈에 들어왔다. 안 그래도 작은 몸을 더 움츠린 작은 여자였다. 뭐야, 지금 일 대 다수로 싸우는 거야? 그것도 저렇게 조그만 여자를 두고? 소휘는 짐짓 인상을 찌푸렸다. 그리고 그 순간!

'쿕즈 부인, 베르넬 부인, 스밀라 부인, 메모리 황자비.'

"하?"

그 순간, 갑자기 머릿속으로 낯선 이름들이 빠르게 스쳐 지나갔다. 설마, 지금 이게 저 여자들 이름인 건가?

'그럼 내가 이 여자랑 기억을 공유하고 있는 거야?'

세 귀부인은 웃음 뒤에 독을 품고서 굉장히 차가운 시선으로 메모리를 노려보며 하나같이 입을 열었다.

"혹시, 지금 백합궁으로 가시는 길이십니까? 정말 의외입니다. 안 그런가요, 쿕즈 부인?"

"그러지 마세요, 스밀라 부인. 메모리 비전하께서 못 오실 곳에 오신 것도 아닌데 의외라는 단어를 너무 강조하시는 것 같잖습니까? 그나저나 메모리 비전하, 드레스가 너무 아름다우십니다. 도대체 그런 드레스는 어딜 가야 살 수 있는 것인지요? 말씀해 주세요, 비전하."

"쿕즈 부인, 비전하께 실례세요. 비전하께서는 말을 못 하시지 않습니까. 그런 비전하를 곤란하게 하다니요."

"어머, 그렇군요. 송구합니다. 불편하신 건 아니죠?"

메모리의 눈동자가 점점 더 흔들리기 시작했다. 그녀들의 말이 계속될수록 자꾸만 고개가 아래로 떨어졌다. 황자 전하의 체통을 생각해서도 자신이 이렇게 움츠러들어선 아니 되는데, 무슨 말이라도 해야 하는데. 너무나도 떨려서, 가방에 들어 있는 깃펜과 양피지를 꺼낼 용기조차 나지 않았다. 그때, 새로이 끼어드는 누군가의 목소리에 메모리는 저도 모르게 고개를 들었다.

"부인들, 저 좀 볼 수 있을까요?"

메모리뿐 아니라 귀부인들도 당황하며 고개를 들었다. 그러자 그곳엔 모습을 거의 드러낸 적이 없는 시로벨 황자비가 엷은 미소를 지으며 서 있었다. 그것도 굉장히 괴상망측한 몰골을 하고서!

메모리는 당황한 기색으로 살며시 고개를 숙였고, 귀부인들 역시 이런 곳에서 제3황자비를, 그것도 저런 기이한 차림새를 한 모습을 보게 될 줄은 몰랐기에 다소 황당한 표정을 지으며 떨떠름하게 고개를 숙였다. 그리고 시로벨, 아니, 소휘는 그 모습을 여유롭게 지켜보면서 아주 명백한 사실을 하나 알게 되었다.

'그래, 역시나 저들의 이름이었군. 이젠 저들이 누군지 정확히 떠올라. 이거 꽤 괜찮은데?'

"퀴즈 부인, 베르넬 부인, 스밀라 부인, 정식으로는 처음 뵙는군요."

그녀는 제법 그럴싸한 어조로 입을 열었고, 이름이 불린 귀부인들은 조금 놀란 기색으로 시로벨을 살피며 조심스럽게 대꾸했다.

"어머나, 비전하께서 쓰러지셨다는 소문을 들었었는데, 이런 곳

에서 뵐 줄은 몰랐습니다. 저희들의 이름까지 기억해 주시고 말이
지요."

"카헤시온 전하께서 제로비안 제국으로 떠나셨다는 말씀 들었
습니다. 얼마나 상심이 크신지요."

"아무리 두 분의 사이가 좋지 않다고는 하나, 그래도 비전하께
서 이리 몸이 상하셨는데 타국 황녀마마의 생일 연회에 가시다
니. 전하께서 너무하셨습니다."

오호, 이 여자와 남편의 사이가 그다지 좋지 않단 말이지? 꽤
좋은 정보를 들었군. 소휘는 속으로 씨익 웃었다. 보아하니 남편
의 일을 들먹여 이 여자의 자존심을 건드려 볼 생각인 듯한데, 오
히려 잘됐다는 생각이 들었다. 이왕 이렇게 된 거, 어디까지 이용
할 수 있을지 유도신문을 하기로 결심했다.

"한데, 이런 곳에서 부인들은 무엇을 하는 중이었지요?"

"비전하께서는 못 들으셨나요? 곧 있으면 세네티아 황녀전하께
서 황궁으로 귀환하신답니다. 그래서 백합궁으로 가는 길이었지
요. 메모리 비전하도 함께 말입니다."

제 이름이 나오자 메모리는 다시금 흠칫하며 고개를 돌렸고,
소휘는 그런 그녀를 곁눈질로 확인하며 여전히 차분한 표정을 유
지했다.

"아, 그래요?"

백합궁에 세네티아 황녀가 귀환한다, 라. 그리고 저 여자도 비
전하란 말이지? 뭐, 이 정도면 되었다. 그렇다면 이제 본론으로
들어가서 직업 정신을 좀 발휘해 볼까? 소휘는 다른 건 다 참아
도, 따돌림 현장을 그냥 보고 지나칠 수는 없었다.

소휘는 굳어져 있는 메모리의 옆으로 다가섰다. 그러자 머릿속으로 새로운 기억이 더 떠올랐다.

제2황자비 메모리 밀리어트리.

"정말인가요, 비전하?"

제게 말을 걸 거라 생각을 못 했던 메모리는 다시금 흠칫하며 고개를 들었고, 소휘는 그런 그녀를 향해 최대한 부드러운 표정을 지어 보였다. 가까이에서 보니 너무나도 사랑스럽고 앙증맞은 여자였다. 이렇게 조그만 여자가 있다니! 만약 남자라면 정말로 보호해 주고 싶어할 만한 여자였다.

"괜찮아요, 제게 써주세요."

그리고 이 작은 여자에 대한 가장 중요한 정보는 그녀가 말을 하지 못한다는 것이었다. 메모리는 조금 주춤했지만 이내 가방에서 양피지와 깃펜을 꺼내고선 정갈한 서체로 목소리를 대신 써내려갔다.

〈저는 저들과 함께 동행하던 길이 아니랍니다.〉

혹시나 했는데. 처음 보는 글자인데도 자연스럽게 그 뜻이 이해가 되었다.

"그렇군요. 그럼, 감히 비전하의 앞길을 저들이 가로막은 것이로군요."

순식간에 싸늘해진 시선이 귀부인들에게로 향했고, 그들은 당황스런 목소리로 앞다퉈 소리를 질렀다.

"아, 아닙니다, 비전하!"

"그렇습니다. 어찌 비전하의 앞길을 막았다고!"

"하면, 메모리 비전하께서 거짓을 말한다, 그런 말씀입니까?"

소휘의 목소리가 점점 더 싸늘해지면서 어조에 힘이 실리기 시작했다. 그렇다고 무슨 말을 거창하게 하는 것은 아니었다. 그저 몇 마디를 던졌고, 질문을 한 번 했을 뿐이었다. 하지만 그 말에 실린 살벌함은 콧대 높은 귀부인들조차도 식은땀을 나게 할 만큼 기세가 매서웠다.

"그, 그것은!"

"비전하께서 거짓을 말씀하신 거라면 비전하의 잘못이겠지만, 만약 그것이 아니라면 부인들은 황실을 기만한 것이로군요. 그만큼, 황실이 부인들에게는 참으로 우습게 보이는가 봅니다."

"아닙니다, 비전하! 어찌 그런 생각을!"

어느새 벌벌 떨기 시작하는 세 부인의 모습에 소휘는 속으로 승리의 미소를 지었다. 사실 성격 같았으면 그대로 퍼부으면서 힘자랑도 했을 텐데 그건 한소휘의 방법이고, 시로벨 이 여자는 굳이 그렇게 험한 방법을 쓸 필요가 없었다. 황실 좀 들먹이고 웃으면서 권력의 상하관계를 보란 듯이 일깨워 주면 아랫것들은 알아서 기는 그런 위치잖아? 체통과 품위를 지켜줘야지. 게다가 저 귀부인들의 작태를 보아하니 텃세 부림으로 기선 제압을 하려는 듯한데, 그렇다면 더더욱 매서운 기로 콧대를 꺾어버려야지.

"그런가요? 제가 잘못 생각한 모양이네요. 비전하와 부인들께서 서로 오해가 있었던 것인가 봅니다. 하면 비전하, 부인들의 오해를 너그러이 용서해 주시죠. 다음부터는 이런 일이 절대로 없을 것이니 말입니다."

시종일관 웃는 얼굴로 내뱉는 말에 귀부인들은 기가 질려 이내 자존심이고 뭐고 다 집어 던지며, 어떻게든 이번 일을 무마시키기 위해 사죄하기 시작하였다. 몰락한 귀족의 딸이자 황위계승권을 포기한 제2황자의 비라면 몰라도 시로벨은 다음 황위를 이을 후계로 가장 유력한 제3황자의 정비였다. 시로벨 자체로는 아르반 소국의 왕녀인지라 별 볼 일 없었지만, 어쨌든 그녀는 제3황자의 정비이고 그 뒤에는 분명 제3황자가 있었다. 부부 사이가 좋고 나쁘고는 이미 관계없는 일인 것이다.

"그렇습니다. 오해십니다. 하나 이런 오해를 불러일으켰으니, 저희의 잘못입니다. 사죄를 드리겠습니다."

"메모리 비전하, 저희들은 그러한 뜻으로 말한 것이 아니었습니다. 부디 헤아려 주소서!"

메모리는 일이 더 이상 커지는 것을 원치 않았기에 그쯤에서 고개를 끄덕였고, 소휘 역시 이 정도면 충분하다 생각하며 입가를 최대한 부드럽게 늘어뜨리며 속삭였다.

"서로 오해가 풀려 다행이네요. 그럼 가던 길 가시죠. 나중에 정식으로 다시 만나도록 하고요."

"예, 시로벨 비전하."

그렇게 그녀들은 뒤도 돌아보지 않고 사라졌다. 소휘는 속으로 쾌재를 부르면서 자신의 완벽한 연기에 감탄을 금하지 못했다. 까짓것 조신하고 우아한 여자 되기 쉽네, 쉬워!

〈정말 감사합니다, 시로벨 비전하.〉

그때, 메모리가 그녀의 옷자락을 부드럽게 당기고선 자신이 쓴 글자를 보여주었다. 비록 말을 하지는 못했지만 글자 하나하나에 진심이 담겨 있었고, 눈동자에 한가득 고마움을 나타내고 있었다. 사실, 이렇게 고마워할 필요는 없는데. 나도 조금 시험을 해본 거니까.

"아닙니다. 그저 지나가던 길이었을 뿐, 신경 쓰지 마세요."

적당히 둘러대고 서둘러 그 자리를 떠나려고 했지만, 멀리서 낯선 이의 목소리가 들려왔다.

"메모리!"

메모리는 자신을 부르는 그 목소리를 아는 듯 금세 환한 얼굴이 되어 고개를 돌렸다. 소휘 역시 그 목소리의 주인공을 확인했다.

달려오는 사람은 남자였다. 군인처럼 제대로 훈련된 분위기를 풍기는 풍채 좋은 미남자는 무척이나 걱정했다는 표정으로 메모리에게 달려왔고, 그녀가 무사함을 알고서야 안도의 숨을 내쉬었다.

"백합궁 근처에 가다니…… 아직 세네티아는 돌아오지 않았다오."

메모리는 남자의 말에 작은 미소를 지으며 시로벨을 향해 시선을 돌렸다. 그제야 그녀를 발견한 그 남자는 다소 놀란 눈빛을 띠었다. 그리고 그 눈빛과 정면으로 부딪친 소휘는 역시나 아까처럼 이 남자의 정보를 머릿속으로 파악할 수 있었다.

리안 페이처 마티디안. 제2황자이며, 네 명의 황자 중 가장 검술이 훌륭하다는 평이 자자한 황자. 이렇게 처음으로 황자를 만나게 되는구나.

"쓰러지셨다는 소문은 들었는데……."

"아, 이젠 괜찮습니다."

〈리안 전하, 비전하께서 저를 도와주셨답니다.〉

"메모리를 도와주셔서 감사합니다."

"아닙니다, 리안 황자 전하."

리안은 시로벨 황자비가 카헤시온과 혼인하던 날을 기억하고 있었다. 그녀는 그날 내내 무표정했다. 입은 웃고 있지만 눈은 웃고 있지 않았던 모습에 또 다른 카헤시온을 보는 듯한 느낌을 받았다. 그렇기에 두 사람은 결코 가까워지지 않을 거라 생각했다. 서로가 서로에게 본 모습을 꼭꼭 숨겨두며 선을 확실하게 긋고 있었으니까. 그런데 지금 다시 만나게 된 시로벨은 달랐다. 입도, 눈도 진심으로 웃고 있었다. 게다가 다른 사람은 눈치채지 못할지도 모르지만, 그 누구보다 감각이 뛰어난 검사인 그는 그녀의 기운 역시 달라졌음을 알아챘다. 특히나 물빛 눈동자에서 흘러나오는 기운이 제법 매서우면서도 강했다.

"그럼 저는 이만 가보겠습니다. 메모리 비전하, 다음에 정식으로 로제궁으로 초대하겠습니다."

소휘는 형식적인 인사말을 남겼다. 하지만 메모리는 그 말에 기쁜 듯 답했다.

〈기억하고 있겠습니다.〉

소휘는 리안 황자에게도 살짝 고개를 숙여 보인 뒤 몸을 돌렸다. 리안은 그런 시로벨의 뒷모습을 끝까지 바라보며 저도 모르게 중얼거렸다.

"앞으로 뭔가 큰일이 벌어질 것 같군."

제로비안 제국에선 아직도 연회가 한창이었다. 첫날은 피곤하다는 핑계로 넘어갔지만, 두 번째는 어림도 없다면서 신신당부를 하는 제라드 때문에 카헤시온은 하는 수 없이 이 지루하고 따분한 연회를 지키고 있었다. 그나마 조금 다행인 건 오늘따라 유난히 밝게 떠오른 두 개의 달, 셀레룬과 아테미스룬을 조금 여유롭게 감상할 수 있다는 점이었다. 마티디안에서는 황자라는 자리에서 조금도 쉴 틈이 없었기에 이런 여유로움은 새삼 오랜만이었다.

"연회가 지겨우신가 봅니다."

어느새 그의 옆으로 코델리아가 다가와 있었다. 그녀는 술기운이 도는 몽롱한 시선으로 그의 옆모습을 훔쳐보며 떨리는 마음을 가다듬었다.

"이런 자리를 그다지 좋아하지 않소."

"다시 한 번 춤 신청을 한다면 거절하실 건가요?"

"거절할 것이오."

한 치의 망설임 없이 예상된 대답이 바로 튀어나오자, 코델리아는 저도 모르게 웃음을 내지었다.

"정말이지 냉정하시군요. 고국에 계시는 비전하의 탓으로 돌리고 계시지만, 사실은 그것이 아니잖아요? 비전하를 그리 생각하셨다면 다른 제국 황녀의 생일 연회 따위에 참석하시지도 않았을 테지요."

카헤시온은 코델리아의 옆모습을 바라보았다. '청초의 레이디'라 불릴 만큼 아름답고 매혹적인 모습이었지만, 그는 그녀에게 아무런 느낌도 받을 수 없었다. 딱히 뭔가를 느껴야 한다면 아주 예전부터 알고 지내는 누이 같은 존재라고 할까.

"황녀의 생일 연회에 참석한 것이 아니오."

코델리아는 고개를 돌렸다. 그리고 그와 정확히 시선을 마주했다. 마치, 그의 눈빛에 묶여 버린 것처럼. 그녀는 떨리는 숨을 천천히 내쉬었다.

"제국의 황자로서, 다른 제국의 공적인 자리에 참석한 것이오. 그 이상도, 이하도 없소."

잔인하도록 차가운 말. 그저 빈말이라도 자신의 생일을 축하하기 위해 왔다는 말은 하지 않았다. 그에게 다가갈수록 미음이 이 팠지만, 그래도 코델리아는 눈앞의 남자를 포기하고 싶지 않았다. 그럴수록 더더욱 탐이 나고 가지고 싶었다.

"아직 연회가 남아 있지만, 먼저 돌아가셔도 아무 말 하지 않겠습니다. 공적인 일은 이 정도면 충분한 것 같으니까요."

코델리아는 이 말을 끝내고서 자리를 빠져나갔고, 카헤시온은 그런 그녀의 뒷모습을 잠시 바라보다 이내 걸음을 뒤로 돌렸다.

❦   ❦   ❦

로제궁을 탈출했던 소휘는 몇 시간도 지나지 않아, 로제궁의 기사들에게 잡혀 다시 들어오고야 말았다. 한바탕 소란을 벌인 조세핀은 정말로 메이의 말대로 사람이 달라진 듯한 시로벨의 모습에 처음 그녀를 진찰했던 치료사를 은밀히 불러들였다.

"어서 오세요."

"대체 무슨 일인가? 혹, 비전하께서 어디가 안 좋으신가?"

비전하라는 말에 조세핀은 살짝 어두워진 낯빛으로 목소리를 더욱 낮췄다.

"겉으로 이상한 것이 아니라, 뭔가 분위기가 이상합니다."

"분위기라니?"

"혹시, 진찰하시면서 다른 이상은 없으셨습니까?"

조세핀의 말에 치료사는 긴장한 눈빛으로 그녀를 보았다. 이상한 증상이라니?

"이상한 증상이라니? 뭔가 짚이는 게 있는 겐가?"

"치료사님께서도 느끼시지 않았습니까. 비전하께서 너무나도 달라지셨습니다. 물론 예전에도 잘 웃으시고 친절하기는 하셨지만 살짝 벽이 있었지요. 바깥 외출도 잘 하지 않으시는 편이었고. 한데 요즘은 좀 다릅니다. 저희를 대하는 데 거리낌이 없으십니다. 가끔은 이상한 말도 하시고, 아무튼 뭔가가 이상합니다."

치료사는 그녀의 말에 고개를 끄덕이면서 일리가 있는 말이라 생각했다. 자신이 생각해도 시로벨 비전하의 분위기가 좀 달라 보였으니까. 하지만 몸은 모두 정상이었다. 그렇다면…….

"일단은 지켜보세. 내가 진찰을 했을 땐 별다른 증상이 없었으니까. 하지만 계속해서 그런 거라면, 의식을 잃었을 때의 충격으로 인격이 조금 달라진 걸지도 모르지."

"이, 인격이요?"

"기억을 조금 잃은 것처럼 일시적인 걸 수도 있으니, 너무 심려치 말게."

"그러면 다행이지만……."

하지만 여전히 조세핀의 낯빛은 어두웠고, 치료사는 그런 그녀를 진정시켜 주었다.

"어찌 보면 잘된 일일 수도 있지 않은가? 이 기회에 비전하와 황자 전하의 사이가 가까워질 수도 있고."

"그렇게 되면 정말 좋겠지요. 하지만…… 이 일은 비밀로 해주십시오."

치료사는 조세핀의 말에 무슨 뜻인지 알았다는 듯 고개를 끄덕였다.

"감사합니다."

"감사하다니, 난 한 게 없는데. 일단은 잘 지켜보고, 다시 날 부르게."

"예."

조세핀은 그에게 차를 따라주면서 연신 불안한 미소를 그렸다.

시녀들을 시켜 마티디안 제국의 역사책과 현 제국의 상황을 기록한 것 등을 끌어온 소휘는 그것을 탁자 위에 쌓아두고 비장한 표정을 지었다. 어차피 밖에 나가지 못해 빈둥거리며 시간을 때우느니 차라리 이 제국과 황궁 사정에 대해서 조금이나마 알고 있는 것이 앞으로의 삶에 도움이 될지도 모른다고 생각한 것이다. 물론 신기하게도 머릿속으로 정보가 떠오르긴 했지만 그것만 믿고 있을 수는 없었다.

소휘는 천천히 책을 펼쳤다. 지난번 메모리 비전하의 글자를 자연스럽게 읽을 수 있었듯, 지금도 마찬가지였다.

발카 대륙에 위치한 마티디안 제국은 제로비안 제국, 비트니안 제국과 더불어 강력한 대국 중 하나로서 그 토지가 비옥하기로 소문이 자자했다.

사시사철 따사롭고 포근한 기온을 유지하여 눈을 보기는 힘들었고, 1년에 두 번 정도 커다란 비가 내렸다. 하지만 워낙 기후가 좋아 다양한 과일들이 잘 자라기로 유명하였다. 또한 제국의 아래에는 제국의 지배를 받는 속국들이 꽤 있었는데, 그중 시로벨의 고국인 아르반도 마티디안 제국의 속국이었다.

황실의 사정을 알아보면, 현 황제인 보바톤 황제에게는 두 명의 황후와 네 명의 후궁이 있었는데 현재 두 명의 황후 모두 일찍이 세상을 떠났고, 그 자리를 그대로 비워둔 채 네 명의 후궁만이 존재하고 있었다. 황제가 황후의 자리를 비워둔 까닭은 후계자 문제로 제국에 괜한 피바람을 일으키지 않기 위해서였다. 그 때문에 현재 후궁들도 전부 황궁 밖에서 지내고 있었다. 다음 황위를 이을 황태자를 결정하는 것은 오직 보바톤 황제의 절대적 권한인 셈이었다.

여기서 조금 신기한 것은 황위계승권을 황자들뿐만이 아니라 황녀들에게도 주었다는 것이다. 이는 마티디안이 타 제국보다 여성의 계급을 평등하게 인정해 주는 것을 의미했다. 그래서인지 마티디안에서는 결혼 후 여성이 남편의 성을 따르지 않고 자신의 성을 그대로 간직할 수 있었다. 이것은 여성 또한 가문의 후계자가 될 수 있음을 의미했다. 때문에 마티디안의 황녀들은 다른 제국의 황녀들보다 더욱 높은 직위에서 극진한 대우를 받았다.

대충의 상황은 알게 되었지만 이제부터가 문제였다. 소휘는 황녀와 황자들의 얼굴과 성격 등을 알아내고 싶었지만, 그런 것들이 책에 있을 리 만무할 터였다. 그렇다고 시녀들에게 묻자니 이상하게 생각할 테고.

"어쩔 수 없지. 대충 눈치 보며 알아낼 수밖에. 그나저나 가장 중요한 제3황자의 모습을 한 번도 못 봤네. 지금 제로비안 제국에 가 있다고 들었는데."

그녀는 귀부인들이 나불댔던 말을 떠올리며 자신의 남편이라는 제3황자를 떠올렸지만, 금방 머릿속에서 그 존재를 지워 버렸다.

"에라이, 올 때 되면 오겠지. 와봤자, 서로 인사하고 그럴 사이도 아닌 것 같은데."

그러니까 자기 아내가 쓰러졌는데 다른 여자 생일 연회에 간 거겠지.

대충 필요한 건 다 알아냈다 싶자 소휘는 책을 덮어버렸다.

"나머지 부족한 점은 차차 지내면서 몰래몰래 알아낼 수밖에. 얼마 안 걸릴 거야. 그래, 그 저승사자를 만나는 방법만 찾아내면 당장 이 말도 안 되는 세상을 떠날 테니까. 그러니까."

소휘는 창가에 비친 모습을 새삼 바라보았다. 정말이지 이 세상 사람이 아닌 것처럼 너무나도 아름다운 여인이 그녀를 빤히 쳐다보고 있었다. 아무리 보아도 적응이 되질 않는 몸이다. 이 여인에게 미안할 정도로. 어쩌면 지금 자신의 몸에는 이 여인의 영혼이 들어가 있지 않을까?

"뭐, 그런 거라면 내가 꼭 당신도 원래대로 되돌려 줄 테니까 서로서로 좀 참고 기다리자고. 그때까지 이 몸, 아주 소중히 다뤄 줄 테니 걱정 말고."

당분간은 소휘, 아니, 시로벨로서 살아보자. 아주 당분간!

어느새 해가 기울고 붉은빛이 세상을 삼키며 희한하게 두 개의 달이 떠오르고 있었다. 소휘는 두 개의 달이 뜬 하늘을 올려다보았다. 이 세계나 저 세계나 달빛에 젖어든 밤하늘의 신묘함은 비슷한 것 같았다. 물론 이쪽 달빛이 더 오묘하긴 했지만, 그래도 썩 마음에 들었다. 사실 서울의 밤하늘은 여기보다 훨씬 어둡기만 하니까. 그나저나 전부 다 잘 되겠지? 이 모든 일의 원흉인 백곰 그 미친 새끼, 다시 돌아가는 날엔 그 자식부터 아작내고 만다. 아오!

그러기 위해선 반드시, 반드시 돌아간다. 반드시!

세상은 밤의 여신 라티르의 품 안에서 더욱 깊어지고 있었고, 시로벨은 두 개의 달빛 아래에서 조금 오랫동안 그 자리를 맴돌았다. 카헤시온 역시 제로비안 제국의 테라스에서 두 개의 달빛을 하염없이 바라보며 그답지 않게 취기 오른 낮은 숨을 내쉬었다.

그들은 아직 아무것도 몰랐다. 앞으로 이틀 뒤 자신들에게 찾아올 엄청난 운명의 시작을.

그리고 꽤나 지독하게 뒤엉킨 두 사람의 인연의 조각도.

❧   ❧   ❧

조심조심 행동하기는 했지만, 도대체 이 여자의 성격이 얼마나 비사교적이었는지 조금만 움직여도 시녀들의 눈동자 위로 떠오르는 의아함을 무시하기 위해 시로벨은 애를 써야 했다. 그 결과, 거의 반쯤은 포기했는지 시녀들이 알아서 그녀의 변화에 수긍하기 시작했고, 시로벨도 이제는 조금 자유롭게 로제궁 밖으로 돌아다닐 수 있게 되었다.

물론 아직도 치렁치렁한 치마가 불편해 미칠 것 같았지만, 시로벨은 대충 치맛단을 움켜쥐고 오늘은 로제궁의 정원을 벗어나 좀 더 먼 곳으로 가보기로 했다. 매번 보는 정원의 꽃들도 지겨웠다. 내가 언제부터 꽃구경이나 하는 사람이었다고.

"슬슬 몸을 좀 움직였으면 좋겠는데. 하다못해 검도라도……."

형사라는 직업 탓에 몸을 길들이는 걸 게을리하지 않는 것도 있었지만 워낙 몸을 움직이는 걸 좋아해서 각종 스포츠와 운동은 모두 섭렵하고 있던 그녀였다. 특히 복싱같이 과격하게 움직이며 제대로 땀 빼는 운동을 좋아했는데, 그 이에도 정신 수양에 좋은 검도나 사격도 좋아하는 편이었다.

그런데 이곳에 와서는 그런 건 꿈도 꾸지 못했다. 하긴 한 나라의 왕녀이며 황자비인데 그런 거친 운동을 할 리가 없지. 몸이 온통 말랑말랑한 것이 영 쓸모없는 근육밖에 없었다. 그래도 언제 돌아갈지 모르고, 또 저승사자를 찾는 길이 험해질지도 모르는데 좀 단련을 해야 하지 않을까?

"가끔 성문을 지키는 문지기들이 칼 같은 거 들고 있던데. 언제 한번 슬쩍해서 가볍게 몸부터 풀어봐야겠다."

과연 이 몸이 어디까지 따라줄지는 몰랐지만.

다리에 휘감기는 긴 드레스를 거추장스러워하며 어설프게 걸음을 옮기던 그녀는 문득 어디선가 불어오는 바람에 걸음을 멈추었다. 아니, 바람 때문이 아니었다. 귓가에 희미하게 맴도는 기합 소리. 그녀는 본능적으로 그 소리가 들리는 곳을 향해 발걸음을 내디뎠다.

그리고 얼마 가지 않아 눈앞에 펼쳐진 강렬한 움직임이 그녀의 발목을 붙잡았다.

허공을 가르는 은빛의 날카로운 바람 소리. 여러 사내가 똑같은 동작으로 절도 있게 휘두르는 검날이 매서웠다. 시로벨은 뭔가에 홀린 듯 그들을 향해 조심스럽게 다가섰다. 하지만 그녀의 기척에도 그들은 오직 검에만 정신을 집중하고 있었다.

참으로 아름다운 광경이었다. 자신의 몸을 혹독하게 길들이는 저 매서운 눈빛. 짐승처럼 거친 숨소리와 굵게 떨어지는 빛나는 저 땀방울! 저것이다. 저것이야말로 아름답고 가치 있는 장관이지. 정원에 형형색색으로 피어난 꽃보다 아름답고 그저 독하게 뿜어내는 향기보다 더 향긋한! 진정한 노력의 산물!

그녀의 시선이 그 어느 때보다 반짝거리기 시작했다. 주위를 둘러보니 마티디안 제국을 상징하는 깃발이 휘날리는 것이 보였다. 아마도 이곳이 기사단이 훈련하는 장소인 듯했다.

"그래, 이거야. 바로 이거라고!"

어느새 그녀의 눈초리가 매혹적으로 휘늘어지면서 입가엔 짙은 미소가 흘렀다. 다른 이가 보았다면 절로 숨이 넘어갈 듯한 자태였지만, 그녀의 머릿속을 꽉 채운 생각과 더불어 뿜어져 나오는 기운은 그야말로 사악하기 그지없었다.

기사들은 여전히 오직 훈련에만 집중하고 있었다. 한 치도 흐트러지지 않는 긴장감이 팽팽하게 이어졌고, 그를 바라보는 시로벨의 시선이 더욱 환하게 반짝였다. 이 요상한 곳에 떨어진 이후 처음으로 느껴보는 흥분과 쾌감이었다. 아주 재미난 장난감을 발견한 듯한 눈빛. 지금 눈앞에서 휘둘러지는 검이 이토록 사랑스럽게 느껴질 수가 없었다. 자신도 검도를 통해 목검이나 가끔 진검도 만져 본 적은 있었지만 저렇게 멋진 건 처음이었다.

시로벨은 주위를 두리번거리며 혹시 쓰지 않는 검이 없나 둘러보았다. 명색이 기사단인데 안 쓰는 검 하나 더 있지 않으려나? 그런 거 하나 슬쩍한다고 알지는 못하겠지? 혹시라도 들켜도, 뭐. 이 여자 이 나라 황자비라며?

그렇게 그녀가 검을 찾기 위해 혈안이 되어 있을 때, 그런 그녀를 황당한 시선으로 지켜보고 있는 이가 있었다. 바로 기사단장 그렉이었다. 국경지역의 군비 지원을 위해 잠시 자리를 비웠다가 돌아오니, 웬 여인이 훈련 과정을 집어삼킬 듯한 눈으로 쳐다보고 있는 게 아닌가. 그러다 그 여인이 자신의 주인인 카헤시온 황자 전하의 정비라는 사실을 곧 깨달았다. 대체 비전하께서, 홀로 여기 계신 이유가 무엇이란 말인가. 듣자 하니 죽을 고비를 넘기셨을 정도로 아프셨다던데 여기까지 나오신 걸 보니 이제 몸은 나으신 모양이었다. 그런데 그건 그거고, 이건 이거다.

"비전하!"

"……."

"비전하!"

비전하라는 말에 영 익숙하지 않았던 시로벨은 저를 부르고 있다는 사실도 알아채지 못한 채 오직 검을 찾는 데에만 집중했다. 그러다 드디어 주인 없는 검 하나를 발견하고선 속으로 쾌재를 불렀다. 그리고 그것을 주우려 손을 뻗으려는 찰나, 그런 그녀의 앞을 웬 사내가 떡하니 가로막아 섰다.

"비전하! 어찌 이런 곳까지……."

원하는 것을 목전에 둔 상황에서 방해받자 짜증이 확 치밀어 올랐지만, 시로벨은 비전하라는 말에 자신의 모습을 새삼 깨닫고 목구멍 끝까지 치밀어 오른 욕을 꾹 누르고서 고개를 들었다. 그리고 저도 모르게 흠칫하여 한 걸음 뒤로 물러났다. 본능적으로 그가 저기서 훈련하고 있는 기사들과는 차원이 다른 자라는 걸 깨달은 것이다.

척 봐도 알 수 있을 만큼 단단한 체격과 그저 서 있을 뿐인데도 상대를 압도하는 기운. 꽤나 각이 잡힌 모습이 엄청난 훈련을 한 자라는 걸 알 수 있었다. 경찰로 따지면 간부급이라고 해야 하나?

"비전하?"

군인처럼 군기가 제대로 잡힌 낮고 강한 음성이 그녀를 깨웠고, 시로벨은 이내 허리를 꼿꼿하게 세우고서 입술을 열었다. 하지만 너무 정신을 바짝 차린 나머지 그동안 흉내라도 내던 우아한 음성 대신 경직되고 낮은 음성이 흘러나왔다.

"내가 훈련을 방해한 건가요?"

그렉은 저도 모르게 움찔하였다. 비전하의 목소리가 원래 저랬던가? 여린 외모와 달리 힘 있는 목소리가 그를 휘어잡았다. 조금 놀라긴 했지만 그렉은 이내 수긍했다. 이렇게 가까이에서 비전하를 본 것은 처음이었던 것이다.

"아닙니다. 큰일을 당하셨다고 들었는데, 괜찮아 보이시니 다행이십니다."

"걱정해 줘서 고마워요."

남자의 이름이 떠오르지 않아 시로벨은 고심했다. 아무래도 이 여자도 잘 모르는 사람 같은데. 그나저나 지금 내 모습 어색하진 않나? 목소리가 너무 딱딱한 것 같기도 하고. 하지만 직업병인데 어쩌겠어!

"아닙니다. 카헤시온 전하의 귀하신 분이신데, 당연한 일입니다."

3황자의 이름을 입에 담는 그는 그것만으로도 뿌듯해하는 기색이 역력했다. 아마도 카헤시온이라는 사람은 이자에게 굉장한 믿음과 신뢰를 주는 사람인 듯했다. 리더가 리더다운 모습을 보일 때 아랫사람은 무한한 존경심으로 목숨까지 바칠 수 있다고 하지. 어쩐지 관심 밖이던 그 카헤시온이라는 사람이 조금 궁금해졌다.

'이러나저러나 남편이라잖아.'

"그나저나 이곳까지는 어찌……?"

"아, 그냥 지나가다가 소리가 들리기에."

"하면 제가 로제궁까지 모셔다 드리겠습니다."

"아니! 그럴 필요는 없어요!"

로제궁으로 데려다주겠다는 말에 시로벨은 저도 모르게 펄쩍 뛰며 급하게 고개를 가로저었다. 미쳤냐? 지금 거기로 돌아가게? 아마 돌아가면 붙잡고 별 시답지 않은 자수나 책 읽기, 시 읽기 등등을 시킬 텐데! 바로 코앞에 검을 두고 이대로 돌아갈 수는 없었다.

"하지만?"

어쩔 줄 몰라 하는 그를 내버려 두고 시로벨은 한 걸음을 성큼 앞으로 당겨 그렉의 코앞까지 다가섰다. 갑작스런 상황에 그는 더더욱 당황하여 얼른 걸음을 옆으로 돌렸다. 하지만 코끝으로 스며든 그녀의 향긋한 향은 이미 그의 이성을 뒤흔든 상태였다.

그도 그럴 것이, '물빛의 레이디'라 불릴 만큼 그 아름다운 자태와 미색은 그녀가 아르반의 왕녀로 있었을 때부터 이미 제국에서도 유명했다. 그렇기에 카헤시온의 직속으로 있던 기사들은 그녀를 몹시도 기대하면서도 궁금해하고 있던 것이다.

하지만 그녀는 로제궁에서 잘 나오지 않는 통에 제대로 볼 기회가 없었고, 또한 황자 전하와 사이가 좋지 않아 그 3황자를 모시는 입장에선 더더군다나 볼 일이 없었다. 그런 그녀를 이리 가까이에서 보니, 역시 소문은 거짓이 아니었다. 붉은색 머리카락은 그녀가 움직일 때마다 부드럽게 흔들리며 묘한 향을 내뿜었고, 가늘게 휘늘어지는 입술과 우아하면서도 힘 있는 목소리 역시 사내의 마음을 흔들었다. 특히나 신비롭기까지 한 물빛의 눈동자가 깜빡이면서 가끔 서늘한 반달을 그릴 때는…….

'아, 안 된다, 그레고리! 저분은 카헤시온 전하의 귀하신 분! 이런 불순한 마음을! 기사로서 수행이 부족하다, 수행이!'

그렉이 얼른 고개를 가로저으며 불순한 망상을 지우고 있을 때, 시로벨은 목표였던 검을 잽싸게 쥐어보았다. 손잡이가 조금 까칠하긴 했지만 손에 감기는 맛이 끝내줬다. 다소 무겁기는 했지만 관리를 잘했는지 검날도 괜찮았고.

"이거 무게감이 좀 있네요?"

"아, 초보자용이긴 하지만 그래도 실전용으로 만들어진 거라 당연히 무게……. 비, 비전하!"

그렉은 경악했다. 비전하께서, 비전하께서 검자루를 쥐고 계시다니! 그것도 태연하게!

"흠. 그래도 한번."

"아니 되십니다, 비전하!"

하지만 시로벨은 그의 말을 깔끔하게 무시하고 검도의 기본자세를 취하고서 검을 가볍게 휘둘러보았다. 하지만 손목이 흔들리면서 칼날의 틈이 보였다. 역시 목검과는 비교도 할 수 없을 만큼 무겁고, 검도용 진검보다도 무거웠다. 한 번도 제대로 된 운동을 하지 않은 이 여자의 몸으로는 감당하기 벅찰 듯싶었다.

"역시 무겁네."

그는 재빨리 그녀의 손에서 검을 빼앗았고, 시로벨도 순순히 검자루를 놓아주며 잠시 생각에 잠겼다. 그렉은 가슴이 벌렁서렸지만 당사자는 태연하기 그지없었다.

"비전하, 역시 안 되겠습니다. 이곳은 비전하께 위험하오니, 어서 로제궁으로 돌아가시는 것이……."

"이것보다 가벼운 것도 있겠죠?"

"그것은 비전하께서 아실 필요가 없는……!"

"있는 거죠?"

시로벨은 물빛 눈동자를 별생각 없이 깜빡이며 물었고, 그렉은 감히 그녀를 거역할 수 없었기에 하는 수 없이 고개를 끄덕였다.

"있기는 있지만……."

"역시. 그럼 좋아요. 나도 검술을 좀 배워보고 싶은데."

"예?"

"검술이요, 검술. 저 기사들이 하는 것처럼 똑같이."

어차피 이 검으로 검도를 하는 것은 무리고, 저 기사들과 똑같은 검술을 배워보고 싶었다. 서울에서는 절대로 배울 수 없는 새로운 것이라 굉장히 흥미가 돋았다.

하지만 그런 그녀의 속내를 알 리 없는 그렉은 미치기 일보 직전이었다. 정녕 제 눈앞에 있는 분이 비전하가 맞는 것인가? 듣기로는 로제궁을 절대 벗어나지 않으실 뿐더러 아르반 왕자의 사후, 더더욱 마음의 문을 닫으셨다고 들었다. 그런데 이렇게 스스럼없는 모습으로 검술을 가르쳐 달라고? 게다가 굉장히 즐거워 보이는 표정이었다. 생기가 넘치는…….

"가르쳐 줄 거죠?"

"하지만 비전하, 그것은 곤란합니다. 검이란 물건은 매우 위험하기에 자칫 비전하의 몸을 상하게 할 수도 있습니다. 게다가 아직 몸도 성치 않으신데. 무리입니다. 거두어주십시오."

하긴 쉽게 '예, 가르쳐 드리겠습니다'라고 말할 거라 생각하진 않았다. 하지만 그렇다고 순순히 포기하자니 한번 눈에 담은 검술과 그것을 훈련하는 기사들의 모습이 욕심을 부추겼다. 형사시절 그녀의 별명은 미친개였다. 한 번 물면 놓지 않는 정도가 아니라 반 죽여놓는다고. 그만큼 끈질긴 성격의 소유자였다. 그러니 반드시 저 검술을 배워야겠다. 꼭!

어느새 시로벨은 서늘하게 휘늘어진 시선으로 그렉을 바라보았다. 그는 갑자기 변한 것 같은 그녀의 분위기에 다시금 몸을 움찔했다. 저 눈빛과 태도. 게다가 이 서늘한 느낌. 카헤시온 황자 전하보다는 덜했지만 조금은 비슷하다. 어떻게 비전하에게 저런 기운이…….

"이것은 부탁이 아니라 명령이다. 감히 그대가 내 말을 거역하진 않겠지?"

화사한 표정으로 조곤조곤 휘몰아치는 매서움에 그렉은 자세를 고쳐 잡고 예를 갖춘 채 고개를 숙였다. 어쩐지 수그러진 듯한 그의 모습에 시로벨은 속으로 쾌재를 불렀다.

역시, 괜히 미친개라고 불린 게 아니지. 특히 범인들 취조할 때의 서늘함은 오금이 저릴 정도로 대단해 악명 높은 형사라 불렸었다. 거기다 이 여자는 저 남자보다 높은 신분을 가지고 있잖아? 이럴 때 좀 써먹어야지. 하지만 절대로 기품은 잃지 않고 조곤조곤. 일단 이 여자의 이미지도 좀 생각해 줘야지. 그래야 나중에 몸이 되돌아왔을 때 덜 미안하지. 하지만 이 남자, 꽤 쉽지는 않았다.

"하지만 비전하, 이는 있을 수 없는 일입니다. 명을 거두어주십시오."

저런 올곧은 스타일은 더더욱 말이지. 정말 내키지 않지만, 어쩔 수가 없다.

"그대의 주인은 누군가?"

"마티디안 제국의 제3황자 전하이신 카헤시온 체스처 마티디안 전하이십니다."

"그럼, 난 누구지?"

"황자 전하의 고귀한 정비이신 시로벨 비전하이십니다."

"잘 알고 있군. 난 그대가 잊어버린 줄 알았어. 그렇지 않고서야 감히 내 말을 이렇게 철저하게 무시하지는 못할 테니까. 그것도 아니면, 그대가 황자 전하를 우습게 여기던가."

"그것은 절대로 아닙니다!"

"그렇다면 그 증거를 보여. 지금 내가 내린 말, 들어달란 말이다."

그녀의 눈매가 짙은 반달을 그리며 그와 시선을 마주하자, 그렉은 결코 제 앞에 있는 그녀를 이길 수 없다고 판단하고선 하는 수 없이 고개를 끄덕일 수밖에 없었다.

"예, 비전하. 그 명, 받들겠습니다."

"고마워요."

어느새 그녀의 목소리가 다시금 봄바람처럼 가벼워졌고, 그렉은 이젠 그녀의 모습이 아까처럼 마냥 아름다워 보이진 않았다.

⚜   ⚜   ⚜

카헤시온은 차가운 표정으로 책장을 넘기고 있었다. 벌써 몇 시간째였다. 그렇다고 연회가 열리는 중앙홀로 가는 것은 또 아니었다. 제라드는 불안한 시선으로 그를 힐끔거렸고, 카헤시온은 그런 제라드의 시선을 느끼고선 여전히 책장에 시선을 내린 채 짧게 입을 열었다.

"하고 싶은 말을 해라."

"코델리아 황녀마마께서 돌아가셔도 좋다고 하셨는데 굳이 이렇게 남아 계시는 이유가 무엇입니까? 그렇다고 연회에 나가는 것도 아니시면서."

"괜한 말이 나오는 걸 막기 위해서다."

"괜한 말이라 하면?"

"이러나저러나 우린 코델리아 황녀를 축하하기 위해 온 것이니, 일정은 마치고 돌아가는 것이 예의지. 조금만 더 참으면 되는 것이니, 참는 김에 더 참으면 그뿐이다."

"참는다, 라."

제라드는 카헤시온을 물끄러미 바라보았다. 그것이 예의일지는 모르나, 코델리아 황녀에겐 꽤나 큰 상처일 것이다. 물론 그런 감정적인 것까지 신경 쓰실 분이 아니시지.

그때, 그가 책을 덮고서 천천히 몸을 일으켜 세웠다. 몇 시간째 책만 보고 있었더니 몸이 뻐근해졌다.

"잠깐 검을 잡아야겠다."

검을 잡는다는 말에 제라드의 낯빛이 차갑게 일그러졌다. 설마, 설마!

"설마 제가 상대하는 건……?"

"달리 다른 이가 있는가?"

"하지만 전하, 저는 마법사입니다. 검술에는 젬병이라고요!"

"시끄럽다. 이 기회에 그 나약한 체력 좀 고쳐 보든지."

"전 이대로도 상관없습니다만."

카헤시온은 제라드의 말을 무시한 채 늘어진 머리카락을 단정히 묶고서 테이블 옆에 세워놓은 검을 잡고 가볍게 휘두르며 그를 바라보았다.

"안 잡고 뭐 하나? 맨손으로 할 건가?"

"진심이십니까?"

"내가 언제 필요 없는 말을 하던가?"

"하아. 딱 이번 한 번입니다. 정말 마지막!"

제라드는 땅이 꺼져라 한숨을 내쉬고서 울며 겨자 먹기로 검을 잡을 수밖에 없었다. 하지만 그는 몰랐다. 이런 식으로 대련을 하는 탓에 그의 실력이 꽤나 일취월장하고 있다는 사실을. 그로 인해 카헤시온이 꽤나 흡족해하고 있다는 사실도. 그렇기에 그가 말한 마지막은 결코 오지 않을 거란 것도.

⚜   ⚜   ⚜

결국 승낙을 얻어낸 시로벨은 흥분을 감추지 못한 채 자꾸만 입꼬리를 늘어뜨리며 그렉의 뒤를 따라나섰다.

수련을 멈춘 기사들은 믿을 수 없다는 시선으로 시로벨을 바라보았다. 소문으로만 들었던 카헤시온 황자 전하의 정비. 하지만 소문보다 훨씬 아름다운 미색에 고개를 숙여야 한다는 사실도 잊은 채 넋을 잃고 말았다. 그리고 그렉은 기사들의 시선을 의식하고 아무 생각 없이 미소를 짓고 있는 시로벨에게 정중한 목소리로 말했다.

"비전하, 아무리 검술을 배우고 싶으시다지만 이리 불쑥 훈련장에 오시는 건 안 됩니다."

"역시 내가 방해가 된 건가요?"

"어떤 의미로는 그렇습니다."

그렉은 사나운 시선으로 기사들을 노려보았고, 기사들은 움찔하며 다시 검을 잡았지만 그렉의 뒤에서 화사한 미소를 짓고 있는 시로벨에게선 시선을 떼지 못했다.

그렉의 우려대로 어떤 의미에서 방해를 받긴 했지만 또 어떤 의미에선 도움이 되기도 했다. 기사들의 충성도가 오르고 있었으니까. 카헤시온 전하와 더불어 전하의 반려이신 비전하 역시 자신들의 손으로 지켜 드리겠노라고 이유 모를 투지를 불태우는 그들의 사기가 하늘을 찌르고 있었다. 하긴 예전부터 기사들의 사기를 북돋아주는 것은 주인의 반려였으니. 시로벨은 손 하나 까딱하지 않고 그 일을 아주 제대로 해치운 셈이었다.

그렇게 훈련장에서 조금 떨어진 곳으로 걸음을 옮기니, 기사들이 쉬어가는 숙소가 눈에 띄었다. 하지만 숙소엔 인적이 없었고, 그렉은 창고에서 매끄럽게 깎인 목검을 찾아왔다. 시로벨은 그 모습에 불만 가득한 표정을 지으며 그렉을 노려보았다.

"설마 그걸 나한테 주려고요?"

"아직 진검을 드릴 수는 없습니다. 비전하께서 다른 기사들과 똑같이 대해달라고 하셨지요? 기사들도 처음엔 목검부터 시작합니다."

젠장. 내 무덤을 내가 팠구나. 하지만 내가 뱉은 말이니 주워 담을 수도 없고.

그녀는 굉장히 불만스런 표정을 띠며 그렉이 건네준 목검을 쥐어보았다. 확실히 진검보다는 가벼웠다. 하지만 매서운 맛이 없는 것이 영 흥미가 돋지 않았다.

그때, 멀리서 한 기사가 달려왔다. 꽤나 급한 일인지 표정이 상기되어 있었다.

"그렉 단장님! 단장님!"

그제야 시로벨은 제 앞에 있는 사내의 이름을 알게 되었다.

"무슨 일인가, 랑쉬 경."

랑쉬라고 불린 남자는 턱까지 차오른 숨을 토해내며 예를 갖춘 채 입을 열었다.

"태양궁에서 전갈이 왔습니다. 급히 가보셔야 할 것 같습니다."

"그래?"

그렉은 슬쩍 시로벨을 바라보았다. 그러자 그녀가 살포시 웃으면서 입을 열었다.

"급한 일이니 어쩔 수 없죠. 가보도록 해요, 그렉 경. 난 저 랑쉬 경에게 배우도록 할게요."

"예? 아……."

그렉은 이참에 비전하를 로제궁으로 모시려고 했다가 원하는 대로 되지 않자 내심 한숨을 내쉬며 어쩔 줄 몰라 하는 랑쉬의 어깨를 잡고서 짧게 속삭였다.

"비전하 다치게 하면 죽는다."

"예? 예?"

"그리고 비전하에게 넘어가도 죽는다."

"다, 단장님!"

"랑쉬 경은 이래 봬도 꽤나 실력자입니다. 비전하를 잘 가르쳐드릴 거라 생각됩니다."

"어머, 기대가 크군요."

시로벨이 슬쩍 맞장구를 쳐주자 갑작스런 상황에 당황하던 랑쉬의 얼굴이 슬쩍 붉어지면서 이내 고개를 숙였다. 그렉은 랑쉬가 살짝 불안하긴 했지만, 황제 폐하께서 계시는 태양궁에서의 전갈을 더는 지체할 수 없었기에 하는 수 없이 고개를 숙이고 걸음을 뒤로 돌렸다.

그가 사라지자 어색한 침묵이 감돌았다. 시로벨은 어쩔 줄 몰라 하며 저와 눈도 마주치지 못하는 그를 빤히 바라보았다. 어쩐지 풋풋한 느낌이 들었다. 밝은 황금빛 머리카락은 굽실거리며 어깨까지 내려왔고, 초록색 눈동자는 쑥스러움에 흔들리며 귓불까지 빨갛게 달아올라 귀여웠다. 하지만 기사는 기사라고 몸집은 상당히 갖춰져 있는 듯했다.

"랑쉬 경?"

"예! 랑쉬 에고르, 비전하께 처음 인사드립니다!"

바짝 긴장해선 새빨개진 얼굴로 경례까지 하는 모습에 시로벨은 저도 모르게 웃음이 터져 나올 뻔했다. 예전에 어린 후배 녀석이 저런 모습이었지. 처음 강력반에 들어와선 제 앞에서 벌벌 떨던 모습이 떠올랐다. 캬아, 옛날 생각 난다.

"반가워, 랑쉬 경. 그럼 우리 시작해 볼까?"

"네? 네! 부족한 솜씨이지만 최선을 다하도록 하겠습니다!"

시로벨은 들고 있던 목검을 내려놓고서는 랑쉬를 향해 성큼 걸음을 옮겼다. 그러고는 순진한 눈빛으로 손을 뻗으며 말했다.

"일단 검 하나 얼른 줘봐."

"네?"

"못 들었어? 검 달라고, 검!"

"비전하의 검은 저기 바닥에……."

"목검 말고 진검. 랑쉬 경이 허리에 차고 있는 진검."

"하지만 비전하, 처음부터 진검을 잡을 수는……."

"그렇지만 난 잡고 싶은데. 목검은 나랑 별로 안 어울리는 것 같단 말이지."

딱 봐도 순진무구한 스타일이다. 그렉처럼 빡빡하지도 않아 보이고, 잘 구슬리면 진검을 얻을 수 있을 것 같았다. 그래서 시로벨은 한 걸음 더 성큼 다가가서는 그의 코앞에서 손을 흔들었다.

"어서, 어서, 랑쉬 경!"

그리고 바로 코앞에 시로벨의 얼굴과 마주한 랑쉬는 온몸으로 식은땀을 흘리고 있었다. 물빛 눈동자를 동그랗게 뜨고서 어서 달라고 재촉하는 그녀의 모습에 덜컥 진검을 주고 싶기는 했지만, 다른 한쪽으론 그렉 단장님의 목소리가 매섭게 휘몰아치고 있었다. 비전하가 다치면 죽는다. 비전하에게 말려들어도 죽는다.

하지만, 하지만!

"랑쉬 경? 내 말 안 들려? 어서 달라니까! 어서!"

저리 눈을 부드럽게 깜빡이며 달라는데, 저는 어찌해야 합니까, 단장님!

결국, 랑쉬는 시로벨에게 제대로 말려들고 말았고, 여인들이 호신용으로 사용하는 가벼운 레이피어를 하나 꺼내 그녀의 손에 쥐어줄 수밖에 없었다. 이건 자신의 의지가 나약해서가 아니다. 다른 기사들도 마찬가지였을 것이다. 단장님도 이 상황에선 이렇게 되었을지도 몰라!

그렇게 혼자서 스스로를 다독이며 자기합리화를 하고 있을 때, 시로벨은 날카롭고 매끈하게 뻗은 레이피어를 황홀한 눈빛으로 바라보며 가볍게 휘둘러보았다. 허공을 가르는 소리가 앙칼지면서도 우아했다.

그녀는 몇 번 자세를 고쳐 잡으며 휘두르기 쉬운 자세를 취하다 이내 본능적으로 몇 번을 더 휘둘렀다. 워낙 다양한 운동을 했던 덕에 적응이 빨랐다. 물론 정식 검술의 자세가 아닌 검도의 자세라는 게 문제였지만. 게다가 이 여자의 몸은 너무나도 둔하기 그지없고.

하지만 지켜보던 랑쉬는 의아한 표정을 지을 수밖에 없었다. 분명 검을 처음 잡는 것일 텐데 어색함 없이 깔끔하게 휘두르는 모습에 당황할 수밖에 없었다. 아르반은 왕녀에게도 검을 가르치나? 그런 건가? 하지만 저 자세는 난생처음 보는 자세인데.

"저기, 비전하?"

"왜 그래?"

결국 궁금증을 참지 못한 랑쉬가 먼저 조심스럽게 입을 열었고, 그녀는 벌써 움직임이 더뎌지는 것을 느끼곤 꽤나 불만에 가득 찬 표정으로 대꾸했다.

"검을 잡으셨던 적이 있으십니까?"

"지금 잡고 있잖아."

"그게 아니라 예전에……."

그 순간, 어쩐지 불길한 느낌이 전신을 훑으면서 소름이 돋아났다. 그리고 그 불길한 느낌대로 멀리서 시로벨을 부르는 목소리에 그녀는 움찔하며 얼른 랑쉬에게 검을 떠넘겼다.

"비전하!"

바로 조세핀이었다. 대체 여길 어떻게 찾아낸 건지!

"조세핀?"

"비전하, 시간이 꽤나 지체되었습니다!"

"아, 벌써?"

랑쉬는 시로벨이 던지듯 쥐어준 검을 들고 어리둥절해 했고, 시로벨은 그런 랑쉬를 노려보았다. 얼른 숨겨, 숨겨! 랑쉬는 그녀의 싸늘한 시선에 얼른 검을 뒤로 숨겼다. 조세핀은 시로벨과 랑쉬를 의심스런 눈초리로 바라보다 이내 시로벨을 향해 고개를 숙였다.

"어서요, 비전하. 오늘은 주방장이 꽤나 솜씨를 발휘하였답니다. 식기 전에 드셔야 해요."

"그래? 기대되네. 그럼 랑쉬 경, 다음에 또 봐."

그녀는 랑쉬를 향해 눈을 찡긋하며 조세핀의 뒤를 따랐고, 랑쉬는 그런 시로벨과 조세핀의 뒷모습을 멍하니 바라보다 이내 제 손에 쥐어진 검을 또 멍하니 바라보았다. 어쩐지 파란에 휘말린 듯한 기분이 들었다. 물론 비전하의 윙크에 심장이 쿵쾅거리긴 했지만.

로제궁으로 돌아온 시로벨은 옷을 갈아입으면서 손아귀를 쥐었다 폈다 하며 영 아쉬운 표정을 지었다. 이제 막 검을 잡을 수 있었는데. 왜 그때 조세핀이 딱 나타나서는. 하지만 들키지 않은 게 다행이다. 만약 들켰으면 내일부터는 훈련장 근처에 얼씬도 하지 못했을 테니.

그때, 조세핀과 메이가 저녁 식사를 대령했고 시로벨은 길게 늘어진 머리카락을 대충 틀어 올리고서 밥 먹을 준비를 했다. 처음엔 이곳 음식이 꽤 느글거려서 적응하는 데 힘이 들었다.

김치, 고추장, 매콤한 음식이 먹고 싶다!

하지만 그런 마음을 알 리 없는 조세핀은 음식을 내려놓았고, 메이는 옆에서 따뜻한 양젖을 부어주었다.

"비전하의 건강이 많이 호전된 것 같아 참으로 다행입니다."

"원래 건강했어."

"해서 이제부터 비전하께서 공식적인 사교 모임에 참석하실 수 있으실 것 같습니다. 이 얼마나 다행입니까?"

"공식적인 사교 모임이라니?"

뭔가 불길한 느낌이 다시금 엄습했다. 하지만 조세핀은 전혀 걱정하지 말라는 말투로 부드럽게 말을 이었다.

"세네티아 황녀 전하께서 귀환하실 거랍니다. 그것부터 가볍게 시작하도록 하지요."

"세네티아 황녀 전하?"

"모르고 계셨습니까? 뭐, 그러실 수도 있지요. 타 대륙에 나가 계셨던 황녀 전하께서 내일 귀환하신답니다."

그러고 보니 지난번 기부인들의 대회에서 들었던 것 같다. 그땐 별로 신경 쓰지 않았는데.

세네티아. 세네티아. 그때, 그녀의 머릿속으로 빠르게 이름이 스쳐 지나갔다. 이제 이런 건 너무나도 익숙했다. 오히려 떠오르는 게 반가웠다. 그렉처럼 떠오르지 않으면 알고 있는 것처럼 연기를 해야 하니까.

세네티아 세쳐 마티디안. 마티디안 제국의 제2황녀로 카헤시온 황자와는 유일하게 어머니가 같은 혈육.

하지만 이건 그다지 중요한 사실이 아니고, 어릴 적부터 그 총명함이 뛰어나 열 살이라는 어린 나이에 현자의 자리까지 오른 천재 중의 초천재. 일명 은의 현자라 불리는 그녀에게 딱 하나의 결점이라면 눈이 보이지 않는다는 것.

현재는 타 대륙을 왕래하며 공부 중이었다.

"그래서 공식적인 사교 모임이 뭔데?"

"세네티아 황녀 전하의 환영 파티죠. 이번엔 공부가 꽤 길었으니까요. 화려한 걸 싫어하시는 황녀 전하시니, 그리 복잡하지는 않을 거예요. 그냥 자리에 참석해서 인사 정도만?"

말은 저렇게 해도 그냥 단순한 자리는 아닐 것 같았다.

아, 내일은 랑쉬 경한테 제대로 검을 배워야 하는데! 정말 가기 싫었지만, 그래도 이 여자 체면이라는 게 있으니까. 마음대로 행동할 수는 없잖아? 그래, 눈 한번 딱 감고 갔다 오는 거야.

"알았어, 가보지 뭐."

대수롭지 않게 말하는 그녀의 모습에 조세핀과 메이는 서로 묘한 눈빛을 주고받았다. 그것을 보지 못한 시로벨은 후에 자신이 한 말을 뼈저리게 후회했다. 아주, 아주 뼈저리게.

⚜   ⚜   ⚜

마차의 창문 너머로 선선한 바람이 불어왔다. 그리고 그 바람은 부드러운 손길로 그녀의 신비로운 은빛 머리카락을 차분히 휘감으며 텅 빈 눈동자를 맴돌았다. 비록 앞이 보이지 않았지만 세네티아는 느낄 수 있었다. 마티디안, 자신의 고향으로 오랜만에 돌아왔다는 것을.

그녀는 입술 위로 엷은 미소를 그리며 살짝 입을 열었다. 단아하면서도 서늘한 음색이 공기를 머금었다.

"드디어 돌아왔군."

"역시 황녀 전하세요. 조금만 더 달리면 황궁에 다다를 거랍니다."

"오라버니는 제국에 안 계신다구?"

"예, 현재 제로비안 제국에 계시다고 합니다. 코델리아 황녀마마의 생일 연회 때문에요."

"제로비안 제국의 코델리아 황녀라……."

세네티아는 머릿속으로 한 여인을 그리면서 창가 쪽으로 손을 뻗었다. 바람이 그녀의 손끝을 타고 넘실거렸다. 눈이 보이지 않았기에 시각을 제외한 나머지 모든 감각이 몇 배나 발달한 그녀였다. 어쩌면 그 탓에 천재 소리를 들으면서 현자의 자리에 올랐을지도 모른다.

어느새 새벽의 여명이 밝아오고 있었다. 그녀는 이상하게 뛰기 시작하는 가슴을 익누르며 그렇게 황궁으로 밀려가고 있었나.

제 2 화
황자의 아내

채 어둠이 가시지 않은 이른 시각, 두 대의 마차가 제로비안 제국의 황궁 앞에 대기하고 있었고, 그 거대한 문 너머로 카헤시온이 차가운 표정으로 자리를 지키고 있었다. 연회가 끝나자마자 곧장 떠날 채비를 마쳐 이 새벽부터 나서는 길이었다.

마차 안에선 제라드가 준비를 끝내고 밖으로 나왔다. 그는 곧장 마차에 오르려다가 가까워지는 조그만 발소리에 고개를 돌렸다. 이른 시각이지만 그 미색은 결코 흐트러지지 않은 코델리아 황녀가 쓸쓸한 시선으로 카헤시온을 향해 살짝 고개를 숙였다.

"제 탄신 연회에 참석해 주셔서 정말 감사합니다, 카헤시온 황자님. 이리 이른 시각에 서둘러 떠나는 것이 무척이나 서운하지만."

"……."

"그래도 즐거웠습니다."

즐거웠다고 말하는 코델리아의 목소리에서 떨림이 느껴졌다. 하지만 카헤시온은 별다른 말 없이 짧게 인사했다.

"그럼 이만 가보겠소. 생일을 다시 한 번 축하하오."

카헤시온은 그대로 마차에 올랐다. 코델리아는 그의 차가운 모습에 가슴이 더더욱 아려왔지만 그가 완전히 사라질 때까지 그의 뒷모습을 두 눈에 계속 담아낼 수밖에 없었다.

"정말 단 한 번도 나를, 제대로 봐주지 않으시는구나."

그의 차가운 시선에 담긴 것은 그저 공허함. 그가 보는 것은 황녀라는 자리에 있는 사람이지 코델리아라는 여인은 결코 아니었다. 하지만 그는 그런 사람이니까. 그렇기에 그의 마음에서 조그만 틈을 찾을 때까지 노력할 것이다.

카헤시온은 그제야 피곤한 눈을 누르며 몸을 뒤로 기대었다.

제라드는 어째서 이렇게 다급하게 출발하는지 대충 짐작하고 천천히 입을 열었다.

"세네티아 황녀 전하께서 곧 마티디안 제국에 당도하실 듯합니다."

"어디 아픈 곳은 없겠지?"

"마리에타가 보내온 서찰에 의하면 무탈하시다고 합니다."

제라드의 말에 그토록 딱딱했던 그의 입술이 슬쩍 곡선을 이루었다. '빙안의 귀공자'라 불리는 카헤시온이었지만, 자신의 친동생인 세네티아에게만은 조금 달랐다.

유일하게 어머니가 같은 혈육이기도 했고, 또한 지금은 그가 무척이나 믿고 신뢰하는 책사 역할도 해주고 있고.

"아, 그리고 비전하께서 지금은 완전히 건강을 회복하셨다고 합니다."

완전히 잊고 있었던 그녀의 존재에 어설프게 걸려 있던 그의 미소가 삽시간에 사라지고 말았다.

그래, 깨어났단 말이지?

"황궁에 도착하시면 바로 로제궁으로……."

"갈 것이다."

제라드는 카헤시온이 너무나도 순순히 가겠다고 말하자 저도 모르게 놀란 기색을 띠었지만, 곧이어 들려온 말에 그럼 그렇지 하는 표정을 지었다.

"지난번 그녀가 쓰러졌던 그 일에 대해서 물어야 하니까. 혹시 나 외부에서 첩자가 왔을지도 모르고, 그렇지 않으면……."

카헤시온은 더는 말을 잇지 않고 입을 다물었다. 제라드는 그가 무슨 말을 하고 싶어 하는지 깨닫고선 어두운 낯빛으로 고개를 돌렸다.

어느새 하늘엔 푸른 새벽의 여명이 떠오르고 있었다. 카헤시온은 잠시 시리게 일렁이는 하늘을 바라보며 누군가를 떠올렸다.

흔적조차 남기지 않고 사라져 버린 마티디안 제국의 제1황자, 카인 벨베로쳐 마티디안.

현재 카헤시온은 다른 제국의 눈을 피해 그를 찾고 있었지만, 그 어디에서도 그의 흔적을 찾지 못하고 있었다.

⚜   ⚜   ⚜

시로벨이 제2황녀 환영 파티에 참석하기로 결정한 순간부터 로제궁의 시녀들은 무척이나 살벌한 움직임을 보이고 있었다. 그리고 그 중심엔 조세핀이 있었다. 비전하께서 건강을 회복하신 후 처음으로 공식 사교 모임에 모습을 드러내는 것인데, 제3황자비로서 무엇 하나 부족함이 없어야만 했다. 시녀들은 최고급 드레스에 보석의 세공까지 세세하게 확인하며, 어느 것 하나 매의 눈으로 살피지 않는 것이 없었다.

그리고 그 중심에 지루해 죽을 것 같은 시로벨, 그녀가 앉아 있었다.

벌써 여덟 시간째 꼼짝도 하지 못하고 다른 이의 손에 만져지는 기분은 썩 좋지 않았다. 게다가 예전부터 꾸미는 것과는 담 쌓고 지내온 탓에 이러한 상황이 몹시도 당황스러울 뿐이었다. 하지만 지금 자신은 형사가 아니고, 다시 서로 바뀔 때까지 이 여자를 잘 지켜줘야 할 책임이 있기에, 시로벨은 지금 이 인형 장난 같은 놀음에 맞춰줄 수밖에 없었다.

'그래, 이것도 다 직업병이지. 직업병이야.'

그렇게 조세핀의 지휘 아래 시녀들의 손아래에서 장장 열두 시간을 달려온 끝에 드디어 그녀들의 얼굴에서 만족이라는 표정을 볼 수 있었다. 하지만 시로벨은 정말이지 피곤해 죽을 것 같았다. 마치 24시간 잠복근무를 한 기분이었다. 아니, 그것보다 피로함이 더하다, 더해!

"완벽합니다, 비전하! 역시 물빛의 레이디라 칭송될 만하세요!"

"맞아요, 비전하. 너무나도 아름다우셔요!"

조세핀은 자신의 작품에 크나큰 만족을 느끼며 그녀의 앞에 거울을 놓았다. 시로벨은 무심한 표정으로 거울을 보았다. 거울 속엔 이젠 좀 익숙해졌나 했었는데 다시금 낯설게만 느껴지는 여인이 공허한 시선으로 눈을 깜빡이고 있었다.

붉게 타오르는 머릿결이 부드럽게 아래로 출렁였고, 아래로 늘어뜨린 자잘한 진주 보석들이 머리칼 위로 앙증맞은 꽃을 피우고 있었다. 여인으로서 둥글고 부드럽기만 한 몸선이 드레스 아래로 드러나며 매혹적인 자태를 뽐냈다. 햇빛 한 번 못 보고 자란 것처럼 새하얀 피부는 탐스럽게 달아올라 물빛 눈동자가 더욱 깊게 느껴졌다.

그녀는 다시금 눈을 깜빡거렸다. 정녕 거울 속에 있는 여인이 자신이 맞기는 한 건지 확인이라도 하는 것처럼. 뭐, 진짜 내 몸은 아니지만. 그래도 끝내주긴 하네, 이 여자. 대체 부족한 게 뭐야? 성격? 정말 성격뿐인가?

"그나저나 파티가 언제야? 이미 시작하지 않았어?"

시로벨은 창가 쪽을 바라보며 얼추 시간을 헤아려 보았다. 이곳엔 시계 같은 게 없어서 모래시계나 태양의 기울기를 보고 시간을 확인하곤 했다.

"네, 조금 늦었네요."

"뭐?"

조세핀이 대수롭지 않게 말하자, 시로벨은 조금 당황한 표정으로 그녀를 바라보았다. 뭐지? 천하의 조세핀이 공식 행사에 늦었는데도 왜 저렇게 태평한 거지?

"하지만 괜찮습니다. 원래 주인공은 살짝 늦어야 빛을 발하는 법이니까요."

"뭐어?"

"오늘 비전하께선 그 누구보다 빛나셔야 합니다. 암요!"

어쩐지 조세핀의 뒤로 서 있는 다른 시녀들 역시 눈동자에 투지가 어리는 듯했다. 대체 이게 뭐라고 다들 저렇게 난리인 거지?

"그럼, 메이! 마차를 준비시켜라. 비전하께서 백합궁으로, 그 화려한 걸음을 하신다!"

"네에!"

왠지 모르게 전투적인 모습이 너무나도 의아했지만, 그럴 수밖에 없는 것이 예전의 시로벨은 속국의 왕녀라는 출신과 겉으로 드러나는 것을 싫어하는 성품, 게다가 황자와 등을 돌리고 있다는 소문 때문에 백합원의 귀부인들로부터 은근히 무시당하고 있었기에 로제궁의 시녀들도 덩달아 수모를 당해야만 했다. 그렇기에 이번 공식 사교 모임은 무척이나 중요했다. 특히나 백합원의 귀부인들이 한자리에 모이는 곳에서 그 누구보다 비전하가 빛나야만 했다.

오랜만에 백합궁의 문이 활짝 열리고, 화려한 샹들리에 불빛 아래 백합원의 난다 긴다 하는 귀부인들이 한자리에 모여 세네티아 황녀의 환영 파티를 빙자하여 서로 치열한 눈치 싸움을 벌이고 있었다.

귀부인들의 사교 파티란 칼만 보이지 않을 뿐, 전쟁터보다도 치열하고 살벌한 곳이었다. 그리고 그 중심에 세네티아 황녀가 앉아 있었다.

비록 앞이 보이진 않지만 그녀는 사람마다 뿜어져 나오는 특유의 기운과 느낌으로 그들을 구분하곤 했다. 그렇기에 서로를 향한 시기와 질투로 날카롭게 뒤엉킨 기운 때문인지 세네티아는 그어느 때보다도 피곤한 기색으로 미간을 살짝 찌푸렸다.

"대체 언제까지 이러고 있어야 하는 거지?"

세네티아의 낮은 속삭임에 그녀의 전속 시녀인 마리에타가 어설픈 미소를 띠며 속삭였다.

"조금 더 있으셔야 합니다. 아시잖아요, 저들이 이 자리를 얼마나 기다렸는지."

"그래, 나를 기다린 것이 아니라 자신들을 뽐낼 수 있는 이런 자리를 기다린 것이지."

그녀의 낮은 속삭임에서 서늘함이 느껴지더니 어느새 그녀의 입가 위로 싸늘한 냉소가 스쳤다. 누가 카헤시온의 여동생 아니랄까 봐, 평소엔 온화했지만 가끔 저렇게 냉기를 풍길 때면 마리에타도 당해내지 못했다.

그때, 어디선가 익숙하면서도 기분 좋은 따스함이 공기 중에 흩어졌다. 더불어 뜨겁고 강인한 기운도 함께 세네티아에게 전해졌다. 어느새 그녀의 표정이 스르르 풀리면서 처음으로 환한 미소를 지으며 다정하게 입을 열었다.

"리안 오라버니, 메모리 비전하, 오랜만입니다."

그녀의 다정한 인사말에 제2황자 리안 페이쳐 마티디안과 그의 넓은 품에 쏙 들어가 있는 리안의 사랑스러운 아내 메모리 밀리어트리가 덩달아 웃음을 지었다.

"공부는 즐거웠느냐?"

"예, 오라버니. 새로운 걸 경험할 수 있어서 뜻깊었답니다. 메모리 비전하께서도 건강하시죠?"

리안은 메모리가 적어준 양피지를 보고는 세네티아에게 전해주었다.

"덕분에 잘 지내고 있다고 하는구나."

"아닙니다. 저야말로 비전하 덕분에 잘 지내는걸요. 매번 보내주시던 각종 파이들, 너무 감사했습니다."

메모리는 말을 할 수 없고 세네티아는 앞을 볼 수 없기 때문에 서로 의사소통이 되질 않아 누군가 옆에서 도와줘야 했지만, 그래도 둘은 무척이나 사이가 좋았다.

세네티아는 다른 이의 기운과 감정을 알 수 있었기에 처음 메모리를 만났을 때 느낀 그 따스함과 순수함에 사로잡혀 자신 역시도 덩달아 기분이 좋아졌다. 메모리에게만큼은 마티디안 황녀도 아니고 은의 현자도 아닌, 세네티아라는 이름으로 다가갈 수 있는 몇 안 되는 벗이라고 생각하며 아끼고 있었다.

게다가 리안 오라버니와 메모리 비전하의 사이를 보면 가끔 부러우면서도 카헤시온 오라버니가 생각나 안타까움이 들곤 했다. 카헤시온 오라버니의 기운은 항상 얼어붙은 차가운 냉기로 가득했다. 그리고 그런 오라버니를 감싸주어야 할 반려자, 시로벨 비전하의 기운은 따스하긴 했지만 어딘지 모르게 이상했다. 무언가에 가로막혀 다른 이에게 한 치의 틈도 주지 않는 여인. 이는 오라버니와는 다른 시리고 어두운 기운이었다. 게다가 듣자 하니 아르반의 왕자가 허망하게 목숨을 잃었다던데.

"혹, 시로벨 비전하께서는 괜찮으신 건가요?"

세네티아가 조심스럽게 그녀의 안부를 묻자, 갑자기 메모리의 표정이 밝아지면서 종이에 무언가를 쓰려고 했다.

"세네티아 황녀 전하!"

"무슨 일이기에 이리 호들갑이야, 마리에타."

"지, 지금 시로벨 비전하께서 오셨습니다."

"뭐?"

마리에타의 말에 세네티아는 크게 놀랐지만 리안과 메모리는 덤덤한 시선을 던졌다. 아니, 오히려 메모리는 굉장히 즐거워 보이는 표정이었다.

세네티아의 눈동자가 살며시 떨렸다. 그녀가 스스로 이런 자리에 참석하다니. 매번 몸이 좋지 않다는 핑계로 로제궁에서 잘 나오지 않았었는데.

"어찌할까요, 황녀 전하?"

"어찌하긴, 예를 갖춰 모셔야지."

마리에타는 그녀의 말에 문 앞을 지키고 있던 시종에게 눈짓했다. 그러자 시종은 시로벨 비전하의 이름을 크게 불렀고, 이어 문이 열렸다. 생각지도 못한 그녀의 등장으로 팽팽한 긴장감이 흐르던 분위기가 흐트러지면서 여기저기에서 탄성이 흘러나왔다.

건강이 좋지 않았다는 말이 무색할 만큼, 살포시 휘늘어진 눈동자엔 생기가 가득했고 한 걸음씩 다가서는 걸음걸음마다 배어나오는 자태가 너무나도 아름다웠다.

여자라면 자신의 아내인 메모리 빼고는 관심도 없는 리안마저도 조금 놀라는 기색을 드러내자, 메모리는 수줍게 펜을 놀려 그의 옷자락을 잡아당겼다.

〈정말 아름다운 분이세요.〉

"그대도 충분히 아름답소."

리안은 부드러운 목소리로 메모리를 감싸 안았고, 메모리는 수줍음을 감추지 못하며 고개를 숙여 버렸다.

모든 이들이 시로벨의 모습에 경악을 금치 못하고 있었지만, 세네티아만큼은 아니었다. 그녀의 공허한 눈동자가 미세하게 떨리면서 마치 시로벨이 눈에 보이는 것처럼 정확히 그녀를 응시하고 있었다.

'그녀의 기운이, 변했다.'

어둡게 눌려 있던 기운이 지금은 느껴지지 않았다. 그저 생기 넘치고 강한 기운만이 휘몰아치고 있었다. 대체 어떻게 된 일이지? 사람의 기운이 이렇게 갑자기 변할 수도 있는 건가? 하지만, 하지만…….

'이상해. 그녀에게 이런 강한 기운이 있었나? 분명 어둡고 시린 기운이었는데. 지금은, 굉장히 뜨겁다.'

이것은 메모리에게서 느껴지는 따스함과는 달랐다. 뜨겁다. 매우 뜨겁게 휘몰아치는 기운이다. 게다가 그 기운이 눈이 부실 정도로 강렬하다.

한편 백합궁 안으로 들어선 시로벨은 수군거리는 소리와 따가운 시선들에 슬며시 오기가 발동해 오히려 고개를 빳빳이 들고서 당당하게 걸음을 옮겼다.

분명 환영 파티라고 하지 않았나? 왜 이렇게 분위기가 살벌하지? 아니, 그것보다 왜 이렇게 뚫어져라 쳐다보는 거야. 사람 기분 나쁘게.

그녀는 아는 얼굴이 있나 싶어 시선을 이리저리 옮기다가 이내 정면에 보이는 여인에게 정확히 시선이 꽂혔다. 얼굴을 본 순간 딱 떠오르는 기억이 있었다. 저 여인이 바로 이 파티의 주인공.

'세네티아 황녀인가? 이 여자 못지않게 예쁘게 생겼네.'

시로벨은 세네티아 황녀를 향해 걸었다. 그리고 그녀 앞에 서서 살며시 고개를 숙이고선 이곳으로 오는 내내 조세핀이 당부했던 말을 되새기며 입을 열었다.

"세네티아 황녀 전하의 귀환을 환영하는 바입니다."

비록 황녀이지만 지금 그녀는 황위계승권을 가지고 있는 신분이기에 시로벨은 격식을 갖추어 예를 다해야만 했다.

"시로벨 비전하께서 이리 환영해 주시니, 정말 몸 둘 바를 모르겠습니다."

"앞으로는 황궁에 머무르신다 하셨지요? 그럼 앞으로 자주자주 만났으면 좋겠네요."

그냥 인사치레로 한 말인데, 장내는 술렁이기 시작했다.

뭐야. 뭐 잘못 말했나?

그녀는 아무 생각 없이 한 말일 테지만, 그 말 한마디의 파장은 컸다.

제3황자비가 누구던가? 타인과의 만남을 극도로 꺼리는, 황자에게도 버림받은 비운의 여인이 아니던가. 해서 이 황궁 내에서 그녀가 고개를 숙여야 하는 이가 별로 없음에도 불구하고 백합원의 부인들로부터 은근한 비웃음과 무시를 당하고 있는데, 그런 그녀가 움직이는 것이다.

몇몇 귀부인은 그런 그녀의 움직임이 영 못마땅해 얼굴을 붉혔다. 백합원을 거의 자신들의 수중에 넣고 있던 귀부인들이 저들보다 신분이 높은 그녀의 움직임을 반가워할 리가 없었다.

하지만 그나마 다행인 것은 그녀에게 힘이 되어줄 카헤시온 황자와의 사이가 좋지 않다는 점이었다. 아니, 좋지 않다 못해 혼인하고서 첫날밤 이후로 한 번도 합방하지 않았다는 것이 암암리에 도는 소문이었다. 어쩌면. 아니, 분명히 첫날밤조차 제대로 치르지 못했을 것이다. 그렇다면 언젠가는 황자에게 버림받을 터.

귀부인들 사이에서는 곧 시로벨 황자비를 폐위시키고 그 자리에 '청초의 레이디'라 불리는 제로비안 제국의 코델리아 황녀를 맞을 거라는 소문이 은밀히 오가는 중이었다. 정치적인 입장에서도 속국인 아르반보다는 제로비안 제국의 황녀를 정비로 두는 것이 카헤시온 황자에게는 더 이득일 뿐더러 황태자가 되는 데 더 큰 힘이 될 테니까 말이다. 카헤시온 황자에게 여인이란 그런 존재일 뿐이니까.

"그럼, 세네티아 황녀 전하를 뵈었으니 전 이만 돌아가 보겠습니다."

"좀 더 계시지 않고요."

이 정도면 되지 않았을까? 조세핀과 메이도 말리는 눈치가 아닌 듯했다. 아니, 아주 만족스런 표정이었다. 그렇다면 이쯤에서 빠져도 되겠지? 그리 늦은 시각도 아니니 얼른 돌아가서 랑쉬 경을 찾아봐야지. 오늘은 제대로 검술을 배울 수 있을 거야. 그리고 딱 봐도 오늘은 조세핀과 메이가 귀찮게 안 할 것 같고.

"아뇨, 아직 건강이 완전히 회복된 것이 아니라서 끝까지 자리를 지키지 못해 죄송합니다. 후에 세네티아 황녀 전하와 메모리 비전하를 로제궁으로 초대하겠습니다. 장미정원이 제법 볼만하답니다. 세네티아 황녀 전하께서도 좋아하실 거라 생각합니다."

"초대해 주신다면, 기꺼이……."

시로벨은 이내 메모리 쪽으로 몸을 돌려 살짝 시선을 낮추고서 물었다.

"메모리 비전하께서도 제 초대에 응해주실 거죠?"

〈영광이에요, 시로벨 비전하. 저번에 도와주신 것도 있으니 저도 조그만 선물을 준비해서 가도록 하겠어요.〉

메모리가 글을 읽고서 시로벨은 고개를 가로저으며 말했다.

"아니요, 당연한 일인걸요. 원래 제가 불의를 그냥 지나치지 못한답니다. 특히나 다굴, 아니, 그런 파렴치한 모습은 더더욱이요."

파렴치하다는 말에 뒤쪽에 서 있던 귀부인들이 움찔했지만, 시로벨은 별로 신경 쓰지 않았다.

〈아니에요. 아무튼 고마워요.〉

그녀의 작은 미소에 시로벨 역시 함께 입가에 미소를 띠웠고, 리안을 향해 살짝 고개를 숙인 뒤 천천히 연회장을 빠져나왔다. 마지막까지 최대한 황자비답게. 우아하고 조신하게.

하지만 연회장을 빠져나오자마자, 주변에 보는 눈이 없다는 걸 깨닫고선 우아함은 벗어던지고 로제궁을 향해 달리기 시작했다. 뒤에서 조세핀과 메이가 뭐라고 하는 소리가 들리는 듯했지만 신경 쓰지 않았다. 이 정도면 나도 할 만큼 했다고!

시로벨이 사라진 후, 한동안 장내가 어수선했다. 다들 시로벨의 이름을 입에 담으며 뭐라 떠들고 있었다. 환영 파티는 이대로 마무리되어 가는 느낌이었다. 세네티아는 오히려 그것을 반겼다.

자신 역시 더는 이렇게 버티고 있는 것이 힘들었으니까.

"그럼, 난 이만 가보마. 나중에 조용히 보자꾸나."

"예, 오라버니. 살펴가세요."

리안은 메모리를 이끌고 백합궁을 빠져나갔고, 세네티아 역시 마리에타에게 뒷수습을 맡긴 채 조용히 궁을 빠져나갔다.

복도 위로 따스한 햇볕이 느껴졌다. 하지만 선선한 바람도 동시에 부는 걸 보니, 곧 날이 저물 것 같았다. 세네티아는 잠시 걸음을 멈추고 조금 전에 일어난 일을 하나하나 되새겨 보았다. 그러다 시로벨의 기운을 떠올리며 입가로 의미심장한 미소를 그려 올렸다. 그녀의 텅 빈 은빛 눈동자 위로 오랜만에 흥미가 감돌기 시작했다.

"로제궁으로 갈 날이 기대되는군. 특히 오라버니는 어떤 표정을 지을까?"

오라버니가 황도에 와 닿았다는 소식을 들었다. 곧 있으면 황궁에 당도할 터. 세네티아는 처음으로 오라버니와 비전하가 만나는 그 순간이 기다려지고 있었다.

✤　　✤　　✤

제로비안 제국을 떠난 마차는 마법진을 통해 하루 만에 마티디안의 황도 근처에 와 닿은 상태였다. 하루 종일 마차 안에서 답답한 시간을 보내고 있던 카헤시온의 기분은 무척이나 저조했다. 그에 비해 오랜만에 느긋한 여유 속에 밀린 마법서를 읽고 있는 제라드의 기분은 그야말로 최고였다.

카헤시온은 혼자 헤실헤실 웃으면서 마법서에 전념하고 있는 그를 지그시 바라보며 입을 열었다.

"황궁엔 서찰을 보냈나?"

"예, 도착하면 그렉 경이 당도해 있을 것입니다."

"······좀 지루하군."

제라드는 그제야 고개를 들고 카헤시온을 바라보았다. 그러다 자신이 읽고 있던 책을 슬며시 건넸다.

"전 그러시면 책이라도 드릴까요?"

카헤시온은 그가 건넨 책을 보기만 해도 머리가 아팠다. 책을 즐기긴 했지만 제라드처럼 책을 파헤치고 연구하는 취미는 없었기에, 룬어로 빽빽하게 쓰인 활자가 짜증스러울 뿐이었다.

그때, 바깥을 호위하던 기사의 목소리가 우렁차게 울렸다.

"카헤시온 황자 전하, 방금 황도에 당도하였습니다. 곧장 황궁으로 귀환하도록 하겠습니다."

그는 창을 가린 커튼을 걷었다. 익숙한 황도의 모습이 펼쳐지면서 그의 시선 너머로 거대하고 웅장한 마티디안 황궁이 그려지고 있었다.

⚜   ⚜   ⚜

로제궁에 도착한 시로벨은 자신이 입은 이 새하얀 드레스에 얼마나 많은 장인의 노력이 들어갔는지, 그 값이 얼마나 비싼지는 생각하지도 않은 채 그저 거추장스러운 옷을 벗어내고선 그나마 가장 단순하고 때가 덜 탈 것 같은 회색 드레스를 입고 궁을 빠져나갔다. 생각 같아서는 기사들이 입는 바지 하나를 슬쩍하고 싶었지만, 그건 좀 더 상황을 보면서 저지르기로 했다. 너무 일을 많이 벌이면 꼬리가 밟히게 되는 법이니까.

황궁이 워낙 넓기는 했지만 길 외우는 솜씨가 탁월했기에 시로벨은 별로 헤매지 않고 훈련장에 도착할 수 있었다. 하지만 이상하게 훈련장엔 기사들이 많지 않았다. 오늘 무슨 날인가? 단체 휴가 같은 거? 아니면 바깥으로 외근 나갔나.

"뭐야. 그럼 랑쉬 경은!"

시로벨은 두 눈을 부릅뜨고 랑쉬 경을 찾았지만 보이지 않았다. 망할. 가는 날이 장날이라더니! 하지만 이대로 포기할 수는 없지.

그녀는 어제 본 훈련소의 뒤편으로 가서 레이피어 하나를 쥐어 올렸다. 그러곤 기사들이 움직이던 것을 머릿속으로 떠올리며 정신을 가다듬고서 천천히 걸음을 옮겼다. 확실히 검도와는 다소 차이가 있었지만, 검도보다 훨씬 실용도는 좋아 보였다. 짧은 사이에 급소를 노리는 것에 최적화된, 스포츠적인 요소보단 정말로 실전용 검술이었다. 물론 서울로 돌아가서 이렇게 칼 휘두르고 다니면 바로 콩밥 먹겠지.

그녀는 움직임을 멈추었다. 정식으로 배우지 않고 기억을 더듬어 움직이려니 결국 막힐 수밖에 없었다.

"부족해, 부족하다고. 그래, 꼭 랑쉬 경한테 배워야 한다는 법은 없잖아?"

순간, 시로벨의 눈빛이 뭔가 위험하게 빛났다. 그녀는 흐트러진 머리카락을 야무지게 틀어 올리고서 거치적거리는 치맛자락을 붙잡고 훈련장으로 나갔다. 분명 전보다 기사들이 많지는 않았지만 몇몇이 모여 훈련을 하고 있었다.

저 중에서 아무나 한 명 선택하면 되는 거지. 후후후훗!

그녀는 레이피어를 이리저리 흔들며 기사들의 움직임을 하나하나 살펴보았다. 그러곤 속으로 아주 즐거운 고민에 빠져 있었다.

"어느 기사를 고를까요, 딩동댕동!"

시로벨은 입꼬리를 매혹적으로 끌어올리며, 한창 수련 중인 기사들을 아주 꼼꼼하게 손가락으로 짚어보았다. 그리고 그녀의 손가락 끝에 걸린 오명의 기사님은 바로 헨델 경이었다. 실력도 나쁜 것 같지 않고, 외모도 저 정도면 평범하고. 좋아, 좋아.

그녀는 자신의 선택에 큰 만족을 표하며 레이피어를 가볍게 휘두르며 헨델 경을 향하여 발걸음을 옮겼다. 기사들은 다가오는 그녀의 기척을 느끼고선 움찔하며 얼른 고개를 숙였지만, 시로벨은 아직도 이런 정중하다 못해 오버스러운 인사가 쑥스러워 곧장 헨델 경에게 다가가 그를 향해 가볍게 레이피어를 내려놓았다.

"헨델 경, 지금 나와 대련을 좀 해주겠어? 물론 선택권은 없는 질문이며, 그렇기에 거부권 또한 없는 명령이지만."

"네?"

시로벨의 말에 헨델의 표정은 삽시간에 창백하게 굳었다. 이를 지켜보던 기사들은 안타까움과 동시에, 그래도 비전하와 가까이 있을 수 있다는 부러움 등의 복잡 미묘한 감정을 나타냈다.

"하, 하지만 비전하, 제가 어찌 감히……."

"난 검을 배우고 싶고, 또 빨리 배우고 싶어. 몸으로 부딪치면서 배우는 게 더 빠르지 않겠어?"

기초부터 하나하나 배우면서 실력을 쌓기에는 시간이 없었다.

최대한 빨리 속성으로 배워서 저승사자를 찾아야 할 것이 아닌가? 그래, 속전속결로 끝내야지. 그러려면 직접 몸으로 부딪치면서 본능적으로 익히는 것이 가장 확실했다. 그래야 실전에서도 바로바로 활용할 수 있지 않겠어?

"황자비의 권한으로 헨델 경은 나랑 대련을 해야 해. 이의 없지? 당연히 없겠지. 분명 거부권이 없다고 방금 말했으니까. 하지만 절대로 헨델 경에게 불이익이 가도록 하지는 않을게. 책임은 전부 다 내가 질 테니까. 혹시 다치더라도 상해죄로 피해보상, 아니, 치료비 달라고 안 할게."

치료비가 문제가 아니다. 다치면 끝이다. 다치면 자신은 그렉 단장님께 바로 죽을 것이다. 게다가 뒤에서 노려보고 있는 동기들! 그들의 살벌한 눈빛에선 '저 곱디고운 비전하의 얼굴에 조그마한 상처라도 내면 내 손에 죽는다'라는 살기가 가득 담겨 있었다.

"하, 하지만 비전하!"

"어서, 헨델 경. 그냥 조금만. 응? 조금만!"

천진난만한 웃음을 지으면서 조금만 하자고 조르는 시로벨의 모습에 헨델의 마음은 갈대처럼 마구잡이로 흔들리고 있었다. 그래, 차라리 적당히 상대를 해드리자. 어차피 자신이 하지 않더라도 다른 누군가와 하거나, 아니면 혼자 하시다가 더 위험해지면 정말 끝장이니까.

"그럼 정말 조금만…… 최대한 다치지 않게, 무리 없이……."

"알았어, 알았어."

그렇게 헨델 경은 무거운 심정으로 검을 들었고, 시로벨은 진지한 자세로 레이피어를 고쳐 잡았다. 순간, 웃고 있던 그녀의 눈빛이 상대방의 빈틈을 찾고자 날카로워졌다. 그녀에게서 흘러나오는 기운이 예사롭지 않다는 걸 느낀 헨델 경도 살짝 긴장한 채로 진지하게 검을 고쳐 잡고 움직임을 살폈다.

어쩐지 감돌던 공기가 팽팽해진 느낌에 처음엔 반신반의하던 기사들도 흥미로운 시선으로 두 사람을 지켜보기 시작했다.

어차피 시작한 거. 난 절대로 질 생각은 없다. 그래, 제대로 한 번 해보자고!

그렇게 시루벨이 먼저 움직여 헨델 경과 검을 맞부딪쳤고, 날카로운 울림과 동시에 두 사람의 검이 각자의 목소리를 높이기 시작했다.

훈련장을 비운 기사들이 모두 모인 곳은 마티디안 황궁의 중앙 문이었다. 기사들뿐만 아니라 세네티아 황녀 역시 문이 열리길 기다리고 있었다. 그때, 그렉이 앞으로 나와 눈짓을 하니 이내 거대한 중앙 문이 열리면서 마차가 안으로 들어섰다. 마리에타는 세네티아에게 마차가 왔음을 알렸고, 그녀는 환한 미소를 지으며 고개를 끄덕였다.

"그래, 오라버니가 오셨구나. 오라버니의 기운이야."

마침내 마차의 문이 열리면서 카헤시온이 모습을 드러냈다.

그의 등장에 기사들은 예를 갖춰 고개를 숙였고, 카헤시온은 무심한 시선으로 기사들을 바라보다 그 사이에서 은빛 눈동자를 부드럽게 빛내고 있는 세네티아를 발견하고선 처음으로 그의 눈꼬리가 살짝 풀어졌다.

"오라버니, 긴 여행길에 고생이 많으셨습니다."

"오랜만이구나, 세네티아. 건강해 보이니 다행이다."

"덕분에요."

그녀는 다시 한 번 부드러운 미소를 지으며 한 손으로 카헤시온의 얼굴을 더듬어 나갔다. 너무나도 오랜만에 느끼는 오라버니의 기운. 여전히 날 선 차가운 기운이었지만, 그래도 세네티아의 손끝으론 따스함이 진하게 번져 갔다.

"피곤하신 듯하십니다."

"조금 지겹기는 하더군."

"그래도 마법진을 이용하셔서 조금 덜하셨잖아요."

"빨리 도착해야 할 이유가 있었으니까."

어쩐지 다소 어두워진 그의 어조에 세네티아는 뭔가를 짐작하고서 손을 조심스럽게 떼어냈다. 잠시 후, 그렉이 앞으로 나서면서 자신의 주인을 향해 예를 갖추었다.

"무탈하셔서 다행입니다, 카헤시온 황자 전하."

"내가 없는 사이 잘 해준 것 같군."

카헤시온은 그의 어깨를 가볍게 두들겨 주었다.

그렇게 카헤시온이 다시 마티디안 제국으로 귀환하였다. 세네티아와 그렉 그리고 제라드는 카헤시온과 함께 태양궁으로 향하면서 그렉에게서 중요한 보고를 먼저 들었다.

"현재 크리스틸 마운틴 주변으로 웨어울프가 나타나고 있다는 보고입니다."

웨어울프라는 말에 카헤시온은 살짝 굳어진 표정으로 걸음을 멈추었다.

"웨어울프?"

"예. 기사들을 보내서 조사 중이지만, 마법사들도 함께 보내는 것이 좋을 것 같습니다."

카헤시온은 그 말에 제라드를 바라보았고, 그는 얼른 고개를 끄덕였다.

"지금 당장 마법부를 통해 마법사를 보내도록 하겠습니다."

그렇게 제라드가 명을 수행하기 위해 재빨리 사라지자마자 카헤시온은 다시금 그렉에게 물었다.

"언제부터 웨어울프가 나타나기 시작했지?"

"불과 며칠 전입니다. 크리스털 마운틴 주변으로 마물이 나타나는 일은 드문 일이 아니기에 사람들이 별로 의심하지 않았지만, 웨어울프는 보통 마물이 아니니 그냥 넘기기엔 뭔가 미심쩍은 구석이 없지 않아 있습니다."

"게다가 크리스털 마운틴이 위험하면 대항구에서 황도로 들어서는 지름길이 위험해진다. 철저히 조사하도록."

"예, 전하."

그렉과 카헤시온의 얘기를 듣는 내내 세네티아는 단 한마디도 하지 않았다. 카헤시온은 그녀의 안색을 살피면서 짧게 입을 열었다.

"뭔가 아는 것이 있는 것이냐?"

카헤시온의 말에 그렉 역시 의아한 시선으로 세네티아를 바라보았고, 그녀는 이내 한숨을 내쉬며 조심스럽게 말을 이었다.

"제가 알렌 왕국에서 공부를 하면서 수상한 소문을 들은 적이 있습니다."

"소문?"

"예. 알렌 왕국뿐만 아니라 타 왕국에서도 갑작스럽게 마물의 수가 증가했는데, 그 뒤엔 항상 다크문이 새겨진 흔적이 있었다고 합니다."

"검은 달이라……"

"검은 달은 예로부터 마족을 상징하는 표식입니다. 물론 아직 다크문이 발견된 것은 아니지만……"

"조사할 필요는 있겠군."

그의 말이 끝나자마자 그렉은 고개를 끄덕였다. 어쩐지 카헤시온은 본국으로 돌아오자마자 사건이 휘몰아치는 것 같았다. 하지만 지금 가장 중대한 사건은 그게 아니라 다른 것이었다.

"세네티아, 카인 황자의 흔적은 찾았느냐?"

그의 한마디에 세네티아는 살짝 굳은 표정으로 고개를 저었다.

"전혀요."

"너무 신경 쓰지 말거라. 괜한 일을 네게 맡긴 것 같다."

"아닙니다."

"그 일은 리안 형님께서 더 애써주실 테니 더는 나서지 말거라."

제1황자 카인 벨베로쳐 마티디안의 행방불명. 벌써 1년째 그의 소식이 완전히 끊겨 버렸고, 그 흔적을 찾아 대륙 곳곳을 뒤지고 있었지만 전혀 진전된 것이 없었다. 하지만 한 가지 확실한 것은, 그가 누군가에게 납치당한 것이 아니라 스스로 마티디안을 떠났다는 것.

"곧 아바마마의 탄신일에 맞춰서 키리에나 황녀와 유에시스 황녀가 귀환할 것입니다."

"결국엔 전부 황궁으로 돌아오는군."

카헤시온의 표정이 다시금 어두워졌다. 그리고 그것을 느낀 세네티아는 뭔가 화제를 돌리려다 이내 손뼉을 쳤다.

"한데 오라버니, 비전하를 먼저 만나야 하지 않을까요?"

누구도 아닌 세네티아에게서 시로벨이 언급되자 카헤시온은 의아한 눈빛과 동시에 표정이 차갑게 가라앉았다. 그런데 어쩐지 그렉의 표정이 영 떨떠름해 보였다.

"아마 지금도 오라버니를 마중 나오고 싶었을 텐데, 건강이 다 회복되지 않아 부득이하게 오지 못한 듯합니다."

"홋, 네가 그리 그녀를 옹호할 줄은 몰랐군."

"사실입니다. 제 환영 파티에도 참석해 주셨는걸요."

"네 환영 파티에? 그녀가?"

황자비가 스스로 공식 행사에 참석했다는 말에 카헤시온의 표정이 다시 한 번 변했다. 그러자 세네티아는 곱디고운 음성으로 그런 그를 천천히 부추기기 시작했다.

"네, 오라버니. 듣자하니 비전하께서 의식을 잃고 있었을 때 곁에 있어드리지 못하셨다면서요. 의식을 찾은 그 순간에도 다른 제국에 계셨고. 그러시면 안 돼요. 적어도 지금은 오라버니가 먼저 가시는 게 보기에 좋죠."

"가보기는 할 거다, 그녀에게 물어봐야 할 것이 있으니."

"그렇다면 지금 가세요, 오라버니. 남편으로서 최소한의 도리는 하셔야지요."

카헤시온은 세네티아답지 않게 왜 저를 이리 로제궁으로 보내지 못해 안달인지 영 알 수가 없었다. 게다가 그렉은 그녀의 이름이 나올 때마다 왜 저리 안절부절못하는 것인지.

"오라버니?"

"황제 폐하를 알현한 뒤에 룬궁부터 다녀갈 것이다."

그리 가게 되면 로제궁으로 가는 걸음이 느려질 것이다. 하지만 이 정도도 오라버니께서 많이 양보했다는 걸 알기에 세네티아는 가볍게 고개를 끄덕였고, 그렉은 어쩐지 불길한 생각이 들어 자신은 절대 로제궁으로 가지 않겠다고 다짐을 하면서 함께 태양궁으로 향했다.

몇 발자국 걸었을 때, 어디선가 우렁찬 기합 소리와 더불어 검 부딪치는 소리가 들려왔다. 카헤시온은 마치 뭔가에 이끌리듯 걸음을 옮겼고, 기사와 웬 여인이 맞붙어서 아주 팽팽하게 검을 휘두르는 모습에 굳어진 표정으로 걸음을 멈추었다. 그 여인은 자신이 아는 여인이었다.

하지만 이 자리에서 누구보다 사색이 된 것은 그렉이었다. 그는 지금 눈앞에서 벌어지고 있는 광경을 믿을 수가 없었다. 정녕 치마까지 끌어 올린 채, 헨델 경과 칼부림을 하고 있는 여인이 시로벨 비전하가 맞는 것인가! 제 눈이 지금 헛것을 보고 있는 것이 아니란 말인가! 차라리 헛것이었으면. 그랬으면!

"비, 비전하!"

그렉이 참지 못한 채 신음을 터뜨리자, 세네티아는 이 날카로운 소리를 만들어내는 주인공이 시로벨이라는 사실을 깨닫고 흔들리는 시선을 내지었다. 그녀의 기운이 변했다고 느끼기는 했지만. 그렇지만, 검이라니. 검이라니!

그렉은 당황하여 얼른 대련을 중지시키려고 했지만, 카헤시온이 손을 들어 그를 막아 세웠다.

"가만."

"하, 하지만 전하!"

"가만있으라."

그의 강압적인 목소리에 그렉은 하는 수 없이 제자리에 멈춰 선 채 불안한 시선으로 시로벨과 헨델을 바라보아야 했고, 카헤시온 역시 그 속을 알 수 없는 눈빛으로 시로벨, 아니, 그녀의 검을 바라보고 있었다.

그녀의 손에 들린 가벼운 레이피어가 날카롭고 매서운 움직임을 보이고 있었다. 역시 체력이 문제인지 가끔 빈틈이 보였지만 그 빈틈을 정신력으로 채우려는 듯, 그녀는 한시도 쉬지 않고 헨델의 검을 막아내고 있었다.

어느 기사들의 대련 못지않은 팽팽함이었다. 그녀는 진지하게 헨델 경을 이기려고, 그래, 이기려고 아주 악착같이 검을 붙잡고 있었다. 다른 누구도 아닌 시로벨, 아르반의 왕녀이자 그동안 존재감조차 희미했던 자신의 아내가.

가장 놀라운 건 지금 그녀는 웃지 않고 있다는 점이었다. 마치 영혼을 잃은 것처럼 텅 빈 미소만 그리던 그녀가, 자신의 유일한 혈육이 죽었을 때도 입술을 꽉 깨문 채 미소만 보이던 그녀가, 텅 빈 인형 같았던 그 여자가.

"……웃지 않고 있군."

카헤시온의 시선이 처음으로 그녀의 얼굴로 향했다. 그저 헨델 경을 이겨야겠다는 집념이 눈에 보인다. 그로 인해 그녀의 감정도 보였다. 꼭꼭 숨겨두었던 다양한 감정이.

카헤시온은 그만 시선을 거두고서 걸음을 돌렸다. 그러자 세네티아가 그를 붙잡으며 속삭였다.

"오라버니, 이대로 가시면……."

"태양궁으로 간다."

"하지만!"

"그렉 경."

"예?"

대체 이 상황을 어찌해야 하나 고민하던 그렉은 카헤시온의 한 마디에 고개를 번쩍 들었다.

"예, 황자 전하."

"나는 오늘 밤 로제궁에서 비를 만나겠다. 알아서 하도록."

그렇게 카헤시온은 훈련장을 떠났고, 그렉은 그의 말을 잠시 생각하다 이내 아차 하면서 서둘러 시로벨과 헨델 경을 말리기 위해 달려갔다.

세네티아는 점점 멀어지는 카헤시온의 기운을 느끼며 공허한 눈동자 위로 묘한 표정을 지었다. 오라버니께서 시로벨 비전하를 만나시려고 한다. 그것도 로제궁에서 정식으로 그의 아내인 시로벨 황자비와 단둘이 만나려고 하신다.

시로벨은 한창 헨델 경과 대련으로 제대로 몸이 달아오르고 있던 와중에 끼어든 그렉의 등장이 몹시도 마음에 들지 않았다. 하지만 사색이 되어서는 검을 벌써 집어넣은 채 고개만 푹 숙이고 있는 헨델의 모습에 하는 수 없이 검을 내려놓고 추어올렸던 치맛자락도 차분히 내렸다. 먼지가 묻고 구겨지긴 했지만, 대충 탈

탈 털어내면 되는 거였다. 땀 때문에 안 그래도 긴 머리카락이 뒤엉켜 지저분하긴 했지만, 이것도 그냥 씻어내면 되는 거고. 어느새 그녀는 자신이 한 나라의 황자비라는 사실은 잊은 채, 한소휘의 모습으로 돌아가 있었다.

"비전하, 서둘러 로제궁으로 가셔야 합니다. 제가 모셔다 드리겠습니다."

"로제궁으로 가긴 갈 건데 왜 이렇게 서둘러요?"

"조세핀 시녀상에게서 듣시 못하셨습니까?"

"뭘요?"

사실 조세핀이 자신에게 뭔가를 말할 수 있을 리가 없다. 왜냐하면 그녀는 자신이 이곳에 있다는 사실을 절대 모를 테니까. 근데 진짜 무슨 일이 있나? 그렉의 표정이 영 안 좋은데.

"정녕 모르셨군요."

"그러니까 뭘요?"

"일단 가셔야 합니다. 어서요."

그렉은 서두르는 몸짓으로 시로벨을 부추겼고, 그녀는 하는 수 없이 로제궁으로 걸음을 옮겨야만 했다. 어느새 태양이 저물어가면서 붉은 석양이 내려오고 있었다. 그래, 오늘은 이 정도만 하고, 다음에는 제대로 붙어보는 거야.

그렉은 로제궁까지 시로벨을 무사히 보낼 수 있었다. 그녀의 뒷모습이 안으로 사라질 때까지 지켜본 그렉은 어딘지 모르게 불안한 마음이 들었다. 변해 버린 비전하. 그리고 그런 비전하를 찾으시는 자신의 주인. 대련을 말리지도 않으시고 그저 지켜보셨다. 대체 전하께선 무엇을 보고자 하신 걸까. 그리고 로제궁에서 무엇을 알고자 하시는 걸까.

하지만 그렉은 이내 고개를 가로저었다. 더 이상은 자신이 관여할 필요가 없는 영역이었다. 그래, 그게 무엇이든 그건 비전하와 황자 전하, 부부 사이의 일일 테니까.

로제궁으로 들어가기 전, 시로벨은 그제야 자신이 황자비라는 사실을 조금 의식하고서는 아무렇게나 헝클어진 머리카락을 대충 손으로 빗어 정리하고, 드레스에 묻은 먼지도 깔끔하게 털어내고는 허리를 곧추세운 채 안으로 들어섰다. 하지만 어쩐지 뭔가 무거운 공기가 감도는 듯했다. 시녀들의 표정이 하나같이 창백하게 질려서는 무척이나 분주하게 움직이고 있었다. 정말 무슨 일이 있었던 게 분명했다. 대체 뭐지? 뭔가 좋지 않은 기분인데. 이거 촉이 오는데, 촉이.

"비전하!"

그때, 멀리서 메이의 목소리가 안도감을 싣고서 밀려들었다. 시로벨은 태연한 척 미소를 지으려고 했지만 어느새 그녀의 앞으로 다가온 메이는 떨리는 손으로 시로벨의 손을 꽉 붙잡았다.

"정말 어찌해야 좋을지 몰라서, 하아. 다행이에요, 이렇게 오셔서 다행이에요."

"무슨 일인데? 왜 이렇게 난리야? 조세핀은?"

그러고 보니 아무리 둘러봐도 조세핀이 보이질 않았다. 그러자 메이는 울 것 같은 표정을 짓고서 말을 이었다.

"시녀장님이 하필이면 지금 로제궁에 안 계세요. 그래서 얼마나 더 무서웠다고요! 그런데 비전하, 모습이 왜 이러세요? 이러시면 안 돼요!"

메이는 얼른 시로벨을 끌고서 방으로 데려갔다. 어딘지 조바심이 묻어나는 행동이었다.

"일단 말을 해, 말을. 무슨 일이냐고!"

"곧 오실 거예요. 곧 오실 거라고요. 이렇게 갑자기 오신 적은 없으신데. 물론 비전하께서 사라지셨을 때 오시긴 했지만, 그건 상황이 상황이었으니까. 그래요 어쩌면 이게 비전하께 기회일지도 몰라요!"

시로벨은 슬슬 화가 나기 시작했다. 대체 누가 온다고 난리인데? 그리고 기회라니. 뭔 기회!

"그러니까 그게 뭐……!"

"황자 전하께서 돌아오셨어요. 그리고 오늘 밤에 로제궁으로 오시겠다고 하셨다고요!"

황자 전하라는 말에 시로벨은 문득 걸음을 멈췄다. 누가 왔다고? 그리고 누가 온다고?

"황자 전하?"

"예! 카헤시온 황자 전하요! 이럴 때 조세핀 시녀장님께서 계셔야 하는데. 시녀들이 전부 긴장하고 있어요. 물론 저도 너무 떨리지만, 그래도 로제궁의 시녀로서 절대로 비전하의 얼굴에 먹칠하지 않을 거예요. 일단 어서 씻으세요. 옷도 갈아입으시고."

메이는 다른 시녀들에게 이런저런 명을 내리고서 따뜻한 물을 받아놓은 욕조로 시로벨을 이끌었다. 메이가 하는 대로 옷을 벗고 욕조에 들어가고는 있지만 시로벨은 지금 너무나도 정신이 멍했다.

카헤시온이라면 이 여자의 남편? 헉, 뭐야. 그럼 남편이 돌아온 거야? 하지만 서로 인사도 안 할 정도로 사이가 안 좋다고 했잖아! 그런데 왜 오자마자 여기로 오는 거지? 그것보단 왜 하필 밤이야!

"뭐, 뭐야!"

어느새 알몸이 되어버린 저를 발견한 시로벨은 저도 모르게 두 손으로 풍만한 가슴을 가렸다. 하지만 메이와 시녀들은 일분일초가 바쁜 상태였다. 오시겠다고 하셨지만, 정확히 언제 오실지 모르기에 되도록이면 빠르게 준비를 끝내야만 했다. 조금이라도 그분을 기다리게 할 수는 없는 일이었다.

"비전하, 어서요. 어서 몸단장을 끝내야 한답니다."

"그러니까 왜 이런 걸 해야 하는데? 윽, 이거 무슨 냄새야."

"아주 특별히 공수해 온 사향이랍니다. 어쩌면 아주 소중하고 중요한 밤이 될지도 모르는데 준비하셔야죠."

시녀들이 목소리를 한층 낮추고 기대감에 가득 찬 눈빛을 보이자 시로벨은 슬슬 온몸에 소름이 돋아나면서 두려움이 일었다. 그러니까 지금 이게 그 남자를 위해서 하는 거야? 밤을 위해서? 잠깐. 이런 거 사극에서 본 적이 있는데. 그러니까, 그러니까!

"설마, 오늘 밤에……."

"어쩌면 합방하실 수 있을지도 몰라요, 비전하!"

합방이라는 말이 그녀의 머리를 강타했다. 합방이라니. 합방이라니! 모르는 남자랑 그렇고 그런 걸 해야 한다는 거야, 지금? 아무리 이 여자의 몸을 쓰고 있고 이 여자인 척을 하고 있다지만 이건 아니지! 분명 이 여자랑 그 남편이라는 남자랑 사이가 안 좋다며! 그런데 왜 갑자기 합방 얘기가 나오는 거야!

"하지만 그 남편, 아니, 황자 전하랑 사이도 안 좋은데……."

"그러니까 기회라는 거예요, 비전하. 이렇게 전하께서 직접 오신다고, 그것도 비전하를 만나겠다고 하신 건 정말 처음 있는 일이랍니다. 이번 기회를 절대 놓쳐선 아니 되세요."

메이는 불타는 의지로 시로벨의 머리카락 위로 꽃물과 양젖을 쏟아 붓기 시작했다. 그녀는 이 말도 안 되는 상황에서 벗어나기 위해 발버둥을 쳤지만 소용이 없었다.

새하얀 양젖이 그녀의 맑고 투명한 피부 위로 흘렀다. 시녀들은 조심스런 손놀림으로 그녀의 붉은 머리카락을 정성스럽게 씻겨냈다. 목욕이 끝난 후에는 독특한 향초를 태워서는 그녀의 몸 구석구석에 스며들 수 있도록 했다. 마지막으로 속이 거의 비치는 아찔한 네글리제를 입혀놓고선 그것도 모자라 사향이라고 부른 것까지 뿌려댔다.

단장을 마친 그녀를 메이와 시녀들은 3층 가장 끝에 있는 방으로 데려갔다. 어느새 창문 너머로 설레룬과 아테미스룬이 쏟아지면서 그녀의 머리부터 발끝까지 묘한 향이 감돌며 너무나도 고혹적인 모습이 흘러내렸다.

"비전하, 일단 이곳에 계세요. 저는 황자 전하께서 어디쯤 오셨는지 확인하고 올게요."

"잠깐, 메이. 메이. 메이!"

하지만 메이와 시녀들은 순식간에 방에서 빠져나갔다. 이 여자 남편이 오는데 저 시녀들이 더 난리인 것 같았다. 그만큼 그 남자가 오는 것이 대단한 일이라는 건데. 왜 하필이면 몸이 뒤바뀐 이 말도 안 되는 상황에서 마음이 변한 거지? 난 최대한 서로 안 부딪치다가 얼른 저승사자를 찾아 돌아갈 계획이었는데!

그녀는 슬쩍 방을 둘러보았다. 평소 쓰는 방도 감당 안 될 정도인데 이 방은 그보다 더 화려하고 으리으리했다. 거대한 침대가 한가운데에 놓여 있었고, 높은 천장과 바닥 전체에 깔린 카펫이 굉장히 부드러웠다. 그리고 방은 상당히 넓은데 밖으로 통하는 창문은 천장에 달랑 하나밖에 없었다. 마치 바깥과 이곳을 완전히 차단이라도 시키려는 것처럼.

시로벨은 거울에 비친 자신의 모습을 보고선 저도 모르게 표정이 굳었다. 제 모습인데도 차마 쳐다볼 수 없을 정도였다. 입은 거라곤 손 하나만 까딱하면 바로 스르르 풀어질 것 같은 얇디얇은 네글리제 하나뿐이었다. 게다가 속옷도 안 입혔어, 망할! 이건 완전 대놓고 유혹하는 거잖아!

"안 돼. 절대로 안 돼. 아무리 이 몸이 내 몸이 아니라지만, 일단 영혼은 내 거잖아! 낯선 남자한테 절대로 그럴 수는 없지. 이 여자도 원하지 않을 거야. 그래, 서로 사이도 안 좋다잖아. 이 여자를 위해서야. 이 여자의 순결을 내가 지켜줘야 해!"

게다가 난 아직 연애는커녕 키, 키스도 한 번 못 해봤다고!

시로벨은 정신을 바짝 차렸다. 일단 이 망할 옷을 좀 가릴 만한 걸 찾아봤지만, 아무리 둘러봐도 달랑 침대 하나뿐인 이 방에 그럴 만한 것이 보이질 않아 하는 수 없이 이불로 몸을 대충 휘둘렀다. 그리고 조심스럽게 문을 열고 바깥을 살폈다. 텅 빈 복도 위로 창문으로 들어온 달빛만이 자리를 대신하고 있었다. 조용한 것이 3층에는 아무도 없는 듯했다.

"일단 로제궁을 빠져나가야 하나. 그런데 분명 입구에는 시녀들이 진을 치고 있을 텐데."

아니면 차라리 내 방으로 가서 저번처럼 창문으로 빠져나갈까. 그 방법이 나으려나?

그녀는 조심스럽게 발을 놀려 자신의 방으로 걸음을 옮겼다. 이곳은 3층이니 제 방까지 한 층만 내려가면 된다. 2층 복도에도 지나다니는 사람은 없었다. 그래도 혹시나 하는 마음에 시로벨은 잽싸게 몸을 움직여 자신의 방으로 쏙 들어갔다. 예전 잠복근무하던 실력이 어디 가지는 않지. 암, 그렇고말고!

시로벨은 조심스럽게 문을 닫은 뒤, 그제야 한숨 돌리고 이제는 제법 익숙해진 방을 바라보았다. 누군가 커튼을 쳐놓은 바람에 달빛 하나 스며들지 않아 사물이 제대로 보이지 않았다. 이럴 때는 전기가 참 아쉽다. 스위치 하나 딱 켜면 바로 환해질 텐데. 고작 램프 불빛으론 이 넓은 방을 다 밝힐 수가 없으니.

"하긴, 지금은 불을 밝힐 이유가 없지."

시로벨이 몸을 칭칭 감고 있는 이불을 벗고 제대로 된 옷으로 갈아입기 위해 한 걸음을 내디딘 순간, 그녀는 숨을 꾹 누르며 걸음을 멈추었다.

아직 시야가 선명하지 않아 주위를 확인할 수 없지만 뭔가 느낌이 이상했다. 이곳에 다른 누군가가 있는 것 같았다.

"……거기 누구야."

"꽤나 경계가 심하군."

그리고 어둠 속 그 너머로 낯선 남자의 목소리가 그녀의 발목을 더욱 꽉 붙잡았다. 그녀는 본능적으로 이불을 꽉 움켜쥐고서 목소리가 들린 쪽으로 살벌한 시선을 띠었다.

"누구야!"

"내 목소리조차 잊은 건가?"

목소리를 잊다니. 잠깐, 그러고 보니 여긴 로제궁. 그것도 황자비의 방이다. 남자가, 그것도 낯선 남자가 마음대로 들어올 수 있을 정도로 경비가 허술하진 않아. 그렇다는 건 설마…….

"카, 카헤시온 황자 전하?"

그때, 닫혀 있는 줄 알았던 창문 너머로 바람이 불면서 커튼이 휘날렸다. 그 사이로 들어온 달빛에 낯선 남자의 모습이 정확히 그녀의 눈동자 안으로 스며들었다.

어둠과 지독히도 잘 어울리는 남자였다. 마치 심연의 어둠처럼 쏟아지는 까만 머리카락 사이로 날카로운 얼굴과 날렵하게 다듬어진 콧날, 어떠한 감정도, 체온조차 느껴지지 않을 만큼 싸늘한 눈동자가 자신을 똑바로 응시하자 시로벨은 저도 모르게 입술을 살짝 깨물고 똑바로 몸을 지탱하였다. 차갑다. 그래, 다른 생각은 아무것도 들지 않을 정도로 그는 매우 차갑고 무심한 시선으로 그녀를 바라보고 있었다.

그는 미끄러지듯 천천히 다가와서는 시로벨의 바로 앞에서 걸음을 멈추었다. 그녀는 어째서 그가 이 방에 있는지 궁금했지만, 일단 인사를 해야 할 것 같아 마른침을 삼키며 살며시 고개를 내리려는 찰나, 그의 손길이 아래로 내려오더니 이내 그녀의 턱을 움켜쥐고서 정확히 시로벨과 눈을 마주쳤다.

"황자, 전하?"

"역시 웃지 않는군. 조금 겁에 질린 눈빛이야."

겁에 질렸다는 말에 시로벨은 정신을 차리고서 그의 손을 붙잡았다.

겁에 질려? 내가? 천하의 한소휘가?

"놔주시죠, 황자 전하."

그녀의 목소리가 서늘하게 울렸다. 겁에 질렸던 눈동자는 어느새 오기와 자존심으로 활활 타오르고 있었다. 카헤시온은 여전히 무심한 표정으로 그런 그녀를 바라보다 순순히 손을 놓아주었다.

"어째서 여기 계시는 겁니까? 메이아 다른 시녀들이 분명……"

"어울리지 않는 향이군."

"……."

짧은 정적이 흐르고, 카헤시온의 손길에 살짝 옆으로 사라진 커튼 사이로 셀레룬과 아테미스룬의 빛이 부드럽게 쏟아져 흘렀다. 서로의 얼굴이 이제는 아주 뚜렷하게 보였다. 어느새 그의 시선이 시로벨의 몸을 머리부터 발끝까지 노골적으로 훑었고, 그녀는 그제야 이불을 휘감은 제 꼴이 지금 얼마나 우스운지 깨닫고선 얼른 몸을 돌리려고 했다.

"처음 그대를 만났을 때도 그 모습이었지. 물론 장소는 달랐지만."

갑자기 뜬금없이 무슨 소리를 하는 거지?

"그러곤 웃고 있었어. 분명 웃을 상황은 아니었는데. 국혼을 위해 왔다고는 하나 거의 공녀나 마찬가지였지. 국혼이라 함은 나라와 나라 사이에 합의가 있어야 하는데 그대는 이쪽의 동의 없이 무작정 바쳐진 공녀나 다름없었지. 그래도 일국의 왕녀인데, 분명 치욕스러웠을 텐데도 그저 웃었어."

시로벨은 다시 그를 바라보았다. 그의 표정에선 역시나 아무것도 읽히지 않았다. 하지만 차갑게 와 닿는 목소리에 경멸이 담겨 있는 것 같았다. 시로벨은 깨달았다. 결국 이 여자는 제 나라에서도 버림받은 것이나 마찬가지인 상태로 이곳에 와 황자비가 되었다는 말이다. 이건 정략결혼보다도 더 나쁘다. 부부 사이가 안 좋다고는 생각했지만, 이건 완전 부부도 뭣도 아니잖아.

"그래, 어쩌면 왕녀로서의 자존심이었을지도 모르지. 태어날 때부터 고고하게 자란 왕녀이니, 그 어떤 상황에도 흔들리지 않고 웃어야 한다, 웃고 견뎌내야 한다, 그리 생각했을 수도."

그가 앞으로 성큼 다가섰다. 그러자 시로벨은 저도 모르게 뒤로 물러섰다. 하지만 그는 멈추지 않았고, 시로벨은 그를 피해 계속 뒤로 물러나다가 무릎 뒤로 침대가 닿자 멈칫했다. 그녀는 얼른 옆으로 몸을 피하려고 했지만, 그의 손이 더 빠르게 그녀의 손목을 잡고서 그대로 침대 위로 쓰러뜨려 버렸다.

쿵 하는 소리가 떨어졌다. 숨결이 닿을 듯한 거리에서 그의 눈동자는 곧장 그녀의 전부를 태워 버릴 듯 이글거리고 있었다.

깊이를 알 수 없을 만큼 까만 눈동자. 보통 이렇게 바라보면 상대방이 보이게 마련인데, 그의 눈동자에는 아무것도 없었다. 정말 아무것도.

"그리고 그대와 혼인한 그날. 난 그 방에서 그대를 이렇게 밀어뜨렸지."

그 방, 그럼 혹시 아까 내가 있었던 그 방을 말하나? 설마 그 방이 부부가 합방을 하는 그런 방이었던 거야?

그때, 시로벨의 표정이 창백하게 굳어졌다. 그의 손길이 그녀의 가는 어깨를 붙잡더니 이내 한 치의 망설임도 없이 둘둘 말고 있던 이불을 잡아당겼다. 적나라한 옷에 달빛에 비쳐 그녀의 새하얀 속살이 보이는 듯했다.

"정말 그때와 똑같군."

"도대체 지금!"

"반응도 그때와 똑같을까?"

"뭐? 하아!"

이윽고 그의 입술이 그녀의 입술을 깊이 삼킬 듯이 벌리며 엄청난 화염을 일으켰다.

숨을 쉴 수 없을 만큼, 유린처럼 시작된 격렬한 입맞춤에 머리부터 발끝까지 물어뜯기는 듯한 전율이 일어났다. 반항할 수조차 없이 옭아매는 수컷의 진득한 향기.

그녀는 갑작스럽게 일어난 일에 몸을 파르르 떨었다. 그 떨림에 만족한 듯 그의 손이 시로벨의 가슴을 확 잡아챈 순간, 시로벨은 정신이 번쩍 들어 그의 어깨를 거칠게 움켜쥐고서 외쳤다.

"미친 새끼야, 죽고 싶어!"

그 순간, 그의 입가가 잔인한 곡선을 그렸다.

"그래, 이게 정상이지. 하지만 이제 와서 왜? 도대체 그대의 목적은 뭐지? 대체 무엇 때문에 이곳으로 와서 나와 혼인을 한 거지? 아예 감정을 버릴 만큼 싫었으면서, 제 자신을 놓아버릴 만큼 싫었으면서. 차라리 죽을 때까지 그렇게 살지 왜 지금에 와서 본모습을 드러내는 것이냐. 동생이 죽었을 때도 흔들림이 없던 그대가, 도대체 왜 이제 와서 가면을 벗은 거지?"

시로벨은 그를 피하는 것을 포기하고 그냥 똑바로 바라보았다.

당최 이 남자에 대해선 무엇 하나 떠오르는 것이 없었다. 그저 왜 이러는지 궁금할 뿐이지.

"그러는 당신이야말로 지금 왜 이러는 거죠?"

그녀의 목소리는 몹시 차분했다. 어느새 떨림도 잦아들었다. 본능적으로 이 남자가 뭘 어떻게 할 생각이 없다는 걸 깨달은 것이다. 뭔지는 몰라도 그는 이 여자에게 꽤 적의가 있는 것 같았다.

"……난 그대를 믿지 못하거든."

"……."

"여인이란 족속을 믿지 못하지만, 그대같이 감정을 숨기는 여인들은 더더욱 믿지 못하지. 분명 다른 꿍꿍이속이 있는 걸 아니까. 그렇지 않으면 이 치욕스러운 삶이 싫어서 대부분의 왕녀들은 자결을 선택하지. 하지만 그댄 아니었어. 그날도 이렇게 그대에게 입을 맞췄을 때, 텅 빈 인형처럼 얌전히 모든 것을 받아들이며 자결 대신 더욱 안으로 숨는 것을 택했지. 결코 지금 죽을 수는 없다는 거야."

"……."

"그런 그대가 숨는 것을 포기했다는 건, 그 꿍꿍이속을 드러내겠다는 뜻이지. 난 아마도 그게 복수라고 생각해. 누구를 향한 복수인지는 모르겠지만, 누구를 이용해 복수할 건지는 너무나도 확실하지."

"내가 당신을 이용할 거란 소리인가요?"

"아마도."

아마도가 아니다. 그는 확신하고 있었다. 카헤시온은 천천히 몸을 일으켜 세웠다. 그러고는 꺼진 램프에 불을 밝혔다.

"그대가 쓰러졌던 날, 무슨 일이 있었지?"

"난 몰라요."

알아도 사실대로 말해줄 수는 없는 문제다. 솔직히 누가 믿겠어? 나는 사실 이 여자가 아니다. 대한민국 서울에서 아주 평범히 살던 형사일 뿐이다. 그래서 설사 이 여자가 복수를 꿈꾸며 당신에게 의도적으로 왔다고 하더라도, 누구를 향한 복수인지는 정말로 모른다고!

"그렇겠지. 하지만 한 가지 확실한 건, 그대가 정신을 잃고 난 뒤에 변했다는 거겠지."

그래, 그때 영혼이 뒤바뀌었으니까.

"내가 그 방에서 그대에게 했던 말을 기억하나?"

당연히 기억 못 하지.

"인형을 안을 생각은 없다고. 특히 그 속에 무엇이 들어 있는지 알 수 없는 기분 나쁜 인형은 더더욱 아내로 생각할 수도 없다고. 그러니 내가 로제궁에 스스로 오는 날은 없을 거라고."

우와. 그래도 첫날밤이었을 텐데. 완전 살벌하게 독설을 날려 줬네.

"지금도 마찬가지다. 오늘이 처음이자 마지막일 것이다. 그리고 경고를 하나 더 하지. 그대의 허튼 짓에 나를 끌어들이거나 마티디안의 그 누구라도 위험에 빠뜨린다면, 난 그대의 목을 자를 것이다."

지독히도 잔인한 말을 너무나도 아무렇지도 않게 내뱉고서 그는 그대로 방을 빠져나가 버렸다. 서늘한 바람이 그의 빈자리를 대신했다. 시로벨은 잠시 멍한 표정을 짓다 이내 그에게 닿았던 입술을 거칠게 닦아냈다.

"젠장. 아주 쓸데없는 일에 휘말린 것 같은데 얼른 이곳을 떠야겠어. 그나저나 내 첫 키스! 아니, 이건 아니야. 이건 첫 키스가 아니라고!"

이 여자의 사연 따위 내가 알 바 아니다. 난 그저 저승사자 찾아서 얼른 서울로 다시 돌아가면 그뿐이다. 그리고 아까 그 남자, 카헤시온. 정말 다시는 마주치고 싶지 않았다. 지 입으로 다시는 안 온다고 했으니 내가 여길 떠날 때까지 볼 일은 없겠지. 아무튼 굉장히 기분 나쁜 남자였다. 이 여자한테 속이 안 보여서 기분이 나쁘다고 한 주제에, 그러는 댁도 만만치 않게.

"아무것도 안 보이는 주제에."

로제궁의 복도를 걸어가는 그의 표정은 여전히 차가웠다. 하지만 어쩐지 한층 더 어두워 보였다.

시로벨 아가렛토 아르반. 아르반의 유일한 왕녀. 아르반이 무너지기 시작하면서 그녀는 제국으로 보내졌다. 공녀나 다름없는 신세였으나 황제는 그러한 왕녀에게 예를 갖춰 3황자의 비로 삼겠다 하였다.

카헤시온은 그녀를 보자마자 본능적으로 느꼈다. 그녀는 단순히 공녀로 온 것이 아니다. 그저 미소로 표정을 숨기고, 무엇인가를 속에 꽁꽁 감춘 채 원하는 것을 이루기 위해 이곳으로 온 것이다. 그만큼 독한 여인이라고. 조금이라도 곁을 내준다면 그것을 이용하려고만 할 뿐, 진심을 주지는 않을 것이라는 것을 곧장 깨닫게 되었다. 예전, 자신의 어머니가 그랬듯이. 그로 인해 망가져

버린 자신처럼.

그 과거를 반복하고 싶지는 않았다. 그때의 그 잔인한 기억을 반복하고 싶지도 않았다.

카헤시온은 아직 입가에 남아 있는 쓰디쓴 입맞춤을 지워냈다.

절대로 저 여인을 받아들이지 않을 것이다. 절대로 두 번 다시 누군가에게 배신당하고 버림받지 않을 것이다.

⚜ ⚜ ⚜

세네티아 황녀는 보바톤 황제의 옆에서 홍차를 즐기다가 문득 고개를 들어 하늘을 바라보았다. 보이진 않아도 선선하게 불어오는 바람과 달라지는 공기의 냄새로 하늘이 점점 어두워지고 있다는 것을 느낄 수 있었다.

"아직 오라버니를 뵙지 못하셨다면서요."

태양궁으로 향했던 카헤시온은 보바톤 황제가 잠시 자리를 비웠던 탓에 서로 얼굴을 보지 못 했다.

"내일 아침 일찍 알현하겠다고 연락이 왔더구나."

"그렇다면 함께 아침을 먹는 것이 어떨까요? 오랜만에 다 같이 말입니다."

"다 같이?"

보바톤은 함께 아침을 먹자는 세네티아의 말에 호탕한 미소를 지었다. 하긴 오랜만에 가족들이 모여 함께 아침을 먹는 것도 나쁘진 않았다. 물론 키리에나와 유에시스가 빠지긴 했지만.

"예, 제가 리안 오라버니와 메모리 비전하께 연락하겠습니다."

"그래, 그거 좋겠구나."

"물론 시로벨 비전하도 함께 말입니다."

세네티아의 말에 보바톤 황제는 약간 고민하는 기색을 띠었다. 물론 함께한다면 무척이나 기쁜 일이지만, 그녀는 이런 자리를 꺼려할 뿐더러 카헤시온이 그녀와 함께 밥을 먹으려고 할지…….

"함께하면 좋겠지만, 그 아이는 워낙 이런 자리를 부담스러워하지 않느냐. 게다가 카헤시온이……."

"분명 올 것입니다. 제 환영 파티 때도 와주셨는걸요. 게다가 오라버니라면 걱정 마세요. 오라버니께서 이번에 귀환하시자마자 곧장 로제궁으로 가셨답니다."

물론 곧장은 아니지만 그래도 직접 찾아갔다는 것이 더 중요했다.

세네티아의 말에 보바톤은 의아한 눈빛을 하다 이내 환하게 웃으며 고개를 끄덕였다.

"그래? 정녕 그러하더냐? 다행이구나. 조금씩 둘의 사이가 좋아지는 것 같으니. 사실 카헤시온에게 조금 미안했단다. 너무 억지로 국혼을 결정한 것은 아닌가 해서 말이지. 리안처럼 행복하게 살기를 바랐는데. 그 아인 이제 좀 행복해져야 하지 않니."

보바톤은 어두워진 낯빛으로 찻잔을 들어 올렸다. 세네티아는 황제의 목소리가 살짝 떨리는 것을 느끼고선 그가 누구를 떠올리는지 단번에 알아차렸다. 하지만 세네티아는 별다른 내색을 하지 않았다.

로제궁을 빠져나온 카헤시온은 바로 앞에서 기다리고 있던 제라드를 보고선 태연하게 입을 열었다.

"조세핀은?"

"전하의 명대로 지금 룬궁에서 기다리고 있습니다. 하지만 전하, 비전하의 시녀장을 비전하의 허락도 없이 이렇게 마음대로 부르는 것은……."

"가자."

하지만 카헤시온은 곧장 룬궁으로 향했다. 그는 확인해야만 했다. 지금 시로벨 황자비가 무슨 생각을 하고 있는지. 무슨 목적을 가지고 있길래 저렇게 확 변한 것인지 알아내야만 했다. 아르반으로 첩자를 보낼까 생각도 해봤지만 괜한 구설에 오를 수는 없는지라 그 생각은 잠시 뒤로 미뤘다.

룬궁에 도착한 카헤시온은 곧장 접견실로 향했다. 황자의 등장에 조세핀이 단정한 모습으로 서서 그를 향해 고개를 숙이며 예를 갖추었다.

"건강해 보이십니다, 카헤시온 황자 전하."

"그대는 여전하군, 조세핀."

"좋은 의미겠지요?"

"앉지."

그의 한마디에 조세핀은 조금 떨어진 곳에 자리를 잡고 앉아 카헤시온의 입이 열리기만을 기다렸다. 유난히도 서늘한 하늘 위로 아테미스룬과 셀레룬의 빛조차 차갑게만 느껴졌다. 마치 지금 이곳에 서 있는 그의 모습처럼.

카헤시온은 잠시 하늘을 바라보다 이내 특유의 서늘한 음성으로 입을 열었다.

"어떻게 된 일이지?"

"무엇 말씀이십니까?"

"난 바보가 아니다, 조세핀."

카헤시온의 싸늘한 눈빛이 와 닿자 조세핀은 온몸을 훑고 지나가는 한기를 느끼고선 애써 태연한 척 자세를 유지해야만 했다. 정말로 얼음 같으신 분. 예전엔 이렇지 않으셨는데.

"조세핀."

더 이상 입을 닫고 있을 수 없다는 것을 깨달은 조세핀은 자신이 본 것만 얘기를 하였다.

"비전하께서는 전하께서 제로비안 제국으로 향하던 그 순간까지도 상황이 위급하셨습니다."

"그래서?"

"그런데 다음 날 갑자기 아무렇지도 않은 것처럼 일어나시더니 지금의 비전하의 모습으로 계시는 것입니다."

"다른 누군가가 접근을 했다던가 아니면 수상한 움직임이 보였다던가."

"그런 것은 없었습니다."

"정말로?"

그의 목소리가 한층 낮아지자 조세핀은 마른침을 삼키고서 고개를 들었다. 도대체 무슨 대답을 듣고 싶으신 걸까.

"예, 정말입니다. 비전하 곁에는 아무도 없었습니다. 수상한 점도 없으셨고요."

아무도 없었다라. 수상한 점도 없고. 하기야 만약 일을 꾸민다고 해도 그렇게 어설프게 하지는 않겠지.

"황자 전하."

"알았다. 물러가거라."

황자의 명에 조세핀은 자리에서 일어났다. 그리고 방을 나서기 전, 잠시 망설이다가 한마디를 남기고야 말았다.

"비전하를 똑바로 봐주세요, 전하."

카헤시온은 조세핀의 말에 그녀를 빤히 바라보았다.

"전하께서 비전하를 통해 누구를 보고 계신지 알고 있습니다. 하나, 비전하는 그분과 다르십니다. 오히려 전 전하와 닮았다고 생각합니다."

조세핀은 잠시 입술을 달싹였다. 그 이름을 담아야 하나 망설였지만, 이내 용기를 내어 말을 이었다.

"이사벨라 황후 폐하께서 돌아가신 후, 전하의 모습과 지금의 비전하의 모습이 똑같습니다. 겉으로 아무렇지 않은 척 웃고 계시지만……."

"말이 많다."

"하지만 전하, 비전하께서도 우셨습니다. 아주 많이 우셨습니다. 그분도 전하와 똑같으십니다. 그러니 한 번만, 한 번만 비전하를 제대로 봐주세요. 비전하는 결코 전하를."

"조세핀!"

"배신하지 않을 것입니다."

카헤시온의 표정이 차갑게 일그러지면서 이내 고개를 돌려 버렸다.

조세핀은 그를 안타깝게 바라보았다. 저분의 속은 아무도 모른다. 아무도 다가갈 수 없으니까. 그러니 저 속에 얼마나 커다란 상처가 있을지, 그 상처가 얼마나 오래, 그리고 깊게 곪아 터지고 있는지 알 수가 없다. 그리고 그와 비슷한 분이 바로 시로벨 비전하시다. 조세핀은 그녀를 모시면서 단번에 느낄 수가 있었다. 그래서 지금 그녀의 변화에 조세핀은 새삼 깨달았다. 카헤시온 황자 전하께 꼭 필요한 여인은, 바로 비전하라고.

"지금의 모습은 전하답지 않으십니다. 뒤가 아니라 비전하의 앞에서, 앞에서 지켜보십시오. 그다음에도 늦지 않습니다."

"그대의 생각이 틀렸다면?"

"……제 목을 베십시오."

그는 생각지도 못한 말에 흠칫하며 다시금 조세핀을 바라보았다. 조세핀은 황궁에서 온갖 산전수전을 다 겪은 여인이다. 그저 제자리에서 주인을 모실 뿐, 그 누구에게도 쉽사리 마음 주는 사람이 아니다. 그런 조세핀이 지금 그 여자를 이토록 감싸고 있는 건가? 도대체 왜?

"이만 물러가라."

"예, 전하. 무례를 용서하십시오."

달각이는 소리와 함께 문이 열렸다 닫히고, 카헤시온은 아까보다 더욱 굳은 얼굴로 두 달을 응시하며 그녀의 눈빛을 떠올렸다.

"뒤가 아니라 비전하의 앞에서, 앞에서 지켜보십시오. 그다음에도 늦지 않습니다."

그때, 제라드의 목소리가 문밖에서 들려왔다.

"황자 전하, 황제 폐하의 전언입니다."

로제궁에서 시로벨은 보바톤 황제가 보내온 전갈을 받았다. 그리고 믿을 수 없다는 듯 아름다운 물빛 눈동자가 바들바들 흔들렸다.

"아침 식사 초대. 그것도 그 자식, 아니, 황자 전하와 같이?"

식사 초대까지는 괜찮다 이거지. 그런데 뭐? 누구랑 같이 오라고? 그 자식이랑? 이제 두 번 다시 안 마주칠 거라고 확신했는데! 확신하자마자 내일 아침부터 봐야 한다는 말이잖아! 그것도 이 목을 베겠다고 말한 남자랑! 게다가 감히 내 첫 키스를 가져간! 미치겠다. 정말 미치겠다! 그런 남자를 앞에 두고 목구멍으로 밥이 넘어가겠냐고!

차마 황제의 편지인지라 찢어버릴 수도 없어서 소심하게 살짝 구겨서 서랍에 처박아 버린 그녀는 내일 있을 일에 벌써부터 속이 울렁거렸다. 아니지. 나만 이 편지를 받은 건 아니잖아? 그 남자도 받았겠지? 그럼 당연히 싫다고 할 거야. 나보단 그쪽에서 거절하는 게 낫지. 이쪽은 시부모지만, 저쪽은 부모님이잖아? 딱 봐도 부모님 말씀 잘 듣게 생긴 타입도 아니고. 금방 다시는 안 볼 거라고 했는데, 나랑 마주 보고 밥 먹고 싶은 생각은 없겠지. 그래, 안 가도 돼. 안 가도 될 거야! 그렇게 속으로 무시무시한 남자를 마구마구 밟아주며, 아주 편안하게 잠자리에 든 시로벨은 그 다음 날, 절망을 맛볼 수밖에 없었다.

"비전하!"

메이가 저토록 다급하게 부르는 것은 하나는 좋은 일이요, 하나는 분명 안 좋은 일이다. 제발 전자 쪽이길 간절히 바라지만.

"카헤시온 황자 전하께서 로제궁 밖에서 기다리고 계십니다."

꼭 이럴 땐 후자를 들어주고 말지. 게다가 가장 최악의 상황. 황자가 오다니? 설마, 설마, 설마! 하지만 머리를 굴릴 새도 없이 시로벨은 시녀들에게 이끌려 로제궁 밖으로 나갔다. 화려한 장미 정원 너머에서 그가 여전히 차가운 얼굴을 한 채 서 있었다.

장미는 어제와 마찬가지로 온통 화려한데, 그의 주변만 색이 죽어버린 것 같았다. 하지만 까만색이 참 잘 어울리기는 했다. 어깨까지 차분하게 떨어지는 흑빛 머리칼 사이로 그의 검은 눈동자가 시리게 빛났으며, 깔끔하게 갖춰 입은 까만 프록코트의 깃 부분에 붉은 수가 고급스럽게 놓여 있었다. 그때, 그의 눈매가 한층 더 매서워지는가 싶더니 이내 서늘한 음색이 시로벨을 깨웠다.

"그 차림으로 아침 식사에 갈 참인가?"

"아침 식사?"

"분명 편지가 갔을 텐데."

"하, 하지만!"

"그대 때문에 나까지 늦고 싶진 않다. 서둘러 준비하라."

자기 할 말만 쏙 하고 뒤돌아 버리는 남자의 뒤통수를 보면서 시로벨은 지금 이 상황이 너무 어이가 없었다. 간다고? 진짜? 진짜 간단 말이야? 대체 왜! 어제는 정말 죽어도 안 볼 것처럼 굴었으면서, 하루아침에 제가 한 말을 싹 씻어버리고, 지금 뭐 하자는 거야? 남자가 한입으로 두말하면 쓰냐고!

하지만 어느새 메이와 시녀들에 의해 다시 방으로 돌아온 시로벨은 순식간에 이미 준비해 둔 드레스로 갈아입고 머리까지 깔끔하게 틀어올렸다.

"아침부터 너무 화려한 것은 보기 안 좋으니, 오늘은 이렇게 깔끔한 모습이 좋을 듯합니다."

"그래도 비전하가 가장 아름다우십니다."

"예!"

누가 묻지도 않았는데 혼자 묻고 혼자 답하는 시녀들을 어이없이 바라보다, 이내 몸을 일으켜 아주 못마땅한 걸음을 내디디려는 순간, 그녀의 앞으로 조세핀이 고개를 숙이며 다가왔다.

"조세핀? 대체 어디 갔었어? 어제 안 보이던데."

"비전하, 머리가 흐트러졌습니다."

조세핀은 살짝 흐트러진 그녀의 머리카락을 다시 정리해 주더니 이내 그 위로 조그맣고 하얀 국화 모양의 장신구를 꽂아주었다.

"비전하, 저는 비전하를 믿고 있습니다. 생각보다 훨씬 더 비전하가 마음에 들거든요."

"갑자기 그게 무슨 말이야?"

"그러니 그게 무엇이든 황자 전하께 진실만을 보여주세요. 절대로 그분께 숨기려고 하시면 안 됩니다. 이 새하얀 국화처럼, 순결한 진실만을 보여주셔야 합니다."

시로벨은 저를 바라보는 조세핀의 눈빛에 무어라 말을 할 수가 없었다. 진실만을 보여주라니? 대체 무슨 진실?

"저는 비전하라면 황자 전하의 곁에 있을 수 있을 거라 믿습니다."

조세핀은 영문 모를 말만 늘어놓았고, 그녀는 더 지체할 시간이 없어 복잡한 표정으로 로제궁을 빠져나왔다. 카헤시온 황자는 작은 마차 옆에 서 있었다. 시로벨은 계속해서 걸음을 주춤했다. 정말 저 남자랑 같이 가야 하는 것인가!

"이렇게 계속 시간을 흘려보낼 셈인가?"

"아, 아니요."

시로벨은 체념하고 마차 쪽으로 다가갔고, 카헤시온은 의외로 그녀의 손을 잡아 안으로 들어갈 수 있도록 도와주었다. 하지만 그뿐이었다. 마차가 움직이는 순간부터 아이리스궁에 도착할 때 까지 그는 아무 말 없이 눈을 감고 있었다. 하지만 그 덕분에 그녀는 그를 빤히 바라보며 조세핀이 했던 말을 곱씹었다.

진실만을 말하라고? 그를 속이지 말라고? 하지만 그럴 수는 없다. 나와 이 여자의 영혼이 바뀐 일은 끝까지 숨겨야 할 일이다. 그리고 조세핀이 대체 뭘 원하는지는 모르겠지만, 난 이 여자가 아니다. 그러니 저 남자에게 진심일 이유 역시 없다. 그냥 이 정도의 거리만 유지하다가 떠나면 그만이야. 나머지는 진짜 이 여자와 저 남자가 풀어야 하는 거야. 나는, 나는.

'신경 쓰지 않을 거야. 나랑 상관없는 일이야.'

그렇게 시로벨은 눈을 감고서 고개를 돌려 버렸다. 그러자 잠시 후, 카헤시온이 눈을 뜨고 그녀를 바라보았다. 어쩌다 이 자리에 그녀와 함께 있는 것일까. 도대체 조세핀은 그녀의 무엇을 그리 믿고 있는 걸까. 거기다 세네티아까지.

이곳으로 오기 직전 카헤시온은 세네티아를 만났다. 이번 일을 주도한 사람이 세네티아라는 사실을 알았기에. 만나자마자 세네티아 역시 조세핀과 똑같은 소리를 늘어놓았다. 시로벨 비전하를 똑바로 봐달라고. 단 한 번이라도 제대로 봐달라고.

"오라버니, 비전하는 어마마마가 아니세요."

"도착하였습니다."

마부의 목소리가 울리자 시로벨은 눈을 떴고, 그와 동시에 카혜시온과 눈이 마주치고 말았지만 그는 태연하게 고개를 돌리고 먼저 마차 밖으로 빠져나갔다.

마차에서 내리자 바로 앞에 거대하고 아름다운 황궁이 눈에 들어왔다. 황제의 개인궁인 아이리스궁이었다. 특유의 연보랏빛이 무척이나 아름답고 우아해 보였다.

"황제 폐하께서 기다리고 계십니다."

아이리스궁의 시종이 카혜시온에게 속삭였고, 그는 짧게 고개를 끄덕이곤 시로벨을 바라보았다. 그녀는 어쩐지 그가 자신을 기다리고 있다는 생각에 얼른 그의 옆으로 다가갔다. 그러자 그가 앞장서서 걷기 시작했다. 하지만 그리 빠른 걸음은 아니었다. 마치 그녀의 걸음걸이를 생각해 주는 것처럼.

함께 아이리스궁의 연회장으로 들어서자 다른 귀족들은 보이지 않고 오직 황실 가족들만이 단란하게 모여 그들을 맞이했다.

보바톤 황제의 가장 가까운 곳에 세네티아 황녀가 앉아 있었고, 그 옆으로 리안 황자와 메모리 황자비가 자리를 잡고 있었다.

시로벨은 애써 표정 관리를 하며 입꼬리를 부드럽게 올렸다. 이제 자연스럽게 웃는 것이 제법 쉬워진 것 같았다.

카혜시온과 함께 황제께 인사를 한 뒤, 역시나 예상대로 그의 옆에 앉을 수밖에 없었다. 식탁에 무슨 음식이 차려져 있는지 눈에 들어오지도 않는다. 이거 제대로 먹을 수나 있을까? 이러다 아주 제대로 체하겠는데.

"허허, 이렇게 다 같이 모일 수 있으니 기쁘구나."

"다른 형제분들도 같이 모였으면 좋았을 텐데 말입니다."

"곧 다들 볼 수 있지 않겠느냐?"

세네티아와 보바톤 황제는 서로 대화를 나누며 즐겁게 식사를 했지만, 시로벨은 연신 굳어지려는 표정을 바로잡았다. 음식이 목으로 넘어가는지 코로 들어가는지 알 수 없는 지경이었다.

그녀의 바로 앞에 앉아 있던 메모리는 리안의 옆구리를 살짝 찔렀다. 그도 대충 그것을 알아차리고서 애써 분위기를 띄우기 위해 입을 열었다.

"돌아오자마자 많은 일을 했다던데, 피곤하겠구나. 카헤시온."

"저는 괜찮습니다, 리안 형님."

"제로비안에서 지내는 동안 맘이 편치만은 않았겠지? 네 비가 몸이 좋지 않았으니."

그 질문에 오히려 시로벨이 흠칫해서는 입안에 있던 음식을 꿀꺽 삼켰다. 하마터면 사레에 들릴 뻔하였다. 대체 왜 그런 말씀을 하시는 겁니까, 리안 황자 전하!

하지만 카헤시온은 별다른 말이 없었고, 머쓱해진 리안은 그저 씁쓸한 미소를 지은 채 시선을 돌렸다.

보바톤 황제와 말을 섞으면서도 세네티아는 그들의 목소리에 귀를 기울이다 이내 나지막이 입을 열었다.

"리안 오라버니는 요즘 들어 수련 시간이 더 늘었다고 하시던데. 그러다 몸에 무리가 오는 건 아닌지요. 메모리 비전하께서 근심이 많으시겠습니다."

"걱정해 주니 고맙구나, 세네티아. 하지만 아직은 버틸 만하단다."

〈말려도 소용이 없으니 걱정입니다.〉

메모리의 진심 어린 글에 리안은 그녀의 머리칼을 부드럽게 쓰다듬어 주었고, 카헤시온은 그 모습을 물끄러미 바라보았다. 그때 다시 한 번 세네티아의 입이 열리면서 시로벨은 이번엔 먹던 음식을 뱉어낼 뻔했다.

"그나저나 시로벨 비전하께서도 검술에 흥미를 가지고 계시다던데."

"오호? 그것이 정말이더냐?"

보바톤 황제가 관심을 보이자 시로벨은 얼른 음식을 삼키고 미소를 지었다. 망할. 대체 저 황녀는 어떻게 알았지? 아직 조세핀도 메이도 모르는 사실인데!

"그저 살짝 배우고 있는 중입니다."

"부러워요. 전 항상 궁 안에서 활자만 더듬는 것이 고작인데. 저도 시로벨 비전하처럼 활동적인 시간을 보내고 싶네요."

세네티아의 말에 메모리 역시 고개를 끄덕이며 시로벨을 바라보았다. 하지만 바로 이어지는 카헤시온의 말이 아주 가관이었다.

"괜히 기사들에게 불편을 줄 뿐이지."

또다시 분위기가 싸해졌다. 세네티아는 더 이상은 무리라 생각하며 다시 황제를 향해 고개를 돌렸고, 리안과 메모리 역시 자신들만의 세계로 빠졌다. 오직 시로벨만이 속으로 카헤시온을 씹으며 부드러운 양고기를 포크로 찍어댈 뿐이었다. 이럴 거면 대체 왜 온 거야? 날 왜 데려왔냐고? 아니면 처음부터 이걸 노린 건가? 나를 가시방석에 올리고 싶어서? 그렇게 먹다가 체해서 죽으라고?

식사가 끝난 후, 푸딩을 비롯한 각종 과자들과 과일들이 후식으로 따라 나왔지만 그녀는 더 이상 이곳에 머무르고 싶은 생각이 없었다. 그리고 정말 체했는지 가슴이 너무나도 답답했다.

"세네티아 황녀 전하, 그리고 메모리 비전하, 내일 오후쯤 로제궁으로 와주시겠어요? 저번에 초대한다고 약속을 드렸는데 이렇게 늦어버려 죄송할 따름입니다."

"어머, 아니에요. 꼭 가도록 할게요."

〈초대해 주셔서 기뻐요.〉

일단 저번에 했던 약속을 지켜야 할 것 같아 시로벨은 이 한마디를 남기고는 조금 피곤하다 말하며 황제 폐하께 양해를 구한 뒤, 그 자리를 먼저 빠져나갈 수 있었다.

긴 복도를 지나는데 시로벨은 정말로 머리가 지끈거리고 속이 울렁거렸다. 이건 마치 마시지도 못하는 술을 된통 마셨을 때의 그 느낌이었다.

"이대로 가다간 내가 먼저 죽고 말지!"

그 순간, 뒤쪽에서 타닥타닥 발소리가 들려오는가 싶더니 이내 누군가 시로벨의 하얀 손목을 붙잡았다. 고개를 돌려 상대를 확인하려 하기도 전에 들린 낯익은 목소리에 시로벨은 멈칫했다.

"멈춰라."

"전하?"

대체 언제 나와서 쫓아온 거람? 아니, 그보다는 왜? 왜 날 잡고 늘어지는 건데!

오늘따라 유난히 따사로운 햇빛이 두 사람의 머리 위로 쏟아져 내렸다. 안 그래도 속이 안 좋은데 별로 보고 싶지 않은 남자에게 잡혀 있으려니 더더욱 몸 상태가 안 좋아졌다. 시로벨의 표정이 점점 안 좋아졌지만 그는 그녀의 손을 붙잡은 채 그대로 움직이지 않았다. 안 그래도 지나치게 하얀 손목이 그의 손아귀 아래서 붉게 물들어가고 있었다. 빌린 몸에 흠집을 낼 수 없기에 시로벨은 다소 앙칼진 목소리로 입을 열었다.

"좀 놔주시죠? 놓기 싫으면 좀 살살 잡든가요."

"……."

"전하?"

슬슬 인내심이 바닥나기 시작했다. 원래부터 넓은 아량을 가진 사람도 아니고, 게다가 몸 상태가 정말 안 좋다고! 잡았으면 무슨 말을 하든가, 꿀 먹은 벙어리처럼 저러고 있는 건 대체 무슨 심보란 말인가.

시로벨은 손끝에 힘을 꽉 주고서 그의 손을 떼어내기 위해 팔목을 휙 꺾어보았지만 역부족이었다. 슬슬 오기가 뻗친다. 이거 황자비고 나발이고 확 엎어버려?

"놔주시죠."

어금니를 꽉 깨문 채 절제란 절제는 다 끌어올려 말을 내뱉었다. 이번에도 무시하면 나도 몰라. 성격대로 할 거야!

카헤시온은 제 손안에서 벗어나려 애쓰는 그녀를 가만히 내려다보았다. 그녀를 잡은 이유. 식사 자리까지 박차고 나와 지금 이렇게 앞에 있는 이유.

'거슬린다.'

그래, 이 말이 맞을 것이다. 거슬린다. 이 여자가 아주 심히 거슬린다. 조세핀과 세네티아의 말도 거슬렸고, 갑자기 변해 버려 제 경계 대상 안으로 들어온 것도 거슬렸다. 솔직히 말하자면, 차라리 예전처럼 있어주길 바랐다. 그랬으면 괜히 경계하지도 않고 조금은 덜 의심했을 테니까. 물론 사이가 좋아지진 않겠지만, 그래도 최소한의 황자비 대우는 해주었을 텐데.

그는 앙칼진 시선으로 저를 노려보는 그녀를 바라보며 미간을 찌푸렸다. 이제 무시하려고 해도 무시할 수가 없었다.

그는 시로벨의 손을 풀어주었다. 그러고는 복도 벽에 장식되어 있던 검을 빼 그녀의 발아래 떨어뜨렸다. 챙 하고 차가운 소리가 복도 가득 울려 퍼졌다.

시로벨은 그 짧은 사이 시큰거리는 손목을 문지르다가 오기가 생긴 얼굴로 그가 던진 검을 들어 올렸다. 이건 또 뭐 하자는 플레이일까?

"제대로 고쳐 잡아라."

"갑자기 무엇입니까? 지금 이 자리에서 제 목이라도 베시게요?"

"그 말이 꽤나 거슬렸나 보군."

그럼, 사람 면전에 대놓고 목을 베겠다고 했는데 신경 안 쓰이겠냐?

"검술을 배우고 싶다 했다지? 그 때문에 기사단을 꽤나 들쑤셨다고 하더군. 그럼, 그 실력 한번 보지."

어느새 자신의 검을 뽑아 든 그는 가볍게 검을 휘둘렀다. 날카로운 칼날이 허공을 베어내며 섬뜩한 소리를 내었다. 예사로운 솜씨가 아니었다. 대체 무슨 생각으로 칼부림을 하자는 건지는 모르겠지만. 좋다. 안 그래도 스트레스가 쌓였는데, 어디 한번 해 보자고.

시로벨은 얼른 검을 제대로 고쳐 잡고서 역시나 부드럽게 휘둘러 보았다. 장식품인 줄 알았더니 제법 날이 서 있는 진검이었다.

카헤시온은 그녀의 움직임을 하나하나 날카로운 시선으로 살펴보았다. 어쩐지 낯선 자세와 움직임이었지만, 검을 처음 잡는 초보자의 모습은 아니었다. 그리고 그 사실에 그의 표정이 한층 더 어둡게 내려앉았다.

"설마 여기서 싸울 건 아니겠죠?"

카헤시온과 시로벨은 인적이 드문 아이리스궁의 뒤편, 깊숙한 곳으로 장소를 옮겼다. 그늘이 없어 태양빛이 그대로 내리쬐는지라 숨이 턱턱 막힐 정도였다. 하지만 카헤시온과 시로벨 사이의 공기는 그야말로 오뉴월에 서리가 내린 듯 차갑기만 했다. 뜨겁게 일렁이는 태양마저 숨어버릴 정도로.

그녀는 짧게 호흡을 내뱉으며 거추장스럽게 휘감기는 드레스 자락을 틀어 올리다 그냥 과감하게 찢어버렸다. 다행스럽게도 오늘은 그렇게 화려하게 치장하지 않아 조금 덜 불편했다. 하지만 너무 더웠다. 젠장, 안 그래도 더운 거 딱 질색인데. 게다가 아까부터 속이 더더욱 메스꺼웠다. 꼴 보기 싫은 놈을 계속 봐서 그런가?

그녀가 드레스를 찢어버리는 만행을 저질렀음에도 불구하고 그의 표정엔 한 치의 미동도 없었다. 그저 검끝을 바닥에 대고서 그녀를 향해 성큼 다가와 기사로서의 예를 갖추며 고개를 숙였다.

그녀 역시 그를 따라 어설프게 예를 갖춘 뒤, 검을 들어 올려 그의 검날에 정확히 마주했다. 그리고 누가 먼저라고 할 것도 없이 동시에 검을 휘둘렀다. 아까보다 더 매서운 소리가 동시에 울리면서 시로벨과 카헤시온이 발을 움직였다.

시로벨은 칼자루를 꽉 움켜쥐고서 그의 움직임을 따라가기 위해 안간힘을 썼다. 하지만 그는 굉장히 빨랐다. 막아서는 것만으로도 벅찰 정도였다. 하지만 절대 지고 싶지 않아 시로벨은 이를 꽉 물었다. 대련을 빙자해서 어디 한 군데 베어버릴 수 있다면 소원이 없을 것 같았다. 사람을 차갑게 쳐다보는 저 까만 눈동자를 꺾어버리고 싶었고, 사람을 조롱하듯 살짝 걸친 저 비웃음도 짓눌러 버리고 싶었다.

'절대로 안 질 거야!'

그녀는 정확하게 그의 옆구리를 향해 검을 휘둘렀다. 하지만 카헤시온은 그러한 움직임을 먼저 읽어내고 살짝 몸을 비틀어 그녀의 등 뒤쪽으로 반원을 그리듯 검을 내렸다. 그러나 아슬아슬하게 그것을 막아낸 시로벨은 뒤로 물러서는가 싶더니, 이내 다시한 번 그의 옆구리를 향해 강하게 치고 들어갔다. 하지만 역시나 닿지 않았다. 어떻게 공격을 해도 다 피해내니 더 짜증이 났다. 게다가 이렇게 계속 움직이다가는 체력적으로 자신이 절대적으로 불리했다.

시로벨의 숨은 점점 더 거칠어졌고, 체력에도 한계가 오는 듯 슬슬 두 다리가 후들거리기 시작했다. 하지만 절대 질 순 없었다. 아니, 절대, 절대 지고 싶지 않아! 절대로!

그녀가 거의 악으로 검을 휘두르기 시작하자 카헤시온의 눈빛이 점점 더 서늘해졌다. 그리고 이내 정확하게 허점을 노려 검을 찔러 들어간 순간, 마치 지금까지는 그저 장난이라도 치고 있었던 듯 단 한 방에 그녀의 움직임을 흐트러뜨렸고, 그것을 놓치지 않고 파고들자 결국 시로벨의 무릎이 땅으로 떨어져 내렸다.

"하아, 하아, 하아, 하아……."

말을 이을 수 없을 정도로 격한 숨소리가 쏟아져 나왔다. 이미 잔뜩 헝클어진 머리카락 사이로 식은땀이 맺혀 있있다. 칭백해진 얼굴. 손도 제멋대로 후들거렸다. 하지만 그보다 더 화가 나는 건.

'졌다. 망할!'

카헤시온은 분함으로 어쩔 줄 몰라 하는 시로벨을 가만히 내려다보다 이내 검을 다시 거두어들었다. 그러곤 여전히 고개를 숙이고 있는 그녀를 향해 차갑게 속삭였다.

"왜 검이 양날인 줄 아는가? 그건 방어 없이 무조건 다른 이의 목숨을 앗아가기 때문이야. 다른 이의 목숨을 취한다는 건, 결국 내 목숨 역시 걸어야 한다는 걸 의미하지. 그렇기에 검을 든다는 건 다른 이의 생명과 나의 생명의 무게까지 모두 감당하는 걸 의미해."

"……."

"장난 삼아 검을 휘두를 생각 하지 마라. 괜히 기사들에게 피해를 주는 것이니. 그들이 이 검에 얼마나 큰 무게를 느끼고 있는지 알기는 하는 건가? 아니면, 그대도 목숨을 걸고 이 검을 들어야 할 이유라도 있는 것인가?"

더욱 차갑게 휘몰아치는 그의 목소리에 시로벨은 점점 머릿속이 차분해져 갔다. 그녀는 가슴을 움켜쥐고서 앞으로 고개를 숙였다. 그녀의 안색이 지나치게 창백하고 새어 나오는 숨소리가 심상치 않다고 느낀 카헤시온이 살짝 굳은 표정으로 한 걸음 앞으로 내디뎠다. 혹, 베인 것인가? 닿지 않았다고 생각했는데.

그녀의 코앞까지 다가간 그가 손을 뻗으려는 찰나.

휙!

날카로운 바람이 순식간에 스치면서, 시로벨의 검이 어느새 카헤시온의 바로 목 밑을 겨누고 있었다.

"아직 다 끝나지 않았는데, 방심하셨습니다."

"……."

"그리고 전 단 한 번도 가벼운 마음으로 이 검을 잡은 적이 없습니다. 더욱이 생명을 가벼이 여긴 적 역시 없고 말입니다."

기사만 목숨 내놓고 일하는 줄 아나? 형사도 마찬가지다. 언제 어떻게 죽을지 모르는 상황에서 하루하루 목숨을 걸고 일하는 건 똑같아. 그런데 어떻게 가볍게 여길 수 있겠어? 이 남자. 날 완전 잘못 건드렸다. 솔직히 이 여자와 몸이 바뀐 그 순간부터 이 여자의 운명에 개입하지 않으려고 노력했다. 내 삶이 아니니까. 내 시간이 아니니까. 내가 사는 곳이 아닌 이 세계에서 괜한 짓을 하면 이 여자에게 폐가 될 테니까. 최대한 조용히, 조신하게 있다가 저승사자를 찾아서 돌아갈 생각이었다. 그런데 이 남자가 자꾸만 나를 쑤셔댄다. 가만히 있는 나를 자꾸만 들쑤셔댄다고.

"그렇다면 대체 뭘 위해서 검을 잡은 거지? 가볍게 여기지 않는다면 대체 무엇을 위해서!"

이 남자는 지금 단단히 오해를 하고 있었다. 그리고 굉장히 두려워하고 있다. 그것을 저렇게 필사적으로 자신을 차갑게 방어하면서 숨기고 있는 거다.

시로벨은 검을 거두었다. 그리고 억지로 무거운 몸을 일으켜 세워서는 그를 똑바로 바라보았다. 당분간보다는 조금 더 이곳에 있을 것 같다는 느낌이 들었다. 그리고 돌아가기 전까지 절대로 마주치지 말자고 생각한 이 남자를 아마 끝까지 마주쳐야 할 것 같은 느낌 역시 들었다. 왜냐하면, 이 남자는 끊임없이 이 여자를 의심할 테니까. 그리고 난 더 이상 거기에 휘말리고 싶지 않다. 지금부터 이 남자를 시로벨이 아닌 한소휘로 대할 거다. 한소휘로서 제대로 상대해 주겠다고.

"검을 잡는 이유에 목적은 있지만, 당신이 생각하는 복수니 뭐니 하는 건 아니에요. 할 마음도 없고, 할 이유도 없으니까."

"그걸 어떻게 믿지?"

"믿고 안 믿고는 당신 자유지만, 아니, 처음부터 날 믿을 생각조차 없는 것 같지만. 그래도 정 불안하면 당신이 내 앞에서 날 똑바로 봐요."

"비전하를 똑바로 봐주세요."

"비전하를 똑바로 보세요, 오라버니."

순간, 똑같은 목소리가 울리면서 카헤시온의 눈빛에 처음으로 동요가 일었다. 하지만 시로벨은 그런 그의 안색을 살필 겨를이 없었다. 이제 할 말은 다 해야겠으니까!

"당신 세다면서요? 지금도 보니까 엄청나구만. 게다가 마티디안 제국의 황자에다가 '빙안의 귀공자'라는 별칭까지. 아주 어마어 마하시던데."

"지금 무슨!"

"그런데 나 하나 상대하지 못해서. 나한테 속아 넘어갈 것이 무서워서 미리 피하는 그런 머저리는 아니잖아요?"

만약 이 자리에 다른 누군가, 특히 조세핀이나 메이가 있었으면 거품 물고 쓰러졌을 것이다. 감히 황자 전하께 머저리라니! 그 것도 비전하께서! 하지만 지금 시로벨은 시로벨이 아닌 한소휘로서 카헤시온의 앞에 서 있었다. 카헤시온 역시 마치 다른 사람을 보는 듯한 기분에 당황스런 감정을 느낄 새도 없었다.

시로벨은 쥐고 있던 검을 카헤시온 앞에 내밀면서 더 이상 그의 앞에서 흔들리지 않고, 망설이지도 않고 당당하게 외쳤다.

"그러니까 제대로 내 앞에서 날 똑바로 보라고요! 내게 과연 다른 꿍꿍이속이 있는지 없는지. 만약 그렇다면 그때 가차 없이 내 목을 베어버리면 되잖아요."

"나와 제대로 해보겠다?"

"그렇게 들렸어요? 그럼 아주 제대로 들었네요."

"훗."

그는 저도 모르게 입꼬리가 올라가면서 웃음이 새어 나왔다. 꾸며낸 웃음도 아니고 그냥 자연스럽게 흘러나온 웃음이었다.

"그래서?"

"난 계속 검술을 배울 생각이에요. 그런데 보아하니 내가 기사들을 귀찮게 하는 걸 꽤나 거슬려 하시네요. 하기야 기사들은 바쁘니까 내가 민폐 끼칠지도 모르죠. 그러니까 전하께서 가르쳐 주세요."

"내가 왜 그래야 하지?"

"서로 제대로 붙어보려면 어느 정도 힘의 균형이 맞아야 하는
거 아닌가요? 지금 이 상태는 완전 내가 불공평하잖아요."

시로벨의 오만한 물빛 눈동자가 그를 담고서 어쩐지 반짝거리
는 것 같았다. 카헤시온은 그녀의 눈빛에 가슴속에서 뭔가가 출
렁거렸다. 호기심이었다. 저 눈빛에 거짓은 없다. 숨김없이, 정말
방자하다 못해 건방질 정도로 거리낌 없이 모든 걸 내비치는 그녀
에게 처음으로 호기심이 생기기 시작했다. 그리고 저 속을 끝까지
파헤쳐 보고 싶다는 생각이 들었다. 어디까지 내보일 수 있을지,
정말 어디까지.

"하지만 난 아직 그대를 믿지 않는다. 그러니 내가 그대를 믿을
수 있게 해봐라. 내가 조금은 그대를 믿고, 지켜볼 수 있을 것 같
다는 그런 믿음."

도대체 무엇 때문에 이렇게 다른 사람을 믿는 걸 두려워하는
지. 정말 의심과 의심이 속에 꼬이다 못해 아주 완고한 벽으로 가
로막혀 있는 저자의 벽을 단숨에 깨부술 수는 없을 것 같았다. 그
리고 깨부술 생각도, 이유도 없고. 단지 돌아가기 전까지 괜한 의
심을 더 사고 싶지는 않았다. 그렇다면, 작은 것부터 시작해 보자.

"기다릴 거예요."

"뭐?"

"여기서. 이 자리에서. 내가 먼저 당신을 믿고 한번 기다려보겠
다고요. 이건 약속이에요. 원래 믿음도 없으면 약속도 없는 거 알
죠? 내가 지금 당신에게 보일 수 있는 신뢰와 믿음은 이거니까,

그러니까 정말 끝까지 기다릴 거예요."

그러고는 가지고 있던 검을 정확히 바닥에 꽂았다. 검은 생각보다 깊이 박혀 들어갔다. 시로벨은 그를 똑바로 보며 말했다.

"날 받아줄 생각이면, 이 검을 뽑아서 검술을 가르쳐 줘요. 그리고 그때부터 우리 서로 당당하게 보자고요. 남편으로서, 아내로 말이죠."

"고작 보여준다는 것이 기다리는 것이라? 좋아. 어디 마음대로 기다려 보든가. 백날 천 날을 기다려도 난 절대로 그대를 믿지 않을 테니까."

카헤시온은 그대로 몸을 돌려 버렸고, 시로벨은 그의 뒷모습을 바라보면서 한숨을 내쉬었다. 과연 이 방법이 먹힐까 싶었다. 그래도 믿음의 가장 사소한 시작은 약속이니까. 또한 누군가를 기다려 준다는 것 역시도. 그런데 다른 건 다 괜찮은데, 솔직히 너무 더웠다. 이제는 머리 위까지 오른 태양빛에 그림자까지 작아졌다. 그렇다고 그늘을 찾아갈 수도 없는 것이 여기서 꼼짝 없이 기다리겠다고 했는데 그늘에서 기다리는 건 좀 모양이 빠진다.

"그래, 까짓 누가 이기나 해보자고. 검술은 졌지만 이건 절대 안 져. 48시간 동안 한자리에서 꼼짝도 안 하고 잠복근무해 본 미친개가 바로 나야, 나! 한 번 물면, 끝날 때까지 놓지 않는 끈질긴 여자라 이거야!"

그녀는 제자리에 털썩 주저앉았다. 그리고 눈을 부릅뜨고서 그 자리에서 한 치도 벗어나지 않은 채 그를 기다렸다. 하지만 어쩐지 몸이 점점 무거워지고 있었다.

　오늘은 유난히도 날이 뜨거웠다. 강렬한 태양에 대지가 이글거릴 정도였다. 그 덕분에 녹음은 더욱 싱그러웠지만 검을 들고 하루 종일 땀을 흘려야 하는 기사들의 입장에선 정말이지 최악의 날씨였다. 어째 바람 한 점 불지 않는 건지. 이런 날씨에 기사들도 참지 못하고 그늘 아래서 열기를 식히거나 차가운 물에 세수를 하며 더위를 이겨내고 있었다. 아무래도 태양의 여신이 단단히 노한 모양이다. 그렇지 않으면 어찌 이리 뜨거울 수 있단 말인가.

　잘 버티고 있던 그렉 역시 땀을 닦아내며 저물어가는 태양에 감사했다. 밤이 되면 좀 선선해지려는지, 이제야 조금씩 불어오는 바람이 제법 서늘했다.

　"단장님!"

　그때 랑쉬가 나타나자 그렉은 잠시 그를 보다가 물었다.

　"오늘은 비전하께서 오지 않으셨냐?"

　"예. 오늘은 오지 않으셨습니다."

　"아마도 조찬 모임 때문에 피곤하셨나 보군."

　어느새 태양이 사라지고, 어스름이 깔리면서 셀레룬과 아테미스룬의 빛이 스몄고 바람이 낮과는 달리 쌀쌀하게 불어왔다. 게다가 주변으로 습기까지 느껴지는 것이 어쩐지 비가 내릴 것 같았다.

　"오늘 랑쉬 경이 번이던가?"

　"예! 단장님."

　"비가 올 것 같군. 한바탕 쏟아지기 전에 가자."

그들은 훈련장을 지나 아이리스궁 주변을 순찰하기 위해 걸음을 옮겼다.

"슬슬 추워집니다."

"그렇군. 하지만 대낮에 그리 덥다고 난리를 쳤는데 추워졌다고 다시 불평한다는 건 기사로서 정신 수양 부족이야."

"예, 단장님!"

"이쪽 말고 좀 더 깊숙한 곳으로 가보자. 요즘 같은 시기엔 더욱 철저하게 순찰해야 해."

"물론입니다, 단장님!"

랑쉬와 그렉은 평소보다 더 구석구석 순찰을 하기 위해 아이리스궁 깊숙한 곳까지 돌았다. 금세 어둠이 짙어지고 달빛 아래 빛의 황궁이 제법 운치 있게 그 자태를 나타내고 있었다.

주위는 적막이 흘렀다. 그들은 결코 경계를 풀지 않고서 순찰에 정신을 집중했다. 특히 이곳은 황제께서 머무르시는 곳이니 조금이라도 수상한 점이 있다면 그냥 넘어갈 수 없었다. 가뜩이나 크리스털 마운틴의 마물 때문에 경비가 부쩍 강화된 터였다.

그렇게 신경 써서 순찰을 돌던 랑쉬와 그렉이 아이리스궁 뒤편으로 걸음을 옮긴 순간, 뭔가가 그들의 시야에 들어왔다. 차가운 바닥에 무릎을 꿇은 채 앉아 있는 누군가를 발견한 그들의 얼굴이 하얗게 질렸다.

"비, 비전하!"

그렉 경은 시로벨을 발견하자마자 경악을 금치 못하며 그녀를 향해 달려갔고, 랑쉬 역시 당황한 표정으로 그의 뒤를 빠르게 쫓아갔다.

시로벨은 자신을 부르는 소리에도 불구하고 그게 카헤시온이 아니기에 고개를 돌리지 않았다. 오직 정면만을 응시한 채 욱신거리는 허리를 더욱 곧추세웠고, 자꾸만 멍해지는 정신을 바로잡으려 했다.

단순히 체했다고 생각했는데 그게 아니었나 보다. 속도 안 좋고 무리하게 검을 휘둘러 체력이 급격히 떨어진 상태에서 하루 종일 뙤약볕 아래 있었으니 이 유리 몸이 견딜 수 있을 리 만무할 터. 정말 정신력으로 버티고 있다고 해도 과언이 아니었다. 여기서 정신을 잃는다면 바로 끝이었다.

시로벨의 곁으로 온 그렉의 눈빛이 어둡게 가라앉았다. 언제부터 이러고 있었는지 낯빛이 창백했다. 게다가 온몸이 부들부들 떨리고 있었다. 하지만 앙다문 입술과 흐트러진 머리카락 사이로 그녀의 물빛 눈동자만큼은 지독히도 강한 의지로 빛나고 있었다.

랑쉬가 앞으로 나서려 하자 그렉이 그를 말리고서 조심스럽게 입을 열었다.

"비전하, 어째서 이런 곳에 계십니까. 낯빛이 너무나도 안 좋으십니다. 이러다 쓰러지시면……."

"순찰을 돌던 중이지요?"

생각보다 차분한 목소리가 그녀에게서 흘러나왔고, 그렉은 고개를 끄덕이며 대답했다.

"예."

"이곳은 내가 밤새 지킬 테니, 경들은 그만 돌아가도록 해요."

"아니 됩니다, 비전하. 회복되신 지 얼마 되지도 않으셨는데. 이러다 몸이 상하십니다!"

"내가 왜 여기서 이러고 있는지 경은 대충 눈치챘잖아요?"

역시 황자 전하와 관련이 있는 것인가. 하기야 황자비께서 이러고 있는 이유에 황자 전하 말고 다른 이유가 있을 수가 있을까.

"이건 황자 전하와 나의 문제입니다. 미안하지만, 그대들이 끼어들 일이 아니에요. 그러니 하던 일들 마저 하세요. 이건 명령입니다. 아니면 전처럼 내 말을 우습게 여길 작정인가요?"

금방이라도 쓰러질 것 같은 몸을 하고서 눈빛과 목소리만큼은 강인하게 그렉을 휘어 감았다. 그는 그녀를 말릴 수 없음을 깨닫고서 랑쉬에게 무어라 속삭였고 랑쉬는 재빨리 어딘가로 달려가더니 이내 우산을 가지고 돌아와 그녀의 옆에 내려놓았다.

"곧 비가 쏟아질 것입니다."

시로벨은 가타부타 말이 없었다. 그렉은 그녀의 고집을 꺾지 못한 채 걸음을 옮겼고, 랑쉬는 안절부절못한 표정으로 그의 뒤를 따르며 속삭였다.

"단장님, 아무리 그래도 비전하를 저리 두시는 건……. 게다가 정말 곧 비가 쏟아질 겁니다. 비전하께서는 지금도 금방이라도 쓰러질 것 같으신데……."

"명령이라고, 너도 듣지 않았나."

"하지만!"

"기사는 주인의 그 어떤 명이라도 아무 말 없이 따르는 거다. 주인의 생각에 조금이라도 딴마음을 품는다면, 그건 배신이다."

"예……."

랑쉬는 힘없이 고개를 끄덕였다. 그렉은 묵묵히 걸음을 옮기다 이내 머리 위로 한 방울씩 떨어지는 빗방울을 느끼고선 고개를 돌렸다. 온 신경이 뒤에 남겨두고 온 그녀에게로 쏠렸다. 하지만 비전하의 말씀처럼 이건 황자 전하와 비전하의 일이다. 두 분의 일에 다른 이가 끼어들어선 안 된다. 어쩌면 두 분 다 처음으로 서로를 제대로 보고 부딪치고 계시는지 모른다.

'하지만 전하. 너무 시간을 끌면 늦고 맙니다. 모든 것이 말입니다.'

그렉과 랑쉬 경의 발소리가 멀어지더니 이내 완전히 사라지면서 다시금 적막이 흘렀다. 시로벨은 저도 모르게 가쁜 숨을 내쉬었다. 내 몸도 아니라서 이렇게 혹사시키면 안 된다는 걸 알면서도 포기하고 싶지 않았다. 그래, 이대로 질 수는 없지! 카헤시온. 당신, 날 너무 물로 봤어. 다른 귀족 영애들처럼 쉽게 포기하고 말 거라 생각하겠지? 그렇다면 당신의 착각이야. 대한민국 형사를 우습게 보지 말라고!

"아아. 머리가 핑 도네, 핑 돌아."

게다가 그렉이 말한 것처럼 곧 비가 내릴 것 같았다. 낮에는 얄밉게도 태양이 쨍쨍하더니, 이제 좀 시원하려고 하니까 비라니! 이 세계가 날 완전 미워하는 게 분명해. 하긴, 난 이방인이니까.

"그러니까 얼른 돌아가야 하는데……."

그때 다른 발소리가 들렸다. 시로벨은 그렉이 포기하지 않고 다시 돌아온 줄 알고 미간을 찡그리며 고개를 획 돌렸지만 목소리의 주인공은 뜻밖에도 리안 황자였다.

"시로벨 비전하."

"리, 리안 황자 전하."

그녀는 얼른 자리에서 일어나려고 했지만 다리가 굳어져서 몸이 말을 듣질 않았다. 리안은 재빨리 그런 시로벨을 다독였다. 가까이에서 보니 더 참담한 그녀의 몰골에 그의 무덤덤한 눈빛이 낮게 흔들렸다.

"왜 이러고 계십니까."

"그게……"

리안은 한 손을 들어 그녀의 이마를 짚어주었다. 식은땀으로 가득한 이마에서 화끈거리는 열기가 느껴졌다.

"몸이 성치 않으십니다."

"괜찮습니다, 전하. 제가 수련을 방해한 것입니까? 저는 신경 쓰지 마시고 돌아가시지요. 메모리 비전하께서 기다리고 계실 겁니다."

시로벨은 그가 검을 들고 있는 것을 보고 정중하게 말했지만 그는 자신의 검을 허리춤에 집어넣고는 그녀의 앞에 박혀 있는 검을 잠시 바라보며 말했다.

"카헤시온입니까?"

"전하와 제 사이의 일입니다."

"무모하십니다. 이런다고 돌아설 녀석이 아닙니다."

"그래도 지금 제가 할 수 있는 건 기다리는 것뿐이니까요."

리안은 그녀의 물빛 눈동자와 정중히 마주하고서 입을 열었다.

"차라리 다른 것으로 하십시오. 곧 비가 내릴 텐데, 이러다가 정말로……"

"아니요, 이대로 피하고 싶지 않습니다. 지금 피한다면 정말로 카헤시온 전하께서는 저를 믿지 못할 겁니다. 왜 그렇게 사람을 믿지 못하는지는 모르겠지만 그런 사람에게 아주 사소한 약속도 중요하니까요."

리안은 난감해졌다. 그렉에게서 시로벨이 이러고 있다는 말을 듣고 말리려고 온 길이었다. 하지만 생각보다 그녀의 의지가 훨씬 강했다. 정말로 카헤시온을, 오직 그 녀석을 기다리고 있는 것이다. 그리고 그녀의 말처럼 지금 피한다면 카헤시온이 세운 벽이 더 단단해질 것을 알기에 더 말릴 수도 없었다.

"녀석이 올 것 같습니까?"

시로벨은 잠시 망설였다. 솔직히 확신이 들지는 않았지만, 세상에 노력해서 안 되는 건 없다고 했다. 아무리 곧은 나무라도 수십 번, 수백 번 찍어대면 쓰러지게 마련이니까. 게다가 이 한소휘, 한 번 한다고 하면 하는 여자야.

"올 겁니다, 반드시."

그리고 내가 한 말에 반드시 책임도 지는 여자라고.

리안은 당연하다는 듯 자신하는 그녀의 말에 저도 모르게 엷은 미소를 지었다. 카헤시온은 어머니가 다른 동생이지만 그래도 어릴 적엔 저를 잘 따랐었다. 그 일만 아니었다면 녀석도 그리 변하지 않았을 텐데. 남을 믿는 것을 극도로 두려워하지는 않았을 텐데. 어쩌면 지금의 시로벨 황자비라면 그 녀석을 끌어낼 수 있을지도 모른다는 생각이 들었다. 안 되면 억지로라도 손을 잡고 당길 것 같은 여자였다. 그럼, 녀석은 과연 어떤 표정을 지을지. 리안은 저도 모르게 웃음이 새어 나왔다.

시로벨을 설득하기를 포기한 리안마저 떠나고, 얼마 지나지 않아 진짜 비가 내리기 시작했다. 아까부터 작은 빗방울이 조금씩 떨어지기는 했지만 그뿐이라 내심 안도하고 있었던 시로벨은 하늘을 올려다보고서 절망 어린 표정을 지었다.

"아오! 진짜 내리냐? 진짜 내려? 그래, 한번 맞아보자. 오랜만에 제대로 비 한번 맞아보자! 안 그래도 화병 걸릴 뻔했는데 잘됐네, 잘됐어!"

하지만 그녀의 의지와는 달리 빗방울은 점점 더 굵어졌고 차가운 빗방울이 온몸으로 흘러내리자 더는 참지 못할 정도의 한기가 밀려들면서 머리와 몸이 분리되는 것 같았다. 시로벨은 이를 득득 갈았다. 살면서 이렇게 아팠던 적은 처음이었다. 정말 정신을 못 차리겠네. 카헤시온, 이 망할 놈아. 제발 빨리 좀 와라. 오면 절대로 가만 안 둘 테다!

시로벨은 흔들리는 시선으로 땅에 박힌 검을 응시한 채 그를 정말 간절히 기다리고 있었다.

카헤시온은 계속해서 밀려드는 서류를 처리하느라 바쁜 시간을 보내고 있었다. 조찬 이후로 제대로 뭘 챙겨 먹을 시간도 없이 내내 서류와 씨름하는 중에도 그는 이따금 창밖을 멍하니 바라보다가 금세 정신을 차리고 서류를 보았다.

어느새 창밖으로 태양이 사라지고 셀레룬과 아테미스룬이 구름 사이로 희미하게 떠올랐다. 서류 한 장을 처리한 카헤시온이 다시 창밖을 힐끔 바라보았다. 설마, 아직도 그곳에 있는 건 아니겠지? 그럴 리가. 그저 오기로 해본 소리겠지. 카헤시온은 그래봤자 달라질 건 아무것도 없다고 생각했다.

하지만 만약 정말로 아직 그곳에 있는 거라면? 그는 문득 아침의 시로벨을 떠올렸다. 조찬이 끝나고 붙잡았을 때도 몸 상태가 좋아 보이진 않았다. 그리고 대련이 끝난 후에는 당연히 더 그러했고. 그 상태로 설마 지금껏 기다리고 있을까? ……그래, 그렇게까지 할 일이 아니지.

"……상태입니다."

"……."

"전하?"

그는 그제야 제리드의 목소리를 듣고서 정신을 차렸다. 세라느는 카헤시온이 어쩐지 오늘따라 자꾸만 바깥에 신경을 두시는 것 같아 의아했다. 조찬 후 돌아왔을 때도 표정이 어두운 채 한동안 방 안을 계속 서성거리던 것도 이상했다.

"미안하군. 그래서 크리스털 마운틴과 카인 황자의 소식은 아직이라고?"

"크리스털 마운틴 쪽은 좀 더 시일이 걸릴 듯싶고, 카인 전하의 소식은 아예 단서조차 없습니다."

그는 제라드의 말에 미간을 깊게 찡그리며 한숨을 내쉬었다. 그러곤 다시 서류를 붙들고 깃펜을 들었다.

"그런데 전하."

"왜 그러지?"

"무슨 일 있으십니까? 계속 바깥을 신경 쓰시는 것 같은데……."

"아니다. 신경 쓸 것 없다."

다른 사람이 눈치챌 정도로 정신을 놓았다는 사실에 카헤시온은 엷은 한숨을 내쉬며 다시금 일에 집중하려고 했다. 그때 뜻밖의 인물이 방문했다.

"카헤시온."

"리안 황자 전하."

그의 등장에 제라드는 급히 고개를 숙였고, 카헤시온은 자리에서 일어나 리안에게 다가오다 이내 흠칫했다.

"젖으셨군요."

"그래, 밖에 비가 오더군."

비?

순간, 카헤시온의 눈빛이 살짝 흐트러지면서 저도 모르게 다급하게 창가 쪽으로 걸어갔다. 어느새 굵은 비가 주룩주룩 내리고 있었다.

리안은 답지 않게 흔들리는 그를 보고선 시로벨의 말을 떠올렸다.

"올 겁니다, 반드시."

비전하의 말이 맞았군요. 리안은 의미심장한 미소를 지었다. 과연 자신의 말을 듣고서 카헤시온이 어떤 반응을 보일지 궁금해졌다.

카헤시온은 점점 더 거세게 내리는 비를 바라보며 주먹을 움켜쥐었다. 설마 아직까지 있는 건 아니겠지?

"카헤시온."

리안의 목소리에 카헤시온은 애써 태연한 척 고개를 돌렸다.

"예, 형님."

"끝까지 기다린다고 하더군, 네가 올 때까지."

그의 말이 끝나자마자 카헤시온의 표정이 일그러지면서 한 치의 망설임도 없이 밖으로 뛰어나갔다. 뒤에서 제라드가 놀라 따라가려고 했지만 리안이 그를 붙잡으며 고개를 가로저었다.

"자네는 나랑 잠깐 있지. 이건 두 사람의 일이니까."

"예?"

리안은 꽤나 오랜만에 흐트러진 동생을 보고선 피식 웃었다.

"과거는 그저 과거로 묻어둬야 하는 거다, 카헤시온."

룬궁을 빠져나온 카헤시온은 쏟아지는 비를 맞으며 아이리스궁으로 달리기 시작했다.

대체 지금 뭐 하자는 거지? 이렇게 비가 오면 그냥 들어가야 할 거 아니야. 아니, 처음부터 왜 그런 바보 같은 짓을 하는 거지? 기다리는 것이 믿음이라고? 그것이 신뢰라고? 사소한 약속?

"기다려 주세요, 어마마마. 제가, 반드시. 반드시. 어마마마!"

그의 담담했던 표정이 참담하게 부서지면서 빗줄기가 거세게 그에게로 쏟아져 내렸다. 그리고 그가 멈춰 선 곳에 그녀가 있었다. 이 비를 그대로 맞으면서 미련하게 그 자리에서 그대로 그녀가 그를, 기다리고 있었다.

"……도대체."

그의 나지막한 목소리가 흩어지자 시로벨은 그제야 고개를 들었다. 감각이 무뎌져 시야가 흐릿했지만 알 수 있었다. 그가 왔다. 결국 왔다. 그렇다는 건.

'내가, 이겼다.'

카헤시온은 차갑게 굳은 얼굴을 한 채 그녀에게 다가갔다. 그러자 시로벨은 어렵사리 고개를 들고 그와 눈을 마주하며 피식 웃었다.

"정말 끝까지 기다렸지요? 이 정도면 조금은 전하께 믿음을 준 것입니까? 그렇기에 전하도 이 자리에 온 것이겠지요."

"……대체 왜 이렇게까지 하는 거지?"

"전하가 올 것이라 믿었으니까요. 기다린다는 건, 믿음이 없으면 안 되는 거니까. 사소한 약속이라도 지켜야 하는 거니까."

누군가를 믿고 기다린다는 것과 누군가가 나를 믿고 기다려 준다는 것은 사소한 일이지만 분명 엄청난 신뢰가 생기는 것이다. 어려운 작전을 수행할 때, 동료들이 뒤에서 믿고 기다려 준다는 것이 얼마나 든든했던가. 그 덕분에 후배들과 선배님들과의 신뢰가 생겼고, 멋지게 작전을 성공할 수 있었다. 그에 대해서 정확히 다는 알지 못하지만, 어쩐지 그런 사소한 믿음이 필요한 것 같았다.

"겨우 이런 일로 내가 그대를 믿을 거라 생각한 건가?"

"……"

"……그래도."

카헤시온은 땅에 박혀 있던 검을 뽑아 들었다. 그러고는 그녀를 똑바로 바라보며 말했다.

"그대를 똑바로 보도록 하지. 나의 아내로서. 지켜보겠다."

"검술 가르쳐 주기로 한 것도 잊지 마십시오."

그는 정말 어쩔 수 없다는 듯 저도 모르게 피식 웃으며 고개를 끄덕였다. 드디어 원하는 것을 이뤄낸 시로벨은 만족하며 마음을 놓았다. 순식간에 긴장이 풀렸다. 그리고 그 순간, 머리가 핑 돌면서 몸이 휘청거렸다.

젠장, 무리다. 시로벨은 더 이상 몸을 마음대로 할 수가 없었다. 너무 춥고 몸이 무겁다. 게다가 삭신이 쑤시면서……

그때, 따뜻한 손이 그녀의 어깨에 와 닿았다. 그러더니 이내 몸이 붕 하고 떠오르면서 더욱 따뜻한 울림이 느껴졌다. 뒤이어 낮게 파고드는 목소리.

"가만히."

하지만 그 목소리는 그녀의 의식 속에서 금방 흩어져 버리고 말았다. 몸이 너무 무거웠고, 너무 추웠기에 따뜻하게 와 닿는 느낌이 너무 좋아서 시로벨은 더는 아무 생각도 하지 못한 채 의식을 놓아버렸다.

비틀거리며 금방이라도 쓰러질 것 같은 그녀를 카헤시온은 하는 수 없이 품에 안아 들었다. 그러자 그와 동시에 그녀는 완전히 정신을 놓고 축 늘어졌다. 예전에도 이런 일이 있었기에 카헤시온은 많이 놀라지 않았다.

그가 한 발자국 걸음을 옮긴 순간, 그녀의 머리에 위태롭게 걸려 있던 국화 모양의 장신구가 아래로 뚝 떨어졌다. 그는 그것을 새삼스러운 눈빛으로 바라보았다. 새하얀 국화. 그것이 의미하는 것은 순결한 믿음과 신뢰.

"전하가 올 것이라 믿었으니까요. 기다린다는 건, 믿음이 없으면 안 되는 거니까. 사소한 약속이라도 지켜야 하는 거니까."

아직 완전히 믿을 수는 없지만, 그녀가 자신을 기다린 것처럼 그도 한번 그녀를 지켜볼 생각이다. 원한 대로, 자신의 아내로서 똑바로 마주볼 생각이다.

그녀에게서 뜨거운 열기가 전해졌다. 잔뜩 헝클어진 머리카락 사이로 열꽃에 달아오른 새하얀 얼굴이 보였다. 거친 숨을 몰아쉬는 그녀의 입가에서 하얀 입김이 보일 정도였다. 그러다 카헤시온은 빗물에 젖은 데다 대련을 목적으로 찢어버린 탓에 그대로 드러난 새하얀 다리에 시선을 주었다.

도대체 한 나라의 황자비면서 이런 망측한 모습을 보이다니. 아무래도 제대로 주의를 줘야 할 듯싶었다. 그때, 그녀가 입술을 우물거리더니 이내 신음 소리처럼 조그맣게 목소리가 울렸다.

"이겼…… 다."

"하아?"

이 지경이 됐으면서도 자신을 이긴 것이 그리도 좋은 건지.

카헤시온은 무거운 한숨을 내쉬고서 로제궁으로 걸음을 재촉했다. 혹여나 가는 길에 기사들을 만날까 봐 살짝 걱정되긴 했지만, 그래도 아까보다 편안해진 그녀의 숨소리에 그는 조심스럽게 걸음을 내디뎠다. 다행히도 비가 그치고 있었다. 구름 속에 가렸던 셀레룬과 아테미스룬이 제 빛을 되찾으면서 두 사람이 가는 길목을 비추었다. 하나로 합쳐진 그림자가 짙은 밤빛에 녹아들고 있었다.

로제궁에 도착한 카헤시온은 문 앞에서 발을 동동 구르고 있던 조세핀과 눈이 마주쳤다. 조찬 이후 비전하께 늦을 것 같다는 연락을 받았고, 룬궁에서 비전하의 걱정은 하지 않아도 된다는 전갈을 받긴 했지만, 이렇게 정신을 잃은 채 돌아올 줄은 몰랐기에 경악을 금치 못하며 얼른 다가갔다. 카헤시온이 조세핀에게 짧게 말했다.

"비를 많이 맞았다. 열이 상당하고 체력이 많이 떨어졌으니 당장 치료사를 부르도록. 그리고 조찬 때 먹은 음식 때문에 탈이 난 모양이니 깨어나면 부드러운 수프를 먹이도록."

카헤시온은 조찬 이후부터 몸이 좋아 보이지 않았던 그녀를 떠올리며 당부했다.

"예, 전하. 메이, 비전하를 모셔라!"

"아니."

"……."

카헤시온은 잠시 망설이다 이내 로제궁 안으로 걸음을 옮기며 말했다.

"비는 내가 데려가도록 하지."

그렇게 그가 직접 시로벨을 안고서 로제궁 안으로 들어서자 메이와 더불어 다른 시녀들은 놀라서 서로를 돌아보았다. 하지만 조세핀만은 놀라지 않고 두 사람의 뒷모습을 바라보며 엷은 미소를 지었다. 드디어 두 분이 서로를 똑바로 보기 시작했구나. 어쩌면 지금부터 시작일지도 모르지만 일단 한 걸음을 내디딘 것이니.

"저, 저기, 시녀장님."

"지금 뭐 하는 게냐. 그렇게 넋을 잃고 있을 때야! 비전하께서 아프시다. 얼른 치료사님을 모셔오도록 하고, 비전하께서 깨어나셨을 때 바로 음식을 드실 수 있도록 준비하도록! 어서어서 움직여, 어서!"

그렇게 로제궁의 시녀들이 조세핀의 명령에 분주하게 움직이기 시작했다.

시로벨은 이 상황을 까맣게 모른 채 그저 너무나도 편안하고 따뜻한 그 무언가로 인해 살포시 미소를 지었다.

정신을 잃은 시로벨은 옹알이 같은 신음소리만 냈다. 뜨거운 열이 펄펄 끓는 그녀의 이마에 찬 수건을 올리며 조세핀은 걱정의 한숨을 내쉬었다. 방 안에는 세네티아 황녀, 그리고 메모리가 자리를 지키고 있었다.

진찰을 마친 치료사는 세네티아와 몇 마디를 주고받은 뒤, 조세핀의 안내를 받아 방을 나섰다. 걱정으로 굳어 있는 그녀의 얼굴이 안쓰럽기만 했다.

"괜찮으신 거죠?"

"체하신 데다 너무 무리하게 움직이셨고, 비까지 많이 맞아서 체력이 많이 떨어지셨네. 며칠 안정을 취하셔야 해."

"알겠습니다."

"너무 걱정하지 말고."

"네."

조세핀은 로제궁을 빠져나가는 치료사를 배웅하고서 부엌으로 향했다. 언제 정신을 차리실지 모르니, 따뜻한 스프를 항시 준비하라고 일러야겠다고 생각하면서.

로제궁을 빠져나온 치료사는 몇 발자국 가지 못해 그를 기다리고 있던 제라드 앞에 고개를 숙였다.

"제라드님."

"그래, 비전하의 상태는 어떠하신가?"

"아직 의식이 깨어나진 않으셨지만, 며칠 안정을 취하시면 괜찮아지실 겁니다. 너무 무리를 하셨어요."

"그래? 알았네. 살펴가게나."

그렇게 치료사는 다시 가던 길을 가고, 그의 뒷모습이 완전히 사라지자 제라드가 뒤쪽을 향해 고개를 돌리며 말했다.

"괜찮으시다고 합니다."

그리고 그의 목소리 끝으로 나무 뒤편에 몸을 기댄 채 눈을 감고 있던 카헤시온은 담담한 어조로 짧게 말했다.

"그만 돌아가자."

비록 앞이 보이진 않았지만, 시로벨의 기운이 많이 약해진 것을 느끼고서 세네티아는 그녀의 손을 마주 잡았다. 미열이 맴도는 듯 손안의 체온이 평소보다 조금 높은 열기를 보이고 있었다. 마음이 여린 메모리는 하루 사이에 야윈 시로벨의 모습을 보곤 눈가에 물기가 고이는 것을 억지로 꾹 누르고 있었다. 그때 세네티아의 부드러운 음성이 메모리에게로 향했다.

"메모리 비전하, 시각이 늦었으니 그만 돌아가시지요. 리안 오라버니께서 걱정하실 겁니다."

메모리는 세차게 고개를 흔들면서 세네티아의 손을 마주 잡았다. 하지만 그녀는 초점 없는 은빛 눈동자로 메모리의 얼굴을 똑바로 응시한 채 속삭였다.

"강한 분이니 금방 일어나실 수 있을 겁니다. 너무 걱정하지 마시고 오늘은 그만 돌아가세요. 혹 의식을 되찾으면 꼭 비전하께 연통을 넣겠습니다."

세네티아의 말이 끝나자마자, 옆에 서 있던 메이가 조심스럽게 메모리의 손을 잡았다.

"제가 모셔다 드리겠습니다, 비전하."

메모리는 하는 수 없이 메이와 함께 로제궁을 떠났고, 세네티아는 잠시 시로벨의 기운을 살핀 뒤 방을 나섰다. 그리고 목소리를 죽여 속삭였다.

"저를 기다리신 거죠, 그렉 경."

그녀의 목소리가 복도에 울리면서 어디선가 그렉이 나타나 고개를 숙이며 예를 갖추었다.

"부르실 거라 생각했습니다."

세네티아는 작은 미소를 지으며 은빛 지팡이를 앞세워 로제궁의 장미정원으로 나섰다. 비가 갠 후에 부는 바람이라 다소 차가움이 맴돌았다. 하염없이 짙은 향을 흘리는 장미꽃 사이로 맺힌 빗방울이 싱그러움을 더하였고, 하늘 위로 점차 물들어가는 아테미스룬과 셀레룬의 빛을 담은 물방울들은 마치 작은 보석들이 공명하듯 정원 안을 별빛으로 가득히 수놓았다.

세네티아는 손끝으로 장미 꽃잎의 보드라움과 빗방울의 서늘함을 느꼈다. 그렉은 그녀의 한 발자국 뒤에서 자리를 지키며 나지막이 입을 열었다.

"바람이 차갑습니다. 백합궁으로 돌아가시지요. 모셔다 드리겠습니다."

"아름다운가요?"

"예?"

"로제궁의 정원은 무척이나 아름답다고 들었습니다. 그리고 왠지 지금은 더욱 아름다울 것 같군요."

은빛 눈동자가 먼 곳을 응시했다. 비록 아무것도 보이지 않는 캄캄한 어둠뿐이었지만, 그래도 온몸으로 달빛을 느끼려고 애를 썼다.

"셀레룬과 아테미스룬이 떠올랐겠군요. 오라버니의 기운이 가장 평온하게 가라앉는 때이기도 하구요. 두 개의 달의 아름다움에 대해서 여러 번 책을 읽고 읽고, 또 읽지만 그것은 그저 거짓일 뿐. 진정한 의미와 아름다움을 전 평생 알지 못하겠지요."

"황녀 전하의 머릿속으로 그려지는 세상이 진실일 것입니다."

그렉의 말에 세네티아는 말없이 웃으며 하늘을 응시했다. 보이지는 않았지만 느낄 수 있었다. 카헤시온 오라버니가 가장 좋아하는 두 개의 달빛. 그녀는 눈을 몇 번 깜빡이다가 차분해진 목소리로 입을 열었다.

"오늘 시로벨 비전하의 일은 카헤시온 오라버니와 관련이 있는 거죠?"

처음 비전하가 쓰러졌다는 전갈을 듣고 로제궁으로 달려갔을 때, 그곳에서 오라버니를 만나게 될 줄은 몰랐다. 그는 물론 로제궁을 나서는 길이었지만, 시녀들의 입방아를 들어보니 시로벨 비전하를 오라버니께서 직접 데려오셨다고 했다.

"저도 자세히는 알지 못합니다."

"하지만 비전하를 보셨다고요."

그렉은 고개를 들었다. 어디선가 날아온 반딧불이의 작고 영롱한 빛이 정원 위로 살짝 드리운 밤안개와 절묘한 조화를 이루며 몽환적인 분위기를 자아내었다. 그 속에서 은빛으로 빛나는 세네티아는 마치 밤의 여신과도 같은 자태를 내보였다.

"무엇을 알고 싶으십니까?"

"오라버니는 아무래도 비전하를 통해서 어마마마를 보고 계신 것 같아요."

그렉은 저도 모르게 움찔했다.

마티디안 황실에서 일부만이 알고 있는 이사벨라 황후 폐하의 진실. 그렉 역시 그 진실을 아는 몇 안 되는 사람 중 한 사람이었다. 하지만 황녀 전하께서 그 일을 직접 입에 담으신 적은 없었는데. 게다가 시로벨 비전하와 이사벨라 황후 폐하라니…….

"두 분께서 닮으신 점은……."

"하나가 있죠. 그저 웃기만 하시던 것. 웃으면서 모두를 배신하고, 기망하며, 끝내는 스스로 목숨을 끊으셨죠."

그래도 하나뿐인 어머니를 입에 담는 것인데, 세네티아의 음색은 지독히도 냉담했다.

"황녀 전하."

"특히 오라버니는 어마마마께 가장 잔인하게 버려졌습니다. 아무리 제 어머니라지만 전 용서할 수가 없어요."

세네티아는 다시 한 번 눈을 감았다. 서늘한 밤안개가 그녀의 손끝을 따라 심장까지 파고드는 듯했다.

"오라버니도 변하고 있어요. 예전과 조금 달라진 기분이에요. 무척이나 예민해지셨어요. 오라버니에게서 흘러나오는 기운이 요즘 들어 부쩍 불안정한 것 같아요."

"그것이 무슨……."

주인에게서 불안감을 읽었다는 세네티아의 말에 그렉은 바짝 긴장했다. 하지만 그녀는 그저 몽롱한 시선으로 뭔가를 그리듯 이야기를 계속 이어갔다.

"비전하도 변하고, 오라버니도 변하고. 어딘가 모르게 미묘하게 닮아가며 변하고 있는 것 같아요."

"……."

"오라버니는 지금까지 계속 비전하를 의심하고 계셨어요. 그러다 비전하가 갑자기 변하시면서 그 의심은 더 커졌죠. 하지만 오늘, 오라버니도 비전하도 뭔가 한 걸음 나아간 느낌이에요. 이제는 서로를 조금씩이지만 똑바로 보기 시작하겠죠."

어디선가 들려오는 작고 애절한 풀벌레 소리를 들으면서 세네티아는 나지막이 속삭였다.

"카헤시온 오라버니의 손을 잡아당길 분이 저는 시로벨 비전하라고 생각해요."

그녀가 어떻게 오라버니를 움직였는지는 알지 못한다. 사실 로제궁에서 오라버니를 보고서 가장 놀란 사람이 자신이었으니까. 솔직히 오라버니께 시로벨 비전하를 똑바로 봐달라고 말은 했어도, 그가 이렇게 빠른 시일 내에 그녀를 받아들일 거라 생각하지 않았었으니까. 그렇기에 세네티아는 더더욱 시로벨. 그녀를 믿고 싶었다.

"하지만."

그렉의 목소리가 한층 무거워졌고, 세네티아는 그가 무슨 말을 하고 싶어 하는지 짐작하고선 고개를 돌렸다.

"만약 정말로 비전하께서 다른 마음으로 전하께 접근하시는 거라면……."

물론 그럴 가능성이 없는 것은 아니다. 시로벨은 아르반에서 내쳐진 것이나 마찬가지인 왕녀다. 하나뿐인 왕녀를 공녀 취급한 이유는 그저 아르반의 새로운 왕비의 눈엣가시이기 때문이라고 추측만 할 뿐, 이상하게 거기에 대한 것은 아무리 정보를 파헤치려고 해도 아무것도 얻을 수 없었다.

게다가 그녀의 유일한 혈육이었던 에드워드 왕자가 세상을 떠났다. 그럼에도 불구하고 그녀는 흔들리지 않았다. 그때의 그녀는 마치 뭔가를 기다리는 사람 같았다. 그렇지만 세네티아는 지금 흘러나오는 그녀의 강하고 흔들림 없는 기운을 믿고 싶었다.

"만약 다른 이유가 있는 거라면……."

세네티아는 짧은 숨을 내쉬며 그녀답지 않게 서늘한 어조로 짧게 속삭였다.

"그땐, 내가 그녀를 용서하지 않을 겁니다."

빙안의 귀공자, 카헤시온의 동생답게 세네티아에게서 흐르는 기운 역시 만만치 않게 차가웠다. 하지만 그녀는 금방 온화한 표정을 지으며 속으로 그런 일이 결코 없기를 바랐다. 왜냐하면, 만약 그렇게 된다면.

'어쩐지 그때보다 훨씬 더 오라버니가 다칠 것 같으니까…….'

카헤시온은 몇 시간째 꼼짝도 하지 않고 업무를 처리하고 있었다. 그의 탁자 위에 벌써 세 잔째인 홍차가 식어가고 있었다. 어쩐지 집중이 되질 않아 계속해서 펜을 굴리던 그는 문득 서류 위로 쏟아지는 달빛을 보고선 펜을 내려놓으며 창가에 기대섰다. 그가 가장 좋아하는 시간이고, 그와 동시에 마음이 가장 안정되는 시간이었다.

이 세상이 태어날 때부터 존재했다는 셀레룬과 아테미스룬은 원래 하나의 달이었다고 했다.

하나의 달에서 태어난 남매. 셀레리아 여신과 아테미온 신은 같은 어머니 아래 태어났음에도 불꽃같은 사랑을 나누었고, 그것을 주신에게 들켜 벌을 받게 되었는데, 그리하여 하나였던 달이 두 개로 나뉘어 둘은 헤어지게 되었다고 전해진다. 두 신은 헤어지는 순간까지도 서로를 잊지 못해 슬픈 눈물을 흘렸는데 그것이 저 하늘 위에서 반짝이는 별이 되었단다. 그리고 사랑하는 여인을 떠나보내는 고통과 그녀를 향한 그리움에 심장이 고통을 호소하며 붉은 피를 흘리는데 그것이 바로 아테미스룬이 붉은 빛을 내는 이유라고 한다.

사랑. 그 모든 것이 사랑이라는 이름 아래 태어났다고 한다.

카헤시온은 어릴 적부터 들어온 두 달의 이야기를 이해할 수 없었다. 그에게 사랑이란 감정은 느껴본 적 없어 그저 낯설기만 한 것이었다. 태어난 이래 그저 주위를 끊임없이 의심해야 했던 그에게 맹목적인 믿음의 사랑은 독과도 같았다. 제 자신을 한순간에 망가뜨릴 수 있는 독. 하지만 한 가지는 알 수 있었다. 저 두 개의 달빛은 어딘가 모르게 애잔하고 서글프다는 것을. 그렇기에 그는 저 달빛을 좋아하고, 저 달이 뜨는 이 시간을 좋아했다. 왠지 자신의 마음을 달래주는 듯한 기분이 들었기에…….

카헤시온은 깊이 가라앉은 시선을 먼 곳으로 돌렸다. 보랏빛으로 은은하게 빛나는 아이리스궁이 보이는 듯했다. 그리고 그와 함께 떠오르는 한 여자. 불꽃과도 같은 색으로 빛나는 머리카락에 물빛의 서늘함을 품은 눈동자. 여린 몸으로 얼음같이 차가운 비를 맞으면서도 꿋꿋하게 자신을 기다렸던 여자. 어느 순간 제 앞에 성큼 다가온 자신의 아내.

로제궁에서 아직까지 별 소식이 없는 것을 보면 여전히 의식을 되찾지 못한 모양이었다. 하긴, 아마 깨어났다면 곧장 달려와 검술을 언제 가르쳐 줄 거냐고 닦달을 했을지도 모른다. 쓰러지는 와중에도 자신을 이긴 게 더 중요한 것처럼 굴던 여자니까. 감정 없는 인형이라고만 생각했던 아내는 그렇게 변해 버렸다.

"훗."

저도 모르게 새어나온 웃음에 그는 흠칫하고 말았다. 웃었다. 그것도 그냥 아무렇지도 않게. 다른 이도 아닌 그녀를 떠올리고서? 어느새, 벌써 변해 버린 그 성격에 익숙해지고 있는 건가. 그것이 당연한 것처럼 그리 느끼고는 태연하게 웃고 있는 건가. 내가? 다른 누구도 아닌 자신이?

"황자 전하."

그때 노크 소리와 함께 제라드의 목소리가 문밖에서 들려왔고, 카헤시온은 얼른 정신을 차리고서 입을 열었다.

"들어와라."

이내 문이 열리면서 제라드가 고개를 숙이며 말을 전했다.

"로제궁에서 온 전갈입니다. 시로벨 비전하께서 의식을 되찾으셨다고 합니다. 그리고 비전하께서 전하께 약속을 꼭 지켜주실 거라 믿는다며, 날짜는 언제가 좋을지 전해달라고 하셨습니다."

"하아."

"전하?"

제라드의 말이 끝나기가 무섭게 웃음 섞인 한숨이 새어 나왔다. 정말로 깨어나자마자 그 얘기라니.

"일단 몸이나 추스르라고 전해라. 그 일은 내가 알아서 할 거라이르고."

"예? 아, 예."

제라드는 의아한 표정을 지었다. 비전하께서 깨어나자마자 전한 메시지도 이상했지만, 카헤시온 전하께서도 어쩐지 평소와는 달라 보였다. 뭔가 부드러워진 느낌이라고 해야 할까?

"안 나가고 뭐 하는 거지? 그리고 마법부에서 너를 애타게 찾던데. 남보다 녹봉은 두 배로 받는 로드라는 자가 그리 허송세월을 하고 있어도 되는 것인가?"

그런 생각을 하자마자 곧이어 서슬 퍼런 일침이 떨어졌고, 제라드는 그러면 그렇지, 괜한 생각을 했다며 얼른 방을 빠져나갔다.

다시 혼자가 된 방에서 카헤시온은 그녀가 있는 곳을 향해 시선을 던졌다. 그의 검은 눈동자는 여전히 깊고 어두웠다. 하지만그 눈매가 조금은 풀린 듯 보였다.

"그 검을, 찾아야겠군."

푸른빛이 우아하고 아름다운 검 블루문. 어쩐지 그녀의 눈동자 색과 어울릴 것 같은 느낌이 들었다.

「이봐, 아직도 모르겠어? 이거 진짜 바보 아니야? 이런 초특급 능력을 제대로 휘둘러 보지도 못하다니! 야, 야, 야!」

"흐윽!"

머릿속에서 계속 울리는 빽빽거리는 목소리 때문에 시로벨은 무거운 몸을 억지로 일으켜 세웠다. 그러자 그 목소리는 순식간에 사라졌다. 그 목소리가 무어라 떠들어댄 건지 내용은 잘 기억나지 않았지만 왠지 모르게 불쾌감이 드는 것이 좋은 소리는 아니었던 모양이다. 아니면 저승사자의 목소리였나? 혹시 저승사자가 제 실수를 깨닫고서 나를 찾으러 온 건지도!

"아니, 아니야. 저렇게 징징대는 목소리는 아니었어. 굉장히 듣기 좋은 목소리였다는 건 기억하지. 그냥 개꿈인 거야, 개꿈."

시로벨은 앞으로 쏟아지는 머리카락을 아무렇게나 쓸어 올리고는 몸을 일으켜 세웠다.

어제 저녁 늦게 정신을 차리고서, 혹시나 그자가 자신과의 약속을 까먹었을까 봐 곧장 달려가 닦달을 하려 했다. 하지만 절대 못 나간다는 조세핀과 메이 등 시녀들의 말림에 결국 편지를 보냈고, 답장을 가지고 돌아온 제라드는 카헤시온이 알아서 하겠다고 했다는 대답을 주었다. 그래도 사내가 한입 가지고 두말하는 스타일은 아닌 듯싶어서 그대로 다시 누워서 잠들어 버린 것이 어젯밤의 마지막 기억이었다. 원래 하려던 대로 룬궁에 쳐들어가려 했다가는 몇 걸음 걷지도 못하고 쓰러져 버렸을 게 분명했다.

천하의 한소휘 꼴이 아주 말이 아니구나. 이렇게 체력이 약해서야. 온몸이 근육통으로 욱신거리는 것에 시로벨은 새삼 걱정이 되었다. 내 몸도 아닌데 너무 막 굴렸나? 어디 아프기라도 하면 안 되는데…….

그때, 똑똑 문 두드리는 소리와 함께 메이가 안으로 들어왔다. 메이는 시로벨이 깨어난 것을 보고는 환한 미소를 지었다.

"생각보다 일찍 일어나셔서 다행이에요. 스프 다 드시면 바로 씻으실 수 있게 준비할게요."

그리고 보니 온몸이 식은땀으로 끈적거렸다. 명색의 황자비인데 씻는 거라도 좀 제대로 해줘야겠다.

"내가 며칠이나 잤어?"

시로벨은 스푼 가득 스프를 떠 먹었다. 은은하게 퍼지는 버섯 향이 일품이었다. 그녀가 속을 달래는 사이 메이는 새로 가져온 보송보송한 이불을 깔았다. 포근한 햇살 향이 진하게 퍼져 나왔다.

"이틀 정도 누워 계셨어요. 사실 좀 더 누워 계실 줄 알았어요."

이틀이라는 말에 시로벨의 미간이 일그러졌다. 체력이 약하다고 짐작은 했었지만, 이틀이나 뻗었다니! 아무래도 안 되겠다. 이 여자는 너무 운동 부족이야. 이렇게 살다간 오래 못 살 거라고. 이 여자를 위해서라도 검술을 열심히 배워서 기초 체력 정도는 단련시켜 주고 떠나야겠어.

메이가 창가의 커튼을 걷자 부드러운 햇살이 기분 좋게 그녀의 붉은 머리카락을 휘감으며 쏟아졌다. 시로벨은 오랫동안 움직이지 않아 뻐근한 몸을 바로 세우고서 오랜만에 좀 움직여야겠다고 마음먹었지만, 그것을 그냥 지켜볼 메이가 아니었다.

"아직은 안정을 더 취하셔야 해요."

"하지만 이렇게 누워 있는 게 더 건강에 안 좋다고."

"아니요, 아직은 안 됩니다. 조세핀 시녀장님이 비전하를 지켜보라고 하셨어요."

"하지만!"

"비전하, 세네티아 황녀 전하와 메모리 비전하께서 뵙기를 청하십니다!"

뭐라고 반박하려던 찰나에 밖에서 다른 시녀가 손님의 방문을 알렸고 메이는 싱긋 웃으면서 일단 대충 시로벨의 몸을 구석구석 닦아주고는 마지막으로 머리카락을 단정하게 빗겨주고서 속삭였다.

"오늘은 황녀 전하와 메모리 비전하와 함께 담소라도 나누세요. 로즈 티와 마들렌을 가져오도록 하겠습니다."

메이가 방을 나서고 그 문으로 세네티아와 메모리가 들어섰다. 세네티아는 오늘도 아름다웠다. 부서지는 햇살 아래로 신비롭게 빛나는 은빛 머릿결에 흐릿한 은빛 눈동자, 한 손에 든 은빛 지팡이와 더불어 엷은 에메랄드빛의 드레스가 한층 우아하게 보였다.

뒤따라 들어오는 메모리 역시 여전히 귀여운 매력이 가득했다. 푸른빛 굽실거리는 머리칼은 한껏 모아 올렸고 무릎을 살짝 덮는 핑크빛 드레스가 사랑스러움을 더하였다.

시로벨은 그녀들을 환한 미소를 지으며 반겼다.

"이렇게 와주셔서 감사합니다. 제가 쓰러졌을 때도 와주셨다고요."

"아니에요, 비전하. 몸은 괜찮으신지요?"

〈걱정 많이 했답니다.〉

"덕분에 지금은 꽤나 가볍답니다. 초대해 놓고서 이렇게 돼서 죄송합니다."

"어머, 신경 쓰지 마세요. 어차피 매일 황궁에 있는데 비전하께서 몸이 괜찮아지시면 또다시 불러주시면 되잖아요?"

세네티아는 시로벨의 손을 잡고 싱긋 웃었다. 그녀의 기운이 많이 회복된 것 같아 마음이 놓였다. 메모리가 챙겨온 바구니를 꺼내 들었다. 그 안에 달콤하고 상큼한 향이 풍기는 애플파이가 아기자기한 모습으로 담겨 있었다.

〈조금 구워봤어요. 맛은 어떨지 모르겠지만…….〉

"메모리 비전하의 요리 솜씨는 정말 굉장하답니다. 그래서 리안 오라버니도 항상 식사 때는 놓치지 않으시지요."

시로벨은 세네티아의 말에 애플파이 하나를 집어 입에 넣었다. 입안 가득 사과의 상큼함과 달콤함이 퍼졌다. 부드럽게 부서지는 파이의 식감에 시로벨은 눈을 동그랗게 떴다. 진짜 요리 잘하는구나. 난 진짜 요리 같은 건 젬병이었는데.

"고맙습니다, 메모리 비전하. 굉장히 달콤해요."

얼마 지나지 않아 메이가 향기로운 로즈 티와 더불어 부드러운 마들렌을 내려놓았고, 세 사람은 꽤나 여유로운 티파티를 즐길 수 있었다.

잠시 후, 메모리는 자신의 저택으로 돌아갔고 세네티아는 남아서 시로벨을 향해 낮은 음색으로 뜻밖의 말을 꺼내었다.

"카헤시온 오라버니가 변했다는 걸 느끼고 계신가요?"

"네?"

변했다고? 그 사람이 예전에 어떤 모습이었는지 모르는데 변했는지 어쨌는지 내가 알 게 뭐람?

시로벨은 애써 표정을 드러내지 않으려고 노력했다. 그녀가 제 표정을 보지 못하는 것이 다행이었다.

"네, 분명 오라버니의 기운이 변했답니다. 여전히 날카롭기는 하시지만 그래도 예전보다 많이 나아지셨어요."

"기운?"

"전 앞이 보이지 않는 대신 사람들이 지닌 특유의 기운을 느껴요. 지금 제가 비전하의 손을 잡고 있는 건 그 기운을 좀 더 정확하게 느끼기 위해서지요."

시로벨은 가까이에 있는 세네티아의 은빛 눈동자를 바라보았다. 보이지 않는 것이 분명한데도 마치 상대방을 빨아들일 듯한 눈빛이었다.

"비전하의 기운도 많이 변했다는 걸 아시나요?"

세네티아의 뼈 있는 한마디에 시로벨은 저도 모르게 움찔했다.

뭐야, 정말 뭔가를 느끼는 거야? 이러다 내가 다른 사람이라는 걸 알아차리는 건 아니겠지?

"그날, 오라버니께 무슨 말을 하셨나요?"

하지만 다행스럽게도 세네티아가 먼저 말을 돌렸다. 시로벨은 고개를 갸웃했다. 그날? 그날이라면 아마도 아이리스 궁 뒤에서 그를 기다리겠다고 말한 그날을 말하는 거겠지?

"그냥 기다리겠다고 했어요."

"기다린다고요?"

"네. 신뢰와 믿음을 보여달라기에 오실 때까지 기다린다고 약속했죠. 생각보다 꽤 늦게 오셔서 제가 이렇게 되긴 했지만요."

기다렸다는 말에 세네티아의 눈동자가 살짝 흔들렸다. 기다린다. 어쩌면 그녀는 별다른 의미 없이 한 말일 테지만 오라버니에게는 허투루 넘길 수 있는 말이 아니었을 것이다. 오라버니에게 기다림이란 너무나도 지독한 아픔이고, 아직까지도 채 아물지 못한 상처니까.

"그런데."

"네?"

"전하께선 왜 그렇게 사람을 믿지 못하시는 기에요? 물론 횡자라는 위치에 계시니 그럴 수도 있지만 너무 심하게……."

시로벨은 왜 이런 질문을 했는지 순간 후회가 밀려들었지만 그래도 답을 알고 싶었다. 처음엔 그 얼어붙은 눈동자가 그저 차가운 것만 같았는데, 지금은 어쩐지 쓸쓸하단 느낌이 들었다.

세네티아는 잠시 망설이다 이내 잡고 있던 시로벨의 손을 더욱 꽉 잡으며 속삭였다.

"오라버니는 가장 믿었던 사람에게 크게 배신당하셨어요."

"배신?"

"네. 이사벨라 황후 폐하. 저와 오라버니의 친어머니세요."

생각지도 못한 말에 시로벨은 순간 말문이 막혀 버렸다. 세네티아는 꽤나 담담하게 말을 이어나갔다.

"어마마마는 패전국의 황녀였어요. 마티디안에 공녀로 끌려오셨죠. 비전하와 비슷하게 말이에요."

"……."

"원래는 황궁에서 자결하시려 했대요. 그런데 지금의 폐하, 아바마마께서 그런 어머니를 살리시고 비로 맞이하셨죠. 처음엔 패전국의 황녀가 무슨 짓을 할지도 모른다고 주위의 우려도 있었지만, 어마마마께선 온화하고 다정한 성품으로 아바마마는 물론 모두와 잘 지내셨다고 해요. 그리고 오라버니가 태어났고, 이후로도 행복한 나날이 이어졌죠. ……겉으로는 그랬어요."

하지만 카헤시온이 열 살이 되던 무렵, 이사벨라는 변해 버렸다. 완전히 다른 사람이 되었다. 카헤시온을 이용해 황위에 욕심을 내기 시작했다. 하지만 자신이 패전국의 황녀이기 때문에 그녀는 자신의 핏줄이 황위에 오르지 못할 것 같자 카헤시온이 아닌, 이미 세상을 떠난 제1황후의 아들의 손을 잡고 말았다.

"그래서……."

"오라버니는 버림받았어요. 어마마마는 오라버니를 돌아보지 않으셨고, 오라버니는 거의 룬궁에 홀로 갇혀 지냈어요. 오직 황위를 계승할 황자가 아니기 때문에 어마마마는 오라버니 대신 카인 오라버니를 선택하셨죠."

시로벨은 처음 듣는 이름에 미간을 좁혔다. 머릿속에 마티디안 제국 제1황자라는 정보가 떠올랐다.

"카인 오라버니는 돌아가신 제1황후, 아멜리아 황후 폐하의 유일한 소생이세요. 어떻게 보면 가장 정통성이 있는 황자인 거죠."

이사벨라 황후가 친아들을 버리고 1황자를 택한 그때부터 카인과 카헤시온 사이에 묘한 거리가 생기기 시작해 지금에까지 이르고 있었다. 물론 그 거리는 더욱 깊이 벌어진 상태지만.

"하지만 지금은 카헤시온 황자 전하뿐만 아니라 황녀 전하들도 모두 황위계승권을 가지고 계시잖아요."

"어느 날, 아바마마께선 결단을 내리셨죠. 어미의 핏줄은 상관

없다. 내 모든 자식은 나의 혈통이며, 황제의 피를 이어받았다. 고로 모든 이들에게 자격을 줄 것이다."

그래서 그들 모두는 황위계승권을 두고 동등한 위치에 설 수 있게 된 것이다.

"오라버니는 무척이나 기뻐했어요. 이제 어마마마께서 다시 자신을 보아줄 거라 기대하셨죠. 오라버니는 어마마마를 그리워하면서 버려진 그 시간 동안 단 한 번도 어마마마를 원망한 적이 없었거든요. 그래서 황위계승권을 갖게 되었을 때 어마마마께 편지를 보냈어요. 기다려 달라고. 어마마마의 기대대로 훌륭한 황태자가 되어서, 어마마마가 보는 앞에서 이 나라의 황제가 될 거라고. 하지만……."

"설마……."

"네. 어마마마는 그날 자결하셨어요. 오라버니를 돌아보지 않은 채. 단 한 번도 제대로 기다려 주지 않은 채, 그렇게 제 목숨을 버리셨어요."

그때 카헤시온이 겪어야 했던 고통은 엄청났다. 어린 나이. 그저 어마마마를 기다렸던 그 나이. 조금만 더 기다려 달라고, 반드시 어마마마가 원하는 대로 황제가 될 거라고. 어마마마도 꼭 기다려 줄 거라고 믿고 그리도 기뻐했던 그 순간에 돌아온 이사벨라 황후의 비보에 그는 울지 않았다. 그저 멍한 시선으로, 그토록 따스했던 눈동자가 삽시간에 차갑게 내려앉으면서 눈물조차 말라버렸고 그렇게 카헤시온의 심장도 함께 얼어붙고 말았다.

이사벨라 황후의 죽음을 두고 사람들은 그녀가 마티디안으로 인해 멸망한 자국의 복수를 위해 황제의 아내가 되었고, 그 복수를 위해 자신을 숨기면서 모든 것을 이용했다고 수군거렸다.

"오라버니는 그렇게 생각하고 있어요. 지금까지."

"그래서 날 믿지 않은 거군요. 나도 시작은 그분과 비슷했고 또 갑자기 변해 버렸으니까. 그를 이용해 복수를 할까 봐."

시로벨은 그가 저에게 했던 말을 떠올렸다. 세네티아는 아무 말 없이 고개를 끄덕였다.

"그 뒤로 오라버니는 사람을 믿지 않았죠. 특히 자신을 숨기는 사람은 더더욱. 괜히 마음을 주었다가 배신당하면 아픈 건 자신이니까요. 오라버니는 그걸 누구보다 잘 알고 있어요. 하지만 비전하는 달라요. 오라버니를 기다려 주셨잖아요? 어마마마와는 달리 그분을 기다려 주셨어요."

시로벨은 달리 대꾸할 말이 없었다. 솔직히 그런 의미로 약속을 한 것은 아니었다. 그저, 그저……

"비전하, 오라버니를 끝까지 기다려 주세요. 오라버니를 똑바로 봐주세요. 이제야 오라버니와 서로를 마주 보았는데 홀로 뒷걸음질 치지 말아주세요. 절대로 오라버니를 떠나지 말아주세요."

제 손을 세게 붙잡은 세네티아의 속삭임에 시로벨은 심장이 욱신거렸다. 차마 그녀를 똑바로 볼 수가 없었다. 그녀는 분명 저를 볼 수 없는데도 그 얼굴을, 그 눈을 똑바로 쳐다볼 수가 없었다.

'난 곧 떠나야 하는데. 끝까지 함께할 수는 없어……'

"약속해 주세요, 비전하."

하지만 너무나 간절하게 말하는 그녀의 모습에 시로벨은 저도 모르게 고개를 끄덕일 수밖에 없었다.

"그럴게요. 절대로 전하를 떠나지 않을게요."

"고마워요. 이제부터 비전하는 저와 가장 가까운 가족이에요. 이제부터 시로벨이라고 불러도 되나요?"

"아, 네."

그녀에게서 전해지는 진심 어린 말과 환한 미소에 시로벨은 눈을 질끈 감아버렸다. 대체 어쩌자고 이런 거짓말을 한 거지? 나중에 이 뒷감당을 어떻게 하려고! 아니지. 어차피 그녀가 보는 건 한소휘가 아닌 시로벨이잖아. 나는 돌아가지만, 이 여자는 이곳에 있을 테니까. 그래, 거짓은 아니야. 완전히 거짓말은 아닌 거야. 어차피 세네티아와 카헤시온이 보고 있는 사람은 한소휘가 아닌 시로벨이니까.

하지만 거기까지 생각하자 어쩐지 심장이 아까와는 다른 의미로 욱신거렸다. 뭐지. 벌써 정이라도 든 건가? 왜 이렇게 기분이 불편한지 알 수가 없었다.

그때, 메이의 목소리와 함께 뜻밖의 손님이 로제궁을 찾아왔다.

"비전하, 제라드 로드님이 뵙기를 청하십니다."

메이의 말에 세네티아는 너무 오래 있었다며 이만 가보겠다고 했다.

"그럼 전 이만 가볼게요. 시로벨, 다음엔 백합궁으로 놀러 오세요."

"그러도록 할게요."

세네티아가 천천히 자리에서 일어서는 중에 문이 열리면서 카헤시온의 측근인 제라드가 모습을 드러냈다.

"아, 세네티아 황녀 전하. 이곳에 계셨군요."

"지금 나가려고 했어요. 그러니 편히 이야기 나누도록 해요."

"조금 이따 찾아뵙겠습니다. 의논드릴 일이 있어서 말입니다."

"그래요, 그럼. 시로벨, 푹 쉬세요. 다음에 뵐게요."

"예, 오늘 고마웠어요."

그녀는 은빛 지팡이를 짚고서 메이의 도움을 받아 방을 떠났다. 제라드는 시로벨에게 고개를 숙였다. 그가 움직일 때마다 그의 보랏빛 머리카락이 찰랑였다.

"안색이 많이 나아지셨습니다, 비전하."

"걱정해 줘서 고마워요. 그나저나 황자 전하의 전언을 가져온 거겠죠? 언제 만나자고 하세요?"

분명 그가 드디어 첫 검술 수업 날짜를 정한 거라고 생각하곤 시로벨은 가라앉았던 기분을 애써 무시하며 그를 재촉했다. 하지만 둘 사이의 일을 알 리 없는 제라드는 두 분 사이가 이토록 가까워진 것에 감격하며 그가 한 말을 그대로 읊어주었다.

"카헤시온 황자 전하께서 오늘 저녁 로제궁의 장미정원에서 뵙자 하셨습니다."

"장미정원? 훈련장이 아니라?"

"예. 훈련장이 아니라 장미정원이라고 하셨습니다."

왜 하필이면 장미정원이지? 그런 데서 칼부림을 했다가는 장미가 망가질 텐데. 장미정원을 금이야 옥이야 아끼는 조세핀이 알면 완전 뒤로 놀라 자빠질 일이군. 하지만 내가 정한 곳이 아니야. 이건 그가 정한 거라고.

"셀레룬과 아테미스룬이 떠오르는 그 시각입니다. 비전하, 그럼 저는 이만……."

그제야 혼자가 된 시로벨은 몸을 일으켜 세우고선 창가 가까이로 다가갔다. 어느새 커튼 사이로 태양이 지고 황혼으로 붉은 기운이 감돌고 있었다.

카헤시온을 다시 만날 생각을 하니 세네티아의 말 때문인지 자꾸만 신경이 쓰였다.

"아니야. 신경 쓰지 마. 네가 신경 쓸 일이 아니야. 그래, 한소휘. 넌 시로벨이 아니야. 시로벨이 아니니까 신경 쓸 필요 없어. 너무 이 세계에 깊이 관여하지 말자! 너무 깊이 들어가지 마. 거리를 지켜!"

그래, 어차피 그와 난 아무 관계도 아닌 거잖아. 그의 아내는 시로벨이고, 그가 보는 여인도 시로벨이고, 그가 앞으로 평생 같이할 여인도 시로벨이지 내가 아니잖아!

셀레룬과 아테미스룬의 달빛이 창가로 스며들기 시작하자, 시로벨은 다급하게 방을 나섰다. 갑자기 그녀가 밖으로 나가려고 하자 메이가 말렸지만 카헤시온을 만나야 한다고 외치고는 장미정원으로 걸음을 옮겼다. 그녀의 물빛 눈동자가 흔들렸다. 스스로에게 다짐하고 또 다짐한 것과는 달리 마음이 온통 뒤숭숭했다.

막 정원으로 들어선 시로벨의 걸음이 탁 하고 멈춰들었다.

신비로운 두 달빛에 젖어 매혹적인 장미정원에서 주변과 동화되듯, 까만 머리칼을 날리며 푸른 검을 휘두르는 카헤시온은 굉장히 우아했다.

마치 뭔가에 홀린 것처럼, 시로벨은 그에서 눈을 돌릴 수가 없었다. 한순간 떠오른 단어는 딱 하나.

"아름, 답다……."

짙은 장미향이 그녀의 코끝을 마비시키고, 신비롭게 쏟아져 흐르는 달빛이 그녀의 시선을 앗아가 버렸다. 그러던 중 그가 검을 휘두르는 것을 멈췄다. 그의 시선이 정확히 시로벨을 향했다.

그녀는 그제야 정신을 차리고 태연한 척 미소를 지었다. 처음부터 내가 왔음을 알고 있었던 거다. 내가 보고 있었던 것도 알고 있었을 것이다. 그럼에도 내색하지 않고 검을 휘두른 건가? 대체 무슨 속셈으로?

"멋져요. 참 아름다운 검이네요."

시로벨은 카헤시온이 들고 있는 검을 눈으로 살폈다. 보면 볼수록 아름다운 검이었다. 처음엔 달빛 때문에 푸르게 보이는 건가 했는데 자세히 보니 검날 자체에서 푸른빛이 감돌고 있었다.

카헤시온은 눈을 반짝거리며 검을 살피는 그녀의 모습에 저도 모르게 실소가 흘러나왔다.

"어찌 웃으십니까?"

"신기하군. 여인들은 보통 이런 것에 관심이 없지 않나? 보석이나 드레스를 더 좋아하던데."

"저도 보석 좋아합니다! 드레스는 싫어하지만요. 하지만 보석보단 검이 더 좋아 보입니다."

"어째서?"

"검의 무게를 알아야 한다면서요. 그만큼 길들이기 쉽지 않고 길들였을 때 성취감이 짜릿할 테니까요. 하지만 보석은 아니죠. 누구의 목에 걸어도 그저 반짝거리기만 할 뿐."

그의 입가로 엷은 미소가 스쳤다. 시로벨은 저도 모르게 그 모습을 슬쩍 훔쳐보았다. 처음엔 그리도 냉기를 폴폴 풍기면서 제대로 웃지도 않더니 오늘은 웬일인지 좀 많이 웃는 것 같은 느낌이 들었다.

'나쁘진 않네. 사실 얼굴이 못생긴 건 아니잖아? 좀 많이 웃고 다니면 여자들이 아주 줄을 설 텐데.'

"받아."

그가 손을 뻗어 직접 그녀의 손에 그 푸른 검을 쥐어주었다. 시로벨의 눈이 반짝반짝해졌다. 가까이에서 보니 더 굉장했다. 살짝 휘둘러보니, 손에 착 감기면서 무척이나 가볍고 날렵하단 느낌이 들었다. 장인의 손에서 귀하게 다듬어진 듯 날카롭게 빛나는 검 날 역시 어떻게 이렇게 푸른빛이 도는지 신기했다.

카헤시온은 검을 쥐고서 좋아 어쩔 줄 모르는 그녀의 모습을 잠시 바라보다가 입을 열었다.

"그 검의 이름은 '블루문'이다. 그대가 기사 훈련장에서 쓰던 레이피어보다 가볍고, 강도는 더욱 세지."

"이것을 어찌?"

"그대에게 주는 것이다."

"예?"

뜻밖의 말에 시로벨은 놀라면서도 절로 올라가는 입꼬리를 어쩌지 못했다. 딱 봐도 귀하디귀해 보이는 검인데. 이걸 날 주겠다고? 정말? 정말로?

"정말요? 진짜?"

"그대에게 검술을 가르쳐 주겠다고 했으니, 제대로 된 검도 줘야 할 테지."

"아, 이런 것까지 챙겨줄 거라 생각 못했는데. 고마워요."

그 순간, 시로벨은 저도 모르게 환하게 웃어버리고 말았다.

그가 저에게 이 검을 주는 게 그냥 의무 때문인 것 같지는 않았다. 그런 느낌에 그냥 미소가 흘러나왔다. 시로벨은 그를 만난 이래 처음으로 그가 미워 보이지 않았다.

"오늘은 늦었군. 조세핀이 뭐라고 한 소리 하기 전에 가도록 하지."

언제나 그랬듯 그가 먼저 걸음을 옮겼고, 시로벨은 그 뒤를 따라 걸었다. 저번에도 느꼈지만 겉으론 쌀쌀맞고 차갑게 굴어도 항상 뒤에서 따라오는 자신을 위해 걸음을 맞춰주는 것 같았다. 그렇지 않으면 저렇게 느리게 걸을 리가 없으니까.

그는 별다른 말 없이 로제궁 앞까지 왔다가 그대로 몸을 돌렸다. 시로벨은 그 뒷모습을 잠시 바라보다 손에 쥔 블루문을 바라보며 싱긋 웃었다.

카헤시온은 로제궁에서 멀리 벗어난 후에야 걸음을 멈춰 섰다.

웃는 얼굴. 미소……

그저 검을 주었을 뿐인데, 그토록 환한 미소를 지을 줄은 몰랐다. 분명 목적을 위해 가면을 뒤집어쓰고 이런 말도 안 되는 행동을 하는 것이라 생각했는데. 지금 그에게 보여준 그 미소엔 거짓이 없었다.

"대체 그대의 진심은 무엇일지……"

'어디까지 내가 그대를 믿어야 하는 것인가.'

그는 복잡하고 혼란스러운 마음에 계속 황궁을 맴돌다, 새벽이 되어서야 룬궁으로 걸음을 옮겼고 그 앞에서는 일찍부터 제라드가 그를 기다리고 있었다.

"일찍 왔군."

"전하께선 이리 이른 시각에 어디를 다녀오십니까?"

"잠시 산책. 그나저나 오늘 일정은 뭐지?"

"후안 백작과 사냥 약속이 잡혀 있습니다."

"그래, 그럼 지금부터 준비해야겠……."

"전하?"

갑자기 말을 끊는 카헤시온에 제라드가 의아한 눈으로 물었다. 잠시 후 다시 카헤시온의 입이 열렸지만 그 내용이 평소와는 달라 제라드는 정말로 이상하단 생각을 해야만 했다.

"오전 시간을 잠깐 비워둬라."

"네?"

"그렇게 알고 가봐."

"아, 알겠습니다."

카헤시온은 자신이 왜 그랬나 싶어 미간을 찡그렸지만, 이내 표정을 풀고서 룬궁 안으로 들어갔다. 의도치 않게, 자꾸만 자신답지 않은 짓을 하게 되는 게 신경 쓰이면서도…… 이상하게 그것이 기분 나쁘지는 않았다.

이른 아침. 카헤시온과의 첫 대련 날. 당연하게도 시로벨은 그와의 부딪침에서 장렬하게 패배했다. 힘과 속도, 유연성까지 겸비한 그의 검술은 정말 놀라웠다. 시로벨은 패배에 속이 쓰린 한편, 기쁘기도 했다. 이런 사람에게서 배운다면 자신도 제대로 성장할 수 있을 거라 기대가 되었다.

백작과의 약속 때문에 겨우 한 시간의 대련이었지만, 시로벨은 그것으로 만족하고 카헤시온이 사라진 후에도 혼자서 연습에 몰두했다. 배운 검술을 완벽하게 몸에 익히기 위해 오늘은 하루 종일 검을 잡고 있을 계획을 세운 시로벨이 머리를 질끈 묶고 칼자루를 꽉 움켜쥔 순간이었다.

"비전하!"

메이가 저를 부르며 달려오는 것에 시로벨은 괜한 불안감을 느꼈다. 가까이 다가온 메이는 시로벨의 모습에 남몰래 한숨을 내쉬었다. 아무리 카헤시온 황자 전하에게서 검술을 배운다고 듣긴 했지만, 정말로 이렇게 하실 줄이야. 이러다 몸이 상하면 어쩌시려고!

"무슨 일인데 그렇게 호들갑이야?"

시로벨의 말에 메이는 애써 걱정을 지우고서 이곳에 온 목적을 말했다.

"서두르셔야 해요."

"왜?"

"오늘 백합원 모임이 있는 날이랍니다."

역시. 불길한 촉은 단 한 치도 비켜가질 않는다.

새하얀 샹들리에의 빛이 꽃처럼 만개했다. 잔잔한 음악과 더불어 은은한 홍차향이 부드럽게 번지며 백합궁 안에 모인 수많은 귀부인들은 하나같이 화려하고 사치스런 드레스의 향연을 펼치고 있었다.

그녀들 한가운데에 신비로운 은빛 머리칼을 길게 늘어뜨린 은의 현자 세네티아 황녀와 그 옆으로 메모리 황자비가 서 있었다.

둘 모두 이런 자리가 불편하기 그지없었지만 세네티아는 내색 않고 얼굴에 미소까지 띠운 채 태연하게, 메모리는 황자비로서 흠잡히지 않기 위해 꿋꿋하게 버티고 있었다.

그때, 연회장의 문이 열리더니 시로벨이 등장했다. 오늘도 그녀는 아름다웠다. 붉은 머리카락을 틀어 올려 새하얀 목이 시원하게 드러났고, 보랏빛 드레스는 다이아몬드가 아기자기하게 흩뿌려져 빛을 받을 때마다 반짝거렸다.

시로벨은 자신을 향해 인사를 올리는 귀부인들에게 대충 회답을 하며 억지로나마 미소를 지어 보였다. 속으로는 이 답답한 곳에서 당장에라도 나가고 싶다는 생각을 하는 중이었다.

귀부인들의 중심에서 익숙한 얼굴을 발견한 시로벨이 얼른 그쪽으로 향했다.

"어서 오세요, 시로벨."

"반겨주셔서 감사합니다, 세네티아 황녀 전하."

〈많이 건강해지신 것 같아서 다행이에요, 시로벨 비전하.〉

"신경 써주셔서 감사해요, 메모리 비전하."

시로벨까지 도착한 후에 세네티아는 연회장 안의 모든 귀부인들을 불러 모았다. 잔잔하게 흐르던 음악도 멈추었고, 꽤 엄숙한 분위기가 되었다. 세네티아는 진지한 표정으로 입을 열었다. 그에 시로벨은 오늘은 단순한 사교 모임이 아니라는 걸 깨달았다.

"오늘 이렇게 여러분들이 모이신 이유를 대부분은 알고 계실 거라 생각합니다."

'난 모르는데'라는 표정을 애써 감추고서 시로벨은 세네티아를 주목했다.

"곧 대지의 여신과 태양의 여신께 기도를 올리는 '데르타르'가 열리게 됩니다. 이것은 백성들에겐 무척이나 중요한 기도회이며, 또한 마티디안 제국 전체에도 대단히 중요한 의식입니다."

데르타르란 2년에 한 번, 풍년을 기원하기 위해 대지의 여신과 태양의 여신에게 드리는 기도였다. 황실의 여인들과 귀부인들의 주관으로 이루어지는 이 기도회는 원래 백합원의 장이 나서서 맡게 되어 있었다. 현재는 두 황후가 모두 세상을 떠났고 후궁들 역시 궁을 나간지라 백합원의 장을 세네티아 황녀가 맡고 있기에 그녀가 나서서 기도회 준비를 하려는 것이었다.

회의는 꽤 살벌했다. 첫 기도문 낭송으로 시작을 알리는 사람과 마지막 기도문으로 마무리하는 사람을 뽑았는데, 영광스러운 자리인지라 서로 하려고 하는 귀부인들이 많았다. 그밖에도 여러 가지 일을 역할 분담으로 뽑았기에 회의는 반나절이 지나서야 끝이 날 수 있었다.

시로벨은 주변의 눈치를 보면서 슬그머니 자리에서 빠지려고 했다. 그때 세네티아가 그녀를 붙잡았다. 앞이 안 보인다는 게 믿어지지 않을 정도로 그녀는 눈치가 너무 빨랐다.

"시로벨에겐 이번 데르타르가 처음이라 꽤 어려울 테지만, 그래도 꼭 참석해 주세요."

"아, 물론이죠. 황녀 전하."

시로벨이 마티디안 제국으로 온 것은 그렇게 오랜 일이 아니었다. 그렇기에 데르타르 같은 큰 행사는 그녀가 마티디안 황실의 일원으로서 처음 참석하는 공식 행사였다.

시로벨은 속으로 한숨을 내쉬었다. 그래, 이 여자의 생활에 충실하자고 다짐했으니 해보는 데까지 해보자.

룬궁에 틀어박혀 하루 종일 크리스털 마운틴에서 전해지는 소식과 더불어 행방이 묘한 제1황자에 대한 일에만 집중하던 카헤시온의 앞에 한 잔의 차가 놓여졌다.

"뭐 다른 소식이라도 있는 건가?"

카헤시온은 여전히 서류에서 눈을 떼지 않았고, 제라드는 애써 한숨을 숨기며 말했다.

"소금 쉬면서 하시라는 의미입니다."

"알아서 한다."

하지만 제라드는 기어코 카헤시온이 차를 마시는 것을 보겠다는 듯이 그 앞에 버티고 서 있었다. 결국 그는 서류를 잠시 내려놓고 찻잔을 들어야만 했다.

"세네티아 황녀 전하께서 카인 황자 전하의 일은 잠시 덮어두라 하시더군요."

"왜지?"

"글쎄요. 제가 그분의 생각을 읽을 수 있겠습니까? 은의 현자님이신데 뭔가 짚이는 구석이 있으신 거겠죠."

"흠……."

"아, 그리고 도둑 길드 블랙캣의 움직임이 또 다시 황도에서 보이고 있습니다."

"좀 잠잠하다 했더니."

블랙캣은 주로 귀족들의 물건을 터는 도둑 길드였다. 특히 귀족들의 값비싼 것만 쏙쏙 골라가는 터라 그들의 원성이 이만저만

이 아니었다. 1년 전부터 황도에 모습을 보이다 좀 잠잠했었는데. 다시 날뛰기 시작하다니.

"치안을 담당하는 기사들이 아주 곤욕을 치르고 있습니다."

한 손으론 깃펜을 돌리고, 또 다른 손으론 차를 마시던 카헤시온은 옅은 한숨을 내쉬었다.

"그 일은 그렉에게 맡겨."

"알겠습니다. 아, 그리고 오늘 백합원에서 데르타르에 대한 회의가 있었다는 거 알고 계셨습니까?"

백합원이라는 말에 카헤시온은 잠시 멈칫했다가 이내 대수롭지 않게 넘기며 고개를 끄덕였다.

"대충."

"그럼 이번엔 시로벨 비전하께서도 참석하신다는 거 알고 계시겠네요?"

카헤시온은 이번엔 찻잔을 아예 내려놓은 채 생각에 잠겼다. 그러고 보니, 그녀도 황자비로서 참석해야 할 일이었다. 이전까지는 그저 이름만 황자비였을 뿐이고 로제궁에서 두문불출하던 이라 이런 일에 대해 생각한 적이 없었다.

"모르고 계셨군요."

카헤시온이 이런 반응을 보일 거라 예상했던 일이기에 제라드는 별다른 말은 하지 않고 빈 찻잔을 치웠다. 그럼 다시 일하시라 하고 제라드가 방을 나가자 카헤시온은 다시 깃펜을 고쳐 잡았지만 아까처럼 일에 몰두할 수는 없었다. 데르타르는 곡창지 모르에 위치한 신전에서 열린다. 결국은 그녀가 처음으로 백성들 앞에 황자비로서 얼굴을 보인다는 뜻이다.

"황궁 밖으로 나간다, 라······."

결국 그는 자리에서 일어나 서랍을 뒤지기 시작했다. 무언가를 찾는 그의 얼굴은 복잡 미묘한 표정이라 무슨 생각을 하는지 알 수가 없었다.

로제궁으로 돌아온 시로벨은 그녀를 기다리면서 잔뜩 벼르고 있던 조세핀과 함께 데르타르에 입고 갈 드레스를 열심히 골라야 했다. 시로벨은 고집을 부려 최대한 얌전해 보이 것으로 고른 뒤, 저녁 식사도 간단히 마친 시로벨은 얼른 방에 돌아가 쉬고자 했다. 하지만 메이가 전하는 말에 그녀는 당황하지 않을 수 없었다.

"비전하, 카헤시온 황자 전하께서 기다리고 계십니다."

"뭐? 누가 왔다고?"

시로벨은 고개를 갸웃했다. 그가 갑자기 무슨 일로 왔는지 알 수가 없었다. 그것도 로제궁 안까지들어와서, 심지어 방에서 기다린다는 말에 시로벨은 괜히 불안해졌다. 그 방에서 그를 만났을 때의 일이 별로 좋은 기억이 아니었기 때문이다. 메이가 얼른 가 보시라며 재촉하는 바람에 시로벨은 떨떠름한 표정으로 걸음에 속도를 높여야만 했다.

제 3 화
어둠 속의 도둑들, 블랙캣

방에 들어서자 창가에 비스듬하게 서 있는 카헤시온이 있었다. 문 열리는 소리에 몸을 돌린 카헤시온과 시로벨의 시선이 마주쳤다. 침묵이 흐르고, 그가 그녀를 향해 성큼성큼 다가왔다.

그것이 그를 처음 만났던 날과 똑같이 겹쳐 보여 시로벨은 주춤거리며 슬쩍 제 뒤를 살폈다. 다행히 방으로 들어와 움질이질 않아서 바로 뒤가 문이었다.

그러자 그녀의 생각을 비웃기라도 하는 듯, 그가 무심하게 말했다.

"저번과 같은 일은 없을 거다. 그러니 그리 긴장하지 않아도 돼."

"누, 누가 무슨 긴장을 했다고!"

시로벨은 괜스레 발끈하고 말았다. 창피함에 얼굴까지 붉어지는 것 같았다.

그녀의 앞에 다가온 카헤시온은 뭐라 말은 꺼내지 않고 잠시 머뭇거리다 이내 품에서 낡고 작은 상자를 꺼냈다.

"이게 뭔가요?"

"……."

그는 대답하지 않았고, 시로벨은 불안한 표정으로 제 손 위에 놓인 상자를 바라보았다. 손바닥 안에 쏙 들어올 정도로 작은 상자는 조금 낡긴 했어도 나뭇결을 따라 촘촘하게 새겨진 장미 무늬를 보니 굉장한 장인의 솜씨가 느껴졌다.

"열어봐도, 돼요?"

"……그래."

시로벨은 조심스럽게 상자를 열었다. 그리고 그 안에 든 것을 확인한 순간 그녀의 눈동자가 심하게 흔들리기 시작했다.

"이걸…… 설마 제게 주시는 건가요?"

"무슨 문제라도?"

"그, 그러니까 전하께서 잘못 가지고 오신 것 같아서요. 그래요! 확실해요! 잘못 들고 오셨어요!"

절대 믿을 수 없다는 시로벨의 반응에 카헤시온은 묵직한 한숨을 내쉬며 말했다.

"제대로 가지고 온 거다."

"하, 하지만!"

"그대가 보고 있는 것이 진짜다. 보석도 좋아한다고 하지 않았나?"

그렇긴 하지만 왜 갑자기 나한테 반지를 주는 거냐고!

시로벨은 입을 떡 벌리고 싶은 것을 겨우 참았다. 낡은 상자 안에 들어 있는 그것은, 바로 반지였다. 시로벨은 반지와 카헤시온을 번갈아 쳐다보며 그의 의중을 알아내려 고심했다.

"하지만 이건 반지잖아요."

"그저 낡은 반지일 뿐이야."

시로벨은 어정쩡한 자세로 반지가 담긴 상자를 들고 어쩔 줄 몰라 했다. 그도 그럴 것이 카헤시온이 말한 것처럼 그냥 낡은 반지가 아니었다.

은색의 링 위에 작은 장미가 세공되어 있었는데, 그 위에 붙은 것이 모두 다이아몬드였다. 보석을 좋아한다고는 했지만 제대로 가져본 적이 없는 그녀가 보기에도 비쌀 게 분명해 보였다. 게다가 그때 보석을 좋아한다고 말했던 건 그냥 그렇다는 거지 이렇게 반지를 선물 받고 싶다는 건 절대 아니었다.

당황하다 못해 이런 건 받을 수 없다며 금방이라도 상자를 돌려줄 것 같은 시로벨에게 카헤시온은 결국 썩 하고 싶지 않았던 말을 할 수밖에 없었다.

"그것은, 이사벨라 황후 폐하의 유품이다."

이사벨라라는 이름에 시로벨은 흠칫하고는 떨리는 눈으로 그를 응시했다.

"황실의 공식 행사에서, 그대가 나의 황자비로서 반드시 지녀야 하는 물건이지."

카헤시온은 상자를 다시 가져와 반지를 꺼냈다. 반지를 응시하는 그의 눈빛이 아련한 빛을 띠었다. 이사벨라 황후의 유품, 그녀의 아들인 제가 비에게 주어야 하는 물건을 너무 늦게 찾았다. 그는 더 이상 어마마마라는 말을 입에 담지 않았다. 그에게 그녀는 더 이상 어마마마가 아니라 그저 이미 죽은 두 황후 중 한 명일 뿐이었다.

그는 시로벨의 손가락에 반지를 끼워주며 말했다.

"그대가 내 아내라는 증표이자 마티디안 황실의 사람이라는 증표다."

이것은 그가 처음으로 시로벨을 아내로 인정하는 것과 같은 의미였다. 드디어 서로가 처음으로 같은 길 위에 서서 같은 곳을 바라보며 한 걸음을 내딛는다는, 중요한 의미의 반지였다.

그녀는 제 손가락 위에서 빛나는 반지를 바라보았다. 오랜 시간이 지났는데도 반지는 여전히 영롱하고 아름다웠다. 그것은 이 반지를 소중하게 보관한 그 덕분일 것이다. 어쩐지 그가 속으로는 아직 어머니를 아직 완전히 놓지 못했다는 뜻인 것만 같았다. 그래서 그는 더더욱 괴로워하며 다른 이들을 믿지 못하는 걸지도 모른다.

"비전하는 절대로 오라버니를 떠나지 말아주세요. 배신하지 말아주세요."

갑자기 세네티아 황녀의 목소리가 맴돌았다. 시로벨은 괜히 입술을 짓씹었다.

'내가 과연 이 반지를 받을 자격이 있는 것일까?'

"무슨 생각을 하는 거지?"

상념에 잠겼던 시로벨은 이내 고개를 들고서 그의 까맣고 깊은 눈동자를 바라보며 옅은 미소를 지었다.

"굉장히 중요한 물건이네요. 사실 이렇게 귀한 건 처음이라 어찌해야 할지는 모르겠지만, 소중히 다룬 뒤에 돌려드릴게요."

그 미소가 너무나 묘해서, 카헤시온은 아무 말 없이 그녀의 방을 빠져나갔다.

그가 나간 후 시로벨은 한동안 그 자리에 계속 서 있다가 이내 창가로 다가섰다. 셀레룬과 아테미스룬 사이로 손을 들어 올려 빛나는 반지를 쳐다보며 씁쓸해진 표정으로 속삭였다.

"시로벨, 이 여자야. 대체 내가 어디까지 당신 인생에 관여해도 되는 건데? 저 사람은……."

어쩐지 너무 어렵고 힘들단 말이야.

로제궁을 나선 카헤시온의 까만 머리카락 위로 셀레룬과 아테미스룬의 빛이 부서져 내렸다. 그의 차가운 눈동자엔 감정 따윈 서려 있지 않았지만, 왠지 모르게 흔들림의 잔재가 남아 있는 듯 보였다. 그는 잠깐 그 자리에 멈춰 서서는 왼쪽 가슴 위에 손을 올렸다. 거기에서 시작되어 전신으로 뜨겁게 펴지는 정체불명의 느낌에 미간을 찡그렸다.

"요즘 들어 부쩍 이러는군."

그리고 그런 느낌이 들 때마다 감정적으로 흔들리는 자신을 발견했다.

나약해진 건가? 그렇다면 도대체 무엇 때문에? 현재 자신이 어떤 위치에 서 있는 줄 알면서도. 이제 곧 황궁으로 키리에나 황녀와 유에시스 황녀가 돌아올 것인데, 자꾸만 흐트러지려는 자신에게 화가 나기까지 했다.

카헤시온은 온몸을 차갑게 스치는 바람에 고개를 돌려 로제궁을 바라보았다.

"더 이상 이곳에 오는 일은, 없을 것이다."

⚜   ⚜   ⚜

아침이 밝자마자 조세핀과 메이가 들이닥쳤다. 그들은 잠기운을 떨쳐 내지 못하고 비몽사몽인 시로벨을 일으켜 세워 씻기고 단장을 하느라 바빴다. 하도 옆에서 만지작거리는 통에 결국 정신을 차린 시로벨은 그들이 하는 대로 온몸을 맡긴 채 입에 넣어주는 사과를 씹으며 웅얼거렸다.

"그래서 너희들은 안 간다고?"

"네, 저희들은 따라갈 수가 없답니다. 대신 호위기사분께서 비 전하를 보살펴 주실 거예요."

메이는 시로벨의 탐스러운 붉은 머리카락을 정성스럽게 빗어 위로 틀어 올렸다. 조세핀은 그녀가 입은 싱그러운 녹빛 드레스 위로 쏟아지듯 박혀 있는 보석들을 정리하는 중이었다.

"제 생각엔 랑쉬 경이 가지 않을까 싶네요."

랑쉬 경이라는 말에 시로벨은 무심코 그렉 경도 같이 떠올라 그에 대해 물었다.

"그렉 경께선 기사단장이기도 하고, 황자 전하께서 특별 임무를 내리셔서 함부로 움직일 수 없다고 다른 기사님께 들었어요."

"그래?"

특별 임무라. 그거 왠지 구미가 당긴다. 나중에 물어봐야지!

치장을 마친 후 시로벨은 자리에서 일어났다. 그녀의 움직임에 따라 녹빛 드레스 위로 초록빛 에메랄드들이 물결치듯 움직이며 차르르 맑은 소리를 냈다.

그때, 똑똑 하고 노크 소리가 울리더니 시녀가 들어와 알렸다.

"마차가 도착하였습니다."

조세핀이 고개를 끄덕이고는 시로벨의 옆에 섰다. 그러다 시로벨은 '아차!' 하고서는 서랍 속에서 어젯밤 카헤시온이 주었던 반지를 꺼내 손가락에 끼었다. 순간, 조세핀은 그 반지를 보고서 표정이 흐려졌다.

"그 반지는……?"

"응? 조세핀도 알아?"

"……이사벨라 황후 폐하의 반지가 아닌지요?"

"응. 공식 행사 때 필요하다고 했어."

"원래는 황후 폐하께서 비전하께 직접 전해 드렸어야 하지요. 자신이 걸어왔던 길을 비전하께 물려주는 의미로서요."

조세핀은 잠시 옛 생각을 하다 곧 정신을 차리고서 시로벨의 팔을 잡으며 재촉하기 시작했다.

로제궁을 나선 시로벨의 앞에 기다리고 있는 것은 다름 아닌 그렉이었다.

"그렉 경?"

"시로벨 비전하를 뵙습니다."

"어쩐 일이에요? 특별 임무로 바쁘다던데. 그래서 랑쉬 경이 올 줄 알았어요."

"황자 전하의 명으로 오늘 하루 비전하의 호위를 맡게 되었습니다. 특별 임무도 겸해서 말입니다."

그는 시로벨의 손등에 살짝 입을 맞추며 간단한 기사 의식을 치른 뒤, 그녀가 마차에 올라타기를 기다렸다.

특별 임무도 겸해서라. 그럼 황궁 밖에서 해야 할 일이라는 건가? 이거 슬슬 몸이 근질거리는데. 잠복근무 같은 걸 한다는 거잖아!

시로벨은 살짝 흥분한 기색을 숨기며 마차에 몸을 실었다.

시로벨을 실은 마차가 서서히 움직이기 시작했다. 성문 앞에 닿았을 때, 열린 창문 너머로 바로 옆의 마차에 타고 있던 세네티아 황녀가 인사를 건넸다.

평소와는 다르게 긴 은발을 옆으로 늘어뜨린 그녀는 무척이나 우아해 보였다.

"이번엔 시로벨과 함께 데르타르를 지낼 수 있어서 얼마나 기쁜지 모른답니다."

"저 역시 영광입니다, 황녀 전하."

"메모리 비전하께선 아마도 먼저 가 계실 거예요. 황궁 밖의 거처가 그 근처거든요."

"그럼 서두를까요?"

평소엔 굳건하게 닫혀 있던 성문이 열리기 시작했다. 수십 대의 마차들이 황궁 밖으로 줄지어 나섰다. 시로벨은 밖을 바라보며 새삼 자신이 처음으로 황궁 밖 나들이를 하는 것을 자각하게 되었다.

"오호! 이거 몸이 달아오르는데?"

물빛 눈동자가 서서히 위험스럽게 번뜩거렸다. 그 사실을 알지 못하는 그렉은 그저 시로벨이 탄 마차의 뒤를 바짝 호위하며 카헤시온의 명을 따를 뿐이었다.

마법을 이용해 세 시간 정도 바짝 달린 끝에 마차는 어느덧 마티디안 제국의 최대 곡창지인 모르에 도착했다. 이미 데르타르 준비를 마친 농부들과 아녀자들이 황족과 귀족들의 등장에 고개를 숙이며 예를 갖췄다.

시로벨은 그렉의 도움을 받으며 마차에서 내려서는 쨍하게 쏟아지는 햇살을 받아들였다.

"으윽, 몸이 찌뿌듯하네."

"장시간 마차를 타시면 더 힘드시겠습니다. 그런 점은 전하와 비슷하시군요."

"카헤시온 황자 전하 말인가요?"

"예, 그분도 마차에 오래 계시는 걸 싫어하시죠."

"그래요? 의외네요."

시로벨은 저 멀리서 손을 흔들고 있는 메모리를 발견하고 그리로 향했다. 그리고 함께 신전으로 들어가 그곳에 모인 백합원의 귀부인들에게 인사를 받은 후에야 의식 준비를 할 수 있었다.

이번 의식은 백합원의 임시 장을 맡고 있는 세네티아의 주도 아래 이루어지며, 첫 기도문은 벨런 백작 부인이, 마지막 기도문은 에스너 자작 부인이 읊도록 지난 회의에서 결정되었다.

모르에 위치한 신전은 사방의 벽이 유리로 되어 있어 곡창지의 풍경을 볼 수 있었다. 게다가 탁 트인 천장으로 쏟아지는 햇살이 참 고왔다. 불어오는 바람을 타고 풀 냄새와 흙냄새가 느껴지는 이곳에서 벨런 백작 부인은 태양의 여신과 대지의 여신께 기도를 올렸다.

농부들과 아녀자들도 올해의 풍년에 감사하며, 내년에도 잘 보살펴 주십사 하는 간절한 마음을 담은 표정으로 정성껏 기도를 올렸다. 그들을 지켜보며 시로벨은 새삼 보이지도 않는 신에 대한 위대함을 느꼈다.

그나저나 자신도 그 신 같은 걸 찾아야 하는데. 바로 저승사자! 그리고 보면 신도 다 그렇게 대단하고 위대한 건 아닌 것 같아. 이런 엄청난 실수를 저지르고도 모른 척하고 있잖아? 아니면 정말 모르고 있는 건가?

드디어 데르타르의 마지막 순서가 되었다. 에스너 자작 부인이 기품 있는 목소리로 기도문을 읊어가기 시작했다.

"……이들의 고귀한 땀을 받으시옵고, 이 땅에 더욱 풍요의 젖줄을 내려주소서."

그렇게 그녀가 기도문을 끝맺자, 여기저기서 고개를 숙이며 마지막 의식을 마쳤다. 그 후로는 과수원과 농경지를 둘러보고 모르 옆에 있는 시장을 돌아보는 일정까지 끝마쳤다. 얼른 모든 일이 끝나기만을 기다렸던 시로벨은 드디어 쾌재를 불렀다. 그럼 이제 자유 시간이겠지? 어디부터 가보지? 아니면 그렉 경 특별 임무나 따라다녀 볼까?

"일단 시장에서 빠져나가시죠. 사람들이 몰리고 있습니다."

"그래요."

그렉이 시로벨에게 다가와 나지막이 속삭였고, 그녀는 고개를 끄덕였다. 그렉은 다른 기사들에게 백성들이 다치지 않도록 퇴로를 확보하라고 명령을 내렸다. 그렇게 기사들이 잠시 흩어진 순간, 마치 기다렸다는 듯이 급작스럽게 사람들이 붐비기 시작하더니 사람들 사이에 그대로 끼어버렸다. 그녀는 난감한 표정으로 그 틈에서 빠져나가려고 했지만, 이놈의 드레스 때문에 움직임이 쉽지가 않았다. 결국 드레스 자락에 휘청였고, 가장 가까이에 있던 그렉이 아차하며 손을 뻗으려 했지만 거리가 차츰 멀어져 갔다. 시로벨은 저도 모르게 다른 이를 붙잡았다. 놀랄 만도 하건만 붙잡힌 이는 자연스럽게 그녀를 부축했다.

"괜찮으십니까?"

굉장한 미성에 시로벨은 얼른 고개를 들었다. 저를 붙잡아준 사람은 목소리만큼이나 굉장히 곱상하게 생긴 남자였다.

"괜찮아요. 고마워요."

남자는 시로벨의 손을 놓아주고는 어느새 사람들 사이를 헤치고 그렉이 다가오자 살며시 뒤로 빠져 사라졌다.

그렉은 그새 얼굴이 하얗게 질려서는 그녀에게 고개를 숙였다.

"송구합니다. 옆에 붙어 있었어야 했는데."

"괜찮아요. 어디 다친 것도 아니고. 그나저나 그렉 경, 황자 전하께서 맡기신 특별 임무가 뭐예요? 응?"

"그건 비밀입니다, 비전하."

"에이, 그러지 말고. 네?"

그렉 경의 손을 잡고 마차에 오르려는 찰나, 시로벨은 어쩐지 손가락 사이가 굉장히 허전하다고 생각했다. 불길한 느낌에 시로벨은 끼긱 소리가 날 것 같은 동작으로 고개를 아래로 내렸다.

"비전하?"

"……망할."

"비전하?"

시로벨은 그렉의 앞이라는 것도 잊고 그만 욕설을 입에 담았다.

"반지, 반지가 없어졌어. 젠장!"

소중하게 다루다가 돌려주겠다고 한 이사벨라 황후의 반지가, 손가락에 얌전히 있어야 할 그 반지가 없어지고 말았다!

"비전하, 반지라니요. 귀중한 것입니까? 기사들을 풀까요?"

시로벨의 심상치 않은 표정에 그렉이 크게 놀라 물었다. 그녀는 이내 굳어진 표정을 억지로 풀고서 입꼬리를 무겁게 올렸다.

"아니에요, 그렉 경은 신경 쓰지 말아요. 나 잠시 마차에 있어도 되죠?"

그러곤 그렉이 뭐라고 말하기도 전에 마차에 올라타서는 절망에 허덕이며 머리카락을 마구 헝클였다.

"악! 못살아! 도대체 어디다가 흘린 거야! 젠장! 그렇다고 이렇게 사람들이 많은데 기사들을 죄다 풀 수도 없고. 자칫 잘못해서 누구 하나 다치기라도 하면 안 되잖아! 그리고 그렉 경도 바빠 보이는데 이건 완전 민폐야!"

여기서도 그녀의 직업의식이 드러났다. 안 그래도 인파로 북적이는데 반지 하나 찾자고 기사들을 풀게 되면 분명 혼란스러워질 테고, 그 틈에서 다치는 사람이 나올지도 모른다. 일단 찾더라도 조용히 혼자 찾아야 한다, 반드시!

"찾아야 해. 보통 반지도 아니고, 어머니 유품인데……."

그 카헤시온이 여태껏 고이 간직하고 있던 것이다. 만약 그것을 잃어버렸다고 하면 그가 어떻게 나올지 생각만으로도 두려워졌다.

"대체 어디서 흘린 거지? 손가락에서 빠질 정도로 헐렁거리지도 않았는데…… 잠깐."

순간 시로벨은 방금 전의 기억을 떠올렸다. 사람들 틈에서 넘어지려는 찰나 저를 도와준 남자. 그가 분명 제 손을 잡았었다.

그래. 그 남자. 이거 감이 좀 온다.

"뭐야. 소매치기였단 말이지. 하, 이 자식 봐라. 개념을 아주 죽쒀 드셨구만."

아주 잠깐이긴 했지만 시로벨은 그의 인상착의를 다 기억했다. 특히 그 반반한 얼굴은 잊으려야 잊을 수가 없을 것 같았다.

넌 이제 잡히면 죽었어!

"그런데 여기서 어떻게 몰래 나가지? 바쁜 기사들까지 끌어들일 필요 없이 내가 딱 잡으면 되는데."

시로벨은 창문의 커튼을 걷고 주변을 살폈다. 하지만 마차의 앞과 뒤를 그렉 경과 호위병들이 빽빽하게 둘러싸고 있어 몰래 마차를 빠져나가는 것은 무리였다.

"갑자기 펑 하고 사라지지 않는 한 무리인데……."

하지만 그런 방법이 어디 있냐고! 내가 마법사도 아니고! 그러고 보니 제라드가 마법사라고 들었는데. 그럼 순간 이동 같은 것도 할 수 있지 않나? 영화 같은 거 보면 다 하던데. 이럴 줄 알았으면 그런 거나 좀 배워볼걸!

"으윽! 신이시여, 제발 저를 버리지 마시고 부디 도와주소서!"

시로벨은 저도 모르게 신을 외치며 간절하게 빌었다.

「여기서 나가고 싶다고? 내보내 주면 되는 거야? 그럼 날 알아봐 줄 거야?」

순간, 머릿속으로 울려 퍼지는 청아한 목소리에 시로벨은 고개를 번쩍 들었다. 어쩐지 낯설지 않은 목소리에 미간을 좁혔다. 어린 꼬마처럼 떼쓰는 듯한 이 목소리는 분명 어디선가 들은 적이 있는데 기억이 나질 않았다.

"……꿈에서 들은 것 같은데?"

「아직도 꿈 타령! 일단 내보내 주면 나 알아봐 주는 거다! 약속했어!」

내가 언제 약속했다는 거야? 그나저나 대체 이게 뭐야. 내가 미쳤나? 정신이 나가서 헛소리까지 들리는 건가?

그때였다. 갑자기 온몸이 차가운 무언가로 붕 뜨는 느낌이 드는가 싶더니, 귓가로 물줄기 소리가 스치면서 정신을 차렸을 땐 이미 마차보다 훨씬 높은 곳에 떠 있는 자신의 모습을 볼 수 있었다.

"뭐, 뭐야. 이게 뭐야!"

이 느낌. 이 경험. 저승사자! 그래, 분명 저승사자가 나타났을 때 이런 경험을 한 것 같아. 그럼 저승사자의 목소리인가? 하지만 이런 목소리는 아니었는데. 분명 듣기 좋은 성인 남자 목소리였는데!

하지만 그게 중요한 게 아니다. 만약 저승사자라면 날 다시 돌려보내 줘야지. 한국으로, 서울로, 한소휘로!

"이봐, 저승사자!"

하지만 더 이상 그 어떤 목소리도 들리지 않았다. 아무리 주위를 둘러봐도 보이는 것은 그저 하늘뿐.

결국, 그녀는 어느덧 마차에서 멀리 떨어진 숲 속에 안전하게 착지할 수 있었다. 워낙 별의별 경험을 다해봐서 그런지 이런 건 이제 놀랍지도 않았다.

시로벨은 주위를 살피며 저승사자를 찾았다. 하지만 마치 눈 뜨고 꿈이라도 꾼 것처럼 머릿속에 울리던 목소리는 깨끗이 사라진 상태였다.

"하아, 미치겠네."

그래, 일단 반지를 찾자. 반지부터 찾고, 그 망할 저승사자를 다시 찾아보자고!

"젠장, 근데 대체 여기가 어디야?"

어떻게 된 건지는 모르겠지만 어쨌든 마차를 벗어나긴 했으니 시로벨은 반지부터 찾기로 했다. 하지만 대체 여기가 어딘지를 모르겠으니 낭패였다. 다시 아까 그곳으로 돌아가야 반지를 찾든 아니면 그 소매치기 놈을 찾든 할 텐데 말이다.

주위를 두리번거리다 보니 숲길 저 너머로 대저택이 보였다. 규모를 보아하니 상당히 영향력 있는 귀족가임이 틀림없었다.

시로벨은 저택을 향해 걸음을 옮겼다. 그러다 혹시나 자신을 알아보면 어쩌나 하는 걱정이 들었다. 얼굴을 숨겨야 하나 고민하는 중 어느새 저택에 가까워졌다. 그때, 갑자기 저택의 정문이 열리면서 사병들이 우르르 쏟아져 나왔다. 굉장히 다급해 보이는 모습에 시로벨은 숨어야 한다는 사실도 잊고 그들을 지켜보았다.

"넌 이쪽, 넌 저쪽, 그리고 너는 지금 이 사실을 황실에 전하고 황실 기사에게 도움을 요청해라. 나머지는 샅샅이 흩어져! 멀리 가지 못했을 것이다. 반드시 찾아야 한다. 절대로 가문의 티아라를 그놈들에게 빼앗겨서는 안 돼!"

"예!"

기사의 지시에 사병들의 기합 소리를 내며 곳곳으로 흩어졌다. 홀로 남은 기사단장은 어두워진 낯빛으로 조금 전 일어난 엄청난 일을 떠올렸다. 바로 블랙캣의 도둑이 공작부인의 티아라를 훔쳐 간 것이었다.

이는 굉장히 심각한 사항이었다. 다른 가문도 아니고, 마티디안 제1공작가라 불리는 발렌타인 가문을. 그것도 놈이 훔쳐간 것은 대대로 공작부인에서 공작부인으로 내려오는 가문의 보물인 티아라였다.

감히 하찮은 도둑 길드 따위가 공작가를 능멸한 것에 기사단장은 이를 부득부득 갈며 반드시 되찾을 것이라 다짐했다.

멀리서 이를 지켜보던 시로벨은 결국 호기심을 억누르고 고개를 돌렸다. 지금 저들이 중요한 것이 아니었다. 내 코가 석자인데 지금 누굴······. 그렉 경이 알아차리기 전에 빨리 반지를 찾아 돌아가야 하는데 이걸 대체 어디 가서 찾을지 앞이 캄캄했다.

그때, 갑자기 하늘에서 시커먼 옷을 입은 사람이 뚝 떨어졌다.

하늘에서 떨어진 그자와 시로벨의 눈이 딱 마주쳤다. 시로벨은 너무나 황당한 상황에 놀라지도 못했다. 그는 시커먼 고양이 가면을 쓰고 있어서 얼굴이 보이지는 않았다. 그런데 그자의 머리 위에 지금 차림새와 절대 어울리지 않는 왕관이 씌워져 있었다.

'뭐지? 왠지 저 도둑 같은 느낌은. 촉이 제대로 오는데······.'

형사로서의 필이 저놈이 결코 평범한 놈은 아니라 강하게 주장하고 있었다. 고양이 가면을 쓴 자는 날렵하게 그녀의 옆을 스쳐 지나갔다. 하지만 그렇게 뛰어가는 자의 손가락에서 그녀는 어마어마한 것을 발견하고 말았다.

"반지. 내 반지!"

전혀 엉뚱한 곳에서 전혀 엉뚱하게도 반지를 발견한 시로벨은 깜짝 놀라 소리를 질렀다.

"거기 서! 감히 이 한소휘의 물건을 훔쳐? 아주 간이 배 밖으로 튀어나왔구나! 전직 미친개의 힘을 보여주지!"

시로벨은 거추장스러운 드레스를 과감히 찢어내고 도둑을 쫓아 미친 듯이 달리기 시작했다. 솔직히 놈이 손가락에 끼고 있던 작은 반지를 알아챈 것은 정말 천운이었다. 저 왕관도 분명 훔친 물건인 게 분명했다. 대한민국의 자랑스러운 형사로서 눈앞에서 도둑놈을 놓칠 수는 없지. 시로벨은 반드시 반지를 되찾겠다는 일념으로 다리에 더욱 힘을 주었다.

❧　　❧　　❧

빛의 황궁 앞, 카헤시온은 냉기를 풀풀 풍기고 있었고 그런 그의 앞에는 그렉의 전갈을 가져온 기사가 무릎을 꿇고 고개를 숙이고 있었다. 분위기는 살벌하기 짝이 없었다. 카헤시온의 뒤에서 제라드는 안절부절못하며 전전긍긍했다.

"죽여주십시오, 전하! 비전하를 제대로 보필하지 못한 저희들의 잘못입니다!"

시로벨 황자비가 마차에서 사라졌다. 그 주변을 수색했지만 찾을 수 없었고, 그렉은 혹여 황족을 노리는 자의 소행일지도 모른다는 생각에 세네티아 황녀를 먼저 황궁으로 보내며, 다른 기사에게 전갈을 남긴 것이다. 황자비의 실종에 그들은 모두 당황하였지만 소식을 듣고 나온 카헤시온은 그 누구보다도 차분하게 상황을 살폈다.

"전하!"

"일어서라."

"하오나!"

"두 번 말하지 않겠다."

기사는 어쩔 수 없이 자리에서 일어섰고, 카헤시온은 그대로 몸을 돌려 기사들에게 명령했다.

"황궁 밖을 수색한다. 황자비를 찾는 즉시 황궁으로 귀환하라."

그의 명령에 기사들은 병사들을 달고 달려나갔다. 그 사이 세네티아 황녀가 급하게 달려왔다. 앞이 보이지 않아 평소 거의 뛰지 않는 그녀인데 지금은 그런 것 따위 신경 쓰지도 않는 모습이었다.

"오, 오라버니……!"

"그러다 다치면 어쩌려고. 뛰지 말거라, 세네티아."

"그게 문제가 아닙니다. 방금 전, 발렌타인 가문에서 급히 사병이 도착했습니다."

카헤시온의 표정이 살짝 굳어졌다. 발렌타인 공작가는 황실과는 떼려야 뗄 수 없는 명망 높은 가문이었다. 대체 무슨 일이길래 사병까지 보냈다는 건지 짐작되는 바가 없었다.

"무슨 일이지?"

"발렌타인 공작부인의 티아라를 도둑맞았다고 합니다. 블랙캣의 짓이라고 합니다."

"……."

"어쩌면 비전하가 사라진 것도 블랙캣과 관련이 있을지도 모릅니다. 만약 그런 거라면, 비전하가 위험합니다."

세네티아의 초점 없는 은빛 눈동자가 걱정으로 미세하게 떨렸다. 하지만 그럼에도 불구하고 카헤시온은 냉정을 잃지 않고, 블랙캣의 짓일시도 모른나는 그녀의 밀에 초짐을 두있다.

안 그래도 그 도둑길드 때문에 귀족들의 불만이 말이 아니었다. 어찌나 실력이 좋은지 흔적을 남기지 않아 쫓는 것도 쉽지 않았고, 그들이 노리는 것은 오직 귀족들뿐이었는지라 백성들을 상대로 한 조사에도 별 소득이 없었다. 또한 블랙캣은 마티디안 제국에서만 활동하는 게 아니었는데 최근 그들의 총본부가 마티디안 제국 어딘가라는 정보를 입수하여 그에 관해 그렉에게 은밀하게 수사를 지시한 상태였다. 그러는 사이에 오늘 일이 터진 것이다.

"오라버니, 지금 당장 황제 폐하께 알리고 기사단을 더 풀어 비전하를 찾으셔야……."

"일을 너무 크게 벌여서 이 사실이 밖으로 새어 나간다면, 비의 목숨이 더 위험해질지도 모른다. 그러니 비의 수색은 아까의 인원으로 한정한다."

"하지만 그 정도로 해결이 될까요? 혹여나 비전하께서 그들에게 납치당하신 거라면……."

"……그리 호락호락하지는 않을 것이다."

"예?"

카헤시온은 더는 설명하지 않았다. 세네티아는 하는 수 없이 고개를 돌렸다. 그리고 그녀가 몇 발자국 옮기기도 전에 카헤시온이 곁으로 다가와 은밀하게 속삭였다.

"세네티아."

그의 목소리가 한층 낮아진 탓에 그녀는 자신을 따라오려는 시녀들을 물렸다. 목소리가 새어나가지 않을 것을 확인한 그는 그녀에게 물었다. 아니, 묻는 것이 아니라 확신을 확인받는 것이었다.

"카인 황자를 찾지 말라고 했다지? 그것은 네가 카인 황자를 찾았다는 소리로 들리는구나. 나에게 바로 말하지 않은 것은 뭔가 따로 조사하고 싶어 그런 것일 테고."

그의 말에 세네티아는 천천히 고개를 끄덕였다.

"카인 황자가 행방불명 되자마자 전 그분에 관한 모든 정보를 모았습니다. 은의 현자라는 이름 덕분인지 현자님들에게 많은 도움을 받을 수 있었고요. 덕분에 카인 황자의 행적을 찾을 수 있었지만, 몇 가지 의심 가는 점이 있었기에 오라버니께 미리 말씀드리지 못하고 저 혼자 무례하게 더 조사를 하였습니다."

"그래서 알아낸 점은?"

"카인 황자는 블랙캣의 총본부를 찾는 듯했습니다. 예상대로 총본부는 마티디안 제국에 있는 것 같습니다. 여기서 아직 의문인 것은 카인 황자가 왜 블랙캣의 뒤를 쫓는지인데……. 아무래도 블랙캣이 카인 황자의 물건을 훔친 것 같습니다. 그것을 찾기 위해 그들을 쫓고 있고요."

세네티아의 설명에 카헤시온은 서늘하게 가라앉았던 눈을 치떴다.

"그래. 확실히 황도에서 블랙캣이 날뛸 무렵, 사라지긴 했었지."

"오라버니."

"그 물건이 절대 외부에 밝혀져선 안 되는 모양이군. 황실에 알리지도 않고 직접 찾는 걸 보면."

일이 어떻게 돌아가고 있는지 대충 정리한 카헤시온은 제라드를 찾아 상황을 설명하고 명을 내렸다.

"황궁 밖으로 나갈 것이다. 내 뒤로 호위 기사는 필요 없다."

"예, 황자 전하."

명을 받은 제라드가 사라지고 카헤시온도 걸음을 옮기려는 때에 세네티아가 그의 옷자락을 붙잡고서 간곡히 청하였다.

"부디 시로벨 비전하를 찾으세요. 만약 납치당한 것이라면, 어떤 일을 당할지 모를 일입니다."

"만약 정말로 그들에게 납치당한 것이라면, 블랙캣의 뒤를 추격하는 중간에 만나게 되겠지."

"하지만!"

"아까도 말한 것처럼, 그리 호락호락하진 않을 것이다."

카헤시온이 사라지고 그 자리에 남은 세네티아는 자꾸만 그의 한마디가 귓가에 맴돌아 마음이 이상했다. 호락호락하지 않을 거라는 건, 아마 시로벨을 말하는 것이겠지? 그렇다면, 오라버니는 시로벨이 쉽게 당하지 않을 거라고 믿고 있다는 건가? 그 오라버니가……

"비전하를, 믿는다고……."

카헤시온은 세네티아와의 대화를 머릿속으로 다시 되새겼다.

블랙캣을 쫓는다면 어쩌면 카인 황자의 행방을 알아낼 수 있을지도 모른다.

블랙캣. 블랙캣이라……

"비전하께서 위험해지실지도 모릅니다!"

세네티아에게 말한 것처럼, 카헤시온은 시로벨이 정말로 납치되었다 하더라도 그녀라면 호락호락 당할 것 같다는 느낌이 들지 않았다. 막연한 믿음일까. 어쩌면 그녀 스스로 마차에서 빠져나간 것일 수도 있겠지만 어쩐지 그것은 아닐 것 같다는 느낌이 들었다.

"소중히 다룬 뒤에 돌려 드릴게요."

돌려준다고 했으니까. 그는 그녀의 말을 믿기로 했다. 그 약속을 지키기 위해 그녀가 위험에 빠진다면, 이번엔 자신이 가면 된다. 그녀가 빗속에서 그를 기다렸듯이, 이번엔 그가 그녀에게 갈 차례다.

시로벨은 온 힘을 다해 고양이 가면을 뒤쫓았다. 그러다 보니 어느새 주변은 인적 하나 없는 곳으로 변하였고, 그것을 알아챈 시로벨의 걸음이 조금씩 느려지기 시작했다. 그리고 그녀가 완전히 제자리에서 멈춰 섰을 때, 앞서 나가던 고양이가면 역시 멈춰 서는 뒤돌아선 채 시로벨을 바라보았다.

가면으로 인하여 얼굴을 보이지 않았지만, 매섭게 빛나는 눈동자만큼은 확인할 수 있었다. 시로벨은 놈의 손가락을 뚫어져라 응시했다.

"너, 날 인적이 드문 곳으로 유인한 거 맞지?"

"왜 자꾸 저를 따라오시는 거죠?"

시로벨은 순간 생각을 고쳤다. 처음에 부딪쳤을 땐 남자라고 생각했는데 이렇게 보니 남자가 아니라 여자인 것 같았다. 목소리도 그렇고 체격도 작고, 몸의 굴곡도 여리여리했다.

"진짜 뻔뻔하네. 네가 내 반지 훔쳐 갔잖아! 그럼 물건 훔쳐 간 놈을 알고도 모른 척 그냥 가져가세요, 하냐? 엉?"

"그렇다고 직접 저를 따라오신 겁니까? 시로벨 비전하께서는 참 겁도 없으신 모양입니다."

도둑의 입에서 너무나도 자연스럽게 이름이 나오자 시로벨은 살짝 흠칫하며 그녀를 노려보았다. 날 알고 있어?

"나를 알고 있나 보지?"

"워낙 얼굴 한 번 보기 힘든 분이시지만, 황족들은 모두 알아 둬야 하니까요."

"오호라. 황족들 얼굴에 이름까지 일일이 기억한단 말이지? 꽤나 거물인가 보네. 아무튼 그 반지나 곱게 돌려주지?"

"돌려달란다고 돌려주는 도둑이 어디 있습니까?"

말하는 투로 보나 행동하는 태도로 보나, 배포 하나만큼은 어마어마했다.

도둑 주제에 황족의 물건을 훔쳤으면서도 저리 뻔뻔스럽고 당당하다니. 시로벨은 뭘 믿고 저렇게 당당하게 나오는지 궁금해졌다. 저 가면 속에 가려진 얼굴도 궁금했다. 아니지, 저건 도둑이야. 알고 싶으면 뭘 어쩔 건데?

"더는 시간 끌지 말고 돌아가시지요. 그 곱디고운 얼굴에 상처 내고 싶지 않으시다면 말입니다."

"반지를 돌려주면 가지 말라 해도 갈 것이다."

물론 돌려준다고 곱게 가지는 않을 테지만.

"반지 하나에 이토록 목을 매시다니 이해할 수가 없군요. 아무리 귀해도 반지는 그저 반지일 뿐이고, 왕관은 그저 왕관일 뿐인데. 하긴 귀족이나 황족이나 저로서는 이해할 수 없는 이들이긴 하지요. 아무튼 저는 이미 경고했습니다. 한 발자국만 더 가까이 다가오신다면, 그 고운 얼굴에 제대로 칼자국을 내드리죠."

도둑이 살벌한 어투로 위협을 가했지만, 고작 저런 협박에 흔들릴 시로벨이 아니었다. 더 험악한 범죄자들에게서 다채로운 욕을 들으며 위협도 당해본 그녀에게 저 정도는 그냥 어린애 장난, 듣기 좋은 소리나 다름없었다. 하지만 이 여자의 몸에 티끌만큼이라도 상처가 나면 안 되기에 그녀는 선제공격을 하기로 결심했다.

시로벨은 품 안에서 예전에 랑쉬에게 빼앗다시피 한 단검을 꺼내 들었다. 장검은 들고 다닐 수 없으니까, 휴대용으로 아무 때고 연습하려고 한 건데. 이렇게 써먹을 줄이야.

그녀는 단검을 고양이가면을 향해 겨누었다. 그에 고양이가면의 눈동자 위로 흥미가 감돌았다. 검을 휘두르는 황자비라니 신기했다. 게다가 저를 쫓아오며 드레스 밑단까지도 모두 찢어버린 저 여인을 보고 누가 황자비라 할 수 있을까.

그때, 시로벨의 입술이 싸늘한 곡선을 이루었다.

"이 얼굴에 칼집 나는 순간, 네 손모가지는 없어질 줄 알아."

이것도 결코 황자비가 뱉을 수 있는 말은 아니었다. 하지만 이미 앞뒤 재지 않게 된 시로벨은 단검을 치켜들고서 고양이가면을 향해 달려들었다.

고양이가면은 그녀가 먼저 공격할 줄은 생각 못 했기에 방심했다가 반사적으로 두 개의 단검을 꺼내 들어 그것을 막았다. 챙! 쇳소리가 나기 무섭게 시로벨의 단검은 그녀의 뒤쪽을 향해 빠르게 치고 들어왔다. 그리 빠른 속도는 아니었지만 군더더기 없이 깔끔한 움직임에 고양이가면은 내심 놀랐다. 망설임이 없는, 사람을 공격하는 데 주저하지 않는 움직임은 이 사람이 정말 황자비가 맞는지 의심을 하게 만들었다.

시로벨은 생각보다 제 공격이 꽤 먹히는 것 같자 속으로 쾌재를 불렀다. 랑쉬와 카헤시온 황자가 가르쳐 준 것 중 하나가 바로 검을 들고 망설여서는 안 된다는 것이었다. 일단 검을 들었다면 베는 것을 두려워해서는 안 된다. 그러다간 오히려 상대의 검에 먹힐 것이다. 검을 든 이상 죽기 직전까지 가겠다는 각오가 있어야 한다는 것이다.

시로벨 같은 경우는 아직 몸이 만들어지지 않았기 때문에 장기전으로 가면 불리했다. 그러니 초반 체력이 있을 때 스피드를 이용해 상대의 틈으로 파고드는 것이 관건이었다. 그리고 그러기 위해서는 장검보다는 이런 단검이 좋았다. 아마도 블루문을 들고 있었다면 이렇게 움직이기는 힘들었을 터였다.

'아니면 내가 실전에 강한 걸지도.'

하지만 그런 생각을 하자마자 상황 판단을 마친 고양이가면이 움직이기 시작했다. 좀 전과는 비교도 할 수 없을 정도의 빠른 몸놀림에 이제는 시로벨은 속수무책으로 당하며 뒤로 밀려났다.

필사적으로 단검을 휘두르며 시로벨은 입술을 깨물었다. 역시 실력자 앞에선 버거웠다. 하지만 그렇다고 이대로 당하지만은 않겠어!

시로벨은 검도의 기술을 슬쩍 응용하면서 악착같이 반격했다. 처음 보는 기술에 넘어갈 만도 하건만 고양이가면은 절대 방심하지 않았다. 결국, 먼저 숨이 차기 시작한 건 역시 체력이라는 한계가 있는 시로벨이었다. 그런데 의외로 고양이가면은 뭔가에 쫓기는 것처럼 오히려 조급해져서는 입을 열었다.

"이쯤 해두시죠. 생각보다 훌륭하십니다만, 이대로 계속하다간 정말 비전하의 얼굴에 칼자국을 내고 말 겁니다."

"너, 기억력 몇 초냐? 내가 분명 말했지. 이 얼굴에 칼자국 생기면, 네 손모가지는 없을 거라고. 내가 실력이 조금 밀리긴 하지만, 그 손모가지의 동맥 정도는 벨 수 있어."

"하아, 정말 끈질기군요."

"왠지 조급한 것 같네? 그러니까 지금이라도 내 반지 내놔! 네가 함부로 할 수 있는 그런 물건이 아니야!"

황자비를 나타내는 물건이자, 이사벨라 황후의 유품이자 카헤시온이 간직하던 어머니의 반지. 그가 어떤 심정으로 그걸 가지고 있었고, 또 그걸 어떤 심정으로 자신에게 주었는지 모르지만, 그걸 절대 제 손으로 잃어버릴 수는 없었다.

"하아. 좋습니다. 반지, 드리지요."

고양이가면은 반지를 손가락에서 빼내고선 그녀의 앞에 보였다. 시로벨은 갑자기 너무 순순히 돌려주겠다 하는 것이 영 수상했지만, 그래도 이미 시간이 많이 늦었기에 그것을 받기 위해 가까이 다가갔다.

그 순간, 가면 너머의 눈빛이 번쩍이는가 싶더니 고양이가면이 시로벨의 목 뒤를 내려치려고 했다. 하지만 시로벨은 순식간에 몸을 옆으로 피했다. 그럼과 동시에 고양이가면의 손목을 잡으려고 했지만 상대방도 재빠르기는 마찬가지였다.

"내가 바보냐? 도둑이 하는 말을 믿게? 어디서 되도 않은 잔재주야. 진짜 이걸 확!"

백곰 자식한테 한 번 속아 크게 당한 걸로 족했다. 누가 두 번이나 당할까 봐!

"젠장."

고양이가면은 짜증이 묻어나는 목소리로 입술을 깨물더니 이내 품에서 공 같은 걸 꺼내들었다. 불길한 예감에 시로벨은 움찔했다.

"야, 야!"

고양이가면은 공을 바닥으로 떨어뜨렸고, 펑 하는 소리와 함께 연기가 자욱하게 퍼지기 시작한다.

"저게 진짜! 아윽, 매워! 눈 아파!"

뿌연 연기 사이로 얼핏 고양이가면이 나무 위로 몸을 숨기는 모습이 보였다.

저 미친년! 지가 진짜 고양이인 줄 아나! 아오, 이거 연막탄 같은 건가? 눈 따가워!

"윽!"

"연기는 좀 있으면 사라질 겁니다. 얼굴이 좀 추해질 테지만 그래도 몸에는 이상 없을 테니 걱정 마세요. 전 바쁜 일이 있어서. 제발 부디, 황궁으로 돌아가시길 바랍니다."

고양이가면의 목소리가 들리는 쪽으로 시로벨은 고개를 돌렸지만 이미 연기가 주위에 가득 찬 터라 바로 앞도 보이지 않았다. 시로벨은 연신 콜록거리면서도 이를 부득부득 갈았다. 그러면서도 목소리가 어느 방향에서 들렸는지 확인하는 것을 잊지 않았다.

"넌 잡히면 죽었어! 죽어도 너는 안 놓친다! 아오! 매워!"

카헤시온은 블랙캣을 보았다는 사람들의 증언에 따라 말을 몰았다. 세네티아의 말처럼 블랙캣과 카인 황자가 관련되어 있다면, 그들을 잡아 심문하면 카인 황자의 행적을 쫓을 수 있을지도 모른다. 어쩌면 그의 잃어버린 물건의 정체까지도.

"시로벨 비전하를 구해야 해요, 오라버니. 어쩌면 블랙캣이 비전하를 납치했을지도 몰라요. 그렇게 되면, 정말 위험해져요!"

만약 그렇다면 대체 블랙캣은 왜 그녀를 납치한 것일까. 고작 아르반의 왕녀일 뿐, 그들에게 전혀 이득이 될 것이 없는데…….

'시로벨…….'

그때, 뒤에서 그를 따르던 제라드가 카헤시온의 옆으로 말을 옮기며 다급하게 입을 열었다.

"마나의 파동이 느껴집니다. 흑마법인 듯싶습니다."

"흑마법이라면…… 카인 황자의 측근 중에도 흑마법사가 한 명

있지 않던가?"

카헤시온은 카인 황자의 뒤를 지키던 누군가를 떠올렸다. 항상 검은 로브를 입고 다니던, 꽤 꺼림칙하던 인물이었다.

"그자인지 확실하지는 않습니다. 하지만 아니라고 단정 지을 수도 없지요. 마티디안 제국이 흑마법사들에게 다소 관대하다고 하더라도, 그들은 보통 밖으로 나서는 것을 꺼리니까요. 그런데 이렇게 대놓고 기운이 느껴진다는 것은……."

어쩌면 카인 황자가 지금 마티디안, 그것도 황도에 있을지도 모른다.

"어느 쪽이지?"

"북서 방향입니다."

그는 제라드의 말에 고개를 끄덕이고서는 급하게 말머리를 돌려 북서 방향으로 달려가기 시작했다.

시로벨은 기침을 유발하던 연기를 뚫고 사라진 고양이가면의 목소리가 들렸던 방향으로 끈질긴 추적을 이어갔다. 그 결과, 텅빈 공터에서 다시 그녀를 발견할 수 있었다. 그래, 네가 도망가 봤자지!

"어이!"

극도의 경계 상태를 유지하던 고양이가면은 시로벨의 목소리에 이젠 진절머리가 난다는 표정을 지으며 짜증스럽게 외쳤다.

"대체 언제까지 제 뒤를 따라다닐 겁니까! 황자비가 그렇게 할 일이 없습니까?"

"원래 황자비라는 직책이 그렇게 할 일이 많은 건 아니야. 그래서 나도 좀이 쑤시긴 하지. 그래도 황자비라고 꼬박꼬박 존댓말하 네?"

"하아, 제발 좀 가세요! 여긴 위험합니다!"

고양이가면은 연신 주변을 살피며 불안한 기색을 보였지만, 그 걸 알 리 없는 시로벨은 그녀를 향해 성큼성큼 다가왔다.

"나도 좋아서 쫓아다니는 거 아니야. 반지 내놔. 그거 내놓으면 알아서 내 갈 길 갈 거니까!"

그 순간, 고양이가면이 움찔하더니 갑자기 시로벨을 뒤로 확 밀쳐 버렸다. 그리고 간발의 차이로 시로벨이 서 있던 자리에 검 붉은 불길이 치솟아 올랐다. 뒤로 넘어진 시로벨은 갑자기 허공에 서 치솟은 불길을 황당한 시선으로 바라보았다.

"대, 대체 저게 뭐야."

"드디어 나타나셨군."

고양이가면은 기다리고 있었다는 듯 놀라지도 않았다. 허공에 서 타오르던 불길은 마치 자아를 가진 것처럼 방향을 틀어 그녀 들을 향해 돌진해 왔고, 고양이가면은 단검 두 개를 향해 주문을 속삭이더니 불길을 막아내며 시로벨을 향해 외쳤다.

"그저 그런 황자비가 아니라는 건 아까 전에 확실히 알았으니 알아서 피해요! 고운 얼굴에 칼집 아니라 화상 자국 내고 싶지 않 으면."

"저게 대체 뭐야?"

"그러니까 왜 따라왔습니까? 하필이면 이 중요한 순간에."

움직임이 가벼운 고양이가면과 달리 시로벨은 아까 전의 칼부 림으로 체력이 떨어져 그만큼 쉽게 움직일 수 있는 상태가 아니었다. 정신력으로 악착같이 버티고는 있지만 점점 불길은 거세졌고, 도망갈 구석은 없었다.

'제길! 반지 하나 때문에 목숨 끝장나겠네. 내 몸도 아닌데 화상 자국이라도 생기면 끝인데! 그나저나 여기서 이 몸이 죽으면, 나도 같이 죽는 건가? 그럼 그 저승사자 만나는 거야?'

불길이 순식간에 시로벨의 주변을 에워쌌고 미처 피하지 못한 시로벨은 그 안에 갇혀 버렸다. 뜨거운 열기가 얇은 피부를 사정없이 할퀴기 시작했다. 불길 너머로 고양이가면이 목소리기 들리는 것 같기도 했지만 알아들을 수가 없었다.

시로벨은 호흡을 멈추었다. 이 뜨거운 열기를 계속 마시다간 폐가 녹아내릴 것 같았다.

불길은 점점 좁아지고 있었다. 시로벨은 그 자리에 주저앉아 최대한 불길에서 떨어지려 했으나 이 위기에서 벗어날 방도가 생각나질 않았다.

'저승사자한테 빌어볼까? 혹시 또 구해줄지도…….'

이상한 세계에 떨어졌더니 생각도 이상한 쪽으로만 흐른다. 하지만 딱히 방법도 없고, 원래 사람이 극한 상황에 몰리면 신을 찾는다고 하잖아! 밑져야 본전이지. 그러니까!

"아까 마차에서 도와준 것처럼 한 번 더 구해달라고, 이 망할 저승사자야! 솔직히 말해서 이렇게 된 근본적은 원인은 당신이잖아!"

부탁이 아닌 명령, 그것도 원망하듯 내뱉은 목소리에 정말로 누가 반응하기라도 한 것인지 순간, 주위가 차가워지는 것 같았다. 그리고 머릿속으로 아까 그 목소리가 다시금 울렸다. 이번엔 좀 더 뚜렷했다.

그리고 시로벨은 깨달았다. 이건 저승사자의 목소리가 아니다. 어린아이의 목소리다. 그럼 대체 누구야? 귀신에라도 홀린 건가?

「너, 그때 꺼내준다면서 왜 자꾸 약속을 어겨! 감히 하찮은 인간 주제에!」

"하, 뭐야. 저승사자가 아니면, 정말 귀신에 홀리기라도 한 건가?"

「귀신이라니! 무슨 헛소리야! 아무튼 이번엔 진짜로 약속 지켜. 이번에도 무시하면 절대 가만 안 둘 테니까!」

험한 데다 캉캉거리는 것 같은 말투였다. 동시에 주변을 둘러싸고 있던 불길이 한순간에 기세를 잃고 작아졌다. 그때를 놓치지 않고 고양이가면이 손을 뻗어 그녀를 밖으로 끄집어냈다.

"괜찮습니까?"

"좀 뜨거웠던 걸 빼면……."

"그러게 오지 말라고 했잖습니까! 당신은 황자비니까, 이대로 도망가서 구조 요청을 하면, 으윽!"

"이봐!"

어디서 날아왔는지 모를 불화살 하나가 고양이가면의 등을 깊이 파고들었다.

신음 소리를 내면서도 어떻게든 버티려던 그녀가 결국 시로벨에게로 쓰러지면서 헐떡이는 목소리로 속삭였다.

"당, 장, 피해요……. 저들이 노리는 건 나니까……. 당신은 황자비니까, 함부로 공격하지 못할, 거예요. 그자가 완전히 미치지 않은 이상, 그것도 제3황자의 아내를……. 하아. 하아. 그러니까,

빨리. 흐윽!"

그것은 보통 불화살이 아니었던 모양이었다. 목표물을 맞춘 불길은 빠르게 사그라졌지만 고양이가면은 마치 독에라도 당한 것처럼 숨을 헐떡이며 말을 잇지 못했다. 이대로 두면 반드시 죽을 것이 분명했다.

아무리 도둑이라지만 그렇다고 그의 목숨까지 하찮은 것은 아니다. 도둑에게도 재판받을 권리가 있고, 조사를 받고 그에 마땅한 벌을 주어야만 한다, 이런 식으로 입도 뻥긋하기 못한 채 이 자리에서 죽을 만큼 무거운 죄를 짓지는 않았다. 게다가 자신을 구하기 위해 용을 쓰는 모습에서 행실이 나쁜 도둑은 아닌 것 같았다. 시로벨은 그녀를 구하기로 마음먹었다.

시로벨은 혹여나 출혈이 심해질까 봐 화살을 뽑지는 못하고 남아 있는 드레스 밑단을 과감히 찢어 상처 주변을 화살과 함께 움직이지 못하도록 꽉 묶었다. 그리고 호흡곤란이 올 것 같아 가면을 벗겨냈다. 그러자 역시나 예상한 것처럼 낯선 여인이 눈도 뜨지 못한 채 가는 호흡을 내쉬고 있었다.

시로벨은 여자를 평평한 곳에 엎드린 상태로 데려다 놓았다. 여자의 상태를 살피는 시로벨의 표정이 점점 싸늘해졌다. 차가운 물빛 눈동자는 더욱 서늘하게 가라앉았고 곱게 틀어 올렸던 머리카락도 이미 다 헝클어져 엉망으로 흘러내려 바람에 흩날렸다.

시로벨은 한 손에 단검을 들고서 여자의 앞에 섰다. 여전히 불길은 금방이라도 두 사람을 집어삼킬 듯이 뜨거웠고, 언제 어디서 다시 화살이 날아올지 몰랐지만, 그녀의 표정에 서린 것은 두려움이 아닌 날 선 분노였다.

시로벨은 입꼬리를 틀어 올리며 허공을 향해 외쳤다.

"나와, 이 자식아! 비겁하게 숨어 있지 말고! 할 말이 있으면 나와서 제대로 하란 말이야! 여자 둘을 상대로 쪽팔리지도 않냐!"

그 말에 반응이라도 한 것처럼 한 남자가 모습을 드러냈다. 불길 너머에 서 있었기 때문에 얼굴은 보이지 않았지만 그가 등장했다는 것만으로도 어쩐지 등줄기 위로 소름이 돋아났다. 그때, 남자의 목소리가 낮고 강하게 시로벨을 움켜쥐었다.

"블랙캣. 너희들의 마스터를 데려와라. 이렇게 어설프게 나를 끌어내려 하지 말고."

마스터? 끌어냈다고? 그럼 저 남자를 끌어들이려고 일부러 이런 도둑질을 했단 말이야? 그래서 그렇게 위험하다고 난리를 친 건가?

하지만 이미 정신을 놓아버린 여자가 대답을 해줄 리가 없었다.

"이 여자는 기절했는데?"

"그럼, 죽일 수밖에."

"자, 잠깐! 이 여자가 완전히 죽은 것도 아니고 기절한 건데, 조금만 기다렸다가 대화하면 되지 무슨 죽일 것까지야. 이거 살인이야, 당신. 그것도 내가 보는 앞에서 죽이는 거라고! 이건 빼도 박도 못 해!"

하지만 처음부터 대화 따윈 할 생각도 없었다는 듯 불길이 더 거세게 치솟았다. 역시, 이 불길은 저 남자가 조종하는 모양이었다. 제라드처럼 마법사? 저런 초자연적인 힘을 내가 무슨 수로 이겨? 시로벨은 꽥 소리를 지르고 싶은 것을 겨우 참았다.

"그래도 버틸 수는 있겠지. 이렇게 불이 나는데. 연기를 보고 누구 한 명 안 오겠어!"

시로벨은 순순히 물러나지는 않겠다고 다짐하며 유일한 무기인 단검을 치켜들었다. 바로 그 순간이었다.

"엎드려!"

낯익은 목소리가 끼어들었고, 시로벨은 순간 설마 하면서도 그 말에 따라 고개를 숙였다. 그러자 허공을 가르는 서늘한 소리와 더불어 치솟던 불길이 그대로 사라져 버렸다.

시로벨은 천천히 고개를 들곤 '헉' 하고 짧게 숨을 삼켰다. 그녀의 앞으로 거대한 그림자가 서렸다. 검은 칼날 아래 너무나도 쉽게 불길을 잠재우며 서 있는 남자는 바로 카헤시온이었다. 그와 눈이 마주치고, 시로벨은 천천히 입을 열었다.

"카헤시온……."

시로벨의 시선과 카헤시온의 시선이 부딪쳤다. 강렬하게 휘감는 그의 눈빛. 마치 무언가를 말하고 싶어 하는 것처럼. 그래서 시로벨은 자신도 모르게 그의 이름을 한 번 더 부르려고 했지만, '쾅' 하는 폭발음이 터지면서 카헤시온은 고개를 돌렸다. 그는 자신의 흑검을 고쳐 잡고 짧게 속삭였다.

"다친 데는?"

"네? 아, 없습니다."

"아주 잠깐 길을 낼 것이니, 그 길로 곧장 달아나. 제라드가 기다리고 있을 것이다."

"그럼 전하는!"

하지만 그는 그녀의 말을 끝까지 듣지 않고 폭발음이 들리는 곳으로 달려갔다. 아마도 그 기분 나쁜 남자를 쫓아가려는 듯했다.

시로벨은 잠시 멍하니 그의 뒷모습을 쫓다가 이내 여전히 의식이 없는 여자를 바라보았다. 카헤시온이 그자의 뒤를 쫓았으니, 더는 이 여자를 노리진 않을 거란 생각이 들었다. 숨도 안정적으로 바뀌었고. 죽진 않을 거야. 게다가 제라드가 기다리고 있다고 했으니 내가 안 나타나면 여기까지 와서 이 여자를 발견할 거야. 그럼 제라드가 알아서 하겠지.

시로벨은 여자의 손에서 반지를 되찾은 다음, 단검을 고쳐 잡고 카헤시온이 사라진 방향으로 뛰어갔다. 어쩐지 그를 혼자 보내고 싶지 않았다. 어쩐지 조금,

'신경 쓰이는 것도 있고!'

시로벨은 카헤시온을 놓치지 않기 위해 필사적으로 달렸다. 하지만 이미 체력이 바닥난 상태라 조금 뛰었는데도 숨이 턱까지 차오르고 심장이 터질 것 같았다. 어느새 날도 많이 어두워져 주변은 노을에 젖어 사방으로 시뻘겋게 삼켜지는 듯 섬뜩함이 흘렀다. 멀리서 카헤시온의 머리카락이 흔들리는 바람결에 더욱 짙은 어둠을 머금고서 빛나고 있었다.

여기에서도 느껴지는 그의 시리고 차가운 기운. 그리고 그 맞은편엔 검은 로브를 휘감은 정체를 알 수 없는 남자가 그를 마주 본 채 서 있었다.

저자에게서 느껴지는 기운 역시 보통이 아니었다. 저자가 처음 목소리를 내었을 때 느꼈던 그 소름 끼치면서 등골이 서늘했던 기분. 역시 예사로운 사람은 아닌 것 같았다.

'도대체 뭐지? 무슨 일이 일어나고 있는 거지?'

그 순간, 휘이잉! 바람 소리가 날카롭게 울리는가 싶더니 동시에 두 사람의 모습이 사라졌다. 보이는 거라곤 칼과 칼이 부딪치면서 생기는 불꽃과 날카로운 쇳소리뿐이었다.

둘은 굉장한 속도로 서로의 빈틈을 향해 칼을 휘두르고 있었다. 상대도 대단하지만 카헤시온도 굉장한 움직임이었다. 지금껏 그녀와 상대하던 때와는 차원이 달랐다. 지금이 진짜인 것이다. 그리고 어쩐지 그가 조금, 멀게 느껴졌다.

카헤시온은 마치 의도적으로 멈춘 것처럼 걸음을 멈춰 선 검은 로브의 사내를 바라보았다. 바람결에 느껴지는 굉장히 서늘한 기운. 순간, 그가 쥔 검에 힘이 들어가자마자 사내의 모습이 사라졌고, 기척이 느껴짐과 동시에 아래를 파고드는 검을 그는 잽싸게 막아들었다. 놀라운 움직임. 상대의 검에는 망설임이 없었다. 하지만 살기 역시 느껴지지 않았다. 자신을 죽일 의도는 없다는 것을 눈치챈 카헤시온은 그럼 대체 그가 뭘 목적으로 하는지 알 수가 없었다. 게다가 검을 마주할수록 이 비이상적인 움직임은 결코 수련으로 쌓은 것은 아니라는 걸 깨달았다. 그렇다면 역시 이자는…….

"재미있는 편법을 쓰는군."

"검으로는 카헤시온 전하를 이길 수 없을 테니 말입니다."

제라드가 느낀 흑마법의 주인공은 바로 이자일 것이다. 카헤시온은 가차 없이 검을 휘두르며 짧게 속삭였다.

"넌 카인 황자의 사람인가?"

"전 모르는 사람입니다."

순순히 말해줄 리 없다는 것을 알기에 그런 그의 대답에도 카헤시온은 실망하지 않았다. 왠지 모를 확신이 섰기에 그는 저자를 산 채로 잡아서 억지로라도 확인을 하기로 결심했다.

카헤시온은 검을 수직으로 굽히고서 안으로 파고들었다. 마법을 이용하는 자의 움직임을 따라잡기 위해 더욱 속도를 올려 단숨에 파고들었다. 하지만 너무 힘을 줘서 죽이면 안 된다. 반드시 산 채로 데려가야 하니까. 그러려면 더더욱 여기에 집중을 해야 하는데, 자꾸만 뒤쪽에서 느껴지는 시선이 그의 신경을 자극했다. 제라드에게 가라고 했더니 그 말은 듣지도 않고 어느새 쫓아온 그녀의 시선이 집요하게 자신을 쫓고 있다는 사실을 그는 느낄 수 있었다. 그리고 그러한 시선에 자꾸만 자신이 흔들리고 있다는 사실도.

'집중해라, 카헤시온.'

그는 검은 로브의 남자를 향해 검을 휘둘렀다. 순간 사내는 자신의 한쪽 팔을 그대로 검에 내어주고선 카헤시온을 붙잡았다. 검은 날을 타고 피가 흘러내렸다. 카헤시온은 남자와 시선을 마주했다. 웃고 있었다. 팔을 내주고 상처를 입었음에도 남자는 그저 웃고 있었다. 카헤시온은 검을 빼내려 했지만, 사내가 먼저 몸을 움직이며 속삭였다.

"곧, 다시 만날 것입니다, 카헤시온 황자 전하."

순식간에 남자가 서 있던 자리엔 검은 연기만이 허공에 날렸다. 바닥에 떨어진 핏자국만이 그 빈자리를 채우고 있을 뿐이었다.

결국, 놓쳐 버리고 말았다.

멀리서 그 모습을 지켜보던 시로벨은 상황이 종료된 것 같아 저도 모르게 안도의 한숨을 내쉬었다.

팔 하나를 내어주고 도망친 남자가 너무나 독해 보여 절로 혀를 내두르게 되었다. 도대체 이 나라엔 제 목숨 귀하다는 상식은 없는 거야? 아니면 목숨이 서너 개 되는 건가? 실없는 생각을 하고 있는 중에, 어느새 다가온 카헤시온의 싸늘한 시선이 그녀에게 향했다.

"도대체 왜 이리 무모하게 행동하는 것이지?"

"네?"

"그대를 찾느라 황궁이 발칵 뒤집어졌다. 세네티아가 얼마나 걱정하고 있는 줄 아는가? 도대체 그런 망측한 차림으로 무슨 짓을 벌이고 다니는 건가? 일에 휘말렸으면 황궁에 알릴 생각을 해야지 혼자서 뭘 어떻게 하겠다고 이렇게 나온 거지? 혹, 이제 검을 쓸 줄 안다고 누구 하나라도 제압할 수 있을 거라 착각한 건가?"

듣자듣자 하니 온통 잔소리라 시로벨은 그만 울컥했다. 물론, 내가 잘못한 것도 있는 건 사실이다. 세네티아 황녀가 걱정했다는 말에 조금 찔리기도 했다. 하지만 누구 때문에 이런 개고생을 한 건데! 이 반지만 아니었어도 혼자 나오려고 하지 않았을 거고, 도둑을 뒤쫓지도 않았을 거다. 그리고 지금은, 지금은…….

"분명 제라드에게 가 있으라고 했을 텐데 여기까진 왜 쫓아온 건가!"

반지도 되찾았으니 그의 뒤를 쫓을 이유가 없는 건 사실인지라 시로벨은 뭐라고 변명을 해야 하지 몰라 우물쭈물했다.

"그게……."

"……."

"조금, 걱정이 됐어요."

시로벨은 저도 몰랐던 진심을 내뱉었고, 그 말에 제가 더 깜짝 놀라 움찔했다.

카헤시온은 표정을 굳혔다. 걱정했다? 대체 누굴?

"그게 무슨……?"

"거, 걱정되는 게 사실이잖아요! 그 수상한 남자는 불을…… 그래요, 마법! 마법을 썼다고요. 하지만 전하는 검만 쓰잖아요. 그래서 다칠 것 같아서…… 물론 내가 보고 있다고 달라지는 건 없지만, 그래도 아무튼! 바로 연락을 하지 않은 건 미안해요. 반지를 도둑맞아서 그걸 찾으려고 한 거예요. 다친 곳은 없어요. 그리고 이 치마는, 어쩌다 보니……."

말이 자꾸만 횡설수설 튀어나왔다. 아오, 내가 지금 무슨 말을 하고 있는 거지? 정신 차려라, 한소휘!

카헤시온은 어쩔 줄 몰라 하는 그녀의 손가락에서 빛나는 반지를 응시하다가 한숨을 내쉬었다. 그리고 아랫단이 처참하게 찢어진 치마 사이로 훤히 드러난 다리를 굳은 눈으로 살피곤 입고 있던 윗옷을 벗어 그녀에게 건네주었다.

"그대가 이 나라의 황자비라는 사실을 잊지 마라. 그대 자신의 몸을 더욱 소중히 여겨야 해. 그리고."

"……."

"그대에게 걱정 받을 만큼 나는 약하지 않다."

이만 가자는 듯 카헤시온이 몸을 돌렸고, 시로벨은 그가 준 옷으로 다리를 가리면서 민망함에 한숨을 내쉬었다.

한소휘. 대체 무슨 생각으로 그런 말을 한 거냐? 저런 녀석을 걱정하긴 개뿔!

"너무 한꺼번에 일이 몰아쳐서 그래. 그래서 한순간 정신이 오락가락한 거야. 그래, 그런 거야!"

여자가 있던 곳은 비어 있었다. 아무래도 스스로 모습을 감춘 듯싶었다. 쉽게 죽을 여자라 생각되진 않아서 시로벨은 걱정을 그만두었다.

일이 어찌 되었든 반지를 되찾아 시로벨은 무사히 황궁에 도착했다. 이미 카헤시온에게서 소식을 들은 조세핀과 메이는 눈물을 글썽이며 시로벨을 맞이했고, 세네티아 역시 천만다행이라며 그녀의 손을 꼭 잡았다.

시로벨은 자신을 반기는 사람들 틈에서 처음으로 이 거대한 황궁이 집이라는 느낌을 받았다. 아무리 낯선 곳이라곤 하지만, 그래도 조금 정이 들기는 한 모양이었다.

'돌아왔다는 느낌이네. 썩, 나쁘진 않아.'

시녀들의 시중을 받으며 쉰 후, 시로벨은 이 모든 일의 원흉인 반지를 뚫어져라 쳐다보며 고민에 빠졌다.

"돌려줘야 하는데. 그렇지만 어쩐지 민망해서…… . 그냥 메이 시켜서 보낼까? 아니지! 내가 왜 민망한데? 민망할 게 뭐가 있다고!"

그래, 고민할 일이 아니다. 내가 뭘 어쨌다고!

시로벨은 자리를 박차고 일어섰다. 그러곤 마치 큰일이라도 치를 듯한 표정으로 로제궁을 빠져나와 카헤시온이 있는 룬궁으로 걸음을 옮겼다. 하지만 처음 당당하던 걸음걸이와는 달리 점점

룬궁에 다다를수록 자신감이 서서히 쪼그라들면서 저도 모르게
짙은 한숨이 밀려나왔다.

"아니야, 괜찮아. 한소휘. 넌 한소휘니까. 시로벨이 아니니까!"

그녀는 스스로를 다독이며, 반지가 담긴 상자를 꽉 쥐고서 처
음으로 직접 룬궁으로 걸음을 옮겼다.

결국 알아낸 것은 아무것도 없었다. 심증은 있는데 정확한 물
증이 없으니 결국 모든 것이 허사인 셈이었다. 역시 그놈을 잡았
어야 했다. 다른 것에 그만 정신이 팔려 눈앞에 있는 증거를 놓치
고 말았으니.

카헤시온은 그답지 않게 묵직한 한숨을 내쉬었다. 기사단들이
모아온 블랙캣의 정보를 살펴보는 중, 밖에서 시녀가 시로벨의 방
문을 알렸다.

"황자 전하, 비전하께서 오셨습니다."

카헤시온은 시로벨이 왔다는 말에 서류를 내려놓고 고개를 번
쩍 들었다.

단 한 번도 먼저 룬궁으로 발걸음한 적이 없는 이가 왔다고 하
니 무슨 일인가 싶었다. 그것도 이 늦은 밤에 말이다.

카헤시온은 의아함을 감추고 자리에서 일어났다. 잠시 후 문이
열리고, 비장한 표정을 한 시로벨이 등장했다.

"무슨 일이지?"

시로벨은 숨을 크게 들이마시고는 그를 향해 반지를 건넸다.

"돌려드리겠습니다."

그녀는 두말없이 본론부터 꺼냈다. 하지만 카헤시온은 그저 무

심히 그 상자를 바라볼 뿐, 받을 생각이 없어 보였다.

"받으세요. 데르타르도 끝났으니, 돌려드리는 겁니다."

그가 짧게 한숨을 쉬더니 이내 상자를 움켜쥐었다. 이제 되었다 싶어 시로벨이 손을 내리려는데, 그가 그녀의 손목을 덥석 잡았다.

"전하?"

"난 이미 이 반지를 비에게 주었어."

그의 손이 그녀의 손목을 타고 내려오더니 이내 손가락에 반지를 다시 끼워주었다. 시로벨은 떨리는 눈을 한 채 고개를 들었다. 저를 내려다보는 그의 검은 눈동자에 비친 자신의 모습이 흔들리고 있었다.

"단순히 데르타르 때문에 준 것이 아니다. 이것은 그대가 나의 정비라는 것을 상징해. 그러니, 이젠 그대의 것이니 버리든 말든 그건 알아서 하고."

"하, 하지만!"

"앞으로는 너무 무리한 행동은 하지 마. 검술을 가르쳐 주기는 하겠지만, 너무 몸이 상하게 하지 않도록 하고."

걱정, 했던 걸까? 그녀는 저도 모르게 생각이 멈춰서는 여전히 제 손을 잡고 있는 카헤시온을 따라 시선을 마주했다. 순간, 구름 속에 숨어 있던 셀레룬과 아테미스룬이 동시에 모습을 드러내면서 그 빛이 그의 모습 아래로 흘러내리며 묘한 기분이 들었다. 예전에도 생각했지만 참, 어둠과 잘 어울리는 사내다.

"시로벨."

그의 목소리에서 흘러나온 이름에 그녀는 정신을 번쩍 차렸다.

그래, 시로벨. 그가 보고 있는 사람은 한소휘가 아니라 시로벨 아가렛토 아르반이다. 이 반지는 그가 그의 아내에게 주는 것이다. 갑자기 서늘한 무언가가 등을 타고 올라왔다. 뜨겁게 일렁이던 것이 삽시간에 사라지면서, 시로벨은 여전히 제 손을 잡고 있는 그의 손을 조심스럽게 떼어내며 뒷걸음질을 쳤다.

"반지는 감사히 받겠습니다."

"……."

"오늘은 이만 늦었으니, 물러가겠습니다."

결국, 그녀는 먼저 그에게 등을 보이고서 뒤돌아섰다.

카헤시온은 어쩐지 저를 밀어내는 듯한 그녀의 모습에 미묘한 통증이 일면서 표정이 일그러졌다. 하지만 내색하지 않으려 다시 표정을 갈무리한 채 그녀의 뒤를 향해 짧게 말했다.

"그대를 비로 인정했다는 것은."

"……."

"그대를 한번 믿어보겠다는 것이다. 같이, 가보겠다는 것이다."

시로벨은 아무 대꾸도 하지 않고 걸음을 옮겼다.

문이 닫히고, 그녀의 빈자리를 따라 온기가 사그라지고 있었다. 카헤시온은 복잡한 심정으로 시선을 돌렸다.

정식으로 반려임을 인정하고, 그녀를 믿겠다고 말해 버렸다. 정말로 그녀를 믿어보고 싶어졌다.

시로벨은 미친 듯이 뛰었다. 뭔가 묵직한 것이 목구멍까지 치솟았지만 그것을 뱉어낼 수가 없었다.

"믿는다는 것이다."

"시로벨."

그녀는 우뚝 멈춰 섰다. 뛰다 보니 어느새 인적이 드문 호숫가
까지 왔다. 달빛을 품은 잔잔한 수면 위에 자신의 얼굴이 수없이
일그러지며 부서지고 있었다. 마치 너는 진짜가 아니라고 말하는
것 같았다. 넌 결코 그의 아내, 그가 부르는 시로벨이 아니라고
외치는 것 같았다

"그래, 난 한소휘야. 언젠가는 이곳을 떠나야만 해."

어쩌면 카헤시온, 그가 맞을지도 모른다. 그는 자신을 믿어선
안 되는 걸지도 모른다. 그에게 거짓말을 하고야 말았다. 옆에 있
어준다는, 절대로 해서는 안 될 말도 안 되는 거짓말을!

"젠장! 이게 다 그 망할 저승사자 때문이야. 일을 이렇게 꼬이
게 만들면 나보고 어쩌라고!"

시로벨은 그대로 주저앉아서는 머리를 쥐어뜯으며 다시금 부서
지고 있는 제 얼굴을 바라보았다. 그러다 문득 손을 내려 제 손에
끼워진 반지를 바라보며 저도 모르게 속삭였다.

"날 믿지 마. 예전에도 그랬듯, 앞으로도 그렇게 하라고. 당신
'빙안의 귀공자'라며. 괜히 나한테 마음 열지 말란 말이야."

아니면, 진짜 시로벨에게 하는 말일지도. 진짜 시로벨에게 하
는 말이라면 잘된 일 아닐까? 하지만 이상하게 그건 그거대로 조
금, 마음이 아팠다.

❉   ❉   ❉

"그곳에 누가 있었단 말이죠?"

"제3황자비 계집이었다. 그리고 3황자도 곧 나타나더군. 생각보다 사이가 좋은 모양이야."

"재밌군요. 듣자 하니 카헤시온과 사이가 좋지 않다고 들었는데…… 그보단 카헤시온이 누군가를 옆에 두었다고 하니 놀랍군요. 그것도 계집을 말입니다."

"이젠 어쩔 거지? 그냥 블랙캣들을 남김없이 죽여 버려?"

"그렇게 하면 너무 눈에 띄니 그럴 순 없고. 일단 황궁으로 돌아가야겠습니다. 흥미로운 일이 벌어지고 있는 것 같군요."

허름한 집 안에서 붉은 와인을 기울이는 황금빛 머리칼을 지닌 사내가 비릿한 미소를 지었다. 그의 시선은 창 밖 빛나는 빛의 황궁을 향하여 있었다.

⚜   ⚜   ⚜

티아라 도난 사건으로 인해 발렌타인 가는 황제에게 블랙캣의 수사에 대해 적극 참여하겠다는 친서를 보내왔다. 그로 인해 블랙캣에 관한 수배령이 더욱 철저해졌고, 카헤시온의 일 역시 더욱 늘었다.

그 영향은 시로벨에게도 미치게 되었다. 일에 바쁜 그가 시로벨에게 검을 가르치기 위해서 시간을 내줄 리 만무했던 것이다. 하지만 그녀는 왠지 모르게 조금 잘됐다는 생각이 들었다. 만약 예전이었다면 그날 그 고생을 한 대가가 겨우 이거냐는 둥, 남자가 한입으로 두말해서는 안 된다는 둥 마구 귀찮게 했을 테지만 지금은 상황이 좀 달랐다. 그의 궁에서 반지를 돌려주려고 했던 그날 이후로는 그를 보기가 영 껄끄러웠다.

그녀는 현재 그렉 경이 손수 마련해 준 개인 수련장에서 블루문을 휘두르며 정신 집중을 하기 위해 노력하고 있었다.

"잊자. 제발 잊어버리자! 넌 시로벨의 연기에 충실하면 되는 거야. 지금까지 아주 잘 하고 있었잖아! 어차피 내가 사라져도……."

그래. 내가 사라져도 시로벨이 사라지는 건 아니니까. 그게 그가 모르는 한소휘라는 여자만 사라지는 거니까 그가 상처받지는 않을 것이다. 이건 거짓말이 아니다. 그와 약속한 사람은 시로벨이지 한소휘가 아니야.

그렇게 생각하며 스스로를 다독이려 했지만 오히려 기분만 더욱 나빠졌다. 결국, 수련을 빙자한 화풀이로 검을 마구 휘두르다 발을 헛디딘 그녀는 수심이 얕은 연못에 그대로 빠지고 말았다.

첨벙! 물소리가 나며 연못 밖으로도 물이 튀었다. 온통 물에 젖고 진흙투성이가 되어버린 시로벨의 표정은 그야말로 우울 그 자체였다.

"제길, 대체 나 지금 뭐 하니? 간단한 거잖아. 그냥 지금까지 그런 것처럼 시로벨을 잘 연기하면 그만이라고. 하아."

그녀는 몸을 일으켜 머리에서 뚝뚝 떨어지는 물을 손으로 꽉 짜내면서 한숨을 쉬었다. 아무래도 여기에 너무 오래 있으면 안 될 것 같았다. 사람들도 좋고 다들 잘 대해주기는 하지만 그래도 여긴 내가 있어야 할 곳도 아니고, 언제까지 남의 인생에 끼어들어서 계속 속일 수는 없었다. 나는 모범이 돼야 할 대한민국 경찰이 아니던가! 이건 완전 사기야, 사기!

"얼른 저승사자를 찾아야 하는데. 대체 어디서 찾냐? 역시 한 번 죽어봐야 찾을 수 있나."

그런 말도 안 되는 말을 중얼거리던 순간, 귓가에 낯익은 목소리가 다급하게 들려왔다.

「이 거짓말쟁이야! 왜 만날 내 약속을 무시하냐고!」

"어라, 귀신!"

「귀신 같은 소리 하네!」

저승사자라고 믿었던, 결국엔 저승사자가 아닌 귀신일지도 모른다고 생각했던 그 목소리에 시로벨은 인상을 찌푸렸다. 여전히 험악하고 건방지기 짝이 없는 목소리였다.

시로벨은 연못 밖으로 나가는 것도 잊은 채 그대로 서서 눈초리를 치켜세우고서 공중을 향해 외쳤다.

"여기 귀신은 대낮에도 이렇게 막 돌아다니냐? 하긴, 뭐든 상상을 초월하는 곳이니까 그럴 수 있다 쳐. 근데 왜 하필이면 나한테 씐 거야? 혹, 이 여자 귀신 보는 여자야?"

「귀신이 아니라니깐! 아무튼 날 꺼내준다고 약속했으면 지켜야지! 벌써 두 번이나 무시해? 네가 그러고도 무사할 줄 알아! 얼른 꺼내! 꺼내라고!」

"그러니까 뭘 꺼내라는 거야!"

그때였다. 시로벨이 짜증을 냄과 동시에 그녀가 발 딛고 선 연못의 수면이 빛나기 시작하더니 생전 본 적 없는 문자들이 물 위로 떠올라 시로벨의 주변으로 둥근 원을 만들기 시작했다.

"뭐야, 이건 또. 역시 귀신에 씐 건가? 이런 걸 보고 귀신이 곡

할 노릇?"

이젠 이런 상상할 수도 없는 일이 익숙해졌기에 놀라긴커녕 신기하기만 할 따름이었다.

「이왕 물 위에 있는 거 이번엔 확실히 나가야겠어. 더 이상 네 말만 믿으면서 못 기다리겠다고! 좋은 말 할 때 내가 하는 말 그대로 따라 하도록!」

실로 기분 나쁘게 건방졌지만, 혹시나 이 목소리의 주인이 저승사자에 대해 알고 있을지도 모른다는 생각에 시로벨은 화를 억누르고 고개를 끄덕였다. 그러자 어울리지지 않게 근엄한 척하는 목소리가 울리기 시작했다. 시로벨은 그 말을 그대로 따라 했다.

"태초의 생명을 다스리는 분이시여. 나, 그대의 부름을 증거로 하여 이 땅에 소환하고자 하오니 모든 물의 지배자시여, 모든 물의 신이시여, 제 목소리가 들리신다면 부디 제게 응답해 주소서."

이게 대체 뭔 소리야? 그 순간, 연못 물이 점점 끓어오르더니 거대한 물기둥이 치솟아 사람의 형태를 보이기 시작했다.

시로벨은 물기둥 사이에서 스르르 모습을 드러낸 인영을 보곤 처음으로 당황한 기색을 보였다.

금방이라도 흘러내릴 듯한 물빛의 긴 머리카락, 자신보다 더욱 투명하고 파도가 치는 듯 맴도는 물빛 눈동자를 가진 그는, 고작해야 여덟 살 정도로밖에 보이지 않는 꼬마 소년이었다. 소년의 주변으로는 가는 물줄기가 마치 살아 있는 것처럼 꿈틀거렸다.

"왜 이제야 꺼내는 거야! 나랑 장난해?"

소년이 시로벨을 올려다보며 앙칼지게 외쳤다. 머릿속을 울리던 그 건방진 목소리가 확실했다.

"하. 건방지다 생각했지만 이렇게 재수탱이일 줄이야. 이런 걸 저승사자라고 착각을 했다니. 어쩌면 저승사자가 괘씸해서 날 더 버려두고 있는지도 모르지."

시로벨의 말을 들은 소년의 표정이 일그러졌다.

"뭔 헛소리야? 난 위대하고도 위대한 물의 지배자, 물의 정령왕 엘라임이시다! 너 같은 인간이 함부로 입을 놀릴 수 없는 존재란 말이다!"

"엘라임? 이곳 귀신은 이름도 있어?"

"귀신이 아니라니까! 정령왕이라고!"

"그러고 보니 이게 예의를 어디다 처박아놓고 오셨나. 아까부터 왜 계속 반말이야. 죽을래?"

정령왕인지 뭔지 알 바 없고, 시로벨은 그저 저 쬐끄만 꼬맹이가 꼬박꼬박 반말을 한다는 사실이 마음에 들지 않았다. 여기 법이 어떨지는 몰라도 동방예의지국인 우리 대한민국에선 저건 있을 수 없는 일이었다!

"웃기시네. 내가 비록 태어난 지 얼마 되진 않았어도 너보단 나이가 많다고!"

"하. 이젠 사기까지 쳐?"

"진짜야! 난 올해로 1,800살이란 말이야!"

"1,800살? 그럼 난 18,000살이다. 이게 진짜 봐주려고 했더니만 계속…… 내가 밥을 먹었어도 너보다 배는 더 먹었어, 꼬맹아."

시로벨은 주먹을 쥐고 소년의 머리통을 쥐어박으려 했지만, 소년의 주위에서 꿈틀거리던 물줄기가 그를 보호하듯 그녀의 주먹을 가볍게 튕겨 버렸다.

"흥! 감히 누굴 때리려고! 인간 주제에."

"무슨 비열한 수를 쓰기에."

"비열하다니! 정말 정령왕을 모르는 거야? 난 이 세계의 물을 지배하는 왕이란 말이야! 비록 그 거짓말쟁이 드래곤에게 속아서 너한테 묶여 버린 신세가 되기는 했지만!"

"드래곤? 나한테 묶였다고?"

이건 또 뭔 멍멍이가 멍멍하는 소리일까?

"그래! 영광으로 알라고! 인가 정령술사가 정령왕과 만나는 건 죽어서도 할 수 없는 일이니까! 진짜 그 드래곤한테 속지만 않았어도!"

무지 억울하단 듯 엘라임의 표정이 씰룩거렸다. 시로벨은 드래곤이라는 말에 잠시 고민하다 이내 '설마' 하는 표정을 지었다.

"혹시 그 드래곤이라는 게 머리카락이 좀 길고, 색깔은 황금색이랑 검은색이랑 섞인 것 같고, 목소리가 되게 좋으면서, 묘한 분위기가 흐르는 그런 미남자 아니야?"

"뭐야. 역시 너도 그 드래곤이랑 한통속이구나! 이런 망할! 역시 둘이서 날 제대로 낚은 거였어!"

뭐야. 그럼 저 녀석이 나타난 이유가 그 저승사자 때문이라는 거야? 그런데 왜 저승사자를 드래곤이라고 부르지? 드래곤이라면 공룡같이 생겨서는 날아다니면서 불 뿜는 판타지 속 동물 아닌가? 이 나라에선 저승사자를 드래곤이라고 부르나? 그러고 보니 그때 자기는 저승사자가 아니라고 했던 것 같기도…… 아무튼 그게 중요한 게 아니다. 녀석이 저승사자를 아는 것 같으니, 저녀석을 데리고 있다 보면 자연스럽게 그를 만날 수 있다는 거잖

아. 아니, 지금 당장 만날 수도 있어!

"너, 그 저승사자, 아니. 그 드래곤 부를 수 있어? 지금 당장 만날 수 있냐고!"

"내가 부를 수 있었으면 진작 불렀지 미쳤다고 네 몸에 이렇게 처박혀 있었겠냐?"

아오, 진짜 말 한번 참 싸가지 있게 한다. 아무리 무슨 왕이라고 하지만 겉으로는 아무리 봐도 초딩으로 보여서 무지무지 기분이 나빴다.

"뭐야. 정령왕이라면서 할 줄 아는 게 없잖아?"

"시끄러! 아무튼 그 망할 드래곤 때문에 넌 나의 계약자가 되었으니 얼른얼른 소원 빌어. 소원은 딱 세 가지야. 감히 너 같은 하찮은 인간이 위대한 정령왕의 도움을 받을 수 있다는 점을 가슴 깊이, 그리고 대대손손 자랑거리로 생각하고 소원을 빌도록!"

세 가지 소원? 마치 알라딘에 나오는 지니 같네. 그렇다면 내 소원은!

"내 소원은 지금 당장 그 드래곤을 만나는 거야."

"드래곤이 무슨 옆집 물의 정령 이름인 줄 알아? 네가 부른다고 쪼르르 오게! 그리고 그 녀석은 지금 도망 중이라고. 언사의 드래곤도 못 찾고 있는 녀석을 내가 무슨 수로 찾아?"

"뭐야. 큰소리 뻥뻥 치더니만 할 수 있는 게 아무것도 없잖아."

"그런 거 말고! 재물이나 권력, 그런 걸 빌어보라고! 아무튼 신중히 생각해 보도록."

소년이 자기 할 말만 하고선 모습을 감춰 버리자 시로벨은 참고 있던 화가 폭발했다. 그녀는 블루문을 크게 휘두르며 씩씩거렸다.

"정령이란 것들은 다 저렇게 싸가지가 없는 거야? 완전 개념을 밥 말아 먹었잖아!"

보바톤 황제의 탄신 연회가 코앞으로 다가왔다. 그로 인해 시로벨은 검 수련은 꿈도 꾸지 못한 채, 시녀들의 손길 아래에서 온갖 인형 놀음을 당해야만 했다. 제국 황제의 탄신 연회인 만큼 다른 제국의 황족들도 방문하기에 절대 초라한 모습을 보여서는 안 된다는 조세핀의 강력한 주장 때문이었다. 새로 드레스를 짓느라 하루에도 몇 번씩 사이즈를 재고 가봉을 했고, 온갖 다양한 장신구를 고르는 것은 물론이며 연회에서 보여야 할 행동과 말투, 춤까지 별걸 다 배워야 하는 바람에 시로벨은 하루하루가 귀찮고 고단하기만 했다. 그렇게 며칠을 보내다가 결국…….

"비전하께서 사라지셨다!"

탈출을 시도했다.

"나도 좀 살자. 나도 숨 좀 쉬자고!"

시로벨은 도망 다니기 쉽도록 수련할 때 입는 바지를 입고선 한 손에는 블루문까지 챙긴 뒤 창문 아래를 살피지도 않고서 그대로 뛰어내렸다. 하지만 그것이 실수라면 큰 실수였다.

쾅!

"아욱!"

분명 아래 아무것도 없을 거라 생각했는데 뭔가와 크게 부딪치고 만 그녀는 지독한 통증에 이를 악물어야만 했다.

"괜찮으시면 좀 내려가 주시죠?"

"하아?"

낯선 사람의 목소리를 듣고 나서야 시로벨은 그제야 엉덩이 아래가 물컹하다는 걸 느꼈다. 시로벨은 얼른 자리에서 일어나서는 자신이 깔아뭉갠 사람을 차마 똑바로 바라보지 못하고 사과했다.

"아, 그게……. 정말 죄송합니다. 일부러 그런 건 아니고. 그런데 누구시기에 로제궁 안에……."

"이런 식으로 비전하를 뵐 줄은 몰랐습니다. 아니, 비전하를 뵙게 될 줄 상상도 못 했는데 말이죠."

시로벨은 고개를 들었다가 그만 굳어버렸다. 황금을 녹여 자아낸 듯한 황금빛 머리칼이 어깨 위에서 찰랑거렸다. 분명 눈매와 입 모두 부드럽게 웃고 있는데도 왠지 모를 위화감이 느껴졌다. 어쩐지 가까이 하고 싶지 않은…… 위험한 인물이었다.

"누구?"

"카헤시온과 혼인하던 그날 이후 처음이겠군요. 물론 비전하는 저를 따로 보지 못하셨지만. 청초의 레이디와 버금갈 정도로 아름답다는 소문은 들었는데, 그 소문이 거짓은 아니네요. 시로벨 비전하."

그가 그녀의 앞으로 우아하게 무릎을 숙이고서 시로벨의 한쪽 손등에 가볍게 입을 맞추었다. 분명 아름답고 기품 있는 모습이었지만, 그녀는 왠지 모르게 소름이 돋았다.

"카인 벨베로쳐 마티디안입니다. 귀환하자마자 이렇게 시로벨 비전하를 먼저 뵙게 되다니 영광입니다."

카인 벨베로쳐 마티디안. 행방이 묘연하다고 했던 제1황자였다. 실종되었던 자가 다시 돌아온 것은 그렇다 치고, 어째서 로제궁에 있는 거지?

시로벨이 잔뜩 긴장해서는 굳어 있자 카인은 부드럽게 휘늘어진 눈을 한 채 천천히 자리에서 일어났다. 그러고는 그녀의 손을 더욱 꽉 움켜쥐었다. 시로벨은 저도 모르게 흠칫하며 손을 빼내었다. 그는 의외로 순순히 그녀의 손을 풀어주었다.

"비전하와 조금 더 시간을 보내고 싶지만, 아무래도 제 행방에 대해 걱정하고 있을 다른 이들에게 귀환 인사를 드려야 할 것 같으니, 기회가 된다면 다음에 정식으로 인사하도록 하겠습니다. 시로벨 비전하."

"……황공합니다. 카인 전하."

카인은 다시 한 번 미소를 짓고선 그대로 등을 돌렸다.

그녀는 그의 뒷모습을 서늘한 시선으로 좇았다.

"딱 봐도 일부러 로제궁으로 온 것 같은데. 그렇다면 나를 만나려 왔다는 건가? 도대체 왜? 행방불명되었다가 돌아왔으면, 바로 황제를 만나야 하잖아."

이 여자랑 저 남자. 무슨 관계라도 있는 건가? 하지만 아무리 용을 쓰고 기억해 보려고 해도 저 남자에 대한 정보는 제1황자라는 것 외에는 떠오르는 것이 없었다. 그러다 세네티아 황녀에게 들은 이야기가 떠올랐다.

"오직 황위를 계승할 황자가 아니기 때문에 어마마마는 오라버니 대신 카인 오라버니를 선택하셨죠."

"어마마마는 그날 자결하셨어요. 오라버니를 돌아보지 않은 채. 단 한 번도 제대로 기다려 주지 않은 채, 그렇게 제 목숨을 버리섰어요."

그는 그녀의 남편인 카헤시온과 지독한 연으로 뒤엉킨 관계였
다.

집무실로 걸어가는 카헤시온의 표정이 심상치가 않았다. 그 옆
에 있는 제라드 역시 마찬가지였다.

"크리스털 마운틴에서 세네티아가 말했던 그 '검은 달'의 흔적
이 발견되었다고?"

"예. 크리스털 마운틴 구석구석에서 의식을 치른 듯한 흔적이
발견되었습니다. 실제로 그 구역부터 웨어울프가 나타나기 시작
했고요. 누군가 흑마법으로 웨어울프를 소환한 듯 보입니다."

자연스럽게 나타난 것이 아니라 누군가가 일부러 소환한 것이
다. 그렇다면 일이 심각해진다. 그들이 무슨 목적을 가지고 있는
지는 모르겠지만, 분명 제국에 해를 끼칠 이들이 분명했다.

"네가 보기에 이유가 무엇이라 생각하느냐?"

"단순히 피해를 입히려는 목적이 아닙니다. 크리스털 마운틴을
완전 봉쇄하려는 듯 보입니다."

"크리스털 마운틴을?"

"예. 아무래도 그곳에 뭔가가 있는 듯한데⋯⋯."

"황자 전하!"

집무실에 거의 도착했을 무렵 시종 하나가 다급한 표정으로 달
려왔다. 카헤시온은 걸음을 멈추고서 시종을 내려다보았다.

"무슨 일이냐?"

"카, 카인 황자 전하께서······."

"카인 황자?"

"현재 태양궁에 계십니다. 카인 황자 전하께서 귀환하셨습니다!"

그 말에 제라드와 카헤시온의 표정이 똑같이 굳어지고 말았다.

❦　　❦　　❦

"그렇다면 샤루엔 황태자가 가도록 해라. 그토록 가고 싶어 하니."

"감사합니다, 폐하."

제로비안 제국의 황제는 마티디안 황제의 탄신 연회 초대장을 받고 거기에 샤루엔 황태자를 보내려 했다.

그런데 갑자기 밖이 웅성거리더니 문이 열리면서 그가 가장 아끼고 사랑하는 황녀 코델리아가 다급하게 뛰어 들어왔다. 황제는 갑작스러운 그녀의 등장에 놀랐지만 한없이 자상한 목소리로 코델리아를 반겼다.

"코델리아, 무슨 일이더냐? 왜 그렇게 급하게 뛰어온 것이야. 혹여나 넘어져서 그 고운 얼굴이 다치기라도 하면 어쩌려고."

"아바마마께 청이 있어서 이리 다급하게 왔습니다. 부디 들어주세요."

"우리 코델리아가 부탁하는 것인데 무엇을 못 들어주겠느냐. 말해보거라."

코델리아는 떨리는 숨을 삼키고서, 황제를 똑바로 바라보며 간곡하게 속삭였다.

"마티디안 황제 폐하의 탄신 연회에 제가 갈 수 있게 해주세요. 아바마마, 부탁드립니다. 꼭 제가 가고 싶습니다."

마티디안 제국에서 초대장이 왔다는 소식을 들은 순간부터 코델리아는 반드시 자신이 가야 한다고 생각했다. 가고 싶었다. 아니, 꼭 가야만 했다. 그곳에 카헤시온, 그가 있으니까.

제 4 화
그렇게 바람이 불어온다

행방이 묘했던 제1황자의 귀환에 카헤시온은 곧장 태양궁으로 향했다. 보바톤 황제를 알현하고 밖으로 나오자마자 카인은 카헤시온과 맞부딪치게 되었다. 그의 옆으로는 세네티아도 함께였다.

　"무사히 돌아오셔서 다행입니다, 카인 형님."

　"그런가?"

　"……."

　"듣자 하니, 나를 무척이나 열심히 찾았다고는 하더군. 고맙구나."

　둘 사이에 보이지 않은 미묘한 신경전이 오갔고, 이내 카헤시온이 먼저 본론을 꺼내 들었다.

　"형님께 한 가지 부탁을 드려도 되겠습니까?"

　"네가 내게 부탁할 것이 있다니. 그래, 무엇이냐?"

　"형님이 데리고 있는 그 흑마법사, 만날 수 있겠습니까? 크리스털 마운틴에서 발생한 마물 사건 때문에 흑마법사가 필요합니다. 흑마법사의 의견이 필요하거든요."

부탁인 듯하지만 그 안에 숨겨진 속내를 알아챈 카인은 슬쩍 입꼬리를 올렸다.

"그자는 죽었다."

"……."

"하도 내 앞에서 건방을 떨기에, 죽여 버렸다. 부탁을 들어주지 못해 미안하구나. 한데 카헤시온, 정녕 도움이 필요한 것이었느냐, 아니면 나를 의심해서 그런 것이냐."

날카로운 목소리가 카헤시온에게 와 닿았고, 세네티아가 발끈하여 나서려고 했지만, 카헤시온이 그녀의 앞을 가로막으며 정중하게 말했다.

"의심이라니요. 그리 들으셨다면 죄송합니다."

"아니다. 농이었어. 그만 가봐도 될까? 오랜만에 돌아온 집인지라 피곤하기도 하고."

"그러시지요."

카인은 발치에 다가온 자신의 고양이를 안아 올리고는 카헤시온의 어깨를 한 번 살며시 감싸 쥐었다가 풀고선 복도 끝으로 사라졌다. 예전부터 그랬듯 여전히 많은 것을 감추고 있고, 또한 그것을 알 수 없는 자였다. 세네티아는 카인 황자의 기운이 멀리 사라지는 것을 느끼며 속삭였다.

"자유롭게 여행을 하고 싶었다고 황실에 행방을 밝히지 않은 거라 둘러댔다고 합니다."

"우습군."

"하지만 워낙 성품이 바람 같은 분이었던 터라 아바마마께선 그냥 넘어가신 듯합니다."

"폐하께서는 항상 카인 황자에게는 냉정하지 못했지. 그나저나 죽었다, 라."

이게 무슨 기막힌 우연인지. 크리스털 마운틴에서 검은 달의 흔적을 찾고 그 일이 흑마법사의 소행이라는 게 밝혀지자마자 행방불명이었던 카인이 돌아왔다. 그리고 돌아온 그는 흑마법사의 존재를 숨기려고 하고 있다. 죽었다는 말을 믿을 수 있을 리가 없었다.

"아바마마의 탄신 연회가 머지않은 만큼, 키리에나 황녀와 유에시스 황녀 또한 황궁으로 귀환할 것입니다. 벌써 출발했다는 소식도 들려오고 있고요."

"단순히 축하나 베풀 자리는 되지 않겠구나. 하긴, 그런 걸 바란 것 자체가 욕심이겠지."

"조심하세요, 오라버니."

❖   ❖   ❖

탄신연회가 점점 다가올수록 빛의 황궁은 안 그래도 화려했지만, 더욱더 화려한 모습으로 바뀌어가고 있었다. 물론 그 밑으론 시녀들과 시종들이 죽어라 뛰어다니는 모습을 볼 수 있었지만. 다들 눈 밑 가득한 다크서클이 차마 눈 뜨고 못 볼 지경이었다.

이왕 이렇게 된 거, 시로벨은 얼른 탄신연회가 끝났으면 했다. 그래야 당분간 그 인형놀음을 하지 않을 테지.

시로벨은 완성된 드레스를 확인하러 나간 조세핀 덕분에 잠깐 틈을 내어 방에서 멍하니 하늘을 바라보고 있었다. 카헤시온의 얼굴을 보지 못한 지도 꽤 시간이 흘렀다. 안 그래도 바쁜 사람인데, 카인 황자가 나타나면서 더 바빠진 것 같았다.

"잠깐. 내가 왜 그자 생각을 하는 거지? 오히려 잘된 거잖아! 서로 부딪치지도 않고!"

괜히 큰 소리로 오버하다가 문득 그런 제 행동이 우스워서 다시 창밖으로 눈길을 돌렸다.

따사로운 오후다. 수련하기 딱 좋은 날인데, 왠지 오늘은 몸을 움직이고 싶지가 않았다. 저 멀리, 보랏빛으로 은은하게 빛나는 아이리스궁과 더불어 카헤시온이 지내고 있는 룬궁이 보였다.

그렇게 그녀는 조세핀을 기다리며 아무 생각 없이 오롯이 한곳만을 바라보고 있었다.

드디어 마티디안 제국 황제의 탄신일이 되었다. 굳게 닫혀 있던 빛의 황궁의 성문이 활짝 열리고, 수많은 손님들이 몰려들기 시작했다.

그 시각, 시로벨은 오늘을 위해 수석 재봉사의 땀과 노력으로 만든 드레스를 입고서 따분한 표정을 못내 감추지 않고 있었다.

그래, 조금만 고생하면 돼. 이것도 며칠이면 끝이야!

조세핀은 시로벨이 입은 드레스의 주름을 우아하게 잡아주며 만족스러운 미소와 함께 입을 열었다.

"오늘은 카헤시온 전하를 만나실 수 있겠군요. 요즘 통 얼굴을 못 보셨잖아요."

"글쎄, 별로. 솔직히 우리가 그렇게 친한 사이도 아니고."

시로벨은 애써 퉁명스럽게 말을 내뱉었다. 그러고 보니 오늘은 그의 얼굴을 보겠군. 아무리 바쁘다고 해도 자기 아버지 생신에 빠지겠어?

조세핀은 생각보다 퉁명스러운 대답에 마음이 많이 상하셨나 보다 하고 생각했다. 한동안 자주 뵙던 두 분이 못 본 지 그만큼 오래되었던 것이다.

요즘 시녀들 사이에 시로벨 비전하와 카헤시온 한기 전하의 사이가 좋아졌다는 소문이 돌고 있었다. 어쩌면 곧 새로운 아기 전하가 태어날지도 모른다고 소곤거렸다. 조세핀은 일부러 그 소문을 말리지 않았다. 예전 시로벨 비전하의 안 좋은 소문들을 전부 날려 버릴 수 있는 좋은 기회라고 생각한 것이다. 그게 헛소문인 것도 아니니 소문을 없앨 이유도 없었다. 물론 정작 본인들은 그런 소문을 전혀 모르는 눈치였지만.

"너무 무리하시면 안 되지만, 흐트러지셔도 안 됩니다. 황제 폐하의 탄신 연회인 만큼 많은 귀족들과 더불어 다른 제국의 황족 분들까지 오시니까요. 그리고 오늘 안으로 키리에나 황녀 전하와 유에시스 황녀 전하께서 귀환하실 겁니다."

키리에나 황녀와 유에시스 황녀는 각자의 공부와 여행으로 잠시 황궁을 떠나 있었다. 그런 그들이 황제의 탄신일이 되어 이렇게 돌아오는 것이다.

시로벨은 조세핀의 당부를 대충 새겨듣고는 거울 앞에 모습을 비춰보았다. 오늘따라 더욱 눈부시게 아름다운 모습인데도 별 마음이 들지 않았다. 저와는 어울리지 않는 아름다움인 것 같아 오히려 이 몸의 원래 주인에게 미안해질 정도였다.

탐스러운 붉은 머리카락이 굽실거리며 흘러내렸다. 셀레룬의 눈물이라고 불리는 푸른 보석 '셀비아'를 박아 만든 머리 장식 덕분에 한층 더 우아함을 더했고, 새하얀 드레스는 진주로 백장미를 가득 수놓았으며, 그 위를 버터플라이라는 귀하고 가벼운 실크로 휘감았다.

조세핀이 잠시 방을 나간 사이, 시로벨은 조심스레 서랍을 열었다. 카헤시온이 주었던 그 문제의 반지가 그 안에 있었다.

"……황자비를 상징하는 물건이라니까. 그래, 오늘은 조신한 황자비가 되기로 마음먹었으니까, 그래서 끼는 거야. 다른 이유는 없어!"

결국 그녀는 반지를 손에 끼고선 저도 모르게 만족스런 미소를 지으며 드디어 로제궁을 나섰다.

시로벨의 마차는 연회장인 태양궁 앞에 당도했다. 전속 시녀로 따라온 메이는 백합궁의 연회보다 더 기대되는지 지나칠 정도로 눈을 반짝거렸다. 그러면서도 시로벨의 드레스가 구겨지지 않게 신경 써서 살피는 것이 과연 황자비의 시녀이지 싶었다.

시로벨은 물빛 눈동자를 굴려 주변을 살폈다. 빛의 황궁 중 가장 크고 웅장한 궁답게 황금으로 새겨진 내부의 장식과 더불어 화려하게 차려입은 귀족들이 잔뜩 모였는데도 위엄을 잃지 않는 태양궁의 위압감은 상상을 초월했다. 지나치게 화려할 정도였지만, 그것이 사치스럽게 보인다거나 가볍게 보인다는 것은 절대 아니었다. 세월의 흔적이 그대로 새겨져 마치 마티디안 제국의 살아 있는 역사를 보는 것 같았다.

마차에서 내린 시로벨은 자신을 알아보고서 인사를 하는 귀족들과 시선을 마주쳐 눈인사를 하고는 태양궁의 안으로 향하는 첫 발걸음을 내디뎠다.

그때, 그녀의 옆으로 익숙한 그림자가 서렸다.

"카헤시온 전하."

밤하늘이 그대로 쏟아져 내린 듯한 짙은 머리칼에 시리게 부서지는 검은 눈동자. 그리고 그에 어울리는 검은색 제복 끝자락에는 검붉은 장미가 작게 수놓아져 있어 가만히 서 있어도 특유의 기품이 느껴졌다.

시로벨은 그를 바라보다가 고개를 숙이며 인사했다.

"많이 바쁘셨다고 들었습니다."

그는 그녀를 향해서 손을 내밀었다.

"늦었다."

짧지만 강한 한마디에 시로벨은 끌리듯 그의 손을 잡았다. 일순 가슴속에서 찌릿한 파동이 일어나 그녀는 당황하고 말았다.

그의 손에 의지한 채, 그녀는 태양궁 안으로 자연스럽게 들어갈 수 있었다. 눈부신 샹들리에의 불빛과 더불어 귓가에 간지럽게 속삭이는 음악 소리에 시로벨은 정신을 차릴 수가 없었다. 어쩌면 눈이 아플 정도로 화려하게 치장한 귀부인들 때문일지도 모르겠지만.

연회장의 가장 안쪽, 상석에 오늘의 주인공인 보바톤 황제가 황좌에 앉아 있었다. 그리고 그 아래로 회색빛 연미복을 깔끔하게 차려입은 리안 황자와 사랑스러워 보이는 보라색 드레스를 입은 메모리 황자비가 함께 서 있었다. 하지만 연회장에 있는 황족들은 그 셋뿐, 세네티아 황녀는 보이질 않았다. 그리고 돌아온 제1황자도.

"세네티아 황녀 전하께서 안 보이시네요."

"곧 도착할 것이다."

카헤시온은 시로벨의 손을 잡은 채 보바톤 황제의 앞으로 다가갔다. 그들이 준비한 선물은 시녀의 손에 황제에게 전달되었다.

사실 선물은 조세핀이 알아서 준비한 터라 그게 무엇인지 알 수가 없었다. 조세핀의 말에 따르면 모든 것을 다 가진 황제이기에 이런 건 그냥 형식적인 의식일 뿐이라고.

황제는 손바닥을 마주치며 무척이나 좋아했다. 언제 봐도 황제다운 위엄보단 귀여움이 먼저 떠오르는 모습이었다. 하지만 이 거대한 마티디안 제국을 별다른 잡음 없이 통치하는 것을 보면 역시 황제는 황제겠지.

"이렇게 다정하게 서 있는 모습을 보니 흐뭇하구나. 시녀들 사이에 좋은 소문이 돈다더니, 곧 좋은 소식도 들을 수 있을 거라 기대하마."

"예?"

소문이라니? 그리고 좋은 소식? 무슨 좋은 소식?

당황하는 시로벨과 달리 카헤시온은 살짝 굳어진 표정으로 그저 황공하다는 말로 화제를 얼버무렸다. 영문을 알 리 없는 시로벨은 대체 뭔가 싶어 주위를 돌아보았다. 무슨 일이기에 다들 왜 저렇게 피식피식 웃는 건지 신경이 쓰였다.

황제의 앞에서 물러선 시로벨은 카헤시온의 앞을 가로막고서 물었다.

"뭐예요?"

"무엇이?"

"폐하께서 말씀하신 거요! 소문이라니, 전하는 알고 계신 거 맞
죠?"

"글쎄."

그의 입꼬리가 슬쩍 휘늘어지더니 이내 가볍게 말을 넘겨 버렸
다. 처음 보는 듯한 그 표정에 시로벨은 그만 말뮤이 막혀 버렸
다. 저렇게 가벼운 모습도 보이는 사람이었어?

정신을 차리고 더 추궁을 하려 했지만 갑자기 울리는 나팔 소
리 때문에 시로벨은 고개를 돌려야 했다. 황족이 도착할 때만 울
리는 나팔 소리에 장내는 술렁이기 시작했다.

"세네티아 황녀 전하께서 도착하신 걸까요?"

"그건 아닐 것이다."

문득 그의 목소리가 가라앉은 것 같다 느끼고서 시로벨은 다
시 그를 올려다보았다. 아까의 웃음기는 말끔히 사라진 상태로
그는 입가를 굳히고 있었다. 어쩐지 긴장한 듯한 그 모습에 시로
벨은 저도 모르게 손을 들어 입가를 가렸다. 천하의 카헤시온이
긴장을 한다니 믿을 수가 없었다.

드디어 연회장 문이 크게 한 번 열리면서 그 안으로 두 사람이
모습을 드러냈다. 시로벨은 두 눈을 크게 뜨고 그들의 등장을 지
켜보았다.

마치 남자처럼 짧게 자른 머리카락이었지만 그 자체로도 절대
화려함을 잃지 않는 백금발 아래로 선분홍빛 눈동자가 시선을

잡아끌었다. 장식이 적은 블랙 드레스를 입은 여인은 왠지 그 위로 칼자루를 쥐어주어야 할 것만 같은 강하고 날카로운 분위기를 풍겼다. 걸음걸이 하며 사람들을 아래로 내려다보는 느낌까지 절대 예사 여인은 아니었다.

기사와도 같은 분위기를 풍기는 여인의 뒤로 선 또 다른 여자는 앞선 여인과는 완전히 대조되는 느낌이었다. 아담한 키에 어떻게 저런 색이 나올까 싶을 정도로 깨끗하고 투명한 백발 아래로 싸늘하게 빛나는 선분홍빛 눈동자는 마치 잘 만들어진 인형을 보는 듯했다.

그녀들이 걸어오는 내내 귀족들은 누구 하나 할 것 없이 고개를 숙여 예를 다했다. 그녀들이 점점 가까워지자 메모리는 몸을 옆으로 틀었으며, 리안은 담담한 표정을 한 채 떨고 있는 메모리의 손을 잡아주었다.

카헤시온은 서늘한 눈빛으로 그녀들을 바라보았다.

시로벨은 머릿속으로 떠오르는 이름과 정보를 확인하며 보바톤 황제의 목소리에 귀를 기울였다.

"먼 길 오느라 고생했다, 키리에나, 유에시스."

마티디안 제국의 제1황녀이자 카헤시온 다음으로 가장 강력한 황위 계승자인 키리에나 스포르쳐 마티디안, 그리고 그녀의 친여동생이자 제국의 몇 안 되는 인형술사 유에시스 세쳐 마티디안. 이로써 마티디안 제국의 황위 계승권을 가진 이들 대부분이 모인 셈이었다.

"여전하구나, 키리에나. 오히려 더 씩씩해진 것 같군. 유에시스는 예전보다 키가 좀 자란 듯하구나."

"경하드립니다, 폐하."

"경하드립니다."

키리에나가 먼저, 그리고 유에시스가 고개를 숙이며 높낮이 없는 메마른 음성으로 속삭였다. 바로 옆이 아니라면 들리지도 않을 정도로 작은 목소리였다.

한편, 시로벨은 반짝반짝한 눈으로 키리에나를 보고 있었다. 가까이에서 보니 그 존재감이 대단했다. 겉으로 봐도 균형 잡힌 몸매에 체격마저 훌륭해 마치 황녀가 아닌 늠름한 기사를 보는 것 같아 시로벨은 은근히 그녀가 부러웠다.

이왕 다른 사람 몸에 들어갈 거였다면 저런 여자였으면 얼마나 좋았을까. 따로 체력 관리를 해야 할 필요도 없을 만큼 완벽하고 이상적인 몸이었다.

한편 그와는 반대로 유에시스 황녀는 정말로 인형 같았다. 예쁜 미모도 그렇지만 그녀에게서 느껴지는 분위기가 인간 같지가 않았다. 세네티아 황녀보다 더 가냘프고 메모리 황자비보다 더 연약해 보였다. 하지만 풍기는 기운은 예사롭지가 않아 쉽사리 다가가기 어려운 분위기였다.

"오랜만입니다. 카헤시온 황자 전하, 리안 황자 전하."

황제에게 인사를 마친 키리에나와 유에시스가 이번엔 카헤시온과 리안에게 말을 걸었다. 리안은 카헤시온보다는 부드러운 표정으로 고개를 끄덕였다.

"여전해 보이는구나, 키리에나. 아니, 예전보다 실력이 더 향상되었겠지?"

리안의 말에 그녀는 입으로만 웃으며 대꾸했다.

"리안 전하의 실력에 비하면 아무것도 아니지요. 메모리 비전하께서도 잘 지내시는 것 같고, 카헤시온 전하께서도 여전하시군요. 그나저나 뜻밖이군요."

키리에나의 날카로운 눈이 시로벨을 주시했다. 의아함과 흥미가 뒤섞인 눈빛에 시로벨은 왠지 모르게 기분이 나빠지려고 했다. 그때 그녀의 앞을 카헤시온이 막아섰고, 키리에나는 별말 하지 않은 채 옆에 선 유에시스와 함께 다른 귀족들이 있는 곳으로 사라졌다.

가장 유력한 황위 계승자인 키리에나와 카헤시온의 대치에 귀족들마저도 시선을 집중할 만큼 팽팽했던 분위기는 키리에나가 먼저 물러섬으로 인해 순식간에 깨졌다. 애초에 황위 계승을 포기해 그 분위기와 상관이 없었던 리안은 꽤나 겁먹은 표정의 메모리를 달래며 다른 곳으로 걸음을 옮겼다.

둘만 남게 되자 시로벨은 밀려드는 어색함에 살짝 굳은 미소를 지었다. 주위가 시끄러움에도 불구하고 마치 이곳만 시간이 멈춰 버린 것 같았다. 그나마 세네티아라도 옆에 있으면 좀 낫지 않을까 싶어 그녀의 등장만 눈 빠지게 기다리며 연회장 입구를 주시했다. 그러자 마치 기다렸단 듯 문이 열리며 세네티아가 들어오는 것이 보였다. 이미 연회가 시작된 이후라서인지, 아까 키리에나와 유에시스가 등장하던 때와는 달리 나팔 소리도 울리지 않았기에 계속 그쪽을 쳐다보고 있지 않았더라면 발견하지 못할 뻔하였다.

그녀를 반가워하며 얼른 달려가려던 그때, 흐르던 음악이 갑자기 춤곡으로 바뀌면서 키리에나와 보바톤 황제가 손을 잡고 연회장 한가운데로 나서는 것이 보였다.

제국의 법도 상 연회의 시작은 황제와 황후가 함께 춤을 추는 것이었다. 하지만 현재 황후의 자리는 비어 있고, 그 자리를 대신할 후궁들조차도 출궁한 상태인지라 백합원의 장인 키리에나가 황제의 손을 잡은 것이다. 키리에나 황녀가 황궁에 모습을 드러낸 순간부터 백합원장의 자리는 세네티아가 아니라 키리에나의 것이 된 셈이나 마찬가지였다.

황제와 황녀의 춤이 끝나고 이번에는 리안 황자와 메모리 황자비가 나섰다.

시로벨은 저도 모르게 초조함에 입술을 씹었다. 조세핀에게 들은 대로라면 2황자 내외의 춤이 끝나면 자신도 3황자와 함께 춤을 추어야 한다고 했다. 하지만 천하의 카헤시온이 저런 닭살스러운 짓을 할 리가 없다는 생각이 불현듯 들었고 이내 마음이 편안해졌다. 그래서 원래 목적했던 대로 세네티아를 찾아 가려는 순간, 그 걸음은 얼마 가지 못하고 붙잡히고 말았다.

"어디 가는 거지?"

키리에나의 등장 이후 내내 입을 꾹 다물고 있던 그가 갑자기 꺼낸 말에 시로벨은 멈칫해서는 그를 돌아보았다.

"세네티아 황녀 전하께······."

슬쩍 빠져나가게 두지 왜 부르고 난리야!

시로벨은 어색하게 웃으면서 그가 가보라고 하길 기다렸다. 하지만 그는 시로벨 쪽으로 손을 내민다는, 상상할 수도 없었던, 절대로 있을 수 없는 일이라 생각했던 엄청난 짓을 저지르고 있었다.

"잡아."

"네?"

"잡으라고."

"그러니까 지금 뭐 하려고, 설마?"

잡으라는 손은 안 잡고 자꾸 뜸을 들이자 카헤시온은 슬쩍 미간에 주름을 만들더니 그녀의 손을 덥석 움켜쥐었다. 시로벨이 거기에 놀라 어버버 하는 사이, 두 사람은 어느새 눈이 부실 정도로 화려한 샹들리에 바로 아래에 서 있었다.

연회장 한가운데에 춤을 추기 위해 선 그 두 사람에게로 귀족들의 시선이 꽂혔지만 시로벨은 아무것도 느끼지 못했다. 낮게 흔들리는 물빛 눈동자에는 오직 자신의 앞에 바짝 서 있는 카헤시온, 그만이 가득 차 있었다.

3황자 부부의 등장에 정신을 놓은 건 악사들도 마찬가지였다. 누군가 박수를 한 번 치자 악사들은 그제야 정신을 차리고서 부드럽고 느릿한 춤곡을 연주하기 시작했다. 그리고 서서히 움직이기 시작하는 시로벨의 발걸음.

시로벨은 지금 자신의 의지가 아닌 카헤시온의 손길에 따라 움직이고 있었다. 그래, 그와 함께 지금 춤이라는 그 닭살스러운 행위를 하고 있는 것이다!

시로벨은 억지로 입꼬리를 올리려고 애썼다. 보는 눈도 있고, 분위기도 분위기인지라 조세핀에게서 억지로 배워둔 스텝을 서툴게 밟고 있었지만, 의외로 능숙하게 그녀를 이끄는 카헤시온 덕분인지 그 서투름이 겉으로 드러나지는 않았다.

시로벨의 붉은 머리카락이 움직임에 따라 하늘거리며 마치 꽃잎처럼 우아하게 흔들렸다. 거기에 카헤시온의 흑빛이 더해지자

몇몇 귀부인들은 탄성마저 내질렀다. 그야말로 선남선녀의 만남에 모든 이들의 시선이 그들에게 와 닿았다.

시로벨은 오직 카헤시온만 보았다. 그 또한 마찬가지로 그녀의 얼굴만을 담고 있었다.

맞닿은 손끝에서부터 점점 열기가 피어 온몸이 화끈거릴 정도였다. 긴장감에 덜덜 떨리는 손은 카헤시온과 붙들고 있는 덕에 티가 나지 않았다.

"갑자기 왜 이러십니까?"

어색한 분위기를 참지 못한 시로벨이 먼저 입을 열었다. 카헤시온은 그녀의 허리를 능숙하게 잡고서 부드럽게 한 바퀴를 돌며 되물었다.

"무엇을?"

시로벨은 그의 손길에 저도 모르게 움찔하며 그의 어깨를 붙잡았다.

"이상하지 않습니까? 전하께서는 안 이상하십니까?"

"……."

카헤시온은 대답이 없었다. 이상하지. 안 이상할 리가 없어. 키리에나 황녀의 등장으로 뭔가 충격이라도 받아서 이러는 건가?

카헤시온은 춤을 추는 중에도 의심하느라 여념이 없는 시로벨을 물끄러미 바라보았다. 이상하지 않느냐고? 거기에 대답할 말이 있을 리가 없었다. 지금 왜 이러고 있는지 그 자신도 이유를 모르니 말이다. 하지만 그녀의 말처럼 이상하긴 했다. 그렇지만 멈추고 싶지는 않았다.

원래 황제의 춤이 끝나면 혼인한 황자들이 자신의 비와 함께 춤을 추는 것이 관례였다. 그러니 만약 춤을 추지 않는다면 분명 귀족들의 입방아에 오르내릴 것이 분명했다. 역시 3황자 부부 사이가 좋지 않은 것이 분명하다고 다시 숙덕거릴 것이다. 요즘 들어 그 소문이 점차 없어지고 있는데 괜히 다시 이야깃거리를 던져 줄 필요는 없다고, 카헤시온은 그렇게 생각하기로 했다. 그 역시 귀가 있기에 비와 자신에 대한 소문들을 듣고 있었다. 이 여자는 정말 전혀 신경 쓰고 있지 않은 것 같지만.

시로벨은 이 음악이 얼른 끝나기를 속으로 빌고 또 빌었다. 단조로운 음율 아래 계속해서 빙빙 돌고 있자니 어색하기도 하고 갑갑하기도 하고 특히 계속 이렇게 그와 손을 잡고 붙어 있으려니 미칠 것 같았다. 이쯤하면 되지 않았느냐고, 그만하자고 하려 할 때, 그가 왼쪽 손을 붙잡는 바람에 입을 열 수가 없었다.

"반지……."

시로벨은 고개를 내렸다. 손가락 위에 낀 반지 위로 카헤시온의 손길이 슬쩍 스쳐 지나갔다.

"……공식 행사 때는 필요하다면서요? 혹시 지금이라도 마음이 바뀌어서 돌려달라는 것이라면 돌려 드리겠습니다."

"……어울리는군."

그 순간 음악이 멎었고, 두 사람은 떨어져서 서로를 향해 인사를 했다. 드디어 춤이 끝난 것이다.

시로벨은 고개를 푹 숙이고서 연회장을 제멋대로 빠져나가 버렸다. 뒤에서 메이가 다급하게 불렀지만, 아무 것도 들리지 않았다. 그저 사람들을 헤치고 걸음을 서두르는 그녀의 귀끝이 빨갛게 달아올라 있었다.

"어울리는군."

분명 그렇게 말했다. 새하얀 샹들리에 빛 아래, 그의 시선이 살짝 부드럽게 휘어지는가 싶더니 이내 짧고 부드러운 목소리가 그녀의 귓가를 사로잡아 버렸다.

아니야. 이건 말도 안 돼. 아니야!

"돌았군, 돌았어."

모든 원흉은 이 반지다! 이 빌어먹을 반지를 돌려준다고 괜히 룬궁에 기어들어 간 그날 이후로 모두 변해 버리고 말았다.

미친 달. 저 미친 달. 그래, 이건 미친 달의 저주야! 세상에 달이 두 개인 것부터가 미친 거 아니야? 말이 안 되는 일이야! 그래서 나까지 이상해진 거야!

연회장을 나선 시로벨은 거의 뛰다시피 걸어 인적이 드문 복도에 섰다. 외부와 그대로 통하게 트인 그곳으로 두 개의 달빛이 신비롭게 쏟아졌다. 시로벨은 그 자리에 서서 멍하니 하늘 위의 달을 쳐다보았다. 저 달을 보고 있으면 묘한 빛에 홀리는 것 같은 기분이 들곤 했다. 어쩌면, 정말로 저 달에 홀려서 미쳐 버린 건지도 모른다.

"괜찮으신가요, 비전하?"

낯선 목소리에 시로벨은 흠칫하며 뒤로 돌았다. 불길한 느낌이 온몸을 휘감았다. 그리고 그곳엔 어쩐지 상대하기에 껄끄러운 제1황자, 카인이 한 손에는 검은 고양이를 품에 안고, 다른 한 손에는 붉은 와인이 든 잔을 든 채 서 있었다. 연회장에 없던 사람이 왜 뜬금없이 여기에 있나 싶어 시로벨은 저도 모르게 마른침을 삼켰다.

"카인 황자 전하."

"달빛이 좋군요. 와인 한잔하시겠습니까?"

춤을 추고 시로벨이 자리를 뜬 이후로도 연회장은 내내 소란스러웠다. 그도 그럴 것이 3황자 부부가 결혼 후 처음으로 공식석상에서 함께 춤을 춘 것이었다. 춤은커녕 한자리에 함께 있는 것도 몇 번 보질 못했던 귀족들은 카헤시온 황자가 시로벨 황자비에게 직접 춤을 청하던 때부터 놀란 상태였다. 궁 안에 돌던 소문이 진짜였던 모양이라고 수군대는 사람들 틈에서 제라드는 저 역시 눈앞에서 본 광경이 믿어지지 않았지만 혹시라도 황자가 그걸 듣고 화를 낼까 싶어 서둘러 상황을 수습하려 했다.

한편 그 수군거림의 당사자이면서도 잠자코 있던 카헤시온의 앞으로 한 여인이 다가왔다. 황제의 탄신을 축하하기 위해 제로비안 제국에서 온 코델리아 아무르 제로비안 황녀였다.

"오랜만에 뵙습니다, 카헤시온 황자님."

"……샤우엔 황태자 전하께서 방문한다고 들었는데."

코델리아는 그의 서늘한 눈빛에도 아랑곳하지 않고서 미소를 띤 채 말을 이었다.

"원래는 샤우엔 오라버니께서 방문하기로 되어 있었답니다. 오라버니께서 매우 오고 싶어 하셨지요. 그 이유는 아마 황자님께서 잘 알고 계시리라 생각합니다."

카헤시온은 뭔가 짚이는 것이 있는 듯 고개를 끄덕이고서 짧게 물었다.

"그런데?"

"제가 오고 싶어서 아바마마께 청을 드렸답니다. 하지만 걱정 마세요. 샤우엔 오라버니의 본래 목적은 제가 지니고 있으니까요. 하지만 그것은 제국을 떠나는 날 드리겠습니다."

그녀의 단호한 음색에 그 역시 재촉하지는 않았다.

그때 연회장의 음악은 어느새 한 곡을 다 마치고, 새로운 곡조로 바뀌었다. 코델리아는 그 순간을 놓치지 않고서 카헤시온을 향해 자신의 생일 연회 때와 마찬가지로 또다시 먼저 손을 내밀었다.

한 제국의 황녀로서 자존심이 상하는 일이었지만 그녀는 그런 것에 전혀 개의치 않았다. 원하는 것을 얻는 데 있어 자존심을 세우는 것이야말로 필요 없는 것이라 생각하는 그녀는 내내 당당한 태도였다.

"이번엔 비전하와 춤을 추셨으니, 저를 거절하지는 않으시겠지요?"

그는 덤덤한 얼굴로 코델리아 황녀를 내려다보았다.

"카헤시온 황자님, 저의 손을 잡아주시겠어요?"

그녀의 고운 소프라노 음성이 조금씩 흩어져가던 그 순간, 그가 코델리아의 손을 잡고선 연회장의 가운데로 발걸음을 옮겼다.

셀레룬의 달빛이 쏟아지는 그 아래, 카인 황자는 와인 잔을 들고서 미소 지었다. 그의 품에 안겨 있던 검은 고양이는 짧게 야옹- 하고 울더니만 어느새 바닥으로 훌쩍 뛰어내려 어디론가 모습을 감추었다. 고양이도 없이 이제 정말로 단둘이 되자 시로벨의 물빛 눈동자는 불편한 빛을 띠며 흔들렸다. 이상하게 저 사람은 유독 피하고 싶다는 생각이 들었다. 이 세계로 넘어와서 이런 느낌을 주는 사람은 처음이었다.

'마음에 안 들어.'

하지만 황자를 앞에 두고 먼저 등을 돌릴 수는 없지 않은가? 그녀는 애써 태연하게 미소를 지으며 입을 열었다.

"카인 전하께서 권해주시는 것이라 꼭 마시고 싶지만, 현재 몸이 조금 좋지 않아서 거절하겠습니다. 죄송합니다."

"그렇군요. 제가 괜한 얘기를 해서 신경 쓰이게 만들었나 봅니다."

"아닙니다, 전하. 개의치 마세요."

와인잔이 그의 입술에 닿아 기울어질 때마다 카인의 눈부신 황금빛 머리칼이 달빛을 받아 반짝거렸다. 시로벨은 등 뒤로 숨긴 주먹을 꽉 쥐고서는 이곳에서 빠져나갈 타이밍을 쟀다. 그를 보고 있자니 너무 기분이 나빠져서 견딜 정도였다.

"그럼, 전 이만 로제궁으로 돌아가 보겠습니다."

속으로 됐다, 를 외치며 슬그머니 몸을 돌리는 순간, 성큼 다가온 카인이 그녀의 손목을 붙잡았다. 시로벨이 놀라서 고개를 돌리니 카인이 묘한 미소를 그리며 그녀의 눈동자를 바라보고 있었다.

"카인 황자 전하?"

"황제 폐하의 탄신 연회인데 이렇게 빨리 돌아가시면 안 되죠."

"그, 그렇긴 한데……."

"카헤시온과 춤을 추었다는 얘기를 들었습니다. 그 얘기로 밖까지 술렁이더군요."

카인의 말에 시로벨은 겨우 잊고 있었던 그 장면이 다시금 떠올라 저도 모르게 얼굴이 화끈거렸다. 젠장. 안 그래도 그걸 잊으려고 나왔던 건데! 이상한 녀석한테 걸려서는…….

"전하, 일단 이 손부터 놓아주시는 게……."

"저와도 한 곡 춰주세요. 시로벨 비전하."

"예?"

갑자기 생뚱맞은 그의 말에 시로벨은 머릿속이 새하얘졌다. 뭐라는 거니, 지금?

"설마 거절하진 않으시겠죠?"

그는 처음부터 대답 따윈 상관없었던 듯, 그녀의 손을 잡은 채그대로 연회장 쪽으로 향했다.

시로벨은 황자고 나발이고 그의 손에서 벗어나려고 안간힘을썼지만 그는 꿈쩍도 하지 않았다.

겉은 호리호리하게 생겼으면서 대체 뭘 먹었기에 힘이 이렇게장사인 거야!

결국, 시로벨은 그와 함께 연회장 안으로 다시 들어서고 말았다. 정말이지 미치고 팔짝 뛸 노릇인데 카인 황자는 전혀 개의치않아 하여 더욱 시로벨의 속을 뒤집었다.

"이제 곧 음악이 바뀔 것 같군요."

아주 태연하시군. 시로벨은 이젠 대놓고 불경한 눈빛으로 그를슬쩍 살폈다. 분명 겉모습은 휘늘어진 눈매로 인해 웃는 낯을 띠고 있었으나 그 속, 서늘하게 감도는 눈동자는 무척이나 섬뜩했다. 분명 카헤시온만큼이나, 아니 그보다 더 차가울 것이다.

"그럼 가실까요?"

다정하게 속삭이는 목소리에 시로벨은 애써 표정 관리를 하고서 어쩔 수 없이 걸음을 옮겼다. 어쩌다 일이 이 지경이 됐을까? 하아. 그래, 어쩔 수 없다. 얼른 끝내고 궁으로 돌아가자 다시 마음 먹은 시로벨은 그의 손을 고쳐 잡았다. 카인의 다른 손이 그녀의 가는 허리에 와 닿고 숨결이 느껴질 만큼 가까워진 순간, 시로벨은 그의 어깨 너머로 보이는 카헤시온에게 시선을 뺏기고 말았다. 이 많은 사람들 사이에서 카헤시온만이 뚜렷하게 보이는 건 정말 이해할 수 없는 일이었다. 그리고 그의 곁으로 아름다운 여인이 가까이 다가서는 것이 보였다. 여자라고는 쳐다보지도 않는다면서. 그 여자가 하는 말을 들어주는가 싶더니 이내 그 손을 잡고서 이쪽을 향해 걸어오는 그의 모습에 순간 심장으로 묵직한 통증이 파고들며 불쾌한 느낌이 피어올랐다.

대체 저 여자는 누구야? 아니, 그보다 난 대체 뭘 신경 쓰고 있는 거야!

다시 음악이 흐르고, 어딘가 어긋난 두 쌍의 남녀가 그렇게 움직이기 시작했다.

코델리아의 요청에도 동요하지 않던 카헤시온은 카인의 손을 잡은 시로벨을 보았다. 요정의 빛이라 불리는 샹들리에의 우아한 빛 아래에서 카인과 나란히 서서 살며시 미소를 짓는 그녀의 모습을 본 순간 그는 저도 모르게 코델리아의 손을 잡아버렸다. 아차 하긴 했지만 이미 되돌리기엔 너무 늦었다.

그는 저도 모르게 옅은 한숨을 내쉬었다. 한 번도 감정이 이성을 이긴 적은 없었는데. 마치 뭔가에 조종당한 느낌이 들어 썩 기분이 좋지는 않았다.

카헤시온은 수줍은 미소를 짓는 코델리아의 모습에 애써 표정 관리를 했다. 하지만 그의 시선은 슬그머니 코델리아를 넘어 시로벨에게로 향했다.

"이렇게 받아들이실 줄은 몰랐어요."

그녀의 목소리가 기분 좋게 울렸고, 카헤시온은 여전히 시로벨을 바라보며 짧게 대답했다.

"한 제국의 황녀를 두 번이나 거절할 순 없는 일이오."

"오늘을 절대 잊지 못할 거예요."

행복해하는 그녀에 비해 카헤시온은 시종일관 담담한 표정이었다. 그는 그저 서늘하게 가라앉은 눈동자로 오직 시로벨만을 담고 있었다.

춤추는 걸 썩 좋아하지 않는 것 같더니. 도대체 저게 무슨 상황일까? 그저 단순히······.

'나와 있는 것이 불편했던 것인가.'

어떤 생각으로 춤을 췄는지 모르겠다. 그저 발이나 밟지 말자는 심정으로 움직인 끝에 드디어 음악이 끝났는데도 카인은 여전히 그녀의 손을 놓지 않은 채로 인사를 했다. 하지만 시로벨은 오직 틈을 노리고 있다가 재빨리 제 손을 빼어내었다. 이제야 숨이 트이는 듯한 기분이 들었다.

"춤을 무척이나 잘 추시는군요, 비전하."

"전하께서 잘 이끌어주신 덕분이지요."

시로벨은 그리 말하면서 카인의 어깨 너머를 슬쩍 훔쳐보았다. 저쪽도 춤이 끝난 듯, 서로 마주 보며 인사를 하고 있었다. 대체 저 얼음 같은 남자가 상대해 주는 여자가 누구인지 궁금해 미칠 지경이었다.

그녀는 여자 쪽을 주의 깊게 살펴보았다. 얼핏 보아도 굉장히 수려해 보이는 여인이었다. 이 몸이 화려한 아름다움이라면 저쪽은 깨끗하고 청초한 아름다움이었다.

'청초의 레이디. 코델리아 아무르 제로비안 황녀.'

순간 머릿속으로 스쳐가는 정보에 시로벨은 입술을 깨물었다. 자신이 이 세계에서 처음 눈을 떴던 그때, 카헤시온은 분명 코델리아 황녀의 생일 연회에 참석하느라 황궁을 비웠다 했었다. 저 여자가 바로 그때 그 주인공인 모양이었다.

시로벨은 춤을 마친 카헤시온이 코델리아와 함께 뒤돌아서자 저도 모르게 붙잡고 말았다.

"저, 전하!"

시로벨의 목소리에 순간 주변이 조용해졌다. 시로벨은 얼굴이 하얗게 질려서는 그를 보았다. 분명 들었을 것이다. 듣지 못할 리가 없으니까! 오면 뭐라고 해야 하지? 그냥 불러봤다고? 미친년도 아니고! 아니면 실수로 불렀다고? 말이 되냐고! 하지만 시로벨은 고민할 필요가 없었다. 그녀의 목소리를 들은 게 분명함에도 카헤시온은 고개조차 돌리지 않고서 그대로 연회장을 빠져나갔고, 코델리아는 그 모습에 피식 미소를 짓고서 서둘러 그의 뒤를 따라나섰다.

시로벨은 그 자리에 혼자 남겨졌다.

대체 뭐야. 저 남자 설마 날 무시한 거야?

마치 버림받은 것 같은 기분이 들었다. 코델리아의 비웃는 듯한 미소에 더욱 더러운 기분이 온몸으로 휘몰아쳤다. 시로벨은 입술을 꽉 깨물고서 거칠게 몸을 돌렸다.

그래! 그 뭐 같은 성격이 하루아침에 나아지겠어? 다른 여자랑 잘 먹고 잘 살아라! 이쪽도 바라던 바라고! 이왕 이렇게 된 거, 차라리 날 궁에서 쫓아내고 저 여자랑 같이 살면 더 좋고!

갑자기 술이 확 당겼다. 이런 기분엔 소주가 최곤데!

"카인 전하, 아까 권하셨던 와인 지금 마셔도 될까요?"

"언제나 환영입니다, 시로벨 비전하."

시로벨은 홧김에 카인과 함께 연회장을 빠져나갔다. 어차피 나는 떠나야 할 사람이고 그 여자는 그럴 필요도 없고, 오히려 대제국의 황녀이니 그에게 더 도움이 될 거라고 그렇게 생각하고, 생각하는데도 자꾸만 불쾌감이 치솟는 낯선 느낌에 짜증이 일었다.

정신 차려라, 한소휘. 제발 좀! 저 미친 달의 현혹에 넘어가선 안 돼!

궁 밖으로 나온 그녀는 걸음을 멈췄다. 차가운 바람에 점점 냉정을 되찾기 시작했다.

그래, 지금 이 감정은 저 미친 달에게 홀려서 그런 거야. 그래서 정상적인 생각을 하지 못하고 들떠서 그런 거야. 이제 나아졌어, 나아졌다고.

"비전하?"

카인은 갑자기 멈춰 선 시로벨을 불렀다. 그러자 그녀는 그제야 스스로가 저 남자를 끌어들인 이 미친 상황에 한숨을 내쉬며 억지로 입꼬리를 틀어 올린 채 입을 열었다.

"전하, 죄송하지만, 역시 몸이 무거워 아무래도 로제궁으로 돌아가야 할 듯합니다."

그래, 돌아가자. 돌아가서 한숨 푹 잔 다음에 다시 검을 잡고 정신 수련을 하는 거야. 흐트러진 이 마음을 단련시켜야 해!

하지만 시로벨의 바람과는 달리 카인은 묘한 미소를 띤 채 그것을 허락하지 않았다.

"어느새 셀레룬과 아테미스룬조차 어둠 속에 사라졌군요."

방금 전만 해도 환히 얼굴을 보이던 달이 어느새 구름 뒤에 숨어버렸다.

"전하, 이만 돌아가고 싶은……."

순간, 카인이 그녀의 어깨를 거칠게 밀어뜨렸다. 덕분에 시로벨은 쿵 하는 소리와 함께 뒤로 무너지고 말았다. 서늘한 벽의 감촉이 등 뒤로 소름 끼치게 파고들었다. 그리고 카인은 팔을 뻗어 그녀를 벽과 저 사이에 가두었다.

너무나도 가까운 거리. 그의 숨결이 두 뺨에 닿을 듯한 거리에서 시로벨은 어느새 지독히도 싸늘한 눈빛으로 그를 노려보았다.

"이게 무슨 짓입니까, 카인 전하."

"이 정도의 어둠이라면 어떤 짓을 저질러도 숨겨주지 않을까요?"

그는 너무나도 태연했다. 입꼬리를 부드럽게 올려 짓는 미소가 시로벨에게는 더없이 섬뜩하게만 보였다.

성격 같아서는 '이 미친 자식아, 빨리 안 꺼져!'라고 소리치고 싶었지만, 그보다 더 험한 말도 하고 싶었지만! 상대는 제1황자이기에 시로벨은 참고 또 참았다. 아직 이성을 놓을 수는 없다.

하지만 그의 고개가 점점 아래로 내려오더니 이내 그의 머리카락이 그녀의 어깨에 와 닿아 출렁였다.

"카헤시온에겐 너무나도 아까운 여자야."

"비켜."

"내게 오는 게 어때? 아주 예뻐해 줄 수 있는데. 남들이 너를 우러러보게 할 수도 있어. 아까와 같은 치욕은 절대 당하지 않을 거야."

"비켜!"

어느새 그녀의 목소리가 살벌하게 일그러지면서 시로벨은 카인의 어깨를 붙잡고 그를 밀어내기 위해 힘을 주었다. 웬만하면 참고 넘어가려고 했지만 더는, 한계였다.

"당장 내 몸에서 그 더러운 손 치워, 죽고 싶지 않으면."

결국 저지르고 말았다. 하지만 시로벨은 후회하지 않았다. 아니, 동생의 아내에게 이런 짓을 하는 게 이 세계에서는 상식적이야? 아무리 상상을 초월하는 세계라지만 이건 말도 안 되지!

그때, 귓가로 나지막한 웃음소리가 울려왔다. 카인과의 거리는 아까보다 멀어졌지만 그래도 아직 가까웠다.

"재미있군요. 이렇게 쉽게 그 본성을 드러내도 되는 건가요?"

"더 이상 계속 하신다면 저도 더 이상 제1황자로서 대하진 않을 겁니다."

"살벌하네요. 변했다는 말이 거짓은 아닌 모양이에요. 그럼 예전의 모습은 도대체 뭐죠? 달라도 너무 달라진 거 아닌가? 마치 딴사람이 된 것처럼."

카인은 시로벨의 얼굴에 손을 올렸다. 긴 손가락이 시로벨의 뺨을 타고 점점 아래로 내려와 마지막엔 어깨 위에 올랐다. 시로벨은 당장에라도 그 손가락을 뭉개 버리고 싶었지만 일단 참았다.

이상하게 몸이 움직이지 않았다. 마치 뭔가를 기다리는 사람처럼. 반드시 나타날 거라는 어처구니없는 바람이 심장 주변을 맴돌며 평소와는 다른 자신을 보이는 것 같아 기분이 묘하면서도 기가 막혔다.

도대체 누굴 기다리는데? 왜 이토록 초조함이 드는 걸까? 몸이 이렇게 연약해졌다고 정신도 나약해지는 건가? 정신 차려, 한소휘! 지금은 비록 이런 인형놀이를 하고 있긴 하지만 미친개 한소휘가 이런 남자 하나 마음대로 제압하지 못하다니!

하지만 그런 생각을 하면서도 자꾸만 그녀의 시선은 그의 어깨 너머를 향하며 누굴 기다리고 있는지 차츰차츰 깨닫고 있었다.

그가 와줄 것 같다는 생각. 이 상황에서 그가 올지도 모른다는 그런 미친 생각.

순간, 시로벨의 눈동자가 흔들리면서 정말로 시선에 그가 닿아 버렸다.

"장난이 지나치십니다, 카인 형님."

그리고 저도 모르게 머릿속에 맴돌던 이름을 내뱉고 말았다.

"카헤시온……."

바깥 공기가 꽤나 차가웠다. 구름에 그 빛을 숨겨 버린 셀레룬과 아테미스룬 때문인지 더 을씨년스러운 분위기를 자아내고 있는 태양궁의 정원에서 코델리아는 얇은 옷 사이로 스미는 찬바람에도 불구하고 제 앞에 드리워진 그의 그림자에 새삼 엷은 미소를 지으며 두 뺨이 붉은빛으로 살포시 달아올랐다. 물론 한 번도 뒤돌아보지 않았지만, 그래도 그와 이렇게 같이 있다는 것만으로도 너무나도 기뻤다. 그만큼 아주 오랫동안 그를 사랑하며 이 마음을 고이 품고 있었으니까.

그녀는 두근거리는 마음을 애써 다잡고서 살며시 손을 뻗어 카헤시온의 옷자락을 붙잡았다. 순간, 그가 움찔하더니 고개를 돌렸다. 굉장히 당황해하는 표정에 코델리아는 저도 모르게 가슴 한구석이 싸하게 아려왔다.

'이 사람, 내가 뒤에 있다는 사실조차 잊고 있었구나. 대체 무슨 생각을 하고 있기에……'

하지만 그녀는 애써 아무렇지 않은 척 그를 향해 웃어 보였다. 그에게 이런 식으로 외면당했던 게 한두 번이 아니었으니까. 하지만 그렇기에 오히려 다행이었다. 그는 결코 다른 여인에게 마음 주지 않을 테니까. 그에게는 이미 비가 있지만 코델리아는 그것에 마음 쓰지 않았다. 고작해야 속국의 왕녀, 그가 그녀를 신경 쓸 리 없다고 생각했다. 결과적으로도 그는 아내가 쓰러졌던 순간에도 자신의 제국에 있었다. 황자비의 자리 따위, 마음만 먹는다면 지금 그 자리를 차지하고 있는 여자를 쫓아내고 자기가 가질 수도 있었지만 코델리아는 그것보다도 누구도 얻지 못했던 카헤시온의 마음을 원했다. 그의 유일한 여자. 그가 바라보는 유일한 여인. 코델리아는 오직 그것만을 원했다.

"내게 할 말이라도 있소?"

카헤시온은 속으로 한숨을 내쉬었다. 제 뒤에 코델리아가 따르고 있는 줄도 몰랐다. 분명 기척이 느껴졌을 텐데 그것조차 알아차리지 못할 만큼, 지금 어디에 정신을 팔고 있단 말인가.

"밤바람이 차갑습니다. 혹여 몸이라도 상하지 않을까……."

"괜찮소. 하지만 황녀는 힘들지도 모르니 돌아가시오."

"아, 아닙니다. 저도 괜찮습니다. 좀 더 걷고 싶은걸요."

'당신과 조금이라도 더 같이 있고 싶을 뿐이에요.'

코델리아는 차마 뒷말은 입 밖에 내지 않고 가슴에 묻으며 미소를 지었다. 그러곤 슬쩍 그의 뒤가 아닌 옆으로 살포시 걸음을 옮겼다. 하지만 그것을 끝으로 둘 사이엔 어떤 대화도 오가지 않았다.

카헤시온은 지금 너무나도 혼란스러웠다. 태양궁에 들어설 때부터 전부 다 이상했다. 대체, 도대체 왜.

'그 여자를 신경 쓰고 있는 거지?'

그의 머릿속은 오직 한순간에 사로잡혀 다른 것을 생각하지 못했다. 카인 황자의 손을 잡고서 웃으며 들어왔던 시로벨의 모습. 그와 함께 춤을 추던 그 모습까지도.

자신에겐 그토록 인색한 미소를 카인 황자에겐 아무렇지도 않게 보여주던 시로벨. 저와는 춤이 끝나자마자 도망가더니, 카인 황자의 손을 잡고 스스로 그 자리로 돌아왔다.

그는 걸음을 멈추고 태양궁 밖으로 흘러나오는 음악 소리에 귀를 기울였다. 그녀는 아직 저 안에 있을까? 카인 황자와 함께? 예전엔 그녀가 무엇을 하든 아무 관심이 없었는데 지금은 가끔 그녀가 무엇을 하고 있는지, 어디에 있는지, 그리고 어떤 표정으로 무슨 말을 하고 있을지 궁금해질 때가 있었다.

황자비면서 검을 휘두르고 싶다며 가르쳐 달라고 말하는 당돌함에 처음엔 황당했었다. 하지만 어느 순간 그도 그녀와 검을 맞부딪치는 그 순간을 기다리게 되었다. 대체 언제부터? 도대체 왜?

손을 마주 잡고 샹들리에 아래에서 처음으로 그가 원해 그녀와 함께 춤을 추었던 그 순간이 떠올랐다. 자신이 준 반지를 손에 끼고, 어색함을 감추지 못한 채 자신의 품 안에서 움직이던⋯⋯.

"황자 전하?"

코델리아는 갑자기 우뚝 멈춰 선 카헤시온을 의아한 시선으로 바라보았다. 그는 좀처럼 걸음을 떼지 않더니 이내 다급하게 고개를 돌리면서 그녀에게 말했다.

"너무 늦었으니, 황녀는 돌아가도록 하시오."

"하지만 갑자기 왜?"

"제라드!"

카헤시온의 외침에 저 멀리서 그들을 따르던 제라드가 헐레벌떡 달려왔다. 그는 황자의 눈짓에 고개를 끄덕이고서 코델리아 황녀를 향했다.

"제가 모셔다 드리겠습니다, 코델리아 황녀마마."

"카헤시온 황자님."

하지만 코델리아는 고집스럽게 그 자리에 버티고 서서는 다시금 그를 불러 세웠다. 이상하게 그를 이대로 보내고 싶지 않았다. 이대로 그를 보내선 안 된다는 느낌이 들었다. 분명 후회할 거라고, 지금 그를 보내면 절대로 안 된다는 강한 외침이 그녀의 머릿속을 휘몰아치고 있었다.

"제라드가 황녀를 모실 것이오."

"가지 마세요! 아니, 차라리 전하께서 데려다주세요!"

"급한 일이 생겨서 먼저 가보겠소. 미안하오."

"황자님!"

카헤시온은 더 이상 그녀의 목소리에 발걸음을 멈추지 않고 그대로 태양궁을 향해 달려가 버렸다. 코델리아는 떨리는 손으로 제 가슴을 움켜쥐었다. 밀려드는 슬픔에 마음이 허망해졌다. 정말 그에게 저는 아무것도 아니라는 그러한 생각에 눈물이 나려했다.

코델리아는 그 자리에 오랫동안 서서 이미 사라져 버린 카헤시온의 뒷모습을 좇으며, 파르르 떨리는 입술로 속삭였다.

'아니겠지요? 지금 밀려드는 이 불안한 생각이, 제발 잘못된 거라고 말씀해 주세요. 카헤시온……'

단숨에 다시 태양궁의 연회장 안으로 들어온 카헤시온은 오직 시로벨을 찾아 눈을 바쁘게 굴렸다. 지금 제 행동이 얼마나 우습고 어이가 없는지 스스로도 알지만 당장 그녀의 얼굴을 봐야겠다는 생각밖에 들지 않았다. 하지만 아무리 찾아도 시로벨의 모습이 보이지 않자, 그는 연회장의 외진 곳에 서 있는 로제궁의 시녀 메이를 발견하고는 빠른 걸음으로 그녀에게 다가갔다. 메이는 자신에게로 다가오는 카헤시온의 모습에 벌벌 떨었다.

"카, 카헤시온 황자 전하, 무슨 일이십니까?"

역시나 그녀의 주변에도 시로벨은 보이지 않았다. 카헤시온은 애써 다급해지는 표정을 꾹 누르며 무겁게 입을 열었다.

"비는 로제궁으로 돌아간 것인가? 아니, 네가 여기 있다면 돌아가진 않았을 텐데. 어디 있는 거지?"

어쩐지 화가 난 듯한 그의 목소리에 메이는 혹여나 비전하께서 곤경에 빠지실까 겁이 났지만 점점 더 싸늘하게 굳어져 가는 그의 표정에 결국 입을 열 수밖에 없었다.

"비, 비전하께서는 카인 황자 전하와 함께 연회장을 나가셨습니다. 전하? 전하!"

메이의 말이 끝나기가 무섭게 그는 걸음을 돌려 밖으로 달려가기 시작했다.

제1황자 카인 벨베로쳐 마티디안. 그조차도 그 속을 알 수 없는 자. 그렇기에 무척이나 위험한 자. 한때는 유일한 황위 계승자였던!

"이 여자는 도대체!"

태양궁 밖으로 달려 나간 카헤시온이 미친 듯이 그녀를 찾으며, 혹시나 하는 마음에 그렉을 부르려고 한 순간이었다. 멀리서 그녀의 목소리가 들리는 듯해 카헤시온은 당장 그쪽으로 향했다.

"당장 내 몸에서 그 더러운 손 치워, 죽고 싶지 않으면."

귀로 들었지만 믿을 수 없는 말에 카헤시온은 차갑게 얼어붙은 표정으로 천천히 그쪽을 향해 걸음을 옮겼다. 아닐 거라고, 결코 그런 일은 아닐 거라고 믿으면서 가까이 다가간 순간, 그는 엄청난 인내심을 끌어올릴 수밖에 없었다. 그는 스스로가 감정을 완벽하게 다스리고 있다고 생각했는데 어떻게 된 건지 그녀와 관련된 일에는 그럴 수가 없었다.

예전 블랙캣 때 찢어진 드레스를 위태롭게 입고서 검을 휘두르고 있던 그녀를 본 순간에도, 그리고 지금도. 그는 실낱같은 이성을 억지로 움켜쥔 채 서 있었다. 하지만 그때보다 버티기가 힘들었다.

카인의 팔 안에 갇혀 있는 시로벨의 모습이 눈동자에 박힌 순간, 엄청난 분노가 차갑게 휘몰아치며 그를 뒤흔들었다.

"장난이 지나치신 것 같군요, 카인 형님."

카헤시온은 카인의 손을 거칠게 잡아 끌고서 그를 떼어놓았다.

시로벨은 자신에게 눈길조차 주지 않는 그를 불안하게 바라보았다. 이상한 오해라도 하고 있는 거라면 어떡하지? 아무리 그와 거리를 둬야 한다고는 하지만, 그래도 이런 더러운 오해로 쫓겨나고 싶진 않다고!

전전긍긍하는 시로벨의 마음과는 달리 카인은 너무나도 태연한 미소를 그리며 카헤시온을 향해 속삭였다.

"사이가 좋지 않다는 말도 거짓말이었나?"

어느새 시로벨의 앞을 가로막은 카헤시온은 그녀의 손을 거칠게 잡고선 잔뜩 억눌린 살벌한 어조로 카인을 향해 경고했다.

"언젠가, 형님의 속내를 반드시 밝혀낼 것입니다."

"무섭군. 그래, 기다려 보도록 하지. 어차피 우린 서로에게 칼을 꽂아야 하는 운명이니까. 네가 나를 용서하지 못하듯, 나 또한 너를 용서하지 못할 테니."

카인은 카헤시온의 뒤에 서 있는 시로벨을 향해 싱긋 웃고선 천천히 걸음을 돌려 어둠 속으로 사라졌다. 그가 사라지자마자 시로벨은 카헤시온에게서 손을 빼려 했지만, 그는 꿈쩍도 하지 않았다.

"저기, 전⋯⋯."

"조용히 해."

살벌한 한마디에 시로벨은 저도 모르게 움찔하고 말았다. 그러다 이내 그가 고개를 돌려 그녀의 물빛 눈동자를 뚫어지게 노려보자, 시로벨은 한순간 시간이 멈춰 버린 것처럼 그 시선에 묶여 꼼짝할 수가 없었다.

뭐라고 말을 해야 하는데. 이건 오해라고, 정말로 아무 일도 없었다고. 그런데 왜 이렇게 필사적인 마음이 드는 걸까? 이 정도로 그에게 오해받기 싫은 걸까?

두 달빛을 빌려 시로벨은 그의 얼굴을 자세히 바라보았다. 온전히 제 시야에 그의 모습이 가득 담기자 이상하게 안도감이 밀려들었다. 그리고 왠지 조금 흐트러진 것 같은 그의 숨소리에 시로벨의 눈이 커졌다. 설마 뛰어온 것일까? 나를 찾아서?

일그러졌던 표정이 서서히 풀리면서 카헤시온은 그제야 그녀의 손을 놓아주었다. 그의 목소리가 울렸다. 평소처럼 독설도 아니고, 그렇다고 아까처럼 차갑디차가운 목소리도 아니었다. 그저 안도하는 듯한, 그런 낯선 목소리였다.

"항상 엄청난 사고를 몰고 다니는군."

"그럴 때면 이상하게 전하께서는 항상 제 앞에 나타나시고 말이죠. 정말 신기하게도 말이에요."

"눈을 뗄 수가 없으니까."

시로벨은 저도 모르게 숨을 꾹 삼켜들었다. 이 남자, 오늘 정말 이상했다. 아니면 또 저 미친 달의 저주인 건가? 정말 지독한 저주가 아닐 수 없었다. 이러다간 심장이 남아나질 않겠어.

"늦었어. 이만 돌아가도록 해."

좀 전과는 달리 무척이나 부드럽게 그녀의 손을 잡아주었다.

시로벨은 뭔가에 홀리기라도 한 듯 그런 그의 손을 함께 잡고서 걸음걸음을 따라 걷기 시작했다.

카인 황자에게 손을 잡혔을 때와는 전혀 다른 느낌이 들었다. 좀 더 찌릿하고 기분도 나쁘지 않았다. 오히려 가슴 한쪽이 간질간질한……. 악! 제발 정신 차리자, 한소휘! 그래! 오늘만 저 미친 달의 농간에 넘어가 주고, 내일부턴 다시 검과 함께 나약해진 정신줄을 되돌리는 거야!

눈을 질끈 감고서 제 자신에게 세뇌시키듯이 속으로 중얼거리는 탓에 시로벨은 보지 못했다. '빙안의 귀공자'라 불리는 그의 표정이 더없이 부드럽게 녹아내렸다는 사실을…….

연회장 앞에 도착하자 그는 잡고 있던 그녀의 손을 놓아주었다. 한순간 온기가 전부 사라지는 허한 기분이 들었다.

"그대의 시녀와 함께 돌아가도록 해."

"알겠습니다."

연회장 안쪽에서 발만 동동 구르고 있던 메이가 달려왔다. 카헤시온은 이제 할 일은 다 했다는 듯 걸음을 돌렸고, 시로벨은 저도 모르게 그를 향해 짧게 외쳤다.

"오늘 고마웠습니다, 전하. 와주셔서……."

"……."

"기뻤습니다."

시로벨의 한마디에 잠시 멈칫했던 그는 이내 슬쩍 고개를 돌렸지만 이미 시로벨은 메이와 함께 종종걸음으로 멀어지고 있었다. 카헤시온은 그녀의 뒷모습을 바라보며 저도 모르게 속삭였다.

"내가 로제궁에 다시 발걸음 하는 그날은, 아마 그대 때문일 거다, 시로벨."

그러고는 언제 그랬냐는 듯 다시 덤덤한 표정이 그의 얼굴 위로 내려앉으며, 그 역시 조용히 자리를 떠났다.

카헤시온과 만난 후, 카인은 의미심장한 미소를 감추지 못했다. 재미있는 뭔가를 만난 것 같은 표정이었다. 그때, 사라졌던 검은 고양이가 그의 앞으로 다가왔고, 카인은 검은 고양이의 털을 부드럽게 쓰다듬으며 나지막이 속삭였다.

"일이 재미있어졌습니다."

그 순간, 고양이의 몸집이 점점 커다랗게 부풀어 오르는가 싶더니 이내 예전 카헤시온과 싸웠던 그 정체 모를 검은 로브의 사내로 변했다.

"그 계집은 왜 당장 죽이지 않은 거지?"

"어쩌면 카헤시온의 유일한 약점이 될지도 모르는데 어찌 지금 죽이겠습니까?"

"그렇게 여유 부리다간 일을 망칠 수 있다."

"걱정 마세요. 또 다른 블랙캣을 발견하였으니, 일단 그곳으로 가주셨으면 합니다, 엔비님."

카인의 말에 검은 로브의 사내는 어둠 속으로 스며들듯 사라졌다. 홀로 남겨진 그는 시로벨과 카헤시온을 떠올리며 묘한 미소를 지었다.

"카헤시온, 네가 지금 그런 어처구니없는 약점을 만들 만큼 여유가 있다는 것이냐."

⚜ ⚜ ⚜

마티디안 황제의 탄신 연회는 어느덧 나흘째로 접어들면서 마을에서도 축제가 한창 벌어지고 있었다. 시로벨은 그저 오늘도 치렁치렁한 옷을 입고 사람들 많은 곳에 가서는 안면 근육을 억지로 움직이며 웃어야 할 걸 생각하니 눈앞이 캄캄할 뿐이었다.

이제 슬슬 수련을 하면서 나약해진 제 자신을 가다듬고, 그 드래곤인지 뭔지도 찾아 나서야 할 텐데. 대체 무슨 놈의 생일잔치를 일주일씩이나 한다는 건지! 돈이 썩어 나자빠졌나!

그때, 공포의 똑똑 소리와 함께 조세핀이 화려한 붉은색 드레스를 들고서 들어왔다. 그 뒤를 이어 메이는 커다란 상자를 들고 있었는데 그 안에는 분명 온갖 치렁치렁하고 번쩍번쩍한 장신구가 가득할 것이다. 시로벨은 영 마뜩찮다는 표정이 되었다. 처음엔 예쁜 옷과 장신구를 입고 걸치는 게 색다른 경험이라 신기하기도 했었는데 이젠 정말 싫었다. 너무 귀찮고, 무겁고, 거추장스러워!

"비전하, 오늘은 좀 더 세련되고 우아하면서도 다른 이의 시선을 확실히 사로잡을 수 있는! 장인의 숨결이 그대로 느껴지는 드레스입니다. 마음에 쏙 드실 테지요."

시선을 사로잡아? 장인의 숨결? 그놈의 숨결 여러 번 느꼈다간 사람 골로 갈 것 같았다.

"난 오늘은 빠질 테야. 피곤해서 더는 못 가겠어."

하지만 조세핀은 그녀의 말을 못 들은 척하고는 드레스를 정리하였고, 메이와 다른 시녀들 역시 상자 속에서 보석 장신구를 꺼내며 이것저것 고르기 시작했다. 하지만 시로벨은 오늘만큼은 좀 푹 쉬고 싶었다. 정신적으로나 육체적으로나 너무 힘들었다.

"조세핀! 이건 명령이야. 난 절대 안 갈 거야! 절대로!"

"황제 폐하께서 서운해하실 텐데요?"

조세핀은 무척이나 슬픈 눈빛을 보였다. 시로벨은 흠칫해서는 그 눈빛을 외면하려 했지만 마음대로 되지 않았다.

"황제 폐하께서 비전하를 얼마나 기다리시는데요. 그런데 비전하께서 참석하지 않겠다 하시면 얼마나 서운해하실까요. 안 그러니, 얘들아?"

"그래요, 비전하! 황제 폐하께서 서운해하실 거예요!"

"네, 비전하! 황제 폐하께서 쓰러지시면 어떡해요!"

"맞아요, 비전하! 가셔야만 해요!"

이것들이 단체로 나를 물 먹이려고 작정을 했나. 황제가 고작 나 같은 거 안 온다고 쓰러지실 리가 없잖아!

"어디서 감정으로 호소하고 난리야!"

가지 않겠다는 억지는 결국 받아들여지지 않았다. 시로벨은 결국 붉은 드레스를 입고 붉은 머리카락 위에는 푸른 사파이어로 앙증맞게 장식한 티아라까지 얹었다.

시로벨은 한숨을 크게 내쉬며, 그들이 잠시 한눈을 판 사이에 단검을 드레스 속에 숨겼다. 이거라도 가지고 있어야지. 얼굴만 비치고 슬쩍 빠져나오고 말 거야, 반드시!

일찍 도착해 자리를 지키고 있는 카헤시온의 눈동자에 피곤한 기색이 맴돌았다. 벌써 나흘째. 그 역시 이런 복잡하고 화려한 자리를 그다지 좋아하지 않는 터라 차라리 일주일 내내 일을 하는 것이 나을 것 같았다.

하지만 그의 속내가 어떻든 오늘도 여전히 그는 멋졌다. 단정하게 빗어 넘긴 흑발과 차갑게 빛나는 눈동자는 뭇 귀족 영애들의 마음을 뒤흔들기에 충분하였다. 물론, 감히 '빙안의 귀공자'인 그의 앞에 용감하게 나서는 여인은 없었지만.

그때, 그의 뒤에 서 있던 제라드가 문득 고개를 들더니 낭패감 어린 눈초리로 카헤시온의 귀에 속삭였다.

"카인 황자 전하께서 오셨습니다."

제라드의 말에 카헤시온은 급하게 고개를 돌렸다. 녹빛 연미복을 깔끔하게 입은 그는 특유의 부드러운 미소를 머금고서 황제에게 예를 갖추고 있었다. 카헤시온은 저도 모르게 거친 어조로 중얼거렸다.

"펠리아궁에 처박혀 있던 것이 아니었나?"

"분명 그랬는데, 이렇게 나오셨군요."

제라드는 땀을 삐질 흘리며 말을 맺었다.

첫날 이후론 자신의 궁에 틀어박혀 나오지 않던 그가 다시 나타나면서, 카헤시온의 기분은 아예 바닥을 쳤다. 그러다가 일순간 떠오르는 얼굴.

"비는 지금 어디 있나?"

"이제 로제궁을 출발하지 않았을까 합니다."

카헤시온은 짙은 한숨을 내쉬며 걸음을 돌렸다.

"……성문 앞으로 말을 두 마리 준비하라."

"예?"

갑작스러운 그의 명에 제라드가 당황하여 되물었지만, 이미 그는 서둘러 연회장을 빠져나가고 있었다. 제라드는 잠시 곁눈질로 카인 황자를 의식하고는 그 뒤를 따라나섰다.

시로벨은 뚱한 표정으로 마차를 타고서 태양궁으로 향했다. 어쩔 수가 없지 않은가? 사람이란 각자의 자리에서 각자의 일에 최선을 다할 수밖에. 자신이 형사로서 국민들의 안전을 위해 힘썼던 것처럼, 이 여자는 황자비이니 그 자리에 맞게 연회장에서 생글생글 웃어주고 있을 수밖에.

사실 그런 자리를 가장 두려워할 사람은 바로 메모리 비전하일 텐데도 그녀는 단 한 번도 자리를 빠지지 않고 지키고 있었다. 아마 자신의 옆에서 든든한 버팀목이 되어주는 리안 황자 덕분이겠지. 그러고 보면 그 둘은 꽤나 핑크빛 닭살 바람을 솔솔 일으킨다. 리안 황자는 그 무뚝뚝한 성품과는 어울리지 않게……. 뭐, 워낙 메모리 비전하가 사랑스러워서 그럴지도 모르겠지만.

"그 사람도 사랑에 빠지면 그러려나……."

순간, 그녀는 카헤시온이 엷은 미소를 지으며 다가오는 상상을 해버렸다. 젠장. 정말 미쳤나? 그 자식이 언제 웃어…….

"춤췄던 그날, 웃었던 것 같은데."

짧지만 분명 웃기는 했다. 그거 때문에 조금 설레…….

"아오! 정신 차리자. 그 자식 생각을 지워! 훠이! 훠이!"

그때, 한참 잘 달리던 마차가 멈춰 섰고, 시로벨은 '다 왔나?' 하는 표정으로 고개를 들었다. 그와 동시에 마차 문이 벌컥 열려서 시로벨은 저도 모르게 소리를 지를 뻔했다. 호랑이도 제 말 하면 온다고 했던가! 마차 문을 연 것은 바로 카헤시온이었다.

"흐읍! 저, 전하께서 갑자기 어쩐 일로?"

"이 옷으로 갈아입도록 해."

"예?"

"어서."

그는 뭔가를 툭 던져 주고선 문을 닫아버렸다. 이게 무슨 상황인가 싶어 눈만 깜박거리다가 시로벨은 그가 던져준 것을 보았다. 그것은 그녀가 수련할 때 입는 것과 비슷한 바지였다. 이걸 입으라고? 왜? 하지만 일단 이 거추장스러운 드레스를 벗어버릴 수 있는 좋은 기회였기에 시로벨은 일단 머리 위의 티아라부터 벗었다.

잠시 후, 시로벨은 편안한 복장으로 갈아입은 채 마차에서 내렸다. 내리고 보니 이곳은 태양궁 앞이 아니었다.

이게 어떻게 된 일이냐는 눈빛으로 슬쩍 메이를 훔쳐보자, 그녀는 울상을 짓고 있었다. 하는 수 없이 시로벨은 카헤시온을 향해 직접 물었다.

"제가 보기엔 좀 더 가야 할 것 같은데. 물론 걸어가도 되는 거리이기는 하지만. 근데 이 모습으로는……."

카헤시온은 그녀에게 이젠 제법 익숙하게 손을 내밀며 대답했다.

"폐하껜 내가 말씀을 드려놓았다."

"예?"

"잡아."

하지만 시로벨의 그의 손을 잡는 것보다도 혹시나 하는 기대감에 눈을 반짝였다.

"그, 그럼 연회에 가지 않아도 되는 것입니까?"

"그래."

카헤시온은 제 손을 무시하는 그녀의 태도가 썩 마음에 들지 않았다. 하지만 시로벨은 그러든가 말든가 금세 기분이 좋아져서 방긋거렸다. 이렇게 갸륵한 짓을 할 줄이야! 혹시, 설마, 나랑 같이 수련하려고 하는 건가? 그래서 옷을 갈아입으라고 한 거야?

"그럼 저랑 수련을 하려고⋯⋯?"

여전히 내민 손은 쳐다보지도 않는 시로벨의 손을 거칠게 잡아챈 카헤시온은 옆에서 안절부절못하고 있는 시녀들을 쳐다봤다.

"너희들은 이만 로제궁으로 돌아가라. 비는 내가 알아서 돌려보내겠다."

누구도 아닌 황자 전하께서 제 아내를 데려가겠다고 하는데 무슨 말로 막을 수 있을까? 결국 메이는 로제궁으로 돌아갈 수밖에 없었고 시로벨은 카헤시온에게 끌려 어딘가로 향했다.

"대체 어디 가는 것입니까? 수련이 아닌 것입니까? 말씀 좀 하고 가세요, 전하!"

"⋯⋯."

연회에 가지 않아도 된다는 것만으로 하늘을 나는 것 같았던 시로벨의 기분은 금세 제 의사는 무시한 채 마음대로 하려고 하는 카헤시온 때문에 다시 곤두박질쳤다. 어쩐 일로 갸륵한 짓을 해 쬐끔은 예뻐 보였던 마음이 단숨에 사라져 버렸다. 그럼 그렇지, 그 성격이 어딜 가겠냐고!

그때, 빠르게 걷던 그의 발걸음이 잦아들었고, 그녀가 도착한 곳은 바로 성문 바로 앞이었다. 그곳엔 제라드가 두 마리의 말고삐를 쥔 채 기다리고 있었다.

카헤시온은 그제야 시로벨의 손을 풀어주고는 제라드의 옆에 있는 말들을 향해 손짓했다.

"둘 중 하나를 골라라."

"예? 저 말을요?"

"그래. 수련은 아니지만, 그만큼 재미있을 것이다."

시로벨의 얼굴이 밝아졌다. 설마 말 타는 걸 가르쳐 줄 생각인가? 연회에 가서 바보처럼 실실 웃으며 버티는 것보단 훨씬 나은 활동이었다. 그녀는 심사숙고 끝에 '뭐든지 큰 게 짱이지!' 하면서 둘 중 큰 말을 골랐다. 그러자 그는 이내 한숨을 쉬었다. 아무리 고르라고 했다지만 무작정 큰 놈을 택할 줄이야.

"옆에 말을 타."

"하지만 고르라면서요. 난 큰 말이 좋다고요!"

"잘 타지도 못하면서 큰 말을 타다가 떨어지면 그대로 밟혀 죽을 것이다. 그렇게 죽고 싶다면 알아서 하고."

카헤시온의 협박 아닌 협박에 시로벨은 입을 다물었다. 하긴. 말의 등이 이미 제 어깨보다 높은데 저 높이에서 떨어졌다간 죽기까진 않겠지만 최소 전치 몇 주는 나오겠지. 게다가 그의 말대로 밟히기라도 한다면……. 시로벨은 결국 수긍하고는 옆의 작은 말에 냉큼 올라탔다.

말을 처음 타는 건 아니었다. 제주도에 놀러갔을 때 몇 번 타 본 적이 있었다. 그때는 엉덩이가 아팠었는데, 이녀석은 제법 탑 승감이 좋았다.

카헤시온까지 말에 오른 후 제라드는 그와 그녀에게 로브 하나 씩을 전해주었다.

"신분이 노출되면 아니 되시니 꼭 입으셔야 합니다."

"제라드는 지금 어디로 가는지 안다는 말이군요. 설마 우리 밖 으로 나가는 거예요?"

시로벨이 들뜬 기분을 감추지 못한 채 묻자, 제라드는 그저 빙 긋 웃기만 하고 제대로 된 대답은 하지 않았다. 하여튼 그의 오른 팔 아니랄까 봐 하는 행동도 비슷하다.

"분명 즐거우실 겁니다. 하지만 항상 조심하십시오, 비전하."

카헤시온이 말을 움직이자 이내 성문이 열리고 말을 타고 통과 할 수 있을 정도의 틈이 생겼다. 시로벨은 진정 황궁 밖으로 나간 다는 생각에 카헤시온의 모습이 다시 참 어여뻐 보였다.

두 사람이 황궁을 나섰고, 제라드는 두 분의 모습을 끝까지 지 켜보다가 그의 옆으로 다가온 기사들에게 짧게 속삭였다.

"들키지 않게 잘 호위하여라."

"예."

그들은 짧게 대답하곤 순식간에 모습을 감춰 버렸다.

황궁을 벗어났다는 생각만으로 기분이 좋아진 시로벨은 자유 를 만끽하며 주위를 둘러보았다. 스치는 바람마저도 달콤한 것 같았다. 두 사람은 한참을 말을 달리다 카헤시온이 먼저 속도를 줄이는 것을 보고 시로벨도 말고삐를 천천히 잡아당겼다.

"여기서부턴 걸어가야 한다."

"도대체 어디를 가는 것입니까? 이젠 좀 말해줘도 될 것 같은 데."

시로벨은 천천히 말에서 내리려고 했지만, 어느새 카헤시온이 그녀의 손을 잡고서 아래로 내려오는 걸 도와주었다. 하지만 여전히 대답은 않는 터라 시로벨은 그의 손을 잡고 땅에 발을 디디면서 입술을 삐죽였다. 그러고는 툴툴거리면서 혼자 먼저 걸음을 옮겼다. 가르쳐 주지 않은 건 그쪽이니 내가 어디를 가든 뭔 상관이겠어!

하지만 몇 걸음 채 걸어가기도 전에 카헤시온이 그녀의 손을 덥석 잡아끌었다.

"뭐, 뭐예요?"

그의 까만 눈동자와 시로벨의 물빛 눈동자가 마주쳤다. 그는 그녀의 양어깨를 쥐고서 길 아래쪽을 내려다보게 했다. 그의 시선을 따라간 시로벨의 표정이 서서히 환하게 변하면서 저도 모르게 짧게 탄성을 내질렀다.

"하아……. 이곳은 별이 하늘에만 있는 게 아니네요."

그녀가 서 있는 길 아래로 펼쳐진 풍경은 그야말로 놀라웠다. 분명 데르타르 때 지나간 마을인데 그때와는 전혀 다른 풍경에 입을 다물 수 없었다. 다채로운 색깔의 풍등에 마치 땅으로 별이 쏟아져 내린 듯했다. 사람들의 웃음소리와 흥겨운 음악 소리에 저도 모르게 심장이 마구 뛰어올랐다. 태양궁과는 비교도 할 수 없을 만큼 소박한 풍경이었지만 그래도 시로벨은 저곳의 불빛이 더 마음에 들었다.

　카헤시온은 시로벨을 곁눈질로 살폈다. 좋아할 거라 생각은 했지만 생각보다 더 환한 미소에 그녀를 따라 웃게 되었다.

　"황제 폐하의 탄신 연회 동안 궁 밖에서도 축제가 열리지. 그만큼 마을 전체의 경비가 허술해지는데, 그래서 오늘 마을로 잠행을 할 것이다."

　"그런데 왜 저를 데리고 오신 것입니까?"

　"저곳에서 실전에 쓰이는 검술을 가르쳐 주지."

　그녀는 저도 모르게 헤벌쭉 입을 벌린 채 카헤시온을 바라보았다. 그는 헛기침을 하고선 먼저 걸음을 옮기다가 아무렇지 않은 어조로 툭 말을 던졌다.

　"지금부터는 서로에게 말을 놓아야 할 것이다."

　"정말이요? 정말 말을 까도 돼요?"

　"깐다니?"

　"아, 아니, 놓아도 되냐고요."

　시로벨은 저도 모르게 툭 나와 버린 말에 얼른 말을 바꾸며 웃었다. 카헤시온은 괜한 짓을 하는 건 아닌가 싶은 생각에 한숨을 내쉬었다가 그녀의 앞으로 다가와 제라드가 주었던 갈색 로브를 입히고 머리까지 푹 눌러쓰게 하며 말했다.

　"정말이다. 괜히 말을 높였다간 다른 이들에게 들킬 것이다. 잠행의 뜻을 모르는 건 아니겠지? 그리고 되도록이면 얼굴도 가리도록 하고."

　"아, 그렇겠네요. 그럼 기분 나빠하지 마요? 알았지?"

　"……."

"근데 뭐라고 불러야 해? 카헤시온? 그 이름은 사람들이 알아챌 것 같은데?"

말을 놓으라고는 했지만 이렇게 쉽게, 그것도 즐기는 듯한 그녀의 태도에 카헤시온은 저도 모르게 미간이 굳어졌지만, 자신이 한 말이기에 차마 다시 번복하지는 못했다.

"그냥 너라고 할까?"

"카헬."

"응?"

"카헬, 이라고 불러라."

카헤시온은 내키지 않은 표정으로 이름을 알려주고선 얼른 걸음을 돌렸다. 시로벨은 카헬이라는 이름을 연신 중얼거리다가, 이내 저만큼 걸어가 버린 그의 뒤를 바짝 쫓았다.

"그럼 나한테도 그런 게 있어야 하지 않나?"

"필요 없다, 난 그대를 부를 일이 없을 테니."

"에이, 그래도 사람 일은 모르는 건데. 뭐가 좋으려나. 시로? 벨? 벨! 벨이 좋겠네."

하지만 카헤시온은 시로벨의 말을 들은 척도 하지 않고 먼저 북적이는 마을로 들어가 버렸다. 시로벨은 그의 뒷모습을 한껏 노려보면서 그의 이름을 크게 불렀다.

"같이 가, 카헬!"

그러자 카헤시온의 표정이 순식간에 일그러졌지만 그는 아무 말도 하지 못한 채 묵묵히 걸음을 옮겼다.

시로벨은 킬킬킬 웃고 싶은 것을 겨우 참았다. 언제 이렇게 또 그를 놀려먹어 보겠는가! 할 수 있는 한 최대한 해봐야지!

늦은 밤이었지만 주변은 화려한 불꽃으로 다채롭게 빛나고 있었고, 차가운 공기가 주변으로 가득 차올랐음에도 불구하고 사람들의 열기로 인하여 따뜻하게만 느껴지는 그러한 밤이었다.

어느새 시로벨은 카헤시온을 살짝 앞질러서 걸었다. 그러곤 마치 야시장 같은 분위기의 축제를 마음껏 즐겼다. 궁 밖에서 이런 축제가 있는 줄도 모르고 가기 싫은 연회에 붙잡혀 있었다고 생각하니 지난 시간이 그렇게 억울할 수가 없었다.

한국에 있을 때도 이런 자유로운 시간 같은 건 꿈도 꿀 수 없었다. 강력계 형사로 살아남기 위해 남들보다는 훈련도 더 열심히 할 수밖에 없었기에 제대로 휴가를 즐겨본 적도 없었다.

시로벨은 문득 뒤를 돌아보았다. 그는 그녀의 뒤를 그림자처럼 따라오고 있었다. 시로벨은 무심코 한숨을 내뱉었다. 그는 이곳 분위기와는 전혀 어울려 보이지 않았다. 로브 사이로 냉기가 뚝뚝 떨어지는 시린 눈동자와 담담함을 넘어 차가워 보이는 표정까지. 왠지 사람들이 저 남자 주위로는 다가가지 않으려고 하는 것 같다고 하면 착각일까. 시로벨은 과연 그가 박장대소하며 웃는 모습을 떠나기 전까지 볼 수 있을까 싶었다. 과연 저 남자에게 즐거운 일이 있기는 할까?

그때 한 여자아이가 사람들 사이에서 치이다가 카헤시온의 앞에서 넘어졌다. 아이는 금세 울음을 터뜨리며 엄마를 찾기 시작했고 그는 당황한 기색으로 눈만 깜빡이고 있었다.

시로벨은 저도 모르게 풉 하고 웃으며 그를 구해주기 위해 걸음을 옮기려 했다. 그런데 그가 먼저 몸을 굽히더니 울고 있는 여자아이와 눈을 맞추고선 아이를 안아 일으켜 주었다.

여자아이는 눈물이 가득 고인 눈으로 카헤시온을 바라보았다. 시로벨은 그가 어떻게 나올 것인지 궁금해져 계속 쳐다보았다. 그러다 무언가를 발견하곤 깜짝 놀라 눈이 커다래졌다. '빙안의 귀공자'라 불리는 남자가 아이를 달래고 있었다. 그것도 모자라…….

'웃고 있잖아…….'

시로벨은 제 눈이 잘못된 건 아닌지 눈을 비벼보기도 했다. 하지만 정말로 카헤시온이 여자아이를 향해 엷은 미소를 짓고 있었다. 어쩐지 다정한 눈빛에 여자아이는 금세 울음을 멈추고 수줍은 표정을 지었다.

"수잔! 수잔!"

멀리서 여자아이를 찾는 듯한 목소리가 울리고 있었다. 카헤시온은 흙이 묻은 아이의 옷을 털어주고선 말했다.

"어서 가보렴."

그의 말에 여자아이가 잠시 머뭇거리더니 그의 볼에 얼른 입을 맞추고선 붉은 얼굴로 짧게 속삭였다.

"고맙습니다."

이름이 들린 방향으로 콩콩콩 사라지는 아이까지 전부 지켜본 시로벨은 금방이라도 웃음이 터질 것 같았다. 저렇게 어린 여자아이까지 홀릴 만큼 잘생긴 얼굴이기는 했다. 저 성격만 빼면 말이야.

시로벨과 눈이 마주친 카헤시온은 금방 미소를 지우고선 딱딱하게 입을 열었다.

"뭐지?"

"여자한테 뽀뽀 받아서 좋겠네? 꽤 귀여운 여자아이던데."

"허튼소리."

"왜에! 어려도 여자는 여자지. 크면 꽤 예뻐질걸? 능력도 좋아."

시로벨의 놀리는 말에 카헤시온은 표정을 잔뜩 일그러뜨린 채 그녀에게 다가왔다. 시로벨은 그제야 웃음을 꾹 눌러 참으려고 노력했다. 너무 놀렸나 싶어 뒤늦게 걱정하고 있는데 그는 별다른 말 없이 흘러내릴 것 같은 그녀의 로브를 다시 단단히 매어주며 말했다.

"조심해서 다녀. 얼굴이라도 보이면 어쩌려고. 지금 우리가 잠행 중이라는 것을 잊었나?"

"그러는 당신은? 그렇게 어린 여자애한테 웃어주기나 하고, 뽀뽀나 당하고."

"그래서, 그 어린아이한테 질투하는 건가?"

생각지도 못한 반격에 시로벨은 말문이 막혀 버렸다. 지, 지금 저 남자가 무슨 소리를 하는 거야. 누가 누구한테 질투 같은 걸 한다고!

"내, 내가 그런 걸 왜 해!"

그는 슬그머니 고개를 돌려 버렸다. 왠지 그가 슬쩍 웃는 듯한 느낌이 들어 시로벨은 금세 뾰로통해졌다.

"카헬! 아니라니까! 질투는 무슨. 아니라고!"

"그렇게 과민 반응을 하다니, 더 수상하군."

"그게 아니라!"

어느새 상황이 역전되어 시로벨이 카헤시온에게 매달리게 되었다. 한참을 그렇게 실랑이를 하다가, 카헤시온은 짧게 한마디를 내뱉었다.

"날 피하고 있던 거 아니었나?"

"정말 아니⋯⋯. 뭐라고? 뭘 피해?"

"연회 첫날 이후로 날 계속 피하고 있던 거 아니었나?"

아, 그러고 보니. 그 미친 달의 저주 이후로 카헤시온을 계속 피하긴 했었다. 눈치채고 있었던 건가? 설마, 그래서 나랑 한마디도 안 하고 있었던 거야?

"그래서 나랑 말 안 한 거야? 그거 때문에?"

하지만 그는 대답 않고 다시 입을 꾹 다물어 버렸다. 시로벨은 그만 웃음을 터뜨렸다.

'이 남자, 의외로 귀여운 구석이 있네. 훗.'

그 후로 두 사람은 마을 이곳저곳을 즐기며 마음껏 구경을 했다. 하지만 그것도 잠시, 시로벨은 이제 축제를 구경하는 것도 슬슬 시시해지고 있었다. 여기에 올 때 그가 약속했던 것처럼 실전 검술은 언제 해볼 수 있나 싶었다. 이런 분위기인데 어디서 어떻게 검술을 가르쳐 주겠다는 거지? 차라리 무슨 일이라도 터지지 않을까 기대하게 되어버리는 것이다.

"아무 일도 일어나지 않아 실망하는 건가?"

"뭐, 이러면 안 되긴 하지만, 그렇긴 해. 하다못해 소매치기라도 나타나면 좋을 텐데."

시로벨은 아쉬운 표정으로 허리에 찬 단검을 더듬었다.

입술까지 삐죽 내미는 그 모양에 카헤시온은 한숨이 절로 나왔다. 사실 실전 검술은 핑계에 불과했다. 그냥 이 마을 축제를 즐기라고 데려온 것이지, 정말로 저렇게 검술에 열의를 보일 줄 몰랐다.

시간이 지날수록 사람들은 더 많아지고 거리는 더 북적거렸다. 한 걸음 옮기기도 힘들 정도로 사방에서 사람들이 몰려드는 터라 시로벨은 발을 밟히지 않기 위해 안간힘을 써야 했다. 안 그래도 몸이 썩 튼튼한 편이 아닌데, 이러다가 자칫 발이라도 헛딛는 날엔 저 인파에 그대로 밟혀 죽을지도 몰랐다.

"저기 유랑 서커스단이 왔대!"

하지만 그렇게 조심한 보람도 없이 환호성을 지르며 우르르 몰려가는 사람들 무리에 시로벨은 그만 휩쓸리고 말았다. 사람들 틈에 껴 옴짝달싹도 할 수 없게 된 시로벨의 얼굴이 금세 새파래졌다. 그 자리에 버티고 서 있어 보려고 하는데도 밀고 나가는 사람들이 워낙 많아 점점 몸에 힘이 풀리려고 했다.

망할! 설사 죽게 되더라도 이런 식은 아니지! 그래도 명색이 황자비인데 나라를 위한 숭고한 희생이라던가 뭔가 그럴싸한 명분이 있어야지, 마을에 잠행 나갔다가 밟혀 죽는 운명이라니! 나중에 진짜 시로벨을 만나면 대체 무슨 낯짝으로 말을 해야 하냐고!

'버텨야 해, 한소휘! 버텨야 해!'

이러다 넘어지면 끝이다! 하지만 사람들의 행렬은 끝이 없었고, 그들과 부딪치며 이리 비틀 저리 비틀 휘청휘청 하던 몸이 결국 뒤로 넘어가려는 순간이었다. 시로벨은 저도 모르게 눈을 질끈 감았다. 그러나 아무리 기다려도 몸이 넘어지는 느낌도, 그 위를 사람들에게 밟히는 느낌도 나지 않았다.

천천히 눈을 떴을 때 시로벨은 제 허리를 끌어안고 서서 버티고 있는 그를 볼 수 있었다. 얼굴이 너무 가까워서 후다닥 고개를 숙이는데 귓가에서 단단하고 따스한, 아니, 굉장히 뜨거운 울림이 그녀의 귓가로 나지막이 메아리치고 있었다.

카헤시온은 시로벨은 끌어안은 채 천천히 옆으로 움직였다. 서커스단이 왔단 소식에 우르르 몰려가는 인파에서 벗어난 그는 묵직한 숨을 내쉬며 고개를 아래로 내렸다. 그러자 그의 품에서 여전히 눈을 감고 있는 그녀의 모습이 보였다.

"이젠 괜찮다."

아주 가까운 곳에서 울리는 목소리에 시로벨은 움찔했다. 차마 고개를 들어 그를 마주 볼 자신이 없었다. 온몸이 화끈거리고 머릿속도 멍해졌다. 설마 어디 아픈 건가? 하긴, 이 여자 체력이 워낙 약하니까. 갑자기 너무 많은 사람들한테 치여서 피곤해서, 그래! 피곤해서 그런 건지도 몰라. 시로벨은 얼른 그의 품에서 벗어났다. 하지만 그래도 여전히 열기는 가라앉지가 않았다.

"고, 고마워요, 카헬. 사람 진짜 많네요. 정말 깔려 죽을 뻔했어요. 그런데 하필이면 왜 이런 곳으로 온 거예요? 사람 없는 곳도 많은…… 아, 물론 잠행이라는 게 그런 거긴 하지만…… 그래도 위험하잖아요!"

시로벨이 횡설수설 늘어놓는 말을 들으며 카헤시온은 잔뜩 헝클어진 그녀의 모습이 맘에 안 드는 듯 슬쩍 미간을 찡그렸다.

"사람이 많은 곳에서 소매치기도 잘 일어나지."

시로벨은 다시 멍해졌다. 잠깐. 설마, 나 때문에 그런 거야? 날 위해서 이렇게 사람들이 많은 곳으로 일부러 온 거라고?

"황자 전하면서, 이래도 돼요?"

"너무 유별난 아내를 만나서 말이지. 그리고 그 얼굴, 빨리 좀 가려……."

"소매치기야!"

하지만 그의 말이 끝나기도 전에 멀지 않은 곳에서 시로벨의 본능을 꿈틀거리게 만든 비명 소리가 울렸다.

"저 도둑! 도둑놈 잡아! 아이고, 내 가방! 내 돈!"

"맙소사……."

카헤시온은 설마 하며 시로벨을 보았다. 아니나 다를까, 그녀는 순식간에 비명이 들린 방향으로 달려나갔다. 그 모습이 마치 물 만난 물고기처럼 보인다고 카헤시온은 생각했다.

시로벨은 있는 힘껏 달려가면서 꽤 신이 났다. 꾸준히 한 운동이 꽤 빛을 발하는지, 달리는 내내 숨소리가 그렇게 많이 거칠어지지도 않았다. 마침내 가방을 든 채 사람들 사이를 요리조리 헤집고 나가는 도둑놈의 뒷모습이 보였다. 순간, 그녀의 눈빛이 매섭게 빛나기 시작했다.

"네가 감히 대한민국 형사에게서 도망치려고?"

그녀는 추적의 속도를 높였다. 그리고 그 뒤를 카헤시온이 잔뜩 굳어진 표정으로 쫓고 있었다. 일이 정말 이렇게 될 줄은 몰랐다. 게다가 저 여자, 언제 저렇게 달리기가 능숙해진 거지?

"황자 전하!"

그때 제라드가 몰래 숨겨두었던 기사들이 카헤시온의 옆으로 나타났고, 그는 오직 시로벨을 쫓으며 짧게 명했다.

"잡아."

"예!"

시로벨은 정말 지구 끝까지 쫓을 듯 맹렬히 달렸다. 그리고 소매치기 역시 그런 시로벨을 눈치채고선 품에서 뭔가를 꺼내 들었다. 순간, 카헤시온의 눈동자가 흔들렸다.

"피해, 벨!"

하지만 카헤시온보다 녀석이 단검을 날리는 속도가 더 빨랐다.

시로벨은 날아오는 단검을 아슬아슬하게 피했다. 하지만 완전히 피하지는 못해 팔에 살짝 스치고 말았다. 하지만 시로벨은 별로 신경 쓰지 않고서 침착한 표정으로 차고 있던 단검을 빼들었다.

"네가 날린다면, 나도 날려주지!"

시로벨은 검을 정확히 도둑의 바로 옆을 향해 던졌다. 완벽한 각도와 속도였다. 단검은 도둑의 뺨을 아슬아슬하게 스치면서 바로 앞에 있던 나무통에 정확히 꽂혔다.

도둑은 희게 질린 얼굴로 저도 모르게 멈춰 섰다. 뺨에서 주르륵 피가 흘렀다. 조금만 더 옆으로 왔더라면 그대로 머리통이 뚫렸을 터였다. 그리고 시로벨은 먼저 도둑의 종아리를 걷어차고선 등을 무릎으로 찍으며, 두 손을 완전히 제압했다.

뒤늦게 달려왔지만 할 일이 없어진 기사들은 의기양양하게 웃고 있는 시로벨을 멍하니 바라보았다. 카헤시온은 기가 막힌 표정으로 그녀를 노려보았다. 시로벨은 도둑을 잡았다는 것에 만족하며 손가락으로 브이를 그리며 외쳤다.

"나 완전 끝내줬죠?"

끝내주면 무얼 하는가. 로브는 벗겨졌고, 뛰느라 머리카락도 엉망이고, 단검에 스쳐 팔에선 피까지 났다. 그런데도 좋다고 웃는 꼴에 카헤시온은 오히려 화가 나려고 했다.

카헤시온은 딱딱하게 괜히 기사들을 노려보았고, 그들은 마른침을 꿀꺽 삼키고는 얼른 시로벨을 도둑에게서 떼어내고 그를 포박했다.

"어, 내가 잡았는데!"

"지금 그게 중요한가?"

시로벨은 어느새 제 앞으로 다가온 카헤시온의 그림자에 저도 모르게 흠칫했다. 그리고 그제야 제정신이 들었다. 아, 내가 너무 나갔구나…….

"아, 아니, 그게…….."

"팔."

"예?"

"팔!"

그녀는 저도 모르게 얼른 아무 팔이나 내밀었다. 그러자 카헤시온이 인상을 찡그리며 다친 팔을 잡아끌었다.

"도대체!"

"별로 안 아파요. 그냥 살짝 스친 건데."

"잠행은 이걸로 끝이다. 다시는 비와 잠행 같은 걸 하지 않을 것이다."

그는 품에서 어울리지도 않게 손수건을 꺼내서는 시로벨의 상처에 단단히 묶어주었다. 예상외의 모습에 그를 슬쩍슬쩍 훔쳐보던 시로벨은 그와 눈이 마주치자 저도 모르게 어색하게 웃었다.

"그래도 나 대단하지 않았어요?"

"하아…….."

그는 한숨으로 대답을 대신했다. 그리고 그녀의 손을 꼭 붙잡고 걷기 시작했다. 이 손을 놓으면 또 어디로 튀어서 사고를 칠지 모르니 안심할 수가 없었다. 정말 어떤 의미로든, 눈을 뗄 수가 없는 여자였다.

팔을 다친 덕분에 시로벨은 말을 탈 수가 없었다. 황궁까지 그리 먼 거리가 아니었기에 카헤시온은 그녀와 함께 걸어가기로 했다. 답답한 로브를 벗어 버린 시로벨은 황궁으로 향하는 골든 로드를 걸으며, 아까 전 자신의 활약상을 장황하게 말하기 시작했다. 카헤시온은 들은 척도 하지 않는 게 분명했지만 그녀는 이미 제 세상에 빠져 있었다.

"어때요? 정말 멋있었죠?"

"앞으로 절대 실전 검술 같은 거 하겠다는 소리 하지 마라."

"왜요!"

카헤시온은 도로 입을 꾹 다물었다. 아무리 졸라도 그가 대꾸를 하지 않자 시로벨은 툴툴거리는 표정을 짓다가, 이내 아차 하고서는 잊고 있었던 것을 주머니에서 꺼내 들었다. 그러곤 그의 앞으로 불쑥 그것을 내밀었다.

카헤시온이 의아한 표정을 지으며 그녀가 내민 손만 쳐다보았다. 시로벨은 어쩐지 그가 아무 말도 하지 않고 쳐다만 보고 있자, 쑥스러워져서 다른 손으로 머리를 긁적였다.

"바, 받아요. 뭘 그렇게 쳐다보고만 있어요? 민망하게."

"이게, 뭐지?"

"보면 몰라요? 가슴에 다는 거. 브로치."

시로벨이 건넨 것은 금색 테두리에 크리스탈 장미가 마치 얼음 장미처럼 멋스럽게 새겨진 남성용 브로치였다. 물론 그게 브로치라는 걸 못 알아본 건 아니지만 그녀가 왜 갑자기 그걸 주는지 이해할 수가 없어서 카헤시온은 여전히 그녀를 빤히 쳐다보았다.

"반지 주셨잖아요. 그걸 대신하긴 너무 부족하지만, 그래도 퉁쳐요."

남한테 빚지고는 못 사는 성격이라 내내 반지가 마음에 걸렸다. 다시 돌려준다고 해봐야 받지 않겠다고 할 게 분명하고, 그래서 마을에 나온 김에 모아두었던 돈을 털어 이것을 산 것이다. 어머니의 유품과 비교할 수는 없겠지만, 그래도…….

"그 반진 원래부터 내 물건이 아니었다. 이사벨라 황후 폐하의 물건이었지. 비에게 준 것은 황실의 전통에 따른 것이니 신경 쓰지 않아도 돼."

그러곤 그대로 시로벨을 지나쳐 가려고 하자, 그녀는 슬쩍 화가 치밀어서는 그의 손을 덥석 잡았다. 그러자 카헤시온은 의외로 순순히 손을 잡힌 채로 그녀의 눈동자를 빤히 바라보았다. 시로벨역시 마찬가지로 그의 눈을 뚫어져라 쳐다보다가 마른침을 꿀꺽 삼키며 슬그머니 시선을 돌렸다.

"그, 그렇게 까칠하게 굴지 말고 좀 받아요. 사람 성의가 있지. 딱 보자마자 카헬 생각이 났다고요. 크리스탈로 만들어진 게 얼음같지 않아요? '빙안의 귀공자'랑 딱 어울리는 것 같아서. 내가 한 센스 하거든요."

"……."

"진짜 안 받을 거예요? 응? 와아. 완전 서운하네."

가끔 그녀는 알아듣지 못할 말을 섞어 하곤 했다. 게다가 지금처럼 속내를 알 수 없는 행동까지. 하지만 카헤시온은 더는 그녀를 밀어내지 못한 채 퉁명스러운 표정으로 손을 내밀었다.

"받기만 할 것이다."

"그래요, 받기만 해요. 하고 다니라는 말은 절대 안 할 테니까."

결국 그는 시로벨이 준 브로치를 받아 들었고, 그녀는 그제야 피식 웃고서는 경쾌한 발걸음으로 앞서 나갔다.

카헤시온은 브로치를 잠시 바라보다 이내 그것을 움켜쥐었다.

"그러고 보니까, 아까 그 소매치기 잡을 때 분명 벨이라고 불렀죠?"

그 어떤 말에도 덤덤하던 그의 표정이 일순간 흔들렸지만, 시로벨은 앞에서 등을 보이고 있는 터라 그것을 보지 못했다.

"모르는 일이다."

"에이, 내가 똑똑히 들었는데, 뭘. 뭐, 아무튼 기뻤어요. 그래도 내 말 기억하고는 있었네요."

시로벨은 깡충깡충 뛰기까지 했다. 제법 선선한 바람이 그녀의 붉은 머리카락을 부드럽게 쓸어내리며 흘렀고, 그 바람은 카헤시온에게로 스며들었다.

달빛이 골든 로드로 쏟아져 내렸다. 그리고 그 달빛만큼이나 밝은 그녀의 미소가 카헤시온의 입가로 엷은 미소를 그리게 했다. 물론 그 자신은 전혀 모르고 있는 듯했지만.

저 멀리 빛의 황궁이 보였다. 시로벨은 문득 걸음을 멈추고서 카헤시온을 돌아보았다. 달빛을 등지고 선 덕에 얼굴이 잘 보이지 않는데도 어쩐지 그의 표정이 보이는 듯했다. 오늘은 꽤 다양한 표정의 그를 본 것 같았다. 웃기도 하고, 당황하기도 하고, 조금은 저를 걱정해 주기도 했던.

"오늘 고마웠어요."

"잠행을 했을 뿐이다."

"어쨌든 이렇게 놀았던 건 처음이에요. 정말 즐거웠어요."

시로벨의 맑은 웃음소리가 카헤시온의 잔잔한 가슴속을 살며시 흔들었다.

얼마 지나지 않아 두 사람은 다시 황궁 안으로 들어섰다. 그리고 그때.

"카헤시온 황자님."

어둠 속에서 그를 부르는 청아한 목소리가 울렸다. 그리고 목소리의 주인공인 코델리아가 모습을 드러냈다. 그녀는 카헤시온을 향해 엷은 미소를 지으며 고개를 숙였다. 그러곤 그 옆에 서 있는 시로벨을 향해 살짝 눈짓으로 인사를 하였다.

시로벨은 갑작스러운 그녀의 등장에 조금 당황하여 함께 인사를 했다. 새하얀 두 볼이 살짝 얼어 있는 것 같은 걸 보아 오랫동안 기다리고 있었던 모양이었다. 시로벨은 그러다 괜히 울컥했다. 왠지 방해꾼이 된 것 같은 기분이 든 것이다. 시로벨은 그 자리에서 움직이지 않은 채 카헤시온을 바라보았다. 코델리아는 그런 그녀의 모습에 살짝 시선이 굳어지면서 카헤시온을 향해 살며시 입을 열었다.

"외출하셨다고 들어서 이렇게 황자님을 기다리고 있었습니다."

"무슨 일이오?"

"따로, 자리를 만들어주실 수 있을까요?"

코델리아는 대놓고 시로벨을 밀어내고 있었다. 그가 그것을 모를 리 없었지만 그럼에도 불구하고 시로벨에게로 시선을 돌리며 말했다.

"비는 이만 로제궁으로 돌아가도록. 사람을 붙여주겠다."

시로벨은 문득 서운해졌다. 물론 이 자리에서 자신이 먼저 물러나야 한다는 것은 알지만 그래도 잡아주는 척이라도 하지. 이렇게 바로 보내 버리다니. 저런 어여쁜 외간 여자랑 있기 위해 아내를 먼저 보내는 것이나 마찬가지인 상황이었다. 하기야, 저 남자가 어디 남편 노릇을 제대로 하는 남자던가? 어쩐지 진짜 시로벨이 안타깝고 안쓰러운 마음이 들었다.

"아닙니다. 혼자 갈 수 있습니다. 그럼 카헬, 아, 아니, 카헤시온 황자 전하, 편히 쉬십시오."

코델리아는 시로벨의 입에서 나온 '카헬'이라는 이름에 흠칫하며 굳어진 눈동자로 카헤시온을 바라보았다. 하지만 그는 그 이름으로 불렸음에도 아무 불편한 기색이 없어 보였다. 그래서 불안한 느낌이 그녀를 점점 죄어오기 시작했다.

연회장에서 카헤시온의 모습이 보이지 않았을 때, 그리고 시로벨 황자비 역시 연회에 참석하지 못한다는 소식을 들었을 때 코델리아는 설마 설마 하였다. 그런데 정말로 두 사람은 같이 있었고 게다가 저 여자는 '그 이름'까지 입에 담았다. 그런데도 그가 아무렇지 않아 한다는 게 코델리아는 더 충격이었다.

그때 그가 시로벨을 붙잡았다. 코델리아는 그럼 그렇지 하는 표정을 지었지만, 뒤이어 나온 말 한마디에 그대로 딱딱하게 얼어버리고 말았다.

"카헬이라고 불러도 상관없다."

"아, 그래요? 그럼 그렇게 할게요."

시로벨은 왠지 가슴 한구석이 찌릿해지는 느낌에 얼른 고개를 끄덕이고서 걸음을 돌렸다. 카헤시온은 시로벨의 뒷모습이 보이지 않을 때까지 그 자리에 그대로 서 있었고, 코넬리아는 저도 모르게 휘청이는 다리에 힘을 꽉 주고서 주먹을 움켜쥐며 입술을 깨물었다. 저도 모르게 눈물이 나올 것 같았다. 대체, 왜 이런 기분이……. 도대체 그가 어째서 저 이름을!

한동안 코넬리아는 정신을 차릴 수가 없었고, 카헤시온은 시로벨의 모습이 완전히 사라진 후에야 코넬리아를 온전히 바라보았다.

"무슨 일이오, 코넬리아 황녀."

그리고 코넬리아는 깨닫고 말았다. 그가 자신을 보는 눈빛과 황자비를 보는 눈빛이 완전히 다르다는 것을. 너무나도 다르다는 것을.

카헤시온은 코넬리아와 단둘이 빛의 황궁에서 가장 커다란 정원인 별의 호수에 닿았다. 인공적으로 만든 호수로, 호수 가득 별이 흐르는 것 같다고 해서 별의 호수라는 이름이 붙었다. 그런 아름다운 호수를 앞에 두고, 코넬리아는 자꾸만 싸하게 퍼지는 통증을 억지로 누르며 카헤시온을 응시했다. 자꾸만 입술이 마르고 목소리가 떨림에 잠겨왔다.

"코넬리아 황녀?"

그의 검은 눈동자와 정면으로 부딪친 코넬리아는 그에게 묻지 않을 수가 없었다.

"어째서, 비전하께서 카헬이라는 이름을 알고 있는 것입니까? 그 이름을 싫어하시는 것이 아니셨습니까?"

그녀의 표정은 그 어느 때보다 절박했고, 또한 불안감에 미친 듯이 떨리고 있었다. 그만큼 그 이름이 가진 의미가 얼마나 큰지 잘 알았다. 그래서 그가 아무런 답을 해주지 않는 그 시간이 코델리아는 너무나도 길게만 느껴졌다.

"나 역시 모르겠소. 왜, 그 이름을 알려주었는지."

"……."

"왜 그랬는지……."

진심이 담긴 목소리. 항상 자신의 일에 철저했던 그가. 단 한 번도 어긋남 없이 제 감정을 완벽하게 숨기며 지배하던 그가, 제 감정을 모르겠다고 말하고 있었다. '빙안의 귀공자'라고 불리는 그가 말이다.

코델리아는 그만 눈을 질끈 감았다. 그렇지 않으면 그대로 눈물이 새어 나올 것 같았다. 다른 누구도 아닌, 고작 속국의 왕녀 때문에 눈물을 보이고 싶진 않았다. 하지만 마음이 너무나도 아렸다.

코델리아는 '카헬'이라는 이름의 의미를 알고 있는 몇 안 되는 사람 중 하나였다. 물론 그녀도 우연히, 너무나도 우연히 알게 되었고, 카헤시온은 비밀을 알게 된 그녀를 나무라지 않고 그저 잊어달라고 했었다. 하지만 그녀는 잊지 않았다. 그것을 운명이라 여겼으니까.

그에게 카헬이라는 이름이 있다는 걸 아는 사람은 손에 꼽혔다. 왜냐하면 그 이름은 이사벨라 황후가 아들을 부르던 이름이었기 때문이었다. 그녀가 카헤시온에게 처음 붙여준 태명이었다.

그 이름을 우연히 알게 된 것만으로도 운명이라 여길 정도로 떨렸었다. 그 누구도 알지 못하는 이름을 저는 알게 되었기에 설렜었다. 그런데 시로벨, 그 여자는…… 그에게 직접 그 이름을 들은 것도 모자라 그 이름으로 불러도 좋다는 허락까지 받았다.

이사벨라 황후라는 존재 자체만으로 카헤시온, 그가 흔들린다는 사실을 안다. 그런데 그렇게 아프게 와 닿는 이름에도 그가 아무렇지 않게 그 이름을 입에 담고 또 그 이름으로 불리기를 바라는 사람이 있다니……. 이것이 과연 무슨 의미일까?

하지만 그녀는 고개를 가로저었다. 더 이상은 생각하고 싶지 않았다. 그래서 화제를 돌릴 겸 그를 기다리고 있던 진짜 이유를 꺼냈다.

코델리아가 건넨 편지 한 통에 카헤시온의 눈빛이 매서워졌다.

"샤우엔 오라버니께서 황자님께 보내시는 편지입니다."

카헤시온은 바로 편지를 열어 내용을 잠깐 훑고 그것을 품 안에 집어넣었다.

"너무 늦었소. 이만 백합궁으로……."

어느새 그의 시선엔 자신의 모습이 없었다. 시로벨이 돌아갈 때는 그리도 끝까지 바라보았으면서. 결국, 코델리아는 애써 누르고 있던 그 의심과 의미를 저도 모르게 묻고 말았다.

"카헤시온, 당신은…… 시로벨 아가렛토 아르반 왕녀를 마음에 두고 있는 건가요?"

카헤시온은 움찔했다. 사춘기에 접어들면서 단 한 번도 그의 이름만을 불러본 적 없는 코델리아가 그를 똑바로 부르고 있었다.

카헤시온은 입을 열지 못했다. 그저 허울뿐인 아내다. 황자이기에, 마음에 없는 혼인을 하는 것 역시 당연한 일이다. 그런데 그 쉬운 대답이 선뜻 나오지 않았다. 그래, 물론 거기서 마음이 생길 수도 있다. 리안 형님처럼. 하지만 그에게 마음이란 감정은 너무나도 생소한 단어였다. 게다가 이미 세상이 알고 있는 답이지 않은가? 제3황자와 제3황자비의 사이가 좋지 않다고. 하지만 어느 순간, 세상도 그에게 묻고 있었다. 정말 그런 것이냐고. 정말로 시로벨, 그 여자가 너에게 아무것도 아니냐고. 조금씩, 조금씩 달라지고 있는 것은 아니냐고. 그녀가 아주 천천히, 천천히……

"카헤시온……."

"난 여전히 그녀를 믿지 않아."

그건 그의 머릿속에서 나온 대답.

코델리아는 안도의 한숨을 쉬었다. 그러나 이어지는 그의 속삭임에 그녀는 그 자리에서 한 발자국도 움직일 수 없었다.

"그렇게 생각했는데……."

이것은. 그의 심장 속에서 울린 대답.

카헤시온은 저도 모르게 시로벨이 준 브로치를 움켜쥐었다. 어쩐지 손안이 뜨거워지면서 가슴속 무언가 역시 빠르게 뛰었다.

그가 모르는 사이에 천천히, 그리고 너무나도 깊숙하게 그녀의 존재가 그에게 스며들어 버린 것이다.

카헤시온이 먼저 돌아서고, 애써 끝까지 버티고 있던 코델리아의 눈동자에서 주르르 눈물이 흘러내렸다. 그 누구도 가까이 가본 적 없는 그의 마음이란 틈에, 결국은 누군가가 채워지기 시작했다. 분명 그 사람은 자신일 거라고 믿었는데. 그랬는데, 생각지도 못한 다른 여자라니. 그런 여자라니!

몇 번을 불러도 되돌아오지 않는 그의 이름을 부른 것이 벌써 10년. 그날, 그녀의 언니인 수델린 황녀가 갑작스럽게 목숨을 잃지만 않았어도, 어쩌면 카헤시온의 정비는 자신이 됐을지도 몰랐다. 아니, 반드시 그렇게 되었을 것이었다.

코델리아는 텅 비어버린 그의 빈자리를 바라보며 독하게 속삭였다.

"난 아직 시작도 하지 않았어요. 그때, 한 번 버린 목숨을 구해 준 당신의 손길에 반해 버린 내 어린 사랑을, 이렇게 시작도 못 해보고 외면당할 수는 없어요. 그럴 수는 없다고요!"

룬궁으로 돌아온 카헤시온은 감정이 무척이나 복잡했다. 그는 밀려오는 두통을 억지로 참으며 샤우엔이 보낸 편지를 다시 꺼냈다.

그는 샤우엔에게 카인 황자와 블랙캣에 관련된 일을 조사해 달라고 부탁했었다. 세네티아가 알아본 바로는 카인 황자가 마티디안 제국에서 행방불명된 뒤로 지낸 곳이 바로 제로비안 제국이었다는 것이다.

하지만 샤우엔이 보낸 편지엔 아무리 찾아도 카인 황자가 정확히 어느 곳에 있었는지 알 수 없었다고 적혀 있었다. 그렇지만 블랙캣의 마스터이자 스스로는 절대로 움직이는 일이 없다는 수수께끼의 인물, 일명 '붉은 가면'이 제로비안 제국에서 한동안 머물렀다는 사실을 어렵게 알아냈다는 내용에 카헤시온은 의자에 앉아 머리를 굴렸다.

카인 황자가 무언가를 블랙캣에게 빼앗겼을지도 모른다는 세네티아의 추측. 이것이 사실이라면 그 물건은 분명 붉은 가면의 손에 있을 테고, 그렇기에 카인 황자는 제로비안 제국으로 직접 건너가 그 물건을 가져올 계획이었을 것이다.

"하지만 실패한 거군."

카헤시온은 미간을 찡그리며 편지를 다시 접어 서랍 속에 집어넣고는 퍽퍽한 눈을 문질렀다. 참아보려고 했는데 두통이 점점 심해지고 있었다. 아무래도 오늘 이것저것 신경을 쓴 탓인 것 같았다. 하긴, 그 여자와 함께 다니는 게 꽤 힘든 일이기는 했다. 한시라도 눈을 떼면 무슨 짓을 저지를지 모르니…….

그러다 문득 뭔가를 떠올리고선 주머니에 손을 넣어 그것을 쥐어 올렸다. 바로 그녀가 주었던 브로치.

카헤시온은 그것을 멍하니 바라보았다.

'그녀를 믿지 않는다. 그렇게 생각했는데…….'

"정녕, 그리 생각했는데…….'

대체 무엇이 달라지고 있는 걸까? 그녀가? 아니면 자신이?

카헤시온은 브로치를 한 손에 꽉 움켜쥐고는 천천히 눈을 감았다. 코델리아의 질문에 마지막으로 내뱉었던 대답이, 그 대답을 내뱉었던 순간의 느낌이 자꾸만 머릿속을 감돌고 있었다.

그는 브로치를 쥐고 있던 손으로 자신의 심장을 움켜쥐며, 거의 들리지도 않는 목소리로 낮게 속삭였다.

"내겐 너무 고통스러운 그 이름이…….'

"카헬……."

'어째서 그대가 부르면 그저 편안하게 느껴지는 걸까, 벨…….'

로제궁으로 돌아온 시로벨은 저녁 식사를 하셨냐는 조세핀의 말에 대답을 하는 둥 마는 둥 하고는 방으로 들어갔다. 그러자 곧이어 메이가 시중을 들겠다고 들어왔지만, 그런 그녀를 물러가게 한 뒤, 대충 옷을 벗고서 창가에 몸을 기댔다.

저 멀리, 희미한 불빛이 반짝였다. 그리고 더 가까이에선 룬궁이 보였다.

시로벨은 멍하니 룬궁을 바라보았다.

요 며칠 동안 자꾸만 묘한 기분이 들었다. 특히나 카헤시온, 그와 같이 있을 때는 더더욱 그랬다. 그래서 가슴께에 불안감이 찌릿찌릿 와 닿고 있었다. 카헤시온과 너무 가까워지고 있는 건 아닐까 하는 그런 생각이 들었다. 처음엔 얼굴도 보지 않겠다고 다짐했었는데 어느 순간 너무 자연스럽게 그와 손을 잡고, 얼굴을 보고, 웃고 있는 모습을 발견하게 되었다. 시로벨도 아니면서, 마치 시로벨인 것처럼 그의 옆에서 웃고 있는 제 모습에 소름이 끼칠 때도 있었다.

"여긴 내 세상이 아니야. 인연을 만들어선 안 돼. 정을 주면 안 돼."

특히나 그에겐 더더욱 선을 그어야 한다. 자칫 잘못하다간 와르르 무너질 것 같아서. 걷잡을 수가 없게 될 것 같아서.

시로벨은 저도 모르게 쥐고 있던 주먹을 스르르 풀고 저주스럽게도 빛나는 셀레룬과 아테미스룬을 바라보았다. 그리고 너무나도 자연스럽게 그려지는 카헤시온의 얼굴을 떠올리며 중얼거렸다.

"카헬…… 이러다 내가 정말 미쳐 버리면 어쩌려고……."

그러면 어쩌려고 자꾸만 성큼성큼 다가오는 거예요.

⚜   ⚜   ⚜

연회의 마지막 날. 코델리아 황녀는 제로비안 제국으로 돌아가게 되었다. 원래는 제1황자인 카인 황자가 그녀를 배웅할 예정이었지만, 코델리아 황녀는 카헤시온 황자를 원했고, 보바톤 황제는 그녀의 청을 들어주었다. 그리고 그 자리엔 시로벨 황자비도 함께하게 되었다.

시로벨은 아침부터 코델리아 황녀의 배웅을 해야 한다며 준비하라는 카헤시온의 연락에 기가 막혀 했다. 하지만 이미 자신 빼고는 준비가 다 된 상태였다. 억지로 끌려온 것이나 마찬가지인 자리에서 시로벨은 그야말로 굳은 미소를 지어야 했고, 그녀의 곁에 선 카헤시온은 한 손가락으로 그녀의 이마를 꾹 누르며 말했다.

"아무리 억지로 웃어도 그런 티를 내지는 마."

"그러게 왜 저를 부르셨습니까?"

"아내이니 당연한 것이 아닌가?"

"하, 언제는 아내 없이도 잘만 단둘이 만났으면서."

시로벨이 구시렁거리자 카헤시온이 한숨을 내쉬며 그때의 일을 설명하려 할 때, 코델리아 황녀를 실은 마차가 나타났다. 카헤시온은 시로벨에게 팔을 내밀었고, 그녀는 하는 수 없이 그의 팔을 잡고서 마차 쪽으로 걸어갔다.

잠시 후, 마차의 문이 열리고 이른 아침부터 싱그러운 미소를 품은 코델리아 황녀가 내렸다. 그녀는 하늘거리는 드레스 자락을 움켜쥐고서 카헤시온을 향해 살짝 고개를 숙였다.

"연회 내내 즐거웠습니다. 샤우엔 오라버니께는 따로 전해 드릴 것이 없는지요?"

"고맙지만, 괜찮소. 부디 조심히 돌아가시길 바라오."

카헤시온의 바로 옆에 서 있는데도 마치 이방인이 될 것 같은 느낌에 찜찜해하던 시로벨은 코델리아 황녀와 눈이 마주쳤다. 시로벨은 당황스러웠지만 미소를 짓는 것만은 잊지 않았다. 그 순간, 코델리아 황녀의 눈빛이 매섭게 변하면서 말도 안 되는 광경이 눈앞에서 펼쳐졌다.

"카헤시온, 당신을 사랑해요."

시로벨이 보는 앞에서 당당하게 고백을 한 코델리아는 굳어진 카헤시온의 입술에 순식간에 짧은 키스를 남겼다. 그리고 그의 귓가에 대고 속삭인 뒤, 넋을 잃은 시로벨을 노려보고는 그대로 마차에 몸을 실었다.

"다음엔 모닝글로리안과 함께 마티디안 제국으로 오겠어요."

모닝글로리안은 여린 잎과 새하얀 빛으로 피어나는 꽃이었는데, 첫 새벽 가장 깨끗한 공기와 가장 깨끗한 이슬만을 머금고 피어나는 꽃이었다. 그 꽃은 순수하고도 순결한 결합을 의미했고, 발카 대륙에선 결혼식에서 신부의 화환과 더불어 부케로 그 꽃을 사용했다. 결국 코델리아 황녀는 카헤시온과의 혼인을 정식으로 청하겠다고 선전포고를 한 셈이나 마찬가지였다.

한바탕 파란을 일으킨 채 코델리아 황녀는 떠났다. 가슴에서 뭐라 말로 표현할 수 없는 불쾌한 감정이 휘몰아쳤다. 그래서 시로벨은 그의 팔에서 손을 떼어냈다. 그러곤 저도 모르게 퉁명스럽게 말을 내뱉었다.

"저는 이만 돌아가 보도록 하겠습니다."

"데려다주겠다."

"되었습니다."

카헤시온이 잡기도 전에 시로벨은 찬바람을 일으키며 몸을 휙 돌려 버렸고, 어쩌다 그 광경을 보게 된 제라드가 안절부절못하며 카헤시온의 옷깃을 슬쩍 잡아당겼다.

"저, 전하, 아무래도 비전하께서 오해를 하신 듯합니다. 황녀마마께서는 황자 전하와 어릴 적부터 알고 지내신 사이인데. 그래서 약간 장난을 치신 것 같은데."

"황제 폐하께서 아침에 전갈을 주셨다. 당장 태양궁으로 돌아간다."

"하, 하지만 비전하께서!"

제라드의 걱정에도 불구하고 카헤시온은 별다른 말 없이 시로벨과 반대 방향으로 걸음을 옮겼다. 어쩐지 그의 얼굴이 어느 때보다 미묘하게 일그러진 느낌이었다.

덜컹이는 마차 안에서 코델리아 황녀는 숨을 고르게 내쉬기 위해 애썼다. 얼마나 용기가 필요했는지 모른다. 얼마나 떨리고 무서웠는지 모른다. 하지만 지금이 아니면 안 될 것 같았다. 이대로 떠나는 것이 더 불안하고 견딜 수 없었기에, 조금이라도 둘 사이를 흔들어야 한다고 생각했다. 지금은 고작 이런 것밖에 할 수 없었지만.

그녀는 창밖을 내다보았다. 이제는 멀어져서 보이지 않는 황궁이 있는 쪽을 바라보며 그녀는 굳은 결심을 다시금 되새겼다.

"물러서지 않을 것입니다. 애써 부정하고 외면하는 그러한 감정이라면, 끝까지 부정하시고 외면하세요."

수많은 감정이 뒤섞인 바람이 한차례 지나가고 있었다. 조만간 다시금 불어올 그 바람이…….

제 5 화

여름, 그 찬란한 순간

마티디안 제국에 여름이 찾아왔다. 싱그럽다 못해 따가울 정도로 강한 햇빛 덕분에 더운 걸 그다지 좋아하지 않는 시로벨은 드레스며 머리카락이 너무나도 거슬려 신경이 날카로워진 상태였다. 황제 폐하의 탄신 연회가 끝나고 난 이후로는 원인 모르게 짜증이 치솟았고, 만사가 귀찮아지는 것 같다가도 뭐든 붙잡고 정신없이 시간을 보내고 싶다는 생각도 들었다.

"망할 자식, 그래도 양심이 있으면 뭔가 변명이라도 해야 하는 거 아니야?"

코델리아 황녀를 배웅하던 날 이후로 시로벨은 단 한 번도 카헤시온을 만나지 못했다. 그날의 일을 떠올리며 씨근덕거리던 시로벨은 문득 제가 왜 이런 생각을 하고 있나 싶어 더 짜증이 났다.

아오! 진짜 이놈의 더위 때문에 정신까지 이상해진 거 아니야? 쓸데없이 치렁치렁한 머리카락이라도 자를까? 하지만 내 몸도 아닌데 내 맘대로 할 수도 없잖아!

시로벨은 얇은 여름용 드레스를 입은 채로 열심히 손으로 부채질을 했다. 이러고 가만히 있다가는 정말 쓸데없는 생각에 미쳐 버릴 것 같은데 수련이라도 할까 싶었다.

"그러고 보니 그 자식, 왜 나랑 한 약속 안 지키는 거야. 수련을 도와주기로 했잖아! 공과 사는 확실하게 구별해야 할 거 아니야. 괜히 바쁘다는 핑계를 대고서는……."

아오, 또 카혜시온 생각! 제발 생각하지 말자, 말자, 말자!

"내 머릿속에서 당장 꺼져!"

그때, 메이의 목소리가 그렇게 반갑게 들릴 수가 없었다.

"비전하, 오늘은 백합원의 모임이 있는 날입니다."

원래대로라면 끔찍해했을 백합원마저도 반갑게 느껴질 정도라 시로벨은 혀를 내둘렀다. 정녕 더위를 먹은 것이지. 더위를 먹은 것이야.

오래된 책 냄새가 묻어나는 황궁 도서관. 오늘따라 많은 여인들이 책을 하나씩 들고서는 한곳을 향해 곁눈질을 하며 이따금씩 감탄사를 연발하고 있었다. 그곳엔 보랏빛 머리카락을 푸른 끈으로 깔끔하게 묶고서 안경을 쓴 채 열심히 고서에 몰두하고 있는 제라드가 공중 사다리 위에 앉아 있었다.

벌써 몇 시간째 미동조차 하지 않는 놀라운 집중력이었다. 가끔 흘러내리는 머리카락을 쓸어 올리거나 어려운 문장을 보았는지 미간을 찡그릴 때마다 여인들은 감탄인지 한숨인지 모를 것들을 흘리곤 했다.

젊은 나이에 황실 최고 마법사인 '로드'의 자리에 오른 그는 시녀들에게 인기 만점이었다. 여리여리한 미소년 같은 외모와 달리 지적인 매력이 넘치는 날카로운 모습은 뭇 황실 여인들과 시녀들의 마음에 꺼지지 않는 불꽃이 타오르게 하곤 했다. 물론 장본인은 여자를 별로 좋아하지 않았지만.

한참을 고서에 몰두하던 그가 잠시 기지개를 켜고 공중 사다리 밑으로 내려왔다. 때마침 그렉이 제라드를 찾아온 참이었다. 그 둘은 오랫동안 알고 지낸 친구 사이로 그 역시 젊은 나이에 기사단장의 자리끼지 올랐다. 제라드처럼 미청년은 아니었지만 뚜렷한 이목구비와 훈련으로 단련된 단단하고 완벽한 체격이라는 제라드와는 또 다른 매력으로 여인들 사이에서 인기가 높았다. 하지만 그 역시 여자에 관심이 없었다.

"여기는 무슨 일이야? 도서관엔 잘 오지도 않으면서."

"소식을 못 들었나 보군."

"무슨?"

"레베카님이 오신다."

"훗, 그렉. 농담도 잘하는군."

하지만 말과는 달리 눈가가 파르르 떨리기 시작한 제라드를 향해 그렉은 태연하게 말을 이었다.

"난 농담할 만큼 한가하지 않아. 그럼 소식을 전했으니 난 이만 가보겠다. 몸조심하게, 제라드."

석고상처럼 굳어버린 그의 어깨를 살짝 두드린 뒤, 그렉은 여성들의 아쉬운 시선들을 뒤로한 채 도서관을 나섰다. 충격에 벗어나지 못한 제라드는 한동안 그 자리에 굳어져 있었다.

레베카 루즈 안드라스. 그녀는 올해로 열여섯 살이 되는 숙녀로 보바톤 황제의 여동생인 보헤미안의 딸이었다. 하지만 제라드가 이토록 경악을 금치 못하며 벌벌 떠는 이유는 레베카가 벌써 몇 년이 넘도록 그에게 구애를 하고 있기 때문이었다.

제라드의 입장에서 레베카는 그저 카헤시온의 사촌 여동생일 뿐이었다. 그래서 따끔하게 거절할 수도 없어 제라드는 그녀가 마티디안에 오는 날엔 항상 몸을 숨기며 숨을 죽이곤 했다. 하지만 대체 언제까지 이렇게 살 수는 없는 노릇이었다. 도서관을 빠져나온 제라드는 룬궁으로 향했다. 이번엔 카헤시온 전하를 찾아가 제발 살려달라고 간청할 작정이었다. 제발 좀!

그때, 그의 시선 안으로 커다란 상자를 든 여자가 들어왔다. 바로 드레스를 가지고 로제궁으로 향하는 메이였다.

메이를 본 순간 제라드의 머릿속으로 한 가지 기발한 생각이 스쳤다. 그다지 내키지는 않지만 확실하게 레베카를 떼어놓을 수 있을지도 모른다는 생각을 하며 그는 마음을 굳게 먹었다. 그리고 얼굴 위에 자연스러운 미소를 띤 채 그녀에게 접근했다.

"무거워 보이는군요, 메이."

메이는 낯익은 목소리에 고개를 돌렸다가 제라드를 보곤 깜짝 놀라서는 말을 더듬거렸다.

"아, 아니에요, 제라드 로드님. 이건 시로벨 비전하께서 입으실 드레스랍니다. 전혀 무겁지 않아요."

"비전하께서 어딜 가시는 건가요?"

탄신 연회 동안 비전하와 전하께서 많이 친해진 듯 보였는데 코넬리아 황녀와의 일 이후로 다시 냉전 모드였다. 아무래도 황녀와의 오해를 전하께서 풀어드리지 않은 모양이었다.

"오늘은 백합원의 모임이 열리는 날이에요."

"아, 그렇군요. 키리에나 황녀 전하와 유에시스 황녀 전하께서 돌아오셨으니 한 번은 열려야 하는군요."

"그런데 제라드 로드님께서는 어딜 가시는 길이세요?"

"그게……. 혹시 제 부탁 하나만 들어줄 수 있나요?"

제라드는 마른침을 꿀꺽 삼키며 조심스레 물었고, 메이는 부탁이라는 말에 의아한 표정으로 되물었다.

"저한테요? 무슨 부탁이신데요?"

"조금 어려운 부탁인데."

"일단은 들어봐야죠."

"그 소식 들었나요? 레베카님께서 오신다는……."

"아! 레베카님이 오시나요? 그런데 그게 왜?"

더 이상 질질 끌고 있을 수는 없다. 힘내자, 제라드. 이번만 잘 넘기면 앞으로 평생 행복하고 평온하게 살 수 있어!

"저의 연인이 되어주겠어요?"

로제궁으로 돌아온 메이는 정신이 멍했다. 지금 자신이 뭘 하고 있는지조차 모르는 듯 보였다.

드레스에 맞는 장신구를 고르던 가넷은 메이를 이상한 눈으로 바라보며 그녀의 어깨를 건드렸다.

"뭘 그렇게 넋을 놓고 있어?"

그러자 메이는 흠칫 놀라더니 주위를 한번 살피곤 가넷에게 속닥거렸다.

"살다 살다 별일을 다 겪는 것 같아."

"뭐?"

"아까 드레스를 가지고 오던 길에 제라드 로드님을 만났어."

"진짜?"

평소 제라드에게 관심이 많았던 가넷은 이글거리는 눈빛으로 메이를 추궁했다. 그녀는 하는 수 없이 아까 있었던 모든 일을 말해주었다.

"그러니까 제라드 로드님이 너한테 연인이 되어달라고 했다고?"

"진짜가 아니라 잠시! 레베카님이 돌아가실 때까지만 그렇게 해달라고 하셨어."

제라드는 레베카에게 자신이 이미 연인이 있다는 사실을 밝히면 결국엔 물러날 거라는 했다. 그래서 메이에게 연인인 척을 하며 도와달라고 한 것이었다.

"그래도! 너무 좋겠다. 이럴 줄 알았으면 내가 드레스 가지러 갈걸! 그럼 한동안은 제라드 로드님이랑 거의 붙어 다닐 수 있다는 거잖아! 메이! 너무 좋겠다. 부러워 미치겠어."

하지만 가넷의 말에도 메이의 표정은 그다지 좋아지지 않았다.

"난 제라드 로드님 같은 남자 별로 안 좋아해."

"그게 무슨 소리야? 완전 멋지잖아! 여리여리한 몸매에 아름다운 얼굴! 게다가 안경 쓰고 책 읽는 모습은 얼마나 환상적인데. 가끔 미간을 찡그릴 때면 꽤 귀엽기도 하고."

"난 그게 싫어. 그런 여자 같은 얼굴, 내 이상형이 아니야. 오히려 난 그렉님이 더 멋있는걸. 남자답잖아. 단단한 가슴 하며 강인한 체력까지. 난 나를 지켜줄 수 있는 남자가 좋아. 내가 지켜줘야 할 것 같은 남자보다."

메이의 말에 가넷은 고개를 끄덕였다.

"뭐, 제라드 로드님이 듬직해 보이진 않지. 그래서 더 모성애가 일어난다고 할까? 그래도 두 분은 친한 친구 사이잖아. 같이 있다 보면 그렉님도 볼 수 있지 않을까?"

"흠, 생각해 보니 또 그러네."

메이는 어쩌면 그럴 수도 있겠다고 생각하면서 자신의 갈색 머리카락을 슬쩍 쓸어내렸다.

백합원의 모임을 끝내고 돌아온 시로벨은 기진맥진해서는 축 늘어져 버렸다. 이 모임을 반가워했다니, 그때 잠깐 미쳤던 게 분명했다.

뭐가 마음에 들지 않는 건지 키리에나 황녀의 날카로운 눈빛을 받으면서도 태연한 척해야 했고, 속을 알 수 없는 유에시스 황녀의 눈빛에 또 식은땀을 흘려야 했다. 그리고 여전히 싸가지 없고 염치도 없는 부인들! 아오, 진짜. 내가 다시는 백합인지 장미인지 그 모임을 기다리면 사람이 아니다!

시로벨은 로제궁의 장미정원으로 향했다. 백합원의 모임이 끝나자마자 티타임을 갖자고 청한 세네티아와 메모리를 거절할 수가 없었기 때문이다.

그렇게 장미정원으로 들어서자, 이미 도착하여 기다리고 있던 세네티아와 메모리가 엷은 미소를 띠며 반겨주었다.

〈안색이 어두워 보이시는데 괜찮으신가요, 시로벨 비전하?〉

"괜찮아요. 너무 신경 쓰실 필요 없으세요."

피곤한 티가 너무 난 모양이다. 시로벨은 억지로 근육을 움직이며 입가를 부드럽게 틀어 올렸다. 한가로운 티타임이 이어지고 있을 때 조세핀이 다가왔다.

"비전하, 레베카 영애께서 오셨습니다."

"레베카?"

조세핀의 말에 세네티아가 묘한 미소를 띠더니 나지막한 목소리로 속삭였다.

"그래서 하루 종일 기척이 느껴지지 않았구나."

그 말을 들은 시로벨의 무슨 소리냐 물을 새도 없이 조세핀의 뒤로 한 여성이 등장했다. 가장 먼저 보인 것은 짙은 보랏빛 머리카락이었다. 굵게 웨이브가 진 머리카락은 그녀가 입은 붉은 드레스 위에서 더 도드라져 보였다.

시로벨은 보바톤 황제의 조카라는 정보에 애써 고개를 끄덕였고, 세네티아는 여전히 활발한 그녀의 기운에 가볍게 입을 열었다.

"어서 와요, 레베카."

"여기들 계셨군요. 오랜만이에요, 세네티아 황녀 전하."

인사는 세네티아에게 하면서 그녀의 눈빛은 시로벨과 메모리를 훑더니, 이내 붉은 입술을 살짝 치켜 올리며 다소 느긋한 어조로 말했다.

"로제궁으로 찾아오긴 했지만 얼굴을 볼 수 있을 줄은 몰랐어요, 시로벨 비전하. 들리는 명성에 걸맞게 너무 아름다우시네요."

"하하하, 과찬이세요. 차라도 한잔하시겠어요?"

"아닙니다. 메모리 비전하가 여기 계신다 하여 들른 것입니다. 비전하를 뵈려고 댁으로 갔었는데 리안 전하만 계시더라고요."

〈전하께서 집에 계시던가요?〉

"네."

메모리는 레베카의 말에 기쁘게 웃더니 자리에서 일어섰다.

〈실례가 안 된다면 먼저 일어나도 될까요?〉

세네티아는 메모리에게 괜찮다고 해주었고, 그녀는 레베카와 함께 로제궁을 빠져나갔다. 꽤 정신이 없었다. 메모리 비전하는 아마 리안 전하 때문에 서둘러 집에 갔을 테지만, 저 레베카라는 여자는 뭐가 저렇게 바쁜 거지?

"오늘은 오라버니와 만나지 않나요?"

그때 세네티아가 특유의 몽롱한 눈빛을 한 채 시로벨에게 물었다. 그녀는 저도 모르게 퉁명스럽게 대꾸하고 말았다.

"그렇게 자주 만나고 하는 사이가 아니랍니다."

"후훗, 싸우신 건가요?"

"그런 게 아니라! 그, 그런데 갑자기 레베카 영애가 황궁에 오실 줄은 몰랐네요."

시로벨이 일부러 말을 돌린다는 것을 알면서도 세네티아는 슬쩍 넘어가 주었다.

"항상 이쯤 되면 꼭 혼자서라도 마티디안으로 오곤 하지요. 제라드에게 볼일이 아주 많거든요."

"네? 그러고 보니 오늘은 제라드가 안 보이네요."

메모리와 친한 레베카는 따로 거처에 들리겠다고 말한 뒤, 그

길로 곧장 룬궁으로 향했다. 어차피 제라드는 매일같이 카헤시온과 붙어 있을 테니 굳이 찾을 필요도 없었다.

그녀가 룬궁에 도착했을 때, 제라드는 웬 낯선 여성과 함께 있었다. 얼굴은 지극히 평범하고, 키는 그녀보다 조금 작았으며, 몸매도 딱히 볼만한 구석은 없었다.

제 상대가 되지 못한다고 생각한 레베카는 당당하게 웃으면서 제라드에게 다가갔다.

"이렇게 마중 나와 있을 줄 몰랐네, 제라드."

레베카의 등장에 제라드는 마른침을 꿀꺽 삼키고선 태연하게 고개를 숙였다.

"레베카님, 이번엔 보헤미안 님과 같이 오시지 않았더군요."

"어머니는 이번에 제로비안 제국으로 여행을 떠나셨어. 그나저나 그 옆에 딱 붙어 있는 여자는 누구?"

메이는 저도 모르게 흠칫하며 자꾸만 고개를 밑으로 떨어뜨렸다. 제라드가 그녀의 어깨를 다정하고 감싸면서 말했다.

"저의 연인입니다. 이름은 메이 랑쉐."

제라드의 말이 떨어지기가 무섭게 레베카의 눈초리가 매섭게 올라갔다.

"그래? 당장 헤어져. 저 여자가 험한 꼴 보기 전에."

"레베카님!"

하지만 그의 말을 듣지도 않고 레베카는 떨고 있는 메이를 빤히 바라보았다. 그러곤 험한 일이라도 하는 건지 굳은살이 가득한 거친 손을 움켜쥐며 어이없다는 듯 말했다.

"날 떼어놓고 싶어서 데려온 여자라면 좀 제대로 된 여잘 데려왔어야지. 이 손 좀 봐. 지나가던 시녀를 데려온 거잖아. 제라드, 이건 너무한 거 아니야? 어디서 감히 이런 여자를!"

메이의 눈동자가 까맣게 가라앉으면서 몸이 파르르 떨렸다. 시녀로 일하면서 이런 모욕을 한 번도 당해보지 않은 것은 아니었다. 궁에 들어오기 전에는 이보다 더한 취급, 인간 이하의 대접도 많이 받았었다. 그런데 지금은 왜 이렇게 기분이 나쁜 걸까? 왜 이토록 숨고 싶은 거지? 너무나도 창피했다.

제라드가 굳은 표정으로 메이에게서 레베카의 손을 떼어냈다. 레베카는 저도 모르게 움찔했다. 이런 표정의 제라드는 처음이었다. 설마, 지금 이 여자한테 뭐라고 했다고 나한테 화내는 거야?

"이 손이 어떻다고 그러십니까? 저한테는 가장 어여쁜 손입니다. 누구보다 열심히, 최선을 다해 살고 있는 손이지요."

"제, 제라드⋯⋯."

"그리고 그렇고 그런 여자가 아니라, 제가 사랑하는 제 연인입니다. 아무리 레베카님이라도 말을 함부로 하시면 저도 가만히 보고만 있지는 않을 겁니다."

제라드는 메이를 끌어당겨 자신의 품에 안았다. 그리고 생각보다 단단한 그의 품에서 메이는 심장이 미친 듯이 뛰는 것을 느꼈다. 호리호리하여 별로 남자답지 못하다고 생각했는데 아니었다. 굉장히 믿음직스럽고 따뜻한 품이었다.

레베카는 한 번도 본 적 없는 제라드의 행동에 표정이 험악하게 일그러졌다.

"정말, 진짜야? 진짜 저런 여자한테 반한 거야? 네가 어떻게 나한테 이럴 수 있어! 내가 왜 갈색 머리를 보라색으로 물들였는데! 내가 피땀 흘려서 살을 뺀 건데! 내가 얼마나 노력했는데! 너한테 여자로 보이려고!"

일이 이렇게 커질 줄 몰랐던 메이는 이제라도 레베카에게 사실을 말해야 하지 않을까 고민했다. 정말 많이 좋아하는 것 같은데. 그저 어린애 장난이 아니라 진심인 것 같은데. 그런데 왠지 입이 떨어지지가 않았다. 자신의 손을 잡고 있는 제라드의 손을 차마 놓을 수가 없었다.

'난 나쁜 여자야. 제라드님을, 저 여자에게 보내주기 싫어······.'

그때 제라드가 단호한 목소리로 레베카를 붙잡았다.

"그게 싫었습니다."

"뭐?"

"레베카님 그대로의 모습이 아닌 저를 위해 만든 모습을 보고 싶지 않았습니다. 마치 레베카님 세상에 오직 저밖에 없는 것처럼 구셨지요? 저는 한 사람의 인생을 그리 쥐락펴락할 만한 사람이 못 됩니다."

"······."

"제가 아니라 레베카님을 똑바로 보세요. 과연 정말로 레베카님의 인생에 고작 저라는 사람밖에 없는지요. 다른 소중한 것이 있지는 않을지 말입니다."

레베카는 제라드를 똑바로 바라보았다. 눈물은 어느새 멈췄다. 그저 허망한 마음이 감돌았다. 그의 말처럼, 자신은 너무 제라드에게 얽매여 있었는지도 모르겠다. 예전에 어머니께서 그런 여자는 참으로 매력 없다고 말했었는데.

'내가, 이 레베카가, 어쩌면 저 여자보다 훨씬 한심할지도 몰라.'

레베카는 제라드의 옆에 있는 여자를 똑바로 바라보았다. 처음엔 그저 울퉁불퉁 못생긴 손으로 보였는데 지금은 아니었다. 적어도 저 여자는 제 일에 최선을 다하고 있는 거니까. 자신보다 훨씬 의미 있는 하루하루를 살고 있는 사람이었다.

"거기!"

"네?"

"지금은 제라드 옆에 있어서 좋을지도 모르지만, 방심하지 마. 반드시 제라드에게 어울리는 멋진 여자가 돼서 돌아올 테니까."

"……."

"그리고 네 손, 꽤 예뻐. 괜찮아."

메이는 레베카의 말에 울컥하여 고개를 끄덕였다.

레베카는 만족스러운 표정을 짓고선 제라드를 바라보았다.

"아마 얼마 안 가서 내 이야기가 제국 곳곳에 퍼질 거야. 그만큼 대단한 여자가 될 테니까."

"기다린다는 말은 하지 않겠습니다."

"나중에 반드시 후회할걸?"

"기대는 해보도록 하죠."

결국 오늘도 역시 검을 한 번도 잡지 못했다. 게다가 카헤시온은 코빼기도 보이지 않고. 그래, 이대로 완전 연을 끊어내자고!

"바라던 바다!"

시로벨은 일부러 더 툴툴거리면서 옷을 갈아입었다. 그때 문이 열리면서 가넷이 안으로 들어왔다.

"오늘은 하루 종일 메이가 안 보이네?"

"후훗, 메이는 오늘 바쁘거든요. 하지만 오늘 중으로 끝낼 테니, 내일이면 볼 수 있을 것입니다."

"무슨 일인데 그렇게 재미있어 보여?"

"어머, 그렇게 보이셔요?"

그러면서도 가넷은 웃음이 멈추질 않는 듯 입술을 꾹 누르고 있었다.

"아! 그런데 레베카 영애는 백합궁에서 지내시는 건가?"

"레베카님은 방금 전에 안드라스 영지로 돌아가셨습니다."

막 잠옷으로 갈아입은 시로벨은 가넷 말에 의아한 표정을 지었다. 그럴 거면 뭐 하러 왔어? 황궁에서 안드라스 영지가 가까운 거리도 아닌데.

"갔다고? 정말? 대체 왜 온 거야?"

"아마도 일이 잘된 모양입니다."

"그러니까 그게 대체 뭔데?"

날이 저물고, 아테미스룬의 붉은 빛이 서서히 대지 위를 떠돌기 시작했다. 레베카를 배웅한 뒤 제라드는 메이에게 고마움을 전했다.

"오늘 정말 고마웠어요, 메이. 그리고 미안해요, 그런 소리까지 듣게 해서."

"괜찮아요. 오히려 저도 많은 걸 느꼈어요."

메이는 제 손을 소중히 붙잡았다. 자신의 일을 하루하루 최선을 다해 사는 거라고 말해주는 사람은 제라드기 처음이었다. 그래서 처음으로 뭔가 자부심 같은 것이 생기는 것 같았다.

"그런데 레베카님을 왜 그렇게 싫어하는 거예요? 정말 그 이유 때문인가요?"

메이는 진지하게 물었다. 그러고 보니 그가 여자를 만났다는 소문은 단 한 번도 들어본 적이 없는 것 같았다. 물론 그렉 경도 마찬가지였지만…….

"전 여자를 별로 좋아하지 않아요. 관심도 없고요."

"싫어한다는 건가요?"

"네."

이상했다. 그 대답을 듣자마자 슬픈 감정이 심장에서 쏟아져 나와 눈물로 떨어질 것 같아 그녀는 입술을 꽉 깨물어야만 했다.

"어째서요?"

"아마…… 가장 사랑했던 사람에게 버림받아서, 그런 것 같아요."

처음 듣는 이야기에 메이의 눈이 커다래졌다. 그리고 제라드 역시 누군가에게 처음으로 털어놓는 말이었다.

"가장 사랑했던 사람이라면……."

"첫사랑이요. 첫사랑이자 마지막이었던 사랑이죠. 사랑한다고 했으면서, 결국엔 그 마을의 귀족과 결혼을 했지요."

"……."

"부와 명예 앞에 사랑은 너무나도 힘이 없다는 걸 깨달은 거죠. 부질없게 느껴졌어요. 사랑이 변하는 순간도, 그게 깨지는 순간도 너무 쉬운데 남겨진 마음은 너무 아프니까. 그것도 나 혼자, 아파해야 하니까요."

제라드의 얼굴 위로 그림자가 스쳤다. 메이는 무슨 말이라도 하려 했지만 차마 말이 입에서 떨어지기가 않았다.

"그래서 두 번 다시 그런 거 하고 싶지 않아요. 생각보다 내가 좀 약하거든요. 더 이상 아프기도 싫고. 한 번 더 아프면⋯⋯."

"⋯⋯."

"다시는 못 일어날 것 같고."

"그래도!"

메이는 저도 모르게 목소리를 높였다.

"누군가 제라드님을 더 사랑해 주는 여인이 있을지도 모르잖아요. 그런 마음을 외면한다면 로드님이 아팠던 것처럼, 그 여인도 아플 거예요. 그리고 반드시 또 다른 사랑은 온다고 봐요. 지금 절대로 아니라고 그렇게 단정 지어서 훗날 정말 그런 사랑이 찾아와도 알아차리지 못한다면, 그건 정말 슬플 거예요."

메이는 고개를 푹 숙였다. 많이, 아팠다. 가슴께가 찌릿하고 아릿하게 너무 아파서 자꾸만 눈물이 미어져 나올 것 같았다.

"미안해요, 괜한 소리를 해서."

제라드는 가볍게 웃으며 그녀의 고개를 들어 올려 눈을 마주쳤다. 제라드의 짙은 보랏빛 눈동자에 순간, 메이는 저기에 휘말려 헤어 나오지 못할 것 같다는 느낌을 받았다.

"그렇네요. 새로운 사랑. 정말로 그렇게 되면, 좋겠네요."

메이는 그 한마디에 아픔이 사라지는 것 같았다. 설마, 내가 이 사람을⋯⋯. 이 남자를⋯⋯.

"오늘 고마웠어요, 메이."

"가끔 만나러 가도 될까요? 제가 요리는 정말 잘하거든요. 뭐 먹고 싶은 거 없으세요?"

"흠……. 사과파이를 좋아해요. 그리고 요즘은 종종 도서관에 있으니까."

"도서관으로 갈게요!"

"하하, 기다릴게요."

메이는 로제궁으로 데려다주겠다는 그를 거절하고 혼자서 걸음을 옮겼다. 그러다 뒤로 돌아 반대편으로 걸어가는 제라드의 뒷모습을 하염없이 바라보았다. 그러면서 두근거리는 심장을 소중히 끌어안고 속삭였다.

"좋아져 버렸어, 아주 많이."

그의 마음을 치유할 사람이 나였으면, 좋겠어.

룬궁으로 돌아온 제라드는 평소처럼 카헤시온의 일을 도와주었다. 블랙캣과 카인 황자 사이의 일을 알아내기 위해 며칠째 밤을 지새우고 있던 카헤시온은 피곤함에 퍽퍽한 눈을 몇 번 깜빡이며 그에게 말했다.

"오늘 레베카가 왔다고 들었는데."

"왔었습니다, 전하."

"그런데 왜 여기 있지? 숨어 있어야 하는 거 아닌가?"

"이젠 그럴 필요가 없어졌으니까요."

한결 좋아 보이는 제라드의 표정에 카헤시온은 의아했지만 더 이상 묻지 않았다. 오히려 제라드가 꽤 뜻밖의 이야기를 꺼냈다.

"여인이, 생각보다 나쁘진 않은 것 같습니다."

"싫어하는 거 아니었나?"

"하지만 예전보단 조금 괜찮아진 것 같은 기분이 듭니다. 꽤나 따뜻하더라고요."

제라드의 말에 카헤시온은 마을 축제에서 얼떨결에 끌어안았던 시로벨을 떠올렸다. 그리고 그때의 느낌은…….

"허튼 소리."

하지만 그러면서도 그의 시선은 창가 너머로 향했다. 밖에는 비가 내리기 시작했다. 마티디안 제국 최대 장마인 '운디네의 눈물'이 시작되는 듯했다.

그날 이후, 시로벨과 만나지 않았다. 바쁘기도 바빴지만 대체 만나서 무슨 말을 해야 할지 알 수가 없었다. 코델리아 황녀에 대해 오해하고 있는 것 같기는 했지만, 한 번도 그런 문제를 겪어본 적이 없는 카헤시온이었기에 아니라고 변명해야 할 생각조차 못하고 있는 듯했다. 그저…….

'……화가, 났을까.'

❧   ❧   ❧

키리에나 황녀는 검은색 코트를 입고서 외출 준비를 마쳤다. 그리고 인형처럼 앉아서 멍하니 밖을 바라보고 있는 유에시스 황녀에게 눈길을 돌렸다.

"정말 황궁에 남아 있을 생각이니?"

"네."

"브라운 후작께서 널 만나고 싶어 하실 텐데."

유에시스는 무심하게 키리에나를 바라보며, 여전히 무미건조한 음성으로 대꾸했다.

"글쎄요. 과연 외숙께서 정말 저를 보고 싶어 하는 걸까요?"

그 질문에 키리에나도 딱히 그렇다고 말할 수가 없었다. 사실 정말로 유에시스를 보고 싶어 하는 건 아닐 테니까. 게다가 더욱 오늘은 그녀가 황궁을 나서는 일이 없을 것이다. 왜냐하면 오늘은…….

"그 녀석에게도 안부나 전해주렴."

"네."

그녀가 방을 나서고, 유에시스는 다시금 비가 내리는 창가로 눈을 돌렸다. 그리고 1년에 한 번 볼 수 있을까 말까 한 아주 엷은 미소를 입가에 그렸다.

시로벨의 얼굴에 짙은 안개가 잔뜩 끼었다. 그 이유는 바로 바깥에 내리는 비 때문이었다. 마티디안 제국의 최대의 장마, 일명 '운디네의 눈물'이라고 불리는 이 비가 한 달을 꼬박 내린다는 사실에 그녀는 경악했다.

이 비는 다른 때 내리는 비와 달리, 유난히 시리고 차가워서 마티디안 제국에선 이 시기엔 야외 활동을 꺼린다고 했다.

그렇기에 그녀도 현재 궁 안에 꼼짝없이 갇힌 상태였다.

"아오! 날씨까지도 날 방해하고 난리야!"

결국 제 성질을 이기지 못한 채 연신 방 안을 서성이며 바깥을 바라보았다. 굵게 쏟아지는 빗줄기 때문에 제대로 보이진 않았지만, 멀리서 희미하게 빛나는 룬궁의 빛은 왜 이렇게 잘 보이는지 모르겠다. 가끔씩 제라드가 로제궁에 와서는 황자 전하께서 요즘 너무 바쁘시다, 황자 전하께서도 미안해하고 계신다며 말도 안 되는 말을 늘어놓고 가기 일쑤였다.

"미안? 얼씨구. 그 남자가 잘도 나한테 미안한 감정을 가지고 있겠다. 나에 대해 완전히 잊어버리고 있을걸. 그날도……."

시로벨은 다시금 스멀스멀 기어오르는 그때의 기억을 털어버렸다. 벌써 그게 언제 적 일이라고. 그냥 신경 쓰지 않고 지워내면 그만일 텐데 왜 아직도 그날만 떠올리면 짜증이 나는 건지.

"망할. 그 자식이 누구랑 키스하고 부둥켜안든 나랑 뭔 상관이야."

'하여튼 헤픈 남자였어. 아니 헤픈 입술이었다고. 그때 나한테도 그러더니.'

"젠장!"

지금 무슨 생각을 하는 거야!

그녀는 이내 굳은 결심을 하고서 고개를 들었다. 이대로 가다간 먼저 그를 찾아가는 미친 짓을 할 것만 같았다. 비옷을 입고서라도 밖에서 검을 휘둘러 이 잡생각을 좀 떨쳐 내야겠다.

시로벨이 그렇게 결심하고 있는 사이 요즘 따라 혈색이 좋아진 메이가 약간 시무룩한 표정으로 방으로 들어왔다. 테이블에 늘어놓는 간식은 조세핀이 고향에서 가져왔다던 호두로 만든 파이였다. 꽤나 고소한 냄새에 시로벨은 일단 먹고 나가야겠다는 생각하며 차분히 자리에 앉았다.

"오늘의 간식은 호두파이와 자스민 티예요, 비전하. 호두파이는 메모리 비전하께서도 좋아하시는데 가져다 드리면 어떨까요?"

"그래? 그럼 그렇게 해."

"예, 하아……."

갑자기 터져 나오는 메이의 한숨에 시로벨은 호두파이를 한입 물고서는 의아한 눈빛으로 그녀를 쳐다보았다. 그러자 메이는 저도 모르게 흠칫하고서 얼른 고개를 숙여 사과했다.

"죄송합니다, 비전하."

"요즘 기분이 좋아 보이던데 갑자기 왜 그래?"

"그게, 사과를 구할 수가 없어서요. 장마 기간엔 과일이 잘 열리지 않으니까요. 특히 사과는 더더욱."

"사과? 갑자기 사과는 왜?"

"사과파이를 만들어야 하거든요……. 아무튼 조금 있다가 빈 그릇 가지러 오겠습니다."

메이는 어깨를 축 늘어뜨리고선 방을 나갔다. 시로벨은 '웬 사과파이? 호두파이면 안 되는 거야?'라는 생각을 하며 호두파이를 남김없이 먹어치웠다.

든든히 배도 채웠겠다, 시로벨은 나갈 방법을 궁리하기 시작했다. 메이는 사과 때문에 다른 데 신경도 안 쓸 것 같고, 문제는 조세핀인데…….

시로벨의 눈길이 잠시 창가에 머물렀다. 하지만 그녀는 이내 고개를 절레절레 저었다. 비도 오고 바닥이 미끄러워 까딱하다간 허리를 다칠 수도 있었다.

그 순간, 그녀의 머릿속으로 잊혔던 인물이 떠올랐다.

"딱 세 가지 소원만 들어줄 테니까. 아주 잘! 생각해 보라고!"

"그 건방진 꼬맹이. 예전에도 마차에서 날 감쪽같이 꺼내준 적이 있었잖아? 그러니까 이번에도 여길 나갈 수 있게 도와줄 수 있을 텐데."

하지만 문제가 있었다. 어떻게 그 녀석을 다시 부르지? 그때 녀석이 뭐라뭐라 중얼거린 것 같았지만, 그걸 여태 기억할 리가 없었다.

이미 그녀의 머릿속엔 딱 세 가지 소원이라는 개념은 잊어버린 듯 어떻게 불러야 할지만 머릿속에 꽉 차 있었다. 그러다가 결국.

"아, 몰라! 대충 이름 부르면 나오지 않겠어? 이 자식아! 나와! 엘, 엘, 엘라임?"

그 순간, 호두파이 옆에 놓인 조그만 물 컵에서 갑자기 거대한 물기둥이 치솟더니 이내 점점 작아져 소년의 모습이 되었다.

"나를 부른 이유가 뭐냐? 소원이 생각난 거냐? 그래! 뭐 해줄까? 명예? 부? 권력?"

처음 만났던 모습 그대로 건방지고 싸가지 없는 표정에 시로벨은 속으로 혀를 찼다. 의기양양하게 명예, 부, 권력을 외치며 어떤 것이든 골라보라고 말을 꺼낸 엘라임에게 그녀는 아주 간단하게 한마디를 내뱉었다.

"이곳에서 탈출시켜 줘."

"……뭐?"

"귓구멍이 막혔냐? 여기서 탈출시켜서 저 밖으로 보내달라고!"

그러자 엘라임은 기가 막힌 표정을 지었다. 감히 물의 정령왕께서 딱 세 가지의 소원을 들어준다고 했더니만, 고작 뭐? 탈출? 그것도 이 제국이라도 벗어나게 해달라는 게 아니라 고작 이 밖?

"너 제정신이냐? 고작 탈출? 이봐! 난 세 가지의 소원만 들어

줄 거야! 딱 세 가지 소원! 그러니까 신중히, 제대로 생각해서 결정하란 말이야! 이 제국도 아니라, 고작 이 방에서 탈출?"

"뭐야? 그래서 못 한다는 거야?"

"못 한다는 것이 아니라, 아깝지가 않냐고! 딱 세 가지야. 딱 세 가지!"

그때, 시로벨의 머릿속으로 뭔가가 번뜩이며 스쳐 지나갔다. 혹시 이 녀석, 날 원래 있는 곳으로 데려다줄 수 있지 않을까? 정령왕인지 뭔지가 드래곤만큼이나 센 거 아니야?

"그럼 말이야."

"그래, 너도 아깝다는 생각이 들지? 그렇지? 딴 거 말해봐."

"날 원래 있던 곳으로 보내줄 수 있어?"

"원래 있던 곳? 아르반국?"

"아니! 대한민국. 대.한.민.국!"

하지만 저 쓸모없는 녀석은 전혀 모르겠다는 표정을 지으며 말했다.

"그런 나라가 있어? 너 아르반국 왕녀 아니야?"

"아니다. 됐다. 말을 말자. 너 엄청 대단한 것처럼 말하더니 완전 드래곤보다 아래구나?"

"원래는 내가 최고야! 비록 그 망할 도마뱀한테 붙잡혀서 이 꼴이 됐지만!"

창밖으로 빗줄기가 더욱 거세지고 비바람마저 휘몰아치는 것이 보이자 시로벨의 표정은 더더욱 굳어지기 시작했다. 이러다 검을 휘두를 때 앞도 잘 안 보이게 생겼다.

"됐어. 밖으로 보내주기나 해. 할 수 있어, 없어? 난 지금 네가 말한 명예, 부, 권력 따위 필요 없다고."

그래. 지금 내게 가장 필요한 것은 그 망할 드래곤을 찾는 것. 그래서 대한민국으로 돌아가는 것이다. 그런데 그 둘 중 어느 것 하나도 저 망할 자식은 들어주지 못하잖아.

엘라임은 속이 부글부글 끓어오르는 것을 애써 억누르면서 시로벨을 향해 손짓했다. 그러자 그녀의 몸이 공중으로 붕 떠올랐고, 시로벨은 이제야 뜻대로 되어가는 것에 기뻐했다.

"좋아! 셋 중 이제 두 가지 남았어!"

"알았어! 빨리 내보내주기나 해!"

"이젠 정말 두 가지야. 다음엔 꼭 부귀영화를 달라고 소원하라고!"

"그딴 거 필요 없다니까?"

더럽게 시끄럽게 떠들어대던 엘라임이 사라지자마자 시로벨은 주위를 살폈다. 후훗! 아마 조세핀은 내가 어떻게 빠져나갔는지 무척이나 궁금해하겠지. 자신에게 이런 빽이 있다는 건 상상도 못 했을 거다.

나중에 드래곤을 찾고 다시 돌아가기 전에 저 망할 카헤시온한테 엿이나 먹여달라는 소원을 빌어볼까? 완전 기억에 확 남을 것 같은데!

수련장 뒤의 인적이 드문 곳까지 걸어간 시로벨은 만족스런 미소를 지으며 검을 쥐어 올렸다. 하지만 비는 생각보다 더욱 거셌다. 휘날리는 물방울이 너무나도 차가워서 온몸이 바들바들 떨렸지만 이것도 수련의 한 종류로 생각하며 시로벨은 블루문을 치켜세웠다. 일부러 폭포수를 맞으면서 수련하는 사람들도 있던데 이것도 일종의 그런 정신 수양이라고 생각하지 뭐.

시로벨은 눈을 감고 온 신경을 손끝에만 집중한 채 검을 휘두르고 또 휘둘렀다. 그렇게 차차 머릿속이 맑아지고, 비가 내리는 것조차 느끼지 못하게 되었을 때였다.

쾅!

"윽!"

갑자기 무언가와 부딪친 그녀는 바닥에 주저앉고 말았다. '뭐야!' 하고 외치며 눈을 부라렸지만 쏟아지는 빗줄기로 인하여 상대방이 잘 보이지 않았다. 그건 상대방 역시 마찬가지인 듯, 그는 꽤 다급한 것 같은 목소리로 이렇게 외쳤다.

"미안, 캐롤라인 경! 내가 지금 너무 급해서. 그러니까 오늘 밤 문 열어놓고 기다려! 제대로 사과하러 갈게!"

문 열어놓고 뭘 기다리라는 걸까? 그리고 캐롤라인 경이라고?

시로벨은 자리에서 일어났다. 진흙으로 더럽혀진 옷을 보고선 미간이 굳어졌고, 또한 푸른빛으로 우아하게 빛나던 블루문이 흙탕물에 더럽혀진 것을 보고선 더 이상 참을 수 없음을 느꼈다.

"감히, 나의 블루문에게 이런 짓을 했겠다? 딱 봐도 수상해 보이는 게 저건 필시 도둑이다. 도둑!"

또다시 시로벨의 직업 정신이 타오르기 시작했다. 도둑이 제 눈 앞에서 사라졌는데 가만히 있을 수 있겠는가! 그건 형사라고 할 수도 없는 일! 그리고 감히 겁도 없이 황궁을 털려고 해? 이건 분명 거물급이다. 저런 거물급을 잡으면 모두 놀라겠지? 특히나 카헤시온이 어떤 표정을 지으려나.

순간, 그녀의 표정이 싹 굳어지면서 고개를 붕붕 가로저었다.

"그 자식의 표정이 뭐가 중요해! 아무튼!"

잡는다. 반드시 저 거물급 도둑을 잡고야 말겠다! 이건 내 형사 자존심이 걸린 문제야!

그녀는 이글거리는 눈빛으로 남자가 지나간 그 길을 미친 듯이 뒤쫓기 시작했다. 이제 그 누가 보아도 그녀가 황자비라는 사실이 믿어지지 않을 것이다. 온몸에 흙탕물을 뒤집어쓰고 미친 듯이 달려가는 이 모습을 본다면 카헤시온이 어떤 표정을 지을지, 분명 썩 좋은 표정은 아닐 듯했다.

계속해서 쏟아질 거라 예상했던 빗줄기가 조금 약해진 사이 시로벨은 주변을 살피며 남자의 흔적을 쫓는 데 집중했다. 그리고 이내 웬 남자의 뒷모습을 발견했다.

"거기, 너! 딱 걸렸어. 도둑 자식!"

그 순간, 남자의 어깨가 움찔하는 것을 정확하게 간파한 시로벨은 '역시나 도둑! 그것도 거물급!'이라고 확신하고는 이내 두 번 생각할 겨를도 없이 블루문으로 남자의 뒤통수를 겨냥했다.

"움직이지 마. 허튼짓하면 아주 아프게 만들어주겠어."

그러나 남자는 어떤 반응도, 대꾸도 없이 가만히 있었다. 어쩐지 여유로워 보이는 모습에 시로벨은 칼자루를 꽉 움켜쥐고선 말했다.

"어쭈? 이게 날 아주 물로 보네? 일단 황궁 기사단에 넘기기 전에……."

챙!

그녀의 바로 옆으로 단검이 스쳐 지나갔다. 시로벨은 '설마 한 패가 있는 건가?' 생각하며 여전히 그 남자에게 블루문을 겨눈 채 고개를 돌렸다. 그리고 그녀의 눈동자가 흔들렸다.

새하얀 머리카락과 분홍빛 눈동자의 소유자, 제3황녀 유에시스 세쳐 마티디안과 그녀의 옆으로 유에시스보다 조금 더 큰 하얀 원피스를 입은 사람, 아니, 인형이 단검을 들고서 서 있었다.

유에시스 황녀가 제국의 몇 안 되는 인형술사라는 게 사실인 듯, 인형은 너무나도 자유롭게 움직이고 있었다. 마치 인형이, 인형이 아닌 것처럼.

그런데 왜 갑자기 나타나서 나한테 단검을 던진 거야? 설마 이 도둑이랑 아는 사이야?

유에시스가 굉장히 화난 표정으로 시로벨을 노려보았다. 그녀 옆에 선 인형이 다시 단검을 던지려는 순간이었다.

"그만!"

갑자기 도둑이 유에시스를 말렸고, 황녀는 굉장히 억울한 표정을 지으며 여전히 시로벨을 죽일 듯 노려보았다. 그 사이에서 시로벨은 기가 막힐 뿐이었다. 대체 왜 저렇게 노려보는 건데? 내가 뭘 잘못해서!

"당장 그 검 치워."

"황녀께선 대체 왜 절 공격하신 건가요? 그것부터 들어야겠는 데요."

"그 검 치워!"

아오, 정말. 저 주먹만 한 것한테 욕을 할 수도 없고. 그렇다고 같이 어울려서 싸울 수도 없고! 그때, 남자의 한숨 소리가 뒤섞이면서 이내 다시금 목소리가 울렸다. 처음엔 몰랐는데, 상당히 귀에 감기는 부드러운 알토였다.

"그만둬, 유에. 비전하께 실례잖아."

그러자 유에시스는 굉장히 탐탁지 않은 표정으로 공격을 멈추었다.

세상에. 저 얼음 공주한테 유에라고 부르다니! 그럼 도둑이 아닌 거야?

시로벨은 그제야 남자를 빤히 쳐다보았다. 고개를 돌려 얼굴을 보인 남자는 엄청난 미남자였다. 잘생긴 사람이 도둑이 아니라는 법은 없지만, 느낌상 저 사람은 도둑이 아니었다.

사람을 꿰뚫을 것 같은 에메랄드빛 맑은 눈동자와 천천히 로브를 벗는 그의 손가락은 무척이나 섬세하고 우아했다. 그리고 이내 햇살같이 따스한 미소가 시로벨을 향해 부드럽게 피어올랐다.

"캐롤라인 경인 줄 알았는데 내가 실례를 범했네, 시로벨 비전하."

한마디로 그는 너무나도 완벽한 귀공자였다. 그리고 그의 모습과 목소리로 인하여 점점 더 선명해지는 이 남자의 정체.

시로벨은 머릿속으로 서서히 떠오르는 이 남자의 정체에 얼굴이 굳어가기 시작했다.

'오 마이 갓!'

세네티아는 창가를 두드리는 빗소리를 들으며 활자를 더듬고 있었다. 탄신 연회가 끝난 뒤 카인 황자는 어느 때처럼 펠리아궁에 틀어박혀 나오질 않았고, 카헤시온 오라버니는 블랙캣을 쫓느라 룬궁에서 나오지 않는다는 소식을 들었다. 가끔 안부를 살피러 룬궁으로 발걸음하면 항상 제라드가 앞서 나와 아무도 들어갈 수 없다는 말을 전했다.

과연 오라버니는 무엇을 알아낸 것일까? 카인 황자가 펠리아궁에 틀어박혀 있는 것과 관련이 있는 것일까?

그녀는 활자를 더듬던 손가락을 멈추고서 리듬감 있게 들려오는 빗소리에 귀를 기울였다. 한 달이 지나야 끝나게 될 장마, 운디네의 눈물.

왜 하필 슬프게도 눈물이라는 이름이 붙었는지 그 이유를 아는 사람은 없었다.

그녀가 다시금 손가락을 움직이려 할 때, 문이 열리고 마리에타의 목소리가 들려왔다.

"세네티아 황녀 전하, 키리에나 황녀 전하께서 오늘 아침 브라운 영지로 떠나셨다고 합니다."

"외가 쪽으로 갔다, 라······."

"하지만 유에시스 황녀 전하께서는 현재 황궁에 남아 계십니다."

세네티아는 마리에타의 말에 천천히 몸을 일으켜 세워 창가로 향했다. 그리고 빗물로 인해 시린 유리의 촉감을 느끼며 살며시 미소를 지었다.

"당연히 유에시스는 갈 수가 없었겠지. 그토록 기다리던 사람이 돌아올 테니 말이야."

시로벨은 남자의 얼굴과 목소리를 듣자 떠오르는 정보에 그만 머리를 쥐어뜯고 싶어졌다. 왜 이런 기억은 이렇게 뒤늦게 나타나는 거지? 좀 일찍 떠오르면 얼마나 좋아!

멀리서 제라드의 목소리가 들려왔다. 마치 확인사살이라도 하려는 듯한 그의 등장에 시로벨의 얼굴이 하얗게 질렸다.

"이제 오셨군요, 제르린 황자 전하. 이런, 많이 젖으셨네요. 그런데 비전하와 유에시스 황녀 전하께선 왜 여기?"

제르린 황자는 넋을 잃은 시로벨의 앞으로 나서면서 특유의 눈웃음을 지으며 말했다.

"그러게. 나도 이렇게 검을 들고 있는 비전하를 만날 수 있을 거라곤 상상도 못 했어."

"그, 그게……."

"게다가 도둑으로 오해하시는 비전하에게 쫓김을 당할 줄도 몰랐고 말이야. 안 그래?"

시로벨은 떨떠름한 미소를 지으며 이 망할 상황을 저주했다. 그래, 그가 바로 마티디안 제국의 제4황자 제르린 에바도쳐 마티디안이었다.

그는 마법에 뛰어난 재능을 보여 제국을 떠나 아카데미에서 지내고 있었는데 오늘 황궁으로 돌아오는 줄은 몰랐던 시로벨이기에 실수를 한 것이다.

그녀는 이 상황을 어떻게 넘길지 미친 듯이 머리를 굴렸다. 하지만 너무 확실하게 엎어진 물이라 수습할 말이 떠오르지 않았다.

그렇게 시로벨이 머리를 굴리고 있을 때, 그 모습을 제르린이 꽤 흥미로운 눈빛으로 지켜보고 있었다.

그때, 멀리서 들려오는 구세주의 목소리!

"비전하! 여기서 뭐 하시는 거예요! 저희가 얼마나 찾아다녔는데! 무슨 일이 생긴 줄 알고 기사들까지 풀어서!"

소리를 지르며 달려오던 메이가 갑자기 입을 꽉 다물어 버리고
말았다. 그녀는 살짝 상기된 두 볼을 문지르며 조심스럽게 시로벨
의 옆에 서서는 아까와는 달리 조신하게 속삭였다.

"어서 돌아가셔야 해요."

메이의 말이 끝나자마자 제르린은 다시 한 번 웃음을 터뜨리며
제라드를 향해 말했다.

"제라드, 날 찾은 목적이 있을 텐데?"

"아! 카헤시온 전하께서 찾으십니다."

"그래? 형님께서 직접? 흠……. 그럼 가야지."

시로벨은 드디어 이 상황에서 벗어날 수 있겠다 싶어 속으로
기뻐했다. 하지만 제르린은 바로 옆을 스쳐 지나면서 짧게 속삭
인 말에 희게 질리고 말았다.

"나중에 또 봐."

그녀가 고개를 돌렸을 때는 그는 이미 유에시스와 함께 걸음을
옮기고 있었다. 순간, 뒤를 돌아본 유에시스의 살기 어린 눈빛에
시로벨은 저도 모르게 숨을 들이쉬었다. 도대체 저 황녀는 왜 저
러는 거야?

메이는 얼굴이 빨개져서는 고개를 숙인 채 그저 제라드를 힐끔
바라보기만 하였다. 비전하가 사라지셔서 이 빗속에 찾느라 고생
을 한 것이 그를 보게 된 것만으로 다 보상받는 기분이었다.

제라드가 일부러 그녀의 옆으로 스쳐 지나가면서 그녀의 손을
살며시 잡았다 놓았고, 메이는 순식간에 일어난 일에 멍한 표정
을 짓다가 금세 폭발할 것처럼 얼굴이 새빨개졌다. 그녀는 두근거

리는 심장을 누르며, 자꾸만 휘늘어지는 입꼬리를 내리려고 노력했다.

시로벨은 그새 다시 굵어지는 빗줄기를 바라보며 한숨을 쉬었다. 검 좀 잡아보나 했더니 생각지도 못한 방해꾼의 등장에 오늘도 망치고 말았다. 대체 요즘 왜 이러지?

"비전하."

"로제궁으로 돌아간다!"

결국 시로벨은 스스로 걸음을 돌렸다. 새로 만나게 된 황자는 상당히 마음에 들지 않았다. 카인 황자처럼 기분 나쁜 건 아니었지만 능글거리고 뺀질거리는 것이 영 제 취향은 아니었다. 물론 외모 하나만큼은 다른 황족들과 마찬가지로 빼어나다는 것에는 이의가 없었지만 말이다.

"나중에 또 만나자고? 흥이다!"

여기 황자들은 하나같이 다 이상해. 얼굴은 그럭저럭 괜찮으면서 성격이 왜 다들 그 모양이지? 물론 리안 황자는 제외지만. 카헤시온 황자도…….

"……아니야. 그 녀석이 제일 이상해!"

제르린은 어깨까지 내려오는 하늘빛 머리카락을 가죽 끈으로 단정하게 묶고선 우아한 손동작으로 룬궁의 문을 열었다. 그러자 시녀들이 먼저 그를 반겨주었고, 그는 한 명 한 명에게 인사를 하면서 카헤시온이 있는 집무실로 향했다.

문을 열고 안으로 들어간 그는 혀를 츳 찼다. 바로 문밖만 하더라도 꽃밭인데 이곳은 어두컴컴하기 그지없었다.

잠을 제대로 자지 못해 신경이 곤두선 카헤시온의 기분은 그야말로 땅을 파고 내려갈 것 같았다. 그의 성품답지 않게 정리되지 못한 책상 위에는 수십 장의 서류들이 널려 있었다. 하지만 예전의 모습 그대로 여전한 것 같았다.

제르린은 넉살 좋게 웃으면서 슬쩍 인사를 했다.

"피곤해 보이네, 형."

"매번 방학 끝나기 며칠 전에 내려와서 잠깐 있다가 가더니, 무슨 바람이 분 거지?"

그는 제르린을 쳐다보지도 않고서 대꾸했다. 하지만 그의 반응에 익숙한 제르린은 그저 어깨를 으쓱한 채 창가로 다가가 커튼을 치며 여전히 듣기 좋은 부드러운 목소리로 속삭였다.

"어머니께서 찾으셨거든. 아! 그나저나 나, 시로벨 비전하를 만났어."

그 말에 카헤시온이 그제야 그의 손가락이 멈추더니 고개를 들어 제르린을 바라보았다.

그 반응에 제르린은 놀라지 않을 수 없었다. 일하다 말고 다른 데 신경을 쓰는 위인이 아니었기 때문이다. 더더군다나 그 신경을 쓰는 일이 황자비의 일이라고?

"로제궁에 간 건가?"

어쩐지 딱딱하게 굳어진 그의 목소리에 제르린은 얼른 고개를 가로저었다.

"내가 뭐 하러 로제궁을. 조세핀한테 잔소리 들으려고? 그냥 샛길로 들어오다가 수련하는 여기사랑 부딪쳤거든. 난 분명 미셸 캐롤라인 경인 줄 알았는데 알고 보니 시로벨 비전하셨어."

제르린의 말에 카헤시온의 눈빛이 더욱 딱딱하게 굳어졌다. 밖은 아까부터 계속 비가 내리고 있었다. 그런데 이 비를 맞고 수련을 했다고? 정말 이 여자가!

"난 시로벨 비전하를 로제궁 밖에서, 그것도 검을 쥐고 있는 모습으로 보게 될 줄은 몰랐어. 내 눈이 잘못된 줄 알고 얼마나 놀랐는데……. 형?"

하지만 그는 더 이상 제르린의 말을 듣고 있지 않았다. 어느새 그는 자리에서 일어나 창가에 와 섰다. 이곳에선 로제궁이 아주 잘 보였다. 그는 마치 제 눈앞에 시로벨이 있는 것처럼 로제궁을 바라보았다. 가슴께에서 화가 치솟았다. 축제 때 그녀를 얼떨결에 안았을 때 느낀 것은 몸이 몹시도 가늘고 연약했다는 것. 마치 꽉 쥐면 부서질 정도로. 그래서 저도 모르게 살며시 안았던 것을 온몸이 기억하고 있었다. 그런데 이런 비를 맞으면서, 대체 어디까지 몸을 혹사시키고 싶은 건지!

"……혹시."

"응?"

"……괜찮아 보였나?"

제르린은 잠시 멍했다가 이내 그가 누구를 일컫는지 깨닫고 얼른 고개를 끄덕였다.

"나쁘진 않았어. 날 도둑으로 생각하고 쫓아오는 기세가 대단했거든. 달리기 끝내주던데?"

대답을 하던 제르린은 저도 모르게 카헤시온의 얼굴을 뚫어져라 쳐다보았다. 얼핏 카헤시온의 미소를 본 것 같은 착각이 들었다.

"다음에 다시 부를 테니 이만 돌아가 봐. 너도 피곤할 테니 말이다."

"아, 응. 그럼 가볼게."

카헤시온의 집무실을 빠져나온 제르린은 짧은 숨을 내쉬었다. 자신이 황궁을 비운 지는 고작 반년. 대체 그 반년 사이에 카헤시온 형님과 시로벨 비전하 사이에 무슨 일이 생긴 거지?

여전히 비는 주룩주룩 내리고 있었다. 시로벨은 갑자기 밀려드는 한기에 오들오들 떨면서 따뜻한 물에 목욕을 한 뒤 자리를 잡고 앉아 블루문을 닦기 시작했다. 더러워진 블루문을 보니 새삼 그 제르린 황자가 떠올랐다. 그러고 보니 카헤시온이 불렀다고 했는데 혹시 내 얘기 다 한 거 아니야? 아오, 그렇게 되면.

"또 잔소리를 할 텐데……. 물론 요즘 얼굴을 보지 못하고 있긴 하지만 평생 안 볼 것도 아니고. 게다가 이 사실이 백합원에 들어가게 되면……. 악!"

"적어도 백합원에 소문이 돌게 하진 않을 테니까 너무 걱정하지 마."

혼잣말에 뜻밖의 대답이 들려오자 시로벨은 본능적으로 블루문을 대답이 들려오는 쪽으로 휘둘렀다. 그러다가 테라스에 앉아서는 피식 웃고 있는 제르린 황자를 보고선 황급히 검을 치우며 뒤늦게나마 고개를 숙이며 얌전한 척하려 했다.

"제르린 황자 전하, 어찌 이런 시각에 거기서……."

저건 진짜 도둑놈 기질이 다분해. 내가 오해를 할 수밖에 없잖아.

"에이, 갑자기 얌전한 척은. 이미 다 들킨 사이에 무슨……."

저렇게 콕 짚고 넘어가니 시로벨은 말을 돌릴 틈이 없었다.

제르린은 방 안으로 들어와서는 시로벨을 바라보며 환하게 웃었다.

"나중에 또 보자고 했지?"

"그 나중이 지금이었습니까?"

"당연하지! 그런데 의외야. 비전하께서 그런 모습을 숨기고 계셨다니. 혹시……."

시로벨은 숨을 훅 들이마셨다. 혹시 자신이 시로벨이 아님을 들킨 건가 싶었다. 그러고보니 이 남자, 마법 천재라고 하던데…… 그래도 제라드는 못 알아봤잖아. 혹시, 제라드보다 센 녀석인가?

"혹시, 이 몸 안에 다른 영혼이라도 들어간 거야?"

헉! 정말 들킨 건가? 정말로? 그 물의 정령왕인지 뭔지도 알아차리지 못한 비밀을! 그렇다면 혹시 돌아가는 방법도?

"그게……!"

"헤헷, 농담이야. 뭘 그렇게 진지하게."

하하? 저 망할 쌈장, 씨발린 사과, 씨베리안 허스키 같은 녀석. 도대체 이 시각에, 그것도 정문이 아니라 창문으로 넘어와서는 왜 남의 속을 뒤집어놓는 거지?

하지만 시로벨은 끝까지 미소를 잃지 않았다. 그래, 이 여자의 체면을 생각해 줘야지. 암! 난 카인 황자도 이겨낸 사람이야. 저런 황자쯤은 껌이야!

"뭐, 그래도 좋게 변해서 다행이야. 앞으로 비전하를 많이 볼 수 있잖아?"

많이 본다고? 누구 마음대로. 내가 댁이 보고 싶으면 볼 수 있는 그런 멍멍이인 줄 알아?

"제르린 전하, 시각이 너무 늦지 않았습니까? 이제 그만 돌아가시는 것이……."

"에이, 안 어울린다니까."

그는 그녀의 어깨를 툭툭 치면서 친한 척하기 시작했다. 제발. 이 황자 좀 말려줘라. 대체 왜 이러니!

"어차피 다 들킨 사이에, 어렵게 그러지 말자고! 친하게 지내. 응? 예전엔 제르린 오라버니, 하면서 잘 불렀잖아. 지금도 그렇게 부르는 게 어때?"

뭐? 제르린 오라버니? 오.라.버.니? 아주 웃기고 있네. 시로벨의 기억엔 그런 게 없는데 이게 지금 날 가지고 노는 거야? 누구 앞에서 사기를 치려고.

좋아. 그렇게 내 본모습이랑 상대하고 싶다면, 그렇게 해주지. 나중에 후회하지 마라.

시로벨은 온화한 척하려던 것을 집어던졌다. 시린 물빛 눈동자가 그를 냉정하게 바라보기 시작했다.

"그래서 존칭은 생략해도 된다고?"

순식간에 변해 버린 그녀의 모습에 제르린은 내색하진 않았지만 내심 매우 깜짝 놀랐다. 확실히, 뭔가 달라진 게 분명했다.

"그래. 말 놔."

"좋아. 그렇게 원한다면 그렇게 해주지. 대신!"

"걱정 마. 아무한테도 말하지 않을게."

특유의 부드러운 미소에 시로벨은 눈을 가늘게 떴다. 처음엔 그저 여자나 홀리는 눈빛인 줄 알았는데 지금 보니 마냥 그렇지만은 않은 것 같다. 뭔가 다른 꿍꿍이가 있는 것이 분명해 보였다.

그때, 방문 너머로 메이의 목소리가 들렸다.

"비전하, 아직 안 주무시죠? 비전하?"

시로벨은 흠칫 놀라서는 제르린을 바라보았고, 그는 어깨를 으쓱이며 입을 꾹 다물었다. 이 남자와 이 시간에 단둘이 있었다는 것을 들키면 안 될 것 같아 시로벨은 문을 응시한 채 애써 태연한 척 입을 열었다.

"무슨 일이야?"

그러자 메이가 기가 막힌 말을 내놓았다.

"지금 제라드 로드께서 와 계세요."

뭐? 누가 와?

제라드가 왔다는 말에 시로벨의 표정이 굳어졌다. 카헤시온의 오른팔이나 다름없는 그가 갑자기 이 늦은 시각에 찾아온 이유가 짐작도 되지 않았기 때문이다. 요 며칠 뭐가 그리 바쁜지 코빼기도 안 보이더니, 갑자기 제라드를 보낸 이유는 뭐지?

시로벨은 인상을 구기면서 다시 고개를 돌렸다. 그런데 방금 전까지만 하더라도 제 앞에 있던 제르린 황자가 보이질 않았다. 시로벨은 깜짝 놀라 테라스로 나가 보았다. 그곳도 텅 비어 있었다.

"비전하, 주무셔요?"

"아, 아니야."

시로벨은 얼른 다시 방으로 들어와 문을 열어주었다. 밖에 서 있던 제라드가 고개를 숙이며 인사했다. 그녀는 어쩐지 저도 모르게 뻐딱한 시선으로 고개만 슬쩍 끄덕이고서 말했다.

"이리 늦은 시각에 무슨 일이지?"

"카헤시온 전하께서 비전하께 보내신 것이 있습니다. 전하는 말씀도 계시고요."

"엄청나게 바쁘다더니. 그래서 나와 한 약속도 잊고 계신 거 아닌가? 내가 여기 있다는 건 그래도 기억하고 계신가 봐?"

자꾸만 삐딱하게 나오는 말에 메이는 저도 모르게 식은땀을 흘렸고, 제라드는 겸연쩍은 웃음을 지으며 품에서 뭔가를 꺼내 보였다. 그것은 액체가 담긴 병이었다.

"요즘 정말 바쁘시긴 하답니다. 그래도 어찌 비전하를 잊고 계시겠습니까? 그러니 이리 약도 챙겨주셨지요."

"약?"

시로벨은 제라드가 건넨 병을 받아 들었다. 액체는 무색투명했다.

"예. 오늘 비를 그리 맞으셨다면서요? 그 약을 드셔야 밤새 힘들지 않으실 겁니다."

시로벨은 내심 뜨끔했다. 어쩐지. 뜨거운 물로 목욕을 하고 났는데도 몸이 으슬으슬한 게 이상하다 했다. 정말 저 비 때문인 거야? 그나저나 내가 밖에 나가 있었다는 걸 알았다는 건 제르린 황자가 벌써 얘기했다는 뜻이 분명했다.

"혹시 제르린 황자 전하께서……."

"예. 우연히 얘기가 나왔습니다. 전하께서 걱정하셨답니다."

"하, 하, 하."

"그리고 한 번만 더 그런 어리석은 짓을 할 때는, 다시는 검을 잡지 못하게 하시겠다고도 하셨지요. 무리하지 마시라는 뜻입니다. 다 비전하를 애정하는 마음에서 우러나오는 말씀 아니시겠습니까."

어쩐지 카헤시온의 표정이 눈에 보이는 듯했다. 두 번 애정했다가는 아주 얼어 죽겠네. 시로벨은 이렇게 빈정거리고 싶은 것을 꾹 눌러 참았다. 그래도 이렇게 약까지 챙겨줬으니.

"그럼, 전 이만."

"저기!"

제라드가 이만 가보겠다고 하자 시로벨은 저도 모르게 그를 붙잡았다. 무슨 일이냐는 듯 그가 돌아보았고, 그녀는 어쩐지 쑥스러움에 우물쭈물하다가 어렵사리 입을 열었다.

"고맙다고……."

"아, 전해 드리겠습니다."

"……너무 무리하지 말라고 전해줘. 밤마다 룬궁의 불빛이 꺼지지가 않던데. 나한테 무리하지 말라는 말을 할 자격이 없는 것 같네."

퉁명스러운 말투이긴 했지만 제라드는 그래도 두 분이 서로에게 마음을 쓰고 있다는 것을 깨닫고 흐뭇한 마음에 고개를 끄덕였다.

메이가 제라드를 배웅한다며 뒤따라 나섰고 시로벨은 약병을 바라보며 어쩔 수 없다는 듯 웃었다.

"하여튼 이런 사소한 건 그렇게 신경 쓰면서, 정작 큰 건 별로 신경도 안 쓰니."

그녀는 고개를 가로저으며 약병을 소중하게 움켜쥐었다. 어쩌겠는가? 원래 그런 성격인 것을. 어쩌면 코델리아 황녀가 저를 어떻게 생각하고 있는지도 그는 전혀 눈치채지 못하고 있는지도 모른다. 그런 것에 관심이 있을 리가 없지. 아니, 그런 감정을 알기는 알까? 어떻게 보면 그 황녀도 불쌍한 거지. 허공에 대고 소리지르고 있는 꼴이니.

시로벨은 저도 모르게 가슴께 맺혀 있던 뭔가가 스르르 풀리는 걸 느끼며 배시시 웃는 얼굴로 걸음을 뒤로 돌렸다.

그리고 창문 밖, 나무 위에서 그 모든 일을 지켜보고 있던 제르린은 묘한 표정을 지었다. 카헤시온 형님이 제라드까지 직접 보내면서 저런 것을 챙기실 줄이야. 자신이 없었던 그 반년 사이에 대체 무슨 일이 생긴 것일까 호기심이 돋았다. 물론 가장 흥미로운 건 시로벨이었다.

"앞으로 정말 재미있겠어."

제라드를 로제궁으로 보내는 그 마지막 순간까지 카헤시온은 망설이고 망설이고 또 망설였다. 대체 왜 이렇게 신경 쓰이는지 잘 모르겠고, 하지만 보내지 않으면 더더욱 신경 쓰일 것 같은 이 감정은 대체.

"하아."

하지만 일단 보내고 나니 아까보다 마음은 편했다. 아마 그녀의 성격상 아파도 아프다고 말하지 않고 끙끙 앓았을 테니. 제발 내일부터는 좀 조신하게 로제궁에 있었으면 했다. 정 말을 듣지 않으면 그녀에게 주었던 블루문까지 회수하겠다고 생각했다.

그때 쿵쾅거리는 발소리가 들려오자 카헤시온은 제라드가 벌써 돌아왔나 하는 표정으로 고개를 돌렸다. 하지만 문을 열고 들어온 사람은 제라드가 아닌 세네티아였다.

"세네티아?"

"오라버니."

어쩐지 심각해 보이는 표정에 카헤시온은 자리에서 벌떡 일어났다.

"무슨 일이냐?"

"오라버니, 크리스털 마운틴에서 마물이 급증하고 있다고 방금 동쪽 마법부에서 연락이 왔어요. 생각보다 그 피해와 규모가 심각하다고 해요."

❧　　　❧　　　❧

마티디안 제국, 최대의 장마 '운디네의 눈물'이 연일 계속될 거라는 말과 달리, 오늘은 하늘이 흐리긴 했지만 비는 내리지 않았다. 며칠 동안 카헤시온의 말을 잘 듣고서 로제궁에 칩거해 있던 시로벨은 비가 오지 않는다는 사실 하나에 환호성을 지르며 메이와 함께 장미정원으로 나섰다. 그녀의 손에 블루문은 보이지 않았다. 오늘은 정말로 잠시 산책을 나온 것이었다.

날이 흐리고 습기를 잔뜩 머금은 공기는 쌀쌀했다. 메이는 그녀에게 외투를 챙겨주었다.

요즘 메이는 어디 나사 하나 빠진 사람처럼 싱글벙글이었다. 대체 이놈의 비가 사람들 정신도 이상하게 만드는 것인가 싶었다.

"비전하! 역시 나올 줄 알았어~ 내가 얼마나 기다렸는데!"

"하아……."

시로벨은 깊은 한숨을 내쉬었다. 메이보다 더한 놈이 바로 여기에 있었다. 정말 거머리가 따로 없다고 생각하며 시로벨은 연달아 한숨을 푹푹 내쉬었다. 바로 이 나라의 제4황자 제르린 에바도쳐 마티디안! 그녀가 가장 성가셔 하는 인물 중 하나! 그리고 유일하게 그녀의 완벽한 본모습의 성격을 알고 있는 남자! 처음엔 카인 황자보다는 낫다고 생각했는데, 이젠 그 생각을 바꿔야 할 것 같았다. 대체 왜 이렇게 들러붙는 건지 모르겠다. 4황자나 되어서는 할 일이 저렇게 없냐고!

"에이, 예쁜 얼굴에 한숨이 웬 말이야, 한숨이."

"그러니 그렇게 불쑥불쑥 나타나지 마십시오. 제가 놀라서 한숨 쉬는 것이 아닙니까."

사실 더럽게 귀찮아서 한숨 짓는 거지. 더럽게 성가셔서!

"놀라면 소리를 질러야지 왜 한숨을 쉴까? 그나저나 반말해도 된다니까, 꼬박꼬박 존칭을 하네."

아무리 그래도 어떻게 쉽게 말을 놓냐고, 보는 눈도 있는데.

"말 놓으면 내 눈앞에서 사라져 줄 겁니까?"

"흠. 딴것, 딴것 해주면."

"딴것?"

제르린의 눈매를 휘더니 시로벨을 향해 달콤한 미소를 지었다. 다른 여인들은 그런 그의 미소 한 방에 쓰러질 테지만 시로벨은 달랐다. 이제 저 미소가 징글징글하게만 느껴졌다. 듣기 좋다고 생각했던 저 목소리도 이젠 거슬리기만 했다.

"제린. 제린 오라버니 어때?"

"뭐, 뭐라고요?"

"그래! 제린 오라버니 좋네. 제린 오라버니라고 한 번만 불러 봐. 그럼 원하는 대로 해줄게."

"저 미친 개……."

순간, 욕이 목구멍 언저리까지 튀어 올랐다. 하지만 옆에서 빤히 바라보고 있는 메이의 존재를 잊지 않은 그녀는 그것을 꾹 누르고 말았다. 제르린은 그럴 줄 알았다는 양 피식피식 웃었고, 그 꼴을 보니 그야말로 화병으로 돌아가실 것 같았다.

대체 저 인간은 나한테 왜 저러는 걸까. 나랑 무슨 원수라도 졌나? 아니면 이 여자가 저 남자한테 빚이라도 어마어마하게 진 거냐고!

"얼른? 응? 얼른!"

"가시죠. 제발!"

"아니면 그냥 제린도 좋고!"

"제발 좀 가!"

결국, 소리를 질러 버리고 말았다.

카헤시온은 꽤나 심각한 표정을 짓고 있는 보바톤 황제 앞에 고개를 숙였다. 이미 모든 사실을 들으신 모양이었다.

"크리스털 마운틴 주변에 마물이 나타났다는 소식은 들었지만, 갑자기 이렇게 늘어난 것은 처음이다. 물론 그 이상으로 번지지 않아 다행이긴 하지만, 너도 알다시피 크리스털 마운틴이 막히면 황도로 물품이 원활하게 제공되지 않는다. 벌써부터 황도로 들어오는 물품의 양이 줄어 피해가 이만저만이 아니라고 하더구나."

크리스털 마운틴은 마티디안 제국의 대항구와 황도를 잇는 지름길로 이용되는 산으로, 지형이 그렇게 험하지 않다고는 하지만 그건 그저 깊은 곳으로 들어가지 않기 때문에 잘 알려지지 않은 것뿐이었다. 옛날에는 수많은 광물들이 쏟아져 나와 크리스털 마운틴이라고 불렸지만, 지금은 더 이상 광물이 나오지 않았다. 대신 지금은 당시 닦아놓은 길만 이용하고 있었다.

"제가 직접 크리스털 마운틴을 살펴보고 오도록 하겠습니다."

카헤시온의 말에 보바톤은 걱정스러운 눈빛으로 고개를 끄덕였다.

"고맙구나, 카헤시온. 원래는 이 일을 카인에게 맡기려고 했는데, 무슨 생각을 하는 것인지 펠리아궁에서 도통 나올 생각을 하지 않는구나. 리안은 너도 알다시피 비를 데리고 여행 중이지 않느냐."

현재 리안 황자는 메모리 황자비의 생일을 기념하여 여행 중에 있었다. 워낙 사람 많은 자리를 즐기지 않는 그녀를 위해서 리안이 보바톤 황제에게 양해를 구하고 둘만의 여행을 떠난 것이다. 게다가 키리에나는 외가를 방문하고 있는 상태이니 이 일을 할 수 있는 사람은 카헤시온밖에 없었다.

"최선을 다하겠습니다, 폐하."

"그래, 부탁하마."

태양궁을 빠져나온 카헤시온은 멀리 보이는 펠리아궁을 시린 눈동자로 노려보았다. 도대체 펠리아궁에서 뭘 하고 있는 건지 알 수가 없으니 답답했다. 분명 붉은 가면을 다시 만나려는 움직임을 보일 거라 생각했는데 저러고만 있으니……. 하지만 그는 방심하지 않았다. 계속해서 그를 주시하면서 크리스털 마운틴을 조사하다 보면 해답이 나오게 될 것이다.

밖에서 그를 기다리고 있었던 세네티아가 안타까운 표정을 했다. 보이진 않았지만 느낄 수는 있었다. 지금 오라버니께서 무척이나 혼란스러워하고 계시다는 것을.

"혼란스러우신 것 같습니다, 오라버니."

"추운데 왜 이곳에서 기다린 거냐."

카헤시온은 입고 있던 코트를 벗어선 그녀의 어깨에 걸쳐 주었다. 단추까지 꼭 여며주는 손길에 세네티아는 괜찮다고 했지만 그는 개의치 않았다.

"카인 황자에 대한 것은 아직까진 신경 쓰지 마세요. 제가 계속해서 살피고 있으니까요."

"일단은 시선을 좀 돌려야겠다. 어쩌면 눈치를 채고서 몸을 사리는 것일 수도 있으니."

"해서, 언제 떠나실 것입니까?"

"되도록 빨리 움직여야겠지. 기사들보단 마법사들을 데려가는 것이 낫겠지?"

세네티아는 동생이 아니라 은의 현자로서 대답했다. 몽롱한 은빛 눈동자가 어느새 날카롭게 빛나고 있었다.

"이렇게 갑작스럽게 마물이 급증하는 경우는 흔하지 않아요. 이런 건 제라드가 더 잘 알겠지요. 제 생각엔 크리스털 마운틴 어딘가에 숨겨져 있던 고대 던전의 봉인이 풀린 것 같다는 추측이 들어요."

"고대 던전?"

"네, 미처 찾지 못한 고대 던전. 그도 그럴 것이, 사람들의 말에 의하면 고블린이 있었다고 해요. 오라버니도 아시다시피 고블린은 고대 던전 주변이 아니면 좀처럼 볼 수 없는 마물이죠."

"역시 마법사를 데려가야겠군."

"제라드가 잘할 겁니다. 하지만 제라드 한 명으로는 부족할 거예요."

"하지만 최대한 적은 인원으로 움직이는 것이 쉬울 거다."

"그렇다면 실력자들을 뽑으셔야지요. 기사 중엔 그렉 경을 데려가세요. 그리고 마법사는 두 명, 제라드 로드와……."

순간 세네티아가 말을 멈추자 카헤시온은 의아한 표정으로 그녀를 바라보았다.

"어찌 그러느냐?"

그러자 그녀는 피식 웃으면서 말을 이었다.

"때마침 돌아와 주셔서 다행이네요."

그녀의 말에 카헤시온 역시 대충 누군지 짐작을 하고선 낮은 한숨을 내쉬었다.

"시끄러운 길이 되겠군."

"제르린 황자 전하 역시 실력자이지요. 물론 조금 시끄러울지도 모르지만."

"그 녀석이 과연 이런 딱딱하고 귀찮은 일에 순순히 나서려고 할지."

"그거야 오라버니께서 잘 구슬려야겠지요. 어떤 당근을 주실지 궁금하네요."

그는 세네티아의 말에 살짝 미간을 찡그렸다. 그러다 뭔가를 떠올리고선 세네티아에게 조심스럽게 경고했다.

"혹시나 이 사실을 비에겐 말하지 말거라."

"예?"

카헤시온은 어쩐 일인지 왠지 그녀가 알게 되면 안 될 것 같은 느낌이 들었다. 아니, 확신했다.

"괜히 알게 되면, 거슬리는 일이 또 늘어날 것이다."

세네티아는 저도 모르게 터져 나오려는 웃음을 꾹 누르고서 짐짓 태연하게 말을 이었다.

"하긴, 위험하니까. 비전하와 함께 갈 수는 없겠지요."

"비가 걱정되어서 하는 말이 아니다. 난 그저……."

"전 그렇다고 말한 적 없는데요, 오라버니?"

능청스러운 대구에 카헤시온은 입을 꾹 다물고서 그대로 휙 몸을 돌려 버렸다. 세네티아는 입 밖으로 웃음을 내지으며 조금씩 변하고 있는 오라버니의 기운을 즐겁게 바라보았다.

"어쩜 저리도 솔직하지 못하신지."

그렉을 만나기 위해 훈련장으로 향하던 중 카헤시온은 문득 저도 모르게 걸음을 멈추고 말았다. 옆으로 빠지면 바로 로제궁이었다. 바람결을 타고 장미향이 느껴지는 것 같기도 했다. 그녀를 보지 못한 지 꽤 오래되었다. 간간이 소식은 듣고 있었지만 말이다. 자신이 준 약을 잘 먹기는 한 듯 아파 보이진 않는다고.

"……이번 일을 알게 되면 분명 가만있지는 않을 터."

어떻게든 아랫것들의 입단속을 시켜야만 했다. 카헤시온은 갈림길 위에서 선뜻 움직이지 못하고 머뭇거렸다. 고개를 한쪽으로 돌리니 로제궁의 모습이 보일 듯 말 듯했다. 오늘은 구름이 잔뜩 있긴 했지만 비는 내리지 않았다. 분명 그 성격에 로제궁에 있지는 않을 것인데.

잠시 망설이던 그는 저도 모르게 걸음을 로제궁 쪽으로 옮겼다.

보나마나 당장에 궁 밖으로 뛰쳐나왔을 것이다. 비가 내리는 날에도 수련을 하려 했다니 이런 날을 가만히 두고 볼 리가 없다. 그래, 그녀가 궁금해서 가는 것이 아니다. 단지, 약속을 지키려고 하는 것뿐이다. 그리고 제라드가 하는 말은 콧방귀를 낄지도 모르니 직접 만나서 따끔하게 말해줘야 마음이 편할 것 같았다. 제발 사고 치지 말고 얌전히 있으라고.

장미정원으로 들어선 그는 멀리서 들려오는 시로벨의 목소리를 바로 들을 수 있었다. 역시나 이럴 줄 알았다며 한숨을 쉬던 그는 어쩐지 그의 표정이 살짝 풀어지는가 싶더니 이내 다시금 천천히 굳어졌다. 한 발 한 발 다가갈수록 그녀의 목소리와 함께 들리는 또 다른 이의 목소리가 겹쳐 들려왔다.

"왜 자꾸 내 앞에서 난리냐고! 저번에 말했던 여자나 만나러 가, 제발!"

"그러니까 비전하는 영광으로 생각해야지. 내가 그 많은 여자 중에 비전하를 선택한 거잖아. 얼른 감동 좀 먹으라고. 제린 오라버니, 감동했어요! 아니면 제린 전하, 영광이에요!"

"저리 가!"

붉으락푸르락 한 그녀의 앞으로 제르린이 환하게 웃으며 서 있었다. 두 사람이 대체 언제 저렇게 친해진 것인지 카헤시온은 내심 신경이 쓰였다. 시로벨은 무척이나 격의 없이 녀석과 어울리고 있었다. 화를 내다가도 어이없이 웃기도 하고, 소리를 지르다가도 가까이 다가가기도 하고. 자신과 있을 때와는 달리 훨씬 더 편안해 보였다.

"······저런 모습도, 있었군."

제르린과 마주 보고 서 있는 시로벨은 보자 그는 가슴께에서 욱신하는 통증을 느끼며 저도 모르게 심장을 움켜쥐었다. 묘하게 기분이 나빴다. 아니, 무척이나 기분이 이상했다.

카헤시온은 실랑이를 벌이는 둘을 잠시 바라보더니 몸을 거칠게 돌려 버렸다. 자신이 없어도 그녀는 잘 지내는 것 같으니 굳이 찾아갈 필요 없어 보였다.

갑작스러운 마물의 급증이 고대 던전과 관련 있을지도 모른다는 세네티아의 말에 제라드는 내내 흥분과 호기심에 거의 하루 종일 도서관에서 틀어박혀 있었다. 내일 곧장 출발해야 하는 빠듯한 일정이지만, 자료에서만 보았던 고대 던전을 실제로 볼 수 있고, 어쩌면 더 대단한 지식을 손에 넣을지도 모른다는 생각에 그는 마법사로서 학구열에 불타는 중이었다.

필요한 자료를 꼼꼼히 확인한 뒤 제라드는 뿌듯한 마음으로 도서관을 나서 곧장 룬궁으로 향했다. 일정을 확인하기 위해 카헤시온을 찾아간 제라드는 그만 흠칫하고 말았다. 무슨 일이 있었는지 카헤시온의 표정이 심상치가 않았다.

딱딱하게 굳어진 얼굴과 섬뜩하리만큼 차가운 눈동자는 냉기를 풍기고 있었다. 제라드는 저도 모르게 살기 위해서 뒷걸음질 친 순간, 높낮이가 전혀 없는 냉랭한 음성이 제라드의 발목을 붙잡았다.

"제라드."

"예! 카헤시온 전하."

"비와 제르린이 자주 만나는가?"

카헤시온의 시선은 저를 향한 게 아니었음에도 불구하고 제라드는 바짝 얼어서 냉큼 대답했다.

"제르린 전하께서 비전하를 찾아가신다고 합니다. 예전부터 알고 지내 사이이시지 않습니까? 물론 아르반이 그리된 이후론 만나신 적도 없어서 저도 조금 놀랐습니다. 제르린 전하가 이토록 비전하를 반가워하실 줄은 몰랐거든요."

제르린은 카헤시온보다 훨씬 먼저 시로벨을 만났다. 그것은 아직 아르반이 마티디안 제국의 속국이 되기 전의 이야기였다. 하지만 그런 일에 대해 관심이 없었던 카헤시온은 두 사람의 인연에 대해서 아는 바가 없었다.

그는 천천히 눈을 감았다.

"요즘 제르린은 조용히 지내는 것 같던데."

"예. 성문지기의 말에 의하면 황궁 밖으로 잘 나가지도 않는다고 하더군요."

"그 녀석은 성문을 이용하지 않아."

카헤시온은 그가 얼마나 탈출과 도망의 천재인지 잘 알고 있었다. 제르린은 수많은 여자를 만나고 다니면서도 궁 밖에 나다니는 것을 들키지 않았다.

그는 제르린의 앞에 있던 시로벨의 모습을 떠올렸다. 화가 났을까 봐 일부러 거리를 두고 있었는데, 그런 내색은 없어 보였고 제르린 녀석과 잘 지내는 것 같아 왠지 그게 마음에 들지 않았다.

카헤시온이 생각에 잠긴 사이 제라드는 이제 나가도 되려나 하고 다시 슬금슬금 발을 움직였지만 또다시 카헤시온이 그를 붙잡았다.

"지금 당장 제르린을 데려와라."

"예? 하오나 전하, 벌써 날이 저물었는데……."

"아직 녀석에게 제대로 대답을 듣지 못했다. 크리스털 마운틴으로 갈지 안 갈지 확실하게 답을 들어야 해."

"어차피 데려가실 생각이지 않습니까."

"제라드."

카헤시온이 드디어 제라드 쪽으로 시선을 돌렸다. 굉장히 일그러진 눈빛에 제라드는 더는 군말하지 않고 고개를 숙이며 짧게 답했다.

"명 받들겠습니다, 전하."

제라드가 사라지자, 카헤시온은 몸을 일으켜 창가 쪽으로 시선을 묶었다. 또다시 그의 시선이 자연스럽게 로제궁으로 향했다. 애써 잊고 있었던 코델리아 황녀와의 일까지 떠올랐다.

"카헤시온, 당신은 시로벨 아가렛토 아르반 왕녀를 마음에 두고 있는 건가요?"

"난 여전히 그녀를 믿지 못해……. 그렇게 생각했는데……."

처음으로 말끝을 잔뜩 흐렸다. 나조차도 제대로 내놓지 못한 대답. 망설였다. 지금의 제 마음에, 감정에, 솔직하지 못한 채 피하고 있었다.

한참 후 제라드가 돌아왔지만, 뒤따라와야 할 제르린은 보이지 않았다. 카헤시온은 낮은 한숨을 쉬며 말했다.

"궁을 나간 것인가?"

"아닙니다, 전하. 제르린 전하께서는 지금……."

어쩐지 말을 끝까지 하지 못하는 제라드의 모습에 카헤시온은 뭔가를 예감하고선 다시금 눈동자가 딱딱하게 굳어지기 시작했다. 불꽃이 튀어 올랐다. 하지만 이는 뜨거운 불꽃이 아니었다. 지독히도 차갑고 낯선 불꽃이 그의 가슴속에서 휘몰아치고 있었다.

"제르린은 지금 어디 있나."

제라드는 말을 잔뜩 망설이다가 하는 수 없이 입을 열었다.

"전하께서는 지금 로제궁에……."

아까 로제궁에 제르린이 있는 것은 보았다. 그런데 지금은 이미 셀레룬과 아테미스룬의 빛이 저리도 짙을 정도로 시간이 지났는데, 아직도 로제궁에 있다고?

"전하?"

"제라드, 지금 당장 로제……."

일순간 차갑게 부서지던 그의 목소리가 잦아들었다. 제라드는 조심스럽게 입을 열려고 했지만, 카헤시온은 이내 손을 저으며 그에게 물러가라 말했다.

"나가보라."

"예, 전하."

홀로 남은 카헤시온은 짙은 한숨을 내쉬며 의자에 주저앉았다. 그는 로제궁에 갈 수 없었다. 그것은 스스로를 억제하기 위한 약속이자 결심, 그리고 속박이다.

어느새 다시 비가 떨어지고 있었다. 그는 흐트러진 모습으로 시로벨이 주었던 브로치를 꽉 움켜쥐었다. 애써 외면해 온 것, 애써 밀어내고 있던 그 감정. 자신을 참으로 우습게도 만드는 지금의 이 감정…… 결국 알게 되었다. 믿을 수 없지만, 느끼게 되었다. 머리보단 심장이 먼저 아릿하고 거세게 말하고 있었다. 움켜쥔 손끝이 파르르 떨리면서 온몸으로 뜨거운 열기가 피어올랐다. 머릿속에 어느 순간 꽉 들어선 그 존재.

이미 알고 있었다. 해서, 로제궁에 가지 않겠다고 스스로에게 족쇄를 채운 것이다. 이미 다 알고 있었기 때문에. 시로벨, 벨…… 어느새 그녀가 제 모든 것을 뒤흔드는 존재가 되었다는 걸. 그대의 미소에 나도 모르게 함께 웃고 마는 그런…….

하지만 지금은 묻어야 한다. 깊이, 깊이, 깊이. 아직은 제게 허락되지 않은 사치스러운 감정. 품어서는 안 될 마음. 아직은, 아직은…….

"네게 아무렇지도 않게 다가갈 수가 없다."

시로벨은 맞은편에 능청스럽게 자리를 잡고 앉아서는 천연덕스럽게 식사를 하고 있는 제르린의 모습에 기가 막혀서 음식이 입으로 들어가는지 코로 들어가는지 알 수가 없었다. 게다가 음식을 나르는 시녀들의 이름을 하나같이 다정하게 불러주면서 웃어대는 꼴이라니. 대체 나도 다 외우지 못한 시녀들의 이름을 어쩜 저렇게 잘 알고 있는지!

"제르린 전하, 감히 저의 평화로운 식사 시간을 망치고 싶지 않으시다면, 그냥 얌전히 식사나 하시지요."

밥이나 처먹으라는 말이 목구멍 끝까지 차올랐지만, 꾹 참았다. 대단하다, 한소휘! 장하다, 한소휘! 이것은 그야말로 인간 승리였다.

"그럼 다음에 천천히 얘기하자, 비올라!"

시로벨의 싸늘한 눈빛에 비올라라는 시녀를 마지막으로 드디어 식당은 조용해질 수 있었다. 그녀는 근처에 아무도 없다는 걸 확인하고 나서야 언성을 높였다.

"도대체 자기 궁을 두고 여기서 시녀들한테 꼬리 치며 신성한 밥상머리를 더럽히는 건 대체 무슨 심보지?"

"홋, 비전하. 혹시 질투해?"

"하아? 질투? 질투? 질투라는 뜻을 모르시는가 보네요, 황자 전하."

"응. 모르겠는데. 무슨 뜻일까? 비전하는 알고 있으려나."

그녀는 신경질적으로 머리카락을 쓸어 올리며 포크와 나이프를 놓아버렸다. 제르린은 시로벨의 옆으로 바짝 다가와서는 엉망으로 헝클어진 머리카락을 잘 쓸어내려 주었다.

"비전하는 여전히 머릿결이 참 곱다."

시로벨은 이제 거의 체념한 심정으로 제르린의 긴 머리카락을 바라보았다. 그러는 지는 사내자식이 뭐 저렇게 머리카락이 길고 고와?

"그러는 너도 만만치 않게 길고 고운데?"

"카헤시온 형님도 머리 길잖아."

하긴 그러네. 별로 신경을 안 쓰고 있었구나. 아니면 그저 자연스럽게 보고 있었던 걸까?

"그러고 보니 그러네. 그 사람은 왜 그렇게 긴 거야?"

제르린은 쓸쓸한 표정으로 그녀의 머리카락을 바라보다 이내 고개를 돌렸다.

"글쎄. 형님은 모르지만, 난 누구를 닮고 싶어서 기르기 시작했지."

"닮고 싶어서?"

"닮으면, 그 사람 곁에 있는 여자가 날 좀 봐줄까 해서. 기억을 좀 해줄까 하고."

순간, 제르린의 시선이 정확히 시로벨에게 멈춰들었다.

처음 보는 진지한 태도에 시로벨은 무심코 물었다.

"너도 그렇게 진지하게 생각하는 여자가 있어? 그 영광스러운 여자가 누군데?"

"……."

"비밀인 거냐?"

"그녀는……."

대체 얼마나 대단한 여자기에 저렇게 뜸을 들여. 시로벨은 괜히 물어봤나싶어 긴장까지 되었다.

"그녀는…… 목수의 딸 레이나."

"하? 뭐야. 신분을 뛰어넘는 사랑인 거야?"

"눈웃음이 섹시한 마담 체리. 언제나 달콤한 향기가 나는 빵집 주인 안나. 그리고 언제나 싱그럽고 풋풋한 과일 가게 소냐."

줄줄이 사탕처럼 나오는 여자들의 이름에 시로벨은 진지하게 생각한 자신이 바보, 등신이라고 외치며 자리에서 일어섰다. 이젠 제발 저 면상을 그만 좀 봤으면 했다. 나도 좀 쉬자! 이토록 방이 그립기는 또 처음이다.

"이제 그만 좀 가! 나도 쉬자고! 너 때문에 다크서클 턱 밑까지 내려오면 책임질 거야? 응?"

그러자 제르린은 불쌍한 표정으로 칭얼대기 시작했다.

"비전하, 완전 매정하고 매정하다. 어쩌면 내일부터 당분간 못 볼지도 모르는데."

"못 본다고?"

그 한마디에 다 죽어가던 그녀의 눈빛이 생기로 흘러 넘쳤다. 잠을 자지 않아도 모든 피로가 풀리는 듯한 이 마법 같은 현상!

"그래. 요즘 마물 때문에 시끄러운 건 비전하도 알지? 그것 때문에 카헤시온 형님이 크리스털 마운틴으로 가시게 됐어. 어쩌면 거기에 고대 던전이 있을지 모른다고 하면서 제라드가 날 데려갈 거라고 하더라."

시로벨은 마물이 뭔지 모르니 그냥 가만히 있었다. 조금 험악한 야생 동물이 아닐까 짐작만 할 뿐이었다. 그보단 카헤시온도 간다고? 위험한 일 같은데 그런 걸 왜 황자가 직접 해? 다른 애들 시키면 되잖아? 그 정도 권력은 있는 자리 아닌가?

"고대 던전? 그거 위험한 거야?"

"글쎄. 그건 가봐야 알겠지? 그래도 마물이 나오는 근원지가 던전이라면 좀 위험할 수도. 그래도 걱정 마. 난 생각보다 훨씬 초 천재 마법사거든. 훗날엔 제라드도 뛰어넘을 거야."

"내가 미쳤다고 댁 걱정을 해?"

"그럼 형님 걱정?"

"뭐, 뭔 소리를 하는 거야! 내가 그 사람 걱정을 왜 해! 내 걱정만으로도 머리가 복잡한 사람이야!"

그녀는 펄쩍 뛰었다. 그런데 한편으로는 제르린의 말이 신경이 쓰였다. 역시 위험한 일인가? 그가 쉽게 당할 거라고 생각은 않지만 그래도 원숭이도 나무에서 떨어질 때가 있다고 하지 않던가. 아니야, 그런 생각 하지 말자. 그 사람은 얼음으로 만들어진 사람이잖아. 찔러도 피 한 방울 안 나올 것 같은 사람이라고. 그런 사람이…….

"그래도 아픈 건 똑같은데……."

제르린은 어느새 창밖을 바라보고 있는 시로벨의 시선을 따라갔다. 그 시선 끝에 희미하게 보이는 룬궁이 있었다. 확실히 달라지고 있었다. 이것을 기뻐해야 할까, 아니면 서운하다고 해야 할까. 그래도 그때의 기억에서 차츰차츰 나아지고 있는 거라면, 설사 자신을 끝까지 기억하지 못한다고 해도 지금 그녀가 행복하다면 다 괜찮지 않을까?

"시로벨."

"응?"

시로벨은 흠칫하며 고개를 돌렸다. 다른 데에 정신이 팔려 있어서 제르린이 처음으로 자신의 이름을 불렀다는 사실도 깨닫지 못했다.

"왜? 불렀으면 말을 해."

"고대 던전에 가고 싶지 않아?"

"뭐?"

갑자기 그는 의미심장한 미소를 지으면서 시로벨에게 바짝 다가왔다.

"가고 싶지 않냐고. 가고 싶다고 말하면, 내가 데려가 줄 수도 있는데."

"네가 무슨 빽으로 날 데려갈 수 있다고 그렇게 자신만만해?"

"이래봬도 제4황자거든? 그리고 아직 형님한테 가겠다고 말 안 했거든. 형님은 지금 내가 필요하고. 내가 조건을 걸 수 있는 위치라는 거지."

"그 조건으로 날 붙이겠다?"

"응. 비전하를 데리고 가겠다. 그렇지 않으면 안 갈 거다."

하? 완전 초등학생 같은 발상이다. 저런 생떼 같은 방법이 먹힌단 말이야? 게다가 이런 식으로 그를 곤란하게 만들고 싶지는 않았다. 물론 같이 있으면. 그래도 눈앞에 있으면.

'안심은 되겠지만.'

아니야. 그래도 이 방법은 아니야.

"됐어. 따라가고 싶어도 그건 내가 알아서……."

"그래! 역시 따라가고 싶다고? 좋아."

그는 입꼬리를 위로 올리며 시로벨의 손을 덥석 잡아당겼다.

"뭐 하는 거야? 그리고 사람 말을 끝까지 들어! 따라가겠다는 게 아니라!"

"얼른 허락 맡으러 가자! 내일 아침 일찍 출발한다고 했으니까 지금 바로 형님한테 가자. 얼른!"

"뭔 소리야! 안 가겠다니까!"

"갑시다!"

제르린은 시로벨의 말을 들은 척도 하지 않고서 잡아 끌기 시작했다.

"야, 미친놈아 이거 놔! 난 안 간다고! 안 갈 거라니까!"

"같이 가면 무척이나 재미있을 거야. 그렇지? 나도 엄청 기대된다!"

"야!"

하지만 손을 빼려고 하면 할수록 손목을 쥔 그의 손아귀에 더더욱 힘이 가해졌다. 이거 보기엔 엄청 연약하게 생겼는데, 뭐가 이렇게 센 거야! 진짜 이대로 가는 거야? 아, 진짜 미치겠네!

아침 일찍 크리스털 마운틴으로 향해야 하는데도 카헤시온은 밤늦게까지 서류를 확인하고 있었다. 그의 얼굴 가득 피곤이 쌓였지만 일을 놓을 수가 없었다.

열어둔 창문 사이로 선선한 바람이 불어왔다. 여전히 추적추적 내리는 빗소리를 들으며 뻐근한 어깨를 두드리려는 찰나 노크 소리와 함께 시종의 목소리가 들렸다.

"카헤시온 전하, 비전하와 제르린 황자 전하께서 뵙기를 청하십니다."

'뭐?'라고 대꾸하기도 전에 문이 벌컥 열리면서 제르린이 모습을 드러냈다. 그리고 그 뒤로 시로벨이 들어오고 있었다. 카헤시온은 이 말도 안 되는 조합에 기막힌 표정을 지었다. 아니, 그보다 대체 지금이 몇 시지? 이 늦은 시각까지 제르린과 함께 있었다는 건가?

"너무 늦은 시각에 미안해, 형님."

"자고 있었던 건 아니죠?"

이왕 여기까지 와버린 거, 될 대로 되라는 식으로 포기해 버린 시로벨은 그래도 살짝 긴장해서는 제르린의 뒤에서 고개를 빼꼼히 내밀고서 어색한 미소를 흘렸다. 카헤시온은 그런 그녀의 모습에 눈매가 더욱 딱딱하게 굳어지면서 제르린을 향해 말했다.

"대체 무슨 일이지? 비까지 함께 동행하고서."

"그게, 내가 형님한테 확답을 안 했잖아. 크리스털 마운틴으로 갈지 안 갈지."

"해서, 안 가겠다는 것이냐?"

순간 등줄기를 타고 오르는 섬뜩한 기운에 시로벨은 저도 모르게 움찔하여 제르린의 뒤로 더 몸을 숨기려 했다. 망할. 저 사람 지금 화났다. 그것도 아주 많이! 역시 제르린의 손목을 물어뜯는 한이 있더라도 말렸어야 했는데. 나까지 휘말리는 거 아니야? 지금이라도 말려야 하나?

하지만 제르린은 거침없이 제 뒤에 서 있는 시로벨의 손을 덥석 잡아 앞으로 당기면서 말했다.

"에이, 어떻게 안 가. 하지만 조건이 있어. 비전하도 데려가고 싶어."

"뭐?"

"아, 아니, 그게 말이에요. 그러니까⋯⋯."

시로벨은 마음의 준비를 할 시간도 없이 카헤시온의 앞에 나서게 되자 제르린을 노려보았다. 저 자식도 지금 무서워서 날 방패막이로 삼고 있는 거잖아! 이런 젠장!

제르린은 그런 그녀의 시선을 무시하고서 점점 더 딱딱하게 굳어지는 카헤시온의 얼굴을 똑바로 쳐다보며 싱긋 미소를 지었다.

"비전하도 데려가고 싶다고. 궁 안이 너무 답답하다고 하잖아. 안 그래도 요즘 장마 때문에 로제궁에만 있는 것 같고. 그래서 데려가려고. 걱정 마. 형님도 내 실력 알지? 다치지 않게 내가 옆에 딱 붙어 있을게."

"……마물이 나오는 곳이다, 제르린. 네가 지금 생각이 있는 것이냐."

"나 보호 마법이 주특기야. 정말 비전하 털끝만큼도 다치지 않게 지켜줄 자신 있어. 걱정 말라니까?"

제르린은 시로벨의 손을 더욱 꽉 움켜쥐었고, 카헤시온은 그의 손을 뿌리치지 않는 시로벨을 보면서 눈빛이 한층 더 차갑게 가라앉았다. 다시금 가슴에서 불꽃이 일었다. 아까보다 훨씬 더 차가운 불꽃이 그의 모든 것을 삼켜 버릴 듯 일렁였다. 그리고 그 사이에서 시로벨 혼자만 죽을 맛이었다.

역시 지금이라도 아니라고 말해야 해. 그래, 지금이라면 되돌릴 수 있어!

"카헬, 그러니까 제르린 전하의 말은요. 내가 그냥 당신이 좀 걱정된다고 하니까, 괜히 저런 식으로 말을 하는……."

이 상황을 어떻게든 무마하기 위해 결국 속에 있던 말이 터져 나왔고, 카헤시온은 그에 놀란 표정이 되었다.

"걱정?"

"그래요. 마물이 나온다면서요. 그런데 걱정이 안 되겠어요? 그 랬더니 그럼 같이 가자고 저렇게…… 물론 살짝 가고 싶은 마음이 들긴 했지만, 제가 간다고 뭐 도움이 되겠어요? 게다가 당신은 다칠 일도 없을 텐데…… 제르린 전하께서 괜한 수고를 하셨네요. 저는 그냥 조신하게 로제궁에 있겠습니다."

제르린은 언제 그랬냐고 말하려다가, 시로벨의 살기 어린 눈빛에 그만 입을 꾹 다물고 말았다. 그래, 눈치가 있으면 그 입 다물고 있는 것이 신상에 좋을 것이다. 지금 내가 얼마나 쪽팔리는지 넌 상상도 하지 못할 테니!

가만히 있던 카헤시온이 천천히 그녀를 향해 움직였다. 그러고는 아까부터 너무나도 거슬렸던 제르린의 손에서 시로벨의 손을 잡아끌었다. 앗, 하는 사이에 이쪽에서 저쪽으로 옮겨 간 시로벨은 눈만 깜박거렸다. 서로 마주하게 된 시선이 너무나도 가까운 거리에서 부딪쳤다.

시로벨은 움찔하여 그에게서 벗어나려고 했지만, 카헤시온은 더욱 힘을 주어 그녀를 붙잡으며 제르린을 향해 말했다.

"비는 데려가겠다. 하나 지키는 것은 네가 아니라 내가 할 것이다. 나의 아내이니 당연히 남편인 내가 지켜야겠지. 제르린, 넌 네가 할 일에만 집중해라."

제르린은 말을 잇지 못했고, 당사자인 시로벨은 놀랐다.

"저, 정말 데려갈 거예요?"

"가고 싶었다면, 나한테 먼저 말했으면 좋았을 텐데."

"하지만!"

"그리고 날 걱정했다니 괜한 짓이다. 난 그리 나약하지도 않을 뿐더러, 나뿐만 아니라 그대 역시 지킬 수 있어."

이게 꿈인가 생시인가. 카헤시온이 미쳤나? 그렇지 않고서야 날 데려간다는 말을 해?

제르린이 얼굴 가득 웃음을 머금고서 고개를 숙였다.

"그러고 보니 그렇네. 형님이 지키면 되는데 괜히 내가 나서서 분위기만 망쳤네. 그럼 전 이만 물러가지요. 비전하도 내일 봐."

제르린이 먼저 자리를 뜨고 카헤시온은 엷은 한숨과 함께 시로벨을 놓아주었다. 어쩌다가 일이 이 지경이 되었을까. 분명 그녀 몰래 다녀올 생각이었는데 제 입으로 데려가겠다고 말하다니.

"카헬."

그녀의 입에서 흘러나오는 자신의 이름에 카헤시온은 시로벨을 빤히 바라보았다.

"이만 가보도록 해. 내일 일찍 출발해야 하니."

"아, 그래요. 카헬도 좀 쉬어요. 로제궁에 있으면 여기의 불빛이 보이거든요. 밤마다 불이 꺼지질 않던데."

"……정말 날 많이 걱정하는군."

"그, 그게. 눈에 보이니까! 아무튼 내일 봐요."

시로벨이 서둘러 룬궁을 빠져나갔고, 카헤시온은 어쩐지 답답했던 가슴이 조금 시원해진 것 같은 느낌에 살짝 기분 좋은 한숨을 내쉬며 눈을 감았다.

시로벨은 로제궁으로 걸음을 옮기면서 문득 고개를 돌렸다. 불빛이 사라졌다. 드디어 잠을 자는 모양이었다. 매번 툴툴대기는 하지만, 그래도 말은 곧잘 들어주는 것 같다. 게다가 정말로 데려가 주겠다고 하다니.

"뭐, 친해지고 있는 건가."

이걸 좋은 일이라고 해야 할지 나쁜 일이라고 해야 할지 잘 모르겠지만, 지금은 그냥 마냥 좋았다. 그리고 이 기쁨을 지금은 아무 생각 없이 느끼고 싶을 뿐이었다.

❧   ❧   ❧

이른 아침. 황궁의 문 앞에는 말과 마차가 대기하고 있었다.

그렉은 무뚝뚝한 표정으로 마차를 점검했고, 제르린은 황궁의 시녀들과 눈물 없이 볼 수 없는 이별의 인사를 나누었으며 제라드는 짐을 챙기기 위해 먼저 나온 메이에게 인사를 하고 있었다.

"이거……."

메이는 파이를 가득 담은 바구니를 그에게 주었다. 제라드는 생각지도 못한 선물에 웃으면서 그것을 안아 들었다.

"이렇게나 많이 만들다니. 힘들었겠어요, 메이."

"아니에요."

메이는 그의 말에도 환하게 웃을 수가 없었다. 이번 일이 얼마나 힘들고 위험한 것인지 대충은 알았다. 자신도 시로벨 비전하의 곁을 따라가고 싶었지만, 그럴 처지가 못 된다는 것 역시 잘 알고 있었다.

"절대로 다치시면 안 돼요."

울먹임이 섞인 속삭임에 제라드는 잠시 망설이다 이내 그녀의 어깨를 가볍게 잡아주었다.

"고마워요 그리고 너무 걱정 마요."

그것을 끝으로 제라드는 걸음을 뒤로 돌렸고, 메이는 그의 뒷모습을 한없이 바라보면서 두 손으로 기도를 올렸다.

"네, 걱정 안 해요. 그러니까 꼭, 무사히 돌아오세요."

카헤시온이 모습을 드러냈다. 주변의 모든 사람들이 일제히 그를 향해 고개를 숙였다. 세네티아는 걱정스런 표정으로 다가와 그의 얼굴을 매만지며 속삭였다.

"무사히 다녀오세요, 오라버니."

"황궁을 부탁한다, 세네티아."

그 말뜻을 너무나도 잘 알고 있는 그녀는 살며시 고개를 끄덕이며 주변을 살폈다. 아직 시로벨 비전하의 기운이 느껴지지 않았다. 사실, 아침에 비전하께서 함께 가시기로 했다는 말에 얼마나 놀랐는지 모른다.

"아직 비전하께서 오지 않으셨네요."

"솔직히."

"네?"

"후회 중이다."

세네티아는 피식 미소를 지었다. 그때, 멀리서 소란스러운 소리가 들려왔다. 바로 시로벨과 조세핀이었다.

"저것 봐! 늦었잖아!"

"비전하, 아직 다 안 끝났습니다. 가서 무조건 조심! 또 조심! 함부로 혼자 나서시면 안 되고, 그리고 전하 곁에 꼭 붙어 계셔야 하고!"

아침부터 조세핀의 어마어마한 잔소리를 듣는 바람에 준비가 늦어지고 말았다. 아무리 안심시켜도 조세핀은 듣지를 않았다. 그저 대체 왜 전하께서 비전하를 데려가신다고 하신 건지 이해할 수 없다며 눈물을 글썽이는 그녀에게 시로벨도 뭐라 설명할 수 있는 게 없었다.

어느새 카헤시온의 앞으로 다가온 시로벨은 자신을 빤히 보는 그의 시선에 어색한 표정을 지으며 말했다.

"이상해요? 드레스보다는 이 옷이 나을 것 같아서요."

그녀는 훈련 때 입는 바지 차림이었다. 산을 오른다는데, 드레스가 웬 말인가! 그러자 카헤시온은 별다른 표정 없이 짧게 대꾸했다.

"조금."

"네?"

"붙지 않는가?"

"붙어요? 하지만 같이 수련할 때도 이 옷이었는데?"

물론 시로벨이 이런 옷을 입는 게 처음은 아니었다. 하지만 그때는 대부분 단둘이 있을 때였다. 어딘가 마음에 들진 않았지만, 시간이 없었기에 카헤시온은 한숨을 삼키며 말했다.

"가지."

"예!"

출발을 알리는 뿔피리가 울려 퍼졌고, 조세핀은 마지막까지 당부에 당부를 거듭하며 시로벨을 배웅했다. 카헤시온은 먼저 말을 타고 앞장을 섰고, 멀리서 제르린과 제라드가 그 뒤를 따르면서 시로벨에게 손 인사를 했다. 시로벨은 이제 살았다는 얼굴을 한 채 마차에 올라탔다. 텅 비어 있을 거라 생각했던 마차 안에는 생각지도 못한 사람이 먼저 타고 있었다.

"유, 유에시스 황녀 전하!"

바로 제3황녀 유에시스였다.

카헤시온을 배웅하는 세네티아의 눈가에는 근심이 서렸다. 비록 그렉 경과 제라드, 제르린까지 함께 가는 길이니 별 문제는 없을 거라 생각하지만 그래도 정확한 정보 없이 추측만으로 떠나는 것이다. 게다가 그런 곳에 시로벨 비전하를 데려가시다니, 대체 어젯밤 무슨 일이 있었는지 룬궁의 시녀들에게 한번 물어봐야 할 것 같았다. 그것도 모자라서 유에시스까지 나섰다는 것에 세네티아는 근심이 더 커졌다. 유에시스가 제르린 오라버니를 무척이나 따르는 것은 잘 알고 있었지만 이런 일에까지 따라가겠다고 할 줄은 몰랐던 것이다.

꽤 묘한 조합을 떠올리던 그녀는 뭔가 흠칫한 기운이 느껴졌다. 게다가 너무나도 낯이 익은 느낌.

"세네티아."

카인 황자의 목소리에 세네티아는 움찔했다. 펠리아궁에서 그토록 나오지 않고 있던 이가 카헤시온이 궁을 떠남과 동시에 나타난 것이다.

"카인 오라버니."

카인은 세네티아의 모습에 싱긋 미소를 지으며 모든 말과 마차가 빠져나가 이미 굳게 닫힌 문을 바라보며 말했다.

"카헤시온이 크리스털 마운틴으로 떠났다고?"

"예, 조금 전에. 여기에는 어쩐 일이신가요?"

그녀는 침착한 태도를 유지하며 어떻게든 자연스럽게 대화를 하려 했지만 말처럼 쉬운 일이 아니었다.

카인이 아주 우아한 손짓으로 세네티아의 어깨 위를 살며시 맴돌며 말했다.

"조금 답답해져서. 하지만 '운디네의 눈물'은 정말이지 아름답지. 물의 정령의 눈물이라. 훗, 누가 지었는지는 몰라도 정말 매혹적인 이름이지 않니."

지금은 살짝 그치긴 했지만, 주변의 무겁고 차가운 공기가 이내 다시 비가 쏟아질 것임을 말해주고 있었다.

"곧 다시 내리기 시작할 거예요. 그러니 오라버니께서도 이만 돌아가시는 게 좋지 않을까요?"

세네티아는 보이지 않은 어둠 속에서 자신의 어깨 위에 카인의 손길을 느끼며 몸을 부르르 떨었다. 카인은 여전히 미소를 머금은 채 텅 빈 그녀의 눈과 마주했다. 그러곤 나직한 음색으로 세네티아의 귓가에 중얼거렸다.

"세네티아, 난 네가 날 볼 수 없다는 게 마음에 드는구나."

"예?"

"내가 지금 어떤 표정을 짓고 있는지, 무엇을 하는지 넌 알 수 없을 테니까. 오직 캄캄한 어둠 속에서 그저 섬뜩함과 두려움만을 느끼고 있겠지."

"……."

"운디네의 눈물은 아름답지. 하지만 물의 정령들의 질투가 얼마나 무섭고 잔인한지 은의 현자인 너라면 잘 알 테지. 그러니 저 눈물은 어쩌면 그들의 질투로 인해 죽어 나간 자들의 절규일지도 모른다."

"오라버니?"

"조심해라, 세네티아. 나 역시 물의 정령들 못지않게 잔인하니."

카인의 목소리가 서서히 멀어지기 시작했다. 어느새 빗방울이 쏟아지기 시작했고, 세네티아는 그 자리에 주저앉아 거친 숨을 몰아쉬었다.

저것은 마지막 경고였다. 그는 그녀가 자신의 주변을 조사하고 있다는 것을 눈치챈 것이다. 더 이상 파고 들면 가만두지 않겠다는 의미의 섬뜩한 경고를 알아들은 세네티아의 눈동자가 무섭게 떨렸다.

그가 이렇게 먼저 나섰다는 것은, 결국 그가 원하는 무언가를 드디어 찾았다는 의미였다!

카인 황자. 그리고 카헤시온 황자. 세네티아는 지난 날 조세핀을 만났던 일을 떠올렸다.

백합궁으로 향하는 조세핀의 얼굴에 걱정이 감돌고 있었다.

오래전 그녀는 지금의 보바톤 황제가 청년이었을 때부터 황궁에 들어와 수십 년의 시간을 이곳에서 보냈다. 그렇기에 황궁 시녀 중 가장 높은 자리인 수석 시녀장이기도 했고, 가끔은 보바톤 황제의 말 상대가 되어드리기도 하는데 이 사실을 아는 사람은 아직 아무도 없었다. 원한다면 더 나은 자리에서 더 많은 사람들을 부리며 살 수도 있었겠지만 조세핀이 제3황자비의 시녀를 자청한 것은 특별한 이유에서였다.

세네티아의 방 앞을 지키고 있던 마리에타는 조세핀의 긴장한 표정에 흔들리는 목소리로 입을 열었다.

"세네티아 황녀 전하, 조세핀 시녀장님께서……."

"들어와요, 조세핀."

방문 너머로 들리는 그녀의 음성에 조세핀은 깊은 호흡을 한

번 내쉬고선 안으로 들어섰다. 신비로운 은빛 머리카락 사이로 몽롱한 은빛 눈동자를 반짝이며 세네티아가 그녀를 맞았다.

"부르셨습니까, 세네티아 황녀 전하."

세네티아는 텅 빈 시선으로 조세핀의 기운이 느껴지는 곳을 바라보았다. 마치 그녀가 눈에 보이는 것처럼, 그러곤 조심스럽게 입을 열었다.

"오라버니께서 많이 변하신 듯합니다. 비전하에 대해 이야기하실 때 그분의 기운을 보면 알 수 있지요. 그건 오라버니를 가장 가까이에서 지켜보셨던 조세핀이라면 훨씬 잘 알고 있겠지요?"

조세핀은 그저 고개를 숙였다. 뭔가 불길한 느낌이 들었다. 그리고 세네티아는 점차 흔들리기 시작한 그녀의 기운을 느끼며 본론을 꺼냈다.

"조세핀은 어마마마와 친하셨죠. 물론, 아바마마와도 상당히 친분이 있다는 걸 전 알고 있습니다."

"황녀 전하……."

"어마마마께서 돌아가셨던 날, 은밀히 조세핀을 불렀다는 걸 압니다. 아무것도 보이지 않았지만, 그렇기에 저밖에 알 수 없는 것이겠죠. 그 기운은 분명 조세핀의 것이었으니까요."

"……."

조세핀은 저도 모르게 가늘게 떨리는 손끝을 감추려 주먹을 쥐었다. 그날을 알고 있는 이가 있었을 줄이야. 게다가 세네티아 황녀 전하라니. 분명 그 방에 황녀 전하께서 함께 계시긴 했지만 그때는 어리셨고, 분명 잠들어 계신 줄 알았는데.

조세핀은 고개를 돌리고 말았다. 더 이상 세네티아를 마주 보는 것이 불가능했다. 모든 걸 꿰뚫어보일까 봐 두려웠다. 하지만 세네티아는 멈추지 않았다.

"어마마마께서 조세핀에게 마지막으로 남긴 것과 소국의 왕녀에 불과했던 시로벨 왕녀가 제3황자비가 될 수 있었던 것이 관련이 있나요? 조세핀, 당신이 비전하의 곁에 머물러 있는 것도?"

아르반이 마티디안 제국의 속국이 되기는 했지만, 이쪽에서 원하지도 않았는데 왕녀를 보낸 것이 무척이나 수상했다. 그리고 아바마마께서 그 왕녀를 너무나도 당연하게 카헤시온 오라버니에게 보냈다는 사실도. 만약 아르반에서 왕녀를 보냈다면, 당연히 아직 혼인을 하지 않은 제1황자, 카인 황자에게 가는 것이 맞는 것이었으니까.

"많은 걸 알아내셨군요. 하지만 거기에 숨겨진 사정은 모릅니다. 이사벨라 황후 폐하께서는 그저 편지를 주셨고, 그것을 황제 폐하께 때가 되면 전해 달라고 부탁을 하셨을 뿐입니다."

세네티아는 흔들림 없는 조세핀의 기운에서 이것이 거짓이 아님을 알 수 있었다. 그러고는 다시 한 번 물었다.

"항상 궁금했어요, 카인 오라버니와 카헤시온 오라버니가 그리 어긋나는 길을 갈 수밖에 없었던 이유가. 두 분이 서로에게서 해방될 수 있는 방법은 분명 어마마마가 관련되어 있을 것이에요. 어마마마와 더불어 기록이 사라진 제1황후 폐하시자 카인 오라버니의 생모이신 아멜리아 황후 폐하까지도요."

조세핀은 안타까운 표정을 지으며 세네티아를 말리려고 했다. 그것은 오랫동안 감추어진 역사이자 누군가가 의도적으로 지워버린 역사이다. 그렇다는 것은 그만큼 위험하다는 것. 그것을 어찌 황녀 전하께서 다시 수면 위로 올리려고 하는지 이해할 수가 없었다.

"세네티아 황녀 전하, 어찌 지워진 역사를 들추어내려 하십니까? 그러다가 황녀 전하께서 먼저 위험해질 것입니다."

하지만 세네티아는 단호하게 고개를 가로저었다.

"당연하지 않나요? 난 오라버니를 자유롭게 해드리고 싶어요. 그러기 위해선 찾아야만 해요. 아멜리아 황후 폐하의 기록만 어째서 마티디아의 역사에서 흔적조차 없이 지워졌는지. 어째서 스와델라가 그리 허망하게 무너져서 지금은 그 이름만을 남긴 채 사라졌는지도요."

어머니대로부터 시작된 카인과 카헤시온, 두 사람의 지독한 악연.

세네티아는 파르르 떨리는 눈을 지긋이 감고 강하게 다짐했다.

'난 반드시 당신에 대해 모든 걸 밝혀내겠어. 오라버니와 당신에게 매여 있는 과거의 족쇄를 이젠 풀어버릴 때가 된 거야.'

세네티아와 멀어진 카인의 곁으로 검은 로브의 어린 소년이 나타났다. 카인은 걸음을 멈추지 않고서 입을 열었다.

"확실한 것입니까, 엔비님?"

"그래. 붉은 가면, 그자는 지금 제로비안 제국에 있다."

"제로비안 제국이라……. 그때는 마치 그곳에 없는 것처럼 굴더니. 이제 와서 모습을 드러냈다는 건."

"마치 우리를 끌어들이려고 하는 것 같군. 블랙캣이 계속해서 우리 주변을 얼쩡거리는 것도 이상하고 말이야."

카인은 비릿한 미소를 그리고선 먼 곳을 응시했다.

"그래서 위험을 감수하고 고대 던전을 그대로 열어둔 것이 아닙니까. 모두의 시선을 그쪽으로 돌리기 위해서. 이젠 이대로 제로비안 제국으로 사라져도 딱 한 사람을 제외하면 제게 관심을 가질 사람이 없습니다."

"누가 문제지?"

"그의 여동생, '은의 현자'라 불리는 아이입니다."

"아까 그 여자? 죽여 버리면 쉬울 텐데."

엔비는 흥분과 광기에 젖은 목소리로 속삭였지만, 카인은 웃으면서 고개를 가로저었다.

"그럴 수는 없습니다. 황실의 사람을 죽이면 그 뒤를 감당하기 힘듭니다. 그리고 약간의 단서를 남겨두는 것이 나중을 위해서 더 즐겁지 않겠습니까?"

"뭐, 그러시든지."

이내 엔비의 목소리는 공기 중에서 사라졌고, 카인의 모습 또한 함께 사라졌다.

⚜ ⚜ ⚜

유에시스의 표정은 그야말로 무표정 그 자체였다. 어쩜 저렇게 얼굴 위로 아무 표정이 나타나지 않는 건지.

단순한 갈색 원피스 차림에 자신보다 조금 더 큰 인형을 옆에 끼고 앉은 그녀는 분홍빛 눈동자로 서늘하게 시로벨을 보고 있었다. 시로벨은 왠지 그 시선에서 귀찮다는 기색이 느껴지는 듯했다.

하지만 그녀는 애써 안면 근육을 부드럽게 움직이며 물었다.

"유에시스 전하께서도 크리스털 마운틴으로 가시는 건가요?"

"난 제르린 오라버니가 도움을 청해서 가는 거야. 너처럼 그냥 놀러 가는 게 아니니까 같은 취급 하지 마."

"네?"

더 이상 설명은 않고 그대로 고개를 휙 돌려 버리는 그녀의 모습에 시로벨은 한 대 꽉 쥐어박고 싶은 마음을 간신히 억눌러야만 했다. 어찌 저 황녀는 이토록 싸가지로 국 끓여 드셨을까? 세네티아 황녀가 너무나 상냥한 것과 천지차이였다. 키리에나 황녀도 사람을 무시하기는 하지만 그건 무관심에 가까운 것이기 때문에 기분이 나쁜 건 아니었다.

시로벨은 역시 그녀를 무시하겠다 마음먹고서 눈을 질끈 감고 고개를 휙 돌려 버렸다. 단둘뿐인 마차 안에서 침묵과 정적이 그녀를 억눌렀지만, 어쩌겠는가?

한참 동안 마차는 달리기만 했다. 조금 전보다 덜컹거림이 심해지고 흔들리는 것을 보니 점점 산으로 접어들고 있는 모양이었다.

그녀는 슬쩍슬쩍 유에시스를 살피며 제 엉덩이를 매만졌다. 정말이지 이놈의 마차는 쿠션감이 제로였다. 비포장도로를 계속 달리다 보니 계속 들썩대는 엉덩이가 깨질 것만 같았다.

그때 유에시스가 고개를 돌려 시로벨의 손을 빤히 쳐다보았다. 시로벨은 움찔하며 슬그머니 엉덩이 아래에서 손을 빼려 했지만 유에시스의 입꼬리가 슬쩍 올라가는 것에 그만 울컥하고 말았다.

"볼수록 가관이네. 예전 모습은 그저 연기였던 거야? 만약 그런 거라면 축하해, 아주 완벽하게 속았었으니까."

"예?"

"그럼, 기억 못 하는 척하는 것도 연기려나?"

기억 못 하는 척하다니. 대체 저 애가 지금 무슨 말을 하고 있는 거야? 물론 내가 좀 쪽팔리는 모습을 보이긴 했지만. 젠장, 역시 악연은 악연인가? 어떻게 이 타이밍에 고개를 돌려서는 명색이 황자비가 엉덩이를 매만지고 있었다는 걸 들키다니!

"만약 정말 그렇다면, 너 정말로 내가 가만 안 둘 거야. 제르린 오라버니한테 준 상처, 내가 기억하고 있으니까."

"대체 무슨 말을 하시는지 정확히 말씀해 주시겠어요? 대체 제르린 전하가 이 상황에서 왜 나오는지……."

유에시스는 그대로 입을 꾹 다물고 다시 고개를 돌려 버렸고, 시로벨은 살인 충동을 느끼며 싸늘하게 굳어진 물빛 눈동자로 그녀를 노려보았다.

하고 싶은 말이 있으면 똑바로 할 것이지 저렇게 말을 끊어 먹으면 어쩌자는 거야? 기억을 잃어? 제르린 전하의 상처? 그 망할 인간이 나 때문에 무슨 상처를 받았다고. 받았다면 내가 받았지. 귀찮게 자꾸 들러붙어서는 카헤시온 앞에서 쓸데없는 말로 일을 크게 벌인 탓에 수습하느라 머리골이 깨질 뻔했다고. 정신적인 피해 보상을 요구해야 할 판이야!

그렇게 두 여자 사이에 보이지 않는 기싸움이 팽팽하게 일어나던 그 순간, 마차가 멈추더니 밖에서 제라드의 목소리가 들렸다.

"유에시스 황녀 전하, 시로벨 비전하, 오늘은 이곳에서 묵도록 하겠습니다."

드디어 이 망할 분위기에서 해방이다. 만세다. 만만세!

마차 밖으로 나오니 벌써 날이 어둑했고 여전히 비도 하염없이 뚝뚝 떨어지고 있었다.

"벌써 다 온 건가요?"

시로벨이 의아한 목소리로 묻자 제라드가 답해주었다.

"마법을 이용해 조금 속도를 높였습니다. 급한 일인 만큼 서둘러야 했으니까요."

제라드의 말에 의하면 이곳이 크리스털 마운틴의 입구라고 했다. 곧 해가 저물 것이니, 바로 들어갈 수는 없다고 한다.

그렉 경과 제라드는 주변 정찰을 한다며 자리를 비웠고 제르린은 연신 싱글벙글 웃으면서 유에시스와 시로벨의 주변을 맴돌았다. 보기 싫은 사람 세트로 늘어나자 시로벨은 혀를 쯧쯧 찼다.

"첫 야영인데 괜찮겠어, 비전하?"

"신경 쓰지 마시지요, 아무렇지도 않으니까."

까짓 야영이 대수냐? 그냥 캠프 온 거라고 생각하면 되지. 예전엔 잠복한다고 차에서 쪼그리고 잔 적도 많았다. 제라드와 제르린이 만든 보호막 덕분에 비를 맞지 않는 것만으로도 충분했다.

제르린은 멀리서 시로벨을 지켜보고 있는 카헤시온을 힐끔 쳐다보고는 유에시스에게 말했다.

"그나저나 유에, 너 정말 키리에나에게 말 안 하고 와도 되는 거야? 네가 오겠다고 해서 데려오기는 했지만……."

"오라버니! 전 괜찮아요."

그 얼음 같았던 얼굴이 동요하면서 얼른 제르린의 말을 막는 것을 시로벨은 다 보고 들었다. 뭐야, 저도 나랑 별 차이 없잖아? 꼭 필요한 존재로 온 것처럼 말한 주제에. 참 기가 막히네.

시로벨은 일부러 순진무구한 척, 눈을 동그랗게 뜨고서 유에시스를 바라보았다. 그녀는 미간을 찡그리더니 휙 고개를 돌려 딴 곳으로 가버렸다. 제르린은 하는 수 없이 유에시스의 뒤를 쫓으며 말했다.

"미안. 나 유에한테 좀."

"가서 안 와도 상관없어요."

"에이, 괜히 맘에도 없는 소리. 금방 올게!"

"오지 마!"

혼자 남겨진 시로벨은 그제야 조금 떨어진 곳에 서 있는 카헤시온을 곁눈질로 살폈다. 졸지에 둘만 남게 된 터라 굉장히 어색한 분위기가 감돌았다. 그때 카헤시온이 그녀에게로 성큼성큼 다가왔고, 시로벨은 저도 모르게 뒷걸음질 치려다 멈칫하고는 그를 빤히 쳐다보며 그저 어색하게 웃었다.

"하하, 어쩐 일이에요?"

그는 아무 말 없이 모닥불을 피웠다. 순식간에 주변으로 온기가 퍼졌다.

"앉아."

그는 그녀에게 자리를 내어주었다. 시로벨은 엉거주춤 자리에 앉아 모닥불에 손을 녹였다.

카헤시온은 그녀와 조금 떨어진 자리에 앉고서는 시로벨의 옆모습을 바라보았다. 붉게 피어오른 열기 너머로 그녀의 모습이 흔들려 보였다. 새하얀 목선을 따라 붉은 머리카락이 몇 올 흘러내렸고, 아른거리는 모닥불 너머로 딱 달라붙은 옷 때문에 그녀의 여리한 곡선이 적나라하게 보이는 듯했다. 카헤시온은 처음부터 영 저 옷이 마음에 들지 않았다. 만약 비라도 맞는다면, 더 옷이 몸에 달라붙을 것이 아닌가.

"하아."

시로벨은 갑작스러운 한숨 소리에 움찔하곤 고개를 돌렸다. 붉은 불길 속에 그의 모습이 이상하게 선명하게 보였다. 묘한 분위기에 휘말린 것처럼 뜨거운 열기가 그녀의 눈동자로 스며들었다.

카헤시온을 내내 쳐다보던 시로벨은 이내 그가 고개를 들자 그의 까만 눈동자에 한순간 묶여 버리고 말았다.

"아까부터 계속 왜 그렇게 보는 거지?"

"네? 네?"

내가 쳐다보고 있던 걸 알고 있었던 거야? 그러게, 내가 묻고 싶네. 나, 왜 자꾸 저 사람만 보고 있는 거지?

"아, 아니에요. 하하. 신경 쓰지 마요, 이제 안 볼 테니까."

"그런 게 아니라……."

"네?"

카헤시온은 잠시 말을 머뭇거리다 다시 입을 열었다.

"계속 봐도 상관없어."

"……."

"……그대가 화가 났을 거라 생각했다."

"화가 나다니…… 아!"

시로벨은 그제야 코델리아의 일을 떠올렸다. 그는 그 일에 신경 쓰지 않는 줄 알았는데 아니었다. 신경을 쓴 나머지 저를 피하고 있던 것이었다. 시로벨은 저도 모르게 슬쩍 미소 지었다. 이 남자, 정말 이런 일이 서툴구나. 그냥 아무것도 아니라고 말했으면 그냥 그렇게 믿었을 텐데 뭘 그렇게 걱정했었던 걸까.

그는 가끔 보면 모든 것에 너무 진지하기만 했다. 그만큼 모든 걸 조심하고 의심하고 있다는 것도 알겠다.

"처음엔 조금 신경 쓰였는데."

"……."

"지금은 괜찮아요. 코델리아 황녀와 많이 친하셨다면서요. 그럼 그냥 친근함의 표시였겠죠. 괜찮아요. 신경 쓰지 마세요."

솔직히 인사하는 분위기는 아니었지만, 아주 많이 거슬리고 신경 쓰였지만 시로벨은 그저 웃으면서 털어냈다. 내 입장에서 거슬리고 신경 쓰인다고 그에게 뭐라고 할 수는 없으니까. 사실 대체 왜 이런 느낌을 받아야 하는지도 모르겠고.

그저, 그의 아내라는 역할에 너무 충실하게 해서 그런 거야. 그의 아내라는 역할이.

'어느새 너무 익숙해지고 있으니까.'

카헤시온은 괜찮다고 말하면서 싱긋 웃고 마는 시로벨의 얼굴에 그 역시 엷은 미소를 지었다.

"제로비안 제국의 샤우엔 황태자와 절친한 사이였기 때문에 코델리아 황녀와도 어릴 적부터 알고 지냈다."

"……."

"예전엔 그러지 않았는데, 그녀의 어머니가 돌아가시고 언니마저 세상을 떠난 이후엔 외로움을 많이 느끼게 된 것 같아. 그 외로움에 내게 집착하는 것 같고."

시로벨은 조금씩이지만 얘기를 해주기 시작한 그의 말에 귀를 기울였다.

"하지만 그뿐이야. 다른 감정은 없어. 코넬리아는 세네티아처럼 내게 동생일 뿐. 나의 아내는 벨, 그대뿐이야."

순간, 뭔가가 쿵 하고 가슴속에 떨어졌다. 그의 입에서 '나의 아내'라는 말이 다른 때보다 더 깊숙이 파고들며 들어본 적 없는 낯설고도 부끄러운 울림이 쉼 없이 밀려든다. 떨려오는 심장에서 퍼지는 아릿한 통증에 점점 숨이 차올랐다.

대, 대체 뭐지? 왜 이러지? 가슴이 미치도록 답답하다. 도대체 저 남자는…….

'날 왜 이렇게 뒤흔드는 거야. 갑자기 그런 말을 해버리면 나는 어쩌라고!'

"하지만 이번엔 좀 심했어. 그대가 신경 쓰인다면 다시는 코넬리아 황녀를 만나지 않겠다."

카헤시온이 천천히 자리에서 일어나더니 제 윗옷을 벗어서 그녀의 어깨 위로 덮어주었다. 그의 손길이 슬쩍 스치자 시로벨은 움찔하며 고개를 들었고, 어느새 둘의 시선이 뒤엉키면서 누구 하나 눈을 깜빡이지도 않고서 점점 뜨거워지는 열기 속에 함께 휘말려 가고 있었다. 그의 눈빛이 오늘따라 유난히 더 깊어 보였다. 그리고 그의 입술이…… 그의 숨결이 살며시 흩어지면서 낮고 깊은 목소리가 그녀의 심장을 더욱 꽉 움켜쥐었다.

"항상, 그 자리에서 흔들리지 않고서."

"……."

"계속, 나를 봐줬으면 좋겠다. 나를 기다려 줬으면 좋겠어."

'내가 갈 수 있을 때까지, 조금만. 조금만 나를 기다려 줬으면 좋겠다.'

카헤시온의 마음에서 울리는 목소리를 시로벨이 들을 수 있을 리 없었지만, 그래도 봐줬으면 한다는 말, 기다려 줬으면 한다는 그 말에 시로벨은 세네티아에게 했던 지키지 못할 약속이 떠올랐다.

"비전하, 오라버니를 끝까지 기다려 주세요. 오라버니를 똑바로 봐주세요. 이제야 오라버니와 서로를 마주 보았는데 홀로 뒷걸음질 치지 말아주세요. 절대로 오라버니를 떠나지 말아주세요."
"그럴게요. 절대로 전하를 떠나지 않을게요."

그리고.

"그대가 나를 기다리겠다고 했던 그 말, 난 그걸 믿을 것이다."
"여기서. 이 자리에서. 내가 먼저 당신을 믿고 한번 기다려보겠다고요. 이건 약속이에요. 원래 믿음도 없으면 약속도 없는 거 알죠? 내가 지금 당신에게 보일 수 있는 신뢰와 믿음은 이거니까, 그러니까 정말 끝까지 기다릴 거예요."

그에게 했던 거짓말까지.

미치도록 떨렸던 심장이 갑자기 삐걱이며 잡음을 토해낸다. 결코 시작되지 말아야 했던 두근거림이 억지로 비틀리고 말았다.

카헤시온의 손길이 머리카락에서 흘러내리며 부드러운 목소리가 감돌았다. 시로벨은 입술을 꽉 깨문 채 고개를 들어 그의 웃는 모습을 바라보았다. 너무 따스하고 다정해서, 정말로 눈물이 쏟아질 것 같았다.

"그때까지, 내가 지켜줄 것이다."

"……."

"그대를 지켜줄 것이다."

그렇게 그의 모습이 멀어졌다. 시로벨은 아무 말도 하지 않고서 그 자리에 멍하니 앉아 흔들리는 불꽃을 바라보았다. 그녀의 눈가에 촉촉한 무언가가 반짝였다가 사라졌다. 그러곤 처음으로 제 마음에서 흘러드는 말을 속삭였다.

"망할 드래곤, 대체 어쩌려고. 어쩌려고 이런 말도 안 되는 실수를 해서……. 나는 이제 어떡하지? 정말 어떡해?"

시로벨. 이 여자가 부러웠다. 저 남자의 아내라는 사실 하나가 너무나도 부러워서, 질투마저 느껴질 만큼 부러워서 온 머릿속으로 미운 마음이 꽉꽉 차오르기 시작했다. ……돌아가기 싫다고. 이대로 있고 싶다고. 이 여자인 척하고 카헤시온, 그의 옆에 있고 싶다고…….

시로벨은 카헤시온의 온기가 남아 있는 옷을 끌어안다가 주머니에 뭔가 들어 있는 것 같아 손을 뻗어 잡아보았다. 그리고 그 안에 든 것을 확인한 그녀는 허탈한 웃음소리를 흘렸다. 더불어 눈매가 부드럽게 휘늘어지더니, 이내 눈물이 또다시 흘러내렸다.

그것은 바로 그녀가 그에게 주었던 브로치. 그렇게 툴툴거리더니…… 금방이라도 버릴 것처럼 그렇게 말했으면서…… 이렇게 계속 가지고 다닌 거야? 이렇게나 소중하게. 소중하게…….

"난 정말 어떡해야 해요, 카헬."

당신을, 좋아하게 됐나 봐요.

이른 새벽, 물안개가 살포시 흐르고 비는 여전히 대지를 차갑게 적시고 있었다. 쌀쌀한 기운에 몸을 일으킨 시로벨은 하얗게 입김이 서리는 걸 보고서 살짝 미소를 지었다. 하지만 정작 표정은 그리 좋지 못했다. 어젯밤, 너무 엄청난 것을 알아버렸으니까.

때마침 나무 장작을 가지고 오던 그렉 경과 눈이 마주쳤고, 시로벨은 먼저 인사를 건넸다.

"이른 시각부터 수고가 많네요, 그렉 경."

"첫 야영이 힘들진 않으셨습니까."

"괜찮아요. 오히려 편하니까 신경 쓰지 말아요. 나한텐 이런 게 더 어울리는 것 같으니까."

물빛 눈동자가 어느새 일렁이는 불의 기운에 침식되고 있었다. 그렉은 그 모습을 가만히 지켜보다 이내 입을 열었다.

"너무 무리하진 마십시오."

"무리라니, 무슨 말이에요?"

"요즘 비전하께서 이것저것 무리하시는 것 같습니다. 예전엔 웃으며 숨기기만 하셨는데, 요즘은 참고만 계시는 것 같습니다."

"그렇게 보여요?"

하긴, 참고 있기는 하지. 성격도 참아야 하고, 하는 행동도 조심해야 하고, 그리고 그를 보는 것도 이젠 조심해서 참아야 하고.

시로벨은 점점 새벽 기운이 사라져 가는 하늘을 보며 몸을 일으켰다.

"그렉 경은 의외로 다정하군요. 하지만 걱정 마요. 나 의외로 엄청 강하거든요."

그러곤 천천히 등을 돌렸다.

그렉은 그 모습을 잠시 바라보다 일렁이는 불꽃이 서서히 꺼져가는 것을 보며 말했다.

"강한 사람이, 원래 부서지긴 더욱 쉬운 법이지요."

간단한 짐을 챙긴 채 크리스털 마운틴으로 들어서자마자 비가 멈춘 것을 보고서 제라드와 제르린은 의아한 눈빛으로 서로를 보았다. 그리고 이내 이것 역시 고대 던전의 영향일지도 모른다고 생각하며 계속해서 아주 미세한 마나의 흐름이라도 놓치지 않으려 애썼다. 두 사람의 안내로 일행은 깊은 산속으로 들어갔다. 산길이 걷기 힘들었지만 시로벨은 묵묵히 걸음을 옮겼다.

내심 산에 들어서기만 하면 마물인지 뭔지가 튀어나와 블루문을 열심히 휘두를 수 있을 거라 생각했는데 어째 가도 가도 보이는 건 나무요, 우거진 초록빛들이 고작이니 그녀의 물빛 눈동자에 살며시 실망감이 감돌았다.

멀리서 그렉 경과 함께 걸어가던 카헤시온은 지금 그녀가 무슨 생각을 하는지 빤히 보였다.

너무 평화로운 숲 분위기에 실망한 것이 분명했다. 그래도 조금 안심은 되었다. 어젯밤, 저도 모르게 흘러나온 털어놓은 속마음에 그녀가 고민하는 건 아닌지 걱정했었다. 물론 너무 아무렇지 않아 하는 모습도 좀 그렇기는 했지만, 지금은 이 편이 훨씬 나았다. 자신도 조금 더 자제를 해야만 했다. 그렇게 제 자신을 다스리지 못할 줄은 몰랐다.

'하마터면 다 말해 버릴 뻔했어.'

"해서…… 전하?"

"아, 미안하군. 계속 하지."

시로벨은 제 뒤에서 걸어오는 카헤시온이 신경 쓰였다. 그 마물인지 뭔지라도 나타나서 블루문이라도 휘두르면 이 어지러운 머릿속이 좀 나아질 것 같았는데. 그저 묵묵히 걸어가기만 하니 어젯밤 깨달은 감정이 물밀듯 밀려들면서 그의 존재가 자꾸만 신경 쓰였다. 저 사람은 아무렇지도 않아 보이는데. 그 말에 흔들린 것은 나 혼자고, 아니, 더 오래전부터 그에게 빠져든 것도 나 혼자다. 아니 혼자여야만 한다. 대책 없는 지금 이 감정은.

'그래, 나 혼자 감당해야 해. 아직은 늦지 않았을 거야. 잊어낼 수 있어. 밀어낼 수 있어.'

그럴 수 있을 거야.

비는 내리지 않고, 그저 흐릿하기만 한 하늘이 마치 서로의 마음처럼 어지럽게 퍼지고 있었다.

하루 종일 걷기만 하다가 날은 저물고 말았다.

제르린은 시도 때도 없이 시로벨의 머리카락을 붙잡으려고 했지만, 시로벨이 웃으면서 그의 손가락을 꺾어버렸다.

"아아!"

"자꾸 마음대로 건들지 말지 그래요, 제르린 전하."

"제린이라고 부르라니까."

제르린은 꺾인 손가락을 매만지며 눈을 찡긋거렸다. 매번 정말

지겹지도 않은지.

"안 그래도 날씨조차 꿀꿀한데, 옆에 딱 달라붙어서는 귀찮아 죽겠네."

"비전하, 지금 속마음이 그대로 막 나온 것 같은데?"

"그럴 리가요. 잘못 들었겠지요."

시로벨은 태연하게 웃었고, 제르린은 그 모습에 피식 웃으며 하늘을 바라보았다.

까만 먹구름이 가득했다. 금방이라도 비가 쏟아질 것 같은데, 그러지 않는 것이 너 수상했다.

"던전이 이 근처에 있으려나."

그녀는 제르린의 혼잣말을 듣고 있다가 저 멀리 서 있는 유에시스를 바라보며 문득 어제 그녀가 했었던 의문스러운 말이 떠올랐다.

"그럼, 기억 못 하는 척하는 것도 연기려나?"

"만약 정말 그렇다면, 너 정말로 내가 가만 안 둘 거야. 제르린 오라버니한테 준 상처, 내가 기억하고 있으니까."

시로벨이 제르린에게 준 상처라니. 그리고 그걸 기억하지 못하고 있다고? 역시 이 두 사람은 예전부터 알고 지낸 사이인 건가? 그런데 왜 정말 기억하지 못하는 거지?

"저기……."

"응? 왜 그래? 나한테 뭐 할 말 있어?"

그저 말 한마디 건넸을 뿐인데 금세 얼굴에 화색을 띤 제르린에게 시로벨은 허한 웃음을 지으며 조심스럽게 물었다.

"혹시, 내가 제르린 전하에 대해서 기억하지 못하는 게 있는 건가요?"

"응?"

"아니, 내가 뭐, 상처를 줬다던가. 예전에 만난 적이 있다던가. 아무튼!"

하지만 시로벨은 말을 끝까지 맺을 수가 없었다. 어쩐지 평소와 달라 보이는 제르린의 표정. 그의 눈동자가 슬쩍 흔들리는 것 같았다.

"제린?"

그 모습에 시로벨은 저도 모르게 그를 불렀고, 제르린은 순간 정신을 차리고서 이내 고개를 흔들었다.

"무슨 소리야. 비전하, 오늘 이상하네. 비전하가 나한테 무슨 상처를 줘. 그리고 기억 안 나는 건, 별로 중요한 게 아니라서 그런 거야. 신경 쓰지 마."

"아니, 그게……."

그때, 유에시스가 살벌한 표정으로 시로벨을 막아 세웠다. 시로벨은 그런 유에시스를 밀어내려고 했지만, 그녀가 차갑게 한마디를 내뱉었다.

"거기서 멈춰."

"유에, 그만. 비전하, 정말 아무 일 아니니까 신경 쓰지 마. 오히려 내가 비전하한테 미안한 일이니까."

그러곤 그는 유에시스를 데리고 다른 곳으로 걸음을 옮겨 버렸다. 오히려 나한테 미안한 일이라고? 저 자식이 시로벨에게 뭔가 잘못을 했나? 뭐, 어떻게 돌아가는 사정인지는 몰라도, 분명.

"둘 사이에 뭔가가 있긴 한데."

대체 뭐지? 은근 궁금하네.

시로벨과 멀어진 제르린은 살짝 굳어진 표정으로 유에시스를 바라보았고, 그 모습에 그녀가 처음으로 동요하며 고개를 돌렸다.

"유에."

"……."

"유에시스."

"건 별다른 날 하지 않았어요."

"하아, 결국 무슨 말을 하긴 했다는 거잖아."

제르린은 묵직한 한숨을 내쉬며 머리를 거칠게 쓸어 올렸다. 시로벨이 처음으로 기억이라는 단어를 입에 담자, 저도 모르게 심장이 쿵 하고 떨어지는 것 같았다. 이제야 조금 웃게 되었는데. 이제는 잘 살고 있는 것 같은데. 만약 그 기억이 돌아오면 다시금 그녀의 모습은 사라지고 말 테니까. 어차피 돌아오지 않을 기억이라면 끝까지, 이대로 사라졌으면 했다.

"유에, 더 이상 비전하에게 아무 말 하지 마. 난 그녀가 아무것도 기억하지 않았으면 좋겠어. 지금 이 모습이 좋으니까. 날 보고 웃고, 화내고, 찡그리는 모습. 난 좋아."

"하지만!"

"날 보고 있는 거잖아, 아무렇지도 않게."

그녀를 위한 것이지만, 한편으론 자신을 위해서 그녀가 기억하지 말았으면 했다. 만약 그 일을 떠올리게 되면 자신을 평생 보지 않을 테니까. 평생 증오하고 미워할 테니까. 그래서 아무것도 기억하지 못하는 그녀의 모습에 한편으론 얼마나 다행이었는지 모른다. 이 얼마나 못된 생각이던가. 이 얼마나 이기적인 생각이던가. 그래도 평생 갚으면 되니까. 그녀에게 준 상처를 앞으로 평생 갚아 나가면 되니까.

"유에, 난 네가 생각하는 것보다 훨씬 형편없고 못된 사람이야. 그러니까 날 너무 믿지 마."

제르린은 엷은 미소를 지으며 먼저 돌아섰고, 유에시스는 그런 그의 뒷모습을 바라보며 서글픈 시선으로 속삭였다.

"그래서 그 여자가 그 기억을 찾아야 하는 거야, 오라버니. 그렇지 않으면 오라버니는 평생 그 여자 곁을 맴돌 테니까. 절대로 그녀에게서 벗어나지 못할 테니까."

깊어지는 어둠 속에 서서히 또 다른 모습으로 눈을 뜨기 시작하는 숲을 지켜보는 건 생각보다 즐거운 일이었다. 비록 그렉 경의 시선이 자꾸만 따라다니긴 했어도…….

시로벨은 문득 눈앞에 나타난 존재에 걸음을 멈추어야만 했다.

"엘라임, 너! 난 부르지도 않았는데!"

그는 시로벨의 말 따위는 깔끔히 무시하고선 주변만 계속 살폈다. 그러더니 계속 말을 붙이는 그녀를 향해 시크한 한마디를 날려주었다.

「계속 시끄럽게 종알거리면 미친 여자 취급 받을 거다.」

"뭐?"

「남들 눈엔 내가 보이지 않으니.」

그제야 시로벨은 목소리를 한 톤 낮추고 그를 노려보며 중얼거렸다.

"갑자기 네가 웬일이냐? 엄청 한가해 보이는데?"

「운디네들이 겁을 먹고 있다.」

"겁을 먹어? 누가?"

「물의 하급 정령, 운디네.」

엘라임은 천천히 공중을 가로지르며, 눈을 감고 물의 기운을 사방으로 보내기 시작했다. 무언가 다급하게 찾는 모습. 주변의 공기가 심상치가 않자 그녀는 특유의 직감으로 뭔가 붙긴히다는 것을 깨닫고서 차가운 눈동자로 엘라임을 주시하며 속삭였다.

"도대체 뭐 하는 거야? 뭐가 있는 거야? 마물?"

싸늘해진 엘라임의 표정은 제법 정령왕다운 위엄을 보여주고 있었다.

「운디네들이 나의 말을 거역할 정도로 무언가를 두려워하고 있어. 그래서 이곳에만 비가 내리지 않는 거야. 하지만 그들은 내 말을 거역해선 안 돼.」

"왜?"

「자연의 섭리에 어긋나니까. 계속해서 나의 명을 거역하다간 그들은 정령계로 강제 소환당하게 될 것이고, 그렇게 되면 나머지 하급 정령들에게도 그 영향을 끼쳐서 자연의 질서가 붕괴되고 말지.」

정령은 자연 그 자체. 정령왕은 그들에게 명령을 내려 자연의 질서와 흐름을 유지하게 한다. 그런데 그들이 무언가에 겁을 먹고서 그 명령을 거부하고 있었다. 정령왕의 명령을 절대적인데도 그것을 거부하여 결국 스스로 강제 소환을 선택하는 것이다.

엘라임의 눈이 크게 한 번 흔들렸다. 그는 허공에 뜬 채 그대로 어느 한 곳을 향해 날아갔다. 시로벨은 저도 모르게 그를 따라 점점 깊어지는 어둠 속으로 망설임도 없이 뛰어들었다.

그녀는 뭔가에 홀리기라도 한 것처럼 엘라임의 푸른 기운만을 쫓아 뛰었다. 엘라임은 이끼로 뒤덮인 작은 동굴 안으로 들어갔고 시로벨도 그 안으로 발을 들였다. 정신을 차리고 보니 그녀는 제사를 지내는 제단 같은 곳에 서 있었다.

투명한 크리스털로 만들어진 제단이었다. 그리고 그 앞으론 세월의 풍파를 모조리 다 이겨낸 듯한, 양머리를 한 동상이 서 있었다. 마치 고대 유적을 보는 듯한 기분이었다. 시로벨은 한 손으로 조각상을 조심스럽게 쓸었다. 그 위에서 무슨 글자 같은 것을 발견했지만, 도통 읽을 수가 없는 문자였다.

"도대체 무슨 글자야? 상형문인가?"

「그래, 여기다. 여기서 흐르는 힘 때문에 운디네들이 겁을 먹고 있는 거야.」

엘라임은 신중하게 좁은 동굴 안을 살폈다. 주위를 둘러보던 시로벨은 대충 여기가 어딘지 짐작할 수 있었다.

"……고대 던전."

카헤시온들이 목적하던 그곳이 바로 여기인 듯했다.

"시로벨!"

그 순간, 동굴 안을 가득 메우는 카헤시온의 목소리에 시로벨은 흠칫하면서 고개를 돌렸다. 거친 숨소리와 헝클어진 머리카락 사이로 그의 눈동자가 매섭게 그녀를 바라보고 있었다. 젠장. 엘라임 쫓아오느라 뒤는 생각을 못 하고 있었네.

"카헬, 내가 찾아냈어요. 고대 던전!"

그녀는 생존 본능을 앞세워 너무나도 자연스럽게 눈웃음을 치며 입을 열었다. 여기가 고대 던전인 것 같잖아? 여기 찾고 있었잖아! 내 덕에 시간을 번 건데 뭐라고 할 거야?

하지만 그는 무시무시한 눈빛을 한 채 시로벨에게 다가섰고, 그녀의 한쪽 손목을 꽉 쥐고서는 말했다.

"도대체 여기가 어디라고 혼자서! 무슨 일이 일어났으면 대체 어쩌려고!"

"아무 일도 없었잖아요. 그리고 사실 혼자도 아니……."

아, 다른 사람들 눈에 엘라임은 안 보이지?

"……."

"아, 아무튼 그래도 결과가 좋으면 다 좋은 거라고 이렇게……. 어?"

지면이 흔들리는 듯한 기분이 들었다. 시로벨은 재빨리 엘라임을 보았다. 그는 어느새 땅으로 내려와 시로벨의 손을 꼭 쥐고 있었다.

엘라임은 입가에 짙은 미소를 그리며 기가 막힌 한마디를 내뱉었다.

「이 던전으로 들어가기 위해선 두 명이 함께 있어야 하지.」

"그렇다면, 설마……."

「생각보다 쉽게 들어갈 수 있겠어.」

그 말이 끝나기가 무섭게 크리스털 제단이 갑자기 눈이 시릴 정도로 엄청난 빛을 뿜어내기 시작하더니, 이내 '우지끈' 하는 아주 불길한 소리를 냈다. 순간, 시로벨의 물빛 눈동자가 다가오는 그의 눈동자와 마주쳤고, 카혜시온은 본능적으로 손을 뻗어 그녀의 작은 몸을 그대로 끌어안았다. 가슴께에 너무나도 가까이 느껴지는 조금 빠른 듯한 그의 심장 소리.

제단이 부서지면서 시로벨과 카혜시온은 그대로 아래로 떨어졌다. 하지만 그녀는 두렵지 않았다. 무섭지도 않았다. 저를 꼭 끌어안은 견고한 그의 손길과 귓가에 울리는 다정한 한마디에 저도 모르게 그의 허리를 강하게 끌어안고 말았다.

"걱정 마라, 벨. 내가 널 지켜줄 테니까."

산이 무너지는 소리와 함께 폭발음이 울렸다. 제르린은 얼른 유에시스를 끌어안으며 고개를 들었다. 엄청난 마나 파동이 느껴졌다. 도대체 어디서 이런 마나가…….

"제르린 황자 전하, 전하!"

멀리서 제라드의 목소리가 들려왔다. 제르린은 그를 향해 손을 흔들며 외쳤다.

"대체 무슨 일이야!"

"전하! 고대 던전을 찾은 듯합니다. 마나의 폭발이 일어났습니다."

제라드는 거친 숨을 몰아쉬며 설명했다. 제르린은 불안한 표정으로 여기에 없는 사람들에 대해 물었다.

"형님께선? 그리고 비전하는?"

"……아무래도 비전하께서 저 폭발에 휘말리신 것 같습니다. 카혜시온 전하께서도."

"시로벨."

제르린은 차갑게 굳어진 목소리로 그녀의 이름을 부르며 순식간에 파동이 일어나고 있는 곳으로 달려갔다. 이미 도착한 그렉은 침통한 표정으로 막혀 버린 던전 앞에서 그들을 기다리고 있었다.

"그렉 경, 비전하는? 형님은!"

"……송구합니다."

제라드는 그 한마디에 황망한 표정을 지었고, 제르린은 그답지 않게 싸늘한 표정으로 주먹을 꽉 움켜쥐었다. 이럴 순 없다. 이래선 안 된다. 만약 이대로 돌아오지 못한다면, 그렇게 된다면.

"안 돼."

"제르린 전하."

"안 돼, 안 돼. 안 돼!"

그의 목소리가 허공 가득 울려 퍼졌지만, 이미 닫혀 버린 문은 끝내 열리지 않았다.

⚜   ⚜   ⚜

바닥으로 떨어지는 순간까지 카헤시온은 시로벨을 놓지 않았다. 바닥에 발이 닿았다는 것을 깨달은 순간 눈을 뜨자 그들이 있는 곳은 웬 배 위였다. 카헤시온은 그제야 그녀를 놓아주었다. 시로벨은 깊이를 알 수 없는 물속을 보았다가 사방을 둘러보기도 했다. 어느새 그들을 태운 배는 물 위를 떠내려가고 있었다.

"어디로 가는 걸까요?"

"물이 흐르는 곳으로."

"장난하십니까?"

하지만 그의 말도 틀린 것은 아니었다. 배는 물살이 흐르고 있는 대로 떠내려가고 있었었다. 방향을 조절하는 돛도 노도 보이지 않으니 어딘가에 닿을 때까지 기다리는 수밖에 없었다.

한편 엘라임은 물을 향해 뭔가를 속삭이는가 싶더니 성질을 내고 있었다.

「감히 내 말을 거역하는 것이냐!」

시로벨은 딱히 엘라임이 도움을 줄 것 같지 않아서 카헤시온과 마주 보는 형태로 자세를 고쳐 잡았다.

흐르는 물소리 외에는 아무 소리도 들리지 않는 곳에 오직 단둘이 이렇게 있으려니 정말이지 미칠 것 같았다.

'왜 하필이면 저 사람이랑 단둘이!'

그렇게 시로벨이 속으로만 펄쩍펄쩍 뛰고 있을 때, 카헤시온은 물 쪽으로 손을 뻗었다. 시린 기운이 손끝을 휘감아 올라오는 것이 느껴졌다. 물보라 위로 그녀의 모습이 비쳤다.

어쩐지 안절부절못하는 모습을 보니 자신을 꽤 의식하고 있는 듯했다. 카헤시온은 물 위에 비친 그녀의 모습에서 시선을 떼지 못했다. 이렇게 가만히 바라만 보는 것은 처음인 것 같았다.

굽이지게 흘러내리는 붉은 머리카락 사이로 새하얀 살결이 두드러지게 보이면서 맑게 흔들리는 물빛 눈동자가 강한 빛을 품고서 반짝거렸다. 듣자 하니 그녀를 '물빛의 레이디'라고 부른다고 하던데 썩 어울리긴 했다. 저렇게 얌전히 있으면 황자비다운데.

시로벨은 카헤시온을 향해 어설프게 웃었다.

"……양 수천 마리가 뛰어 놀 것만 같은 상황이네요. 그렇죠?"

"그게 무슨 말이지?"

"그냥 지루하다고요. 난 던전에 들어가면 스펙터클한 일이 벌어질 줄 알았거든요. 그런데 이렇게 배 위에 갇혀서 아무것도 못할 줄이야."

그래도 얌전한 모습보다는 이렇게 엉뚱하고 밝은 모습이 더 보기 좋은 것 같았다. 그 모습이 훨씬, 어여쁘게 보였다.

시로벨은 애써 밝은 척하려고 노력했다. 그래야 이 어색한 분위기를 그나마 없앨 수 있을 것 같았다. 하지만 긴장감을 완전히 떨치기는 어려운지 손으로는 옆구리에 차고 있는 블루문의 칼자루를 만지작거렸다. 카헤시온은 그 모습을 바라보며 살며시 입을 열었다.

"왜 갑자기 그렇게 검을 배우려고 하는 것이지?"

카헤시온의 질문에 그녀는 잠시 생각을 하다가 대답했다.

"내 몸은 내가 챙겨야 하니까요. 사실, 이 여자. 아, 아니, 내가 너무 약한 것 같아서……."

하마터면 큰일날 뻔했네. 설마 눈치챈 건 아니겠지?

"……그럴 필요가 있는 것인가?"

"예?"

"그대는 황자비다. 그대 스스로 몸을 지킬 필요가 없지. 조세핀이 지켜줄 것이고, 황궁 기사들이 그대를 지켜줄 것이며……."

"……."

"내가 그대를 지킬 것인데."

어젯밤처럼 또다시 심장이 쿵쾅거리며 찌릿한 무언가가 스쳤다. 시로벨은 새빨개진 얼굴을 들킬까 싶어 고개를 돌리려고 했지만 카헤시온은 연신 그녀를 빤히 바라보았다. 그의 시선이 온몸으로 뜨겁게 와 닿았다. 마치 제 속내를 꿰뚫는 것처럼.

"하핫. 물론 그렇지만……. 그래도 강해져서 나쁠 건 없잖아요."

목소리가 떨렸다. 눈치챘을까? 심장이 자꾸만 울렁거린다. 이 소리가 그에게 닿을 것 같아서, 조절이 되질 않는다.

"나쁠 건 없지만, 너무 무리하진 마."

"……."

"혹여 다치면 안 되니까."

흐르는 물소리와 더불어 주변으로 흩어지는 미세한 열기가 둘 사이를 감돌았다.

시로벨은 자꾸만 선을 넘어버릴 것 같은 기분에 손가락을 움찔거리며 바지 자락을 꽉 움켜쥔 순간, 주머니에서 뭔가가 잡혔다.

시로벨은 주머니에서 그의 브로치를 꺼냈다. 그에게 윗옷을 빌려 꺼낸 뒤로 부끄러웠고 혼란스러웠던 나머지 저도 모르게 챙겨놓고 잊어버리고 있었다.

"이거."

"……."

"미안해요. 잊고 있었어요. 그런데 이걸 가지고 계실 줄은 몰랐네요."

카헤시온은 그녀의 손에 있는 브로치를 잠시 바라보았다. 그러곤 슬쩍 고개를 올리더니, 그것을 가져가지 않고 입을 열었다.

"달아주겠어?"

"예?"

"저번에 달아주려고 했었잖아. 그러니 지금, 직접 달아줘."

생각지도 못한 말에 시로벨은 저도 모르게 표정이 굳어버렸다. 하지만 그의 표정은 너무나도 진지했다.

진심인 거야? 진짜로? 하필이면 왜 지금!

"아, 알았어요. 그래도 마음에 들어 다행이에요."

시로벨은 약간 몸을 움직였다. 하지만 닿지 않았다. 좀 더 가까이. 가까이. 어느새 그의 숨결에 머리카락이 슬쩍 움직였고, 와 닿는 그 느낌에 그녀는 저도 모르게 숨을 꾹 참고서 그의 가슴에 슬그머니 브로치를 달았다.

"벨."

그의 부름에 시로벨은 고개를 들어 그와 눈을 마주했다. 가까이에서 부딪친 서로의 시선이 떨어지지 않았다. 마치 눈빛으로 서로를 안고 있는 것처럼, 강렬하게 일렁이며 서로의 모습을 품고 있었다.

점점 숨결이 흐트러지고, 몽롱하게 피어오르는 이 정체를 알 수 없는 무언가에 시로벨은 바짝 마른 입술을 슬쩍 깨물었다. 미친 달의 저주가 절정으로 달려가는 것인가? 시선을 떼야 하는데 그럴 수가 없어서 가슴만 울렁거렸다.

그때, 그의 목울대가 한번 출렁이면서 감미로운 목소리가 그녀에게로 파고들었다.

"카헬이라고, 불러봐."

"갑자기 무슨?"

"듣고 싶어, 지금 너의 목소리로."

시로벨은 마른침을 꿀꺽 삼켰다. 기분이 이상했다.

한 번도 볼 수 없었던 그의 또 다른 모습. 천천히 그가 손을 뻗어 그녀의 긴 머리카락을 쓸어내렸다. 그의 손가락에 감기는 머리카락 한 올을 타고 올라온 미묘한 감각에 움찔 몸이 떨렸다. 뜨거운 열기가 휘몰아치면서, 시로벨은 저도 모르게 입을 벌려 속삭였다.

"카헬⋯⋯."

"한 번 더."

"카헬, 카헬⋯⋯."

"조금만 더⋯⋯."

"카헬, 카헬, 카헬⋯⋯."

머리카락에 닿았던 손은 어느새 좀 더 깊숙이 안쪽으로 파고들었다. 목덜미가 그의 손안에 붙잡혔고 아까보다 둘 사이의 거리는 더 가까워졌다. 숨결이 닿을 듯한 거리에서 깜빡이는 시선조차 느려지면서 심장 소리만이 더욱 크게 울렸다.

시로벨은 저도 모르게 그의 팔목을 꽉 움켜쥐었다. 결코 스스로 거부할 수 없는 목소리가 자꾸만 울렸다. 헤어 나올 수가 없었다. 그에게로 향하는 시선을 멈출 수가 없었다.

"카헬이라고 부를 수 있는 사람은 그대밖에 없어."

"벨이라고 부르는 사람도 당신밖에 없어요."

"훗, 영광이군."

"당연하죠."

또다시 서로의 시선이 미묘하게 어긋나기 시작했다. 그와 처음 만났을 때는 침대 위에서는 너무 순식간에 당해 버려서 기가 막히고 기분도 나빴지만, 지금은 달랐다. 밀어내고 싶지 않다. 그날과는 그를 향한 감정 자체가 달라져 버렸으니까. 결국, 마주친 시선이 스르르 사라지고, 시로벨은 저도 모르게 그를 더더욱 꽉 움켜쥔 순간!

「시로벨!」

정적을 깨는 엘라임의 목소리와 함께 '쿵!' 하고 배가 멈춰 섰다. 시로벨은 정신을 번쩍 차리고서 얼른 그를 붙잡았던 손을 뗐고, 카헤시온도 자리에서 일어나 주위를 살폈다.

머리끝까지 차올랐던 열기가 사라지면서 시로벨은 그제야 참았던 숨을 거칠게 뿜어냈다.

'나는 왜 눈을 감았지? 설마 그가 키스해 주기를 원했나? 아, 아니야. 그럴 리가. 그럴 리가 없어!'

한소휘, 정신 차려. 거기까지 가버리면 안 돼.

카헤시온은 먼저 배에서 내려서는 주먹을 움켜쥐어 떨림을 감추었다. 저도 모르게 모든 것을 놓아버리고 그녀를 붙잡을 뻔했다. 그 순간 이성 따윈 없었다. 오직 그녀가 내쉬는 달콤한 숨결을 삼키고 싶다는 생각밖에 없었다. 아직도 목 언저리가 뜨거우면서 결국 채워지지 않은 감정에 아래쪽에서 묵직한 통증이 느껴졌지만 그는 고개를 가로저었다. 아직은 아니다. 아직은, 이럴 때가 아니었다.

"카헬이라고 부를 수 있는 사람은 그대밖에 없어."

아니, 그것은 틀렸다. 그를 카헬이라 부르던 사람은 과거에 한 명이 더 있었다. 어머니. 어머니라 부를 수 있었던 시간의 어머니.

마치 고장 난 시계처럼 멈춰진 채 제 가슴에 깊이 박혀 있는 그 시간을 떨쳐 내지 못한다면, 그에게 다른 시간이란 없을 터였다. 그녀와 함께할 시간 역시.

시로벨은 어지럽게 뒤엉킨 감정을 애써 누르고서 배에서 내렸다. 땅속 깊은 곳에 있을 거라고는 기대할 수 없던 거대한 문이 있었다. 문에는 온갖 그림들이 어지럽게 새겨져 있었다.

엘라임은 심각한 표정으로 그녀의 곁으로 다가와 입을 열었다.

「마법으로 만들어진 공간이다.」

"뭐?"

「조심해라. 이제부터 존재하지 않는 것들이 너를 삼켜 버릴지도 모르니까.」

대체 뭔 소리야?

먼저 문 앞으로 다가섰던 카헤시온이 그녀를 향해 손짓했다. 시로벨은 두근대는 심장을 애써 진정시키며 그에게 다가갔다. 가까이에서 보니 문이 더 거대하게 느껴졌다.

"뭔지 알 것 같아요?"

"이 문을 열어야겠다."

"열 수 있어요?"

딱 봐도 무거워 보이는데 설마하니 그냥 민다고 열릴까?

하지만 그런 생각과는 달리 카헤시온이 문고리를 잡고서 밀자, 절대로 열리지 않을 것 같던 문이 스르르 움직이기 시작했다. 시로벨은 황당함에 입을 떡 벌렸다.

정말 저렇게 그냥 열리는 거야? 아무런 주문이나 방법도 없이?

마침내 문이 완전히 열렸다. 하지만 그 안쪽은 까만 어둠으로 물들어 제대로 보이지가 않았다.

카헤시온이 미간을 찡그렸다. 아무래도 들어가 봐야 뭔가 방법을 찾을 수 있을 모양이었다.

"제라드나 제르린이 있었으면 좋았을 것을."

"그러네요. 들어가야 하는 거예요?"

"그대는 여기 있어."

"싫어요! 혼자 들어가서 무슨 일이 생기면 어떡해요!"

"그러다 그대가 다치면? 난 그게 더 걱정인데."

"그러니까 같이 가요. 그러다 밖에서 무슨 일이 생기면 어쩔 건데요?"

절대로 그를 혼자 보내고 싶지 않았다. 혼자보단 그래도 둘이 낫잖아!

카헤시온은 시로벨의 말에 잠시 고민했다. 그래, 차라리 눈에 보이지 않는 것보다는 보이는 편이 나을 것 같았다.

그는 그녀에게 손을 내밀었고, 시로벨은 안도의 한숨을 내쉬며 그 손을 꽉 움켜쥐었다.

"절대 옆에서 떨어지면 안 돼."

"이렇게 꽉 잡고 있잖아요. 걱정 말아요."

그래도 불안한지 그는 더욱더 그녀의 손을 꽉 붙잡고서 한 걸음을 내디뎠다. 그때 엘라임이 불길한 목소리로 짧게 속삭였다.

「명심해라. 지금부터 네 눈에 보이는 것에 져서는 안 돼. 그것은 진실이 아니야.」

시로벨이 그게 무슨 소리냐고 물으려고 하던그 순간, 문 안에서 엄청난 바람이 그녀를 끌어당기기 시작했다. 카헤시온은 시로벨을 놓치지 않기 위해 더욱 힘을 주었고, 그녀는 앞뒤로 당기는 사이에서 괴로워했다.

"악! 아파요, 카헬!"

그녀의 비명 소리에 카헤시온이 움찔한 순간, 바람은 좀 전보다 더 세게 그녀를 잡아당겼고, 두 사람은 꼭 붙잡고 있던 손을 놓쳐 버리고 말았다.

"벨!"

그의 다급한 목소리가 그녀를 불렀지만, 눈 깜짝할 사이에 바람이 휩쓸고 지나간 자리에서 두 사람의 모습은 완전히 사라지고, 두 사람을 삼켜 버린 문은 그대로 닫혔다.

엘라임은 닫힌 문 앞에서 서서히 일그러지는 공간을 바라보았다. 주위는 어느새 물 한 방울 없는 황무지처럼 변해 버렸다. 처음부터 물 같은 건 없었다. 모두 다 마법으로 만들어진 허상이었다. 그렇기에 모든 물의 지배자인 그의 명령이 통하지 않은 것이었다. 진짜 물이 아니었기에.

「눈에 보이는 것을 전부 믿지 마라. 그것은 전부 네가 만들어낸 두려움의 결정체, 혹은 너의 나약함이다. 그것을 이겨내지 못한다면…….」

엘라임은 굳게 닫힌 문 너머의 모습을 마치 꿰뚫어 보는 듯 덤덤한 어조로 중얼거렸다.

「이 던전에 영원히 갇히게 될 것이다.」

마치 족쇄처럼 바람에 묶여 휘말려 버린 카헤시온은 잠시 후 아무것도 없는 텅 빈 공간에 도착했다. 그는 재빨리 주변을 살피며 시로벨을 찾기 시작했다. 잡고 있던 손을 놓친 순간부터 그는 안절부절못하고 있었다.

"벨! 벨! 시로벨!"

하지만 되돌아오는 대답은 없었다. 찾아야 한다. 그답지 않게 주위를 살피지 않고 무작정 달려가던 걸음이 순간, 우뚝 멈춰 섰다.

"……."

그의 앞에 나타난 한 사람의 모습에 카헤시온은 믿을 수 없다는 표정을 지었다. 그러다 서서히 눈빛이 차갑게 일그러지면서 미친 듯이 흔들렸다.

그의 앞에 나타난 여인은 굉장히 아름다운 외모의 소유자였으나 서슬 퍼런 눈동자로 카헤시온을 바라보았다.

"카헬, 우리 아가."

"……어머니."

어머니, 이사벨라 황후였다.

발밑으로 커다란 수렁이 생기면서, 마치 온몸이 아래로 빨려 들어가는 듯한 기분에 그는 한 발자국도 움직일 수가 없었다. 이사벨라는 천천히 그에게 다가오면서 여전히 차가운 시선으로 그를 응시했다.

"카헬, 어째서 또다시 믿는 거니? 어리석은 것. 넌 아직 멀었구나. 모두 다 똑같단다. 나랑 다 똑같아. 아무도 널 기다려 주지 않아. 모두 다 널 배신할 뿐이지."

"……."

"또다시 넌 버림받을 거란다. 바로 네가 사랑하는 그녀에게."

앞을 보지 못하도록 시야를 방해하던 바람이 사라지고, 시로벨은 눈을 깜빡이며 카헤시온을 찾았다. 하지만 그녀의 눈앞에 나타난 사람은 카헤시온이 아니었다.

그녀와 똑같은 모습을 가진 여인, 아니, 처음부터 이곳에 있어야 했던.

"이제 그만 내 몸을 돌려주세요."

"시, 시로벨."

시로벨 아가렛토 아르반.

그녀는 망연자실하여 그 자리에 섰다.

대체 이게 뭐지? 정말 뭐지? 정말, 그녀가 나타난 거야? 시로벨 그녀가. 그녀가.

그때, 시로벨이 성큼 앞으로 다가오더니 그녀를 향해 외쳤다.

"카헤시온, 그를 돌려주세요!"

그녀는 아무 말도 할 수 없었다. 아무런 말도, 할 수가 없었다.

카헤시온은 자꾸만 울컥이는 쓰디쓴 숨을 억지로 꾹 눌렀다. 한평생 가슴에 묻고서 잊으려고 해도, 떨쳐 내려고 해도, 미치도록 증오하고 미워하려고 해도 어느 순간 아릿하게 다가와 쓰리게 스쳐 가는 기억 속의 어머니.

그는 그 자리에서 한 치도 움직이지 못한 채 그녀를 바라보았다. 이사벨라는 카헤시온을 시린 눈빛으로 담으며 다시 한 걸음을 내디뎠다.

"카헬."

예전과 똑같은 목소리가 울리자마자 그의 숨이 또다시 한 번 흔들렸다.

"카헬."

하지만 이내 그는 고개를 가로저으며 닫혔던 입을 열었다.

"대체 뭐 하는 짓인지는 모르지만, 상당히 기분 나쁘군."

분명 던전의 환각 같은 것이겠지. 그것을 알면서도…… 눈앞의 광경이 너무나도 사실적이어서 아무리 마음을 다잡으려고 해도 쉽지가 않았다. 어머니의 존재가 제게 이토록 컸는지 새삼 느끼게 되었다. 더 이상 그녀의 외면에 마음 아파하던 어린아이가 아닌데, 아직도 그녀의 그늘에서 벗어나지 못한 것인가?

"어리석구나, 카헬. 끝까지 아무도 믿지 말았어야지. 평생을 누구도 믿지 말고 그리 살아야지. 내가 너에게 그것을 똑똑히 가르쳐 주었잖니?"

어느새 코앞으로 다가온 이사벨라는 손을 뻗어 그의 어깨를 잡았다. 카헤시온은 그녀를 내치려고 했지만, 몸이 움직이질 않았다.

"지금이라도 잊으렴. 그 여자를 잊어버리렴. 나와 똑같이 그 여자도 널 배신할 거란다. 기다리지 않을 거야. 너도 처음엔 그렇게 생각했잖니? 나와 똑같았다고. 그래서 밀어냈으면, 끝까지 밀어냈어야지."

그녀의 손길이 어깨를 타고 가슴으로 내려와 그의 심장에 닿았다. 차갑게 울리고 있는 심장. 그리고 그보다 더 시린 목소리가 뼛속 깊숙이 그에게 파고들었다.

그래, 처음엔 그랬다. 어머니와 너무나도 똑같아서 그때처럼 당하지 않으리라 다짐하고서 내치고 밀어내며 마지막에는 그녀를 다시 아르반으로 내쫓을 생각도 했었다.

하지만 그녀는 달랐다. 기다려 달라고 말했던 어머니는 끝내 저를 기다리지 않았지만, 그녀는 기다렸다. 자신이 올 때까지 그 자리에서 묵묵하게 기다려 주었다. 약속이라고 말하면서 그 말도 안 되는 사소한 약속조차 소중하게 지켜주었다.

"그녀는 다릅니다. 어머니와 달리, 기다려 주었으니까."

"……"

"그러니 이번엔 제가 그녀를 기다려 볼 생각입니다. 설사 어머니처럼 저를 배신하고 떠난다고 할지라도, 지금 저는 그녀에게 가야겠습니다."

카헤시온은 망설임 없이 그녀의 손을 떼어냈다. 그와 동시에 목소리가 잦아들었고, 묵직하던 몸이 움직이기 시작했다. 오직 시로벨만 생각했다. 눈앞의 허상 따윈, 그런 허상이 하는 거짓된 속삭임 따윈 듣고 싶지도 않았다. 지금 중요한 것은 그녀를 보는 것. 그녀를 찾는 것, 그리고 그녀의 목소리를 듣는 것이었다.

'벨.'

그의 머릿속 깊숙이 그녀의 목소리가 울리면서, 그의 시야로 이사벨라의 모습이 사라지고 점점 그녀의 모습이 선명하게 떠오르고 있었다.

"카헬! 기다리렴. 가지 마! 이 어미를 버리지 마렴. 카헬!"

뒤돌아선 그를 붙잡기 위해 간곡하게 외치는 이사벨라의 목소리에 카헤시온은 진심으로 미소를 띠었다. 지독히도 시린 냉소가 비어져 나왔다. 어머니를 이용해 자신을 붙잡을 생각이었다면 그건 잘못된 판단이었다. 완전히 틀려먹었다. 어머니는…… 단 한 번도 저를 저렇게 간절하게 붙잡은 적이 없었으니까.

"당신은 정말 내 어머니가 아니군. 한 번도 그분은 내게 가지 말라고 매달린 적이 없어."

그녀는 어린 아들의 손도 냉정하게 뿌리치고 돌아섰을 정도로 냉철했으니까. 그 눈길 한 번 받고자 그토록 노력했음에도 불구하고 마지막까지 자신을 배신했다. 한 치의 망설임도 없었다. 만약 그날, 죽기 전 그날, 가지 말라고, 아니, 함께 기달리고 했더라면. 아마 그때의 자신은 미련 없이 어머니와 함께 죽음을 선택했을지도 모르겠다. 그저 함께 있어달라고 한 것이 좋아서. 어머니가 제 이름을 불러주었다는 것만으로도 기뻐서.

카헤시온의 표정이 한층 낮게 가라앉으면서, 이번엔 정말로 미련 없이 걸음을 돌렸다. 더 이상 아무런 목소리도 들리지 않았다. 환각은 깨져 버렸다. 기억하고 싶지 않은 잔상을 남긴 채, 그렇게 사라졌다.

그는 지금 오직 한 사람만을 생각했다.

시로벨, 벨. 어머니만큼이나 간절하게, 무척이나 그리워하며 기다리는 이는 한 사람뿐이었다.

'그대밖에 없어, 벨.'

그는 저 멀리 희미하게 흔들리는 빛을 향해 이끌리듯 걸음을 내디뎠다. 마치 저 빛이 그녀 같다고, 그런 생각을 하면서……

⚜　　⚜　　⚜

굳게 닫힌 던전 입구에서 어떻게든 안으로 들어갈 방법을 찾고 있던 제르린과 제라드는 무너진 문에 새겨져 있던 글자를 발견할 수 있었다.

둘이 글자를 해독하는 사이 주변을 경계하던 그렉은 무언가를 느끼곤 표정이 심상치 않아졌다. 그것은 그와 함께 있던 유에시스 역시 마찬가지였다.

"공기가 꽤 무거워."

제라드는 돌 위의 글자를 뚫어져라 바라보며 미간을 찡그렸다.

"이미 사라진 고대 드래곤 문자를 새겨놓다니. 읽을 수가 없군요."

"굳이 읽을 필요 없어. 그림도 있으니까 그걸 맞춰 보면 돼."

제르린은 던전의 입구를 더듬더니 이내 뭔가를 확신한 듯 마나를 풀어 무너진 돌더미 속 그림을 맞춰 허공에 띄웠다. 그는 마나의 힘을 적당히 조절해 가며 그림들을 더듬어가기 시작했다.

"이 던전은 두 명만이 입장할 수 있으며, 이후 수호자들의 심판을 통과하지 못하면, 결코 원하는 것을 가질 수 없이, 영원히 이곳에 갇힐 것이다. 이런 젠장!"

제르린은 주먹을 움켜쥐었고, 그 바람에 마나의 연결이 끊기면서 허공에 떠올랐던 돌덩이들이 바닥으로 쏟아졌다.

"옵니다."

그때 그렉이 칼집에 손을 올리고서 어두운 숲 속 너머를 향했다. 제라드 역시 한 손에 마나를 끌어올려 주위로 수십 개의 화살을 만들어냈다.

"던전의 봉인이 풀리면서 마물들도 깨어난다라……. 도대체 무

엇을 보호하기 위해 만든 던전인지는 몰라도 이중 봉인을 한 던전
이라니 놀랍군요."

제르린도 단검을 꺼내 들며 주위를 경계했다. 마나의 기운이
흐르는 칼날에선 푸른빛이 감돌았다.

"고블린 떼로군. 완전히 포위당했어."

유에시스는 전투 인형, 마리오네트를 앞으로 내세웠다. 그녀의
발밑으로 마법진이 그려지더니 머리카락이 공중으로 휘날리며 그
녀의 손끝을 따라 마리오네트가 일어서기 시작했다. 제국이 몇
안 되는 인형술사, 유에시스의 본모습이었다.

"던전은 카헤시온 전하에게 맡기고, 우린 여기부터 해결해야
해요, 오라버니."

"훗, 정신 차리라 이 말이니?"

"……"

"역시 키리에나 누님의 동생다운 태도야. 자, 그럼 일단은……"

숲 너머에서 뭔가가 빠르게 움직이는가 싶더니 이내 흉측한 울
음소리와 함께 고블린들이 모습을 드러내기 시작했다. 그들은 각
자의 무기를 들고서 눈빛을 빛내며 그들을 맞이했다.

❀　　　❀　　　❀

그녀는 숨을 헐떡이며 주먹을 꽉 움켜쥐었다. 제 눈앞에 있는
존재를 믿을 수가 없었다. 진짜 시로벨인가? 아니면 가짜? 내가
지금 꿈을 꾸고 있나?

하지만 혹시나 하는 마음에 소휘는 섣불리 움직일 수가 없었

다. 그러자 시로벨이 먼저 걸음을 내디뎌 그녀에게로 다가왔다.

창백한 낯빛에 서늘한 눈빛. 생각했던 것과는 너무나도 다른 모습이었다.

"이제 그만, 내 몸을 돌려주세요."

"정말 시로벨인가요?"

"아니라고 믿고 싶은 건가요?"

미묘하게 뒤틀린 어조에 소휘는 고개를 가로저으며 그녀를 똑바로 응시했다.

"만약 정말 시로벨이라면, 미안해요. 하지만 내 잘못은 아니에요. 나도 피해자니까. 그 드래곤의 실수 때문이라고요. 그래도 나름대로 당신에게 피해가 가지 않도록 노력은 했어요. 어울리지도 않는 이런 드레스 입고 성질도 죽여가면서, 황자비 노릇을 하려고 했다고요. ……물론 당신 마음에 안 들지도 모르지만요. 아무튼 이렇게라도 만나서 다행이에요."

"정말 그렇게 생각하나요?"

"당연하죠."

시로벨은 소휘의 대답에 비릿한 미소를 지으며 속삭였다.

"그래요? 그런데 왜 망설이고 있는 거예요? 황자비 노릇을 하느라 힘들었다고요? 내가 보기엔 꽤 즐기는 것 같은데요. 특히 카헤시온, 그 사람의 아내라는 자리를 말이에요."

"하? 대체 무슨 말을 하는 거예요?"

속내를 꿰뚫리자 부끄러운 마음에 소휘는 저도 모르게 목소리를 높였다. 시로벨은 차갑기 그지없는 눈빛으로 쳐다보았다. 소휘는 입술을 깨물었다. 거울 속에서 매번 보던 저 푸른색이 저리도 싸늘해질 수 있다는 것을 처음 알았다.

"내 몸을 돌려줘요. 카헤시온, 그를 돌려줘요."

카헤시온을 돌려달라는, 시로벨로서는 너무나 당연한 한마디에 소휘는 가슴에서 뭔가가 쿵 하고 떨어지면서 쓰라림이 번져 나갔다.

시로벨이 손을 뻗었다. 소휘는 그 손을 응시했다. 저 손을 잡으면, 원래대로 돌아갈 수 있는 것일까? 원래의 한소휘의 몸으로 돌아가는 것일까?

소휘의 눈동자가 흔들렸다. 머리는 얼른 저 손을 잡으라고 하는데, 그녀에게 몸을 돌려주고 자신도 원래의 몸으로 그렇게 예전의 모습으로 돌아가야 하는데……

'……하지만 그렇게 되면, 다시는 그를 만날 수 없어. 다시는, 보지 못해.'

황자비로서 떠받듦을 받는 화려한 삶은 지금이라도 당장 포기할 수 있었다. 어차피 처음부터 맞지도 않는 생활이었다. 하지만 카헤시온은 달랐다. 그를 다시는 보지 못한다는 생각이 들자, 이대로 아무런 작별도 없이, 정말 이대로 끝이라는 생각에 소휘는 움직일 수가 없었다. 물론 그는 자신이 사라졌다는 사실을 모를 것이다. 처음부터 이 자리는 자신이 아닌 저 여자의 것이니까. 그래도 떠날 때 떠나더라도, 마지막으로 소휘로서 그에게 작별을 하고 싶은데. 한소휘로서.

'당신을 꽤, 좋아했다고……'

소휘의 망설임을 읽은 시로벨이 그녀의 어깨를 움켜쥐었다. 어깨를 부서져라 잡는 힘에 소휘는 미간을 찡그리며 그녀를 바라보았다.

"역시 당신은 망설이는군요. 드래곤의 실수라면, 정말 그것뿐이라면 바로 내게 그 몸을 돌려줘야 하는 것이 아닌가요? 하지만 결국 그 몸을 탐내고 있군요. 내 이름을 갖고, 내 삶을 갖고, 끝내는 카헤시온 그를 가지고 싶은 것이 아닌가요?"

"그건 아니에요. 단지, 단지!"

"훗, 후후훗!"

그녀의 비릿한 웃음소리가 날카롭게 소휘에게로 파고들었다.

"좋아요. 아니라는 말을 믿어보도록 하죠. 단, 내게 증명해 보세요. 당신의 말이 진심이라는 걸."

"그게 무슨?"

시로벨은 그녀의 어깨를 끌어당겨 귓가에 나지막이 속삭였다.

"당신을 망설이게 하고 있는 것. 이 세상에 남아 있는 유일한 미련. 그것을 끊어내도록 해요. 당신의 손으로 직접. 그것이 너와 그 남자에게 내리는 심판이다."

"심판이라니. 대체 그게 무슨……?"

시로벨이 그녀를 와락 끌어안았다. 순식간에 머릿속이 딱딱하게 굳어지면서 뭔가가 그녀의 몸 안으로 빨려 들어왔다. 소휘는 손을 들어 목을 부여잡았다. 숨이 막히고 아무것도 생각할 수가 없게 되었다.

"지금부터 진짜 심판이 시작되는 것이다."

머릿속에서 낯선 목소리가 크게 울리기 시작했다. 소휘는 그제야 깨달았다. 눈앞에 나타나 자신을 뒤흔들던 그녀는 시로벨이 아니다. 다른 무언가다. 그리고 그 무언가가 이 몸속으로 들어오고 말았다.

"나는 지금부터 너희들의 속마음을 볼 것이다. 너와 그리고 저 남자."

어디선가 발소리가 들려왔다. 그리고 그가 나타났다.

흐트러지긴 했지만 다친 것 같아 보이지는 않았다. 소휘는 그의 이름을 부르려고 했지만 목소리가 나오질 않았다. 아니, 몸이 움직이질 않았다.

'대체 뭐 하는 짓이야!'

"너와 저 남자에게서 보이는 망설임과 유일한 약점. 과연 둘 중 누가 먼저 쓰러질까?"

불길한 느낌이 들었다. 카헤시온이 이곳으로 와서는 안 될 것 같아 소휘는 연신 입을 벙긋거렸지만 소리가 나오지 않았다.

'오지 마요. 제발, 오지 마!'

카헤시온은 시로벨을 발견하자마자 곧장 그녀에게로 걸어왔다. 망설임 없이. 무사한 모습을 좀 더 가까이에서 보기 위해. 아니, 정녕 그녀가 맞는 것인지 제 손으로 확인하기 위해서.

"벨."

잔뜩 억눌린 목소리 끝에서 그녀의 이름이 흘러나왔다. 그와 동시에 시로벨은 허리춤에 차고 있던 블루문을 꺼내 그를 향해 겨눴다. 제 멋대로 움직이는 손에 소휘는 비명을 질렀다. 하지만 그 역시 목구멍 밖으로 나오지는 않았다.

'아, 안 돼!'

"저 남자는 널 피할까?"

'하지 마!'

"그것도 아니면 배신당했다는 생각에 널 베어버릴까."

'하지 마. 하지 말라고!'

카헤시온은 자신을 향해 검을 겨누는 시로벨의 움직임에 그 자리에 섰다. 팽팽한 긴장감이 흐르고, 동시에 미친 듯한 적막이 흘렀다.

"지금, 뭐 하는 것이지?"

"보면 몰라요? 내가 당신을 배신한 거잖아요."

목소리가 마음대로 흘러나왔다. 완전히 몸이 지배당하고 말았다.

"배신?"

"그래요, 배신. 당신은 처음부터 날 믿지 않았잖아요? 그렇다면 끝까지 믿지 말았어야죠."

"……."

'아니야. 아니야. 제발, 아니야!'

"해서 그대가 날 배신한 것이라고?"

"처음부터 이럴 목적으로 당신 옆에 있었던 거니까."

필사적으로 입을 막고 싶었지만 아무리 해도 묶여 버린 몸은 말을 듣지 않았다. 그저 그를 볼 수밖에 없었다. 잠시 흔들리다 이내 냉정하게 가라앉는 눈빛. 그는 무슨 생각을 하는지 알 수 없는 표정이었다. 혹시 그가 저 때문에 상처 받았을까 봐 그녀는 겁이 났다.

"난 그대에게 꼭 들어야 할 말이 있어."

카헤시온은 블루문을 겨누고 있는 그 앞으로 걸음을 옮겼다. 블루문의 칼날은 오직 그를 향해 날카로운 이를 드러내고 있는데도 카헤시온은 결코 걸음을 멈추지 않았다.

지금 무슨 생각을 하는 거야. 오지 마! 오지 말라고. 안 돼, 안 돼. 제발 오지 마!

'하지 마!'

처절한 소휘의 외침과는 달리 블루문을 든 손은 망설임 없이 아래로 떨어졌다. '푸욱' 하는 소름 끼치는 소리와 더불어 그녀의 눈앞에서 핏방울이 흩어졌다. 손끝이 파르르 떨렸다. 소휘는 차마 앞을 볼 수가 없었다. 천하의 카헤시온이. 이런 말도 안 되는 공격은 피할 수 있었으면서. 아니, 오히려 이길 수 있었으면서. 어째서. 어째서…….

"여길…… 봐, 벨."

잔뜩 일그러진 목소리에 소휘는 고개를 들었다. 그가 맨손으로 블루문의 칼날을 쥐고 있는 모습이 보였다. 날을 타고 뚝뚝 떨어지는 피에 소휘의 얼굴이 하얗게 질렸다. 하지만 카헤시온은 오직 소휘의 눈동자를 바라보며 강하게 속삭였다.

"난, 그대의 말만 믿을 것이다. 그러니 대답해라. 날 배신하는 것이냐? 나를, 떠나려는 것이냐!"

"아…… 아…….."

여전히 목소리가 나오질 않았다. 그의 손아귀에 잡힌 블루문이 움직이기 시작했고, 카헤시온은 입술을 깨물며 비명을 삼켰다. 여기서 조금이라도 아픈 기색을 보인다면, 그녀가 더더욱 아파할 테니까. 단숨에 알 수 있었다. 지금 그녀는, 그녀가 아니라고. 누군가에게 조종당하고 있는 것이라고. 그녀를 되찾아야만 했다.

"벨, 내 목소리만 들어. 다른 목소리는 듣지 말고, 오직 나만 보고 내 목소리만 들어!"

일그러진 표정과 거칠어진 숨소리. 자신을 향한 그의 눈빛은 점점 더 강하게 빛나고 있었다. 소휘는 그에게 말하고 싶었다. 절대로 당신을 배신하지 않을 거라고. 아직은 그를 떠나고 싶지 않았다. 될 수 있다면 조금 더 그의 곁에 있고 싶었다.

"카…… 카……."

그녀의 눈동자가 잔뜩 일그러지면서 굵은 눈물이 떨어지기 시작했다.

'미안해요, 시로벨. 너무 미안해요. 하지만…… 난 지금 이 사람을 떠날 수가 없어요. 아니, 떠나기 싫어요. 그러니까 이 사람을 아프게 하지 마요. 제발 그러지 마요!'

"……카헬."

순간, 머릿속을 파고들던 목소리가 사라지면서 온몸을 묶고 있던 족쇄가 풀리는 느낌이 들었다. 그녀의 손에서 블루문이 떨어졌다. 동시에 카헤시온이 그녀를 강하게 끌어안았다. 떨리는 손길과 무섭게 뛰고 있는 그의 심장 소리가 느껴졌다. 소휘는 그의 품에 안긴 채 더듬거리는 손길로 그를 붙잡고서 속삭였다.

"당신을, 배신하지 않을 거예요. 말했잖아요, 기다릴 거라고. 먼저 떠나지 않을 거라고."

카헤시온은 애달프게 들리는 그녀의 목소리에 이제야 온전히 그녀를 되찾은 느낌이 들었다.

누군가를 이토록 믿어본 적이 있던가. 그러면서 잃을까 봐, 정녕 제 눈앞에서 사라질까 봐 두려워한 적이 있었던가.

그는 그녀를 꽉 끌어안았다. 이것으론 부족했다. 조금 더, 그녀를 느끼고 싶었다.

그때, 지진이 난 듯 주변이 흔들리더니 이내 사방으로 크리스털 조각이 휘날리기 시작했다. 마치 꽃잎이 떨어지는 듯 아름다운 광경이었다.

"벨."

그의 부름에 소휘는 고개를 들었다.

"난 그대를 믿을 것이다. 끝까지 믿을 것이다. 그러니 절대로 나를 떠나지 마라. 절대로, 떠나지 마."

속삭이던 그의 입술이 그녀의 숨결을 순식간에 앗아가 버렸다.

부드럽게 내려온 입술이 그의 의지를 배반한 채 미친 듯이 그녀를 갈구하기 시작했고, 숨이 막힐 듯한 뜨거운 기운이 온몸으로 뻗어 나갔다.

소휘는 지금 이 상황을 이해할 수가 없었다. 그저 머릿속이 멍했다. 그의 뜨거운 속삭임에 온몸이 녹아내릴 듯하였고, 꿈틀거리는 손끝이 파르르 떨리면서 저도 모르게 그를 붙잡고 더욱 강하게 끌어당기고 있었다. 정신을 차릴 수가 없었다. 삼키면 삼킬수록 더한 갈증이 그의 정신을 지배하고 있었다. 한 치의 빈틈도 없이, 그녀의 움직임 하나하나를 전부 삼키고 싶은 지독한 소유욕. 한 순간 그녀는 모든 것을 내던져 버렸다. 자신이 진짜든 가짜든, 그가 진정으로 원하는 이가 제가 아니라는 생각 같은 건 모조리 내던진 채, 두 팔 가득 그를 끌어당겼다.

카헤시온은 그녀의 가는 허리선을 타고 이내 노골적으로 드러낸 다리 선을 쓸어내리며 서로의 거친 숨결을 연신 빨아 당겼다.

주변으로 꽃잎처럼 흩어지는 크리스털 조각이 오묘한 빛을 내며 두 사람을 끌어안았다.

미친 듯이 울리는 심장 소리와 뜨겁게 헐떡이는 체온이 그의 이성을 점점 마비시켜 갔다. 지난번 빼앗듯 한 입맞춤과는 다르다. 떨쳐 낼 수가 없었다. 오히려 더더욱 간절하게 원했다.

짙어지는 소유욕에 묵직한 통증이 느껴지면서 그는 철저히 깨닫게 되었다. 그녀가 자신에게 어떤 존재가 되었는지. 어느 정도로 유일무이한 존재가 되었는지. 유일하게. 세상 유일하게 카헤시온의 가장 치명적인 약점이, 그녀가 되어버렸다는 사실을.

"으윽……."

"벨?"

그때, 그녀의 입술 사이에서 신음 소리가 흘러나왔다. 카헤시온은 뭔가 이상하다는 것을 깨닫고서 입술을 떼고 그녀를 살폈다.

뭔가가 이상했다. 그녀의 몸이, 몸이 너무나도 뜨거웠다.

"벨, 정신 차려. 벨! 벨!"

그의 목소리가 아득하게 먼 데서 들리는 것 같았다. 소휘는 손을 뻗어 그를 잡으려고 했지만 끝내 시야가 까맣게 흐려지면서 정신을 놓아버리고 말았다.

카헤시온은 제 품에서 축 늘어진 그녀의 모습에 눈동자가 미친 듯이 흔들리기 시작했다.

"벨? 벨. 벨!"

차올랐던 열기가 삽시간에 가라앉으면서 차가운 비명이 공간을 가득 메웠지만, 그의 품에 쓰러진 시로벨은 창백한 표정으로 그렇게 의식을 잃어버렸다.

소휘는 무거운 눈꺼풀을 깜빡이며 정면을 바라보았다. 앞은 온통 까매서 아무것도 보이지 않았다. 정말이지 이 던전에 들어와서 별일을 다 겪는 것 같았다.

그녀는 무심코 제 입술을 만졌다. 순식간에 다른 의미로 얼굴이 뜨거워졌다.

그와의 두 번째 키스였다. 하지만 그때와는 다르다. 그를 향한 제 마음이 이미 달라져 버렸다. 하지만 그 사람은……?

"시토벨에게……."

힘없이 흘러나온 목소리가 허공을 쓸쓸하게 감돌면서 들떴던 기분이 삽시간에 가라앉아 버렸다. 그래, 제게 해준 키스가 아니다. 시로벨, 그녀를 위한 키스. 처음도 지금도 전부 다 제 것이 아니었다. 하지만 누구의 것이든 너무나도 떨렸고 설레었다. 스스로 그를 원해서 붙잡고 말았다. 이젠 어떻게 해야 할지 알 수 없을 정도로 이미 그를 마음에 담아버렸다. 진짜 시로벨이 나타나면, 이 몸을 떠날 수 있을까? 그와 헤어질 수 있을까?

"제장, 빌어먹을."

캄캄한 어둠 속에서 빛이 아른거렸다. 소휘는 손을 들어 눈을 가리며 그쪽을 보았다.

"너는 참 신기하구나."

"하아? 뭐야. 너 진짜 시로벨 아니지? 그렇지!"

"그래, 난 던전을 수호하는 자. 이 던전 자체라고 할 수 있지."

대체 무슨 소리인지는 모르겠으나 저 목소리의 주인이 이 몸을 조종했다는 것만은 분명했다. 이 손으로 그를 다치게 했다. 그 사실에 소휘는 화가 났다.

"요즘 들어 재미있는 자들이 많이 침입하는군. 특히 넌 이곳에 있어선 안 되는 존재구나."

수호자의 목소리에 소휘는 설마 하는 생각으로 물었다.

"설마 너, 그 드래곤을 알고 있는 거야?"

"그래, 드래곤. 그는 이 세상에서 가장 막대한 마나를 지닌 고귀한 존재. 그렇기에 내가 나설 수 있는 영역이 아니다."

역시, 뭔가를 알고 있는 게 분명해!

"좀 더 가르쳐 줘. 날 이렇게 만든 이가 누구인지! 그는 어디 있지?"

나는 앞으로 어떻게 해야 되는지……

"다시 한 번 말하지만, 그것은 내가 가르쳐 줄 수 있는 영역이 아니다. 게다가 아직 때가 되지 않았다. 훗날, 너는 이곳으로 오게 된 이유를 알게 될 것이다. 그때가 되면 선택을 해야 하겠지. 어쩌면 무척이나 힘든 선택이 될지도 모르겠구나."

"대체 무슨 말이야. 알아듣게 설명을 하라고!"

빛의 형태가 점점 희미해졌다. 허공에서 하나의 손이 나타나 그녀의 눈을 가렸다. 뭔가가 그 빛으로 빨려 들어가는 느낌. 썩, 좋은 기분은 아니었다.

"그 선택을 위해 지금은 잠시 이 순간의 기억을 지울 것이다. 하나 한 가지는 명심해라. 네가 이곳으로 오기 위해서 한 여인은 목숨을 걸었다는 것을. 네가 이곳에서의 연을 이어가고 싶다면, 너 역시 목숨을 걸어야 한다는 것을."

빛이 흐려지는 만큼 머릿속도 흐릿해졌다. 기억 속에서 조금 전

느꼈던 소중한 순간이 사라져 가기 시작했다. 그의 온기와 체온. 뜨겁게 갈구하던 느낌까지. 그렇게 전부 사라지고, 흐려져 가는 시야 속으로 한 여자가 보였다. 아름다운…… 또한 무척이나 익숙한 모습이었다. 여자는 그녀를 향해 짧게 속삭였다.

"우린 곧 만나게 될 거예요. 그렇게 되면……."

여자의 뒷말은 그대로 사라졌다. 동시에 소휘의 눈앞도 완전히 깜깜해졌다.

모두가 사라진 빈자리에 수호자의 빛이 연약하게 깜빡이며 짧게 속삭였다.

"물론 너 역시 갑자기 벌어진 이 모든 상황이 당황스럽겠지만 어쩌면 그것이 너의 원래의 운명일지도 모르지……. 너에게도 무척이나 간절한."

차가운 얼음을 녹일 수 있는 진정한 빛이 이제야 제자리를 찾은 걸지도.

⚜   ⚜   ⚜

던전 안만큼이나 밖도 난리였다.

끊임없이 쏟아지는 고블린 떼를 향해 제라드는 계속해서 마법을 날렸다. 그렉의 검은 이미 고블린의 끈적이는 피로 뒤덮여 있었다. 제르린도, 유에시스도 고블린들을 하나씩 처치하고 있었으나 이대로는 끝이 없을 것 같았다. 베도 베도 고블린은 끊임없이 밀려들었다.

그 순간, 발밑이 흔들렸다. 강한 마나의 파동에 제라드와 제르린은 굳게 닫힌 던전의 입구를 바라보았다. 이건 설마…….

그때, 던전 밖으로 빠져나온 엘라임이 안도의 표정을 지으며 짧게 속삭였다.

「심판이 끝났군.」

무너진 돌무더기가 눈에 보일 정도로 흔들리기 시작했다. 제르린은 유에시스를 끌어안으며 재빨리 보호 마법을 펼쳤지만, 보호막이 흔들릴 정도로 어마어마한 파동이 퍼지더니 그렇게 끈질기던 고블린떼가 순식간에 사라졌다.

"이건……."

"설마 던전이 열리는 건가?"

제르린은 뿌연 연기에 휩싸인 입구를 주시했다. 형님께서 안에서 뭔가를 해내신 건가? 그렇다면 시로벨은…… 그녀도 무사하겠지?

흔들림이 잦아들고 뿌연 연기 속에 누군가의 그림자가 보였다. 제르린은 재빨리 그쪽으로 달려갔다.

"형님!"

하지만 카헤시온을 발견한 제르린의 눈이 크게 흔들렸다. 그리고 그의 품에 시로벨이 쓰러져 있었다.

"전하!"

제라드와 그렉이 그에게 달려갔다. 엉망이 된 손과 창백한 얼굴로 축 늘어진 시로벨을 보고선 굳어진 표정으로 입을 열었다.

"전하, 대체 어찌……. 그 손은. 비전하는……."

"내 손은 신경 쓰지 마라. 지금 당장 비를……."

제르린은 격하게 동조하고 있는 카헤시온의 모습을 믿을 수가 없었다. 지금, 뭔가 잘못 보고 있는 것인가?

"치유마법이든 뭐든, 당장 그녀를 살려라. 지금 당장, 비를 깨워!"

잘못 본 것이 아니다. 그가 흔들리고 있다. 천하의 카헤시온이, '빙안의 귀공자'라 불리는 그가 고작 여인 하나에 저토록 초조해하며 어쩔 줄을 몰라 하고 있다. 저런 모습은 정말 처음이었다.

"오라버니."

유에시스가 걱정스러운 목소리로 그를 불렀다. 제르린온 가헤시온과 쓰러진 시로벨에게서 눈을 떼지 못한 채 자조적인 어조로 속삭였다.

"시로벨, 네가 형님의 유일한 사람이 된 것 같아."

과연 네가 사리지면 형님은 어떻게 될까? 형님이 잘못되면, 넌 또 어떻게 되는 거야? 서로가 서로를, 감당할 수 있는 거니?

던전은 완전히 붕괴되었고, 마물들도 전부 사라졌다. 역시나 이 던전이 마물 출몰의 원인인 모양이었다. 카헤시온의 상처도 그리 깊은 것은 아니었다. 칼날이 손바닥을 좀 깊이 파고들기는 했지만, 그는 신경조차 쓰지 않는 듯 보였다. 그저 제 눈앞에서 뚱한 표정으로 서 있는 시로벨의 존재만이 중요할 뿐.

"이건 정말 말이 되지 않습니다."

돌아가는 마차 안에서 시로벨은 연신 투덜거렸다. 그러자 카헤시온은 덤덤하게 그 말에 대꾸했다.

"어차피 벌어진 일이다."

"하지만! 어떻게 저만 이렇게 기억이 나지 않는다는 것입니까!"

시로벨은 입을 뾰로통하게 내밀고는 소리쳤다. 긴 잠을 자고 일어났다고 생각했는데 그게 아니었다. 던전 안까지 들어간 건 생각나는데, 도통 무슨 일이 있었는지 기억이 나질 않았다. 아무리 떠올리려 해도 떠오르는 것이 없었다. 엘라임은 혹시 뭘 알고 있을까 싶어서 목이 터져라 불렀지만, 필요 없을 때는 불쑥불쑥 잘도 나타나더니 필요하니까 머리카락 하나도 보이지 않았다. 망할, 도움이 안 되는 녀석!

"모두 무사하면 그것으로 다행 아닌가. 게다가 던전에서 건진 것도 있고."

카헤시온의 말에 시로벨은 더 기가 막힌 표정을 지으며 제 손안의 책을 보았다. 낡은 갈색 표지의, 알 수 없는 언어로 쓰인 책이었다. 던전이 붕괴되기 직전 그가 가져온 것이라고 했다. 그것도 저리 상처까지 입으면서 구해온 것이 고작 이런 거라니.

시로벨은 붕대로 칭칭 감긴 그의 손을 바라보았다. 저 손만 보면 영 마음이 쓰였다. 혹시 저 때문에 저렇게 된 건 아닐까 하는 생각에 사라진 기억이 더 원망스러웠다.

"카헬. 그 상처, 나 때문에 그런 건 아니죠?"

"아니라고 했잖아."

"그런데 이상하게 그 상처만 보면 기분이 안 좋아요. 만약 뭔가를 숨기는 거라면……."

그러자 카헤시온은 한숨을 내쉬고선 잠시 머뭇거리다 이내 손을 뻗어 그녀의 어깨를 부드럽게 두드려 주었다.

"정말 아니다. 그 책을 구하려다 마물들에게 당한 것일 뿐. 그대는 마물들에게 당해서 정신을 잃고 기억이 살짝 없어진 것이고. 그렇게 중요한 기억이 아니니 너무 신경 쓰지 않아도 돼."

카헤시온은 그렇게 설명했지만 시로벨은 여전히 찜찜했다. 잊어서는 안 되는 아주 중요한 뭔가를 잃어버린 느낌이었다.

그때 잠시 마차가 멈춰섰고, 문이 열리면서 제라드가 들어왔다. 어쩐지 그녀의 눈치를 보는 것 같은 제라드에게 카헤시온은 슬쩍 고개를 가로저어 보였다.

"황도에 거의 도착한 것인가?"

"예, 황자 전하. 하지만 아무리 마법이라고 해도 너무 무리하게 속도를 내서 말들이 많이 지쳤습니다. 그래서 잠시 쉬었다가 곧장 황도로 들어설 것입니다."

카헤시온은 고개를 끄덕이고서 시로벨을 향해 말했다.

"이제 그것은 그만 생각하고 책을 제라드에게 넘겨주도록 해."

"이게 그렇게 대단한 물건입니까?"

"나는 모르지만, 제라드는 알지도 모르지."

시로벨은 책을 제라드에게 건네주었다.

그것을 받아든 제라드는 환희와 경이로움으로 눈동자를 빛나기 시작했다.

"이, 이, 이것은!"

제라드의 반응에 카헤시온은 짧게 물었다.

"아는 물건이냐?"

"전하! 이것은 대발견입니다. 설마 이 물건이 마티디안 제국에 숨겨져 있을 줄이야. 이 책은 대현자 보르더젠과 대마법사 세인트 리드가 마지막으로 함께 연구했던 드래곤에 관한 연구 일지입니다. 그들이 마지막 여생을 드래곤을 연구하며 보냈을 거라는 추측만 나돌았을 뿐 반세기 동안 이렇다 할 단서가 없었는데, 이것만 완벽하게 해석한다면 드래곤에 대한 연구 또한 진척이 있을 것입니다."

"드래곤?"

뜻밖의 단어에 시로벨은 눈을 반짝였다. 제라드는 더욱 흥분한 목소리로 말했다.

"예, 비전하. 드래곤은 인류 역사상 가장 방대한 마나와 지식을 가진 고등 생명체, 마법사들에겐 신과도 같은 존재입니다."

시로벨은 고개를 끄덕였다. 자신을 이곳으로 데려온 이는 이 세계에서 부르는 드래곤이 확실했다.

"제라드, 그 드래곤이라는 거. 어디서 볼 수 있는 거예요? 부를 수는 있는 거예요?"

"비전하, 드래곤은 신과도 같은 존재라고 하지 않았습니까. 그들이 인간들에게 지식과 마나를 전했다는 얘기가 떠돌기는 했지만 전부 추측에 불과했지요. 그런데 그 얘기를 뒷받침할 만한 흔적들이 나오고 있습니다. 이 책은 그 연구에 많은 도움을 줄 것입니다. 어쩌면 지금도 이곳 어딘가에 드래곤들이 살아가고 있을지도 모르지요."

시로벨은 금세 실망했다. 결국 제라드는 못 부른다는 소리였다. 이제 겨우 연구를 시작한다는데 얼마나 지나야 진척이 있을지도 모르고, 엘라임도 그를 부를 수는 없다는데 대체 어떻게 해야 드래곤을 만날 수 있을는지. 저 책을 읽으면 혹시 방법을 알 수 있을까?

"그럼 그 책을 읽을 수 있게 되면 나한테도 알려줘요."

"비전하께서 드래곤 역사에 관심이 많으신 줄 몰랐습니다."

"신기하잖아요. 하하하!"

그래, 드래곤. 일단은 직접 만나야겠어. 직접 만나서 얘기를 해봐야겠다고.

제라드는 책을 소중하게 품에 안았다.

"그 놀라운 역사의 발견을 그대가 해냈군."

"제가 아니라 전하시지요. 전 기억조차 못 하고 있으니."

시로벨의 말에 제라드의 표정이 슬쩍 굳어졌다. 시로벨은 세라느가 마차에 찾아온 이유가 있을 거라 생각하고 잠시 바람을 쐬겠다며 자리를 비웠다. 그 틈에 제라드는 무거운 어조로 속삭였다.

"정녕 기억을 되돌리지 않을 것입니까?"

"힘들다고 하지 않았나."

제라드의 치유 마법으로 시로벨은 깨어날 수 있었다. 하지만 그녀는 아무것도 기억하지 못했다. 던전으로 들어간 순간부터 나올 때까지의 기억만 완전히 사라진 것.

카헤시온은 당황하면서 다른 문제는 없냐고 물었지만, 제라드는 기억만 사라졌을 뿐 다른 곳은 이상이 없다고 말했다. 그리고 자신의 치유 마법으로 기억을 건드리려고 했지만, 이상하게 뭔가에 가로막혀 손을 쓸 수가 없었다.

"하오나 황궁으로 돌아가서 다른 책을 살펴보면……."

"되었다. 오히려 그 순간을 잊어버린 것이 나을지도 모르지. 아직은 때가 아니니 말이다."

카헤시온은 그녀가 아직은 기억하지 말았으면 했다. 자신이 완전히 허물어졌던 그 순간을. 지금은 아직 자신이 혼자 감당해야 할 무게. 그녀에게 완전히 갈 수 있도록 조금만 더, 조금만 더 기다려 주면.

'그 후에 지워졌던 그 순간을 또 다시 돌려주면 되는 것이다.'

"그나저나 그 던전이 이번에 처음 열린 것이 아니라고?"

"예. 제르린 황자 전하께서 살펴본 바에 의하면 분명 그리 멀지 않은 날에 한 번 더 열렸다고 합니다. 아무래도 그 던전에서 무언가 벌어졌던 게 분명합니다. 그 기간 동안 웨어울프들은 그 던전을 지켰던 것이고요. 타인이 함부로 다가오지 못 하도록. 하지만 저희들이 갔을 때는 웨어울프의 흔적은 없었습니다."

"던전을 지킬 필요가 없었겠지. 그 안에서 뭔가를 하고, 갑자기 던전의 존재를 세상에 알렸다는 건……."

"목적은 이 책이 아닌 것 같습니다. 하지만 이미 던전이 무너져 더 이상의 조사가 불가능하니……."

"일단 황궁으로 귀환해서 파악하기로 하지."

많은 의문점들이 남았지만 일단 그들은 황궁으로 귀환했다.

보바톤 황제가 직접 마중을 나와 그들을 환영했다. 카헤시온이 시로벨을 콕 집어서 다치지도 않았는데 다쳤다는 말을 하는 바람에 그녀는 도착하자마자 조세핀에게 끌려갈 수밖에 없었다.

휴식을 취하고 있던 카헤시온은 노크 소리에 고개를 돌렸다. 문이 열리고 세네티아가 안으로 들어섰다. 그녀의 안색이 영 딱딱하자 카헤시온은 다소 걱정 어린 목소리로 말했다.

"무슨 일이지?"

"오라버니, 카인 전하께서 없어지셨습니다."

카헤시온은 찻잔을 들어 올리다가 멈칫했다. 이내 그것을 다시 내려놓으며 카헤시온은 담담한 어조로 그녀를 달랬다.

"너무 신경 쓰지 마라. 이번 사건이 누구 때문에 일어났는지 이젠 알 것 같으니까."

누가 무엇 때문에 던전의 존재를 갑자기 드러낸 것인지 이제는 알 것 같았다. 아마도 던전은 자신들의 시선을 끌기 위한 방편이었을 터다.

"오라버니."

"네 잘못이라는 생각은 하지 말고. 그나저나 리안 형님께선 아직 돌아오지 않으셨나 보군."

"지금 귀환하고 계시다고 해요."

"그래."

카헤시온은 창가에 섰다. 멀리 로제궁이 보였다. 시로벨은 조세핀에게 끌려갔으니 한동안 밖으로 나오지 못할 것이다. 그녀에겐 휴식이 필요했다. 이렇게라도 하지 않으면 또다시 움직일지도 모른다. 카헤시온은 가끔 그녀에게 검을 준 것을 후회할 때도 있었다.

"세네티아."

"예, 오라버니."

"난 오히려 잘되었다는 생각이 드는구나. 일을 서둘러야겠다."

제 6 화
사라진 황자비

샹들리에의 빛이 요란하게 쏟아져 흐르고 있었다. 저마다 화려한 드레스와 사치스러운 보석들로 자신을 꾸미고 미소 짓는 사람들. 정열적인 선율은 파도처럼 휘몰아쳤고, 한가운데에서 붉은 장미를 입에 물고서 손끝으로 정열을 토해내는 여인의 춤사위가 매혹적이었다. 그리고 그 위로 쓰인 붉은 가면조차도.

춤을 마친 여인이 화려한 무대에서 내려오자 기다렸다는 듯 새하얀 털을 가진 작은 원숭이가 그녀의 어깨 위로 자연스럽게 올라앉았다. 원숭이를 쓰다듬어 주면서 그녀는 고혹적인 미소를 지으며 와인 잔을 집어 들었다. 그녀의 옆으로 다가온 시녀가 붉은 와인을 따라주었다.

"대충 도착할 것 같군. 제대로 모시고 오도록."

"알겠습니다."

와인을 따라주던 시녀는 살짝 고개를 끄덕이더니 이내 문 쪽으로 사라졌다. 여인은 와인을 한 모금 머금고서 피보다 붉은 입술로 매혹적인 선을 그렸다. 그리고 원숭이의 목에 걸린 목걸이를 긴 손가락으로 부드럽게 쓰다듬었다.

푸른 보석 속에서 정체 모를 액체가 찰랑인다. 마치 별빛이 부서져 내리듯 우아하면서도 신비하게.

"자아, 킷슈. 우린 미끼가 제대로 걸리는지 즐겁게 지켜보자꾸나. 훗!"

⚜   ⚜   ⚜

벌써 던전에 다녀온 지 며칠이나 지났지만 시로벨은 여전히 다친 곳도 없이 로제궁에서 요양 중이었다. 블루문은 그렉 경에게 빼앗기고 말았고, 조세핀의 눈코 뜰 새 없는 감시로 인하여 무리한 운동은 절대로 할 수 없는 상황이었다.

그녀는 그냥 이 순간을 즐기기로 했다. 조금 쉬고 싶은 마음도 있었다. 기억을 잃을 정도로 엄청난 일을 겪었으니 쉬어주는 것이 이 여자의 몸을 위해서도 나을 것 같았다. 하지만 갑자기 나타난 제르린으로 인하여 조용한 휴식은 순식간에 깨지고 말았다.

"도대체 언제 갈 거냐고!"

"우리 비전하가 다 나으시면."

제르린은 다즐링 홍차의 깊은 향을 음미하며 그 누구보다 달콤한 미소를 짓고 있었다. 시로벨은 기가 막힌 표정을 지으며 한숨을 내쉬었다. 누가 저 녀석을 말릴까?

결국 반쯤 포기한 상태로 축 늘어져 있던 시로벨은 뭔가를 깨닫고 그를 빤히 바라보았다. 저 녀석은 뭘 좀 알고 있으려나?

"왜 갑자기 그렇게 뜨거운 시선을 보내는 거야?"

"혹시 너는 알아?"

"뭘?"

"내가 잃어버린 기억."

제르린은 잠시 움찔하다가 이내 천연덕스럽게 차를 마시며 고개를 가로저었다.

"던전에서 생긴 일이라며. 난 거기에 있지도 않았는데 어떻게 알겠어."

"하긴, 그런가?"

"그래도 그게 걱정돼서 지금 온 거야."

"뭐?"

그는 차를 마시는 척하면서 곁눈질로 시로벨을 바라보았다, 그녀가 던전에서의 기억을 잃었다고 했다. 그녀가 아르반에서의 기억을 잃었듯이.

"하아, 돌겠네. 정말 아무것도 생각이 안 나. 분명 무슨 목소리를 들은 것 같기는 한데."

"목소리?"

제르린의 표정이 굳어졌다.

그는 찻잔을 내려놓은 채 그녀를 주시했다. 설마, 아르반에서 잃었던 기억이 떠오르는 건가? 사실 그가 그녀를 이렇게 찾아온 것도 그 때문이었다. 혹시나 이번에 기억을 잃은 것 때문에 예전의 기억을 조금이라도 되찾은 건 아닌가 해서.

"응, 목소리. 여자 목소리 같았는데. 그리고 누굴 본 것 같기도 하고. 그런데 그 이상은 기억이 안 나. 분명 아주아주 중요한 것 같은데."

로제궁에 도착한 내내 기억을 떠올리려고 노력을 했지만 소용 없었다. 목소리와 그림자. 그리고 굉장히 다정하고 따스했던 기분 이 드는데. 가슴께가 저릿하면서 심장이 쾅쾅거리는 이유를 알 수가 없어서 그녀는 그저 답답하기만 했다.

제르린은 혼란스러워하는 그녀를 보면서 찻잔을 움켜쥐었다.

"괜히 안 떠오르는 기억 때문에 힘들어하지 마. 아마 던전에서 의 일이 너무 힘들어서 잊힌 걸지도 모르니까. 잊어버리는 게 나 으니까 그런 걸 거야."

"하아. 그런가? 진짜 카헬이 말한 대로 그 마물인지 뭔지한테 당해서 그런 건가."

"그래. 그냥 털어내 버려. 아픈 기억을 뭐하러 그렇게 용을 쓰 고 기억하려고 해? 잊는 게 낫지."

던전에서 무슨 일이 있었는지는 모르겠지만, 카헤시온 형님도 그것을 그저 묻어버리려는 듯 보였다. 그게 뭔지는 몰라도 어쩐지 그렇게 하는 것이 나을 것 같다는 느낌이 들어서 제르린은 그것 을 따로 알아보려고 하지 않았다. 그게 그녀를 위하는 일이라면. 예전처럼 말이다.

그때, 문밖에서 메이가 손님의 방문을 알렸다.

"비전하, 유에시스 황녀 전하께서 오셨습니다."

잠깐. 누가 왔다고? 유에시스 황녀?

"우와! 비전하, 언제 이렇게 유에와 친해진 거야? 유에와 친해 지는 거 엄청 어려운데!"

"내가 물어보고 싶네, 우리가 언제 이렇게 오가는 사이가 됐는지."

잠시 후, 여전히 무표정한 얼굴을 한 유에시스 황녀가 방 안으로 들어왔다. 제르린은 다정한 목소리로 그녀를 향해 손을 흔들었다.

"유에, 어서 와. 여기 맛있는 케이크 있는데 먹어볼래? 차도 준비하라고 할까? 어떤 게 좋아?"

마치 자신의 궁인 양 능청스럽게 유에시스에게 자리를 권하는 그를 보면서 시로벨은 다시 한 번 주먹을 꽉 움켜쥐어야만 했다.

하지만 유에시스는 제르린에게 살짝 고개를 숙인 뒤, 그가 권한 케이크를 정중히 거절하고 자리에 앉았다. 묘한 일이다. 그녀가 여기까지 정말 무슨 일로 온 것일까?

유에시스가 서늘한 음색을 띠며 제르린에게 속삭였다.

"제린 오라버니, 그렉 경이 오라버니를 급하게 찾던데요."

"에? 그렉 경이? 걔가 왜? 난 검에 대해선 아는 게 없는지라 그렉 경과 엮일 일이 없는데. 제라드라면 몰라도."

"오라버니, 그렉 경을 기다리게 하는 건 실례가 아닐까요?"

그녀는 마치 그를 여기서 내보내려는 듯 다소 재촉하는 어조로 속삭였다. 제르린 역시 그것을 느끼고선 살짝 의아해 하면서도 하는 수 없이 자리에서 일어나 넉살 좋은 미소를 지으며 말했다.

"뭐, 찾는다니까 일단은 가볼 수밖에. 그럼 유에, 비전하랑 재미있게 놀길 바라. 지금 비전하가 밖으로 나가지 못해서 심기가 불편하니까 너무 건들지는 말구. 우리 귀여운 유에를 비전하가 못살게 굴까 봐 걱정이네."

"제르린 전하, 그럴 일은 없을 테니 그만 나.가.보.시.죠."

내가 저 붙임성도 없고 귀염성도 없는 애를 괴롭힐 것 같다고? 웃기는 소리. 저 애가 나를 안 잡아먹는 것만으로도 다행이라고 여겨야지. 그나저나 애는 갑자기 왜 나랑 단둘만 있고 싶어 하는 거지? 정말이지 저 속을 모르겠네.

시로벨의 싸늘한 눈빛에 제르린은 어깨를 한 번 으쓱이고선 방을 나갔다.

한 사람이 사라졌을 뿐인데 한순간에 분위기가 조용해졌다. 시로벨은 괜히 만지작거리던 찻잔을 내려놓고 여전히 자신을 도전적으로 쳐다보고 있는 유에시스의 눈동자를 응시하며 짧은 목소리로 말했다.

"제게 무언가 하실 말씀이 있나 봐요? 제르린 전하를 저렇게 억지로 내보내신 걸 보면 말이죠."

제르린은 그 길로 기사 훈련장을 찾았다. 햇살 아래 부서지는 은빛 물결이 매혹적이었다. 언젠가 그는 저 검의 냉혹함과 너무나도 잘 어울리는 한 남자를 닮고 싶어서, 미치도록 그의 강인함을 닮고 싶어서 검을 쥐었던 적이 있었다. 물론 보기 좋게 검에게 져 버렸지만…….

왠지 모를 씁쓸함을 느끼고선 슬쩍 걸음을 돌리려는 찰나, 제르린은 멀리서 저를 발견하고선 다가온 그렉 경에게 어쩔 수 없다는 듯 엷은 미소를 지어 보였다.

"수고가 많네, 그레고리."

"어쩐 일이십니까? 제르린 전하."

역시나 그는 자신을 찾지 않았다. 처음부터 눈치를 채고 있었지만 그냥 유에시스의 말에 속아 넘어가 주었다. 그 아이가 시로벨과 단둘이 대체 무슨 말을 하려고 하는지 궁금하기도 했고.

"전하?"

그렇기에 제르린은 의아해하는 그렉 경에게 그녀의 이름을 거론하진 않았다. 어차피 여기에 온 목적도 있기는 있었으니까.

"예전에 내가 무모하게 검을 휘두르던 때 그대가 내게 해준 말을 기억하고 있어?"

잔잔한 바람이 그들 사이를 스쳐 지나갔다. 그 바람의 서늘함을 따라 그렉의 눈빛이 낮게 가라앉았고, 제르린은 침묵을 유지한 채 그를 지켜보았다.

마침내 굳게 다물어져 있던 그의 입이 열렸다. 그의 말 한마디 한마디가 참 뼈아프게 그에게 와 닿았다.

"어설프게 닮으려고 한다면, 곧 깨져 버리고 말 것입니다. 그러니……."

"……."

"당신은 카헤시온 전하가 되려고 하지 마십시오."

제르린은 그때의 기억을 떠올리며 여느 때처럼 부드럽고 달콤한 미소를 그렸다.

"내가 끝까지 카헤시온 형님을 닮고자 했다면 뭔가가 변했을까? 지켜봐야만 하는 자리에서 조금은 움직일 수 있었을까?"

그렉은 천천히 눈을 감았다. 그리고 이내 단호하게 한마디를 내뱉었다.

"변하지 않았을 겁니다."

"……."

"무엇보다 제르린 전하는 카헤시온 전하가 아니시니까요."

"제게 하실 말씀이 있으신 건가요?"

시로벨의 한마디에 유에시스의 눈동자가 천천히 아래로 떨어졌다. 그리고 이내 그녀가 차가운 목소리로 말을 이었다.

"난 괴물이야. 대륙의 몇 안 되는 인형술사라 칭송받고 있지만, 사실은 모두가 날 두려워하고 있지. 그저 전쟁에서 수월하게 이기기 위한 무기에 지나지 않아."

생각지도 못한 말이 그녀에게서 흘러나오기 시작했다. 대체 어떻게 반응을 해야 할지 난감해졌다. 하지만 그러거나 말거나 유에시스의 말은 계속 이어졌다.

"그 누구도 나의 눈을 똑바로 바라보려 하지 않았지. 어머니조차 날 외면했어. 제대로 대화를 나눠본 적도 없었어. 그래서 난 더욱 인형들에게 매달렸지. 그들만이 유일하게 나와 눈을 맞댈 수 있는 존재였으니까."

높낮이 없는 어조 속에서 슬픔이 묻어 나왔다. 익숙해진 나머지 고통조차 말라 버린 슬픔의 잔재들이……

"하지만 인형들에겐 빛이 없었어. 따스함이 없었지. 그러다 난 점점 그들에게 온기를 빼앗겼고, 어느 순간 감정도 잃어가기 시작했어. 나 역시 인형이 되어가기 시작한 거야. 아무것도 느끼지 못하는 인형. 그리고 날 두려워하면서도 내 능력을 갈구하는 인간들의 욕망에 슬슬 지쳐 갔지."

유에시스의 서늘한 눈동자와 시로벨의 눈동자가 마주쳤다. 시로벨은 물러서지 않았다. 오히려 저 끝없는 서늘함이 그녀를 잡아당겼다.

"그렇게 죽어가는 날 꺼내준 것이 바로 제린 오라버니야. 처음으로 나의 눈을 똑바로 바라봐 준 사람. 나에게 처음으로 온기가 있는 손을 내밀어준 사람. 그래서 난 오라버니가 무슨 짓을 했더라도 오라버니 편이야. 다른 사람은 몰라도 오라버니는 분명 나를 구해주었으니까."

그녀의 눈동자가 강렬한 빛을 품기 시작하자 시로벨은 뭔가, 기분이 묘해지기 시작했다. 그녀는 왜 자신에게 이러한 얘기를 꺼낸 것이며, 나는 왜 저 이야기에 이토록 가슴이 울렁거리는 거지?

"난 네가 싫어. 오라버니 혼자서 그 기억을 전부 끌어안고 있는 것도 싫어. 넌 아무것도 모른 채 하하호호 하고 있잖아. 너와 오라버니가 계속 얽혀 있으면 분명 한쪽이 무너질 거야. 난 그게 오라버니라고 생각해."

도저히 그녀의 말을 이해할 수가 없었다. 대체 제르린과 시로벨, 이 두 사람 과거에 무슨 일이 있었던 거야?

"네가 여기서 떠날 수 없으니까 오라버니가 떠날 수 있도록 네가 강하게 밀어냈으면 좋겠어. 어차피 다 잊힌 과거고 떠올려 봤자 좋을 것도 없는 기억이니까. 여기서 영원히 묻어버리고 이제 그만 오라버니 놔주라고."

"하아, 솔직히 무슨 말인지 전혀 모르겠습니다만."

"냉정하게 대하라는 거야. 아는 척도 하지 말고, 그냥 밀어내란 말이야. 이건, 내 부탁이야."

시로벨은 깜짝 놀랐다. 저 얼음 공주가 부탁이라는 걸 하다니 말이다. 하지만 유에시스는 진심인 듯, 살짝 입술까지 깨물고서 고개를 숙였다.

"그럼, 비전하께서 제 부탁을 들어주실 것이라 여기고 돌아가겠습니다."

홀로 남은 시로벨은 멍한 시선으로 제게 예까지 갖춰가면서 부탁하고 사라진 그녀의 빈자리를 바라보았다. 이렇게 되니까 점점 더 과거가 궁금해졌다. 다른 의미로 말이다. 그러면서 새삼 온몸으로 깨닫게 되었다.

"……내가 정말 시로벨이 아니라는 사실을 말이야."

그 때문에 어쩌면 누군가가 정말로 상처 받을지도 모른다는 생각이 들었다.

"드래곤에 대한 연구는 아직 멀었나. 제라드라도 찾아가 봐야 하나……."

유에시스가 로제궁에서 나오자 제르린이 그녀를 기다리고 있었다. 눈부신 햇살 아래 그의 미소가 어느 때보다 싱그러워 보였다.

제르린은 유에시스에게 다가가 그녀의 눈을 마주 보면서 그녀의 새하얀 머리카락을 사랑스럽게 쓸어내렸다.

"유에, 왜 거짓말을 한 거야?"

"알고 계셨잖아요."

"그렇긴 하지만, 정말 급한 일인가 해서 말이지."

그녀는 제르린의 손길에 머리카락을 맡긴 채 그의 눈동자를 더욱더 빤히 바라보았다. 그러곤 한결 부드러워진 음성으로 말했다.

"그냥 꼭 하고 싶었던 말을 했을 뿐이에요. 가슴속에 내내 담아왔던 말을."

"그래? 가르쳐 달라고 하면 가르쳐 줄 거야?"

"아니요."

단호하게 말하는 유에시스에 제르린은 서글픈 표정을 지으며 연신 그녀를 찔렀지만, 그녀는 대답 다신 다른 말을 했다.

"오라버니, 오라버니는 내가 부탁하는 건 다 들어준다고 했죠?"

"뭐 부탁할 거 있어?"

"예전에 말했던 거."

그녀의 한마디에 제르린은 뭔가를 떠올리고선 엷은 한숨을 내쉬었다.

"그건⋯⋯."

"날 이곳에서 벗어나게 해달라고. 오라버니랑 같이 멀리멀리 떠나자고 한 거."

"미안해, 유에. 그건 안 될 것 같아. 이번만큼은 시로벨의 곁에서 떠나고 싶지 않아. 그녀가 완전히 행복해 보이면 그때, 그때 가도록 하자."

"오라버니가 생각하는 그 순간이 정말 오긴 하는 거예요?"

"유에시스."

"됐어요. 그만 가볼게요."

유에시스는 그대로 걸음을 돌려 버렸고, 제르린은 그녀의 뒷모습을 어두운 표정으로 지켜보다 이내 고개를 숙여 제 손을 빤히 바라보았다. 예전, 아주 먼 과거에 시로벨도 그에게 저런 말을 했었다. 나를 데리고 도망가 달라고. 이 지긋지긋한 곳에서 도망치게 해달라고. 그렇게 매달렸는데, 그는 지금처럼 고개를 가로저었었다. 그 손을 잡아주지 못했다.

"하아, 난 어쩜 그때나 지금이나 이렇게 한심할까. 하나도 변한 게 없어."

제르린은 눈을 질끈 감고서 주먹을 꽉 움켜쥐었다.

어둠이 내려앉았다. 시로벨은 심란한 마음을 주체하지 못한 채 조세핀 몰래 슬쩍 로제궁을 빠져나왔다.

밖으로 나오자 제법 쌀쌀한 바람이 불었다. 운디네의 눈물이 이제 끝나가고 있었다. 조금 춥기는 했지만, 그래도 머릿속은 조금 맑아지는 것 같았다. 안 그래도 던전에 다녀온 뒤 이런저런 일로 너무 복잡했었으니까.

어느새 시로벨은 빛의 황궁의 정원인 별의 호수에 당도했다. 수면 위, 투명하게 흐르는 별빛 사이로 그녀의 모습이 비쳤다.

아름다운 외모만큼이나 평탄하게, 왕녀로서 사랑받으며 우아하게 살았을 것만 같은데 어쩐지 이 속에 자신이 알지 못하는 뭔가가 있는 것 같았다. 아주 깊은 상처 같은 것. 그렇다면 어딘가 떠돌고 있는 시로벨의 영혼은 더더욱 몸을 되찾고 싶어 하지 않을까?

"하아, 뭘 알아야지 수를 쓰든 말든 하지."

그녀는 호숫가에 쪼그리고 앉아서는 아직도 낯선 얼굴이 물결에 일그러지는 것을 바라보며 자조적인 어조로 속삭였다.

"다른 건 잘만 기억해 내면서 왜 중요한 건 이렇게 새까만 거야. 다른 누구도 아닌 자기 자신의 일이잖아. 나 이래봬도 대한민국에서 꽤 성실했던 형사야. 국민의 힘든 일, 억울한 일 잘 들어주고 해결해 주려고 노력했다고. 내 자랑 같아서 말 안 하려고 했는데, 검거율도 짱 먹을 정도로 해결도 잘했어. 그러니까……."

그녀는 잠시 숨을 길게 삼키고서 속삭였다.

"내가 앞으로 점점 당신한테 더 미안해질 것 같으니까. 그러니까, 혹시 내가 해결할 수 있는 일이면, 그런 일이라면 내가 해줄 테니까. 내가 알아차릴 수 있게 뭔가 신호라도 좀 보내봐."

시로벨은 가슴에 손을 대고 속삭이곤 천천히 자리에서 일어섰다. 그리고 모든 걸 새롭게 다짐하고서, 두 손을 힘껏 올리며 소리를 질렀다.

"아자, 아자!"

"여기서 뭐 하는 거지?"

그때, 갑자기 뒤에서 들려온 목소리에 시로벨은 움찔하고는 슬그머니 고개를 돌렸다. 누구의 목소리인지 단번에 알 수 있었지만, 그래도 아니길 간절히 바랐다. 왜냐? 쪽팔리니까!

하지만 그녀의 시선 끝에 그녀를 바라보고 있는 카헤시온이 있었다. 하늘 위로 손을 번쩍 들고 있는 모습을 아주 수상한 눈빛으로 보고 있긴 했지만.

"하하, 카헬이야말로 여긴 어쩐 일이에요?"

그녀는 자연스럽게 기지개를 쭉 켜는 척하면서 팔을 내렸다. 그 모습을 계속 지켜보던 그의 입꼬리가 슬쩍 올라갔다. 그것을 눈치챈 시로벨의 표정이 일그러졌다. 왜 하필이면 이 타이밍에 나타나느냐 말이다! 던전 사건 이후로 뭐가 그리 바쁜지 코빼기도 안 보였던 주제에! 뭐, 자신이 로제궁 밖으로 나가지 못했던 것도 있었지만, 그래도 이렇게 우연히 보게 되니까 조금은…….

'반갑네.'

카헤시온은 어느새 시로벨의 옆으로 다가왔다. 그러곤 별의 호수 쪽으로 시선을 돌리며 입을 열었다.

"오늘은 셀레룬과 아테미스룬이 합쳐지는 날이지. 10년에 한 번 정도 볼 수 있는 귀한 밤이다."

"에? 그래서 '빙안의 귀공자'께서 달구경 하려고 이렇게 나오신 겁니까? 정말 전혀 안 어울리게 낭만적인 취미를 갖고 계시네요."

"가끔 그대는 참 건방져."

"이젠 익숙해질 때도 됐잖아요?"

"혹 알고 있는가 해서 하는 말인데."

"무엇을요?"

"점점 제르린의 말투와 닮아간다는 것을……."

"카헬! 어떻게 그렇게 심한 말을!"

그 망할 자식과 닮아간다고? 어떻게 그렇게 모욕적인 말을!

시로벨은 카헤시온을 대놓고 째려보았고, 카헤시온은 그런 시로벨을 애써 무시하며 하늘을 바라보았다. 돌아오는 반응이 없자 그녀도 툴툴거리며 고개를 들었다.

호수 위에서 흔들리던 하늘은 진짜 하늘에 비하면 아무것도 아니었다. 신비로운 두 개의 달이 서로를 감싸 안아 뭐라 말로 설명할 수 없는 풍경을 그려내고 있었다. 떨어져 있을 때는 어딘지 모르게 을씨년스럽고 서글퍼 보이던 달빛이 하나가 되었을 때 어쩐지 따스하게 느껴지는 이유는 뭘까?

그때, 카헤시온과 그녀의 두 눈이 허공에서 부딪혔다. 뜨겁게 뒤엉키는 시선 속에서 두 사람의 시선 역시 저기 저 달처럼 서로를 끌어안고 있었다.

"셀레룬과 아테미스룬의 유래를 믿는가?"

"예?"

생각지도 못한 말에 시로벨은 눈을 크게 떴다. 두 달의 유래는 책으로 읽은 적이 있었다. 꽤 절절한 사랑이 담긴 전설이었다. 그런데 갑자기 그 얘기는 왜?

"솔직히 처음 이 이야기를 들었을 때는 허무맹랑한 이야기라고 민 생각했지. 모든 것이 사랑 이래서 데이났다니, 말도 안 되고 지루하기까지 했으니까. 또한 사실이라고 해도 이해하지 못했을 거야. 그런 감정 따위, 알지도 알고 싶지도 않았으니까."

시로벨은 조심스럽게 그의 옆모습을 바라보았다. 아름다운 남자. 그리고 지나치게 차갑고 냉혹한 남자. 그런데 오늘은 어쩐지 그가 조금 달라 보였다. 그때, 그가 고개를 돌려 시로벨의 시선을 사로잡았다. 한순간도 멀어질 수 없게, 지금 이 순간, 오롯이 자신만을 바라보도록.

"하지만 이젠 조금 이해할 수 있을 것도 같군."

"카헬?"

"그 이름을 아는 사람은 별로 없어. 딱히 좋아하는 이름도 아니고. 아니, 오히려 싫어하는 이름이야. 그런데 어느 순간 그 이름이 조금씩 괜찮아지는 것 같아."

그가 조금씩 다가오기 시작했다. 시로벨은 몸을 움직일 수가 없었다. 나직이 내쉬는 그의 호흡이 사슬이 되어 그녀에게로 파고들었다. 어느새 너무나도 가까운 거리에서 그의 목소리가 울렸다. 그런데 이 장면이 어쩐지 낯설지가 않았다.

'굉장히 낯익은데. 뭐지? 뭐야, 대체!'

그의 손길이 그녀의 머리카락을 타고 흘러내리기 시작했다. 손
길이 스치는 자리에서 열기가 피어올랐다. 머리카락을 지난 손끝
이 그녀의 두 볼을 뜨겁게 감싸 안았다. 조금 전까지는 추웠는데,
이젠 아니다. 온몸이 타들어갈 것만 같았다.

"춥겠군."

그는 제 윗옷을 벗어 시로벨의 어깨에 걸쳐 주었다. 그러더니
갑자기 팔을 끌어당기는 바람에 시로벨은 그의 품에 안기고 말았
다. 머릿속에서 종이 울리는 느낌에 시로벨은 말문이 막히고 움직
일 수도 없었다. 그의 심장 소리가 너무나도 가까이에서 들렸다.
너무 기분 좋은 울림. 다른 이의 심장 소리가 이토록 감미로운 음
악처럼 느껴질 수도 있는 건가?

잠시 후, 그가 한 걸음 뒤로 물러났다.

"이제 그만 돌아가도록 해. 조세핀 몰래 나온 것이 아닌가? 이
러다 들키면 꽤 곤란해질 것인데."

"아, 예. 그럼 이만 돌아가겠습니다. 이 옷은."

"아무 때나 직접 가져다 줘."

"예, 그럼 감사히."

시로벨은 여전히 제멋대로 뛰는 심장을 꾹 누르고서 거의 도망
치듯 그 자리에서 벗어났다. 그녀의 뒷모습을 바라보던 카헤시온
은 저도 모르게 짙은 한숨을 내쉬었다. 이렇게까지 자제력이 약
해질 줄은 몰랐다. 하지만 이건 그녀의 잘못도 조금은 있었다. 그
저 10년에 한 번 합쳐지는 두 달의 모습을 보고 싶어서 별의 호수
에 간 것뿐인데, 그곳에 로제궁에 있어야 할 시로벨이 있을 줄은

몰랐다.

그리고 스스로에게 놀랐다. 그녀를 본 순간 너무나도 솔직하게 떠오른 감정. 많이, 보고 싶었다고. 그냥 옆에 있으려고만 했는데, 빤히 쳐다보는 눈빛에 취해서…… 자꾸만 그날의 기억이 떠올라 입술 쪽이 의식이 되었다.

게다가 카헬이라고 부르는 목소리가 유난히 달콤하게 울리면서 결국 어울리지도 않게 두 달에 대한 얘기를 해버렸고, 추울 것 같다는 핑계로 결국 그녀를 안아버리고 말았다.

조금은 더 참을 수 있을 거라 생각했는데. 그럴 수 있을 거라 생각했는데. 그녀에 대한 마음을 인정한 순간부터 감정이 봇물 터지듯 터지면서 스스로를 자제하기가 너무 힘들었다. 특히, 한 번 닿았던 그 입술의 느낌을 온몸이 기억하고선 더더욱 욕심을 내고 있었다.

그는 열망에 젖어든 눈동자로 억눌린 목소리를 힘겹게 내뱉었다.

"미치겠군."

서늘한 바람이 사정없이 밀려들었다. 마치 걸음을 붙잡는 것 같았지만, 그녀는 멈출 수가 없었다. 너무 더웠다. 주변의 공기와 상관없이 몸이 너무나도 뜨겁기만 했다. 머리카락에 와 닿은 손길과 입술을 슬쩍 스치고 지나간 온기, 그의 가슴에서 뜨겁게 뛰어오르던 그 한순간의 느낌까지도.

"으아!"

결국 그녀는 달리던 걸음을 멈춰 세웠다. 멀리서 코끝을 찌르는 장미향이 공기 중에 뒤섞여 흐르고 있었다.

시로벨은 그 자리에 서서 가쁜 숨을 몰아쉬었다. 자꾸만 선명하게 떠오르는 그라는 존재에 얼굴이 시뻘겋게 달아올라 끝내 두 손으로 얼굴을 가려 버렸다.

"으아아아아! 왜 이렇게 부끄러운 거야. 젠장!"

남자에게 그렇게 가깝게 안겨본 적은 처음이었다. 물론 첫 만남에 키스도 있긴 했지만 그건 순식간이기도 했고, 이런 이상한 기분은 아니었다. 그토록 온몸이 떨리는 것인 줄은 몰랐다. 낯부끄러우면서도 가슴이 간질간질하면서도 뭐라 표현하기 어렵지만 그래도 어쩐지 좋은 것 같은……!

"악! 이런 쌍쌍바. 정신 차려라, 한소휘! 뭔 생각을 하는 거야!"

시로벨은 슬그머니 손을 들어 자신의 입술을 마치 범접하지 말아야 할 성역처럼 아주 조심스럽게 쓸어내리고서 깊은 한숨을 내쉬었다. 어느새 그녀의 목소리는 서늘하게 내려앉아 있었다.

"내가 대체 어디까지 당신에게 흔들려야 하는 걸까……."

시로벨은 묵직한 한숨을 내쉬며 로제궁 안으로 들어섰다. 너무 시각이 늦은지라 누구와도 부딪히지 않기 위해 조심스럽게 걸음을 옮겼고, 다행히 아무도 마주치지 않고서 방으로 들어올 수 있었다. 솔직히 너무 이상할 정도로 조용하긴 했지만.

방으로 들어온 시로벨은 곧장 침대 위에 누웠다. 몸은 피곤한데 영 잠이 올 것 같진 않았다. 시로벨은 흐릿한 물빛 눈동자로 허공을 응시했다. 살짝 열린 창문 틈으로 독한 장미향이 느껴지는 것 같기도 했다.

"진짜 조용하네."

"납치하기엔 딱 좋은 분위기네."

그 순간, 어둠 속에서 들려온 낯선 목소리에 시로벨은 재빠르게 몸을 일으켜 세웠다. 열심히 주변을 경계했지만 어떠한 인기척도 느껴지지 않았다. 그만큼 기척을 제대로 숨긴 자.

"누구냐."

"오호? 목소리 한번 끝내주게 살벌하네요. 정체를 숨기는 건 이제 포기하신 모양입니다. 뭐, 처음부터 썩 황자비답지는 못하셨지만."

생각 외로 쉽사리 대답이 들려왔다.

"당장 튀어나와, 쥐새끼처럼 숨어서 좆알대지 말고."

"쥐새끼가 아니라 고양이새끼인데?"

달빛이 스미는 창가로 한 인영이 모습을 드러냈다. 검은 고양이 가면으로 얼굴을 가린 그를 보고, 시로벨은 단번에 저자가 누구인지 알 수 있었다.

"너, 그때 그 반지 도둑?"

"미천한 도둑을 이렇게나 기억해 주시다니. 영광입니다, 시로벨 비전하."

그 빌어먹을 반지 도둑을 이렇게 다시 보게 될 줄이야. 시로벨은 이를 갈았다. 그런데 어쩐지 그때와는 분위기가 조금 달라 보였다.

"이렇게 제 발로 다시 찾아올 줄 몰랐는데?"

"이번엔 제대로 비전하께 볼일이 있어서 말이죠."

고양이가면의 손이 등 뒤로 옮겨지려는 찰나, 시로벨은 그 틈을 놓치지 않고 순식간에 꽃병을 집어 던지고 문을 향해 달렸다.

하지만 고양이가면은 꽃병을 너무나 쉽게 잡아채고는 그것을 다시 시로벨을 향해 집어 던졌다.

그녀의 바로 옆을 스친 꽃병이 문에 부딪쳐 깨지면서 그 파편이 시로벨의 얼굴을 스쳤다.

고양이가면은 꽤나 여유로운 미소를 지으며 그녀의 앞으로 다가왔다.

"하아? 감히 얼굴을 건드려?"

"역시 얼굴은 소중하신가 봐요. 하긴 그렇게 백옥 같은데 흉 지면 쓰나."

"닥쳐! 난 이 얼굴을 솜털 하나까지 보호할 의무가 있다고! 그런데 감히 얼굴에 상처를 내? 죽고 싶냐?"

"그러게 좀 순순히 계시지."

"너 나 납치하려고 온 거 아니야? 그런데 순순히 있으라고?"

"순순히 잡혀주실 거라 생각하진 않았지만, 그래도 서로 거친 방법 쓰면서 그 고운 얼굴 더 흠집나면 안 되잖아요?"

"여기서 더 흠집나면."

시로벨의 눈빛이 번뜩였다. 그녀는 고양이가면의 손목을 붙잡고서 그대로 망설임 없이 복부를 향해 발을 날렸다. 생각지도 못한 공격에 고양이가면이 비틀거렸고, 시로벨은 그 틈에 얼른 거리를 넓혀 뭔가 무기될 만한 것을 찾아보기 시작했다.

고양이가면은 쿨럭이면서 기침을 토하곤 매섭게 그녀를 노려보았다.

"더 놀아드리고 싶지만, 제가 시간이 없어서 말이죠."

고양이가면은 등 뒤에 숨겨둔 단검을 치켜세우며 시로벨을 향해 빠른 속도로 다가섰다. 시로벨은 급한 대로 베개를 들어 검을 막았다. 하지만 베개는 곧 갈기갈기 찢겼고 그 속에 들었던 깃털이 허공에 흩날렸다.

시로벨의 숨소리가 거칠어졌다. 하필이면 블루문을 뺏긴 상태라 이 방에는 무기로 쓸 만한 게 전혀 없었다. 솔직히 지금 이 몸으로 여기까지 버틴 것도 기적이고 용 된 거지. 반대로 저 망할 것은 너무나도 여유로워 보였다. 본 실력은 아예 보여주지도 않은 것 같은 모습. 시로벨은 씩씩거리며 고양이가면을 노려모았나.

그런데 이런 소란에도 불구하고 아무도 오지 않는 것이 이상했다. 뭔가 수를 쓴 모양이었다. 아무도 마주치지 않고 방까지 들어온 것도 영 의아스럽기는 했지.

그럼 뭐야. 꽤 치밀하게 준비했다는 소리인데. 날 납치하는 게 그럴 만한 가치가 있는 일이야? 혹, 내가 납치되면 그에게 안 좋은 영향을 미치는 건가?

"무기도 없이 얼마나 버티시려고."

"네가 바라는 게 그거 아니야? 악취미네. 그보단 날 납치해서 대체 뭘 어쩌려는 거지?"

"납치범이 그런 걸 친절하게 가르쳐 주겠어요? 그보단 이제 그만 끝내도록 하죠."

바람 소리와 함께 고양이가면이 사라졌다. 시로벨은 마음을 단단히 먹었다. 기회는 한 번. 어떻게든 틈을 만들어서 여길 빠져나가야만 했다.

그때, 단검이 시로벨의 어깨 쪽을 노려왔다. 시로벨은 눈을 질끈 감고 어깨를 그대로 내어주었다. 푸욱, 어깨에 박히는 섬뜩한 감촉과 어마어마한 통증에 시로벨은 이를 꽉 깨물며 고양이가면의 손목을 그대로 움켜쥐었다.

"좀 가만있어!"

그러곤 비어 있는 옆구리를 향해 정확히 발을 휘둘렀다. 제법 큰 소리와 함께 고양이가면의 몸이 뒤로 밀려나며 비틀거렸다. 순간적으로 들어간 강한 힘이 먹혀든 것 같았다.

시로벨은 이 틈을 놓치지 않고 눈여겨보고 있던 은촛대를 잡아 고양이가면에게 휘둘렀다. 챙 하는 소리가 났다. 하지만 완전히 막지는 못했는지 가면이 조금 찢어져 드디어 그 얼굴이 보였다.

검붉은빛의 짧은 머리카락 사이로 서로 색이 다른 눈동자가 그녀를 노려보고 있었다.

시로벨의 어깨에서 핏방울이 뚝뚝 떨어졌다. 거기에서부터 시작된 통증이 온몸을 휘감았다.

"하아, 하아, 이제 좀 얼굴 제대로 보려나."

"얼굴엔 상처 나면 안 되고, 몸은 그렇게 막 굴려도 되는 건가요?"

"으윽! 시, 시끄럽고. 도대체 날 납치하려는 의도가 뭐야?"

신비스러운 오드아이 눈동자가 반쯤 감기더니 이내 그녀가 순순히 입을 열었다.

"정확히 말하면 당신이 아닙니다."

"설마. 정말로 카헬, 그 사람을. 그 사람을! 흐윽!"

낭패였다. 참을 수 있을 거라 생각했는데 어깨의 통증이 너무 심해져 이젠 제대로 서 있을 수조차 없을 지경이었다. 마치 그것을 기다린 것처럼 고양이가면은 너무나도 쉽게 그녀를 밀쳤다.

"이런, 젠장……."

"그러게 너무 무리하지 말았어야죠. 그 몸은 아직 당신을 제대로 따라가지 못할 텐데……."

생각지도 못한 한마디에 시로벨은 고개를 번쩍 쳐들었다. 마치 뭔가를 알고 있는 것 같은 그녀의 말에 찬물을 뒤집어쓴 것 같은 기분이 들었다.

"너, 지금, 그게 무슨?"

이젠 말을 하기도 어려울 정도로 통증이 신음으로 내뱉어지고 있었다. 떨리던 숨결이 그녀를 삼키고, 결국 시로벨은 바닥에 무릎을 굽히고 말았다. 뭔가 이상했다. 겨우 칼을 맞은 정도로 이렇게까지 맥을 못 춘다는 건 말이 되지 않았다. 아무래도 단검에 무슨 짓을 한 것 같았다. 시로벨이 입술을 깨물며 올려다보는 것을 고양이가면은 태연하게 바라보았다.

"그러니 잠시 눈을 좀 붙이세요. 어깨는 걱정하지 마시구요. 깨어났을 땐 제로비안 제국일 겁니다. 우리 거기서 사이좋게 차라도 한잔하도록 하지요."

'……제로비안?'

의문을 표할 시간도 없이, 고양이가면은 그녀의 뒷목을 칼집으로 내려쳤다. 시로벨은 그대로 정신을 잃고 말았다. 하지만 기절하는 그 순간에도 그녀는 고양이가면을 노려보며 살벌하게 속삭였다.

"씨발린, 넌 진짜 죽도록 패줄 거야."

고양이가면은 시로벨을 안고서 순식간에 창밖으로 모습을 감췄다. 몸싸움으로 엉망이 된 시로벨의 방 안으로 을씨년스러운 바람이 맴돌고 있을 뿐이었다.

텅 빈 방 안, 그녀의 침대 위에는 작은 쪽지 하나만이 남겨져 있었다.

시로벨 황자비를 데려가겠습니다. —블랙캣

✤　　✤　　✤

제대로 잠을 이루지 못한 카헤시온은 피곤한 한숨을 내쉬었다. 어제 미처 끝내지 못한 일을 마치고, 어떻게든 정신을 차리기 위해 펜을 드는 순간, 열린 창문으로 비둘기가 날아들었다.

흔하지 않은 검은색의 비둘기는 곧장 그의 앞으로 날아와 앉았다. 비둘기의 다리에 묶인 쪽지에 카헤시온의 눈빛이 가느스름해졌다. 그가 쪽지를 풀자 검은 비둘기는 순식간에 다시 밖으로 날아가 버렸다.

그는 비둘기가 사라진 방향을 주시하면서 편지를 펼쳤다. 그러자 매서웠던 눈빛이 차갑게 얼어붙으며 편지를 움켜쥔 손끝이 뻣뻣하게 굳어지기 시작했다.

그때, 다급한 발소리와 함께 거칠게 문이 열리며 하얗게 질린 조세핀이 뛰어 들어왔다.

"저, 전하, 비전하께서!"

"……이 사실을 아는 자가 몇인가?"

조세핀은 카헤시온이 이미 알고 있다고 판단한 것인지 바닥에 무릎을 꿇고 허리를 숙인 채 입을 열었다. 날이 밝자마자 그녀는 시로벨의 방에 들었었다. 어젯밤, 대체 어떻게 된 것인지 기억이 전부 날아가 불안한 마음에 황자비의 상태를 확인하려다가 텅 빈 방과 쪽지를 발견한 것이다.

"저를 제외하고는 아직까지 없습니다."

"지금부터 비는 황궁 밖으로 요양을 간 것이다. 절대 이 사실이 외부로 새어나가선 안 되며, 폐하께서 아셔선 더더욱 안 된다."

기헤시온은 일어나서 자신의 검을 챙기며 명령했다. 하지만 조세핀은 선뜻 그의 명에 수긍하지 못했다.

"하오나 폐하께서 아셔야 하지 않을까요? 만약 비전하께 무슨 일이라도 생긴다면……. 한시라도 빨리 기사단을 파견해……."

"일부러 이렇게 알린 것을 보면 쉽게 비에게 해를 가하지 못할 것이다. 또한 폐하께서 알게 되면 일이 너무 커지게 돼. 자칫하다간 정말로 비가 목숨을 잃는다."

"……!"

"진짜 목적은 비가 아닌 것이겠지."

카헤시온은 침착을 가장했지만 문고리를 움켜쥔 손이 떨려왔다.

조세핀은 그의 뒷모습에서 애써 꾹 누르고 있는 그의 감정을 알 수 있었다. 그렇기에 순순히 그의 명을 따를 수밖에 없었다.

"조심하십시오, 황자 전하."

문이 닫히고, 홀로 남은 조세핀은 눈을 질끈 감았다. 아무 일도 아닐 것이다. 전부 다 괜찮을 것이다. 분명 전하께서 비전하를 지켜주실 것이니.

카헤시온은 그 길로 제라드를 찾았다. 평소 진리의 탑 근처에는 오지도 않는 그가 갑자기 불쑥 나타나자 제라드는 의아한 표정을 지었지만, 이내 서늘하게 가라앉은 그의 눈빛을 보고선 움찔하며 조심스럽게 입을 열었다.

"무슨 일이십니까, 황자 전하."

카헤시온은 대답 대신 다 구겨진 쪽지를 건넸다. 그것을 확인한 제라드의 표정 역시 삽시간에 굳어졌다.

시오벨 황자비를 찾고 싶다면 제로비안으로 와라. 카인 황자 또한 이곳에서 그대를 기다릴 것이다.

"펠리아궁 안으로 들어가야겠다."

뜻밖의 말에 제라드는 당황했다. 하지만 그는 제라드의 반응 따윈 처음부터 관심 없었다. 그의 머릿속에는 어떻게든 펠리아궁으로 들어갈 생각뿐이었다. 대체 블랙캣과 카인 황자 사이에 무엇이 있는지, 그의 진짜 속셈은 무엇인지, 직접 호랑이 굴로 들어가서 파악하는 수밖에 없었다. 펠리아 궁이야말로 카인 황자가 무언가를 숨기기엔 가장 적합한 곳이니까.

"하오나 전하, 펠리아궁은 카인 황자 전하의 허락이 없이는 들어갈 수 없는 곳이라는 걸 잘 알고 계시지 않습니까."

펠리아궁은 그 옛날, 초대 황제가 영토 전쟁 중 드워프들의 땅을 지켜준 은혜로 그들이 대륙 각지에 흩어져 있는 드래곤의 마법서를 찾아 만든 곳으로 용언의 힘이 담긴 곳이었다. 해서 그곳은 정해진 주인의 허락이 있어야 출입할 수 있었다. 궁의 주인은 처음 세워진 이후로 지금껏 황태자에게 넘겨주었는데, 현재는 황태자는 아니지만 카인 황자가 그 주인이었다.

"어떻게든, 안으로 들어가야 해."

카헤시온은 펠리아궁 앞에 당도했다. 펠리아궁은 워낙 경계가 철통같은 곳이라 지키는 기사들도 없었기에 굉장히 한적하고 고요했다.

카헤시온은 천천히 손을 뻗어 녹슨 문고리를 움켜쥐었다.

그러자 그의 머릿속으로 거대한 목소리가 울렸다. 말로만 늘던 펠리아궁의 문지기였다. 카헤시온은 정신을 똑바로 차리고 문고리를 세게 움켜쥐었다.

'새로운 주인이 도착하였구나.'

'새로운, 주인?'

카헤시온의 눈빛이 흔들렸다. 굳게 닫혀 있던 문이 흔들리더니 이내 스르르 열리기 시작했다.

"어떻게 문이……!"

카헤시온은 여전히 손잡이에서 손을 뗄 수가 없었다. 그러자 다시금 문지기의 목소리가 파고들었다.

'건대 주인이 그대를 새로운 주인으로 삼았다. 이제 펠리아궁은, 그대의 것이다.'

"황자 전하? 전하?"

제라드는 넋을 잃은 듯 가만히 서 있는 카헤시온을 흔들었다. 아무래도 문지기의 목소리가 제라드에겐 들리지 않는 듯 했다.

"카인 황자가. 내게 펠리아궁을 넘겼다."

"예?"

카헤시온은 불안감에 흔들리는 시선으로 재빨리 펠리아궁으로 들어섰다. 아무 이유 없이 펠리아궁을 자신에게 넘겼을 리가 없다. 이곳에, 무언가를 두고 간 것이 분명하다.

처음 들어오는 펠리아궁을 살필 겨를도 없이 카헤시온은 카인 황자의 방을 찾아 헤맸다. 그러고는 몇 개의 방을 지나 그의 방을 찾아냈다.

"저곳을 조사한다, 제라드."

"뭔가 시로벨 비전하가 납치된 상황과 관련 있는 것입니까?"

"블랙캣과 카인 황자 사이에 뭔가가 있는 것이 분명해."

카헤시온과 제라드는 카인 황자의 방으로 들어갔다. 빛 한 줄기 제대로 들어오지 않는 곳이었다. 여기저기 어지럽게 흩어진 책들과 이상한 그림들이 뒤섞인 고서들이 종종 눈에 띄었다.

제라드와 카헤시온은 흩어져서 주변을 샅샅이 살폈다. 바닥을 거의 다 덮은 책 더미에서 유일하게 제대로 펼쳐진 책을 발견하였지만 룬어로 쓰여 있어 읽을 수가 없었다. 하지만 혹시 몰라 책을 주우려는 순간, 뭔가를 발견한 카헤시온의 눈빛이 살짝 흔들리기 시작했다.

카펫 위에 탁한 검붉은빛의 얼룩이 있었다.

카헤시온은 손가락으로 그 얼룩을 쓸었다. 그러자 쇠 냄새와 더불어 비릿한 향이 느껴졌다.

“······피?”

그는 바닥에 흩어져 있는 책들을 전부 치우기 시작했다. 바닥의 얼룩은 하나로 이어져 거대한 문양을 그리고 있었다.

카헤시온은 천천히 고개를 위로 올렸다. 역시나 천장에도 이와 동일한 문양이 희미하게 그려져 있었다.

“제라드.”

“네, 진히.”

제라드 역시 뭔가 불길한 느낌에 멍한 눈으로 바닥과 천장의 그림을 번갈아 쳐다보고 있었다.

“이 책, 읽을 수 있겠나?”

카헤시온은 들고 있던 책을 제라드에게 넘겨주었다. 제라드는 표지만 보고도 창백하게 질려서는 저도 모르게 한 걸음 뒤로 물러서고 말았다.

“제라드?”

“그, 그것은 금지된 흑마법서······.”

“내용을 아는 것인가?”

“아닐 것입니다. 그럴 리가 없습니다. 그럴 리가!”

“똑바로 답하라, 제라드!”

제라드는 두려운 시선으로 묵직한 숨을 꾹 삼키며 떨리는 목소리로 한마디를 내뱉었다.

“······마족 소환에 대한 책입니다.”

“하······.”

카헤시온은 실소를 터뜨릴 수밖에 없었다.

그렇다면 카인이 데리고 다니던 흑마법사가 그냥 흑마법사가 아닌 마족이었단 말인가? 이 방 전체에 자신의 피로 소환진을 그려 마족과 계약을 했다? 그렇다면 그날 자신과 싸웠던 의문의 검은 로브의 사내도.

"마족이라니. 하……."

믿을 수 없는 상황에 넋을 놓은 제라드를 뒤로한 채 카혜시온은 펠리아궁을 빠져나왔다.

내게 보이려고 한 것이 이건가. 정말로, 끝장을 보자는 것인가.

그의 눈동자는 담담한 빛을 가장한 채 그 뒤로 지독한 냉기를 머금고서 일렁이고 있었다.

우리의 일에 그녀를 끌어들여 혹여나 그녀의 머리카락 하나라도 다치게 된다면…….

"이젠 정말 끝을 낼 수 있을 것 같군, 너와 나의 이 지긋지긋한 악연의 고리를."

카혜시온은 그 길로 리안 황자를 찾았다. 어느 때와 마찬가지로 수련을 하고 있던 그는 카혜시온의 등장에 검을 내려놓았다.

"무슨 일이냐, 카혜시온?"

"지금 제로비안 제국으로 떠납니다. 그러니 뒤를 부탁드립니다, 리안 형님."

"제로비안 제국? 갑자기 무슨 일로?"

"황제 폐하께선 모르시는 일입니다. 그러니 비밀은 꼭 지켜주십시오."

황제 폐하 몰래 제로비안 제국으로 떠난다라. 자신이 알고 있는 한 카혜시온은 이리 성급하게 몸을 움직일 리가 없었다. 그런데 숨기고는 있지만 눈빛에서 묻어 나오는 초조함. 그만큼 급한 일이라는 것이다. 그리고 위험한.

"블랙캣이 제로비안 제국의 황도에 있다는 정보를 받았습니다. 그리고……."

카헤시온은 잠시 망설이다가 사실대로 털어놓았다. 리안이라면 믿을 수 있는 사람이었다.

"비가 제로비안 제국으로 납치된 상태입니다."

"시로벨 황자비가 납치됐다고?"

"아마도 그들의 소행인 듯싶습니다. 리안 형님만 믿고 떠나겠습니다."

리안은 뒤돌아서려는 동생을 향해 저도 모르게 물었다.

"이번엔 누구를 위해서 제로비안 제국으로 가는 것이냐. 블랙캣? 아니면……."

"이번엔……."

카헤시온의 목소리가 떨렸다. 묵직한 숨소리에는 그리움이 짙게 묻어 나왔다.

"이번엔 벨, 그녀를 위해 가는 것입니다."

✤   ✤   ✤

짙은 어둠 속에 한소휘, 그녀가 서 있었다. 끝이 보이지 않는 터널에 갇혀 아무것도 보이지 않았다. 어둠 속을 헤매는 그녀의 앞으로 낯익은 그림자가 보였다. 아름다운 여인, 시로벨이었다. 그래, 난 시로벨이 아니다. 시로벨이 아니기에 나는 지금, 지금…….

"하아!"

시로벨은 눈을 떴다. 눈을 뜸과 동시에 머리가 찡하니 울려서 인상을 찌푸릴 수밖에 없었다. 꿈속에서 시로벨을 보았다. 이 몸의 진짜 주인을 보는 건 처음인데 이상하게 낯설지가 않았다. 마치 이런 적이 한 번 더 있었던 것 같았다.

"아⋯⋯."

시로벨은 한 손으로 눈을 문지르며 자조적인 미소를 지었다. 이상하게 무서웠다. 그녀를 다시 만난 것이. 도대체 왜? 반가워야 할 일 아닌가. 얼른 그녀를 만나서 다시 내 몸을 되찾고 원래 있던 곳으로 가야 하는데⋯⋯.

"왜 이렇게 껄끄러운 거야⋯⋯."

잠깐, 그러고 보니 나 납치당했던 거 아닌가? 그것도 꿈인가? 하지만 꿈이라고 하기엔 너무 생생했는데? 그러다 그녀는 그제야 정신을 차리곤 주변을 살폈다. 순간, 그녀의 눈앞으로 믿기 어려운 것이 잡혔다. 바로⋯⋯.

"⋯⋯쇠, 쇠창살!"

눈앞에 보이는 금빛 쇠창살에 자리에서 벌떡 일어난 시로벨은 분노를 감추지 못했다. 납치당한 게 확실하다. 꿈이 아니었다. 그런데 그 망할 고양이가 감히 나를!

"새장에 가둬?!"

그녀가 갇힌 곳은 아주 거대한 새장이었다. 고작 새장 주제에 황금으로 만들어진 쇠창살이 무척이나 견고하게 뻗어 있었고, 밑바닥 역시 순금으로 되어 그 위에 고급스러운 융단이 깔려 있었다. 이 세상 가장 호화스러운 새장이라고 감히 단언할 수 있을 것 같았다. 그러나 아무리 최고라도 해도 새장은 새장이었다.

"야! 야! 이 망할 것들아!"

"어머, 우리 비전하께서 드디어 깨어나셨네."

그때, 무척이나 우아한 여자의 목소리가 들려왔다. 시로벨은 잔뜩 성난 표정으로 고개를 돌렸다. 난생처음 보는 여자가 새장 바깥에 서 있었다.

여인은 붉은 가면으로 얼굴을 가리고 있었다. 관능적인 몸매가 두드러지는 드레스 차림에 움직임 하나하나에서 묘한 분위기가 흘러내렸다. 훤히 드러난 어깨 위에는 저를 빤히 바라보고 있는 흰색 원숭이 한 마리가 앉아 있었다.

대체 저것들은 다 뭐야? 그 고양이 가면은 어디 가고 저런 여자가 서 있는 거야!

"너 뭐야?"

"초반부터 너무 건방지네."

"그럼 잡혀온 마당에 예의 따지고 앉아 있겠냐? 그리고 당장 이거나 열어!"

"어머, 순순히 열어줄 거였으면 왜 가뒀겠어?"

붉은 가면의 여자가 천천히 시로벨에게로 다가왔다. 가까이 다가온 그녀에게선 더더욱 묘한 분위기가 흘렀다. 어쩐지 저 붉은 가면 너머의 시선이 차갑게 느껴졌다.

그나저나 다들 왜 저렇게 얼굴을 가리고 있는 거야?

"눈빛 참 마음에 드네."

"너냐? 그 고양이가면한테 나 잡아오라고 명령한 윗대가리가."

이미 품격이고 나발이고 전부 다 내팽개친 시로벨은 원래 버릇대로 험악한 어투로 말했다. 붉은 가면은 그 모습에 피식 웃었다.

"얼굴이랑 참 안 어울리는 재미난 성격이네. 그 성격 감춘다고 힘들었겠어. 아주, 많이."

"잡소리는 치우고. 날 왜 날 잡아온 거지?"

"솔직히 당신의 껍데기는 필요 없어."

"그렇다면 역시 카헬을 노리는 거냐!"

그녀는 천천히 자신의 가면을 벗었다. 길게 늘어진 갈색 머리칼과 위로 올라간 입술 옆으로 찍힌 점이 무척이나 섹시하고 매혹적이었다. 온전히 드러난 얼굴에서 붉은 눈동자가 유독 선명한 빛을 띠고 있었다. 시로벨은 저도 모르게 그 눈빛에 압도당할 것 같았다.

"난 블랙캣의 마스터 붉은 가면. 카산드라라고 불러. 현재는 개인적으로 여러 가지 할 일이 있어서 유유자적한 유희 생활을 포기하고 있지. 당신은 이런저런 목적을 위한 미끼야."

시로벨은 카산드라가 무슨 말을 하는지 이해할 수가 없었다. 카헤시온과는 상관없는 일인지 아닌지도 감이 잡히질 않았다.

"미끼라니. 대체 뭔 소리를 하는……."

"찾아야 하는 녀석이 있는데 꽁꽁 숨어버려서 찾을 수가 없거든. 그런데 너를 붙잡고 있으면 녀석이 나타날 테니까. 넌 거기까지만 알면 돼. 나머진 내가 알아서 할 테니까."

시로벨의 눈빛이 진지해졌다. 저 여자는 자신에 대해 알고 있는 것 같았다. 시로벨이 아닌 진짜 자신을. 분명 쓰러지기 직전 고양이가면이 한 말도 그렇고. 혹시. 혹시.

"……너, 내 이름 알아?"

"시로벨 비전하잖아."

"그 이름 말고."

혹시나 하는 기대와 염려가 뒤섞인 시로벨의 눈을 똑바로 응시하며 카산드라는 매혹적인 미소를 지으며 짧게 속삭였다.

"한소휘?"

심장이 쿵 하고 떨어지는 것 같았다. 이곳에서 저 이름을 듣게 되다니.

"네가 찾는다는 자가 혹시 드래곤인가 뭔가 하는 자야? 날 이렇게 만든 장본인?"

시로벨은 쇠창살을 꽉 움켜쥐었다. 하지만 카산드라는 더는 입을 열지 않았다.

"미안하지만 더는 대답 못 해. 너 역시 아직은 모르고 있는 편이 낫고."

카산드라는 말을 아꼈다. 그녀는 해야 할 일이 있었고, 거기에 시로벨이 필요할 뿐이었다. 그 이상은 관여할 수 없는 문제였다.

"내 일인데 그게 무슨 말이야! 대답해! 얼른 대답하라고!"

카산드라는 그녀에게 등을 보였다. 그러곤 여유로운 손길로 자신의 원숭이를 쓰다듬으며 속삭였다.

"지금쯤 두 황자님이 열심히 달려오고 있겠지? 그러니까 넌 그냥 얌전히 기다리기만 하면 돼. 어쩌면 이번 일의 끝에 네가 알고 싶어 하는 걸 알게 될지도 모르니까."

그러곤 카산드라는 유유히 모습을 감춰 버렸다.

시로벨은 분을 삭이지 못하고 쇠창살을 흔들어댔지만 소용없었다.

그때, 그녀의 앞으로 검은 그림자가 나타났다. 시로벨이 천천히 고개를 들자 그곳엔 고양이가면이 서 있었다.

"하……. 이번엔 너냐? 너도 뭔가 알고 있는 거지. 그렇지?"

"하지만 대답해 줄 수는 없습니다."

"그렇겠지. 윗대가리가 대답을 안 하는데 그 아래 졸병이 무슨 할 말이 있겠어. 내가 여길 직접 나가서 그 윗대가리를 제대로 족치는 수밖에 없지. 그리고 넌."

순간, 그녀의 눈빛에서 제대로 살기가 뻗어 나오면서 짧게 내뱉은 목소리가 한없이 싸늘했다.

"일어나면 내가 패준다고 했지? 각오해."

고양이가면은 그런 그녀의 말에 어쩔 수 없다는 표정을 지으며 주머니에서 열쇠를 꺼내 그녀에게 던져 주었다.

"당신이 여길 나가는 건 자유입니다. 하지만 분명 후회할 거예요. 난 분명 경고했어요."

"뭐?"

하지만 시로벨이 무슨 말을 하기도 전에 고양이 가면은 순식간에 모습을 감췄다. 시로벨은 고양이가면이 던져준 열쇠와 새장 밖을 번갈아 보았다. 그러다가 이내 결심하곤 자리에서 일어났다.

"일단 여길 빠져나가고 보자."

고양이 가면이 던져준 열쇠로 새장 문을 열고 빠져나온 시로벨은 주먹을 불끈 쥐곤 정면을 똑바로 바라보았다.

"……어쩌면 내겐 기회일지도. 전부 다 알아내고 말겠어."

천천히 방문을 열고 밖을 내다본 그녀의 표정 위로 당황스러운 감정이 스쳤다.

"문이…… 또 있네."

문을 열자마자 보이는 것은 바로 수십 개의 또 다른 문들이었다. 시로벨은 황당해서 그 문들만 멍하니 바라보았다.

"빌어먹을!"

시로벨은 욕설을 내뱉으며 머리를 쥐어뜯었다. 어쩐지 순순히 열쇠를 주더라니. 이걸 믿고 그런 모양이었다.

고양이 가면은 카산드라를 바라보며 다소 걱정스러운 어조로 입을 열었다.

"분명 탈출할 겁니다."

"당연히 하겠지. 열쇠까지 손수 쥐어줬는데."

그녀는 흥미가 가득 담긴 눈빛으로 상큼하게 외쳤다.

"길들이는 거야! 저런 성격은 가만히 있으라고 말해도 절대로 안 듣거든. 차라리 몸소 느껴봐야지. 그래야 얌전해지지. 그리고 너도 알잖아."

카산드라의 붉은 입술이 호를 그렸다.

"이곳은 복잡한 트릭 마법이 깔린 곳이야. 절대로 빠져나가지 못할 거라고."

❧　　　❧　　　❧

제라드의 도움으로 말에 마법을 걸어 속도를 높인 카헤시온은 한시도 쉬지 않고 제로비안 국경을 향해 달렸다. 흑빛 머리칼은 흙먼지에 뒤덮여 제 빛을 잃었고, 얼굴엔 피곤한 기색이 역력했지만 그의 눈빛만큼은 그 어느 때보다 강렬한 감정에 물들어 있었다. 국경을 지나면 황도까지는 산을 넘어야만 했다. 마법진을 통했다면 더 빨리 도착하겠지만, 폐하께 들킬 염려가 있었기 때문에 어쩔 수 없이 몸이 고생해야만 했다.

카헤시온은 마법 탓에 평소보다 더 지친 말의 머리를 쓰다듬어 주면서 강가에 멈춰 섰다. 황도에 도착하면 그때부터가 문제였다. 제로비안 황도를 무작정 돌아다닐 수는 없는 노릇이었다. 그렇다고 지금까지 흔적조차 찾을 수 없었던 블랙캣의 본거지를 쉽게 찾을 수 있을 리도 없었다. 샤우엔에게 도움을 청하자니 자칫하면 외교적인 문제로 번질 위험이 있어 그럴 수도 없었다.

"하아……."

말이 물을 마시는 사이 카헤시온은 주머니에서 무언가를 꺼내 꽉 움켜쥐었다. 그녀가 주었던 브로치를 그는 지금껏 단 한 순간도 품에서 떼어놓은 적이 없었다.

"날 떠나지 않는다고 했으니까. 분명 무사할 거라고, 그리 믿을 것이다."

그는 다시금 말을 재촉해 달렸다. 그녀를 믿는 만큼 그도 자기 자신을 믿어야만 했다. 반드시 찾을 수 있을 것이라고, 다시 그녀를 만날 것이라고. 그렇게…….

황궁을 떠나 하루 하고도 반나절이 지나서야 카헤시온은 국경을 넘었다. 이제는 제로스 산맥을 넘어야만 했다. 하지만 오늘은 더 이상 움직일 수가 없었다. 말이 너무 지쳐 있었다. 카헤시온이 영 못 마땅한 표정으로 말에서 내리려는 순간, 그의 앞으로 기사가 나타나 고개를 숙이며 예를 취했다. 그들의 가슴에는 샤우엔의 직속을 상징하는 문장이 찍혀 있었다.

"제로비안 제국을 방문해 주셔서 영광입니다, 카헤시온 황자 전하."

"내가 온다는 걸 어떻게 안 거지?"

카헤시온의 차가운 음성에 기사가 조금 당황하여 얼른 사정을 설명했다.

"며칠 전 황태자 전하께 편지를 보내지 않으셨습니까? 오늘 국경에 도착한 것이라고. 마법진을 통하지 않고 오시는 것을 전하께서도 의아해하긴 하셨지만……."

편지라는 말에 카헤시온의 입가에 싸늘한 냉소가 스쳤다. 제로비안 황궁으로 끌어들이려는 그들의 목적이 훤히 들여다보였다.

평소 같으면 정체를 알 수 없는 자들의 손바닥에서 놀아나는 것을 결코 용인하지 않았을 테지만, 카헤시온은 이번만큼은 그런 것을 생각하지 않으려 했다. 초대를 한다면 응할 수밖에. 그들의 손에 시로벨, 그녀가 있으니까.

카헤시온은 기사와 같이 온 황궁 마법사들의 회복 마법을 받아 몸을 회복한 뒤 샤우엔이 준비해 둔 다른 말로 갈아탄 후 산을 넘고 황도로 향할 수 있었다.

황도로 향하는 길 위는 사람들로 북적였다.

"꽤나 어수선하군."

"예술제와 성령제가 동시에 열리는지라, 황도로 향하는 사람들이 많습니다. 전하께선 꽤 좋은 날에 오신 거랍니다. 저희 제국에선 두 번째로 큰 축제니까요."

기사의 말에 카헤시온은 무심하게 고개를 끄덕였다. 사람들이 많아지면 그만큼 움직이기 쉬워지고, 모습을 감추기도 편할 터다.

그렇다면 이날을 노리고 오래전부터 준비했다는 뜻이기도 하기에 카헤시온은 짐짓 표정을 굳힌 채 먼 곳을 응시했다.

'대체, 무슨 일을 벌이고 있는 것이냐.'

⚜　　⚜　　⚜

이번 예술제에서 아리아를 부르게 된 코넬리아는 가르침을 청한 공작부인의 집에서 하루를 꼬박 머무르며 노래 연습을 하고 있었다.

"괜찮았나요?"

"물론이죠. 황녀마마의 음색은 그 누구도 따라올 수 없을 거랍니다."

부인의 말에 활짝 웃어 보이는 그녀의 모습은 너무나도 아름답고 우아했다. 하루 종일 연습에 매진하느라 쉬지도 않았지만 말간 얼굴엔 생기가 가득했다.

공작부인은 청아한 목소리로 아리아를 부르는 황녀를 흐뭇하게 바라보았다. 그녀는 언제나 모든 일에 최선을 다했다. 모친이 세상을 떠난 지 얼마 되지 않아 언니마저도 그리 허망하게 잃었으면서도, 제국의 황녀로서 나약한 모습을 쉬이 보일 수 없다며 슬픈 내색조차 하지 않았다. 지금은 비어 있는 황후 자리를 대신하고 있는 황태자비를 최선을 다해 보필하고 있었다. 내면만 아름다운 것이 아니라 외면까지도 어여쁘고 강한 모습이 너무나도 대견하고 기특했다.

"오늘은 황궁으로 귀환하시는 것이지요?"

"부인도 같이 가시겠어요? 저를 위해 수고해 주셨는데 제 궁에서 식사를 대접하고 싶어요."

"아니요, 말씀은 감사하지만 전 조금 쉬고 싶네요."

코델리아는 걱정스러운 눈빛으로 부인의 주름진 손을 살며시 잡았다.

"제가 너무 피곤하게 해드렸나 봐요. 괜찮으세요? 치료사를 불러 드릴까요?"

"너무 걱정하지 마세요, 황녀마마. 한숨 자면 괜찮아실 거네요."

"그래요, 그럼 어서 쉬세요."

코델리아는 서둘러 주위를 정리했다. 부인은 그런 그녀를 바라보며 은근슬쩍 운을 띄웠다.

"그런데 황녀마마께 아직 혼담은 오가지 않는 건가요?"

혼담이라는 말에 코델리아는 잠시 움찔하다 이내 엷게 웃으며 고개를 가로저었다.

"아직은 아바마마 곁에 있어드리고 싶어요. 어마마마께서도 안 계시는데 저마저 곁에 없으면 외로우시잖아요. 오라버니들은 항상 바쁘고 언니마저 세상에 없는데……."

"혹여 마음에 담으신 분은 계신 건가요?"

코델리아는 그저 미묘한 미소를 지었다.

"글쎄요……."

그때, 노크 소리와 함께 코델리아 황녀의 직속 시녀가 들어와 고개를 숙였다. 공작가에 있을 때는 급한 일 아니면 찾지 말라고 했는데, 이리 무례하게 찾아온 것을 보면 황궁에 무슨 일이 생긴 것 같았다.

"무슨 일이야? 혹 황궁에 무슨 큰일이라도……."

"아, 아닙니다, 황녀마마."

"그럼 대체?"

"황궁에 마티디안 제국의 카헤시온 황자 전하께서 와 계십니다. 황태자 전하께서 이를 황녀마마께 전해 드리라고……."

시녀의 한마디에 코델리아는 그만 쥐고 있던 악보를 놓쳐 버리고 말았다. 그녀는 바닥에 악보가 쏟아졌다는 사실조차 자각하지 못한 채 떨리는 음성으로 다시 한 번 되물었다.

"카헤시온 황자님께서 지금 황궁에 와 계신다고?"

"그러합니다. 황태자 전하를 만나기 위해 방문하셨다고 합니다."

공작부인은 코델리아의 반응에 묘한 표정을 지었다. 떨리는 눈동자 속에선 뭐라 표현할 수 없는 감정이 복잡하게 흐르고 있었다. 공작부인은 그 눈빛에서 기쁨을 읽었다. 말로 다 표현하지 못할 설렘과 기쁨이 그 안에 있었다.

코델리아는 부인에게 인사를 하며 다급하게 몸을 움직였다.

"부인, 오늘 너무 감사했어요. 그럼 예술제에서 뵙도록 하죠."

"그렇게 하겠습니다, 황녀마……."

공작부인이 말을 끝내기도 전에 코델리아는 급하게 방을 빠져나갔다. 그녀의 뒷모습을 바라보며 공작부인은 피식 웃을 수밖에 없었다.

"마음에 담으신 분이 계시군요. 한데 참 힘든 분을 담으셨으니. 부디 너무 아파하지 않았으면 하네요."

달리는 마차 안에서 코델리아는 떨리는 마음을 진정시키기 위해 노력했다.

마티디안 제국을 떠난 이후 다시 만날 기약이 없어 얼마나 초조했었던가. 그런데 그가 지금 이곳에 와 있다. 이렇게나 가까이에 와 있는 것이다.

드디어 마차가 멈춰 서고, 마부가 문을 열어주기도 전에 먼저 내려선 그녀는 황녀로서의 품위도 잊은 채 뛰어갔다. 하지만 다급함이 앞선 탓일까? 너무 서두르다가 코델리아는 그만 휘청였고, 이내 그녀의 몸이 앞으로 엎어지려 했다.

"꺅!"

꼼짝없이 넘어지겠구나 싶었던 그 순간, 누군가 단단한 손길로 그녀를 붙잡아 세웠다.

코델리아는 떨리는 숨을 내쉬며 천천히 고개를 들었다. 저를 잡아준 사람은 바로 그녀의 심장을 뛰게 만드는 사람, 카헤시온, 그였다.

그는 무심한 시선으로 그녀를 바라보고 있었다. 코델리아는 그의 시선에 사로잡혀 어쩔 줄 몰라 하다가 아직도 그에게 잡혀 있다는 것을 알아채곤 화들짝 놀라며 얼른 몸을 일으켜 세웠다.

"급한 일이 있는 것이오?"

"아, 아닙니다."

코델리아는 얼른 헝클어진 옷매무새를 고치고선 살며시 고개를 숙였다.

"여기서 뵙게 될 줄은 정말 몰랐습니다."

"갑자기 일이 이렇게 되었소."

그녀는 천천히 고개를 들어 그와 눈을 마주했다. 한없이 까맣고 깊은 눈동자에 코델리아는 이번에도 사로잡히고 말았다. 매번 느끼는 것이지만, 그의 눈빛은 항상 읽을 수도 없을 만큼 단단하기만 했다.

"혹시, 내일 예술제에도 오시는 건가요?"

혹시나 하는 기대를 품은 목소리가 떨렸다. 카헤시온은 잠시 한숨을 내쉬더니만 대답했다.

"어쩌면……."

"꼭, 와주셨으면 좋겠어요."

코델리아는 용기를 끌어모아 요청했고 카헤시온은 망설이다 이내 고개를 끄덕였다. 코델리아의 얼굴에 환한 미소가 스쳤다.

자신의 궁으로 데려다 달라는 핑계로 코델리아는 짧은 시간이지만 그와 함께 밤길을 걸었다. 그는 아무 말도 하지 않았지만 그녀는 그저 이렇게 그와 함께 있는 것만으로도 행복했다. 하지만 어쩐지 달라진 듯한 그의 분위기가 마음에 걸렸다. 다정해졌다고 해야 할까? 부드러워졌다고 해야 할까? 하지만 코델리아는 애써 외면했다. 지금의 이 행복을 절대로 깨뜨리고 싶지 않았으니까.

코델리아 황녀의 요청을 뿌리치지 못하고 그녀를 궁으로 데려다준 뒤 카헤시온은 샤우엔 황태자가 마련해 준 궁으로 걸음을 옮겼다. 고된 일정으로 피곤이 몰려들었지만 그는 결국 잠을 이루지 못한 채 바깥만을 맴돌았다. 샤우엔 황태자는 고맙게도 이곳으로 온 별다른 이유를 묻지 않았다. 유학시절부터 서로 꽤 오랜 시간을 지낸 탓에 서로 해야 할 말과 하지 말아야 할 말을 구분할 수 있게 된 덕도 있었다.

주변은 적막했다. 그 덕분에 아무것도 생각하지 않고 오직 그녀만을 떠올릴 수 있었다. 무사한 모습. 건강한 모습. 아무 탈 없는 모습. 틱틱대고 툴툴대면서도 환하게 웃는 그러한 모습.

"……보고, 싶은 건가……."

애써 꾹 눌러두었던 감정이 저도 모르게 입 밖으로 새어나왔다. 간절한 마음이 물밀듯 밀려들었다. 그는 천천히 주머니 속에서 브로치를 매만지고 있었다.

맑은 밤하늘. 셀레룬과 아테미스룬의 달빛 속에 사로잡혀 가는 이 시간. 그의 입에서 다시금 간절한 마음이 새어 나왔다.

"보고 싶구나……."

❧　　　❧　　　❧

스무 번째 문을 열고 다시 제자리로 되돌아왔을 때, 시로벨의 표정은 금방이라도 살인을 저지를 듯 살벌하기 그지없었다. 여는 문마다 온갖 이상한 것들이 튀어나오는 바람에 깨끗했던 옷은 그을리고, 찢기고, 거의 넝마 수준이 되었고, 탐스럽던 붉은 머리칼은 먼지와 땀에 뒤엉켜 흡사 뭉쳐 놓은 털 뭉치를 보는 듯했다.

"……어쩐지 열쇠를 쉽게 주더라. 이렇게 나오시겠다?"

하지만 포기란 단어를 용납하지 못하는 그녀는 새로운 문 앞에 서서는 깡으로 뭉친 의지를 불태우며 물빛 눈동자에 더더욱 힘을 주었다.

"그래, 어디 누가 이기나 보자고. 수백 개든 수천 개든 전부 다 열어보고 말 테니까!"

이 문 너머에서 또 무엇이 튀어나올지 모르지만 시로벨은 과감하게 문고리를 잡아당기면서 생각했다. 만약 여기서 정말로 탈출해 바깥으로 나가게 된다면, 가장 먼저 그가 보고 싶을 것 같다고. 혹시나 나를 걱정했다면, 나는 괜찮다고 그렇게 말해주고 싶은데…….

하지만 방문을 열자마자 그런 감성적인 생각은 순식간에 잊히고 말았다. 제 눈앞에서 이빨을 드러낸 채 자신을 노려보고 있는 식충식물들로 인해서 말이다.

❦　　　❦　　　❦

공작부인은 걱정스러운 얼굴로 코델리아에게 시원한 물 한 잔을 건네주었다. 바로 오늘이 예술제인지라 공연 전 푹 쉴 거라 생각했는데 코델리아는 이른 아침부터 찾아와 연습에 매진했다.

"너무 무리하시면 안 됩니다."

"아직은 부족한 것 같아서요."

"하지만 너무 많이 연습하다가 도리어 목소리가 제대로 나오지 않을 수도 있답니다."

그녀는 물을 마시고서 부인의 염려를 달래주었다.

"걱정하지 마세요. 그 정도로 무리하진 않고 있으니까. 오늘이 어떤 날인데, 그런 실수를 할 수는 없죠."

"갑자기 왜 이러시는지 이유를 물어도 될까요?"

코델리아는 부인을 향해 엷은 미소를 지었다.

"노래를 들려주고 싶은 사람이 있어요. 어쩌면 제게 아주 중요한 순간이 될지도 몰라요. 그러니까 할 수 있는 한 최선을 다할 거예요."

"한 사람을 위한 아리아라……. 멋지군요."

"그 사람도 그렇게 생각해 주면 좋을 텐데요."

코델리아는 간절함을 담아 빌었다. 오늘의 주인공이 자신이 될 수 있도록. 그가 오늘 밤 눈에 담는 사람이 오직 저뿐이기를.

날이 저물자 한밤의 예술제를 위한 불꽃이 하늘 가득 피어났다. 황궁악사들의 우아한 선율을 시작으로 수많은 악사들이 자신만의 색으로 예술제의 밤을 좀 더 풍성하게 이끌었다.

혹시 이곳에서 단서를 얻을 수 있지 않을까 하는 마음에 예술제에 참석한 카헤시온은 하루 종일 거리를 돌아다녔지만 별다른 단서를 찾지 못한 채 초조해했다. 이대로 그들이 나타나기만을 마냥 기다려야 하나 싶어 답답해졌다.

그때, 우아하게 뻗어가던 선율이 갑자기 정열적인 음을 토해내며 울리기 시작했다. 카헤시온은 무심코 눈길을 음악이 들리는 쪽으로 향했고, 그곳엔 고양이 가면을 쓴 여인이 매혹적인 춤사위를 보이고 있었다. 음악 속에 흔들리는 우아한 손짓, 휘날리는 머리카락, 움직임 하나하나가 유혹하는 듯 치명적인 매력을 뿜어내고 있었다.

하지만 카헤시온은 그런 것보다 가면 속에서 날카롭게 빛나는 눈동자가 더 마음에 걸렸다. 마치 이 공간에 자신과 저 여자만 있는 것처럼 묘한 힘이 느껴졌다.

마침내 음악이 멎고 여인의 춤 또한 멎자 사람들은 열광하며 그녀의 또 다른 춤을 원했다. 하지만 여인은 잠깐 동안 카헤시온을 빤히 바라보더니, 순식간에 모습을 감춰 버렸다.

"저 여자가 맞지?"

"그래. 며칠 전에 갑자기 나타난 의문의 집시. 춤 솜씨만큼은 환상적이라더니 그 말이 참이었군."

"저 춤사위 하며 손짓까지, 분명 기가 막힌 미인일 거야."

"당연한 소릴! 하하하!"

카헤시온은 사람들의 이야기를 들으며 경계심 가득한 눈초리로 여인이 사라진 방향을 바라보았다.

사람들의 시선에서 순식간에 사라진 여인은 만족스러운 미소를 띠며 고양이 가면을 벗었다.

"잘 빌렸다."

"작전은 성공하셨습니까?"

붉은 가면을 다시 쓴 카산드라는 고개를 끄덕이며 피식 웃었다.

"나의 환상적인 춤 솜씨가 어딜 가겠니? 확 사로잡았지. 훗, 아무튼 지금쯤 그쪽도 도착해 갈 테고, 넌 내가 지시한 대로 카헤시온 황자를 반드시 데려와야 한다."

"알겠습니다, 카산드라 님."

카산드라는 하얀 원숭이의 목에 걸린 목걸이를 소중히 감싸고서 그 자리에서 모습을 감췄다.

짙은 어둠이 내려선 숲길에 두 인영이 들어섰다. 둘 다 어둠에 익숙한 듯, 까만 로브를 입은 채 능숙하게 말을 몰고 있었다.

한참을 말없이 달리던 둘은 마침내 목적지에 도착해 말을 멈췄다. 무척이나 낡은 오두막 앞이었다.

키가 큰 남자가 미심쩍은 목소리로 입을 열었다.

"성녀 여기기 맞습니까?"

"눈으로 보이는 것만 믿지 마. 특히 마법사들이 보여주는 것은 더더욱."

남자가 로브를 벗었다. 어둠 속에 황금빛의 머리카락이 드러났다. 서글서글한 눈빛 속에 잔혹함과 매서움을 숨기고 있는 남자. 마티디안 제국의 제1황자 카인 벨베로쳐 마티디안. 그는 손으로 오두막의 문을 쓸어내리며 아직까지 로브를 벗지 않은 다른 남자를 향해 물었다.

"그냥 열면 되는 겁니까?"

"비켜봐."

남자는 천천히 손으로 오두막의 문을 더듬으며 복잡한 마법진을 펼치기 시작했다.

"생각보단 허술하군. 아니면 우릴 기다리고 있는 건가?"

그는 툴툴거리며 문고리를 잡고 당겼다. 그리고 그 안은 오두막의 내부가 아닌 또 다른 공간이었다. 수백, 수천 개는 될 것 같은 문들이 그들을 기다리고 있었다.

"……이게 도대체?"

"허술하단 말 취소해야겠네. 완전 악취미로군."

카인과 로브의 남자는 오두막 안으로 들어섰다. 그들을 삼킨 문은 기다렸다는 듯이 쾅 하고 닫히면서 그들의 흔적을 지워 버렸다.

❦　　❦　　❦

 예술제의 밤은 깊어가고, 드디어 마지막 순서로 별의 아리아를 부르기 위해 코델리아가 모습을 드러냈다.

 짙은 푸른색 드레스엔 은은하게 보석이 뿌려져 있어 걸음마다 빛이 반짝였다. 긴 머리카락을 장식한 백합은 그 자체로 그녀를 상징했다.

 코델리아는 수많은 사람들 가운데 오직 한 사람을 찾기 위해 고개를 이리저리 움직였다. 그리고 그녀의 시선 끝에 카헤시온, 그가 정말로 와 있었다.

 "황녀마마, 시작할까요?"

 "그래."

 코델리아는 고개를 끄덕여 신호를 보낸 후 심호흡을 길게 했다. 주변이 조용해지면서 아련한 피아노와 바이올린의 선율만이 앙상블을 이루며 흐르기 시작했다. 그리고 이어 코델리아의 맑고 청아한 소프라노가 피아노와 바이올린 위로 울렸다. 별들이 속삭이는 듯, 그녀가 담은 노래는 달콤한 사랑을 말하는 세레나데였다.

 카헤시온은 코델리아의 시선을 느끼지 못한 채 노래가 시작되자마자 다른 생각에 잠겨 버렸다. 아련히 떠오르는 기억이 있었다. 지금처럼 수많은 별들이 쏟아지고, 셀레룬과 아테미스룬이 하나가 되던 그 밤, 그림처럼 서 있던 시로벨이 있었다.

와 닿았던 온기, 깊게 내쉬었던 숨결. 떠올리면 달콤하기만 하던 그 밤의 기억에 어느새 그의 눈빛이 아련해졌다. 코델리아는 보이지도 않고 그의 앞엔 시로벨의 모습만이 가득 차올랐다. 그는 저도 모르게 엷은 미소를 그렸다. 누군가 저를 보며 두근거리며 가슴 떨려 하는 사람이 있다는 것도 모른 채. 코델리아는 마지막까지 최선을 다해 자신의 마음을 노래하고 있었다.

무대를 내려온 코델리아는 사람들이 몰리자 그들을 피해 카헤시온의 손을 과감하게 붙잡았다. 그는 사람들의 시선이 자신 쪽으로 향하자 하는 수 없이 그녀를 이끌고서 그곳을 빠져나왔다.

"대체 지금……."

"오늘 꼭 황자님께 해야 할 말이 있습니다."

"얘기는 황궁에 가서도……."

"아니요! 지금 해야만 해요."

코델리아는 결심에 찬 얼굴로 카헤시온을 꽉 붙잡았다. 카헤시온은 초조했지만 어쩔 수 없이 고개를 끄덕였다.

"하시오."

"여기서 말고, 저를 따라오세요."

잠시 후 두 사람은 인적이 드문 바닷가 절벽 앞에 섰다. 낮에 보았다면 그것대로 절경이었을 테지만 밤에는 바닷바람이 제법 거세게 불어 위험해 보였다.

"대체 왜 이렇게 위험한 곳까지 온 것이오?"

"이곳은 황도에서 별이 제일 잘 보이는 곳이에요. 또 제가 카헤시온 황자님을 처음 본 곳이기도 하고요."

그녀의 말에 카헤시온은 옅은 한숨을 쉬고서 하늘을 올려다보았다. 수만 개의 별들이 금방이라도 바다 위로 쏟아질 듯 장관을 이루고 있었다. 그날과 마찬가지로, 이곳은 변한 것이 없었다.

코델리아는 그와 정면으로 마주하고 섰다. 달을 등진 터라 그림자가 그녀의 얼굴을 가렸다. 거세게 몰아치는 바람이 그녀의 심장 소리 역시 숨겨주었다.

"기억하고 계신가요? 여기서 황자님을 처음 뵈었죠. 그리고 저를 살려주셨어요."

출렁이는 밤바다를 닮은 그의 눈동자가 그녀를 응시했다. 서늘한 바람결에 그의 체취가 느껴지는 듯했다. 그는 역시 밤과 잘 어울렸다. 처음 그를 보았을 때에, 코델리아는 그가 이 세상 사람이 아닌 줄만 알았다. 자신이 벌써 죽어버린 줄만 알았다.

"누구나 그렇게 했을 것이오. 또한 황녀께선 샤우엔의 누이이기도 하니까."

"물론 누구나 그렇게 했을 테지만, 그 수많은 사람들 중 황자님께서 이 자리에 계셔서 절 구해주신 거잖아요. 전 그 모든 게 우연이라고 생각하진 않아요."

그녀는 새까맣게 휘몰아치는 파도를 응시했다. 그 옛날, 어머니를 잃은 충격에 코델리아는 이 절벽에서 스스로 몸을 던지려 한 적이 있었다. 황녀로서 슬프지 않은 척, 괜찮은 척했지만 하나도 괜찮지 않았다. 오히려 아무렇지 않은 척했기에 그 슬픔을 더더욱 이겨낼 수가 없었다. 그때 그녀를 구해준 것이 당시 제로비안으로 유학을 왔던 카헤시온이었다.

그는 자신을 구해주면서 동시에 뺨을 때렸었다. 정신 차리라고. 지금 한 나라의 황녀가 이 무슨 짓이냐고. 목숨을 그리 쉬이여기는 것이냐고.

차디찬 그의 한마디에 정신이 확 들었었다. 그때의 그의 표정을 잊을 수가 없었다. 그의 떨리는 눈동자를 잊을 수가 없었다. 그 일을 아는 사람은 오직 자신과 카헤시온뿐이었다. 그는 자신을 위해서 지금껏 비밀을 지켜주었다.

그때부터였다. 그를 마음에 담은 것은. 오라버니의 친한 벗이기에 그것을 핑계로 누이처럼 다가갔고, 점점 마음이 걷잡을 수 없이 커지면서 그의 여인이 되고 싶었다. 하지만 언니가 어머니를 따라 병으로 목숨을 잃으면서 제1황녀의 자리를 지켜야 했기 때문에 카헤시온을 향한 마음을 드러낼 수 없었다. 마티디안 제국 내에서 위치가 불안정한 카헤시온의 아내가 될 수 없었다. 그것이 그녀에게 얼마나 뼈아픈 상처인지 그 누구도 모를 것이다. 하지만 이젠 더 이상 참고만 있을 수 없었다.

"고맙습니다."

"벌써 오랜 일이오. 바닷바람이 찬데 그만……."

"그때부터였습니다, 제 마음에 당신을 담은 건."

뒤돌아서려던 카헤시온은 문득 걸음을 멈춘 채 코델리아를 바라보았다.

어둠 속에 휘늘어지는 달꽃처럼, 그녀는 용기를 내어 그 빛을 품고서 그에게 한 발, 한 발 다가서기 시작했다.

"그날, 마티디안 제국을 떠나기 전 황자님께 남겼던 말에 거짓은 없었습니다. 단 한 순간도 카헤시온, 당신을 사랑하지 않은 적이 없었어요."

수많은 시간 동안 단 한 번도 변하지 않았던 소중한 마음. 비록 그는 다른 여인의 남편이 되었지만, 그것은 그저 겉으로 드러난 관계일 뿐. 저 마음에 담긴 여자는 아직 아무도 없었다. 그의 옆자리는 아직 텅 비어 있는 것이나 마찬가지였다.

"당신을 사랑해요."

그렇기에 코넬리아는 저 마음에 담길 여자가 자신이길, 그가 진심으로 사랑할 여인이 자신이 되길 진정한 그의 옆자리에 자신이 설 수 있기를 간절히 바랐다.

카헤시온을 휘날리는 바람 속에 애처롭게 서 있는 코넬리아를 바라보았다. 조그맣던 아이가 저만치 자라서 용기 있게 마음을 고백하고 있었다. 어찌 보면 자신보다 더 나아 보이기도 했다. 그렇기에 저 용기 있는 고백에 카헤시온은 진심으로 솔직하게 마주할 생각이었다.

"코넬리아, 네가 예전에 내게 물었던 질문. 다시 물어볼 수 있겠니?"

마치 아주 오래전 오라버니와 누이처럼 지내던 그때로 돌아간 듯한 말투에 그녀는 당황스러움과 동시에 불안함을 느꼈다. 그러곤 본능적으로 입술을 깨물며 고개를 가로저었다.

"기억 안 나요."

"기억하고 있을 거야."

"안 나요. 그런 거 기억 안 나!"

"난 아직은 믿지 못한다고, 그렇게 생각했다고 말했을 거야."

외면하고 싶었던 그날의 기억.

심장에 눈물이 고여간다. 왜지? 아직은 아무 말도 듣지 못했는데. 심장아, 도대체 왜 울려고 하는 거야? 난 아직 시작도 안 했는데. 아직 시작도!

"내 대답을 듣고 싶다면, 그 질문을 다시 해야 해."

코델리아는 차마 떨어지지 않는 입술을 벌려야 했다. 원래 그녀가 물었던 질문은…….

"카헤시온, ……시로벨 아가렛토 아르반 왕녀를 마음에 두고 있는 건가요?"

하지만 이상하게 지금 제멋대로 떨어지는 목소리는…….

"시로벨 아가렛토 아르반 왕녀를, 사랑하게 되었나요? 그 마음에, 그녀를 담았나요? 당신의 곁에……."

심장에 고인 눈물이…….

"그녀를 떠올릴 때마다 심장이 욱신거리고, 지금 이 순간 내 곁에 있어주길 바라는 마음이 사랑이라면……."

그 눈물이…….

"사랑하는 것 같다, 벨을. 그녀를, 마음에 담았어."

수년을 간직했던 마음이, 그렇게 상처를 받고 말았다.

❧　　❧　　❧

카인은 점차 말이 사라졌다. 그와 함께 오두막으로 들어온 검은 로브의 남자는 금방이라도 폭발할 듯 표정이 잔뜩 일그러졌다.

"누가 이따위 집을 만들어놓은 거야!"

"진정하십시오, 엔비님."

"진정? 넌 네 얼굴이나 보고 말해!"

카인은 그제야 일그러진 얼굴 위로 어색한 웃음을 지었다. 엔비라고 불린 사내 뒤로는 여전히 문들이 끝도 없이 펼쳐져 있었다. 문을 열 때마다 정말이지 기상천외한 것들이 튀어나왔다. 특히나 가장 성가셨던 것은 식충식물들. 결국엔 엔비가 전부 태워버리고서야 상황 종료를 할 수 있었지만.

엔비는 손 위에 불덩이를 띄우고서 진심을 담아 말했다.

"됐어. 차라리 그냥 이 집을 폭파시켜 버리자."

"그렇게 하면 마법의 균형이 무너져서 더 위험하다고 엔비님께서 그러지 않으셨습니까?"

"무너지기 전에 우린 빠져나가면 돼."

"저흰 찾고 있는 사람이 있습니다만."

"빌어먹을!"

카인은 꽤 능숙하게 엔비를 다독이고서 서늘한 눈빛으로 주변을 살폈다. 그러다 문들 사이에서 혼자만 유독 밝은 빛을 보이는 문을 발견했다. 왜 이제껏 발견하지 못했는지 의심이 갈 만한 상황이었지만 카인은 그 문에서 시선을 뗄 수가 없었다. 왠지 감이 저쪽이라고 외치는 것 같았다.

"왜 그러냐?"

"저기 저 문으로 가보죠."

"뭐? 저 빛나는 문? 아서라, 내 마족의 예감 상 느낌이 안 좋아. 빛나는 것들은 죄다 느낌이 안 좋다고!"

하지만 카인은 엔비의 말을 무시하고서 문 앞에 섰다. 이 문이 마치 유혹하듯 그를 자극하고 있었다. 이것도 뭔가 마법인가?

결국 카인은 문고리에 손을 올렸다. 옆에서 엔비가 후회할지도 모른다고 중얼거렸지만 그 말을 무시한 채 문고리를 잡은 손에 힘을 주었다.

철커덩!

하지만 그가 뭔가 하기도 전에 문고리가 저절로 돌아가더니 문이 벌컥 열렸다. 문 너머에서 환한 빛이 비치더니 익숙한 얼굴이 나타났다.

"시로벨 비전하?"

"카, 카인 황자 전하?"

잔뜩 헝클어지긴 했지만 여전히 탐스러운 붉은빛 머리카락 사이로 당황한 기색이 역력한 물빛 눈동자가 보였다. 여기저기 다치고 새까맣게 그을린 자국도 있었지만, 그럼에도 불구하고 무척이나 아름다운 빛을 품은 여인.

"어째서 전하께서 이곳에?"

당황하는 시로벨을 앞에 두고 카인은 특유의 미소를 그리며 서늘한 음성으로 속삭였다.

"반드시 만나야 할……"

그는 그녀의 손을 잡고서 자신의 쪽으로 끌어당겼다.

"운명일지도."

그의 눈길을 붙잡던 것은 결국 이 여자였던 건가 하는 생각에 카인은 어쩐지 유쾌한 기분이 들었다.

"사랑하는 것 같다, 벨을."

서늘하기만 했던 그의 눈동자가 다정한 빛을 품고서 애틋하면서도 간절한 빛을 띠는 순간, 코델리아는 절망했다.

그의 텅 빈 마음속에 이미 누군가의 발자국이 새겨졌다는 그 사실에 코델리아의 가슴속엔 절망이란 이름의 굵은 눈물방울이 뚝뚝 떨어지기 시작했다.

단 한 번도 저 입에서 누군가를 사랑한다는 말이 나오리라 생각도, 상상도 한 적도 없었다. 그런데 생각보다 더 따스하면서도 너무나도 아프고 쓰렸다. 그 상대가 자신이 아닌 다른 여인이기에 불같은 질투심이 그녀의 숨을 멎게 하는 것만 같았다.

코델리아는 똑바로 고개를 들어 그를 바라보았다. 저 엷은 미소도, 살짝 내미는 저 손길도, 깊고 다정한 눈길까지 전부 다 가지고 싶었다. 오직 나를 위한 것이길 바랐다. 그런데 그게 다른 여인의 것이라고? 그것도 고작 그런 여자를?

"코델리아."

그의 입에서 나오는 자신의 이름이 이토록 감미로웠던 적이 있었던가?

"예전에도 그렇게 불러주시지. 예전에도 그렇게 그 손을 내밀어 주셨다면……."

애써 꾹 눌렀던 눈물이 다시 두 볼 아래로 흘러내리기 시작했다. 지독한 아픔과 슬픔으로 일렁이는 호박빛 눈동자엔 상처만이 가득했다.

"아니, 차라리 끝까지 내게 냉정했다면. 그랬다면, 당신이 그 여자로 인해 변했다는 사실을 깨닫지 못했다면, 이보다 더 비참해지지는 않았을 텐데!"

카헤시온은 다가서지 않았다. 그저 자리에서 그녀의 말을 가만히 듣기만 했다. 그와 그녀의 거리는 여기까지였다. 딱, 여기까지.

"시로벨, 그 여자가 당신을 카헬이라고 부른 순간부터 내가 얼마나 불안히고 미칠 것 같았는지 알아요? 그래, 솔직히 알고 있었어요. 당신이 그 여자에게 어떤 감정을 가지고 있는지. 그 여자를 향한 눈빛과 나를 보는 눈빛과 똑같이 않다는 걸 알고 있었어요! 하지만 당신이 그걸 외면하고 있는 것 같아서…… 그래, 그럼 영원히 그렇게 모른 척하고 있기를 바랐어. 평생 모르기를, 그런 이기적인 마음도 먹었었어! 그만큼 카헤시온, 당신을 좋아하니까. 아주 많이 좋아하니까!"

코넬리아는 한 걸음 앞으로 다가왔지만, 카헤시온은 그대로 뒤로 물러섰다. 코넬리아의 심장이 다시 쿵 하고 떨어지면서 이내 절규에 가까운 목소리가 울렸다.

"난 더 독한 마음도! 못된 마음도 먹을 수 있어요! 그럴 수 있다고요. 이대로, 이대로 포기하고 싶지 않아!"

몇 천 번을 고백해도 부족한 마음. 이제야 어렵게 꺼내놓았는데, 꺼내놓자마자 그는 그것이 제 것이 아니라고 말한다. 그의 마음은 이미 다른 곳에 있다고……. 내 가여운 마음은 그렇게 영원히 갈 길을 잃어버리고 말았다.

카헤시온은 담담한 시선으로 그녀를 바라보았다. 아니라고 말한 것으로 부족하다면, 그녀를 밀어낼 수밖에 없었다. 지금 이러고 있는 시간조차 아까웠다. 코델리아에겐 미안하지만 지금 이 순간조차 그에겐 시로벨 뿐이었다.

"넌 샤우엔의 누이동생이자 내게도 동생과 같다."

"……."

"하지만 네가 동생이라는 자리에 있고 싶지 않다면, 난 평생 널 보지 않을 생각이야. 그 자리 외엔 아무것도 네게 줄 것이 없으니까."

"……."

"카헬이라는 이름. 넌 그 이름을 알고만 있어야 하지만, 그 이름으로 나를 부를 수 있는 사람은 어머니, 그리고 그녀뿐이다."

"어, 어떻게. 나한테, 어떻게……."

"난 지금도 너랑 이렇게 마주하고 있는 것이 불편하다. 그리고 이러고 있을 시간도 없어. 나는 지금 이 순간도 그녀밖에 떠오르지 않아."

가시처럼 박히는 한마디, 한마디에 코델리아는 이제 눈물마저도 메말라 가고 있었다. 결국 카헤시온은 먼저 등을 돌렸다. 이대로 끝이라고 말하는 것처럼. 완전히 그녀를 밀어내고야 말았다. 마치 저 절벽 아래 시커먼 바다 밑으로 떨어지는 것처럼.

코델리아는 멀어지는 그를 잡지 못했다. 귓가에 그가 남긴 말이 맴돌았다.

"당신이, 당신이 나한테 이럴 수는 없어. 나한테 이럴 수는 없다고. 그 여자가 대체 뭔데!"

코델리아는 입술을 깨물었다. 얼굴 위에 말라붙은 눈물의 흔적을 지우며 그녀는 서늘하게 식은 눈초리로 카헤시온이 사라진 자리를 노려보았다.

"동생? 나도 그런 자리 바란 적 없어. 그딴 거 원한 적 없다고. 내 마음대로 할 거야. 내 마음만 이렇게 다칠 순 없어. 이렇게 버려질 순 없다고! 날 나쁘다고 욕해도 상관없어. 다만, 다만⋯⋯."

코델리아는 고개를 숙였다. 조그만 속삭임이 바람결에 갈기갈기 찢어지며 그렇게 흩어지고 있었다.

"다만, 그것 또한 당신을 향한 내 사랑이라는 걸 알아줘."

어느새 시커멓게 타버린 감정이 그녀의 눈동자에 서려 독한 빛을 띠고 있었다. 하늘 위론 별이 사라지고 먹구름이 그 자리를 채우며 굵은 빗방울이 쏟아지기 시작했다.

카헤시온은 쏟아지는 비를 맞으며 머리를 식혔다. 이런 문제로 고민하게 될 거라 단 한 번도 생각해 본 적 없었다. 사랑이라니. 하! 대체 그 낯선 감정이 무어라고 그런 소릴 내뱉은 걸까?

끝내 그는 발걸음을 멈춰 세웠다. 고요한 어둠 속에서 오직 타닥타닥 빗방울 떨어지는 소리만이 울려 퍼졌다. 그의 머리카락에 맺힌 빗물이 아래로 떨어지면서 그의 발 앞에 고였다.

이 비를 맞고 있는 것은 아닐까. 해서 어디 아픈 것이라면.

"하아⋯⋯."

그는 자조적인 미소를 지었다. 서늘하게 말려 올라가는 입꼬리와 달리 걱정으로 깊어지는 눈동자는 그저 심란하기만 했다. 애써 마음을 다잡고서 걸음을 옮기려는 순간, 그는 순식간에 검을 빼 들고서 뒤로 돌았다. 허공에서 챙 하는 날카로운 파음이 울렸다. 맞부딪친 검끝이 꽤 매섭고 무거웠다.

"누구냐."

"역시 감이 좋으십니다, 카헤시온 황자 전하."

쏟아지는 빗줄기 사이로 고양이 가면을 쓴 여인이 고개를 숙이며 치켜세웠던 단검을 내려놓았다. 여자가 쓴 고양이 가면이 낯이 익었다. 하지만 같은 사람은 아니었다. 아까 본 여자에게서 느껴졌던 특유의 분위기가 지금은 전혀 느껴지지 않았다.

"황자 전하를 모시러 왔습니다."

"붉은 가면이 보낸 것인가?"

"그렇습니다. 비전하께서도 전하를 기다리고 계실 거랍니다."

카헤시온은 시로벨의 소식에 눈썹을 움찔했다.

"무사하겠지?"

"너무 무사하셔서 탈이지요."

그는 검을 다시 검집에 넣었다. 고양이가면은 피식 웃으면서 그의 앞에서 고개를 숙이며 정중히 손짓했다.

"이쪽으로 오시지요."

카헤시온은 어둠 속으로 사라지는 고양이가면의 뒤를 따라 발걸음을 옮겼다. 어느새 비는 폭풍처럼 휘몰아치고 있었다.

〈2권에서 계속〉